奋楫者先

陆　阳　沈云福◎著

中国言实出版社

图书在版编目（CIP）数据

奋楫者先 / 陆阳, 沈云福著 . -- 北京 : 中国言实出版社 , 2022.8
ISBN 978-7-5171-4254-6

Ⅰ . ①奋… Ⅱ . ①陆… ②沈… Ⅲ . ①纪实文学 — 作品集 — 中国 — 当代 Ⅳ . ① I25

中国版本图书馆 CIP 数据核字 (2022) 第 134445 号

奋楫者先

| 责任编辑 | 郭江妮 |
| 责任校对 | 王建玲 |

出版发行　中国言实出版社
　　　　　地　　址：北京市朝阳区北苑路 180 号加利大厦 5 号楼 105 室
　　　　　邮　　编：100101
　　　　　编辑部：北京市海淀区花园路 6 号院 B 座 6 层
　　　　　邮　　编：100088
　　　　　电　　话：64924853（总编室）　64924716（发行部）
　　　　　网　　址：www.zgyscbs.cn
　　　　　E-mail：zgyscbs@263.net

经　　销　新华书店
印　　刷　天津市钧亚印务有限公司
版　　次　2022 年 8 月第 1 版　2023 年 2 月第 1 次印刷
规　　格　787 毫米 ×1092 毫米　1/16　23 印张
字　　数　423 千字

定　　价　68.00 元
书　　号　ISBN 978-7-5171-4254-6

序一

邹国忠

> 似乎是时过境迁，如今谈论乡镇企业的人越来越少了，声音越来越小了。这虽然让我们这些与乡镇企业结下深厚感情的人感到一些失落和无奈，但再辉煌的历史也会被一页页翻过去，重要的是必须客观地留下并尊重每一页不能忘却的历史。

上面这段文字，是 2007 年 11 月我为曹惠安、曹玮《历尽艰辛铸辉煌——武进乡镇工业半个世纪创业历程》作序的开场白，反映了我当时有些感慨的心情和期盼。14 年后，收到陆阳、沈云福同志的近作《奋楫者先：无锡县乡镇企业发展纪实（1956—2000）》（以下简称《奋楫者先》），自然感到特别高兴。

无锡人杰地灵，经济发达，既是民族工商业的重要发祥地之一，又是乡镇企业的主要发源地之一，是我国少有的工业化"双源地"。在 21 世纪头 10 年里，无锡先后建成开放了"无锡中国民族工商业博物馆"和"中国乡镇企业博物馆"，形成了展示我国近现代经济发展历程掠影的"兄弟馆"。接着，陆阳、沈云福同志于 2015 年编著出版了《激荡岁月：锡商 1895—1956》，今年又合著这部书稿，用纪实手笔为两轮经济接续发展作传的"姐妹篇"。无锡人如此尊重历史，重视建馆出书、以史资鉴，确实难能可贵，令人钦佩。

《奋楫者先》，是两位作者结合自己的亲身经历和见闻，带着使命感，收集梳理大量资料，精心构思，不辞辛劳地写就的心力之作。全书在叙述时段上上接 1956 年，以原无锡县为主体，分起步、升腾、磨砺、转型四个部分，用 40 多万字的篇幅叙事讲史，回顾了无锡乡镇企业的缘起、发展和改革历程，讲述了农村基层和企业干群风雨兼程、开拓前进的奋斗业绩和新一代锡商的创业和成长故事，揭示了无锡县这片"乡镇企业热土"的炼成过程和辉煌成就，以及在服务"三农"、实现小康和引领江苏乃至全国乡镇企业等方面作出的重大贡献。这本三易其稿而成的纪实作品，史料翔实、内容丰富、文风朴实、图文并茂，以编年体全程还原了无锡乡镇企业的历史场景、重要事件和人物事迹，娓娓道来，真实生动，有很强的可读性。写书存史，读史明志。作者为乡镇企业的过来人和后来者，奉献了一本重温、了解和研究这段历史的好书。

无锡是我的家乡，我在县里工作过十来年。似乎有不解之缘，自1977年底到省级机关后虽多次变动岗位，但工作上一直没有脱离乡镇企业，还当过七年多省乡镇企业局局长，可以说在一定程度上参与、见证了无锡和江苏全省乡镇企业的发展和改革过程。我翻阅着案头厚厚的《奋楫者先》文稿，一边思考，一边回忆，诸多往事引发出一些联想和感悟。

一、乡镇企业这件大事，历史不会忘记

乡镇企业是我国农民的伟大创造和农村改革的重要产物，在新中国成立以来的建设和改革史上写下了浓墨重彩的一笔。

我国波澜壮阔的经济体制改革，是从农村首先开始和取得突破的。在对全局深具影响的几件改革大事中，就有两件发生在农村，一件是分田到户，再一件就是乡镇企业。这两件大事，都艰难曲折地起步于改革开放之前，那时称为"包产到户"和"社队企业"；都突破、普及于改革开放之后，称谓也相应改为"家庭联产承包责任制"和"乡镇企业"；都对我国改革和建设事业作出了突出贡献，即由此推动和促进下，基本解决了长期未能解决的"温饱问题"，开辟了解决"三农"问题和脱贫致富奔小康的必由之路，并成为我国市场取向改革的先导力量，推动和加快了我国的工业化、现代化进程。

这两件大事，历史不会忘记。在庆祝改革开放40周年，新中国成立70周年和中国共产党百年华诞的有关活动中，都有这两件大事的身影。因此，当我在最看重的中共中央党史和文献研究室编著的《中国共产党一百年大事记》中，看到乡镇企业实至名归地列为我党百年大事之一，就感到特别高兴和欣慰。

乡镇企业曾是江苏经济的一大特色和优势，是公认的乡镇企业强省、"苏南模式"的故乡和全国乡镇企业发展的排头兵。对这件常引以为荣的大事，江苏当然分外珍惜，牢记在心。在上述各项庆祝活动中，江苏省各级各地都通过有关会议、展览和媒体，宣传了乡镇企业的辉煌历史和重大贡献，《新华日报》、广播电视及新浪微博等新媒体均作了专题报道。史志部门、有关单位和一些热心人也做了不少工作，如编辑出版的专著就有省委党史办的《江苏乡镇企业发展实录1949—2010》、江苏省政协文史委的《异军突起——记忆苏南模式》和省原乡镇企业局的《江苏乡镇工业志》。在无锡，市里建成了全国第一个乡镇企业"四千四万"精神[①]培训基地，堰桥镇建有"一包三改"纪念馆，红豆集团等许多企业厂史室展示了有关历史资料，还出版了沈云福所著的《异军先锋——中国乡镇企业发源地观澜记》等著作。当然，我们还有很多工作要做，应继续努力。

总之，乡镇企业这件大事历史不会忘记，我们应更好地记住和尊重这段不能忘却的辉煌历史。

二、又一个艰难辉煌并在大变革中获得新生的企业群体

何谓乡镇企业？那是指农村集体经济组织或者农民投资为主，在乡镇（包括所辖村）举办的承担支援农业义务的各类企业。就是说，乡镇企业是上述各类农村企业的特定称谓，为中国所独有。

众所周知，我国近代民族工商业，从艰难起步以来，历经坎坷起起落落，然后在20世纪50年代通过"公私合营"获得新生，之后基本上改制为民营企业，"民族工商企业"这个称谓也逐渐被众人遗忘。《激荡岁月：锡商1895—1956》这本书，就反映了无锡民族工商业经历的这一发展和变迁过程。

乡镇企业的起步、发展和变迁，其实与民族工商业相仿，是又一个艰难辉煌并在大变革中获得新生的企业群体。不同的是它分为两个部分，走了两条路径，最后殊途同归，浴火重生。

一是社队集体企业。其过程可分为两个阶段。改革开放前，几乎在民族工商业完成"公私合营"的同时，源于农村传统手工业和家庭作坊的农村集体企业，在农业、手工业的合作化中应运而生、萌发起步，那时称之为农业社的社办工副业。接着在"大跃进"和"人民公社"运动中，经历"大起大落"的公社工业在整顿中几乎全部"下马"，在基层干部和农民悉心保护中留下的少量企业，有时还被批判为"地下工厂"。后统称为社队企业（也称社队工业）的这些企业，在保守观念的干扰和计划经济体制的束缚下"夹缝求生"，多年处于停滞不前的徘徊状态。直至1970年中央提出加快农业机械化和倡办"五小工业"后，社队企业才借机重整旗鼓，逐步加快恢复和发展步伐，得以初步打开局面。改革开放后，在解放思想、拨乱反正的推动下，社队企业先是在中央"社队企业要有个大发展"号召下大力加快发展步伐，后是在"双轨制"（计划经济为主、市场调节为辅）中努力扩大市场调节、特别是在"一包三改"改革的推动下异军突起，迎

---

① "四千四万"精神的含义：踏尽千山万水、吃尽千辛万苦、说尽千言万语、历尽千难万险。

来发展高潮。

二是农村个体私营企业。改革开放前，这些企业通常只能从"地下"状态经营，但一经发现就得挨批取缔。改革开放后，个体私营企业作为"补充"得以"上地"逐步发展，打下初步基础。

从 20 世纪 90 年代起特别是中央确定社会主义市场经济体制改革目标后，社队集体企业在逐步加大和深化产权制度改革的过程中，一部分改制成产权明晰的股份合作制和股份制企业，大部分转为个体私营企业；在中央确定非公有制经济是社会主义经济的重要组成部分后，农村个体私营企业也不断加快发展步伐。2000 年后，这两部分企业基本上都"殊途同归"为民营企业，也不再承担支援农业法定义务。这样，原有的乡镇企业就都在改革中成为平等的市场主体，冲破过去的所有制、城乡和行政分割界限，全面融入了社会主义市场经济大潮，"乡镇企业"这个特定称谓也随之淡出历史舞台。

乡镇企业在半个世纪曲折发展中铸就的艰难辉煌和在不断深化改革中浴火重生的全过程，《奋楫者先》这本纪实作品都有真实详细的生动记述。例如，我们可以从中找到红豆集团如何从两个家庭小作坊的合作开始，经历升格为乡办集体针织厂后的"三起三落"、经营体制改革后的"起死回生"，成长为省级集团并实行股份制改革、随集体股份退出回归民营体制、建立现代企业制度和成功上市的缘起、发展、改革和获得新生的全过程。如今它已成为充满活力的大型跨国企业。可以说，红豆集团是整个乡镇企业发展和改革过程的一个缩影和典型样本。

三、无锡社队企业的实践创新和主要贡献

无锡、苏南乃至江苏全省、全国乡镇企业的经济总量中，社队集体企业长期处于主体地位，无锡的实践创新和所作贡献也主要体现在社队集体企业的发展和改革过程之中。

无锡社队集体工业（企业），一直是各级领导视察、调查研究，以及各类媒体、社科院校和有关期刊持续关注的一片热土。历届中央及江苏省委多位领导的视察讲话，省、部和地、市的调研报告，以及大量报道和期刊文章，多次在江苏省内外引起热烈反响，前来参观学习的人络绎不绝。例如，1975 年第 10 期《红旗》杂志以《大有希望的新生事物》为题发表省革委会调查组对无锡县社队工业的调查报告后，中央媒体连续报道无锡县发扬"四千四万"精神、大力发展社队企业以及堰桥乡创造的"一包三改"经验后，全国各地来县参观学习的人数一年超过十万人次。

在江苏乃至全国社队企业的发展、改革过程中，无锡的贡献主要表现在以下几个方面：

一是起步早，是我国社队企业的主要发源地。被誉为我国"乡镇企业第一厂"的春雷造船厂，1956 年诞生于无锡县春雷高级农业合作社。一声春雷，揭开了社队企业起步发展的序幕。在时任农业部①部长廖鲁言的及时肯定和无锡县委的推广下，江苏省内外许多地方纷纷学习效仿，形成了一轮农业社办厂兴业的小热潮。随着春雷造船厂的发展壮大，其影响不断扩大。2000 年，春雷村老书记与小岗村及经济特区代表等一起应邀参加了央视春节联欢会，并接受了现场采访。

二是发展快，成为社队企业发展中的领跑者。在 20 世纪 60 年代"大起大落"后尽力保留的"火种"基础上，1970 年起无锡县社队企业走上努力恢复、发展的快车道，发展速度在苏南、全江苏省和全国一路领跑，社队工业产值长期居于全国各县之首，产生了许多的全国"第一个"（如亿元乡镇、亿元村、亿元企业等）。1977 年率先实现全县工业产值超过农业产值，1984 年起发展速度更快，社队工业成为农村和全县经济的主体，被称为"乡镇企业王国"。1991 年起，连续三届蝉联中国综合实力百强县（市）第一名，被誉为"华夏第一县"。

三是创新多，无锡经验在多方面发挥了示范和引领作用：

——20 世纪 70 年代初率先提出"围绕农业办工业、办好工业促农业"的发展口号。这个口号传播开来后，有力促进了各地加快建立农机修造网、发展农产品加工业和大办"五小工业"，推动了全江苏省乃至全国社队企业的持续较快恢复和发展，到 20 世纪 80 年代其影响进一步扩大，推动了社队企业的大发展，增强了农业生产的物质技术基础。

——走出了一条农副工结合、综合发展的新路子。无锡县闯出的大力调整农村经济结构的这个经验，江苏省委在 1975、1978 年两次总结推广，特别是在中央领导同志多次肯定、媒体连续报道，尤其是在发表社论、重磅评论后，在全国逐步形成了理直气壮大办社队企业、通过农副工结合不断优化农村经济结构的新局面。

——在 1966 年就制订社办企业管理办法，就经营方针和企业登记、管理、劳力、资金、土地、设备来源和原材料供应，以及生产与销售、利润与分配和党的领导等 16 个方面，提出了明确意见和落实措施。例如，对社办企业利润的分配，规定 38%—50% 企业自留，用于发展再生产和职工福利；其余上交公社，用于社办企业投资和支援农业基本建设、农技推广和小学补助等。这个管理办

---

① "农业部"为中华人民共和国农业部的简称，现为中华人民共和国农业农村部。

法，对推动江苏全省社队企业建章立制、加强管理以及履行支农义务，发挥了很大的促进作用，其主要精神一直沿用至1978年。

——总结和推广"一包三改"经验。无锡县堰桥乡于1983年率先把农业改革的"包"字引入社队集体企业，实行经营承包制和干部选聘制、职工合同制、浮动工资制，收到立竿见影的明显成效。无锡市、县委及时总结经验加以推广后，江苏省委发文将堰桥经验推向全省。随着农业部的肯定、推广和中央媒体的连续报道，堰桥经验迅速由江苏走向全国，成为20世纪80年代社队集体企业改革的主流形式。由于"一包三改"较好地调动了企业干部职工发展生产、提高效益的积极性，进一步释放了"苏南模式"的内在潜力，加上农村个体私营企业开始加快发展，从而促成了乡镇企业的异军突起和发展高潮。

——首先提出和发扬"四千四万"精神。在计划经济体制束缚下的20世纪70年代，无锡县社队企业和有关部门的干部职工，为打开两头在外的供销渠道，克服因白手起家带来的资金、技术、人才等方面的重重困难，千方百计想办法，艰苦奋斗找活路，出现了很多生动事例。1973年，无锡县物资局将供销人员千方百计、艰苦奋斗的做法和精神，提炼为"踏遍千山万水、吃尽千辛万苦、说尽千言万语、历经千难万险"四句话。鉴于当时历史背景的限制，无锡县委决定"四千四万"精神先在县内悄悄传扬，直至实行改革开放后才对外公开。尽管这样，"四千四万"精神在由下而上的倡导和由内而外的传播中，特别是在媒体将此称为无锡县社队企业快速发展的"秘诀"大力宣传报道后，迅速传遍全国城乡，不仅凝聚为乡镇企业攻坚克难、开拓前进的内在动力，而且成为各条战线凝心聚力、砥砺奋进的共同精神财富。

无锡在上述这些方面所发挥的领跑和引领作用，对促进江苏全省乃至全国乡镇企业的发展和改革作出了很大贡献，可谓功不可没！

事非经过不知难，书到用时方恨少。

写到这里，我想还原一个前几年遇见的闲聊场景：甲说，乡镇企业好多年无声无息了；乙说，那是，自生自灭了；丙说，不，是一改革就土崩瓦解啦！说这些话的几位同志都上了一些年纪，旁边一小青年听不懂，就问什么是乡镇企业呀？

我之所以说上面三条，多少与这类议论有关，主要目的是希望大家多了解乡镇企业缘起、发展、改革的历史背景和变迁过程，尊重这段艰难辉煌的不凡历史。对此有兴趣的同志尤其是年轻人，建议认真读一下《奋楫者先：无锡县乡镇企业发展纪实》这本书，这对比较全面地了解那段历史的演变过程和真实面貌，体悟和传承乡镇企业人的信念坚定和勇于奋斗的精神，将大有裨益。

乡镇企业这一特定称谓虽已不被大众熟悉，但获得新生的这个企业群体早已融入社会主义市场经济大潮，成为民营经济和中小企业的主体，新一代企业家和各类技术、供销、管理人才队伍正在逐步扩大和成长，"四千四万"精神也必将进一步发扬光大。我相信，只要大家努力做到以史为鉴、继往开来，埋头苦干、勇毅前行，就一定能在新时代新征程中不断创造新的辉煌，作出更大的贡献！

应作者之邀，不揣浅陋，写下以上文字，权作为序。

（作者系江苏省乡镇企业管理局原局长）

序二

周解清

　　"西汉高祖五年（公元前 211 年），始置无锡县。"在历经了 2000 余年的沧桑变化之后，1949 年 3 月无锡迎来了解放并分为无锡市、无锡县，市县同城。江苏全境解放之后，设 3 个省级行政区。1953 年恢复江苏省建制，无锡市为省辖市，无锡县先后属常州专区、无锡市、苏州专区管辖。1983 年，实行市管县体制，无锡县回归无锡市管辖。1995 年，撤县建市，基本以原区域设立锡山市。2000 年底，撤销锡山市，设立锡山区和惠山区。

　　当今的无锡，以"中国工商名城"闻名，在以工业经济为主体的地级市中人均国民生产总值（GDP）排名长期居于首位。追根溯源，这一佳绩在于这个城市固有的"实业立世"的工商传统和人文精神，在于一百余年来江苏民族工商业和乡镇企业发展所打下的深厚基础。1895 年，杨宗濂、杨宗瀚兄弟建立了第一家近代机器工厂，开启了无锡历史上民族工商业蓬勃发展的历程，无锡由此迈入近代工业化的轨道；1956 年，无锡县东亭乡春雷合作社的数十位农民创办了被誉为"乡镇企业第一厂"的春雷造船厂，揭开了乡镇企业波澜壮阔创业史的序幕。这两个标志性事件，前后延续一百余年；这两个事件的源头，无锡"独揽于身"。无可置疑，民族工商业、乡镇企业"双源头"的形成与崛起的历史，为当今无锡经济社会的发展存积了宝贵的物质和精神财富。

　　2015 年，陆阳、沈云福合作编著出版了《激荡岁月：锡商 1895—1956》。时隔七年，两位作者再度联袂合著《奋楫者先：无锡县乡镇企业发展纪实（1956—2000）》（以下简称《奋楫者先》），叙述时段为 1956—2000 年。两著堪称姐妹篇。作为上篇的《激荡岁月：锡商 1895—1956》展现了近代无锡民族工商业的萌芽发展，以及半个多世纪以来的社会变迁、时代风云和历史基因传承。作为下篇的《奋楫者先》，以较大篇幅着重记述了改革开放后被誉为"中国农民的伟大创造""异军突起"的农村乡镇企业的发展壮大过程，并在社会主义市场经济体制建立过程中所起到的重大作用和所作出的历史贡献。

无锡县曾是以传统稻麦种植为主体的国家商品粮生产基地之一。1976年，全国南方水稻生产现场会议在此召开，无锡县委作了"围绕农业发展社队工业，在八分半地上闹革命"的汇报。1977年，全县工农业总产值比重，工业产值超过了农副业产值，标志着无锡县农村开始走上了工业化之路，经济形态出现了历史性的变化。1978年党的十一届三中全会后，随着农村家庭联产承包责任制的推行，农村剩余劳力更多地被释放出来，加快了乡镇企业的蓬勃发展。1992年7月，全国首届"中国农村综合实力百强县（市）"评比揭晓，无锡县在全国所有县（市）中以总分10000分排名第一。此后在1993、1995年两届评比中又蝉联第一名，实现了综合实力"三连冠"，被国家统计局、中国农村评价中心授予"华夏第一县"称号。

至1995年，无锡县以仅占全国万分之一的土地、千分之一的人口，创造了接近全国千分之五的国内生产总值。从农业高级合作社时期第一个农村造船业手工工场发轫，经过近半个世纪的岁月，无锡县的产业结构、生产方式、农村面貌、农民生活（就业结构、收入结构等）至此都发生了根本性变化。对照国家小康水平指标体系，无锡县已基本达到小康水平。在乡镇工业就业人数超过了纯务农人数，家庭收入主要来源于务工收入。乡镇企业所有制以集体经济为主，实现了共同富裕的社会分配格局。

无锡县乡镇企业改革发展和苏南其他县域经济所具有共性的历史实践，被归纳提炼为"苏南模式"。其特点是"三为主"，即农村产业结构以工业为主、所有制结构以集体经济为主、经济运行以市场调节为主。

对于苏南发展之路的内在规律，本书作者之一的沈云福将其概括为"一化带三化、三化促一化"的双向循环：通过大力发展乡镇企业，促进农村工业化、支持农业现代化，推动农村城市化，进而实现农民知识化。在农村工业化基础上，依托乡镇企业实力反哺和武装农业，加快建设小城镇、发展服务业、培育现代人才；这个"三化"进程，又支撑和促进了农村工业化乃至现代化的扩展与提高。

1979年12月，邓小平在与日本首相谈话中，把中国实现"四个现代化"的第一步，具体化为"到二十世纪末，争取国民生产总值达到人均1000美元，实现小康水平"。1983年3月，邓小平说："我经江苏到浙江，再从浙江到上海，一路上看到情况很好。……看来，四个现代化希望很大。""我问江苏的同志，你们的路子是怎么走的？他们说，主要是两条。一条是依靠了上海的技术力量，还有一条是发展了集体所有制，也就是发展了中小企业。"这里中小企业，说的就是社队企业。在这次视察后的第二年，也就是1984年10月，邓小平进一步提出了"到本世纪末翻两番，国民生产总值按人口平均达到800美元，人民生活达到小康水平"的目标，把实现"小康"作为实现现代化的阶段性目标，并明确了量化标准和实现时限。显然，苏浙沪之行让邓小平增强了信心。

在同一个历史时期，长江三角洲、珠江三角洲乃至东南沿海的广大农村，得风气之先，自下而上，先后走上了声色并茂的创业过程，创造了各具区域特色的一片辉煌，在中国农村发展史上写下了浓重的一页。

1993年11月，党的十四届三中全会通过了《关于建立社会主义市场经济体制若干问题的决定》，明确提出了社会主义市场经济体制的基本框架和改革的方向，极大鼓舞了农村乡镇企业进一步发展和深化改革的勇气和信心。

回溯乡镇企业的发展历程，无锡县乡镇企业的发展始终伴随着以市场为取向的体制机制改革。1984年，无锡县首创"一包三改"，将农业联产承包责任制的经验引入乡镇企业领域。这种从企业经营机制和内部管理机制入手、渐进而温和的改革，社会成本和代价较低，其经验曾影响和推动了城市国企的初期改革。1995年以后，无锡县乡镇企业针对多年发展中产权不明晰、政企职责不分、经营管理不尽规范等内在弊端，进行了一系列改革探索。经过几年努力，在2000年左右，基本完成了以股份合作制、股份制形式为主要形式的改革，乡镇企业基本都建立起适应市场经济要求的现代企业制度，并转变了原有的投融资方式。

从此，"社队企业""乡镇企业""苏南模式"等往日的热词逐渐淡出人们的视野，曾经的乡镇企业也汇入了以公有制为主体、多种经济成份共同发展的经济大潮之中，成为重要的组成部分，担负起乡村振兴和农村现代化新的历史使命。

陆阳、沈云福所著的姐妹篇，用历史纪实的方式，展开了百余年来的历史画卷。他们沿着经济形态嬗变这一主线，把这百年来无锡工业化的衍变轨迹，大致划分为民族工商业、市属企业和乡镇企业、民营经济三个时期。《奋楫者先》一书，从宏观视角把无锡农村乡镇企业异军突起，视为无锡民族工商业发展的"第二季"。这一研究划分，极具创意。同时，本书围绕农民办工业到推进农村工业化的历史实践，采用编年史体例、纪实文学体裁，着眼变化跌宕的时代背景，叙史述事、以事论史，以一系列农民创业历尽艰辛、坚忍不拔的真实人物和案例，描绘了贯穿半个世纪的农民创业史，讴歌并礼颂了他们渴望摆脱贫困的信念以及凝聚而成的"四千四万"精神。这部创业史的基调励志感人，其底色可亲可敬。

早在 1958 年 12 月，中共八届四中全会作出《关于人民公社若干问题的决议》指出，"人民公社必须大力发展工业"。1959 年 3 月，毛泽东主席就高瞻远瞩地指出："我建议国家在十年内向公社投资几十亿到百多亿人民币，帮助公社发展工业，帮助穷队发展生产。""目前公社直接所有的东西还不多，如社办企业、社办事业，由社支配的公积金、公益金等。虽然如此，我们的伟大、光明的前途，我们的希望，也就在这里。"经过几年经济调整，1966 年 5 月，毛泽东主席又指出："公社农民以农为主（包括林、牧、副、渔），在有条件的时候，也要由集体办些小工厂。"中央关于在人民公社体制内促进产业综合发展、尤其是发展集体工业的精神，为苏南农村基层干部和群众初期兴办社队企业增强了勇气和底气；同时，苏南地区社队企业的发展，也蕴含着基层政府和领导的胆略担当，与基层干部群众创新实践相结合的政治智慧。

回溯过往，我们还是深深感受到伟人做出这些关系中国农村发展政策时所彰显的历史远见。1978 年后，农村人民公社"一大二公"体制被实践所淘汰，但在人民公社"三级所有、队为基础"基础上发展起来的社队集体企业，却历经坎坷，冲破了观念和计划经济的束缚，长成农村经济的参天大树。

中国农村人口众多和经济发展不平衡，仍然是当前中国最大的国情。中国经济体制改革先从农村突破，已被改革开放以来的实践证明。中国农村改革发展的先行地区，提供的根本经验是尊重基层和群众的首创精神，在实事求是思想路线指引下，解放思想，勇于创新，努力激发农村干部和群众的积极性和创造性。尽管时代的车轮已经驶入新的世纪，但"三农"问题依然是实现中国现代化和中华民族伟大复兴面临的重要问题。如果不能缩小城乡差距和农村人口比重，就没有农村的现代化，也就没有国家的现代化，这应该是制订政策和现代化方略的重要依据。

陆阳、沈云福两位作者，长期生活、工作在无锡县农村，具有在乡镇基层和县级经济综合部门工作的丰富经验，也是这部农民创业史的亲历者和见证者。他们与农民血肉相连，亲历了国家和社会的政治脉动，又深切感受到农民对脱贫致富、创造美好生活的憧憬和向往。他们投入大量精力，广泛走访调研，搜集整理历史资料和各种文献，以生动丰富的第一手资料，历时数年研究创作，再现了作者对历史负责的态度，令人钦佩！

本人曾在无锡县农村当生产队长、乡党委书记，任县委副书记，在这里生活工作过 18 年，洒下过青春的汗水。读完本书，感慨之余，谨将个人得到的启示和感悟记述如上。是为序。

（作者系江苏省无锡市人大常委会原主任）

目录
contents

前　言

历史，总是通过我们不是很熟知的一种方式来展现自身的温情。

——本书作者

在中国改革开放史中，无论从哪个角度看，乡镇企业都是其中浓墨重彩的一笔。这不仅是因为它继"包产到户"之后进一步解放了乡村生产力，推动经济进入高速增长的通道；更因为它在整个国民经济由计划向市场转向的过程中，充当了"马前卒"与探路者的作用。

白云苍狗，沧海桑田。今天，在人头攒动的农贸市场里，从普通家庭不断宽裕的手头上，透过高速行驶的列车车窗所及的影像都能感之，乡村——作为中国经济奇迹演绎的重要场景之一的巨变。作为乡村工业化起点的乡镇企业，不仅是这些成就的直接参与者、贡献者，在经历了时间与市场大潮的历练后，本身也从稚嫩一步步走向成熟。

拂去岁月的尘土，查寻过往的足迹，总有许多东西会让我们感叹不已。展望未来，站在"十四五"发展新的起点，面对乡村振兴新的目标，乡镇企业这一独特的经济组织形态，对于我们谈论中国经济该往何处去、如何跨越"历史的三峡"的思考，也有着重大的现实意义。

"草根工业"：农民的创举

在江苏省无锡市锡山区，有一座设计简朴的博物馆——中国乡镇企业博物馆。这里保存着我国乡镇企业发展的珍贵资料，记录着中国乡村经济经历的点点滴滴；这里被认为是乡镇企业的发源地，每年都会迎来大批的参观学习者。博物馆所在地春雷社区，原本是苏南一个普通的小村，在 1956 年，公认意义上的全国一家社队企业——春雷船厂在这里创办。后来，随着人民公社体制的建立，这批企业有了自己的名称——社队企业，就是"公社和农业生产大队所创办的集体企业"。

在绝大多数农民刚刚吃饱肚子的时候，这家藉航运而起的社队企业早早做到了户均收入千元，实现了家家有电灯、户户用拖拉机和人人享受合作医疗的美好生活。周边的村落眼看着春雷村办企业致了富，都摩拳擦掌，跃跃欲试。

春雷船厂的故事就像神话一般，吸引着农民们的目光，一批批洗脚上岸的农民前赴后继地投入了农村工业化大潮。不过，由于宏观政策的限制，乡镇企业在 20 世纪 60 年代初严重受挫，于 60 年代中后期才重新起步发展。计划经济时期集体经济的传统和基础，为无锡农村发展乡镇企业积累了宝贵的经济和必要的资金。同时，无锡农村毗邻上海等发达的大中工业城市和市场，水陆交通便利，具有较强的技术和市场的辐射能力。面朝土地背朝天的农民们，走出田间，卷起裤管，敲敲打打，由点到面地办起了自己的企业。70 年代初，无锡县提出了"围绕农业办工业，办好工业促农业"，顶住了把乡镇工业当作资本主义倾向的极"左"思潮，保护了乡镇企业的发展。无锡县乡镇企业发扬"走遍千家万户、说尽千言万语、吃尽千辛万苦、想尽千方百计"的"四千四万"精神，在不懈奋斗中拓展了乡镇企业的生存空间。1978 年，党的十一届三中全会召开，对社队企业的发展给予了明确支持，无锡农村的社队企业步入大发展阶段。

乡镇企业的兴起，有着历史的必然与逻辑。一方面，短缺经济下商品和服务的长期匮乏，满足不了城乡居民家庭生活最基本的需求；另一方面，单一公有制经济容纳不了日益增长的就业需要，特别是不能吸纳"包产到户"后几乎瞬间释放出来的巨量的农村剩余劳动力。两方面压力的汇聚，逼迫着农民以更加灵活的方式组织经济。于是，野草般顽强生长的乡镇企业出现了。

费孝通在 20 世纪 80 年代初考察江苏小城镇发展的时候，对这种以农民为主体的乡镇企业给予了特别关注。他在文章中写道："社队工业的这种强盛的生命力和普遍的适应性，不能不使人联想到那'野火烧不尽，春风吹又生'的小草，草根深深地扎在泥土之中，一有条件它就发芽，就蓬蓬勃勃地生长。"

乡镇企业就如一根魔法棒，在长期沉闷单调的农村打开了一扇神奇的窗户，涌进了大量新鲜空气，给不甘囿于土地的广大农民带来了崭新的希望。率先起步的无锡县，1975 年乡镇工业产值超过了县属工业，1977 年又超过了农业总产值，成为农村经济的支柱产业。"村村点火，户户冒烟"这句话，反映的正是当时乡镇企业的红火景象。

乡镇企业在困境中兴起，说明了一个重要的道理：历史的发展决定于社会生产力的发展，而社会生产力的发展，又决定于人民要生存和生活。人们要取得维持生活最重要的物质资料——粮食，就必须争取丰产丰收；而农业作为弱质产业，要想取得发展，必须增加投入，必须突破单一的粮食种植业，这又必须依仗乡镇企业的发展。这是不以任何人的意志为转移的客观规律，任何灾难、动乱可以暂时破坏、阻滞社会生产力发展的进程，却不能停止社会生产力的发展。这是一条颠扑不灭的真理。

乡镇企业是在计划经济夹缝中生长起来的，起步之后就一直处于争论的中心。是"挖国有经济的墙角"，还是"一个新的改革方向"，伴随着乡镇企业发展的最初阶段。1984 年 3 月，党中央、国务院批转了农牧渔业部①《关于开创社队企业新局面的报告》，将社队企业正式改称为"乡镇企业"，肯定了乡镇企业发展的方向，并且要求各地党委和政府对乡镇企业要像对国有企业一样一视同仁，给予必要的扶持。日后，乡镇企业终于摆脱了不断左右摇摆的政治氛围的影响，蓬勃发展，茁壮成长，在整个经济中占据越来越重要的地位。

从 1984 年起，乡镇工业经济总量连续多年居全国 2200 多个县（市）之首。1985 年，无锡县的工业总产值超过 50 亿元，乡镇企业贡献率占 84%，超过了青海回族自治区、宁夏省、西藏自治区工业总产值的总和。

也是在这一时期，中国改革开放总设计师邓小平在会见南斯拉夫外宾时，留下了这样的话："我们完全没有预料到的最大收获，就是乡镇企业发展起来了。突然冒出搞多种行业，搞商品经济，搞各种小企业，异军突起。"

总体而言，乡镇企业的发展，实际上开辟了中国在国家工业化以外的另外一条工业化道路，那就是农民在乡村从事工业化的道路。这是非常重要的事情。它有利于农村地区生产要素的重组，有利于农民参与工业化，有利于农民分享非农的收入和机会。

异军突起："最优"的路径

有人说，从经济学理论的角度来看，农村现代化相对于城市化是一种"次优"选择。在适应市场方面，以社队企业为前身的乡镇企业，相对于私人企业而言是另一种"次优"。然而，当我们换一种更广阔的视角，把经济、社会的因

---

① 后改"农业部"，现为"农业农村部"。

素纳入观察，并从变化的角度来考虑问题的时候，这种"次优"或许就变成了"最优"。

20世纪八九十年代，乡镇企业这种相对"最优"充分展现了自己的能量。在1989至1991年的三年整顿提高期间，不少乡镇企业苦练内功，强化管理，大力引进外国资金、技术和管理经验，并到国外寻找市场。无形之中，外向型经济迅速发展起来，使乡镇企业与国际循环日趋融合。1991年，就宏观形势而言，全国乡镇企业总产值突破一万亿元大关，与当年的国营企业平分秋色，成为中国经济的半壁江山、农村经济的主体。

治理整顿的三年，无锡县的经济登上了三个新台阶：1989年，全县工农业总产值超过100亿元；1990年，全县乡镇工业产值超过110亿元；1991年在遭受百年未遇的特大洪涝灾害的情况下，乡镇工业产值依然超过150亿元。1992年，在邓小平同志南方谈话精神的鼓舞下，无锡县广大干部群众更加群情振奋，思想进一步解放，紧紧抓住大发展的机遇，加大投入，加快前进步伐，当年乡镇工业经济实现了再翻番，产值突破了300亿元，在全国2000多个县（市）中独领风骚。自这一年起，无锡县在连续三届"中国农村综合实力百强县（市）"评比中连夺桂冠，被誉为"华夏第一县"，一时风光无比。无锡县以仅占全国万分之一的土地、千分之一的人口，创造了接近全国千分之五的国内生产总值。

新的发展思路，在实践中创新；新的发展路径，在实践中拓展。早在1981年，无锡县诞生了江苏第一家中外合资企业——中国江海木业有限公司，揭开了外商直接投资的序幕。20世纪80年代中后期，国家实施沿海开放战略，发展外向型经济，无锡农村抓住了这个千载难逢的机遇，更大力度地发展外向型经济。当时已经发展起来的乡镇企业不仅瞄准国内市场，还以其灵活机制打开了广阔的国际市场，其出口水平跃居全国领先水平。随着上海浦东的开发开放，无锡农村又积极与浦东接轨，抢抓机遇，全面引进外资，发展外向型经济，使经济率先融入国际化。正由于内外并举，无锡县在国内外两个市场中站稳脚跟，占有一席之地，并因此实现了从量的扩张到质的提高的转化，扩大了领先优势，进一步确立了领头羊地位。从20世纪90年代末到21世纪初，无锡农村又主动接受国际产业转移，打造以高新技术为主导、以园区经济为载体的现代国际制造业基地，借力工业化、城市化、信息化、国际化的互动并进，实现城乡经济和社会的一体化。

至1995年，无锡县拥有工业企业5000多家，工业全部资产达314亿元，其中固定资产原值达140.17亿元，初步实现了农村工业化。涌现出产值超亿元乡镇企业 110 个，完成工业总产值 298.9 亿元；工业产值超 5 亿元的乡镇企业 12 个；还涌现出 85 个亿元村。当年亿元村、厂经济总量已占全县经济总量 50% 以上。1995 年 11 月，国家农业部公布了首批 327 家全国乡镇企业集团名单，无锡县有 23 家乡镇企业集团列名其中，与江阴市并列县（市）级总数之冠。

1995 年，无锡县改设锡山市，乡镇企业在困境中持续发展，1998 年实现工业产值 621 亿元，比 1978 年增长 119.4 倍，工业产值占全社会总产值的 89%。按照农村工业化指标体系综合测评，锡山市进入了农村工业化阶段。2000 年，全市乡镇工业企业 12780 个，职工 29.3 万人，实现工业产值 731.54 亿元。同年 12 月，红豆集团公司经证监会核准在上海证券交易所公开发行 5000 万股 A 股，标志着锡山市乡镇企业开始迈入资本经营的新阶段。

从"异军突起"到成为农村经济的主体，再到 20 世纪 90 年代末开始转制为个人独资、混合制等形式的民营企业并融入开放型经济大潮。一大批乡镇企业通过深化改革、资本经营，实现了从小到大，从弱到强的嬗变，并且轰轰烈烈地加入到了我国工业化、信息化、城镇化和农业农村现代化的进程之中。

乡镇企业深刻改变了农村经济单纯依靠农业发展的格局，使得乡村工业化成为可能。最大的特点就是农民可以"离土不离乡"实现就地转移就业。正如费孝通总结的那样，中国历史长期延续的农村搞农业、城市搞工业的经济结构发生了历史性变迁。到 1999 年底，锡山市已有 42.2 万劳动力脱离农业，占全市劳动力总数的 80%。

乡镇企业还是推进我国城镇化的基础动力。由于乡镇企业的主体是工业，大批农民亦工亦农亦商，从客观上促进了工业小区和工商聚集的小城镇的建设。到 1999 年底，锡山市城镇建成面积已达 63 平方公里，小城镇聚居人口达 47.1 万人，占全市总人口的 47.2%。这种影响延续至今，如今无锡农村大多数特色小城镇，也基本都是得益于那个时期奠定的基础。

乡镇企业也是农业现代化不可或缺的支撑力量。乡镇企业从发展伊始，就以转移农村富余劳动力以及以工补农、建农带农为己任，大规模支持农业建设，并以各种直接间接的方式促进了农业产业的发展。1987 年后，全县筹集农业投入资金 6.72 亿元，平均每年投入 8000 多万元，用于农田水利建设、购买农业机械、发展农业社会化服务以及农业的开发性投资。1994 年起，全县更以每年一亿元左右的资金装备农业、改造农业、发展农业。

正是由于乡镇企业的发展，促进了工业化、城市化和现代化的进展。按国家统计局 16 项小康标准，1992 年无锡县已有 12 项达标，综合得分为 96.4，提前成为"小康县"。

乡镇企业对整个社会认知的影响是持久并且潜移默化的。当乡镇企业从计划经济夹缝中顽强生存下来的时候，靠的是什么？企业不吃"大锅饭"，职工不捧"铁饭碗"，干部不坐"铁交椅"。这种机制使乡镇企业从小到大，从弱到强，克服一个又一个困难，使企业不断发展壮大。连同乡镇企业自主快速的决策机制，能上能下的用人机制，自负盈亏的约束机制，酬效挂钩的分配机制，都为我国经济领域改革以及其他领域改革提供了借鉴。

更为重要的是，乡镇企业成为我国建立社会主义市场经济体制的先导队伍。这些由农民兴办的乡镇企业从诞生之日起就秉持着"要素从市场中来、资源配置由市场来定、产品到市场中去"的理念，在城镇化战略发轫之前，率先打开了一条农村剩余劳动力大量从农业向非农转移、有效改善资源配置状况的通道，走向市场、走向开放。

苏南模式：样本的嬗变

1983 年，社会学家费孝通在《小城镇·再探索》中率先提出了"苏南模式"，讲的就是乡镇企业的传奇。后来，"苏南模式"在中央的肯定和地方政府的扶持下，成为各地追捧和仿效的对象。以江苏的苏州、无锡、常州等地为代表的苏南地区凭借着以集体经济和乡镇企业为核心的经济发展模式，经历了长达十多年的高速发展。

理论界把"苏南模式"的特点概括为"三为主一共同"，即：农村的产业结构以工业为主，工业的所有制结构以集体经济为主，经济运行的机制以市场调节为主，走共同富裕的道路。

在农村的产业结构上，以工业为主。20 世纪 50 年代后期，一些有着率先意识的创业者办起了农机修造业和饲料加工业，开始了农民办工业的尝试。许多企业挂上了"农"字号招牌。职工实行农忙务农，农闲务工的"亦工亦农"劳动制度。在工业生产要素如同一张白纸的困难条件下，靠着邻近大中城市的地理条件，靠着大批下放干部、工人熟悉工业经济的知识才能及与城市工商业联系广泛的优势，靠着"走遍千家万户、说尽千言万语、吃尽千辛万苦、想尽千方百计"的"四千四万"精神，迈出了市场经济的可贵一步，使乡镇工业在无锡县的这片沃土中破土而出。闯过了生存关，还要使其发展壮大。80 年代初期，针对当时"三就地"（就地取材、就地加工、就地销售）的思想束缚，无锡县乡镇企业广泛开展横向经济合作，实行外引内联，纷纷与上海、北京等大中城市的企业和科技部门建立经济技术协作关系，为以后乡镇工业的起飞奠定了基础。

在所有制结构上，以集体经济为主。在20世纪50年代末期，无锡县农村各公社办的社办企业就以公社所有制的形式出现。随着人民公社体制由公社一级转变为"三级所有，队（生产队）为基础"，形成了社办工业企业归公社所有、队办工业归大队所有的格局。党的十一届三中全会以后，"社办社有、队办队有"这种所有制形式得到肯定，以集体经济为主的乡村工业得到了不断发展。在20世纪90年代中期以前，无锡县乡（镇）村两级集体在经济总量中所占一直保持90%以上的比重。1990年，无锡县乡村两级工业拥有集体财产（包括固定资产和自有流动资金）6365亿元，人均年纯收入70%以上来自集体统一经营。

在经济运行的机制上，以市场调节为主。在计划经济体制下，乡镇企业形成了"两头在外"的格局，即原料供应和产品销售都在全国各地，基本是按需生产，以销定产和以销促产为主，在市场竞争中要经受优胜劣汰的考验，胜则存，败则亡。可以说，乡镇企业从诞生之日起，就深深打上了市场经济的烙印，走的就是一条"以市场为目标，以市场求生存"的发展道路。"没有计划找市场，没有资金借贷款，没有人才借脑袋"，在市场瞬息万变的风风雨雨中成长壮大，一切生产经营活动都紧紧围绕市场需求展开。进入20世纪90年代以后，无锡县乡镇企业顺应经济发展规律，大力引进外资，努力拓展外贸出口，充分利用国内、国际"两种资源"，产品拓销国内、国际"两个市场"，经济运行范围得到了拓展，市场化程度更是得到了提高。

在利益兼顾中实现共同富裕。无锡县在集体为主的所有制基础上依托市场而形成的经济利益的协调机制，使得国家、集体、个人三者获得更多的物质利益，并正确处理好消费和积累、分配与建设、先富与后富、干部与职工之间的利益关系，最终实现共同富裕。

苏南模式的形成与发展，是这个地区自然禀赋、人文条件、发展路径共同作用的结果，发展过程和道路并不是一成不变的。1984年，无锡县总结和推广堰桥乡"一包三改"经验，在乡镇企业中普遍实行经营承包责任制，使企业有了较大的自主权，进一步推动了企业市场运行机制的建立和完善。好的制度改革，一定从对人的才智和责任心的激励开始。肇始于安徽凤阳小岗村的"承包到户"，第一次解决了困扰中国人数千年"吃饭"问题。在工业（也包括商业）领域，好的生产关系可以发掘出企业家才干和工匠精神，顺应市场变迁，优化生产要素配置，最终让农民、农村走上现代化的道路。随后几年无锡农村乃至全国乡镇企业进入第一个发展高潮，无疑成为"一包三改"成效最有力的事实论据。

进入 90 年代中期以后，随着社会主义市场经济观念、理论的不断完善，"以集体经济为主"的乡镇企业的政企不分、产权不明晰的弊端日趋显露。无锡县分类指导，按照"抓一块、转一块、放一块"的要求进行了大规模的乡镇企业产权制度改革。这一改革，不仅是集体企业的重新调整、整合发挥了巨大创造力，而且开放型经济和民营经济成为区域经济增长的重要动力，成为区域经济增长的重点和新增就业的主要供给者。

苏南模式的兴起，为乡镇企业的"异军突起"奠定了最为扎实的制度基础。可以说，没有苏南模式，就没有乡镇企业的"异军突起"；而乡镇企业的"异军突起"，又反过来丰富了苏南模式的实践和内涵。从今天的眼光来看，苏南模式作为某个时期具有鲜明区域特征的经济社会发展道路，在社会主义市场经济的大潮中已经完成了历史使命，渐渐步入历史的深处，但作为苏南农民的伟大创造，苏南模式带来的丰富精神财富仍然将留在这个地区人们的血脉之中：首先是"不唯书、不唯上"，敢于冲破"两个凡是"极"左"路线的政治勇气；其次是不断完善，敢于自我否定的改革精神；三在缺原材、缺技术、缺人才、少资金的外部环境下，勇于开拓进取的"四千四万"精神。

一个地区只有具有活力，才具有创造力，才能不断推动经济社会快速发展。市场经济体制的建立和完善成为激发我国社会活力和创造力的重要体制。市场经济是迄今为止最具效率的配置资源的方式，最快的速度、最低廉的费用、最简单的形式传递信息，使市场决策者迅速作出反应，从而使各种资源处于有效流动和动态优化。无锡农村的发展与创新的动力，正是来源于他们从乡镇企业肇始之时起就始终沿着市场经济之路前进而不断获得的巨大活力。

直至今天，我们依然处在这样的探索中。

乡村振兴：光明的未来

随着时间的流逝，乡镇企业这个概念的内涵也发生了变化。过去说到乡镇企业，主要强调乡村集体经济举办。现在，乡镇企业这个名词已逐步融入民营企业这个大概念之中，体现为由农民举办或地处乡村，利用农村资源，以农村劳动力为主的乡村民营企业。

党的十八大以来，我国农业农村取得历史性成就、发生历史性变革。然而，全面建设社会主义现代化国家，实现中华民族伟大复兴，最艰巨最繁重的任务依然在农村，最广泛最深厚的基础依然在农村。

如何稳住农业基本盘，守好"三农"压舱石？"十四五"期间如何答好全面推进乡村振兴这道"必答题"？民营企业的责任重大，使命光荣。

今天讲的乡村振兴，是要打通城乡要素流动，把乡村从过去那样一个被动提供劳动力、资本、原材料的状态，转变为社会经济有机组成部分、变成一个能动的力量。这就需要让乡村和城市融合，让国内和国际的市场融合起来。乡村不能单纯是一个农业产业、农业空间，加快推进城乡融合发展的目标是实现农业现代化、农村城镇化和农民市民化。

在实施乡村振兴战略的进程中，民营企业可以说表现不凡。在老牌民营企业茁壮成长外，一批新的力量正在萌生，踊跃地加入到了创造乡村美好生活的行列中。一大批新业态、新产业在乡村大地上发芽：开发农业多种功能，延长产业链、提升价值链，主产区农产品就地加工转化增值，发展休闲观光园区、康养基地、乡村民宿、特色小镇等，利用电商平台，发展地方企业，打造品牌，促进增收。乡村的共享经济、创意农业、特色文化产业，也吸引了众多有心的企业家去开拓、去深耕。

民营企业发展势头依然强劲，吸纳乡村劳动力的能力得到增强。资料显示，到2017年底，我国民营企业总产值85万亿元，民营企业从业人数1.64亿人。大部分民营企业发挥自身吸纳农村劳动力的独特优势，还拿出一定数额资金扶持农业发展项目，改善生产生活条件，助力农业现代化步伐。

民营企业在"走出去"的过程中成就也可圈可点。随着"一带一路"建设的深入推进，越来越多的新型农民企业家走向海外，将沿线国家的土地、水源、空气等优质农业生产要素与中国农业的资金和技术优势相结合，促进着当地农业农村的发展。从一个小纺织作坊开始的红豆集团，联合中柬企业在柬埔寨西哈努克省波雷诺县的一片荒地上创建了西哈努克港经济特区。截至2021年6月，已引进来自中国、欧美、东南亚等国家及地区的企业166家，创造就业岗位近3万个。2016年10月，习近平主席出访柬埔寨时，在署名文章中，高度评价"蓬勃发展的西哈努克港经济特区是中柬务实合作的样板"。

如今广袤的乡村大地上，产业和经济组织多元的基础更加坚实。但作为农民就地进入二、三产业的重要载体，工业反哺农业的重要力量，乡村城镇双轮驱动的重要支撑，民营企业依然保持着其他企业所不具备的那份明显的乡土性和内生性。近些年，民营企业还逐步减少了与城市企业的趋同性，与"三农"的关联度更加紧密，呈现出了回归农业农村的典型特征。

深深扎根于泥土之中，将智慧与汗水挥洒在这片古老的土地之上，浇灌着乡村的一人、一事、一物的成长。数十年来，乡镇企业一步一步地，同时目标坚定地从"草根经济"成长为硕果满枝的大树，不间断地滋养着一方乡土。从这些泥土中成长起来的企业中，从这些庄稼地里走出的企业家身上，我们真切看到了乡村振兴光明的未来。

第一编　起步

1956年 "春雷"响起

为有牺牲多壮志，敢教日月换新天。

——毛泽东

1956年1月，我国民族工商业实行公私合营正在如火如荼进行之中。当月10日下午，毛泽东来到上海申新九厂视察。毛泽东问荣毅仁："合营了，生产怎么样？"还风趣地说："你是大资本家，要带头。现在工人阶级当家作主了，老板换了。"[①]

荣毅仁时年40岁，正是一生中最好的年龄。四年前的1952年，父亲荣德生去世，荣毅仁接过了庞大的荣家企业。

提到中国近代民族工商业，荣家企业是始终绕不过去的名字。出生于无锡西郊荣巷的荣宗敬和荣德生兄弟，也就是荣毅仁的伯父和父亲，从"吃穿两门"入手，领时代风气之先，投身近代面粉和棉纺织业。1900年，荣氏兄弟在无锡创办了属于自己的第一家企业——保兴（茂新）面粉厂。此后，他们大开大合，却又不乏小心翼翼地构建着商业帝国。到1932年，荣家企业登上了事业的巅峰。这一年，荣氏兄弟名下拥有四家茂新系列面粉厂、八家福新系列面粉厂和12家申新系列棉纺织厂，工厂分布上海、无锡、武汉和济南等地。这一年，申新纺织系统在全国民族资本纺织业中的比重是：纱锭数占19.9%，线锭数占29.5%，布机数占28.1%，棉纱产量占18.4%，棉布产量占29.3%，工人数占17.5%。茂、福新面粉系统在全国民族资本面粉厂中的比重是：粉磨数占30.7%，面粉生产能力占31.9%，当年实际面粉产量占30.7%，工人数占23.4%。无论是生产能力，还是生产规模，荣家企业毫无疑问地居于全国民族工商业首位，荣氏兄弟由此被

---

① 《公私合营是根据中国国情的选择：毛泽东一九五六年视察申新九厂》，《宝鸡党史》1993年第2期。

誉为"面粉大王""棉纱大王"。

荣家企业的发展，是整个中国近代民族工商业的缩影。无锡，荣氏兄弟的家乡，一批又一批的先驱投身民族工商业，创造了这个城市在近代的奇迹。据国民政府军事委员会发表的《中国工业调查报告》统计资料，到1936年底，无锡有工厂315家，占全国总量的1.7%；资本额1407万元，占全国总量的2.9%。这两项指标，在上海、天津、武汉、广州、青岛和无锡这六大工业城市，都仅次于上海，位列第二。当年实现总产值7726万元，占全国总量的4.8%，超过天津、武汉、青岛，排名第三；产业工人63760人，占全国总量的8.1%，居上海之后排第二。

新中国成立以后的1953年6月，中共中央政治局正式讨论和制定了中国共产党在过渡时期的总路线和总任务，"要在一个相当长的时期内，逐步实现国家的社会主义工业化，并逐步实现国家对农业、对手工业和对资本主义工商业的社会主义改造"。对民族工商业实行公私合营，被提上议事日程，并迅速展开。

1954年一开春，荣毅仁拉开了申新纺织企业全面公私合营的大幕。3月18日，荣毅仁在当天向无锡市人民政府提出申新三厂合营的申请。到了转过年来的1955年9月28日，在上海的申新集团正式宣布公私合营。在此前后，荣家企业分布于其他各地的企业也都先后实行了公私合营。荣毅仁说：把我国建成一个伟大、繁荣、幸福的社会主义，这就是我现在的"志"。[①]

至此，曾经无比辉煌、也曾经屡经坎坷的荣家企业，在走过50余年的历程之后，终于完成了自己的使命，隐入历史的深处。

历史车轮滚动前进的齿痕，竟是如此契合：

1956年2月，也就是毛泽东主席视察上海申新九厂后的第二个月，在无锡东郊的东亭乡祁席村，一个历史上从未有过的经济形态已经开始萌芽。

新生的共和国，不仅对资本主义工商业，而且对农业和手工业同样实行社会主义改造。通过组织互助组、初级农业合作社，到社会主义性质的高级农业合作社，把劳动力、土地、耕畜、农具等集中起来，发挥最大效益，改变了以往农业单户耕作、效益低下的状态。对于从事手工业生产的专业手工业者，也单独组织起手工业小组或者合作社。

春雷高级合作社，正是在这样的背景下诞生的（见图1-1a和图1-1b）。它

---

① 中共上海市委统战部、中共上海市委党史研究室、上海市档案馆编：《中国资本主义工商业的社会主义改造（上海卷）》，中共党史出版社，1993年，第1204页。

是无锡县第一个高级合作社。1956年2月12日，这一天正是农历春节。只有到了春节期间，一年到头面朝黄土、背向青天的农民才有了些许的空闲。这一天，春雷高级合作社举行成立大会。成立大会的情景，让在场的县委工作组组长苏人难以忘怀。很多年后，他回忆起那时的情景，仍是心潮澎湃。

当天，村子里红旗招展，锣鼓喧天，现场气氛非常热闹。这个高级社由10个初级社合并组成。筹备过程中，几个大一点的社都争着要用自己社的名字。筹委会开会的时候，我提议社名叫"春雷"。我说，"春雷一声天下晓"，我们是全县第一个高级社，用"春雷"这个名字正合适，也响亮。大家都表示同意，后来拿到各村去征求意见。柏树下村有个姓张的老农民说，这个名字好，老话说"春里雷，谷满堆"，就叫"春雷"好了。没想到这个名字一叫几十年，一直没有变。

春雷高级社酝酿于1955年秋。无锡县委在巩固初级社的基础上着手筹建高级社。县委举办了合作化训练班，培训基层干部；又组织工作组，到基层搞试点，指导、帮助工作。当时，县委让苏人带领一个组，到东亭区云林乡席祁村试点筹建高级农业生产合作社。经过一系列具体细致的筹备工作，1956年1月20日，工作组向县委提出组建春雷高级合作社的报告。县委很快批复同意。

（a）　　　　　　　　　　　（b）

图1-1　春雷高级社成立大会现场

高级合作社在分配方式上实行按劳分配，但问题又出现了：缺少劳动力的农户怎么办？办法归根到底有两条：一条是人人要有工做，一条是集体要增加收入，有积累，可分配。工作组思来想去，只能跳出农业的限制，农副工三业一起规划、一起发展。除了鸡鸭鹅、猪羊兔、开池养鱼、种桑养蚕，还根据当时的基础，列出了碾米、饲料加工等为农业生产和农民生活服务的项目，以及修船、裁缝、绣花、油漆等一批手工业项目。

"春雷"响起，最出名的还是修船工场。苏南农村河道密布，湖荡连片。

春雷社所在的七八个自然村，地形就像一张漂在水面的荷叶，四面是河荡，只有三四座小桥通往外面，船只成了主要的交通工具，也是重要的生产工具。运粮食、运饲料、运肥料、运建材、罱河泥，以及到湖荡里捕鱼捉虾、采菱摘莲，都要用船。船只的修理、养护（当地叫"拈船"，包括嵌油灰、刷桐油、修配船具等）有很强的专业性、技术性。这里，有着修理船只的历史传统，集中了一批擅长修船的木匠、拈船匠，并以家庭为单位形成若干小作坊。在成立初级社的时候，就有几个修船的农户联合组建了一个修船小组。建立高级社后，经过商议，以陈巷村修船小组为主体，把全村 47 名木匠、拈船匠也集中起来，在北仓河畔成立了修船工场。所谓拈船，就是对船只进行养护，包括嵌油灰、刷桐油、修理配件等。

当年的船匠许林根有这样的回忆："我自己也是迫于生计，从 1951 年开始便去学木匠了，当时 16 岁。1952 年，我们村下陈巷的陈海根（木匠）、陈南泉（拈船匠）两人，在参加当年无锡市组织的拈船比赛中一举夺魁，获得了第一、第二名的好成绩，于是就留在丁圩里船厂当领班。这样，他们就有机会学习到更多修船、造船方面的技术和知识。到了 1954 年，村里着手建立初级社，于是就把留在丁圩里船厂工作的陈海根、陈南泉等六人都召了回来，在下陈巷浜顶的三家村组建了一个修船小组，专门修理过往的船只。1956 年初，我们村里成立了春雷高级农业生产合作社，并将全村 27 只私有运输船集中起来，组建了一个运输队。运输队一成立，需要修理的船只就多了，下陈巷修船小组修理不过来。高级社商定，以下陈巷原修船小组为基础，在陈家庄创办一个修船工场，把全村所有的拈船匠、木匠都集中到船场工作，并正式挂牌成立了东亭春雷修船工场。"

谁也不会想到，这家在今天看来简陋得不能再简陋的造船工场，日后会被公认为"乡镇企业第一家"。

春雷修船工场成立以后，在外界没什么名气，只修理村里的那些船只和一些过往的小船。为了扩大修船业务量，船场的场长钟进根去无锡航运公司接生意。航运公司开始不放心，只给一条船修修看。结果修船工场的工匠技术过硬，修理周期比其他船场要短（小修、中修一个月，大修不超过 100 天），且修理费用也要比其他船场来得低。这艘船交付使用后，得到了航运公司有关领导的高度评价，并指定春雷修船工场为航运公司的船只修理点。由此，春雷修船工场打出了自己的名气、品牌，业务量也随之不断扩大。

图 1-2 春雷船厂（摄于 1978 年）

但是，任何事物的发展从来不是一帆风顺的。高级社能不能办造船厂，当时是有议论的。同时，随着国民经济逐步纳入计划经济的渠道，春雷修船工场所需木材、铁钉、桐油、苎麻等原材料以及资金贷款自然列不进国家计划，工厂的经营遇到了困难。

说来也巧，1956 年 5 月，农业部长廖鲁言下乡视察工作，来到这个春雷高级社。在农民杨五泉家（当时就他家有一个比较大的客厅），苏人向廖鲁言汇报了工作。船场场长钟进根也作了汇报。廖鲁言还找了基层干部、农民社员来谈话，了解实际情况。他问得很细，除由秘书记录外，他自己也一一记录在本子上。他又到各个工场、畜牧饲养场，看了一遍，一路看，一路问，非常感兴趣。就是无锡农民的方言听不懂，要由工作组里的学生青年帮着用普通话复述。廖鲁言身材高大，穿着银灰色的大衣，站在远处的农民没看清，纷纷传言是毛主席来了！

对高级社办工业，廖鲁言给予很高的评价。他明确说："农业合作社办工副业，体现了合作化的优越性。合作社要农副工业全面发展，各级政府、各个部门都要支持。"他还认真记下了修船工场缺乏原材料和银行不给贷款的事。廖鲁言回京后不久，就逐级下来指示，帮助农业合作社解决了船厂的原材料供应计划。

苏人把廖鲁言的意见向无锡县委作了详细汇报。对于合作社办工业这个有争议的问题，县委终于有了底。这以后，县委主要领导对于高级社办工副业，逢会必讲，从上到下打通了大家的认识，县、市和全省各地到春雷社参观的人络绎不绝。由于工副业项目办得成功，有看头，大家都啧啧称赞。1956 年 4 月 13 日，无锡市政协专门组织了 260 多人组成的参观团，从无锡市分乘几条大船到东亭春雷参观，借鉴农业合作化的经验，用以推动城市工商业、手工业的社会主义改造。

有了上层的表态，这个社办小厂生存了下来，并得到了扩展。船场在无锡漂染厂附近的黄泥头设立分厂，不久又在江阴巷口设立窗口，接洽联系城中的修船业务。就这样，船场的经营越做越兴旺。

造船工场的成立，对农民生活的改善起到了立竿见影的效应。当时这个工场只有40多个职工，职工劳动按工记工分，一工15分左右，比农田劳动要高出20%到30%，年终分配，农业社员一般一年挣300多工，务工的社员可以达到500多工。工场的经济效益比较好，加上其他工副业项目的收入，春雷高级合作社1956年工副业收入4.12万元，比1955年初级社时的9427元增加三倍多，社员的分配收入也得到增加。

春雷高级合作社，成为当时农业社会主义改造的典型和模范。从1955年冬起，全县掀起了小社并大社，大办高级社的高潮，至1957年初，全县成立了563个高级农业社，基本完成农业的社会主义改造。在此同时，至1956年底全县私营工业、商业户和手工业，基本上都已纳入公私合营或合作社的轨道。

在无锡县的版图上，距离东亭向东北近30公里处，有一个名叫陈墅的小镇。这里，有一条南北走向的街道，街边有条名叫沙子江的小河，与运河相通。在街道的南头，有一个弹棉胎的小手工业作坊，用骆驼机轧棉花，用于加工棉袄和棉胎，业主是东荡上村的周林森夫妻。而在街道的北头，也有一个弹棉胎的小手工业作坊，用老棉胎机做老棉胎，业主是思前圩村的蒋元生。

在无锡县大办农业合作社的浪潮中，陈墅所在的港下乡在1957年4月把小手工业者组织起来，在沙子江河南面办了一个针织厂，河北面办了一个农机厂。周林森与蒋元生积极响应政府的号召，主动带头将两个小作坊合并，并把所有的设备搬至河南的戴家墙门。轧花机小作坊里的周林森带领陈菊梅、周歧生、蒋桂洪、范长林、张金娣，老棉机小作坊里的蒋元生带领蒋洪生、包定桢、蒋茂盛、戴金娣，随后又有扎扫帚的董小牛和做衣服的郭长生，组成了小手工业组织的第一批合作者。其后，织草席的徐芹娣，织手套的张凤英、曹妹华相继带着设备加入，加上戴家墙门的戴静仪，组成了小厂。同年11月份，正式起名为港下针织厂。当时有17名工人，主要从事弹棉胎、扎扫帚、做衣服。

这家整日里响着"嘭嘭嘭"弹棉花声的小厂，几经坎坷，日后成为无锡县乡镇企业的龙头——红豆集团，至今活跃在中国经济的舞台上。

蒋元生是共产党员，当过村干部，出任厂长。周林森夫妻带着在上初中的儿子周耀庭，全家住在厂里，以厂为家。弹棉花的人必须戴上口罩，一天下来口罩就由白色变成了灰黑色，这个活不仅脏，而且还是个重体力劳动，大冬天干活常常只需要穿一件衬衫。蒋元生与周林森带领大家勤勤恳恳干活，还经常带领大家加班加点。晚上没有电灯，只能点着油灯，在灰暗的灯光下干活。周林森夫妻比较年长，经常主动照顾大家，大家也愿意和他们谈谈心，说说事，并亲切地喊他们"老伯伯"和"老娘娘"（方言，婶婶的意思）。由于周林森吃苦能干，团结大家，1959年12月成为一名共产党员。三年困难时期，厂里实在不景气，数次下放人员，周林森夫妻于1962年秋天回到了荡上村老家。1964年，由于弹棉胎太苦太累，又吸入过多棉花粉尘，辛苦了一辈子的周林森在疾病的折磨下离开了人世。

图1-3 港下针织厂旧址

合作厂建办那年，周耀庭14岁，对父母和同事拼命干活以及工厂与农民血肉相连的情景，历历在目。他回忆说，厂里织过手套，也织过土布，放学回厂，还帮着做做父辈的下手。织土布的时候，没有开花机，所以第一道原料开花的工序就只能拿到无锡市的一家纺织厂加工。第二道工序是用棉花纺成纱，厂里没有纺纱机，这道工序也就全部发给当地的农村妇女来完成。每天一大早，她们就来到厂门口排队，等着拿棉花回去摇纱，最多的时候有50多人，每人最多可以拿到五斤左右的老棉。手勤的妇女一般第二天就可以把纱交到厂里了，自己可以拿到摇纱的手工钱，真是"纱里淘金"。沙子江边17位农民艰苦创业的情景，以及农民妇女每天清晨排队领纱，父亲拼命干活渴望改变生活的信念，像烙印一样深深地刻在周耀庭的心中。他说："父亲生前常常梦绕魂牵那个厂，曾多次讲草根小厂对农民有好处，要进一步发展。"在他的印象中，父亲每每谈及工厂，都会眉飞色舞，神采飞扬。正是这段情缘，注定了周耀庭1983年愿意出任厂长出手拯救工厂。

1956年，无锡县在全县推广春雷经验，高级合作社新办企业增加。年末统计，无锡县农业生产合作社经营的工业加工业有210户，主要从事修造农具及船只、烧窑制砖、开山采石、粮饲加工、食品制造等行业。其中砖瓦窑12户、粮食加工108户、采石及白泥加工9户、运输29户、土纸2户、文化用品5户、竹木器加工8户。1957年，全县农业生产合作社综合经营的工业性项目持续增多，产值为622万元，为农业总产值的3.66%。这些手工作坊或工场，主要从事修造农具、烧窑制砖、开山采石、粮饲加工、食品制造等行业。

在东北塘西联下旺村，几位回乡的工人在1956年底私人集资购置部手摇落石架，建办了东北塘西联瓷花组。这家工场早期仅七人，租用民房为工场，为江西景德镇地区生产瓷器贴花纸，产品为"红玫瑰"、"绿玫瑰"、三号匙用贴花纸。

在羊尖，15名小手工业者组成的小生产作坊，靠着十几把锒头、六个铁墩和不足千元的资金，生产传统的农用工具。他们以自己的勤劳和智慧，打出了全县最好的镰刀，开创了这个企业的"第一"。

当时比较有名的，除了春雷修船、港下针织、西联瓷花这几家工场以外，还有八士乡西河头的石粉工场、石塘湾乡秦巷的粉丝加工场、南泉乡太湖六社的开山采石、生产火泥等工场。这些工场、作坊，当时只作为农业合作社的副业，但都有一定的设备和场所，有经济核算指标，实际上是高级农业生产合作社的新办企业，也是人民公社工业的前身。

图 1-4　无锡县个体手工业者走上合作化道路

罗曼·罗兰说过这样一段话："人生往往有些决定终身的时刻，好似电灯在大都市的夜里突然亮起来一样，永恒的火焰在昏黑的灵魂中燃着了。只要一颗灵魂中跳出一点火星，就能把灵火带给那些期待着的灵魂。"1956年，无锡农村兴起的简单的手工作坊，就是从"灵魂"中跳出的点点"火星"，蔓延开去，很快就形成了燎原之势。

人们不禁要问：在小小的无锡县，何以一下涌现出如此多的手工业工场？这或许可以从这个地方的工商基因中找到答案——

早自南宋开始，苏南以及杭嘉湖地区已成为我国的经济中心地带，在元代便有"置仓无锡，以便海漕"的记载。有明一季，运河的漕运得到了极大的发展。无锡属于太湖南运河与长江水运的联结点上，成为江南官粮漕运路线上的一个重要据点。漕运兴起，又带动无锡米市的兴起和发展，无锡由此成为东南粮食集散中心。乾隆年间，无锡粮食的吞吐量达到七八百万石，光绪年间，仅北塘大街到三里桥段一公里长的地方竟有大小粮行80多家。到19世纪末20世纪初时，无锡和长沙、芜湖、九江并称为全国四大米市。无锡素有织布、纺纱的传统，到了近代，机器织布业和纺纱业更是得到迅速发展，带动无锡成为全国闻名的"布码头"和"丝码头"。随着米、布、丝码头的兴旺发达，银钱业也随之发展。无锡由此成为东南首屈一指的米、布、丝、钱四大码头，名扬大江南北，为造就无锡近代以来的百年繁荣打了雄厚的物质基础。

明清时期，随着人口的大量增加，无锡地区人多田少的矛盾已很突出。农民仅靠种田打粮，不能图得温饱，必须在农业耕作之余，从事纺纱织布、种桑养蚕以及其他手工操作的副业生产，来增加收入，补充生计。土布、缫丝、制砖、冶炼等手工业行业就已很兴盛。到了近代，机器工业更是率先崛起，领先全国。从1895 年无锡第一家近代企业勤纱厂创办，到 1937 年抗日战争前夕，在不足 50 年的时间里，无锡迅速崛起了以杨、周、薛、荣、唐（蔡）、唐（程）六大家族资本集团为龙头的民族工商业群体，建立起当时领先的民族工商业体系。无锡近代工业门类比较齐全，尤以纺织、缫丝和粮食加工业三大支柱产业最为兴盛。与此同时，在无锡农村地区，一些工商业主利用这里交通方便和有大量廉价劳动力、农副产品资源等条件，在羊尖、东亭、玉祁、礼社、甘露等市镇上办起了缫丝、织布、碾米、酱油加工等小工厂。这些如星火般弱小的小手工业、小作坊，散落在全县各乡村，与荣氏、唐氏等资本集团那样的大企业一起，共同撑起了无锡近代工商业的天空。至此，无锡一举奠定中国民族工商业发祥地的地位。

更为重要的是，在近代工商业的发展过程中，无锡地区造成了较之内地更为开放、勇于改革的社会风气，培养了无锡人一种敢于抓住时机、善于发展经济、率先开创事业的性格。正是这些流淌在无锡人血液中的精神气质，加上几百年来比较发达的经济基础，造就了无锡广大农村在社会主义制度下，在适宜的时机中，大规模地发展起乡镇企业。

基因永生，创业不灭。只要沾上些许的阳光和雨水，工商基因的幼芽就会破土而出，茁壮成长。

今天，站在长江入海口，你会惊叹于大江的波涛汹涌、波澜壮阔，可是回溯数千公里，大江的源头仅是在和煦阳光下融化的几滴雪水。事物的发展，就是如此令人不可思议。

1958 年   热浪滚滚

就在这块土地上，人们开始应用当时尚不知道或认为行不通的实践去使他们的生活呈现出过去的历史没有出现过的壮观。

——托克维尔：《论美国的民主》

1958 年，在中国历史上是一个狂飙突进的特殊年份。元旦《人民日报》的《乘风破浪》社论，再次提出 15 年赶超英国的目标，同时还提出：在这以后，还要进一步发展生产力，准备再用 20 年到 30 年的时间在经济上赶上并且超过美国，以便逐步地由社会主义社会过渡到共产主义社会。

这一年 5 月，党的八大二次会议在北京召开。这次会议根据毛泽东的创议，通过了"鼓足干劲、力争上游、多快好省地建设社会主义"的总路线。刘少奇代表中央委员会所作的政治报告，对这条总路线的解释是，现在党的主要任务是进行社会主义建设，要实行技术革命和文化革命（当时文化革命的含义是发展为经济建设服务的文教育卫生事业），认为"建设速度的问题"是"摆在我们面前的最重要的问题"，还提出工业和农业、中央工业和地方工业、大型工业和中小型企业同时并举的两条腿走路的方针。

社会主义建设总路线的提出，反映了党和广大人民群众迫切要求尽快改变我国经济、文化落后状况的普遍愿望，体现了党中央、毛泽东关于社会主义建设的思路。在社会主义建设中，如果既能保持鼓足干劲、力争上游的精神状态，又能保持科学冷静的头脑，尊重客观规律，把多快与好省统一起来，社会主义建设事业是可以顺利发展的。

但是，由于这条总路线是在批评反冒进的过程中形成的，是在急躁图进、急于求成的思想指导下制订的，忽视了国民经济的综合平衡，夸大了主观意志的作用，因而存在严重缺陷。在宣传和经济工作中实际上又片面地强调一个"快"字，提出"速度是总路线的灵魂"。于是，盲目求快就压倒了一切。① 正是在这样的背景下，"大跃进"运动迅速在全国展开。

"大跃进"运动首先从农业生产领域开始，各地不断报出农业高产，"卫星"越放越大。7月23日，《人民日报》发表《今年夏季丰收说明了什么》的社论，宣称"只要我们需要，要生产多少粮食就可以生产出多少粮食来"，后来又提出"人有多大胆，地有多大产"的口号。在不断提高指标和浮夸风盛行的情况下，1957年7月，各省上报的粮食估产数量达5000亿公斤（实际上只有2000亿公斤）。这就使许多人产生了错觉，以为我国的农业问题已经解决，国家的经济重心应转移到工业建设特别是钢铁生产上来。8月17日至30日，中共中央在北戴河召开政治局扩大会议。会议号召全党和全国人民尽最大的努力，为在1958年生产1070万吨钢而奋斗。北戴河会议后，全民大炼钢铁运动掀起高潮并成为"大跃进"的中心，各地大上钢炉，实行"土法炼钢"。到1958年9月，全国有500万人直接从事冶炼工作，建立各种规模、大小不一的小高炉、土高炉60万座；到12月，大炼钢铁的人数达到9000万。同时，还有2000万人从事找矿、挖煤、交通运输、后勤保障等工作。②

随着"大跃进"运动在全国兴起，农村广泛兴起了人民公社化运动。对原有的农业合作社实行"小社并大社"的运动，建立人民公社。12月，党的八届六中全会通过的《关于人民公社若干问题的决议》肯定了公社工业化的发展，指出"人民公社必须大力发展工业"。1959年3月，毛泽东在中共中央政治局扩大会议（即有名的第二次郑州会议）上指出："……我建议在十年内向公社投资几十亿到百多亿元人民币，帮助公社发展工业，帮助穷队发展生产"，"目前公社直接所有的东西还不多，如社办企业、社办事业，由社支配的公积金、公益金等。虽然如此，我们伟大的、光明灿烂的希望也就在这里"。③

在党中央的号召和对共产主义美好前景的憧憬下，人民公社化运动迅猛发展。仅在两个月内，全国农村就基本实现了公社化。到1958年底，全国原有的74万个农业生产合作社改组合并为2.6万个人民公社，有1.2亿多户农民入社，

① 中共中央党史和文献研究院：《中国共产党的一百年》，中共党史出版社，2022年，第487—488页。

② 宋亚文编著：《图说新中国60年艰难探索1956—1977》，四川人民出版社，2009年，第35页。

③《建国以来毛泽东文稿》第8册，中央文献出版社，1993年，第69页。

占总农户的 99% 以上，基本实现了人民公社化。[1]

1958 年年初，无锡县遭遇到多年少见寒潮的袭击，1 月 14 日的气温骤降至零下 14 摄氏度，河港封冻。然而，在宏观时局的影响下，无锡的政治气候骤然升温，不久就达到灼热的程度。

今天，翻开《无锡县志》，阅读当年的大事记，似乎仍能感到扑面的"热火"——

2 月 13 日至 14 日，中共无锡县第一届代表大会第二次会议召开，会议提出提前实现"四十条"，亩产粮食 425 公斤。

7 月 15 日至 17 日，县"双千斤誓师大会"在无锡市体育场召开，两万余人参加会议提出实现"水稻亩产双千斤，蚕茧一百斤，全国夺冠军"。会上，水稻高产指标升到 3000 公斤。高指标浮夸风愈演愈烈。

7 月 31 日，市、县文教工作者 1.2 万人举行"文化革命"誓师大会，贯彻文教事业为政治、为生产服务的方针，掀起"文化革命"高潮。

8 月 1 日至 4 日，县委召开工业干部扩大会议，贯彻地方工业为农业生产服务的方针，提出大搞钢铁冶炼、农具改革和"四土"（土化肥、土农药、土水泥、土沼气）制造。

8 月，县委成立钢铁冶炼指挥部。建造土高炉 2000 多座，以吼山、湖滨、红旗、洛社、惠山五大炉群为主。同年建 13 立方米小高炉两座，年产铁 743.7 吨。

图 1-5 1958 年 8 月，无锡县各地兴起大炼钢铁热潮

9 月 6 日，全县深耕翻现场会议召开，提出全县 865 万亩三麦地全部用纹关犁深翻 15 尺（0.5 米）的要求。各地为制纹关犁刮起"倒树风"。

9 月 7 日，无锡县第一个人民公社——东亭人民公社成立。至 23 日，全县实现人民公社化，共建人民公社 39 个，22.3 万户农户全部入社。

10 月，全县推广在秋收秋种中采用"大兵团作战"的方式方法，分别成立指挥部、指挥所，大部分劳力集中住宿，大搞深翻播种。

---

[1] 宋亚文编著：《图说新中国 60 年艰难探索 1956—1977》，四川人民出版社，2009 年，第 39 页。

是月，又推广将社员家庭养猪集中到集体养猪场，变个体养猪为集体养猪。

是月，全县各地大办食堂，实行"吃饭不要钱"，大刮"共产风"。

……

中共中央党史和文献研究院所著的《中国共产党的一百年》对1958年的运动作出了这样的论断："'大跃进'运动最大的失误是急于求成，在建设速度上盲目求快；人民公社化运动最大的失误是片面追求提高公有化程度。两者的共同教训，是背离了党一向倡导的实事求是的原则，脱离了中国社会生产力的发展水平，违背了经济社会发展的客观规律。"[①]

图1-6 无锡县召开水稻亩产双千斤誓师大会现场

人民公社的特点是"一大二公"。所谓大，就是规模大。将原来一二百户的合作社合并成为四五千户以至一二万户的人民公社，一般是一乡一社，有的甚至是数乡一社。所谓公，就是生产资料公有化程度高。原来几十个上百个经济条件、贫富水平不同的合作社合并后，一切财产上交公社，多者不退，少者不补，在全社范围内统一核算、统一分配。社员的自留地、家畜、果树等都被收归社有。在各种"大办"中，政府和公社还经常无偿地调用生产队的土地、物资、劳动力和农民的财物。在公社范围内实行贫富拉平、平均分配，对生产队的某些财产无代价地上调。这种"一平二调"就是刮"共产风"，实际上是对农民的剥夺，给农村生产力带来灾难性的破坏。[②]

在这种炽烈的气浪中，无锡县召开三级干部大会，提出"大搞社办工业，大搞工具改革"的运动。并决定把前两年组织起来的手工业合作社，全部划归人民公社经营管理。在东亭，春雷船场和村里的运输船队等全部收归公社经营，春雷船场的发展就这样硬生生地"中止"了。许林根回忆："1958年9月，无锡县第一个人民公社——东亭人民公社成立了，春雷修船工场和村里的运输船队等，全部收归东亭公社经营。这样就中止了船场的发展。"

1960年12月，中共中央针对"大跃进"所造成的严重经济困难，发出了由

---

① 《中国共产党的一百年》，第494页。

② 《中国共产党的一百年》，第492—493页。

周恩来主持起草并经毛泽东改定的《关于农村人民公社当前政策问题的紧急指示信》。要求全党用最大的努力坚决纠正人民公社化运动中出现的"一平二调""共产风"，并规定了 12 条措施，主要是：重申"三级所有，队为基础"；彻底清理"一平两调"，坚决退赔；加强生产队的基本所有制，实行生产小队的小部分所有制，允许社员经营少量自留地和小规模家庭副业；坚持按劳分配

图 1-7　春雷船厂外景

原则；恢复农村集市，等等。据此，无锡县各人民公社着手组织平调退赔。东亭公社向春雷大队里退回了 20 多名拈船工和木工。大队里就把这 20 多人重新组织起来，在陈家庄重建船场，并改名为春雷船厂。许林根担任了生产副厂长。

在手工业划归人民公社经营管理的过程中，东北塘的西联高级农业生产合作社也被公社接管经办，并更名为西联贴花厂。当年 11 月，在上海世界贴花照相制版厂的帮助下，继续生产贴花纸，开发打火机贴壳面图案，属全国首创。此后，这家工厂几经发展，成为无锡县人民印刷厂的组成部分。

当春雷船场在人民公社化运动中收归公社经营之时，曾经见证它诞生的苏人刚调至八士乡任第一书记。

因为有了创办春雷高级社的经验，苏人在八士掀起大办工业的热潮，采取"就地取材、因陋就简、以小为主、以土为主、土中出洋"的办法，办起了白泥加工厂、服装加工厂、农机具修造厂、翻砂厂、农药厂、砖瓦厂、水泥厂、麻纺厂、饴糖厂、酿酒厂、粮食加工厂和食品厂，等等。

八士境内有一座名叫斗山的小山，苏人发动社员"靠山吃山"，对白泥进行深加工，做成高压电磁，销到苏州。无锡市惠山工艺品厂专业出口外销的洋娃娃，又动员社员为这些洋娃娃配套加工服装，全乡 52 个裁缝找到了用武之地。

那家农药厂，当地人都亲切地称它为"198"化工厂。"198"，是什么意思呢？就是用 1.98 元办出来的小厂。砌了个土炉灶，用 1.8 元买了 50 公斤石灰，0.18 元买了把扇子，有些东西是借的。八士卫生院的一位医生略懂化学、生物，被请来担任厂长。他依靠群众的力量采集了天南星、苦楝果、野蓬头、牛藤草等几十种野生植物，经过 194 次试验，成功制造了一种土农药。细菌肥料试验成

功后，主要用于旱作物栽培，除了供当地农民使用外，还包装后销往北方。

这些作坊式的小工厂，赚来的钱用于兴修水利，支援农业生产，促进了农业发展。1958 年，八士的农业产量是全县最高的乡镇之一。公社也有了积累，于是把利润一次性拿出来三万多元给农民发工资，在全县成为第一。当时，《新华日报》《无锡日报》《工人生活报》和无锡县办的《无锡报》等报纸等刊登了有关八士乡大办工业的报道。

图 1-8 八士公社的队办土化肥厂

据不完全统计，有 35 篇之多，其中还有短评、社论。1958 年 12 月 11 日，《新华日报》刊登了《促进农业发展，支持国家建设，增加社员收入——八士人民公社举办多种工业》的消息，还写了编者按语："人民公社必须办一些为当地农业生产服务的工业，而且应当充分利用当地的资源和技术，并且要考虑到销路来发展多种工业生产，发展一些为了交换而不是单位自给的商品生产。"

1958 年，八士公社工业总产值达到 520 多万元，比 1957 年翻了七番，利润近 20%。是年 12 月，全国农业社会主义建设先进表彰大会在北京举行，八士公社代表参加了这次先进表彰大会，带回来由国务院总理周恩来签名的一张奖状："奖给农业社会主义建设先进单位江苏省无锡县八士人民公社。"

八士公社，正是当时无锡县大办工业的缩影。在当时的宏观政治环境下，无锡县委睿智地提出了"三就地"（就地取材、就地生产、就地销售）、"四服务"（为农业生产服务、为人民生活服务、为大工业服务、为市场和外贸出口服务）和土法上马、两条腿走路的办工业的思想。这些思想后来成为无锡县社队工业坚持的基本原则。

在港下，蒋元生、周林森的针织厂挂靠上了国营企业无锡市新毅布厂。1958 年 7 月，无锡县划归无锡市领导。素来发达的无锡市城市工业向新兴的社队工业伸出了"援手"。全县有 32 个公社与市区 65 个单位挂钩，支援公社的设备有：金属切削机床 32 台，动力设备 12 台（套），酒精塔四座，制砖机两台。向公社投资 74.3 万元，帮助人民公社发展了机械制造、化工、轻工等新项目。无锡市新毅布厂如同荣家企业，也是在公私合营后逐步转制成国营企业的。该厂原厂主朱光华为无锡县东北塘人。抗战爆发期间，朱光华与周雅峰集资接盘了地处东亭新塘桥的新艺布厂，后更名为新毅布厂。在短短10年间，新毅公司从一家小布厂发展为拥有纺、织、染、修造等七个工厂和一家银行，分布无锡、常州、南京、上海、郑州和唐山等地。扩张速度令人惊叹，加上与荣家企业类似的"欠入赚下还钱"的经营思路，朱光华一时被时人称为"小荣宗敬"。港下针织厂与无锡市新毅布厂双方结成挂靠关系以后，港下针织厂选派包定桢去无锡新毅布厂学习织布和机修技术，新毅布厂派姜金元常驻针织厂，指导办厂，还派一名叫王希斌的员工作为技术指导。在新毅布厂的大力帮助下，港下针织厂快速形成规模，除了满足当地的生产和生活用品需求外，生产的产品已有了剩余，由无锡大厂的推销员帮忙把产品销到苏北等地。1960年，港下针织厂全年产值达到了六万元，成为港下公社效益最好的企业。

"大跃进"浪潮中，各地同时刮起"浮夸风"，互相比拼大放高产卫星，鼓吹"人有多大胆，地有多大产"，在农村上演"胸前挂颗大红心，背后披上一万斤"擂台赛，鼓吹"放开肚皮吃饭，鼓足干劲生产"，如此等等。

这种大规模的违反经济规律的群众化运动，很快就收获了"恶果"。进入1959年，国民经济由前一年的"大跃进"陡然跌入低迷；从1960年起，严重的"三年自然灾害"又突然降临到刚满十周年的新中国的头上，粮食产量急剧下降，1960年全国粮食总产量比1958年下降了20%。[①] 无锡县的粮食生产素来高产稳产，1958年全县粮食总产达32.91万吨，从1959年起连续三年减产，至1961年全县粮食总产降到22.16万吨，比1958年下降32.7%，平均每年下降12.4%，农民生活受到严重影响。

回忆起当年的情景，江苏兴达投资集团公司董事长华若中提到的最多的一个字是"饿"。因为家中人口多，以至连半饱都挨不上。豆饼、野菜的苦涩滋味，让华若中久久难忘。华若中出生于1950年的东亭，真正懂事的时候正是1958年的"大跃进"。"那时候，随着大炼钢铁和粮食高产运动的风起云涌，无锡农民也搞大兵团军事化，父母都被调去修水利，开山垦地。我在小学低年级，好长好长时间，见不到父母。"1963年，华若中以优异的成绩进入东亭初中。中学时代，对于农民出身的他而言，吃午饭都显得有些困难。"学校要求事先装点米在里边，可是我带不出米，只好在饭盒底下放一个山芋……"到了午饭时间，华若

---

① 《中国共产党的一百年》，第502页。

中一个人拿着山芋到操场边上，悄悄地吃。冬天，一只山芋都是金贵的，到了下午放学，华若中常常已是饿得"满头虚汗"。他回忆道，当时觉得每时每刻都被饥饿纠缠。野菜、草根、树皮，不管啥滋味，能填进肚皮心里就安定一些。"直至1970年进了公社农机厂，派我去无锡国营企业培训，就在那里，我平生第一次吃到真正的饱饭，胃里有了撑的感觉，这让我有了学好手艺的动力。"后来，华若中回顾这段经历时说："生存的本能磨出了超强的能力，经历过那三年的饥饿，以后什么苦都能吃了。今天的年轻人比我小时候见识广、文化高，连个子都大大超过了老一辈。按说，长江后浪推前浪，青出于蓝胜于蓝，没有什么可不放心的。但他们没有吃过我小时候的苦啊。这既是他们的幸运，也是他们的缺欠。年轻一代没有经历过的穷和苦，却是我一生的财富，它让我放平心态，处变不惊地走到今天，去迎接明天。"

同样在挨饿的还有龚海涛。龚海涛1949年出生于钱桥乡南西漳村，在六个兄弟姐妹中排行老二。在1958年至1961年自然灾害期间，农民为填饱肚子，以红花草（学名紫云英）的植物维持生命。龚海涛家里也陷入了极度贫困和饥寒，兄弟姐妹们几个常常轮流舔勺子上留下的一点米汤。他说："当时，我唯一的愿望，就是希望有一天能吃上一碗白米粥。"20世纪60年代，无锡农村施种"双季稻"，龚海涛小小年纪担任了"农忙队长"，早上三四点下田，晚上干到十一点钟。因为衬衣都破了，在三十多度的高温下只能光着膀子在田里干活。结果除了牙齿是白的，上半身和脸都晒得像水牛一样黑黑的。

同样，时任杨市公社党委书记王敏生对农村当时情况也记忆犹新。多年后，他这样回忆那段岁月：

> 1960年一到杨市，正赶上三年自然灾害，人们正饿着肚子，根本没有心思干农活。我想既要让农民休养生息，也决不能光晒晒太阳吧。于是在县委的支持下，我拿到了十万斤粮食，通过以工代赈的办法，把农业水利先搞起来。在种好大田的同时，发动社员把桃园、桑树田、河滩等十边田利用起来种胡萝卜、种山芋，以解决饥荒；还动员社员以工代赈，开垦芦苇滩种粮食，提出谁种谁收。这样一来，让社员填饱肚子，度过了春荒；以工代赈既解决了缺粮户的实际困难，保证了农田基本建设的顺利完成，还开发了芦滩地，增加了全乡粮食收成。1961年夏粮喜获丰收，这批增收的粮食，解决了全公社的粮食缺口问题。

> 杨市社队企业是在1958年"大跃进"时办起来的，当时主要为"大跃进"、大炼钢铁服务。以后在三年困难时期，社队工业经过调整、整顿紧

缩，仅留下星星点点小部分企业，转成维修农机具的小厂、小作坊来为农业生产服务。当时只是解决农村劳力的出路问题，出现了最早这批"离土不离乡"的亦工亦农人员，实行的是"劳动在厂，分配在队，适当贴补"的分配办法。社队工业就这样办起来了，农民收入增加了，生活得到了改善，搞农田基本建设也有了一定的经济实力。

　　1958 年的无锡农村，热火腾腾。据统计，1958 年至 1959 年全县公社工业直线上升。1958 年企业总数达到 514 个，务工人员 6761 人，年产值超过了 1000 万元，达到 1215 万元，在江苏仅次于吴县，比上年增长 95.3%。1959 年，无锡市与无锡县实行城乡、厂社挂钩，支援农村发展工业。这一年全县公社企业单位调整为 314 家，务工人数增加到 16465 人，年产值达到 2248 万元。同时，大队工业也有了发展，实现产值为 1874.59 万元。1960 年，社办工业企业再次调整为 265 家，产值增加至 2339 万元，工业门类由公社化前的 12 个行业增加到 49 个行业，同时引进了一批机械动力和加工设备，逐步由传统手工业向现代工业转变。[1] 这一阶段公社工业化的群众运动，成为无锡乃至江苏农民办工业的大规模预演。加拿大籍学者崔大伟（David Zweig）指出，那个时期，"地方官员也开始促进队办企业发展，特别以此作为一种可接受的替代受到极左支持的更为激进方案的方法"，"已在激进和改革年代里发展的大队和公社的工厂依然是大跃进政策唯一的创新"。[2]

　　[1]　无锡县经济委员会、无锡县乡镇企业管理局编：《无锡县工业志》，上海人民出版社，1990年，第59页。
　　[2]　[美]白苏珊：《乡村中国的权力与财富：制度变迁的政治经济学》，郎友兴、方小平译，浙江人民出版社，2009年，第43页。

1961 年 "草根"不死

生存还是毁灭，这是一个问题！

——莎士比亚：《哈姆雷特》

生存的欲望再加上成长的希望，构成起跑的原动力，但精彩的起跑并不等于圆满的句号。在"大跃进"中掀起的大办工业的浪潮，尽管来势迅猛又很快风卷潮退。

20 世纪 60 年代前几年，灰色的基调很重，可无论如何总有感人的色彩。个体在宏大历史事件中成长蜕变。观念的冲击、形势的变换，并没有阻挡住农民对生存追求而生发出的"叛逆"步伐。

1961 年的夏天，神州大地的天气特别燠热。在炽热阳光的烧烤下，农田慢慢板结成硬块，成片的水稻叶子开始打蔫，有的开始呈现出枯黄之色。

正在上海青浦县调查的陈云、薛暮桥看在眼中，忧在心中。然而，前几年的"瞎指挥"所造成的严重后果，更让他们忧心。

"大跃进"所造成的国民经济和人民生活严重困难，引起了中共中央和毛泽东主席的警觉。1961 年初在党的八届九中全会上，毛泽东发表讲话，号召全党恢复实事求是、调查研究的作风，要求这一年成为实事求是年、调查研究年。他说："一切从实际出发，不调查没有发言权，必须成为全党干部和思想和行动的首要准则"，"在调查的时候，不要怕听言之有物的不同意见，更不要怕实际检验推翻了已经作出的判断和决定"。① 在他的号召下，中央领导人相继到基层

---

① 《中国共产党的一百年》，第 505 页。

调查。

1961 年 6 月，陈云决定到他当年搞农民运动的家乡青浦县小蒸公社去蹲点调查。薛暮桥被要求先去一个星期，研究调查项目。薛暮桥回忆："我去后召集公社干部开会，知道这里农民最关心的是生猪公养还是私养问题、种双季稻问题和自留地问题，等等。陈云同志来后决定先调查这些问题。"所经之处，"目睹上级的瞎指挥，深感这是造成三年困难的根本原因。青浦农民的生活确实很苦。其他许多地方已开始取消公共食堂，青浦农民还被迫在公共食堂吃饭，一个农民一日三餐，每餐一大碗稀粥，实在吃不饱"。

在距离青浦不远的浙江省萧山县，饥饿同样在折磨着农民。在来青浦调查的三个月前的 3 月，薛暮桥与妻子还去了萧山县去蹲点调查。"一到农村，就看到农民把原来当作绿肥的红花草煮了当饭吃，把种的绿肥都吃光了。我们还发现妇女普遍干超负荷的重劳动；吃食堂，肚子吃不饱；干集体劳动，孩子无人管；妇女儿童普遍患病"[1]。

薛暮桥时任国家计委副主任，所处的高位决定了必须"谨言"。而他的堂弟孙冶方（原名薛萼果）却把他对"大跃进"的反思写进了文章。1956 年，他写了《把计划和统计放在价值规律的基础上》《从"总产值"谈起》等文章，反对把"价值、价值规律""商品经济""资本、利润"视为"资本主义概念""资产阶级观点"，批评了"不惜工本是社会主义建设应有气概"的错误说法。[2] 对"大跃进"时期"只要有了钢，亏损或盈利都无关紧要"的错误论调，孙冶方直言不讳地说："这是偏见！社会主义绝不是不讲价值。忽视价值，是 30 年代苏联经济学中的自然经济论的流毒，这样干不是把老本都要吃光嘛，不是坐吃山空嘛！"[3] 在他的支持下，经济研究所向中共中央提出了建议撤销集体食堂的报告。对于当时中国理论界把价值、利润、奖金等通通当作修正主义批判，他更是提出了批评意见，在 1961 年上交了《关于全民所有制内部的财经制度问题》《固定资产管理制度和社会主义再生产问题》以及《社会主义计划经济管理体制中的利润指标》等报告，结果被康生指责为"鼓吹利润挂帅"，被扣上鼓吹"修正主义利润挂帅""修正主义企业自治"的帽子，遭到批判。面对批判，孙冶方始终坚持自己的观点。1964 年 8 月 10 日，陈伯达在《红旗》编辑部召开座谈会，专

---

① 薛暮桥：《我随陈云同志下乡调查》，中共中央文献研究室编：《永远的陈云》，中央文献出版社，2015 年，第 132 页。

② 孙冶方：《社会主义经济的若干理论问题》，人民出版社，1979 年，第 3—5 页。

③ 《人民日报》1980 年 7 月 23 日。

门批判孙冶方的经济学观点。孙冶方利用答辩的机会，在会上作了"关于生产价格问题"的长篇发言，他说："我主张赤裸裸地交代自己的观点，想了什么，就说什么。我不管有的同志一讲到资金利润率，就说是修正主义观点，也尽管人家在那儿给我敲警钟，提警告，我今天还要在这里坚持自己的意见，以后也不准备检讨。但我要申明，我要的是社会主义的，不是要资本主义的。"[①] 于是，孙冶方被撤销职务，下放到农村劳动。

针对"大跃进"所造成的国民经济混乱的情况，1961年1月召开的党的八届九中全会提出来了对国民经济实行"调整、巩固、充实、提高"的八字方针，我国的国民经济建设由"大跃进"转入调整时期。1962年9月27日，党的八届十中全会通过的《农村人民公社工作条例（修正草案）》中规定："公社管理委员会在今后若干年内一般地不办企业"，直接把一度过热的社队企业成为整顿对象。

无锡县采取谨慎、稳妥的措施对公社工业进行调整整顿。一批社办工业划归手工业合作社管理，一批企业因退赔而解体，一部分企业因不具备生产条件而关停，还有部分企业下放给生产队转为副业，同时保留了一批为农业生产服务的工业。公社企业职工压缩了4671人，占职工总数的一半以上，其中1958年后进厂农民工更是被压缩了八成以上，其中农民工3273人，占1958年后进厂农民工总数的81.66%。1961年的社办工业产值下降为1216万元，只有上一年的一半左右。此后，对社办工业继续进行调整，到1963年底，除了将适合手工业经营的企业改组为手工业社（组）外，公社工业调整保留为东亭食品厂、钱桥、胡埭、张泾、南泉饲料厂、八士发电组，共六个单位，产值仅19万元，加上队办企业，社队工业实现总产值272万元，跌至历史最低点。同时，无锡县遵照中央有关阶级斗争的有关精神，处理了1204件投机倒把案件，取缔了红旗、梅村、陆区等公社开设的一批"地下工厂"。1961年底，安镇片（为便于指导工作，当时将邻近的若干公社划分为片，但不作为政权机构）发现19家地下工厂。1962年初，坊前、梅村等八个公社发现20家地下工厂，有18个大队干部参加。

看来，在那个时期，发展社队工业的真正机遇还没有到来，人们也还没有形成扶助发展社队工业的自觉，处于一种"身不由己"的状况，随波逐流，上则大上，下则大下。经过持续三年的调整，无锡县国民经济得到了恢复和发展，突出表现在农业生产的发展。1965年与1949年相比，全县人均耕地面积下降24%，

---

① 孙冶方：《社会主义经济的若干理论问题》，人民出版社，1979年，第291页。

劳均耕地面积下降 37%。但粮食总产和亩产均有了大幅度提高,粮食产量比 1958 年增加 34.7%。在此期间,全县接收了由城市下放的工人五万多人,这大大抵消了粮食增产的成绩,本来劳多田少的矛盾更加尖锐。

面对劳多田少的矛盾,为寻求过剩劳动力的出路,人们的创业之心一直在跳动,自发地以办副业名义兴办工厂、作坊。"星火"虽然暗淡如豆,但依然发着诱人的光芒。

图 1-9 深翻耕地现场

薛暮桥、孙冶方的家乡,是无锡县西北的一个名叫礼社的小镇。1929 年,薛、孙和一众年轻的学生,跟随陈翰笙参与了著名的"无锡农村调查"。调查结束后,薛暮桥回到故乡礼社作了一个月的调查。撰写的调查报告《江南农村衰落的一个索引》,以"余霖"为笔名发表于《新创造》。那时的礼社,土布业比较发达,"全镇耕地计三千亩左右,稻田约占四分之三,桑田约占四分之一,平均每一农民种稻田五亩五分,桑田一亩八分","家庭手工业以织布为最著,为农家妇女育蚕之外最主要之生产事业。原料之购买及产品之销售全为一二商人所独占,农妇向纱庄领取棉纱,织成土布后交还纱庄,获得工资。工资之高低亦依土布销路之畅塞而时有变更","民国初期,礼社就有家庭织机三百余架,即每两户有织机一架。……家庭手工业首推花边,从事花边工作者当时至少有三四百人"。[1] 不过,由于受到机器工业的冲击,这些手工业都无可避免地走向消亡。

就在薛暮桥、孙冶方为不按规律的国民经济而忧心之时,礼社的队办工业在下马潮中依然顽强地生存着。1965 年,礼社(时称东风大队)通过当时担任无锡机床电器厂厂长的礼社老乡接回了一批加工业务,以钣金为主制作电器控制柜。业务虽然接到了,但办厂报告公社却不批准,理由是要以粮为纲,大办农业。大队党支部认为要彻底改变农民收入低的情况,只有办工业,发展多种经营才是出路。于是打"擦边球",一而再、再而三地向公社主要领导说明制作电柜是为农村兴修水利、粮饲加工等服务的,最终公社勉强同意。工厂刚办时,厂房

---

①　薛暮桥:《江南农村衰落的一个索引》,《新创造》第 2 卷第 1—2 期,1932 年 7 月。

是利用一薛姓大户的三进三间老宅；办厂资金是抽调大队集体办的养蜂场的一些积累；设备是通过进厂工人必需自带工具解决的，这是进厂的"门槛"。于是铁匠陈阿兴搬来了铁钻，铜匠葛友根带来了锉刀，中专生薛耀伦拿来了老虎钳……又通过下放工人蒋爱珍、吕玉坤到无锡市某厂求援到一台报废的"三只脚"车床，厂里用水泥墩子为它装了只"脚"，用螺丝固定，大家戏称它为"折脚"车床。以后添置的一些笨重机械，也是采用撬棍、滚木搬进厂的。无锡机床电器厂不但欠给板材，还看到大队厂没有剪板机，就在白天干完活后，让工人老师傅晚上加班剪板开料；没有电焊机，机床电器厂又无私奉送给一台电焊机。厂房、设备陆续就位，技术问题却成了"拦路虎"。工人多是"三铁耙六稻茬"的农民出身，图纸看不懂，机器转不动，怎么办？

图 1-10 礼社村街景现貌

当时有人向大队推荐前巷生产队的唐永千。此人曾在上海飞机场、上海齿轮厂工作过，是高级技工，有一手好技术，因"不肯支内（工厂内迁青海）、私开工厂、触犯政策"而服刑，此时正"保外就医"，在生产队瓜棚看瓜。党支部再三讨论，支书王振富果断拍板："用用试试。"唐永千进厂后，果真发挥了自己的技术专长，不但为厂里制作了电焊机，还通过亲戚买来了市场紧缺的合金刀、滚子刀，工厂顺利运转。当时，无锡县社队企业逐步兴起，作为加工生产的车、钳、刨、磨、铣、冲床等工作母机，市场上非常紧缺，尤其是6136、620等普通车床，往往一台难求。唐永千看准这一个机会，建议仿制生产。这一建议被采纳，工厂开办了金工车间。车床的主要原料是钢材，大队通过"四个一点点"度过了原材料紧张关：一是求援一点点，通过找关系向大厂求援，如无锡机床电器厂就支援了几十吨；二是请求政府部门拨一点点，公社每年从"牙缝"中省一点给工厂；三是以物易物协作一点点，厂里规定，凡是前来购买车床的厂家，必须带钢材来换；四是节省一点点，每道工序精打细算，决不浪费有用之才。在技术上，由唐永千领衔，成立攻关组，经过连续几昼夜苦战，终于一举获得成功，当年产出10台车床。生产高潮时，从厂门外到厂内车间的两旁都排列着半成品和成品的车床。前来求援车床的厂家需预约登记。礼社农机厂不但为全公社机械行业的发展作出了贡献，也为周边公社的工业发展发挥了积极作用。在农机厂的基础上，又派生出齿轮厂、油嘴油泵厂、活塞厂、汽车配件厂等，农机厂还为大队企业培养了一大批技术人才。

无锡城南的东塔，农民平均耕地不到半亩，少的仅有三分地，明显低于全县人均土地，地少人多矛盾十分突出。从晚清时代起，这里的年轻人成群结队离开家乡，去往上海滩"讨生活"，其中有一位大名鼎鼎的周舜卿。周舜卿早年闯荡上海滩在煤铁行当学徒。那时，上海初开商埠，大街上洋人开办的商行、字号随处可见。周舜卿凭着少年聪颖，敏感地意识到要想在这个地方出人头地，就必须结交洋人。为此，仅粗通文墨的他毅然决定去业余补习班补习英语。经过几年的努力，练就一口流利的英语。不久，在机缘巧合中他认识了英国商人帅初。帅初投资5000两银开办升昌五金煤铁号，交由周舜卿经营。由于周舜卿精明能干，待人谦和，恪守诚信，因而升昌生意兴隆，利润可观。后来，周舜卿在升昌旁边再开震昌煤铁号。在随后的近二十年间，"昌"字号的业务不断拓展，先后在汉口、镇江、常州、苏州甚至日本长崎等地开设震昌分号，同时在温州开设同昌，在无锡开设广昌，在苏州开设升昌……这些"昌"字号之间彼此互通声气，让周舜卿及其实业声名远播，成为"煤铁大王"。周舜卿发达之后，于1902年在家乡东塔庙桥港西岸，置地百亩，独资建造了当时无锡最大的乡镇——周新镇，又在此创建了无锡第一家机器缫丝厂——裕昌丝厂。

这里，素有经商传统，"五匠"（铁、木竹、漆、裁缝、泥水匠）或定点设铺，或走街串巷，十分活跃。1958年"大跃进"时期，这里兴起了一批小型工厂。当时东塔木业社利用一台杭州产脱粒机改制成脚踏式稻麦两用脱粒机，定名为"东塔式"，曾参加省及全国召开的现场会议，得到了好评。在"下马风"中，这些工厂又大多被关停。但是，农民要求致富的迫切性还是非常强烈，"地下工厂"偷偷地发芽生长起来。1961年，东塔梁南大队创办农机修配厂，有职工15名，1000元资金，生产螺丝、螺帽、木钻和船用五金等产品。到1963年，这家"地下工厂"赚了3000元，建起了一个电灌站。时任大队书记周生宝在全县党员大会上检讨时说，办"地下工厂"说起来不好，但赚了钱也为人民办了好事。他表示，如果要检查停办，宁可回家生产，不当干部。

图1-11 钱桥公社农村五匠工作证

一位被批搞投机倒把的党员说，这不能算搞资本主义，否则全家七口人，单靠农业有了吃没有用，油盐开销从哪里来？后来，这个"地下工厂"在公社的默许下得以生存下来，并逐步演变成为无锡县东垮锻造厂。

在距离礼社只有十余公里的石塘湾，社队工业同样悄悄地生长着。1963年冬，石塘湾公社石塘湾大队的下放工人狄进泉等八人用80元资金和5台旧老虎钳起家，悄悄为大队创办了一家针织配件厂，主要生产针织配件和丝锥，这是全公社最早的队办企业。企业逐步积累资金后，又先后办起了针织机械厂、柴油机配件厂、第二针机厂、纺织配件厂、粮饲加工厂等，到1971年底，该大队共有企业九家，年利润20余万元。1965年春，同在石塘湾公社的秦家庄大队社员缪忠宝、缪焕兴凭借自己的一技之长，在大队观音堂内依靠一把台钳、几张长凳和100元资金，创办了螺丝攻加工厂，买了钢丝，经过剥皮、淬火，制成丝锥刃具。由于质量过关，很快被无锡市机电公司确定为定销单位。因办厂带来了良好的经济效益，各大队都派人前去学习取经，仿照秦家庄的做法，把一批有技术专长的下放工人招募起来，纷纷办起了加工螺丝攻的小五金厂。不久，农村电力供应得以普及，继石塘湾、秦家庄之后，各大队又纷纷办起了粮饲加工厂，队办工业也蓬勃兴起。

办工业赚了钱，主要用于为农服务及扩大再生产。据20世纪70年代初担任秦家庄大队党支书的缪伯兴介绍，当时手头有了点钱，办的第一件事就是修筑地下渠道，两年内修了600多米，提高了农田灌排能力；第二件事是购置拖拉机等农业机械，从手拖到中拖，大大减轻了农民劳动负荷。第三件事是盖厂房，创办新企业，像老母鸡孵小鸡，先后办起了四家队办企业。队办企业兴起以后，社办企业也迎头赶上。1966年8月，公社筹措8000元钱，在石塘湾东街莲社会（庙宇）内，办起了设备十分简陋的公社农机具修造厂，主营稻麦脱粒机等农机和农具的修理。接着1967年秋，张皋庄大队聘用10位外地皮鞋师傅，办起了一家皮鞋厂，后来该皮鞋厂扩大规模，升格为公社皮鞋厂。自此，社办企业正式起步发展。

1963年，同样是在石塘湾公社，原来在国营企业干钳工的陆定标也下放回了家乡。这年的他刚刚25岁，年轻而充满活力，受过城市生活的熏陶，自然不甘心就此像他的父辈们一样在农田里摸爬滚打度过一生。三年后，机会来了，大队看中了他的技术，由他领衔创办了螺丝攻加工厂。从此，摸爬滚打的领域，从田头转到了车间，很快螺丝攻加工厂就有了成效，产品销往东北、厦门等地，月产值高达8000多元。这在当时无疑是一个"天文数字"。陆定标有技术，有客户，俨然成了"香饽饽"，以后又应各地之邀参与了六家企业的创办。

观察这一时期"冒"出来的社队厂，下放工人和所聘技术能人起了重要作用。无锡县所接受的五万多名下放工人，成为创办社队企业的骨干力量和人才蓄水池。玉祁礼舍的车床生产、石塘湾的螺丝攻是如此，与东峱毗邻的华庄也是如此。

与东峱一样，华庄的年轻人也有外出打工"讨生活"的基因，他们成群结队离开家乡去往上海、南京、苏州、无锡等城市当学徒，大部分从事做铁匠（锻工）、钣金工（冷作），以及车工、钳工等工作。20世纪60年代初他们中的一批人下放回到了华庄。曾当过华庄镇工业公司经理的钱德明回忆："我们就利用这一批有经验、有技术的下放工人，组织他们一起办厂，有的还被任用为厂长。后来有了一定基础，公社于1973年初建办无锡县冷作厂，就是以下放工人为主力的。建厂后，他们的技术特长得到了运用和发挥，搞起了冷作方面的产品——行车起重机。记得第一台五吨单梁行车是销往上海仪表局的。没有厂房，是在原邓巷上的麦田里制造的。第一台交付成功后，业务逐步扩大，产品越做越大。"

这批下放工人对社队工业发展所起的作用，不只限于"造"出了产品，而且"造"出了一批技术人员。无锡县冷作厂当初聚集了几十名下放工人，五年的"传帮带"，工厂有了700多名工人的队伍，其中不少工人成为冷作、电焊、机加工等多面手。这些技术工人又如蒲公英的种子一样，发散出去，很快华庄公社村村都办起了冷作行业方面的工厂。

从冷作行业起家，华庄公社工业越办越兴旺。上海的各大船厂、港口、锅炉厂、机器厂、海运局、木材一级站，以及南到广州、北到佳木斯等地，都有华庄制造的大型起重机、港口码头吊、装卸桥吊。在冷作行业的带动下，还开拓发展了煤炭装卸机械、筑路机械、港口机械、纺织机械、印染机械、化工机械、冶金机械，彰显了华庄工业的显著特色。华庄"冷作之乡"的名头，在沪宁线上声名鹊起。

1962年春，春雷船厂被三令五申要求解散，厂里一些职工也吵嚷着要散伙。大队党支部面对"下马风"分析认为：砍掉队办工厂，必然损害人民公社集体经济，助长一些人搞手工业单干的倾向。大队党支部很快作出决议：把大队工厂继续办下去！1963年，春雷船厂接了河埒口水产大队定做的一艘20吨的轮船"河埒一号"。许林根回忆："实际上我们船厂技术力量不够，当时还无法建造这个吨位的船，但船已经接了，到时交不出船就是违约，如果违约的话会对船厂的信誉造成不可估量的损失。最后没有办法，经船厂领导商量决定：由我带领船厂技术小组来建造这艘船。经过船厂全体人员的辛勤努力，最终建成了这艘河埒一号，并经无锡市交通局验收合格，拿到了通行证。此后由于我们船厂打造的轮船造型新颖、载重量大、造价低廉，受到了客户的一致好评，来船厂定制轮船的人络绎不绝，春雷船厂也重新焕发了生机，同时也迎来了船厂的辉煌。"

在整顿治理的 1962 年，港下针织厂也被大为压缩。创始人蒋元生和周林森先后回到了各自的村里，大多数工人也精简，留下的 10 多名工人只是间断性上班，企业处在生死存亡的边缘。港下公社抽调在手工业联社工作多年的钱全兴到厂里负责供销工作。面对半开半闭的港下针织厂，钱全兴凭着多年的供销经验，看到当时农民凭布票买的花旗布不够用，很多物品的包装布光靠花旗布根本无法满足，而且农民的生活水平低，花旗布的价格很贵，因此织土布更有前景。钱全兴一方面带领八名女工去附近的江阴县顾山公社、常熟县城学织布技术，另一方面在无锡市纺织站的牵线下，到无锡市夏家边去买回了几百斤布的边角料、次棉，同时还买了木头做了五台织土布的设备——手拉铁木机。至 1963 年春天，设备、技术、原料都筹备齐，港下针织厂正式开始织土布。厂里通过原料开花外加工和发动农村妇女摇棉纱等办法，生产基本稳定，销量不断上升。后来添置了 20 多台手拉铁木机，招收了 30 多名工人，开始扩大生产，并发展染色。最初织的只是单色布，主要推销到附近的几个供销社，由他们帮忙代销。后来，又发展到织蓝格子布、红格子布，产品逐渐多样化。有了些市场，工厂终于生存了下来。

图 1-12 港下针织厂手拉铁木机

前洲公社农机厂的两台皮带车床，是办厂初期工人们自己动手装配起来的，曾为生产全县第一批铁木结构的电动脱粒机和电耕犁作出贡献，工人们视若至宝。农机厂被迫下马的时候，有人以抵债为名，要卖掉这两台车床。全厂干部工人坚决反对，硬是把它保留了下来。

梅村公社农机厂的工人，也千方百计地保留了三台旧车床和其他一些设备。他们说："可以砍掉我们的工厂，但是砍不掉我们办厂的希望和决心！"

风潮起又落，至少在眼前还有没有停止的迹象。没有比摆脱贫穷的渴望，更让人敢于冲破体制的樊篱。最最现实的"吃饭"问题，压倒了僵化的意识形态。"野火烧不尽，春风吹又生"。在经过一段时间的蛰伏之后，各种动人的故事将会争相展现。

1966 年　栉风沐雨

历史的太阳叫做未来，而奔向未来的运动就叫"进步"。

——奥·帕斯

从来没有一段历史，是按照人们预想中的路线一丝不苟地前行。更多的情况是，一条又一条的岔路总是在最意外的时刻出现，它们让人们的智力和承受力面临极限的挑战。

1966 年 2 月，中共无锡县第三届代表大会召开。春雷大队党支部书记在会上作了发言，介绍了发展的经验。据介绍，当时全大队共办有造船厂、加工厂、木工厂、油漆组、缝纫组等大小八个单位，参加人数 126 人，其中下放工人 23 人。1962 年至 1965 年，一直坚持农副工综合经营，以副以工养农，不断利用工副业积累，为农业提供资金，兴办农田水利基本建设。四年来经营产值累计 60 万元，用于支农资金 3.8 万元。先后建了两座电力灌溉站，购买抽水机一台，修圩堤石驳岸 1000 米，架设 7.5 公里低压电线，购买 16 台电动脱粒机，实现了日雨 200 毫米不受淹和脱粒机械化。

春雷大队农副工综合经营的经验得到了上级的重视，但也引起争议。1965 年 10 月，江苏省财办、农办派员前来无锡县，对春雷大队的多种经营进行调查研究。县委书记周公辅前不久刚随江苏省委代表团到广东佛山地区参观，在和调查组交换意见时他指出："在太湖地区，土地少劳力多，大队要办集体副业，公社要办集体副业，这个方向是对的。我们有许多大队过去都有副业，后来砍掉了，春雷是坚持下来了。现在要看坚持下来是好了还是坏了，好的应该坚持发展，不好的应该破。这一点请向上面反映。"他还指出："粮饲加工、水面利用，生产队搞不好，我们的意见应该允许大队办企业，这样有利于发展生产。公社也要办企业，我们这次去广东，他们提得很明确，应该是三级经济，他们三级经济是实的，我们只有生产队是实的，大队、公社都是空的。"1966 年 3 月，周公辅对春雷大队的副业作出高度评价，主张半农半工、半农半商、半农半医，认为：春雷大队"方向对头，出现了新的苗头，这面旗帜可以树，准备组织省、地、县调查组再作全面调查后推广。"

1966 年 4 月，省委调查组如期而至。这个调查组分成若干专题在春雷大队进行系列调查研究。4 月下旬，省委调查组提交第一篇调查报告《以农业为主，以副养农，逐步建设现代化社会主义新农村——无锡县东亭公社春雷大队发展多种经营的经验》，肯定了春雷大队发展多种经营，创造了大量物质财富，解决了农业生产收入低、积累少和实现农业机械化需要大量资金的矛盾。但是，调查组当中的"春雷大队农业机械化调查工作组"，在《江苏情况》第 34 期发表题为《春雷大队办农业机械化存在着两条道路的斗争》一文，文中一面讲春雷大队发展农业机械化有作用，一面说春雷大队在"搞商业活动""搞资本主义经营""进行雇工剥削""用提高加工费的办法赚钱""拿国家的贷款越来越多"等等，说春雷大队搞农业机械化，资金来源不当，是靠资本主义剥削起家的。当时，宁"左"毋右思潮开始泛滥，这篇文章带来了一场不小的冲击波。

时任县委副书记王敏生回忆："这对县委压力很大，但县委认为此文不符合春雷大队的实际情况。……为了澄清事实，我们与苏州地委于 1966 年 4 月 30 日派出联合调查组，我也参加了调查工作。从 4 月 30 日到 6 月 3 日，针对对方提出三个方面的问题，经过一个月零四天的调查，写了一份实事求是的报告。我们调查的结果是：首先，春雷大队在社队企业中生产一些电动机、脱粒机、磨粉机、粉碎机、水泵等，均用于农田排灌、脱粒、饲料和粮食加工机械化上，解放了劳动生产力，为发展农业机械化开了个好头，同时也增加集体积累，缩小城乡差别，怎么可以说是搞资本主义经济？他们的大方向是正确的，应该热情帮助。前进中的问题可以通过总结经验教训加以解决，而不是妄加否定。其次，针对所谓'大队领导核心有问题'的论断，我们经过对领导班子成员的逐一调查和分析，认为大队书记、队长和会计他们的本质是好的，在各个关键时刻是坚持社会主义道路，顶住了歪风邪气，党支部是团结战斗的班子。指正了几个事实之后，我们的结论是春雷大队在发展农业机械化上是积极的，是参加建设社会主义新农村的样板，是坚持社会主义方向的一面旗帜，而绝不是资本主义泛滥的典型。"

由于这份调查报告与省里的调查报告意见不统一，无锡县委专题向苏州地委和江苏省委作了汇报。在苏州南林饭店三楼，苏州地委书记储江亲自听取了汇报。在听取双方面的意见后，他说："春雷大队办工业怎么是资本主义呢？这是很好的队办工业。"旗帜鲜明地支持无锡县委的意见。不久，江苏省委同意了地委的意见，在内刊上刊登了《春雷大队发展队办工业的调查》，对无锡县委的工作给予了肯定。

1966年春天，在荡口公社，几个年轻人农闲之时聚在一起闲聊。金小弟说："我们队田少人多，如果能办个小工厂，多余的劳力就可以安排进厂，忙时种田，闲时做工，这样不但解决了劳动力多余的问题，也增加了大家的收入。"大家一听，都说是个好办法。第二天，华瑞兴约了金小弟去找伯父华

图1-13 1986年荡口拉丝机厂

俊高。华俊高原来在上海公大制钉厂当工人，还担任厂工会主席，此时刚退休回家。华俊高知道了这几个年轻人的想法后，非常赞同，建议办个制钉厂，由他提供指导，技术不成问题。于是，几个年轻人马上找生产队长商量，队长认为可以试一试。大队领导知道后更有兴趣，对华瑞兴他们说："以生产队名义办厂，可能有一点困难，不如以大队名义共同联办。"于是，金更上生产队决定与联合大队、红卫大队联办制钉厂，委托金小弟具体负责。

为了解决办厂需要的机器，华俊高立即动身去"老东家"上海公大制钉厂，洽谈购买几台闲置不用的制钉机。就这样，他们花了3000多元"半买半送"地拉回了五台制钉机。为解决技术问题，华俊高又和上海永革制钉厂联系，由他们帮助培训技术骨干。于是，华瑞兴和金巧宝、杨菊妹等七人来到上海永革制钉厂，学习磨刀、开模具、开制钉车、修理、拉丝等工艺技术。这帮年轻人很用心，很刻苦，短短几个月各自掌握了一二门技术。

机器有了，技术骨干有了，爆竹一响，工厂开办。可是，原材料哪里来？销售怎么办？那个年代，产品供销一切按计划分配。这事，在上海公大制钉厂工作的华瑞兴父亲又帮了很大的忙。他多次去上海五金交电公司建筑五金批发部联系。正巧该批发部负责人荣鸿卿是无锡荣巷人，听说家乡办了制钉厂，很高兴，

答应想办法帮忙。果然没几天，就拨来了 10 吨线材，要求在 10 天内试样生产半寸到三寸规格不等的圆钉，如果产品合格，可以订加工合同。乡下的年轻人抓住这个契机，加班加点，如期完成任务。产品送到上海五金交电公司检验，全部合格。就这样，这个小小的厂子掘到了建厂后的"第一桶金"，并签订了第一份加工合同。1966 年，销售产值近 10 万元。这在那个年代是个非常可观的数字，几个年轻人自然高兴得不得了。

1968 年 6 月，联合制钉厂被公社接管，改名无锡县荡口公社拉丝制钉厂。

1966 年，龚海涛不上学了，在同学的撺掇下准备去全国"串联"，被父亲阻止，待在家里老老实实干活、种田。他的二叔在浙江杭州市的省五金交电采购供应站当科长。每年回家，他先乘火车，再摆渡，最后一段通往家里的是一段泥路，一到雨天泥泞不堪，往往弄得裤管上、身上都是泥巴。于是，他一直有一个修筑石子路的想法，可村里实在没有这个能力。二叔见到纸线和金属垫圈适合小工厂生产，就合计着帮村里办起了一个小加工厂，还把来自上海的技术工人沈师傅介绍过来。二叔常年在杭州，沈师傅来了吃住在龚海涛家。沈师傅很过意不去，龚的爷爷就说："喏，要么你把这个小崽子安排进厂吧。"就这样，刚高中毕业的龚海涛进了当时很难进的村办厂工作。

村上有个姓唐的师傅，新中国成立前在上海当工程师，抗日战争期间曾随工厂内迁到重庆，现在也回到老家钱桥南西漳村。由于不擅长做农活。他毛遂自荐，为村办厂生产螺丝攻及板牙（属钳工工具），帮厂里进行了设备升级改造。市场上很多工具买不到，他就自己设计、制作小车床、铣床等设备工具。龚海涛等一众年轻人跟着他，耳濡目染之间学到了铸件、车工、钳工等各种技术。两年后厂里就赚钱了，一年能赚五六万元。

这个厂后来和另一个厂合并，上调成为钱桥农机厂的丝攻车间，龚海涛担任了车间主任。由于厂长由公社革委会副主任兼任，整个工厂的生产、技术事实上都由龚海涛一手操办。此时的他刚 20 岁出头，摸索学习，虚心请教，把工厂打理得井井有条。一段时间后，龚海涛担任了新成立的五金塑料厂生产科长。后来，原有的产品丝攻板牙渐渐滞销，又搞了一个气门芯扳手，但这个产品需要纳入汽车配件地方产品目录才可以生产销售。龚海涛很快弄清了新产品进目录的相关部门和相关程序，不顾白天黑夜地对上争取，层层攻关。一次和厂长一起深夜找到相关人员，介绍产品情况，以真诚感动了对方。经过一年多的不懈努力，终于让气门芯扳手纳入了产品目录。虽然进入了地方产品目录，产品质量问题又暴露了出来。用他自己的话说，那时的他简直成了"收发室"，对每道工序都亲自进行检验，将问题逐一解决，产品质量很快就上去了。

在洛社公社，公社党委派回乡军人、公社干部范子云组织八名略懂白铁冷作手艺的农民，成立了公社五金冷作厂。名为工厂，实为手工作坊。办厂时，两手空空，一无资金，二无设备工具，三无场地，四无原料，于是就设法走出去搞外包工。第一个工程就是为无锡维新漂染厂洗涤室制作冷风管道输送系统，洛社五金冷作厂负责设计、制作。工人吃住在漂染厂内。材料、大型工具、场地都由漂染厂提供，小工具各人自带。冷风管道直径70至80厘米，又长、又粗、又重。当时正值酷暑，露天作业，顶着烈日干重活，极其艰苦，大家夜以继日地齐心干。干了一个月，连买饭菜票的钱也没有了，于是回到公社要钱。公社没钱，后从居委会借来100元，以50元给大家买饭菜票，50元买了榔头、木尺、圆规等必需的小工具。靠大家同心协力苦干了两个多月，顺利完成了工程。最后结算，赚了4000元。这是赚的第一笔工程款，洛社公社五金冷作厂开始有了自己的资金。

图1-14 无锡太湖锅炉厂早期的八位创业者

有了这一笔资金后，工厂借用抽水机站一间36平方米的平房，因场地不够又借用邻近的四间没有屋顶只有墙的房屋，后又在其旁空地搭了两间草房，陆续添置了一些工具。这就是洛社镇五金制作厂最初的厂房。但因资金不足，缺少设备，只能加工些铁皮簸箕、消防桶、铁床架等简单器件。到了1967年，以500元的价格从上海人民机器厂买来第一台用皮带传动的一米八的旧车床，1968年又买来第二台同样车床。1969年经省里批准，去上海采购蜗轮蜗杆、牙轮等机械配件，自制一些土设备，至此，五金冷作厂开始有了生产工具和简易设备。

这一阶段，五金冷作厂在业务上仍然以外包工为主。通过多方联系，替常州第三电子仪器厂加工仪表机壳，试制后厂方很满意，正式包工制作；又替湖北铁路局制作信号灯箱，赚了一笔钱和一批用来抵货款的帆布，给每人做了一套工作服，企业有了点起色。1967年，创业者转到上海柴油机厂干了两年包工，为他们加工油底壳、柴油机风扇围罩壳、空气滤清器等。1969年，工厂又开始生产螺丝攻，同时为上海人民机器厂加工通风设备、冲天化铁炉及行车，生产得到了初步的发展。包工时，他们经常在各包工厂的废品堆捡到冷作厂急需而又买不到的工具和零件，一次在无锡双河尖废品收购站的废品堆里竟捡到了两只钻夹头。这一年，职工增加到 53 人，产值已达 5.3 万元，利润突破万元。

在玉祁公社民主大队，有个叫刘煜和的社员，原先在上海的六家铁工厂兼任会计，后下放回到原籍。可他不擅农活，要养家糊口，怎么办？他千方百计想办法，和几个人一起偷偷摸摸搞小的五金件。不久，这家小作坊被大队收购，成了队办工厂。后来，刘煜和到上海的五金一级批发站，里面有他原来的同事。他发现有一种军用的背包钩，用铁丝弯弯，旁边用废铁皮包好，有弹簧片，"吧嗒"一下子钩进去了，要拿出来必须

图 1-15 玉祁民主大队塑料厂女工在操作

用手按下去。他感觉到这种背包钩应该在民用方面有市场需求，就开始搞这个产品。这个背包钩拿到市场后的确大受欢迎。当初的背包，背带是和包连在一起的，装了这个背包钩，背带可以随时脱卸下来，很方便。几分钱一只，但生产数量多，成千上万，收入一年几十万，这个五金件厂就飞快地发展起来了。1980年背包钩产值就超过了 100 万元。

在南泉公社，几个上海等地下放回乡的技术工人，1966 年在太湖边上利用米厂的一个本来堆放砻糠的芦席棚，借了供销社茧行的几间空房，向公社副业办公室借 300 多元钱，向当地手工业联社借了个打铁的破铁墩，用几把没有"奶子"的奶子榔头和缺掉"羊角"的羊角铁墩敲敲打打起家，办起了南泉公社五金厂，还挂上了农机厂的牌子。当时，随着农业学大寨运动的兴起，所有水田实行了"双三制"种植，该厂相继制造"小老虎"和"大老虎"脱粒机、农药喷洒器、水泵等新型农具，同时为城市工厂加工锻件、冷作钣金件及焊接等。后来自制皮带锤，再买些旧设备，发展为加工生产空压机壳体、机床控制箱体、报务机架，为化工部的全国 30 套聚氯乙烯烧碱工程项目设备冷作加工零配件等。当时没有生产设备，就买旧设备、旧零件自己加工安装，土法上马，解决了起步阶段的机械加工设备。几年下来，工厂人员从七八人扩编到近 200 人。后来又专门生产锅炉，并更名为太湖锅炉厂。在此同时，南泉各大队也开办了一些小工厂。如

裕村开办了锻打山嘴锄及冷作焊接的小厂，壬港开办了加工胶木的小厂，安堂开办了铜翻砂厂，南山开办了铸造厂，南泉开办了加工锅炉辅机法兰的小厂。其余大队也创办了一些小加工厂，可谓村村有加工厂。

在东绛公社，焊接材料厂在这一年迅速办了起来，初期是利用大炼钢铁时废弃的高炉拆建成烘料炉子，向废品回收站购买旧瓶装产品，前后只花了公社拨下的 300 元钱。

此时的无锡县社队企业，在经历了"大跃进"之后的数年紧缩之后，又回到了新的发展轨道上。这是许多因素作用的结果，一个关键性的因素是地方党政机关的积极姿态。

1964 年，无锡县委在一次三级干部会议上，为了搞好农田水利基本建设，为了解决富裕劳动力的出路，不少基层干部提出了许多好的建议。县委集中了大家的建议，把无锡县经济工作的指导思想归纳为"立足农业办工业，办好工业支援农业"。在"以粮为纲"的年代，这短短十六字口号的提出无疑是石破天惊的，体现了过人的胆识和超前的智慧。不过，这一口号在当时还处于酝酿阶段，并没有在社会各界形成共识，即使在县委班子内部也有不同看法。不过，很快，这一口号将成为全县推进社队企业发展的精神动力所在。

1965 年 8 月，为加强社队企业管理和经营服务，县和乡成立副业公办室，公社成立农兼手工业供销生产合作社，代办采购、推销工作。1966 年元旦后，无锡县委将县经委关于《适当发展社办工业，巩固公社集体经济的意见》印发各公社，供讨论、试行。这个文件规定"发展社办企业，必须贯彻直接为农业生产和农民生活服务"的方针，同时提出了社办企业要坚持"三就地"（就地取材、就地加工、就地销售），实行亦工亦农、民主管理等七项原则。有专家认为，这是江苏省内对社办工业发展作出详细规定的第一个县级文件。①

1966 年 5 月 10 日，无锡县经委迅速下达《社办企业管理办法（实行草案）》，就社办工业的经营方针、原则，企业名称、报批手续，和经营管理、收益分配、职工工资和党的领导等 16 个方面，提出了明确意见。这个在江苏率先提出的《管理办法》，对推动全省社队企业的管理工作发挥了积极作用，其主要精神沿用至党的十一届三中全会之前。6 月，无锡县人民委员会决定：将原属公社兴办或其成员主要来自农民的 54 个手工业社（组）（包括由县手工业联社代管的 34 个建筑站）划归人民公社管理，为公社工业再度兴起创造了条件。7 月

---

① 宗菊如：《无锡乡镇企业简史》，方志出版社，2011 年，第 22 页。

18 日，无锡县召开公社党委书记会议，推广春雷经验，推行亦工亦农制度，巩固集体经济。

正是在无锡县委的支持下，许多社队办企业开始走出"地下工厂"窘境，名正言顺地办起了工业企业，迎来了第一个真正意义的发展高潮。1966 年，全县社队工业，产值已经达到 1.3 亿元，比上一年翻了一番多。

然而，那段特殊的岁月又很快袭来。"宁要社会主义的草，不要资本主义的苗"，社队企业的发展受到严重冲击。县委以及经委、工业局、物资局在内的数个地方政府机关扮演了异乎寻常的积极角色。

许多年后，在回顾总结这段历史时，曾任无锡县委书记王敏生仍然对当年县委班子的领导能力赞誉有加。他说："关键得益于无锡县有一个好的县委班子，当时，我、曹鸿鸣、朱根宝、金基鹏都很年轻，大家齐心，又有一股闯劲，当时人们称我们县委班子是'小京班'。"无锡县的一些老同志至今还清楚地记得，有一次在华庄召开全县三级干部会议，收听全省电话会议。当时省革委会军代表在电话会上讲，"社队企业要停下来，农民办社队工业，是荒了自己的田，挖了城市大工业的墙脚"，"社队办工厂是阶级敌人的防空洞，是修正主义的温床，是烂干部的场所……"，要求各地对社队工业采取断然措施，对"三无"人员（无户口、无粮油计划、无介绍信的外地来的技术人员和供销人员）全部进行清理，发现一个逐出一个。电话会议一结束，王敏生没有就会议精神落实作任何讲话，直接宣布散会。

"面对非议之声，任凭刮什么风，我们认定办社队企业没有错。"是王敏生的铮铮誓言。而"你批你的，我干我的！"则是张忠为发展企业的豪情壮志。

1949 年 9 月，无锡刚解放，张忠投考了苏南公学，毕业后参加苏南农村工作团，到梅村，参与废除旧保甲、建立新政权的工作，以后到无锡县公安局、劳动局工作。1961 年，张忠下放到安镇老家当农民。1965 年，他和另外四位伙伴在安镇大队办起了染纸作坊。当时的小作坊毛竹为柱、稻草为瓦，家里的门板为工作台，锅、缸、瓢、刷是工具，产品是青、红、黄、绿等五彩缤纷的纸，他从无锡百货站采购白纸，一张八分钱，通过染色加工卖出去一张 1.2 角，赚四分钱。当时，纸张的需要量十分大，供不应求。就是这家不起眼的小作坊，每年能为村里创收三四千元。后来，他又从各种信息中捕捉到国家有以塑代纸的意向，市场上越来越多的商品如洗衣粉、食糖、味精等已开始改用塑料包装。张忠敏锐地感到，以塑代纸是商品包装的必然趋势，也是企业发展的极好机遇。1968 年，他们仅用了两个月转产塑料制品，并使塑料制品畅销市场。他和同事们花了500元钱，购置了几把电烙铁和塑模原料，在染纸作坊的基础上，创办了无锡县安镇综合厂，主要生产烫塑料袋、印塑料袋。这家综合厂每年向大队上缴两万元左右的利润，因此安镇大队的经济情况和农民生活一直好于其他大队。谁知，因收购废旧塑料，张忠被戴上投机倒把分子的帽子，当作走资本主义道路的典型，三天两头、大会小会的作检查、挂牌、批斗。胸前挂上批斗牌，用一条细铝丝套在脖子上，下面连着两个秤砣，后颈常常勒出血印子来。但是，只要那天没有挨批的"作业"，他就偷偷干自己的事。当时的安镇大队也因为有了这家综合厂而成为反面教材，大队书记屡遭批评和指责。张忠通过在兰州石化公司的无锡老乡，用一台拖拉机串换回了50吨尿素，那正是"双季稻"最急缺的化肥。即使这样，也是没有见好，被批成是"歪门邪道"。

图 1-16 1994 年安镇洗衣机配件厂

改革开放后，张忠创业攀上"高亲"，为无锡小天鹅洗衣机厂配套冲压件，并由此诞生了无锡县洗衣机配件厂。张忠回忆说，时任安镇公社党委老书记袁文奇离休后，曾到他自主开办的洗衣机配件公司作一次回访，并深情地说了一段话："在我离休后的今天来到安镇，来到洗衣机配件厂，看到今天从安镇日用品厂走出来发展壮大的民营企业，我们不会，也不能忘记像老张这样敢冒政治风险，顶着风雨艰难创业的农民企业家们。老张呀，想起当年在'以粮为纲、农字当头'的环境中，我很愧疚……你是说啥也要让农民兄弟生活好起来的代表，有策略的'顶风作案'。"

在特殊的岁月里，无锡县社队企业步履蹒跚，无论是作为官员的王敏生，还是作为创业者的范子云、张忠，抑或是春雷大队的那些农民们，恰恰扮演了栉风沐雨前行者的角色。倘若此时将民族大义、经济崛起之类的言辞与他们联系在一起，未免有些超越时代。而把摆脱贫穷的愿望和奋斗拼搏的勇气衔接起来，才是他们破土而出的真正原动力。必须承认，就是这股最初的原始动力，造就了今后社队企业蓬勃发展的景象。

1969 年　希望之光

只要有希望在，就不要抱怨上天的吝啬。

——卡耐基

　　冬日，杨家圩，天色灰暗，气温阴冷。路边几棵苦楝树，早已褪去了所有的树叶，黝黑的树枝伸出天空，似乎努力挣扎着想抓住什么。天空中，几只不知名的鸟儿飞过，发出呱呱的叫声。

　　在绵长的圩岸上，有几个干部模样的人在行走。他们时而蹲下身，仔细查看着水情，时而又站起身，交流着什么。

　　领头的正是前洲公社党委书记朱光明。这一年，他 45 岁。年纪虽轻，但他可以算是一个"老革命"。他 20 岁入伍，参加了新四军。新中国成立后，他转入无锡市公安局工作，在解放初期打击私贩银圆的斗争中立功。后来，朱光明被送往北京公安学院进修，回来后升任市公安局副局长。在特殊的年代，公检法瘫痪，朱光明被指控是"国民党少将特务"。事出有因，查无实据。折磨受尽，问题暂时"挂起来"，朱光明被下放前洲。

　　朱光明到任党委书记没几天，公社粮管所长就递上向县里申请 50 万公斤救济粮的报告。前洲是个圩区，地势低洼，俗称"锅底塘"。37 平方公里土地上有大小圩子 72 个，圩岸线长 150 多公里。这里流行一首民谣："大水到来白茫茫，十年倒有九年荒；宁把女儿丢河里，不把女儿嫁圩里。"前洲人均八分田，全年只能种一季水稻，不能种小麦，被大家称为"不麦之地"。而且，由于土地长年水渍，造成农作物根系腐烂，影响产量，不得不年年向县里申请救济。

　　要脱困，先治水。朱光明当即带上干部，勘察地势，查看河道水源，准备制订治水规划。可老天爷似乎有意要给他来个下马威。先是一阵罕见的冰雹铺天盖地压来，继而是少有的龙卷风横扫全境，最后是没完没了的连绵阴雨。好不容易盼到天放晴，又是烈日当头，气温闷热。猛晒几天，又突来阵阵响雷，引出倾盆大雨，耕田里正在抽穗的小麦全部遭受了没顶洪波。

灾情就是敌情，现在别无选择了。朱光明尝到了前洲水灾的厉害，可他没有被吓倒，动员全公社的民众，全力以赴冒雨踹水上火线。为了防御有可能从横里打来的"炮弹"，他苦思冥想，提出一个响当当的口号："大寨治山我治水，前洲山河重安排。"

就这样，前洲人干起来了。他们填掉50多条老河，挖出90多条新河，全长240多里。"把八分田从水里捞上来，变成旱涝保收田"的愿望终于实现了！治水，收到了立竿见影的效果。第二年，前洲的粮食总产1680万公斤，增产200多万公斤。不但不再伸手要救济粮，还上缴公粮450多万公斤。

图 1-17 1971 年前洲公社水利建设现场

根治水患，开河填土，架桥修闸，需要钢筋、水泥、挖土机械、运土工具，还有大量劳动力的投入，这些都离不开钱！据测算，解决前洲水害问题，需要上千万元资金，两万多吨水泥、2000多吨钢材，做近千万土石方工程。从合作化到1969年，全公社大队、生产队可用积累仅36.4万元。怎么办？向国家要不可能，靠现有集体积累是杯水车薪，无济于事。为了找出路，公社领导们想到：前几年各大队为解决市里精简下放人员安置问题，零零星星办起了近50个小作坊式企业，共有1227个务工人员，实现年产值153万元，创利润34.7万元。就是说，不到全社10%的劳力，创造了相当于全公社90%劳动力的积累。因此，大家悟出一个道理：兴办社队工业是解决水利建设乃至农业机械化资金来源的唯一途径。

为给治水弄点启动资金，朱光明特地从县属的前洲毛笔厂商借到八万元钱，加上西塘、浮舟两个大队办厂拿出来的各四万元，办起了一个上规模的砖瓦厂。这只"母鸡"很快"生蛋"，成为朱光明治水的主要"小金库"。

同时，公社党委一手抓全面规划，发动群众大搞水利建设，一手组织力量，积极兴办社队工业。党委正式作出决定，由一位公社副书记和一位公社革委会的副主任专门负责抓社队办工业，采用办法是老厂办新厂，母厂办子厂，一厂分多厂，迅速壮大企业规模。没有技术力量就安排下放老工人培训，以老带新；没有设备就先土后洋，土洋结合；没有资金就苦干巧干，勤俭办厂，集腋成裘。1970年，全乡用于农业水利改造和购买农业机械的工业利润就有 12.5 万元，用于发展文教卫生事业的工业利润 2.5 万元。

朱光明在回顾三年治水往事之时，着重提到了毛笔厂和砖瓦厂以及社队工业作出的贡献。他说："我悟出，我们前洲人靠这'八分田'，解决温饱已不成问题。若要想把小日子过得再好一点，非开厂办工业不可。""如今，大家都很明确'无农不稳，无工不富，无商不活'的关系。农民不办企业不行，我是从治水中认识到的，当然当时也是朦朦胧胧的。"后来曾任前洲镇党委书记的于顺源也说："因为前洲土地低洼，粮食生产上不去，交通不发达，老百姓生活困难。所以把全镇大大小小的河道'开新河、填老河'，让前洲变成旱涝保收的产粮区。这是重大的转变。"

"农民不办企业不行，要办就要发力拼搏。"这是朱光明给前洲留下的一笔精神"财富"，也给前洲这片土地种下了一颗重要的种子。

经过几年的发展和改造，企业由少到多，从土到洋，到 1976 年全公社新办了 73 家社队企业，务工人员达到 3400 多人，实现年产值 1500 多万元，利润 416 万元。社队工业的种子，从此在前洲生根发芽，不断成长，日后发展成"参天大树"。1983 年，前洲乡工农业总产值达到 1.0777 亿元，成为无锡第一个"亿元乡"，江苏省第一批"亿元乡"之一。1986 年，前洲乡全年工农业总产值突破四亿元，在全国 5.8 万多个乡镇中独占鳌头，夺得全国冠军，成为

图 1-18 1977 年前洲公社农机产品下乡

"中国第一乡"。从 1986 年至 1991 年，前洲工业总量连续六年保持全国乡镇第一。

1968 年，《人民日报》发表毛泽东关于在职干部也应分期分批下放劳动和"知识青年到农村去"的号召。到 1970 年，下放在无锡县各地的干部、职工和他们的家属已有 3000 多人，其中有技术人员、工人、会计、教师、医务人员，

他们有着相对于农民更为广泛的社会关系。1970 年以后，无锡县又先后接受了 2400 多名城市下放干部，其中不少是管理人员、技术骨干，连同前些年的下放人员和回乡务农的来自上海等地的老工人，充实了社队工业的管理、技术队伍。

朱光明下放到前洲的时候，正当城市干部、工人下放和知识青年到农村达到高潮，又一位"能人"石干城也从无锡市里回来了。

石干城，前洲人，14 岁就到上海学生意，抗战胜利后在上海申新总公司任职，新中国成立后在无锡织布一厂任党委书记兼厂长。他善于经营，懂得管理，使工厂的生产蒸蒸日上。市委领导把他誉为"红色管家"。家喻户晓的锡剧《红花曲》，就是以这个厂的先进事迹为基础创作出来的。"一花独放难成景，万紫千红才是春"、"莫道惠山高又高，哪及泰山半截腰"等唱词，唱出了无锡工人比学赶帮学先进的心声。然而，"红色管家"到了一切都被颠倒过来的特殊时代，理所当然地成了"黑色"的。到了 1969 年底，石干城下放，就近回到前洲老家永谊大队。

石干城的外貌、举止、性格，恰好和朱光明相反。朱光明敢作敢为，有大刀阔斧的魄力，有威严的风度和慑人的气概；而石干城有着精明的经营头脑和运筹经济的精打细算。回到家乡后不久，石干城被选中担任了公社革委会副主任，负责工业建设。当时，前洲没有啥像样的工业，只有西塘大队的唐涌祥、浮舟大队的顾范均、顾凤生带头组织起来的两三个冷作小组，靠榔头、剪刀、大锤，敲敲打打，为无锡大厂加工印染机封头、车床箱体、电焊机外壳和百叶窗。石干城独具慧眼，除了协调好全乡工业起步发展的各种关系外，一有空就扑在冷作小组上，运用工业管理多年积累的经验，帮助指导攻克技术难关。

"社会主义农村为何这么穷？"前洲公社西塘大队唐涌祥得出的结论与朱光明和石干城一样："人多田少，光搞农业不行，只有办工厂才有出路，即使'阳奉阴违'也要干。"

唐涌祥，因为个子长得高，大家都叫他阿长。他原任张巷生产队长，1969 年任西塘大队大队长，后任大队书记。西塘大队人均七分地，每年人均分配 70 元，年终每人分到 600 斤毛粮，400 多斤大米。可一个壮劳力每天要吃三斤米，尽管粮食单产很高，却依然寅吃卯粮，生活很苦。农民无奈地形容自己的生活："县里表扬，省里发奖，吃饭靠借粮"。当时西塘大队 15 个生产队，只有张巷队的人能吃饱肚子。有人说阿长"精明，会弄钱"；也有人说阿长"心野，不安分"。当了生产队长，阿长果然不安分了。种田人嘛，田还是要好好种的，张巷的农田单产年年冒尖。但唐涌祥认定，靠每人七分田死种是得不到温饱的，他悄悄地办了个"地下工场"——用小钢磨加工粮食，又先后买了五条农船搞运输，既安排了剩余劳力，又增加了收入。四邻农民从张巷队看到了希望的光点，1969年阿长被推上了西塘大队大队长的位子。当时，一位已经离任的老支书对他拱拱手，说："阿长，往后2000多人的吃喝拉撒全靠你啦！"

唐涌祥从小饱受生活的煎熬，全家五口人，学堂门没进几天。18岁到上海学生意，拉过风箱，干过搬运，累得吐血。他经常讲，在上海那几年，什么技术也没学到，却得到了一辈子用不完的生活知识：城里人眼里无乡下人，为什么农民总让人瞧不起？就一个字——穷。他曾是土改、合作化、公社化运动中的积极分子，吹着哨子催人下田，光着膀子在田里死做。

他心中认定一个理：既然要我当大队长，就要让西塘人摆脱贫穷，过上好日子。他知道，靠每人七分田死种是富不了的，只有办工厂才有出路，才有希望。办工业是要钱的。那时整个大队流动资金只有240元。阿长狠狠心，拿出160元作为办厂资金，从常州旧货摊上买来几把榔头、几把旧剪刀、一只缺角的铁砧，还有一台19世纪的手摇链条钻，开始了创业。办什么厂呢？既然上头不让农民搞工业，只允许搞支农产品，那就挂个牌子叫农机修造厂吧！第一批招进七名工人，五个是1961年退职回乡的老职工，两个是农村青年，由复员军人、大队团支书杜耀根担任厂长，借农民两间旧房砌起炉子生起火，榔头叮叮当当敲响，"打打铁耙脑，做做螺丝帽"，西塘史上最早的两只产品诞生了。

一只铁耙脑两角钱，要打200多榔头，一榔头赚一厘钱。农民有的是力气，一榔头、一榔头拼命地敲，当年敲出了加工费收入3000多元。接着，大队用2000多元钱盖了八间简陋的厂房，又招进七名工人——清一色的老三届中学生。盖了厂房、招了人，是为了扩大生产规模，可阿长却说先不搞生产。他和杜耀根商量决定，把全厂工人分成三组，到上海、无锡、苏州国营企业做外包工。当时外包工每人每

图1-19 1982年西塘色织机械厂

天可以赚五元钱，还可以借人家的设备学技术。进城干活不比在家干农活轻松，脏活苦活就全落在农民工头上。

两年过去了，外包工为西塘赚回了三万多元钱，这在当时是一笔天文数字。更为重要的是，多数人掌握了铆、焊、冷作等一系列技术，成为企业再发展的技术骨干。

不久，一个机遇终于降临了。当时湖北沙市有家厂要加工一台色织机，找到国营企业上海色织机械配件四厂。但当时国营企业不接外加工业务，四厂拒绝了这一业务。客户带着四厂提供的图纸，带着自备材料找到西塘农机修造厂。只能"打打铁耙脑，做做螺丝帽"的乡巴佬，能否生产不锈钢色织机？这可是一个严峻考验。进口一台得12万美元，国内市场还没有商品定价呢。有些人开始犹豫，怕做不成，阿长拍板说："哪怕做坏了，倾家荡产也要闯一闯。"

这"闯一闯"竟然闯出了一番新天地。阿长当时组织了一套班子，分作三组：一组做壳体，二组做水泵，三组做笼子。先到上海学习，回来后认认真真地做。厂里只有三台小机床，没有锻压设备，关键性部件不锈钢封头硬是用榔头敲出来的。没有电焊机，到前洲公社钣金厂借用，工人们天黑前到公社去抬来，大清早再抬回前洲。唐涌祥白天黑夜蹲在厂里，把全部精力整个身心扑在色织机配件上了。弯染色机的盘香管，容易瘪，一般要在管子里灌黄沙，但灌了黄沙不易清洗，影响质量，是一道难关。经过大家想办法，出主意，反复试验，使之受热均匀，管子不瘪，创造了不灌黄沙弯管的经验。经过几个月的努力，第一台不锈钢高压色织容器终于造出来了，到沙市安装调试，竟然一次试车成功。造出了样机，经过纺织厂试用，鉴定合格。阿长不懂加工技术，却能在经营管理上抓得住要领。半年工夫，"鸡窝"里终于飞出了"金凤凰"。西塘农机修造厂成为全国生产高温高压染色机的第二家工厂，厂名也自然改为西塘色织机械厂。色织机的利润相当高，几乎是对本对利。唐涌祥抓住时机改善设备，调整生产结构，增加了品种，到1973年已形成小批量生产。1974年，西塘色织机械厂实现产值14万元，利润7万元，超过了全大队农副业积累的一倍。1975年，务工社员扩大到75人，产值猛增到41万元，净利达到21.24万元，相当于全大队农副业纯收入的73%，为农业积累的4.46倍。务工社员的

图1-20 前洲乡工业园区（1984年）

年平均工资达 482 元。

　　唐涌祥、顾范均所经营的工场，很快成了前洲工业的发家厂，对此，石干城并不满足，又向接任的党委书记谈了他的下一步打算。他认为目前的化纤工业刚刚兴起，化纤织物愈来愈得到人们的喜爱。发展化纤工业代替棉布是一个必然的发展趋势，势头不可小觑，而国内的化纤工业布局还很不合理，生产能力远远大于印染能力，化纤印染设备大部分要依靠进口，所以生产化纤印染设备是一个大好时机，必须紧紧抓住这一时机，捷足先登。好在西塘唐涌祥他们用大锤敲印染机封头，几年来已敲出了经验，敲出了技术，敲出了人才。同时，还可以发动本地技术工人，到上海聘请技术人员，先把印染设备厂办起来，自己能生产印染设备，就可自我武装，就地开花，办印染厂，办染整厂，形成从生产设备到印染纺织产品的一条龙产业链，获取更大的市场和利润空间。

　　就在石干城满怀信心促进社队工业发展之时，同样在无锡城市大厂当过负责人的下放干部高焕泉、高辛吾在堰桥公社帮助创办电机厂，钱林森在洛社公社帮办锅炉厂，而新四军老战士、无锡纺工局局长沈仲兴则下放来到八士老家劳动。

　　沈仲兴，抗日战争参加革命，渡江战役后回到无锡，一直在工业战线上工作，1970 年从无锡市下放回乡，1974 年到县里抓发展社队工业，亲身参与了无锡县早期社队工业发展的一个阶段。晚年的他曾写过《"华容道"上生力军》的回忆文章，其文一开头就说"办社队企业是无锡县农民逼走华容道"。这里摘取几节，可再现历史情景：

　　　　当年下放回到八士老家时，群众敲锣打鼓欢迎我，因为我曾在锡北打过游击。当时八士公社没有通公路，农村没有电灯，农民点的是油盏头和煤油灯，农业没有机械化，"面向黄土背朝天，弯腰曲背几千年"的状况没有改变，罱河泥没有水泥船，农民生活苦，劳动工分低，社员一年到头辛辛苦苦，全年人均收入 74 元，温饱还有问题，好多人家房屋破漏。大队照顾我，让我住在养蚕室里。农民养蚕时又搬到九堡庵里住，可以说是风扫地、月点灯，老鼠吱吱叫，夜里满屋跑。镇上只有一个手工业联社，打打锄头铁钯、菜刀。可以说，农村贫穷落后的面貌没有多大变化，家乡父老盼望改变这种状况，希望下放干部帮助解决一些问题。我积极参加修筑无锡市到八士镇的公路，并到城里找关系，帮助村里解决变压器、电线杆和电力灌溉设备，终于使村村户户通上了电灯。第一天通电，农民吴桂生看着电灯一夜未睡，怎么会这样亮的？我还帮助小队里买来两只水泥船，搞积肥和运输。

可以说，办社队工业是被"以粮为纲"、种"三熟制"（全年两季稻一熟麦）逼出来的。无锡适合稻麦两季作物生长，而实行以粮为纲，以政治任务、行政命令推行双季稻，既违反了自然规律，又违反了经济规律，造成粮食高征购（1957年全县征购84400吨，1969年征购142660吨）、高消耗（农民体力消耗和物质消耗高），换来的是高产低质（双季稻两季相加略高于单季稻一季产量，但稻米质量低于单季稻）和低收入（每斤稻米的生产成本，单季稻为三分六厘，双季稻为六分五厘，粮食增产部分抵不上成本增加的支出）。这"三高两低"的结果是"高产穷队"，农民吃足了苦头。这时，县委已调我去阳山片做片长。到陆区大队，书记陆岳明在挑河泥，他对我们说，你不要看我没得劲，我没有吃饭，吃的是红花草。杨市公社书记陈瑞忠，偷偷摸摸搞了四个小厂生产小变压器等，开始没有铜，发动农民弄到64斤铜，由于赚了钱，化肥比别的公社施得多一些。1972年全县36个公社大多减产，这个公社却增产，其他公社书记探听到了这个秘密，也都偷偷摸摸找下放干部、下放工人，搞起各种小工厂。

1974年，县委调我任县计委、工交办公室副主任，专抓发展社队工业。陆区公社通过戚墅堰机车厂下放下来的一个七级钳工和一个六级车工，办起了建筑材料安装厂（塔吊）。有的乡还办起了服装厂，链条厂、五金厂、乐器厂、电杆厂、农机修理厂等，社队企业在无锡县遍地开花。因为大家都知道，工农业产品的价格剪刀差大，无锡县人多田少劳动力富余，加上市场需要的紧缺产品多，农民要改善生活，这是兴办社队工业的最大动力。

我当时带着财政局、银行的干部，下乡现场办公。批准开办社队工厂的条件是：一看有没有熟悉懂行的技术干部或技术工人，二看产品有没有销路，三看有没有原材料来路，四看有没有1958年留下来的老厂房或者大的空房子，要求因陋就简，土法上马，赚了钱再盖厂房。要求大队办厂一个季度投产，乡镇办厂半年之内要投产。这样成本低、收效快，可以达到以最小的投入获得最大的产出。县里对新办厂实行优惠政策，财政税收实行"三年免税二年减半"，银行还给贷一些款，工人亦工亦农，农忙务农，农闲做工，进厂不进城，离土不离乡。

在中国，没有良好的制度空间与经济氛围，个人再大的抱负也只是南柯一梦，难以实现鸿鹄之志。在新旧体制的断层中，面对脱贫求富困难和障碍，一群不屈不挠曾被边缘化的经济群体与制度时不时擦出火花，由此承担着更大的压力。但是，他们带给整个社会的变革意义，让时代铭记。

1970 年 东山再起

明天，明天，还有明天。

——屠格涅夫

　　人民公社时期的乡村生活是平静的，然而农民表面的平静并不能掩盖内心的躁动。工人下放，知青回乡，人口增长超过了田头产出的速度。每个人从大锅里分得的饭量越来越少的现实，使农民清醒地认识到人口的巨大压力。这些不可回避的事实，潜藏着内在的变革要求，如果有合适的机遇，能量就将释放出来。

　　历史果然提供了这个机遇。1970 年 8 月至 9 月，周恩来总理主持召开了北方地区农业会议。这次会议虽名为"北方"，但实际上是一次全国性的农业会议。会期长达 50 天，全体代表先在山西昔阳参观学习，后移师北京继续开会。在会上，周恩来总理指出：不搞农业机械化，光靠手工劳动，就不可能更快地提高农业劳动生产率，不可能改变七亿农民搞饭吃的局面。12 月 11 日，中共中央转发国务院《关于北方地区农业会议的报告》，其中要求各地建立县、社、队三级农机修造网，实行大修不出县，中修不出社，小修不出队，同时发展"五小"工业，进行农副产品加工、冷藏、运输。这些着眼农业生产的政策，又为社队工业提供了一定的支持。

　　回溯无锡县乡镇企业的发展史，北方地区农业会议召开的 1970 年，被普遍认为是乡镇企业重整旗鼓再出发的关键之年。时任无锡县委书记王敏生回忆说："如果说无锡县 20 世纪 50 年代办社队工业还不是自觉行动，到 60 年代已作为发展农业的重要工作来抓。1968 年县革委、县委建立后，尤其 1970 年是国务院北方农业会议召开以后，周总理作出'平整土地，搞好农田基本建设，实现农业机械化'的指示，加上无锡县地少人多、人均八分田，又大面积推广'双三制'的特点，使我们更感到只有加快发展社队工业增加集体积累，才有条件兴修水利，搞好农田基本建设和实现农业机械化。"到这一年底，全县社队企业有1100多家，工业产值达3990万元，社队工厂在全县星罗棋布地发展起来。就行业而言，不仅有"农"字头的农副产品加工业、农机工业，而且办起了钢铁、机械、轻工、纺织、电子、化工等工业，初步形成了具有县情特点的社队工业网和县乡工业体系雏形。1970年后，社队工业进入了快速发展期，全县社队工业产值在随后的七年间年均增幅超过35%。到1976年底，无锡县社队企业的资金积累为1965年的50多倍。

这一年，在无锡县乡镇企业发展史上值得大书特书的一件事，正是无锡县从国家发展"农业机械化"的大政方针之中，敏锐地察觉到了其中的机遇，创造性地提出了"围绕农业办工业，办好工业促农业"的战略口号，把社队建立农机修造网、发展农业机械和支农工业的会议精神演绎成一场兴办社队工业、使之东山再起的好戏。

恩格斯在《马尔克》一文中说过："经营大农业和采用农业机器，换句话说，就是使自己耕种自己土地的大部分小农的农业劳动变为多余。要使这些被排除出田野耕种的人不至于没有工作，或不会被迫涌入城市，必须使他们就在农村中从事工业劳动。""围绕农业办工业，办好工业促农业"，这个来自实践看似平淡的提法，其实蕴含着这样深刻的哲理，更是在特定历史条件下保护和发展社队工业的一个睿智的做法。这个提法后来风靡苏南乃至全国，成为各地兴办社队工业的"推进器"和"护身符"。据无锡县的老领导回忆，这个口号的提法酝酿于1964年，但是县委班子里存在不同看法。直至有了北方农业会议召开的东风，大家才统一了思想，提出了这一充满智慧而又十分朴实的口号。在1974年农业学大寨先进代表会议上，县委书记王敏生明确提出："'围绕农业办工业，办好工业促农业'，是'农业学大寨'运动的重要经验"，"只有这样，才能自力更生地解决农业机械化需要的设备、资金和技术问题，加快农业学大寨的步伐，加速社会主义新农村建设"。在王敏生之后接任无锡县委书记的曹鸿鸣也说，"围绕农业办工业、办好工业促农业"的指导方针的提出，顶住了把社队工业当作不正之风的风源、资本主义倾向的极"左"思潮，保护了社队工业的发展，逐步办起了面向全国各地、各种领域需要的加工和配套企业，适应了社会各方面的需要。世界银行在其研究报告中就指出："20世纪70年代初，经过一场激烈的辩论，（无锡）县当局决定不放弃（乡村工业），即便为了与当时的形势保持一致，他们强调农业和粮食生产。"[1] 服务于农业，为发展农具和机械、肥料和农药、塑料薄膜、建材甚至电子设备提供了一个正当的理由。

时至改革开放30周年，农业部乡镇企业局出版了《中国乡镇企业30年》一书，原农业部部长何康为之作序。在序言中，何康这样写道："改革开放以前，当时在农村的非农产业是农村集体兴办的社队企业，是作为集体副业来发展的，提出的口号是'围绕农业办工业，办好工业促农业'。"这足见无锡县首提的睿智口号在全国乡镇企业发展史上的地位。

从这一年起，无锡县委适时"解放"一批原本"靠边站"的老干部，逐步恢复了农业生产的领导和管理。这些老干部重新走上工作岗位，很快稳定了全县的政治局面和农村经济。此外，城市经济的疲软也使得城市工厂里的大批技术人员流入农村，大批的知识青年也陆续回乡。无锡县从中遴选熟悉工业经营管理的人员，选拔到社队企业岗位上来。

回顾无锡县社队企业的早期发展历史，几上几下，数度风雨，人们尚没有驾驭经济规律的主动权和必要的能力。然而，从这一年起，发展社队工业成为全县上下的主动和共同的追求。1973年3月5日，无锡县工业局下达《关于整顿和加强社队工业的意见》，提到："我县社队工业发展总的是好的，但在发展过程中也存在两个阶级、两条道路、两条路线的斗争，加之我们在领导和管理中缺乏经验，因而仍有不少问题……应引起足够的重视，认真加以整顿。"这个文件的这种写法很有智慧。"总的是好的"是大前提，是总基调，因而"路线斗争"之类罪名只好压到了从属的地位。对于存在的问题，文件也没有把责任推到社队和负责社队工业的领导身上，只写是由于县工业局"在领导和管理中缺乏经验"，要认真加以整顿。社队工业的整顿是应该经常进行的，整顿是为了巩固、发展，而极"左"思潮所说的整顿，实际上是搞运动。

1970年，无锡县有社队工厂1114个，职工3.4万人，总产值3900万元，占全县工农业总产值的12%。随后，无锡县在"农业学大寨运动"中，一手抓农业，建设高产稳产田；另一手积极围绕农业办工业，办好工业促农业。在粮食增产的同时，工副业也得到迅速发展。到1973年，全县社队工业产值达到11933万元，成为全国第一批社队工业产值超亿元的县。[2]

---

① ［美］白苏珊：《乡村中国的权力与财富：制度变迁的政治经济学》，郎友兴、方小平译，浙江人民出版社，2009年，第43页。

② 江苏省地方志编纂委员会编著：《江苏省志·乡镇工业志》，方志出版社，2000年，第410页。

今天，阅读这些文字，不免让读者产生枯燥的感觉，但在文字背后的实践却是生动和鲜活的。请看——

查桥公社在 1968 年初创工业之时，全部资金只有 60 元。他们用这笔钱买了八把电烙铁，由 12 名妇女办起了一个塑料厂。开头只能加工食品袋，慢慢积累了一点钱，买了一台高频热合机，加工起化肥袋，业务范围逐步扩大。1971年，也就是北方农业会议后的第二年，他们利用塑料厂这只"母鸡""下蛋"的积累，再借了一点钱，办起了公社农机厂，修配和制造农机具。有一次，公社农机厂的几个工人到家城市大工厂去学习，亲眼看到了起重设备供不应求的

图 1-21 1977 年甘露化工厂外墙的"围绕农业办工业，办好工业促农业"标语

情况。回来以后，他们提出试制电动葫芦的建议。于是，一场制造电动葫芦的攻坚战打响了。经过一个多月的努力，第一台电动葫芦试制成功，规格、质量均符合要求。此后，公社农机厂不断挖掘企业潜力，造出了 800 多台各种型号的电动葫芦，供应全国许多地方。1974 年，公社又在农机厂的基础上建立了起重机械厂，增加了电频铲车和翻斗车等生产项目。1975 年，他们主动征求了电频铲车用户的意见后，开始试制柴油机铲车，到 1976 年底，这个厂已经生产了 34 台。在这个阶段，公社又先后办了采矿厂、石灰厂、砖瓦厂、磷肥厂等八个工厂。1976 年，全公社社办工厂完成产值 420 多万元，实现利润 138 万元。这年年底，11 个社办工厂全部资产达 200 多万元。

查桥公社负责人把这个工业滚动发展、工农业循环发展的路子，形象地概括为两句话："母鸡孵小鸡、工机补农机。"查桥公社发展工业的道路，也是全县许多社队走过的道路。首先利用农副业生产积累起来的有限资金，办起一两个土工厂，生产一二种简单的产品，然后以厂养厂，一厂办多厂，滚动发展。在此基础上，又用工业积累的利润支持农业生产、补贴农机修造网，实现农机具修理小修不出大队、中修不出公社、大修不出县，适应了"双三制"季节性作业和兴修水利的要求。

在石塘湾公社，螺丝攻车间 1970 年从农机具修造厂分离出来，单独成立了

公社刃具厂，随后将各大队的小五金等工厂收归社有，统统并入公社刃具厂，主要生产螺丝攻。一时间，产量约占全国市场的三分之一左右，石塘湾的"螺丝攻公社"声誉由此而来。有了一定的资金积累，石塘湾公社又先后增办了水泥制品、油脂化工、针织内衣、电子仪器、石油添加剂等十多家社办企业。至1976年，社办企业全年产值298万元，利润79.8万元，职工达956人。在此期间，队办工业又开始恢复发展，陡门、东泾、天授、杨家桥等大队先后办起了手套厂、刺绣厂、化工有机玻璃厂。而且，这些企业不再是小打小闹的"小儿科"，如陡门大队办的化工有机玻璃厂1974年年产值就达到60万元。

在洛社公社，五金冷作厂在做了几年"外包"业务之后，面临着生产方向调整的抉择。有一次，他们到安徽蚌埠找外包，一连七天找不到活干。这些事引起了大家的深思，感到仅靠来料加工和外出包工，没有自己产品，只能受制于人。于是，他们用自己积累的资金建造了简易厂房，依靠自制的土设备甚至手工操作做产品。1970年，工厂为新建的洛社影剧院加工跨度达30米的钢梁，1972年为包头市制造了跨度达31.5米的行车，连同其他厂共

图1-22　1978年鸿声农机厂生产的脱粒机

制作了10台行车。1972年又为蚌埠空气压缩机加工气包，虽不及锅炉要求高，但同样属于压力容器范围，还为洛社镇缫丝厂改造了一台"炮仗炉"（即烧开水的小锅炉）。那么，工厂下一步究竟生产什么？厂内有争论，有人主张上行车，有人主张上锅炉。主张上行车的人认为：已经加工过钢梁、立柱、行车，有经验，而属于压力容器范畴的锅炉项目有风险；主张上锅炉的人认为：上行车技术要求比锅炉高，结构复杂，且需有很大的车间，条件不具备，而且销路较困难，上锅炉虽有风险，但加工过气包，改造过"炮仗"炉，有了一些经验。几经讨论与商量，他们选择了上锅炉产品。生产方向既已确定，但基础条件很差，资金、设备、技术和人才都缺。缺技术和人才，他们花了800元从上海红旗锅炉厂买来0.5吨锅炉的图纸，并请来了上海工业锅炉厂专家来厂指导。这还不够，他们又专程去江阴马镇请来薛国桢负责技术指导。薛国桢毕业于上海机械学院，原在无锡锅炉厂任车间技术员，后下放回马镇任中学教师。接着，他们以农机帮耕、

图 1-23　1976 年洛社锅炉厂卧式快装锅炉外运

帮种，以支援化肥等办法，各生产大队回乡的技术工人"集中"到厂里；又招收了洛社 13 名应届高中毕业生，并送部分年轻人至无锡锅炉厂"七·二一"大学、西安交通大学等高校培养深造。缺设备，那就自己手工制作。例如，锅筒是用三根辊子自制的土卷扬机，喊着号子靠几个人硬扳的；做封头同样靠手工，一个封头常需七八个小伙子花五六个小时硬敲硬打成型。一天下来，人被煤烟熏得漆黑，放下榔头人都站立不稳，有的工人因此而尿血。当时交通不便，没有公路和运输车辆，进料和成品都靠水路运输，工人们既是生产工人，又是搬运工、装卸工。电力紧张，经常拉电，工人们 24 小时吃住在厂里，有电就起床干，没电就睡觉，但没有一个叫苦或打退堂鼓的。1972 年底，经过创业者们的日夜奋战，第一台锅炉终于诞生，并经上海锅炉研究所鉴定，取得合格证。因是首次试制，加上各种准备工作，故第一台锅炉花了较长时间。造第二台锅炉时，只花了一个多月，以后生产周期就越来越短了，1974 年一年生产各类小蒸吨锅炉 39 台 27.1 蒸吨。这一年，工厂通过了省机械厅、省劳动人事厅、苏州地区工业局（当时无锡县属苏州地区）等组织的鉴定。1975 年，洛社五金冷作厂"名正言顺"改名为洛社锅炉厂，两年后又更名为无锡县锅炉厂，当年职工人数已达 216 人。1978 年，上海锅炉研究所决定以无锡县锅炉厂为生产基地，设计并共同制成了 DZL10 吨大型锅炉，在江苏睢宁化肥厂调试运行成功。这一成功，为无锡县锅炉厂培养并积蓄了技术力量，为以后自主开发奠定了坚实的基础。

1970 年，在无锡县乡镇企业史上值得铭记的，有北方农业会议召开所带来的略显宽松的宏观环境，有无锡县委"围绕农业办工业，办好工业促农业"方针的确立，更有一大批真正意义上的第一代乡镇企业家开始登上舞台。

这一年，28 岁的陆道君在洛社公社绿化大队办厂已经进入第二个年头。他运用在大学所学到的流体力学知识研发工业用鼓风机，攻克种种难关，搞出了样机。接着，他又带领工人到无锡市第一棉纺厂、第二棉纺厂等单位安装调试。一身油腻满头汗之后，产品得到了城市大厂的认可，村办工厂自此拥有了安身立命之所。自古磨难出英才，陆道君在上海长大，家族长辈有许多人在国有大企业工作。可能是家庭从小的耳濡目染，他对机械、技术、管理等有一种天然的挚爱。1964年，陆道君从包头钢铁学院毕业后，留校任教，在特殊年代被下放黑龙江北大荒，在嫩江农场劳动改造。在那里，他认识了著名作家丁玲。据陆道君回忆，正是丁玲鼓励他不能沉沦，年轻人要追求卓越。1967年，陆道君又被遣返回祖籍地——无锡县洛社公社绿化大队当农民种地。乡野飞来了"金凤凰"。在乡亲的支持下，他办起了队办风机厂，供销员、技术员、会计、厂长一肩挑，把队办工厂搞得风生水起。不久，陆道君进了洛社公社的无锡县锅炉厂，后来成为这家工厂的"掌舵者"。

这一年，20岁的华若中，放下手中已经握了三四年的锄头，进了东亭公社农机厂。他是1966届初中毕业生，刚一进厂，就被派进城里的无锡市电机厂学电焊、钣金。他们这批学徒工晚上就住在电机厂的浴室里。他回忆："浴室一星期开放两次，不开放的五天，我们就踏实地住着；赶上洗澡的日子，我们一大早就把铺盖搬出来，晚上再搬回去。一个星期得湿漉漉地来回搬两次"。在当学徒的那段日子，华若中学得比任何人都勤奋。晚饭后，到了休息的时间，他仍然去车间帮助那些加班的老师傅们干活。老师傅们被他的诚意所感动，手把手教他技艺。东亭公社派去的60个学徒工中，最终有四个人被认定为"尖子"，华若中是其中之一。原来规定实习半年，结果他四个月就学成回乡。日工资定为一元一角，让他感觉"一下子'富'得好比坐上了直升机"。当时在农村务农一天，到年终结算报酬时只能拿三角钱。

这一年，比华若中小一岁的唐炳泉，正在后宅公社胜利大队小土窑上掼砖坯。两年后，公社砖瓦厂诞生了。唐炳泉是1967届初中毕业生，在砖瓦厂里算得上是"高学历"，被派在机修车间。不久，他被送到县农机修造厂学习一年铣工，从此与机械结缘。学成归来后，回到机修车间。他做过滚齿工和发货员，后来当了车间主任。机修车间是砖瓦厂的一个重要车间，负责维修制砖机等机械，制作打造一些易损零件。后来，车间陆续添置了皮带车床、刨床、钻床、电焊机等设备。唐炳泉利用学到的技艺自制了多用镗床等土设备，改造了旧式皮带小龙门刨。在确保工厂机械维修的情况下，开始对外承接一些金加工业务。唐炳泉说："先是小打小闹，后来胆子越来越大，开始放开手脚干。"他们千方百计找来机械图纸等有关技术资料，到国营企业聘请"星期日工程师"指导解决技术难题。从开始试制，到后来正式生产为冶金、矿山机械配套的小型减速机，产品很快就打开了销路。1976年，正式揭牌成立了后宅传动机械厂，成为一个"厂中厂"，生产技术由唐炳泉全面负责。

　　这一年，21 岁的戴祖军在玉祁公社黄泥坝大队办的工厂跑起了供销。他出生于上海崇明，在家里排行老六。父亲戴效文在上海崇明大通纱厂任机电车间主任，1956 年出席全国纺织工业先进生产者和全国先进生产者代表大会，受到毛泽东、刘少奇、周恩来等党和国家领导人的接见并合影留念，同年还参加首都庆祝"五一"国际劳动节观礼。1957 年，戴效文负责筹建南通崇明电厂，任厂党委委员、副厂长。任职期间，曾多次解决重大技术问题。在毫无资料情况下，凭多年工作经验将仓库里的一台"沉睡"多年的美国进口报废 1700 匹柴油机调试运行成功，解决了动力不足的困难。1964 年，戴效文退休，携家眷回到黄泥坝老家，发挥"余热"帮助乡亲办起了螺丝攻厂，为哈尔滨工具厂贴牌生产，在九个月内盈利颇丰。1968 年，戴效文被揪回崇明，关进牛棚。戴祖军从无锡县高中毕业，未能继续自己的学业，先在生产队务农，后进入队办螺丝攻厂。乡亲们见他肯吃苦，有文化，外面的亲戚关系又多，让他跑起了供销业务。

　　这一年，同在黄泥坝大队的周元庆通过熟人介绍，进入无锡动力机厂机修车间打工。尽管进了国营企业，但周元庆是个"临时工"，每周从乡下到城里，来回步行三十多里，才能搭乘到火车、轮船；而且厂里脏活累活通常由"临时工"承担。当然，收入明显要比务农好了许多。当时，他的工资"交队记工"，除去上缴的，一天可拿一元多。到了今天，周元庆回忆起这段"打工"岁月，言语中充满着自豪之情。他说："艰苦的生活培养了我坚忍不拔的性格，也练就了一副'铁脚板'，树立了将来为之奋斗的目标。"正是在这段岁月里，周元庆零距离接触企业生产，也了解到一些企业运营管理知识及供销的市场信息。在那闭塞的年代，信息就是财富，就是生产力。头脑活络的周元庆有时利用这些信息，帮生产大队办的集体企业介绍业务和采购紧缺物质。还是在这段岁月里，周元庆学会了油漆技术，这竟成了他广交朋友的"敲门砖"。有一次，工友们为他介绍新结识了一位新朋友。这位新朋友刚从苏北农村回到无锡，有一套家具需要上漆。周元庆二话不说，利用休息时间，花了两天两夜的时间帮他完工。这位朋友很感动，给了 30 多元报酬，这相当于他一个月的工资，但他分文未取，对方为此十分感动。后来，这位朋友进了银行工作。要知道，在尚未完全市场化的年代，银行可是企业最大、最可靠的"财神爷"。每每回忆起这件往事，周元庆总是喜欢用无锡的一句俚语来形容，那就是"行得春风有夏雨"。

　　这一年，19 岁的吴仁山初中辍学，学会了车钳刨技术，跟随东亭公社春合大队的施工队到河南洛阳、景德镇、无锡各个厂去做"包工"。其中有两年时间在无锡市金属压延厂"包工"，他天天从东亭公社吴巷早出晚归，因买不起自行车，只能每天步行往返 20 公里，这练就了他至今疾步成风的"铁脚板"。1975年，他回到东亭公社进了公社办冷作厂，一年后就做了车间主任，后来又当上了副厂长、厂长。后来，经过多个企业的磨炼后，吴仁山被调到装潢机械厂，开始搞建筑用吊篮，从此与建筑工程机械结下不解之缘。

岁月依旧无声，只是时代激昂。万马奔腾的大趋势下，激情四溅而起。陆道君、华若中、唐炳泉、戴祖军、周元庆、吴仁山等，在这一年都是二十岁上下的小伙子，正值人生的最好阶段。他们不甘平庸，倾听内心召唤，勇敢地走上了一条全新的道路。这条路曾晦明不定，许多人上下求索，亦步亦趋。而今，迷雾消散，曙光乍现。这时的他们，看起来还是那样的平淡与普通，但生命轨迹从这一刻起改写。生活的磨砺，市场的洗礼，很快让他们"显山露水"起来。

1973 年　路在脚下

严峻的生活把他赶上了这条尘土飞扬的路。

——路遥：《人生》

今天，在苏南任何一个城市，说起当年乡镇企业的发展，都会不约而同地提到一个名词："四千四万"。

"四千四万"，在不同的历史阶段，在不同的地域，有着不同的阐述。几经演变，目前规范的说法归纳为：踏遍千山万水，吃尽千辛万苦，说尽千言万语，历经千难万险。

乡镇企业，起步和发展于国家计划体制之外，原料与销售"两头在外"。在计划经济一统天下的环境中，既无"世袭领地"，也没有计划资源，缺生产资料、缺市场门路，缺技术人才，可以说什么都缺。从资金、技术、人才、产销业务到经营管理，企业几乎都要在困难中从零起步，从夹缝中求生存。正是这种创业发展之艰和突破传统计划经济束缚之难，逼出了创业者的"四千四万"精神。他们依靠"路在脚下"而自信，走南闯北，东奔西走，足迹遍布大半个中国，用尽一切可用的办法，恒心加灵活，找"米"下锅，借才生财，打开了创业起步阶段的生存空间。

那么，"四千四万"说法起源于何时呢？曾任无锡县革委会办事组秘书的曹柏楠撰文回忆：

　　我第一次听到"四千四万"精神这个提法是 1973 年。无锡县从 1970 年贯彻国务院召开的北方地区农业会议精神起，在全力抓好农业生产的同时，就积极鼓励、扶持社队工业的发展，以此积累资金，加快推进农业机械化和农田基本建设，适应扩种稻麦"双三制"（二季稻一熟麦）的需要，实现粮食高产稳产。然而，社队工业在起步阶段遇到的困难是很多的，如缺资金、缺原材料、缺技术、缺经营管理经验等等。对此，县委一方面要求公社、大队自找门路，自想办法，自力更生，艰苦创业；另一方面动员县直部门和各行各业大力扶持，想方设法帮助基层排忧解难。其中，县物资局主动担起了采取以物易物方式，组织采购计划外钢材、煤炭、木材、化工原料、机电设备等物资的重任。1973年2月春节过后不久，县物资局召开供销后勤工作会议，分管财贸工作的县委常委、县革委会副主任丁福文同志带我一起参加了会议，他是代表县委、县革委会去鼓劲的。会议开了一个下午，主要是总结上年工作、部署当年任务和表彰先进，参加会议的有近百人，由局长吴志勤主持，副局长孙耀根作工作报告。就是在这报告中我第一次听到了"四千四万"精神的提法。报告以大量事实说明当时做供销采购工作的艰辛与不易。他把一年中几十名供销员走南闯北，东奔西走，足迹遍布大半个中国，称之为"跑遍千山万水"；把供销员每到一处，既要找当权者又要找经办人，一次不成就二次、三次连续找，人不在单位就到家里找，不在家里就守在门口、饿着肚子等着找，物资搞到了又得找掌握车、船运输工具的实权人，解决一个车皮不知要走多少次等艰难情景，称之为"走进千家万户"和"说尽千言万语"。把当时出差乘车难、食宿难，经常乘车无座位，吃饭饱一顿、饿一顿，住宿睡浴室甚至在车站码头打个盹，称之为"历尽千辛万苦"。他说正是发扬了这"四千四万"不畏艰难、不怕辛劳、不厌其烦的精神，才完成了县委交给我们的任务。我当时听了"四千四万"这个提法觉得很新鲜，对他们的工作也十分感动。

会后第二天，曹柏楠向时任县革委会办事组组长魏家磊汇报了在县物资局会上听到的情况。魏家磊处事比较谨慎，考虑到特殊的时代背景，不主张把"四千四万"作为搞物资、办工厂的经验进行宣扬。后来，县委领导商定，"四千四万"这种艰苦创业精神要坚持要发扬，但对外不宣扬，实行三个"不"：一不在报刊、广播等媒体进行宣传报道；二不向来锡参观人员介绍；三不向来锡考察的各级领导主动汇报。素来关注乡镇企业史的学者李广平，曾对"四千四万"口号的提出脉络进行了细致的梳理，写下了《"四千四万"精神之溯源》。据他介绍，此后"四千四万"的提法又有新的演变——

1979年1月，无锡县工业供销经理部在苏州地区社队工业大会上所作《切实加强供销工作，当好社队工业后勤》的发言中说："到新开辟的地区和单位，主动向他们介绍我县社队工业的规模和生产能力，争取加工业务。外出同志走遍千山万水，吃尽千辛万苦，想尽千方百计，共承接了 44 个品种，207 种规格的机电产品，产值为 1600 多万元，比去年的 870 万增加近两倍。"

1989 年 3 月，时任无锡市委常委、无锡县委书记的缪根宝在《生机勃勃的无锡县乡镇工业》论文中写道："乡镇工业在国营企业的缝隙中成长，历来吃的是市场经济饭，因而造就了'千山万水、千言万语、千辛万苦、千车万船'的拼搏精神和进取风格。"同年，缪根宝在天津人民出版社出版的《明星从太湖之畔升起》序言中也曾作过类似表述。

1993 年 2 月 23 日，《解放军报》撰文指出："无锡市乡镇企业有一种'四千四万精神'。即：'千山万水找米下锅，千言万语销售产品，千方万计谋求生存，千辛万苦发展壮大。'若问乡镇企业为什么发展那么快，这就是'谜底'。正是靠着这种锲而不舍、坚忍不拔的'四千四万精神'，乡镇企业才能够异军突起，发展到如今的'三分天下有其一'的鼎足之势。"同日，《人民日报》头版"今日谈"专栏以《"四千四万"精神》为题，转载了该文。

最终统一的提法是在 2009 年 3 月。这一年正是改革开放 30 周年，在这年出版的《纪念改革开放 30 年：无锡报告》一书如此写道："从改革开放初期，无锡人民在突破计划经济樊篱中凝练出的'踏遍千山万水，吃尽千辛万苦，说尽千言万语，历经千难万险'的'四千四万'精神……是这一生动历史进程的最好演绎。"

由此可见，"四千四万"提法来源于乡镇企业物资供销战线，首倡于原无锡县，发端于 20 世纪六七十年代，凸现于 80 年代，定型于 90 年代，提法规范于纪念改革开放 30 周年之时。

曾任江苏省乡镇企业管理局局长的邹国忠认为，无锡"四千四万"精神是逼出来的，提法是逐步完善的，其影响和意义十分深远。他说，在改革开放前后社队企业的曲折发展过程中，一方面，人多地少和单一农业的突出矛盾，促使无锡农民千方百计地发展非农产业特别是农村工业；另一方面，在计划经济"一统天下"及之后"主辅论"（双轨制）的体制下，加上左倾路线的不时干扰，又迫使县、乡和企业干部群众百折不挠地突破束缚、夹缝求生，通过市场调节发展社队企业。这就是"四千四万"精神在无锡地区发端和形成的总的历史背景。原锡山市委副书记毛海圻曾这样总结：它来源于群众实践，随乡镇企业而应运而生，具有强大的生命力。早期的社队企业不属"猪"而属"鸡"，资金靠自筹，原料靠自找，产品靠自销。应当说，"四千四万"精神与解放思想共生，是异军突起独具魅力的精神标识，也是促进乡镇企业崛起的强大驱动。曾在无锡县县属工厂担任过厂长的孙建南认为，从无锡乃至苏南工商业史看，有两个精神力量值得弘扬，一个是在民族工商业激荡岁月中产生的百年锡商精神，一个就是伴随着乡镇企业兴起的"四千四万"精神，后者是前者的延续和升华。

进入新世纪后，随着乡镇企业在改革中以平等市场主体融入市场经济，乡镇企业这个特定称谓（身份）逐步淡出历史，"四千四万"在宣传和舆论上似乎沉寂了一段时间，但作为一种精神财富从未消失。在纪念改革开放40周年前后，江苏省委提出了新时代的"四千四万"精神，即积极适应新时代的"千变万化"、主动经受创新的"千锤万炼"、在发展的前沿展现"千姿万态"、在新的征程上奔腾"千军万马"。

"四千四万"，词汇之简练，让人浮想联翩，事实上背后的内涵远不止这些。陆炳伟娓娓道来的创业故事，可说是"四千四万"精神最好的诠释。

无锡县坊前公社春潮大队与无锡郊区接壤。到1970年初，大队只有一家60年代传承下来的拉丝绵工场，职工都是女工，一年产值上万元。年轻男子只能

图1-24 无锡县斗山500千伏变电所

"一把洋镐打天下"，去附近的无锡火车南站打零工，干苦活。一天，大队长陆炳伟听到无锡市第三制药厂有两台废旧机床准备当废品卖掉，这一消息让他萌生了办厂的念头。他们立即找上门去，以极低的废铁价将两台旧机床运回了大队，在河边搭了几间简易房，挂起了"春潮大队五金加工厂"的牌子。春潮大队有个在上海阀门厂工作的工人叫许秋泉，挺有技术水平，脑子也活络。陆斌伟他们登门拜访，求取"高见"。许秋泉提供了这样一条信息：上海第二阀门厂有台616车床准备淘汰，其实修修还能继续使用。第二天陆炳伟等人就赶到上海，与厂里商量，要求买这台旧车床。厂方开始不同意，经他们死磨硬缠，说尽千言万语，看着乡下人可怜巴巴，总算同意按生铁价卖给他们，并开了张出厂证，租了一辆大货车往无锡运。陆炳伟回忆说："谁知，好事多磨，又遇关卡。当车行至上海与江苏交界处安亭，被检查站拦下，要我们出示

大型设备出生证，否则不准过境。天呐！设备出生证，听都没听说过，让我们去哪里搞？怎么办？车子只得停在路边等。当时已是午后，肚子饿得咕咕叫。老天还真是眷顾我们，晚上八点左右，突然天降大雨，狂风大作，检查人员一个个都躲到屋里避雨去了。机会来了，司机加足马力，一溜烟冲过了关卡，等检查人员反应过来，我们早已在江苏境内驰骋。"后来，大队又通过多种关系搞来了一台6136老式车床、一台B665牛头刨床。靠着这些简陋得不能再简陋的设备，春潮大队五金加工厂为无锡国棉一厂来料加工纺织配件，一年产值七八万元。

来料加工终非长久之计，必须有自己的"拳头产品"才行，陆斌伟寻思着。此时，坊前公社农机厂生产713制钉机，协新大队生产711制钉机，邻村春明大队生产714制钉机，而且还有一套备用的712制钉机图纸。可是，712为全自动高速制钉机，一分钟能生产470只钉子，大队厂有这技术水平吗？陆斌伟不为困难所吓倒，向春明大队求来了712图纸。有了图纸，又面临着制作木模的材料白松、请技师制作和生产技术协作配套及重要外协件运输等一系列问题。生产制钉机涉及车、钳、刨、铣、镗床，工序复杂。当时钻孔既无钻头，又无钻床，也无游标尺，唯一的办法只得到有关社办企业去求助。当时大队有个"能人"叫刘三度，早年上过三年动力技校，是个木工。712制钉机项目就指定由他负责。在施工最紧张的日子里，刘三度一天要跑五六趟坊前，且都靠双腿跑，跑一趟来回一个多小时，累得他经常大汗淋漓，腰酸背痛。他家里买了一吨水泥，准备翻建猪舍。妻子再三催他回家施工，他一拖再拖，实在挤不出时间，结果一吨水泥全被雨水淋湿，只得报废。刘三度连续14天驻守厂里不回家，半年多时间体重从120斤下降到近百斤，30多岁年纪的人瘦成了一个"小老头"。

陆炳伟还回忆说，外协的铸钢金加工任务完成后，要把2.5吨重的钢板运回工厂。这段路程只能走水路。当时大队有艘五吨水泥挂机船，开船的老大叫李锡伦。钢板上船时，由于用力不均，一不小心撞到船底，破了个30厘米大的洞，河水顷刻哗哗地涌入船舱。在这千钧一发危急之际，李锡伦迅速脱下身上的棉袄，将它堵在洞口，并用身体死死压住并急呼开船。回大队三四里水路，又是寒风凛冽的严冬，李锡伦硬是站在冷水里靠身体堵漏洞，手脚都冻僵了。李锡伦说当时他只有一个念头，就是千方百计保住船，尽快把钢板运回厂。

经过大半年的奋力拼搏，靠自力更生、白手起家，春潮第一台712全自动高速制钉机终于试制成功，将梦想变成了现实。但第一批洋钉头上"长"了只翅膀，属不合格产品。这是怎么回事？磨剪刀出生的"土专家"周其生为了攻克这一难题，吃住在厂里，反复研究，反复试验，如醉如痴。连到家吃饭，还在用筷子沾了菜汤在绘图。"翅膀"终于被周其生铲除。

没有什么波澜壮阔的情景，也没有什么惊天动地的言语，只有在今天难以想象的艰辛以及农民们为了摆脱贫困的奋斗。

这样的故事，还有很多很多。今天与第一代、第二代的乡镇企业创业者畅谈，他们都能说起当年创业的"四千四万"故事——

1968年6月，荡口公社的拉丝制钉厂正式挂牌。制钉规格多、模具多，有些东西经常到上海去采购，费时又花钱。为节省成本，时任副厂长的华瑞兴带了两位师傅去上海金山定陵制钉厂，借用他们的设备自己开模具。几十斤的铁疙瘩背来背去，赶好多路，转好几趟车。每月只有七块半生活费，吃住在外，每天只报销五角钱。自己带被子、日用品，住在制钉厂的车间里，夏天蚊子咬得浑身痒，冬天冷得直打哆嗦。想想当时的情景，华瑞兴仍然忍不住掉眼泪。供销人员出差在外，本市每天只补贴两角钱，出省市也只有三五角，远远不够开支。如供销人员华金生，一年有一大半时间在外。一年年底，鹅湖水产场优惠分配给每户一人一斤鲢鱼，在家的妻子却拿不出那几元钱，又不好意思向人借，只好含泪放弃了。当时流传这样一段形容供销人员的顺口溜："好囡勿嫁采购郎，日日夜夜守空房；在外铜钿全用光，回来一包臭衣裳。"

1974年，正在钱桥公社五金塑料厂任科长的龚海涛，新婚刚第三天就被厂里派往河南洛阳催要300公斤轴承钢线材。到了洛阳后，住进了大统铺的旅馆，一个房间里住了十五六个人。但是，由于那个厂内部之间闹矛盾，龚海涛一连去了十几天，就是压货不发。后来，龚海涛就天天去到他们办公室给他们生炉子、烧茶水、做勤杂工，坚持了一个多月，终于把他们感动了，把货发了。这趟洛阳之行，成了龚海涛的"痛苦"回忆。一则那时的洛阳实在太"脏"了，房间里到处挂着蜘蛛网，被子几乎从来没有洗过；二则那时的吃食让他倒了"胃口"。在一个草棚里，一个大锅轰隆隆烧，旁边排满了碗，等了半天端上来一碗水面，无盐无酱，什么味道也没有，每天一日三顿吃这个，连块腐乳、萝卜干都没有。

1975年春节期间，杨市公社国庆大队书记蔡正兴召开回乡工人座谈会，满怀期待地介绍了家乡脱贫求富办厂的设想。一番激情话语打动了在天津拉链厂当钳工的老乡，他提供了天津厂里有多余的边角拉链的信息。蔡正兴感到配制整理拉链很适合农民加工，于是带着村团支书一路赶到

图1-25 无锡县油库

天津，说尽好话求助工厂领导，终于觅来一批待处理拉链，在村里蚕室中建起了小工厂。先是叫上 10 个女社员，用一把剪刀，一把小榔头，整理加工拉链，安装拉链头，再销售给无锡的服装厂。后来有了点钱就购进机器，又请来上海"星期日工程师"，做了几年的技术指导，使生产量扩大，拉链厂打开了局面，由此触发了全乡多个拉链厂的发展。

无锡农村的乡镇企业诞生于计划经济的缝隙之中，产销"两头在外"，必须在市场中"觅食"求生，供销工作一直是工作的重中之重。许多供销人员"离土"也"离乡"，闯荡市场，经过历练最终走上厂长岗位。做供销员，然后做厂长，成为那个时代许多有为青年的"光明大道"。

1986 年春节刚过，20 岁的东亭镇农民邓锡峰被荧幕厂厂长推荐到同镇的涂料厂跑供销。七八十人的涂料厂，供销员仅仅五个人，邓锡峰是其中最年轻的一个。

那时，供销员的"标准配置"是一个黄书包和一个搪瓷缸，书包里塞满几毛钱一包的方便面和榨菜，搪瓷缸则用来喝水和泡方便面。邓锡峰记得他第一年跑供销的出差伙食补贴才 1.2 元一天，根本吃不起火车上两三块钱一份的盒饭，只能买无锡当地产的"中萃"牌方便面。

那时，供销员一年工资才 1000 元左右，出差一般要带 500 到 1000 元。为确保这样一笔"巨款"的安全，供销员们有的把钱藏在内裤里，有的卷在脚踝上，再用袜子、棉裤包起来。"当时只有最大面值十元的钞票，包在脚上一大堆，但很安全。"邓锡峰曾经三次遇到小混混搜身，但没有一次被搜到身上隐藏的"巨款"。

一年之中，供销员有两三百天都在外奔波，其中艰辛可想而知。后人总结无锡乡镇企业创业者"踏遍千山万水，吃尽千辛万苦，说尽千言万语，历经千难万险"的"四千四万"精神，供销员是其中最富代表性的群体。

跟着师傅跑了一年后，邓锡峰"出师"了，厂领导单独约谈，问他打算与厂里签多少万元的销售额承包合同。此时，"一包三改"带来的承包责任制已在无锡的乡镇企业中普遍实行了。第一年"单飞"的邓锡峰还不敢大包大揽，只签了50 万元。

不久，邓锡峰得知合肥矿山机械厂有使用机器涂料的需求，踏上了前往合肥的火车。合肥矿山机械厂当时是机械部下属的国营企业，门卫一听邓锡峰说是从乡镇企业来的，直接就把他挡在了外面。邓锡峰沿着围墙找到另一道货车出入的门，给了司机一包"红塔山"，才被货车司机带进了厂。

"烟是第一句话、第一介绍信，一包烟人家就看出你的档次。"邓锡峰说，乡镇企业给人的第一印象往往是"土"，为改善这一印象，单位每年会给供销人员发津贴用于买皮鞋和西装。出差的供销员一住进旅馆就找理发店，把头发吹顺了才出去见"客户"。

邓锡峰去了合肥三次才把合同签成。这是邓锡峰独立签到的第一笔合同，合肥矿山机械厂价值 30 多万元的全年订单，一下子把全年的销售承包额完成了一大半。年底，他拿到了 5000 多元的工资加奖金。

之后，在跑了 20 多年的供销之后，邓锡峰成为太湖铜材厂的厂长。

在无锡县乡镇企业中，有着许许多多的"邓锡峰"，无锡县太湖锅炉厂的张涛就是这样的一位。

20 世纪 80 年代初期，张涛从东南大学毕业，带着妻子一起进入太湖锅炉厂。那时的锅炉以采暖为主，北方市场需求最大。土生土长在南方的张涛，来到冰天雪地的北方时，真是千万个不适应。住大通铺，吃牛羊肉，没有蔬菜和水果。零下二十多摄氏度的气温，他每天一家家企业、一个个设计院地跑，把太湖锅炉宣传

图 1-26 无锡县煤场

出去。由于长期在极寒天气中奔波，他得了"老寒腿"的病根。每逢阴雨天或冰雪天，他的膝关节就痛得动不了，为了减缓疼痛不得不一次次地打封闭针。妻子怀孕待产，正值他事业发展的关键时期，订单成功的希望很大，并且如果合作成功以后，后续能够承接更多的项目。为了顺利谈下这个订单，张涛不得不抛下大腹便便的妻子，向公司借了 3000 元，2000 元留给妻子，自己揣上 1000 元踏上了北上的火车。三天三夜的火车，张涛带了一件军大衣和干粮若干，饿了啃个硬馒头，困了就军大衣一裹窝在座椅下眯一晚。"一件军大衣闯北方"，市场就在他的起早贪黑的辛苦推介中打开了。他错过了妻子的生产日，没有为初降人世的孩子献上一个父亲的拥抱，却顺利地拿下了期盼已久的订单，为太湖锅炉在当地的扎根打下了基础。

多年后，太湖锅炉有限公司董事长陆道君在撰写回忆文章时，深情地写道："正是靠着张涛这样一群供销员'四千四万'的辛劳，才有了太湖锅炉的今天。"

图 1-27 中国乡镇企业博物馆"四千四万"标识

历史面前，个人能力再强大，也不过是沧海一粟。不过，一些很有意思的东西从此时起在无锡农村诞生，日后潜移默化地影响着整个乡镇企业发展的进程。尽管那时还没有多少人能意识到事件其中的价值——就其深度而言，"四千四万"最终幻化成了一种精神，大大改观了乡镇企业乃至整个经济生长的进程。

"四千四万"，从创办乡镇企业的实践中来，伴随了乡镇企业发展的全过程。如果说乡镇企业是历经了风风雨雨，克服重重困难，以"四千四万"精神创建并发展起来的话，那么农民企业家和供销人员正是"四千四万"精神最好的垂范者。他们身体力行，甘愿吃常人不愿吃的苦，受常人不愿受的罪。没有"救世主"，只能自己去冲锋陷阵。精神不灭，精神永存。

1976 年 暗度陈仓

明修栈道，暗度陈仓。刻舟独觅剑，夜雨过潇湘。

——释慧性

1976 年 6 月 26 日至 7 月 5 日，南方水稻生产现场会议在无锡县召开，这是我国继北方农业会议之后又一次重要的农业会议。时任国务院副总理陈永贵到会讲话，并考察了生产现场。在会上，县委书记曹鸿鸣作了"围绕农业发展社队工业，在八分半地上闯革命"的汇报，与会代表参观了梅村、坊前、前洲等公社社队工业的产品及图片展览。无锡县社队工业的成绩，给与会代表带来了极大的冲击感。他们称赞社队工厂的产品"能粗能细"，亦工亦农人员"能文能武"。有统计资料表明，这一年全国各地有 18 万余人次到无锡县参观社队工业，比上一年整整多出八万人次。云南、浙江、江西、广东、湖南等省委的主要领导同志先后率领代表团前来参观。

会前，前洲公社接到了高标准搞好农业现场样板的任务。公社与西塘大队商量，要求西塘搞好三项工程：机械化喷灌站、机械化养猪场和机械化养蚕场。三项工程总投资要 100 多万元，动用大队的工业积累款。主管企业的大队长唐涌祥，人长得粗犷，但有老谋深算的一面。当时村里色织机生产势头很好，急需扩大厂房，可是建造厂房就要占用农田，一时难以通过审批这一关。他找来了公社分管工业的副书记石干城。唐涌祥陪他看了三间小厂房，谈了今后的打算。西塘村有座大王庙，当时是小学校舍。石干城在大王庙前停住了，他凝思良久，说："阿长，你们西塘富了，为孩子们做点好事，寻块地盖所漂漂亮亮的学校吧！县里有文件，要对社员的自留地作一次调整，乘此机会也就一起解决啦！"石干城给了个明确的暗示，精灵的唐涌祥听懂了。

很快，养蚕场的场址选好了，养猪场的地皮圈定了，砖木等各种建材正积极筹备。不久，公社、大队两级书记外出开会参观，他立即把全大队70多个泥木瓦工召集起来，大兴土木。一个星期后，书记们开完会回来一看，不得了啦！蚕场没有动静，猪场仍是地基，砖瓦木料却不见了，四个新车间已拔地而起。大王庙被拆了，孩子们挤在大队办公室里上课。这下，公社党委书记把唐涌祥整整"训"了两个小时，但木已成舟，只能妥协："厂房既然盖了就不拆了，但那三项工程一定要落实好！"

唐涌祥眼睛一眨，说行。在公社的一再催促下，"三项工程"最终落成了，也圆满完成了南方水稻生产现场会议的参观接待任务。此时，唐涌祥又有了新的念头。机械化养蚕场，四层楼，落地窗，好气派，但造起来后从没养过蚕，后来用作了西塘小学校舍——他说不能亏了孩子。对于机械化养猪场，他主动提出比原规划扩大一倍，还划出几十亩作饲料基地。这也是唐涌祥在耍更大的花招，日后又被他用作了上规模上水平的毛纺厂的厂基。他还建了农业喷灌站，安装了两台60千瓦的马达，偷偷地接通了工厂。有人来参观时就喷一下，人走了电闸就扳到工厂去。当时，工业用电时断时续，而喷灌站用电都是有保证的。事后唐涌祥给村民讲："我们这里地势低洼，不怕旱就怕涝，喷个什么呀？"

真的，中国农村从来就不缺少为求生存、求温饱的创业勇气，也不缺乏"上有政策，下有对策"的智慧。而中国的经济改革恰恰又是自上而下，因而制度的变革时常落后于现实的实践。唐涌祥是一个传统意义上的中国农民，求实、智慧而又透着几分狡黠，面对政治工

图1-28 西塘大队队办厂

程"暗度陈仓"，借力发力；但他又像是一个走钢丝的高手，跨的步子大，手中又没有一把伞一根棍之类的平衡器，在旁观者眼中，他总有一天会摔下来。他真的会摔下来吗？时间会告诉我们一切。

这一年，西塘大队的农机修造厂正式更名为西塘色织机械厂，形成了以印染机械的"拳头"产品。也是在这一年，西塘大队获得的纯利润就近500万元，成了四乡闻名的典型。正如鲜美的杜鹃花，在经过了严冬的洗礼之后，终于在春天迎着朝阳绽放。

西塘唐涌祥特有的智慧与韧劲，同样在其他农民创业者身上闪光。红旗公社砖瓦厂杨浩生，冒着被批的风险，悄悄推行按件计酬制。

1975年，红旗公社领导找到杨浩生，请他"出山"筹建砖瓦厂。杨浩生二话没说，邀集了18个伙伴，打起背包，到荒僻的大运河边安营扎寨了。早在1963年，在农联大队任党支部书记的杨浩生，找了几名烧窑能手，在村里田头搞起了两座小土窑。十年浩劫一来，小土窑"下马"，他也被批成了"走资派"。这次，负责筹建砖瓦厂，对于重新"出山"的他来说可谓重操旧业，轻车熟路。

经过紧张的筹建，砖瓦厂的轮窑拔地而起。1976年春天点火烧砖，杨浩生带着70多人背砖坯入窑肚。但一天下来，这个设计能力年产10万块砖的轮窑，只有三四万砖坯"入肚"，这可急坏了杨浩生。他经过思想摸底，发现症结就在于"人"。工人拿的是村里"大寨"式的工，干的是"马拉松"的活，积极性调动不起来。只有按件计酬，数量质量都有保证。杨浩生当即找公社党委负责人谈了这个想法。对方却忧心忡忡地表达了反对的看法。

图1-29 1978年港下砖瓦厂外景

问题没有解决，杨浩生夜里翻来覆去睡不着，一幕幕往事涌上心头。十年浩劫初期，他这个"走资派"被斗得无法动弹。社员顾三泉趁乱把他驮到了自己家里，铺好厚厚的棉胎，送上取暖用的"汤捂子"，另一社员从药店里买来两元钱人参，熬成人参汤亲自送到他的床边。社员们为什么对他这样亲？还不是他干了不少老百姓欢迎的事。按件计酬，提高效率，这样的事就得干！杨浩生第二天找到公社党委负责人说："全社农民在等着要砖，只有按件计酬，砖产量才能上去，我就这么办了。如果上面查问，一切后果由我承担！"就这样，杨浩生顶着风险实行了按件计酬制，产量很快由三四万块上升到十万块以上。杨浩生一不做二不休，一竿子扎到底，把轧煤渣、打草盖、制坯、翻坯、装窑、焙烧、出窑到下水等八道工序都制订了严密详细的质量、数量和计酬标准。

红旗砖瓦厂先人一步采取了经济责任制，产品的质量和数量稳步上升。因质量好能耗低，成了全县砖瓦行业的学习标杆。

有人说，非要改变那些无法改变的东西，到头来只是徒劳。可是本可以改变的却不努力，那就是懈怠。那么，是虚妄的盲动还是满怀希望的拼搏，丁福根站在了人生的路口，他需要做出选择。

1974年春，27岁的丁福根担任了厚桥乡谢埭荡大队党支部书记。这个村是1968年冬天创建的，由全县八个乡的一千多渔民集中起来组成。他们摆脱了世世代代在水上漂泊的日子，到陆地定居了，但仅靠在围垦起来的谢埭荡里种粮和捕捞，依然不能摆脱贫穷。建村七八年，人均收入总在百元左右徘徊。

凄冷的朔风吹过一片荒野芦滩，发出令人心颤的呜咽声。丁福根心中有着他的困惑：为什么种了七八年的粮食，渔民的生活没有改善？"以粮为纲"，是否适合谢埭荡？为什么捧着鱼米乡的金碗，穷得叮当响，这个困局该如何打破？他大胆地提出："黄泥地上种粮，非渔所长"，要想从根本上摆脱贫穷，必须跳出单纯种稻的桎梏，农渔工一起发展。

当时，村里的全部家当有600亩低产荡田，2800亩水面。他和支委们决定：退耕还渔，让渔民干自己擅长的本行。他埋头带领渔民挖粮田，开鱼池，还一起摸索出了内塘精养、外荡围养、鱼蚌混养等渔业生产经验。

1975年，村里筹建浇铸配件的铸钢厂。对上这个工业项目，党支部内部争论相当激烈。有的同志提出异议，认为既是外行，又无积累，借钱办厂，风险太大。丁福根不甘心，说："过去，我们行船打鱼，哪天不担风险？办企业为群众利益担点风险，应该！"在他的引导鼓励下，当年借款12万元办起了铸钢厂。

1976年，铸钢厂生产业务增长，盈利30余万元。退耕还渔也逐年拓展，至1979年，把全村100亩荡田全部改成内塘精养鱼池，渔业产值首次突破百万大关。工副业收入大增，渔民开始脱贫致富，走出了低谷。

此后，丁福根的视野进一步开阔。为使村办工业再上台阶，1984年，他多方求索市场信息。当他从一个机械行业的朋友处得知天津电机厂开订货会时，立刻派人北上。带回的信息是：天津需要一万套特种泵配件，必须三个月出样品。这种产品，精密度较高，国内还无人敢生产。以往，都是美国四家公司垄断中国市场。丁福根和厂长孙祖元请教内行，虚心听取意见，拍板决定生产特种泵配件。孙祖元会同工程师连续工作86个日日夜夜，经过数十次失败，谢埭荡人做出了四套成功的样品。天津电机厂对样品进行了严格的测试，发现某些技术参数竟已经超过美国同类产品。于是，一份每个月生产1000套叶轮导壳的合同大单顺利签订了。1985年，村里投资38万元，扩建厂房2400平方米，扩大了生产规模。从此，特种泵配件生意越做越大，产值、利润也有了大幅度提高，产品覆盖大庆、辽河、胜利、大港等油田，工业已成为渔村的主要致富途径。

看着昔日荒滩上盖起的一幢幢新的居民楼，原来穷得用凉水充饥的渔民富足了，丁福根笑了。渔村变迁的这盘大棋，他赢了。

翻阅当年社队企业的文字纪录，本书作者之一沈云福有篇《"难村"的队办工业是怎样起步的》的文章，真实地记录了基层干部带领群众穷则思变、奋发图强的创业情景。那是 1976 年 11 月他受无锡县委办公室委派到基层调研后写下的。

查桥公社谈村大队是一个有名的"难村"（取谈村谐音）。1966 年开始，大队开始扩大"双三制"种植面积，一年忙到头，男女劳力从田头广播响起《东方红》（早上 6：30）上工，到奏响《国际歌》（晚上 8：30）下工，没日没夜地干农活。全村男劳力当时一般做 200 多工，全年分配水平只有 70 余元，只能做做吃吃，勉强糊个口。顾家里生产队 18 户人家 19 个年轻男子，素称"十八条半扁担"（其中一人为弱劳力），13 人因为一个"穷"字而找不到对象。从 1968 年开始，大队开始琢磨利用村里木匠搞木模加工。在荒墩锯倒了几棵树，到无锡换来一些木板，自带工具为人家厂里修旧木模，当年拿到 600 多元修理费。这是队办工业的第一笔收入。木模五金工厂没有厂房，先是借社员的房子，用生产队的蚕室，后又利用观音堂和一面操场，用块大油布遮遮就干起来；没有设备，风箱从安镇借来，木匠工具自带，小五金用作铁凳，两个榔头、六把手锤，都是从废旧商店里拣来的。"跨出去以后，不能回头，需要不断向前走"。以后，产品从木模到铁脚（小五金）、泥芯撑（翻砂）、小螺丝，从剪刀到试磨、叶片泵（铲车油压机用），生产范围逐步扩大，企业开始立住了脚。1968 年，大队实现工业产值 1.8 万元，净收入 3700 元；1970 年产值 4 万元，净收入 5700 元；1972 年产值达到 12 万元，净收入 3.9 万元。1975 年在发展木模的基础上，搞起了混凝土试模磨的机械产品，队办工业发展加快，1976 年实现产值 80 万元，利润 35 万元左右。由于队办工业的发展，队办厂从原来的 8 人增到 58 人，农民分配收入从 1965 年的 72 元到 1975 年的 172 元，收入水平翻了一番多。

在座谈中，大队书记李志芳详细说起队办工业搞上去的经验。在他看来，主要有三条：第一条靠穷办苦干，白手起家。木模五金工厂办起来的时候，厂里没有向生产队拿一分钱，供销人员出去跑业务、找原料不报一分钱出差补贴。第二条靠外出揽活，聚沙成塔。队办厂虽小但品种多，业务在天南海北，要靠跑出来。十分注重对外勤人员的思想教育，提倡向外多找业务，又要保持艰苦奋斗、勤俭办厂的本色。为了扩大业务和影响，村里在春节前总要发邀请书，请业务单位代表和本村在外工作人员前来参加春节联谊会，争取多方面的支持。第三条靠资金协调，兼顾工业和农业。1973 年冬天，大队制订 15 年远景发展规划，对大队积累的资金原则上一分为二使用：一半用于工业，保证工业发展再生产；一半用于农业和村里的建设。1975年，工业上增添设备、扩大厂房用去八万多元，农业上挑高填低、开渠筑路、建造猪舍和仓房，保证了农业发展的需要，还扩建了一批居民新村。

在采访中，万荣兴、顾兴荣和万叙兴三位大队干部用"左手捏算盘，右手捏如意"这句形象的话概括了对办厂的体会和感受。"算盘"，就是要着眼长远，抓好当前，搞好经济核算，千做万做，蚀本生意不做；"如意"，就是要根据市场需要和工厂实际，搞好决策，排除左的干扰，处理好农副工的关系，以工补农促农，落实发展规划。

大队办的木模五金厂原来以木模为主，李志芳看到五金加工利润高，原材料有门路，就逐步发展撑头、螺丝等产品，到1971年木模和五金已是平分秋色。1975年，谈村大队搞起了混凝土试模磨的机械产品，当时被人称为"头脑热胀，老本赔账"。李志芳带着供销员一年到头跑在外头，找关系拉客户，打开了业务渠道。在跑业务过程中，李志芳总是"吃苦"在前。有一位采购员与他一起出差跑业务，连续十多天每天的花销不超过五角钱。大队建农民新居，统一规划，自建公助，先群众再干部。李志芳提出，要等到所有村民住上新居后再考虑自己建新房。他夫妻两人、三个小孩加

图1-30 20世纪80年代初谈村大队的农民文化宫

上75岁的老母亲，一家六人到那时还住在两间墙壁已有裂缝的老房子里。李志芳的所作所为起到了很好的带头作用，采购员李泉龄每年在外找业务跑采购都在300天左右。为了省下几元的车费，可以乘慢车不乘快车，住不上旅馆就在火车站打地铺。1975年5月，他到东北出差，随身带了五公斤炒米粉，用开水泡了下肚充饥。

到1980年，谈村家家建起了新房子，那些大龄未婚男青年们也都结婚成家了。谈村从"难村"已变成令姑娘向往的"称心村"了。

1976年10月，中共中央采取果断措施，一举粉碎了"四人帮"，结束了长达10年的"文化大革命"运动。

　　在万众欢欣的氛围中，12 月，无锡县委召开了全县社队工业会议。参加会议的有机关和公社社队工业负责人 300 多人，参观了东亭、雪浪、查桥三个公社社队工业现场和各公社展出的 734 种产品，有九个公社在会上介绍经验。这是一次无锡县历史上一次规模空前的全县社队工业经验交流会，也是社队工业产品第一次集中公开亮相的现场参观会。这次会议后，无锡县县委书记曹鸿鸣马上北上北京，参加了第二次全国农业学大寨

图 1-31　1976 年，洛社公社农机厂大批电动机出厂

会议，并作了《坚持社会主义方向，积极发展社队工业》的发言，介绍了"围绕农业办工业、办好工业促农业"的情况和经验。年末统计，无锡县社队工业产值达 2.55 亿元，比 1970 年重新起步时增长了 5.5 倍。而苏州地区（含无锡、江阴两县）的社队工厂达 10513 个，首次超过一万家。

　　如果把目光放在更大的地域，此时全国累计已有 10 万家小工厂走向前台。这些由公社或生产大队创办的社队企业，从事着机修、五金、纺织、电子、化工、砖瓦、水泥、化肥等行业。尽管它们都很小，但它们扎根于农村，生存于计划经济的缝隙，为满足农民、城市居民乃至国计民生基本需求，而默默劳作，发挥着不可忽视的作用。

　　那个时候，如果有一双"先见之眼"的话，我们将看到，在未来 30 年里，社队企业居然是启动中国经济的第一股力量。据《中国统计年鉴》的数据显示，这些社队企业居然从来没有消亡过。在 1960 年的时候，为了"大炼钢铁"，社队企业的数量一度多达 11.7 万个，到 1963 年就被砍剩下 1.1 万个。从 1966 年起，社队企业又开始复萌，1970 年达到 4.5 万个，到 1976 年为 10.6 万个。这些企业立于国家计划体制之外，成为一股很奇特的经济力量。在 1978 年之后，随着消费市场被激活，城里的国营企业受体制约束始终无法展开手脚，这些天生地养的社队企业竟"意外"地成为活跃市场和冲击计划体制的主流力量。这就是中国经济崛起的"草根秘密"。

1977 年 破茧成蝶

蜕变的过程是很痛苦的，但每一次的蜕变都会有成长的惊喜。

——安徒生

1977 年，在无锡县乡镇企业发展史上又是一个值得纪念的年份。这一年，无锡县实现工业产值 5.49 亿元，首次超过农业产值。在传统经济史学界，工业产值超过农业产值，被普遍认为是农村区域由农业社会跨入工业社会的一个"分水岭"。

回溯历史，1958 年中共中央《关于发展地方工业问题的意见》中要求各省（市）、自治区尽快地使本地的地方工业总产值赶上或超过农业总产值，这一期待经过了 20 年曲折的前行，在县一级区域终由无锡县率先实现了。历时二十载，夙愿得以实现。有时，一年犹如人生百年。

尽管寒流还时不时吹过，但无锡县还是清晰地感受到了政治气候的"回暖"。相对于工业产值超过农业产值这一事实，这更让人感到振奋。

1975 年初，江苏省革委会派出阵容强大的调查组对无锡县社队工业进行了调查。调查组成员形成两种相反的观点。一种认为，社队工业的兴起不仅动摇了农业基础，冲击了物资供销计划，而且腐蚀了干部群众，属于资本主义；另一种则认为，社队工业的兴起发展了生产，增加了农民收入，也符合毛泽东的"五七"指示精神。中共江苏省委在地、市委负责同志参加的工交现场会上，肯定了无锡县的经验，明确把社队工业作为发展工业生产、改善工业布局的一个重要问题提出来。

同年 10 月，第一次全国农业学大寨会议把无锡县列为大寨式县，肯定无锡县发展社队工业的做法。国务院领导在会上要求：各地党委应当采取积极态度和有力措施，使社队企业更好更快地发展。同时，《红旗》杂志刊登了江苏省革命委员会调查组的文章《大有希望的新生事物——江苏省无锡县发展社队工业的调查报告》，在全国产生了重大影响。

1976 年初，江苏省委、省革委会要求省计委、农水和财贸办公室拟订《关于积极发展社队企业的意见》，以草案形式征求各地意见，并要求各地参照执行。1977 年 1 月，江苏省委召开工业学大庆座谈会，指出："社队工业遍地开花，为加快农业机械化的步伐，壮大集体经济的力量，进而实现公社工业化，找到了路子，大有希望，大有可为。"1977 年 4 月，省革委会转发省计委、农水和财贸办公室《关于积极发展社队企业的意见》，要求各级革委会特别是县社两

图 1-32 1977 年前洲农机厂电机车间

级革委会要"把发展社队企业摆到重要位置上，全面规划，加强领导，切实抓紧抓好，计划、工业、农业、财贸等部门，都要牢固树立以农业为基础的思想，主动积极地支持社队企业的发展。"5 月，江苏省委召开工业学大庆会议，决定在全省推广无锡县发展社队工业实现工农业协调发展的经验。会议高度评价了社队工业的发展，认为它"迅速改变了农业生产的面貌，迅速壮大了公社、大队两级集体经济的力量，逐步扩大了按需分配的因素，完全符合人民公社的发展方向"。这次会议，省委指定无锡县同武进县开展建设工业县竞赛。8 月，省委召开的地市委工业书记会议，集中讨论全省加快发展社队工业的问题。这次会议一共开了 25 天。会议期间，省委书记（当时省委设第一书记）、省革委会副主任胡宏带领与会代表到无锡县实地参观社队工业。会议结束时，胡宏再次强调了发展社队工业的重要意义："积极发展社队工业，对于加强农业这个基础关系极大。不能把搞工业看成是城市的事，农村只是搞农业的。这个思想不解放，就不会积极发展社队工业。"胡宏在总结报告中要求各地大力推广无锡城乡协作发展社队企业，走工农业协调发展的经验。

为了进一步统一省级经济部门领导对发展社队工业的认识，1977 年 9、10 月间，胡宏特地组织近十位有关厅局长，对无锡县的社队工业进行为期一个多月的深入调查。关于这次调查，时任县委书记曹鸿鸣有着清晰的回忆：

一到县里，他在听取了县委负责同志的汇报后说："我工作的一贯做法是先调查，再决策，然后再检查。""这次来调查，就是要从经济分析研究得出政治结论，不能再这样争论下去了，浪费时间。"之后，他带领一个调查小组深入到农村一线走乡串户，与社队企业的干部交谈，与当地的农民朋友拉家常，他问的很细，对一些争论的问题，他总是虚心地向一线的公社干部请教，力求搞清楚问题的症结。这一下去就是 10 天。9 月 28 日，他又专门听取了另一个调查小组的负责人省工办的田诚同志的汇报。当田诚同志汇报到："现在反对办社办工业的中心论点是，认为发展社队工业与大工业争原料，冲击了国家计划，而无锡县搞扩散件，搞农副产品加工不与大工业争原料，也不影响城市工业产值。"胡宏同志插话说："争原料要研究，社队工业争了原料给谁？钢铁不是猪肉，争了能自己吃？制成产品还是给大工业，是争原料还是补充？我们要解剖一个公社，不要空对空。"当田诚同志汇报有些同志认为社队工业利润高、积累多、有问题时，胡宏同志说："要弄清为什么会高，有没有不合理？"他最后总结说："农村办工业潜力挖不尽，首先是劳动力取之不尽。这次调查，要形成一个文件，是否叫《关于公社工业化若干问题调查》，大家可以讨论。"10 月 23 日，胡宏同志第二次召集省委调查组，集中讨论调查组撰写的《关于无锡县发展社队工业若干问题的调查报告（讨论稿）》。他在会议上又提出了一系列新颖和独到的观点："分配要讲国家、集体、个人三个方面的关系"，"农业每前进一步，都要依靠工业，但也要讲农业对工业的支援。""城乡结合，扩散产品，归根到底还是要挖掘劳动力的潜力"，"社队工业所谓冲击国家计划，主要是消耗高的问题没有解决"，"实行亦工亦农，只能解决工农差别，还是没有解决多劳多得问题，有平均主义。亦工亦农好的，能适当解决按劳取酬，生产率还可大大提高"。30 多年过去了，现在回头看看胡宏同志讲话中的观点，仍然是经得起实践检验的。[1]

那个时代的创业者，他们几乎都有着一个十分卑微的开始。十年的荒芜岁

---

① 曹鸿鸣：《丰功留得千古传》，《胡宏纪念文集》，中共党史出版社，2012 年，第 62—63 页。

月，让他们经历了底层社会的苦难打磨和理想幻灭，让他们对生活有着近乎残酷的清醒。他们具备了"野马"一样的素质，如果命运给了一次翻身的机遇，他们会把所有力量都用上豪情一搏。

1977 年，无锡县长安乡凿岩机厂试制 YD-2 型电动凿岩机二轮样机失败。天空是晴朗的，人们的脸色却是阴沉的。

各种各样的议论袭来，有同情的，有幸灾乐祸的，更多的是叹了一口气，带着一种苦涩的慰藉："上海的国营大厂都没搞成，何况我们乡办厂？"

在这危难时刻，周建清出任厂长。要使这家当时产品滞销而濒临绝境的工厂恢复生机，转危为安，唯有试制新品成功、顺利投产这条"华山路"。周建清能成功吗？

周建清原是木模工，对机械加工工艺并不熟悉。他不耻下问，虚心求教，很好掌握了各道工序的知识。上任后，他带领新产品研制小组，会同上海煤矿机械研究所的科技人员，重新设计，一道一道工序琢磨，一连修改了九次设计方案。重新设计的样机很快就出货了，但要真正取得成功，还必须到煤矿进行工业性试验。

图 1-33　长安煤矿凿岩机厂职工在试验产品质量

四川岳池县溪口煤矿，矿井在近千米高的山顶上，山坡陡峭难行，爬到山顶要花三个小时。周建清带着样机来到这里，下到矿井进行试验。

周建清性子急，拿着凿岩机，恨不得三两下就使它的冲锤寿命达到"累进尺"1500 米。可试验中，冲锤一般到 500 米左右就断裂。当时正是酷暑，大汗淋漓，唇干舌燥，山上缺水喝；两臂发软，腰腿酸痛，他不停手，不断地改着，试着，凿岩机在花岗岩石上钻出耀眼的亮光。经过摸索，周建清及其伙伴们找到了失败的原因，原来出在平面磨前工序上。被磨的冲锤两平面上产生许多微小裂痕，引起应力集中而使冲锤损伤。找出了问题，试制获得成功。

经过四年多的搏击，YD-2 矿用隔爆型水力支腿冲击式凿岩机，在长安"问世"了。电动凿岩机的试制成功，填补了我国岩巷井下掘进电动工具的空白，获得了煤炭部、江苏省、苏州地区的重大科技成果奖。接着，周建清又带领销售人员四处奔波，宣传产品的性能，下井现场操作，足迹遍及全国 26 个省、市、自治区的近 1500 多家中小型煤矿，一丝不苟地为用户服务。行程万里，过硬的产品和优良的服务，赢得了用户的信誉，产品在煤矿、冶金等矿山和个体开采业中也发挥了作用。

后宅砖瓦厂机修工出身的唐炳泉，是一位善于整合各种资源的拼搏者。1976年无锡县传动机械厂刚刚挂牌，业务接二连三地找上门来，厂里陆续添了车床、刨床、钻床、电焊机等设备，开始承接金加工业务。先是小打小闹，后生意渐大，唐炳泉动起了做小型减速机的脑筋。

从敲敲打打做配件，到做整机产品，是个飞跃。什么都缺，最缺的还是技术人才。唐炳泉想到了登门求贤的办法，数次到苏州拜访苏州港口机械厂高级工程师计元良，又拜访了苏州钢铁厂的几位技术师傅，请他们在星期日的休息时间来厂子辅导技术。他们成了无锡县较早批次的"星期日工程师"。

传动机械厂厂址位于后宅公社南面的夹里上生产队。这里方圆几里一马平川几乎四面环水，陆地与吴县相接，而与后宅公社被宽阔的蠡河（现望虞河）相隔。工厂就在这十分冷落的"孤岛"上。工人上下班，都得靠渡船摆渡，交通十分不便。

为了缩短这些工程师们的往返时间，不影响他们周一上班，唐炳泉将一只五吨的尖头水泥船进行改制，加棚加动力加座位，号称"小汽艇"，专门用来接送。当"小汽艇"载了这些工程师来厂，唐炳泉常常到河岸边去迎接。这些来自城市工厂的工程师们果然了得，帮助设计图纸、确定工艺

图 1-34 1979 年，鸿声公社玻璃钢厂修造的快艇在试航

流程，进行技术攻关，培训授课带徒。厂里专门举办了机械专业培训班，选了几十名青工参加培训，言传身教，让捏锄头柄的小青年迅速掌握了捏榔头柄的技能。依靠技术攻关，JIQ 型减速机整机产品获得成功，成为当时除泰州减速机外江苏省第二家有竞争力的企业。到 1980 年，工厂职工增加到 163 人，生产设备有 42 台，生产的减速机实现了系列化，不但规格齐而且质量好，年产量达 200余台，全年产值达到 90 万元，成为苏南同行业之最。在工程师们的指导下，工

厂又搞起了延伸开发，成功开发炼胶机、压延机，从传动机械到橡塑机械再到生产橡塑产品，逐步发展成为双象橡塑机械公司。随着工厂的发展和友情的加深，计元良于1987年从苏州厂提前内退，正式受聘为双象橡塑机械公司的总工程师，还在这里入了党。

后来，当计元良谈起小汽艇时，仍是眉飞色舞，连说："那只用玻璃钢作棚的机帆船，遮风挡雨，速度又快，称得上是老唐的杰作，也是双象人的一份诚意。"从1978年开始到双象作技术指导，到正式加入双象，一路走到现在，他的解释是"两好并一好"："老唐理念好，待人诚，乡风淳朴，工厂一直在发展，我感到自己有用武之地，可以发挥出自己的特长。"

当一个地方的工业产值超越农业之时，标志着工业生产已向广度和深度全面拓展。可不是吗，多少年来一向习惯于从事简单敲敲打打的工人，也开始放眼外面的世界，办起了电子元件、采油设备等工厂。

1976年，港下砖瓦厂的冯建湘和伙伴们带着全厂数百名职工的委托和希望，被选送到南京898厂去学习磁性生产知识。当年，他们买回了压机、箱式炉、球磨等简单设备，用所学的知识在砖瓦厂的一间机修车间里铺摊挂牌，开始生产彩电偏转、黑白偏转磁芯和天线磁棒等产品来。前后仅用三个月时间，第一个自己试制的偏转磁芯就经南京898厂检测合格。不久，产品正式出样，各项技术参数经无锡、广州等元器件厂家试用符合要求。当年完成产值4.24万元。

经过两年多时间的奋斗，一个拥有固定资产48万元，具备生产各类型号和规格的磁芯、磁棒、偏转磁芯的"无锡县第四磁性材料厂"的厂牌，终于在常年浓烟滚滚、窑工汗流浃背的港下砖瓦厂亮了出来。

就在冯建湘被送到南京898厂学习磁性生产知识的第二年，也就是1976年国庆节前夕，东埁村办农机厂的王祖明，登上北去山东的列车，前往胜利油田，去测试厂里刚开发的水力活塞泵样品。这一天是9月30日，是王祖明终生难忘的日子：国内首创的SHB21/2″水力活塞泵终于在村办小厂试制成功了！样品出来后，王祖明不放心，马不停蹄赶去油田终极检验，结果运行正常，所有指标均符合部级标准，可以替代进口的美国产品。

王祖明，当过民办教师、机船工，上一年被点名来到厂里担任技术科长，接受了SHB21/2″水力活塞泵的试制任务。这种活塞泵，过去石油工业部一向依靠进口。所以，不少人认为，村办厂来搞试制，这是异想天开。王祖明却想："石油工业是我国国民经济的'主动脉'，这种活塞泵一旦试制成功，必将给这支

'主动脉'和村办厂增添新的活力。自己搞了半辈子机械，这回不拼一拼，还等何时？"

王祖明暗下决心，挥拳上阵了。他组织了一个技术攻关小组，并千里迢迢请来了胜利油田总工程师指导试制工作。钢材没有，加热炉没有，焊管机、开料机也没有，一切都得从零开始；每一组数据，每一个零件都要从头熟悉起来。一道道难关向他逼近，一阵阵风凉话向他袭来。所有这些，王祖明都挺过来了。整整几个月，大饼充饥，长凳当床，一头扎进厂里。看着双眼凹陷、口角起泡、明显消瘦而又胜利归来的丈夫，妻子的眼眶湿润了。

1977年，王祖明一直奔波在无锡与胜利油田之间，奔忙于科研与生产的第一线。最终，这种被定名为锡光牌的水力活塞泵顺利通过了部级鉴定，并正式投入生产，从而结束了这种产品长期依赖国外进口的历史，迅速占领了国内市场，赢得了用户的信任。到1983年，他们与胜利油田签订了每年不少于500台的长期合同。当年的村办农机厂，一跃成为石油工业部采油机械设备的定点生产厂。"干当年，想来年，依靠科技，敢于超前"。为了扩大生产能力，满足油田日趋增长的需求，经公社同意易地扩建，1984年10月挂上了"无锡县采油设备厂"的牌子，50岁的王祖明被任命为厂长。无锡县采油设备厂挂牌之年，正值油田会战，大力推广水力活塞泵采油工艺，需求量急剧增长。当时，生产这种水力活塞泵的工厂，全国仅两家。无锡县采油设备厂开足马力，经济效益大幅度堤高，年上缴税利增长到560万元。

差不多从这个时段起，一个对社队企业发展起着至关重要的群体开始登上舞台，那就是"星期日工程师"。

社队企业发展初期，工人们都是从田里上来的，什么技术都不懂，只能通过各种办法从上海、无锡等城市企业借来图纸，用"土办法""依葫芦画瓢"。遇到无法解决的技术问题，还要托人来回对照检

图1-35 无锡县毛线厂聘请"星期日工程师"帮助管理和技术指导

查，或者干脆把人家的技术人员悄悄请来做指导。这些技术人员就是所谓的"星期日工程师"。而这些在国有企业的技术人员，在僵化的经营体制中潜能得不到充分发挥，面对社队企业对技术如饥似渴的需求，思改心切，于是，双方一拍即合，"星期日工程师"就应运而生了。

这些在职人员到社队企业帮助工作，属于"八小时工作制"以外的业余兼职，往往是星期六从单位一下班就往社队企业赶，星期日干活，星期一又出现在原单位上班。他们为社队企业指导生产、引领技术攻关，提供市场信息，培训工人，有的还自己动手，为企业改进设计、改造设备……有人把众多"星期日工程师"比作"蚂蚁"，他们从各个领域和专业岗位把自己的才学经验和信息从上海等市输送到各个对口的社队企业。

有位"星期日工程师"的回忆录是这样写的：每到星期六下午五点左右，在上海的车站和码头，就会看到许多知识分子模样的人，他们着中山装，系风纪扣，拎只人造革皮包，上衣袋插支钢笔，排队买票谨小慎微的样子。他们有个共同的名字叫"星期日工程师"。

这些"星期日工程师"在社队企业很受礼遇，除了高于普通工人的报酬外，还会安排在工人家里吃饭，主家都拿出青鱼、老母鸡、百叶豆腐等过年才有的菜式招待。

图1-36　1978年，前洲船厂请红旗船厂传授技术

最初的时候，只是少数人员通过各种关系与周边的社队企业建立联系，利用节假日时间为企业担当技术顾问，并从中获取适量的报酬。正因为不符合当时的政策，这些"星期日工程师"的举动游离于合法与不合法之间，用他们的话说，每次到社队企业都是"偷偷去、突击干、悄悄回"。据统计，当时无锡县聘用的科技人员远远超过1000人。1988年1月，国务院发文"允许科技人员兼职"，为广大"星期日工程师"正了名。同年，上海电视台播放了一则《星期日工程师奔忙在乡镇企业》的新闻，介绍了宝山县一家乡镇企业借助科技力量求得发展的事迹，中央电视台当晚转播了这则报道。从此，"星期日工程师"从幕后走向前台。

"星期日工程师"的现象，直至20世纪90年代乡镇企业普遍建立起自己的科技人才队伍之后才慢慢消退。虽则如此，他们的功劳将永远记录在乡镇企业的史册之上。无锡市政协学习文史委员会 2008 年编著的《异军突起——无锡乡镇企业史话》就收录一位"星期日工程师"沈焕和的口述文章。

1977 年，上海人民电机厂与玉祁公社电机厂横向合作，联合开发具有四种扬程的农排泵。合作的形式是上海方面出技术，管质量，帮助生产出符合质量要求的产品。人民电机厂检验科科长沈焕和正是玉祁人，因此被派往指导技术。沈焕和当时是每周到玉祁电机厂一次，有时还带一名助手去，时间不一定在星期日，有需要就去。大多数时间是坐火车去的。到厂后，主要是检查一周产品质量，发现问题及时指导改正，并经常给干部职工上技术培训课或现场操作示范。经过两年的开发和生产，产品顺利投产，年产量也扩展到一万台，占了该厂全年产值的 80% 以上。同时也保证了上海厂生产支农产品计划的需要。

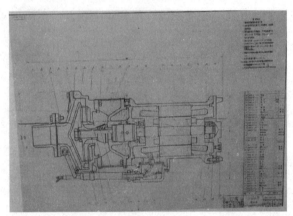

图 1-37 沈焕和为无锡县社队企业设计的潜水泵图纸

正是与玉祁公社电机厂的合作，使沈焕和深切感受了社队企业艰苦创业的精神和对技术更新的渴望。在与玉祁电机厂结束合作关系后，他又出于乡谊的考虑，为玉祁大队提供技术支持。当时玉祁大队的无线电零配件厂的电容器业务开始萎缩，但又苦于没有新项目。沈焕和所在的人民电机厂一年生产二三十万台农排泵，而同期全国的年需求量有近 100 万台，所以他建议玉祁大队生产用于农排泵上的密封盒，这一产品正是沈焕和利用业余时间自行设计和研制的。他将生产所需的设备、材料、工艺、图纸等一系列资料移交给了玉祁大队，由他们去研制开发，上马生产。

为了帮助玉祁大队上好密封盒产品，沈焕和基本上每个星期日都要到玉祁，往往是周六晚上火车到无锡，再换乘汽车到玉祁，星期日在厂里现场指导，傍晚返沪，周一到人民电机厂准时上班。有时，工厂考虑到他每周来回奔波比较辛苦，借了面包车专程接送。他从制订和贯通工艺流程抓起，再到监管机械密封件的质量，使工人们逐步掌握了国内当时领先的农排泵密封技术，产品性能和质量指标也达到了行业要求。由于他既会图纸设计、懂工艺质量，又能现场操作，被工人们戏称为"神仙下凡"。工厂全盛时期年产密封盒一万台，年销售产值约 20 多万元，扣除工资、材料等成本，净利润在 30% 左右，这在当时对于一个七八十人的大队工厂来说，效益已经很好了。

沈焕和帮助玉祁大队办厂，并不领工资和补贴，工厂只报销来回的车费，而且上海工厂对他作过批评，但这并没有影响他支持社队工业的积极性。前前后后有二三年时间，沈焕和成了一个名副其实的"星期日工程师"。

后来，沈焕和又在玉祁大队汽车水泵厂做了半年多的"星期日工程师"。这家工厂自行上马搞冷却水泵的生产，但一直难以有效解决加工工艺和质量稳定的问题。沈焕和帮助这家工厂解决了冷却水泵的生产、加工工艺和质量问题，并指导他们掌握了关键的机械密封技术。半年后，产品顺利通过了鉴定。在鉴定通过时，工厂送给他两只不锈钢热水瓶以作纪念。

图 1-38　1984 年玉祁乡职工大学开学

玉祁近邻的前洲，也请来了不少从上海、无锡等城市来的技术师傅和顾问。前洲电机厂厂长唐鸣岐以"三顾茅庐"的精神，将无锡市电机厂退休的总工程师变成了厂里的常年顾问，请南京大厂的一位退休工程师前来协助管理，还有上海电动工具研究所、上海电器科学研究所、上海交大、上海职大的有关教授、研究员、高工，定期来厂进行技术指导。1983 年，在一无校舍、二无资金、三无师资的情况下，他依靠"星期日工程师"中的专门人才，创办了全县社队企业中第一所"职工技术学校"，用在人才培训的费用达三四十万元。至 1984 年，职工学校举办了三期培训班，培养了 100 多名在职职工，将各主要岗位上的职工作了轮训。产品由原来的"只求过得去"变为"务求过得硬"，利润比上年也有大幅度增长。在此同时，职校还成为全乡社队企业的机械培训基地。

1977 年，无锡县跨越了"分水岭"，破茧成蝶，这是政策与实业、人才与技术、官员与农民共同导演的一场大戏。也就在这一年，江苏开始对新办社队企业三年内免征税收。政策的着眼点在于宏观，小心翼翼，予以扶助，追求基业长青，而农民的着眼点在于微观，争取生存，改变贫困，一往无前。两股力量在时代洪流面前，处理不当会出现分歧，甚至背道而驰。然而，在 1970 年以后的无锡县，这两股力量恰恰汇合在一起，并吸纳着各种人才资源，克难求进，在日后的岁月中越发紧密结合，共同勾勒出无比壮阔的经济蓝图。

1978 年　曙光乍现

坚冰已经打破，航道已经开通。

——《人民日报》《解放军报》《红旗》"两报一刊"社论

1978 年，江南的春天，树枝没有发芽，天气还是南方式的湿冷，可是人心却越来越暖和起来。

1978 年 1 月 31 日，在农历上正是南方的小年。在这一天，江苏省委印发了《关于无锡县发展社队工业若干问题的调查报告（修订稿）》，这是上一年省委调查组近两个月调查的成果。这份《调查报告》进一步肯定无锡县社队工业的发展"壮大了集体经济，促进了生产力的发展"，并指出，"自觉地走工农业直接结合的道路，就能够加速我省农业机械化、公社工业化和建设社会主义工业省的步伐"。《调查报告》对一些过去争论不休的问题进行了充分而深入地剖析和解答，支持社队工业发展的基调也更趋明朗。作为调查对象的无锡县，那年的春节，比以往任何年份的春节都要显得祥和、欢乐。

春节过后的 2 月中旬，江苏省委又召开了省、地（市）、县和公社党委四级干部会议。在这次会议上，分管工业的省委书记胡宏继续了对无锡县的支持。他再次强调，无锡县提出的农副工结合综合发展的经验，很重要，要统一认识，下决心在领导好农业的同时，切实加强对副业和社队工业的领导。各级领导要解放思想，满腔热情地把社队工业抓起来。在 6 月江苏省委召开的全省城市工作会议上，再次强调推广无锡县围绕农业办工业、办好工业促农业的发展工业的经验。

这一年，无锡县的春意，不仅来自上级的支持，也来自新闻宣传。3 月，人民日报农村部的记者季音来到了无锡县。到无锡县后，他首先去采访了安镇公社，接着又去了玉祁公社的民主大队。安镇公社是全县闻名的困难社，粮食生产在全县倒数第二，社员生活困难。困难是因何造成的？一个重要原因，就是单一的"以粮为纲"，只抓粮食生产，不准搞工业，副业也很少。安镇公社区域有一座胶山，有丰富的石灰石资源。贫穷压得他们走投无路，几个大胆的干部带着社员向胶山开采石灰石，办水泥厂、水泥制品厂，生产石英砂，同时又大办副业，前后三年时间，这个出了名的穷社开始富裕起来了。所见所闻，让季音心潮澎湃。在他的心中，一个观点正在逐步形成，那就是："发展社队企业，确实是农村一个可喜的改革，是在现有条件下全面发展农村经济一条可行的路子。特别是对人多地少的江南农村，更是一剂有效的治穷良方。"春寒料峭，结束采访的季音披着棉被趴在县委招待所里连夜写稿。1978年4月4日，《人民日报》在一版显著位置发表了季音执笔的题为《社队企业要有一个大发展》的社论和题为《农业高速度发展的途径——江苏省无锡县社队企业调查》的调查报告。

很多年后，季音写下回忆文章，对这次的采访记忆犹新，对无锡县以及乡镇企业的历史贡献写下了这样的文字："乡镇企业的崛起是我国农村走向市场经济的第一步，也是向计划经济体制发起的第一波冲击。这次冲击中，迈出第一步的是无锡县农民。"

在《人民日报》宣传无锡县农副工综合发展经验的同时，江苏省委机关报《新华日报》在7月3日至11日分八次连续刊登八篇文章，全面阐述无锡县综合发展社队工业的经验。9月27日，《人民日报》发表社论《高速发展农业的一条道路》，指出："无锡的经验，是适合农业高速度的需要而诞生的，它是在今天新的条件下城乡关系的新发展。"

舆论的支持，对于当时商业形态处于懵懂的无锡农村经济，无疑起到了事半功倍的促进作用。

图 1-39 1978 年，查桥公社农机厂翻斗车出厂

任何时候，经济的发展都是上下合力的作用。将地方经济与中央政策嫁接起来的桥梁，就是地方官员。他们具备足够的魅力和智慧，不但上传下达，而且明

图 1-40 陆区公社塔吊厂生产的 150 吨塔吊

白融会贯通，活学活用，更为重要的是他们与基层有着天生的感情，懂得农民们在想什么。

如果少了政策的支持、行政的力挺，那些散落在无锡农村各个角落的小型作坊式的工厂，恐怕在社会的词典里只是一群"乌合之众"，难以与主流经济接轨。

3 月，人民日报农村部的记者季音在无锡县采访之时，曾来到玉祁公社的民主大队。这个大队人均只有五分多耕地，过去叫它"三靠队"，即生产靠贷款，生活靠救济，吃粮靠供应，国家每年给这个大队统销粮食 15 万公斤。这两年，他们兴办起不少社队企业，开办磷肥厂、汽车弹簧厂、塑料制品厂、粮食加工厂、大型养猪场……大队经济结构发生了变化，工业收入跃升到总收入的 50%，副业收入占 20%，农业收入占 30%。"三靠队"变成了"贡献队"，向国家贡献工业品、农产品、副产品。1977 年遇到严重自然灾害，仍然向国家交售粮食 19 万公斤。

此时的民主大队书记正是上海知青刘健华。因为生活贫困，他父亲在 13 岁时就去了上海当学徒讨生活。刘健华就出生在上海，1967 年时初中毕业，1969 年回到老家民主大队插队落户。从 1976 年起，他担任大队党支部书记，因为年纪轻，人们都亲切地称他为"小刘书记"。当时，队办企业已有了一定的基础，有队办厂六个，饲料加工厂五个，

图 1-41 1978 年，民主大队书记刘健华在田间放水

1978 年实现工业收入 183 万元，农副工三业总收入近 300 万元。有了这些利润，民主大队的心气足了，添置农业机械，建设农田水利，进行农业成本补贴，还对全村困难群众进行生活补助。正由于队办工业和副业的发展，全村三分之一的劳动力已从工副业中得到了远远超过农业收入的工资，使农民总收入大大提高。刘健华回忆："我记得年终分配时，那时只有十元的纸币，还没有五十、一百的纸

币，现钞堆满了一大张桌子。""如果大队里的厂办得好，下面的五保户啊，享受福利啊，水利建设啊，包括各种补贴，全部是大队里包的。各种农机具，都是大队里用钱买。"

刘健华有知识，善总结，将农副工关系形象地概括成：工业的积累＋副业的肥料＝农业高速度。1978年7月3日至11日，《新华日报》连续刊登八篇调查报告，全面阐述无锡县综合发展社队工业的经验。其中第六篇《扩大再生产的源泉》就报道了民主大队的发展经验，还特别提到了"小刘的公式"：

要有高速度，就得把积累用于扩大再生产，首先是农村的扩大再生产。农业上去了，农副工全盘皆活。

玉祁公社民主大队党支部书记刘健华，因年青，人们都叫他"小刘"。他把农副工的关系概括成一个公式，叫做：

工业的积累＋副业的肥料＝农业高速度

这个公式虽然并不完整，但从大队的经济发展来说是有一定道理的。民主大队就是顺着这个路子发展起来的。

这个大队本来很穷，每人不到八分田，长期生产借贷款，吃粮靠供应，生活靠救济，连简单再生产也难以维持。办了工厂，把积累用在扩大再生产，资金再积累，生产再扩大。几年时间，农副工三业俱兴，由穷变富。

他们开始办厂的五百元资金是向生产队筹借的。靠几个回乡工人当技术骨干，办红炉打铁。后来向公社借来了三台皮带车床（这三台皮带车床，是大跃进年代城市支持的，三年困难时期，社办工厂关门，机床封存）。他们有了皮带车床，生产发展了，积累增加了，设备不断更新，形成了更大的生产能力，包括插齿机、滚齿机各种类型机床近五十台，还有一台自备的五十千瓦发电机组。他们抓了两个主要产品，一是旅行背包钩。这种钩子，几分钱一只，但生产数量多，成百上千万只，收入一年几十万元。二是汽车驱动弹簧齿轮，靠工艺质量打出牌子，一年也有几十万元收入。

他们靠工业的积累，向农副业投资。1976年与1977年，两年在农副上就花了76万元。农业机械化程度高了，从1680个农业劳力中，腾出563人，转到工副业，农副工协调发展。粮食亩产1973年超"双纲"，1975年过一吨，1976年达到2290斤。副业特别是养猪、蚕桑大发展。新建的集体猪舍有260间，新办了300亩大桑园。猪子圈存量常年稳定在3000头，每亩达到1.5头，有机肥大大增加。工厂也由一个发展到六个。1977年农副工总产值超过200万元，纯收入90多万元。工业的积累加上副业的肥料，就

　　使农业能够扩大再生产，就能获得更高的积累，更大规模的生产。这样始而往复，螺旋上升，小刘书记把它叫做"良性循环"。积累越多，速度越高。

　　欣欣向荣的民主大队，是无锡县突出的典型。

　　春天已经到来，但就全国范围而言新兴的社队企业还面临阵阵寒风，仍然受到了来自各方面的批评和压力，计划部门说他们"破坏国家计划"，"以小挤大"；商业部门指责他们"破坏社会主义流通渠道"；一些国营大厂由于人才流失到社队企业而指责他们"挖社会主义墙脚"；还有人指责他们搞不正之风，等等。在农业部门内部认识也不一致，有些抱着传统观念不放的人，认为搞农业就得"以粮为纲"，发展社队企业是"不务正业"。当时，无锡县是社队企业发展最快的一个县，受到的压力也特别大。据季音回忆，当时人民日报社经常收到来自社队企业条线的来信，迫切希望得到党中央机关报的理解和支持。正因为如此，才有了到无锡县的这次采访。

　　在采访期间，"北京人民日报社派记者来采访啦！"这个消息，很快在一些乡镇传开了，有些干部主动找上门来，向他诉说苦衷。他们说，无锡县兴办社队企业，县委是支持的，但他们也挡不住来自上头一些部门的压力，办社队企业似乎成了一件名不正言不顺的坏事；至于办企业中遇到的种种困难，一些上级有关部门不仅不伸手帮助，反而还加以阻挠。对他的采访，这些农村干部流露出了明显的喜悦之情。

　　社队企业所受到的批评和压力，源自那时的政治氛围。此时，"四人帮"已经被粉碎，共和国最重要的使命是拨乱反正，走上新的发展道路。但是，1977年2月7日，《人民日报》《解放军报》和《红旗》杂志同时刊发《学好文件抓住纲》的社论，提出："凡是毛主席作出的决策我们都坚决拥护；凡是毛主席的指示，我们都矢志不渝地遵循。"这让刚刚开始的拨乱反正无法进行，人们的思想还被禁锢着。

　　这引起了南京大学年轻老师胡福明对真理标准的思考。"我学了那么多年马克思主义，不就是要为人民服务吗？"出于理论工作者的责任感，胡福明下定决心，决定针对"两个凡是"写一篇文章。

　　胡福明，1935年出生在无锡县长安乡。1959年，他从北京大学毕业，又作为两名优秀学生之一进入中国人民大学哲学研究班学习。1962年12月，胡福明研究生毕业，到南京大学政治系（后改为哲学系）担任助教。

　　1977年那个闷热的夏天，胡福明一边陪护住院的妻子，一边在医院病房旁边的走廊里翻阅《马克思恩格斯选集》《列宁选集》和《毛泽东选集》等大堆原著，从中找出四十多条关于实践的论述，然后动笔撰写文章。

8月底，洋洋洒洒8000字的《实践是检验真理的标准》终于成文。9月初，胡福明将这篇文章寄给了《光明日报》哲学组组长王强华。两人相识于1977年春江苏省委党校召开的理论座谈会。当时胡福明在会上作了"谁反对唯生产力论就是反对历史唯物主义"的发言，王强华告诉他，著名经济学家于光远和他的看法相同，并向他约稿。

无论对胡福明还是王强华来说，这更大程度上是一次寻常意义上的工作约稿，双方都未曾预料这篇文章后来会在全国掀起关于"真理标准问题"的大讨论。

文章寄出后却如同石沉大海，整整四个月杳无音讯。对于这篇冒着风险撰写的文章，胡福明内心是忐忑的。直到1978年1月19日，胡福明终于收到了王强华的来信及文章小样，信上希望胡福明对文章做进一步修改。

此后，胡福明对文章进行过多次修改，但却迟迟未能刊发。同年4月，胡福明到北京参加全国哲学讨论会，期间王强华接他前往光明日报社，与社长杨西光、中央党校理论研究室孙长江和《光明日报》的马沛文一起讨论改稿。

会议结束后，胡福明并未返回南京，而是留在光明日报社招待所继续改稿。其间，杨西光告诉胡福明，文章还要请中央党校理论研究室同志帮助修改，并征得胡福明同意，文章最终以"本报特约评论员"名义发表。在此次修改中，孙长江发挥了极其重要的作用。后来胡福明自己也表示，文章是集体智慧的结晶。

1978年5月10日，《实践是检验真理的唯一标准》首先在中央党校内部刊物《理论动态》上刊发。5月11日，《光明日报》头版发表《实践是检验真理的唯一标准》，新华社当天发了通稿。

文章见报时，胡福明已经回到南京。据他回忆，文章题目里的"唯一"两个字，是杨西光、马沛文、王强华三人改稿时所加，是从毛泽东文章中分析出来的。毛泽东说，"只有实践才是检验真理的标准"，这个"只有""才是"说明真理标准只有一个。

5月12日，《人民日报》《解放军报》《解放日报》同时对该文进行转载。随后，全国绝大多数主流报纸也陆续进行了转载。文章在中华大地引发了关于真理标准问题的全民大讨论。但作为特殊时代下的产物，文章引起各方关注的同时，赞美、指责等不同声音也随之而来，甚至还有来自政府、学校层面的施压。当时，胡福明和《光明日报》领导层也都承受着极大的压力。

　　"这是一篇坚持马列主义、毛泽东思想的好文章，它提出了牵一发而动全身的大问题。"最后，邓小平一锤定音，改革开放的浩荡浪潮随之而来。《实践是检验真理的唯一标准》这篇文章拉开了思想解放的序幕，因此也被誉为改革开放"春风第一枝"。

　　多年后，胡福明回忆起文章出炉的前后，坦言："文中的观点并不是我的首创，很多哲学教师都懂。只是由我在一个特殊的'时间节点'把它写了出来。而文章发表之后产生的巨大影响，当时是万万没有想到的。""我没有想那么远，我不是思想家，只是一个普通的书生。我只能说，我跟上了时代，没有扯时代的后腿。"

图 1-42 1978 年底，胡福明（左一）与南京大学青年学生交流

　　1978 年被称为中国改革开放的元年。毫无疑问，中国的改革开放在这一刻蕴涵了巨大的社会潜力。中华民族在结束了十年浩劫的历史悲剧后，开始了民族的全面复兴。改革就是全民族的喜剧，然而，当用批判现实主义的眼光和笔触去触摸到它的时候，却还是让人感到一种莫名惆怅。

　　年底，十一届三中全会在京西宾馆举行。全会前的中央工作会议闭幕会上，邓小平作了总结讲话，"要允许一部分地区、一部分企业、一部分工人农民，由于辛勤努力成绩大而收入先多一些，生活先好起来"。全会确立了解放思想、实事求是的思想路线，做出把工作重点转移到国家经济建设上来的战略决策。从全会召开算起，改革开放直至今天的数十年，最终被证明是经济改革与社会变迁的数十年。

　　这个令人亢奋的冬天，留在了奋斗者的回忆中。若将十一届三中全会放在历史的坐标轴上进行评价，即使时间的纵轴再延长几倍，都不会缩小它的贡献。

　　上面春雷滚滚，下面春潮涌动，经济的活跃因素以核聚变的力量正在浓缩，蓄势待发。一旦宏观政策回暖，无锡农村便开始沸腾。有些人受到政策的感召而跃跃欲试，有些人厚积薄发应了政策转向的火候……不管怎样，他们以自己特有的笔墨，在中国改革的底色中涂抹着属于自己的历史，并出色从容地融入中国时代的一片汪洋中。

西塘大队没有满足于高温高压染色机的畅销，而是继续不断了解市场情况，注意信息，准备开发新品。1978年，他们了解到天津针织机械研究所设计了一种立式的U型液流喷射染色机。这种设备可用于坯布染色。他们及时与该所联系，洽谈技术协作，承接试制任务，在较短时间内拿出了样机。后来在芜湖市红光针织内衣厂召开的新产品鉴定会上，有全国22个省市的82位工程技术人员参加测试。一致认为这一产品对发展化纤织物能发挥积极作用，顺利地通过了鉴定，成为全国第一家生产这种产品的工厂。小厂办成了一件大事，惊动了全国纺织行业，纷纷前来参观订货。1979年，全厂产值达到700.4万元，占全大队工业总产值的比重达91.88%，实现利润318.63万元。

在红旗公社，干了八年农业生产队队长的阚云轩，开始筹建无锡县红旗染化厂。可他连简单的化学元素符号都不懂，而且手中只有270元公积金，但这并没有动摇他办厂的决心。他带领12名女社员，自己动手盖起了简易工棚，买了七只缸，开始了最简单的工业生产：用城市大厂清除出来的废铝渣和废盐酸加水混合，并用木棒不停地搅拌，生产净水剂"碱水氯化铝"。阚云轩这样来描述创业时的艰苦："办厂初期，财务开支规定很紧，大队给我核定每天的交际费、差旅费为0.4元。为节约每一分钱，我去苏州、无锡、常州出差就骑自行车。中午饿了，买几个白馒头充饥是常有的事，忍饥挨饿也不足为奇。1979年冬的一天，我骑自行车出差，办完事已近傍晚。偏巧天公不作美，又下着雪。为组织第二天的厂内生产，我冒着雪骑车返回，到家已是'雪人'一个，脚麻木得已不听使唤。第二天我又照常去厂里上班。"1978年，红旗染化厂生产出第一只染料5203大红粉，阚云轩当年赚了二三万元。1979年又赚了15万元。

从这些个体的典型"跳"出，放眼无锡农村全境。榜样的力量，掀起了一阵阵强烈的改革冲击波，无锡农村的社队企业冲破牢笼，出现繁荣局面。灿烂的太阳，终于要钻出云层了。

在此之前的数十年间，社队企业的发展时断时续，忽起忽伏，但在坚持不懈中仍然形成了自己的特色和规模。到1978年底，无锡全县已有工厂2078家，其中县属厂96家，社办厂353家，大队办的工厂1629家。县、社、队办工业总产值达7.95亿元，相当于1970年时全县工业产值的5倍。其中，社、队两级所办工业的产值5.15亿元，相当于1970年时社、队两级所办工业产值的10倍。八年间，全县社队工业平均每年增长速度为35.2%。这个速度在全国自然居于领先地位。全县社队工业建立了以机电、轻工为主要支架的工业格局，共有七大门类。其中：机电占 49.8%，轻工（服装）占 23.3%，建材占 8.3%，化工占 6.2%，冶金、电子各占 3.6%，纺织占 3%，其他占 2.2%，并形成了"小"（批量小）、"杂"（品种规格多）、"急"（生产或生活急需）、"非"（非定型设备）、"新"（新产品）、"缺"（缺门）的产业特点。特别是机械加工行业在国内崭露头角，荡口的拉丝机、坊前的制钉机、华庄的冷作件、查桥的电动葫芦和铲车、洛社的柴油机配件和电机、前洲西塘的色织机、陆区的塔吊、石塘湾的螺丝攻、东亭群联的马口铁、玉祁民主的纺配件等，都已在市场上比较出名。

1978 年，正是无锡农村打破旧制度的刚性约束，冲破重重阻碍，掀起新的发展高潮的起点。接下来三十年的无锡农村，繁荣程度会远远超过历史上的任何一个太平盛世。在如此的繁华之下，在计划与市场、自主与开放、保守与激进的博弈之中，无锡县农村将集合中国商业变革的所有要素，前所未有地跃进式发展，并生生不息。

第二编 升腾

1979 年　冰雪融化

千规律，万规律，价值规律第一条。

——孙冶方

　　大地冰雪融化，春雷响动。十一届三中全会确定了中国日后高速成长史中的两个关键词："改革"与"开放"。

　　共和国的改革与开放，首先是从试办经济特区破题的。这一年，中共中央、国务院发出文件明确指出，在深圳、珠海两地试办"出口特区"。由此，经济特区唱响"春天的故事"，支撑起一方蓝天，让广东得中国改革开放风气之先，成为中国民营经济最活跃的地区之一。

　　僵化的计划经济体制，同样也有了松动的迹象。在这一年，农副产品市场放开，允许社队集体的粮油，在完成征购任务后可以进入市场进行买卖。

图 2-1　农村集贸市场

这一政策看似宏观，却又具体。宏观上，市场这样的字眼，在改革开放的第二年，还没有很清晰地鉴定。自下而上的中国人都还在摸着石头过河。具体而言，开放的只有农副产品类，其他的生活资料和生产资料，依然处于计划之内，游离于市场的边缘。即使这样，变化还是明显的。农村集镇市场开始兴旺，农民们手提、肩挑、人拉，交易着大米、麦子、花生、食油、芝麻、猪肉、豆腐等，慢慢地市场上还出现了衣裤、鞋帽、瓷碗等日用品。

　　然而，在计划经济体制缝隙中成长起来的社队企业，却依然被拒绝在计划之外。对社队企业的讨论仍在继续。

　　4月4日，《新华日报》发表新华社记者喻权域的文章《为无锡县的社队工业申辩》，以大量的事实和统计数据批驳了"无锡县农村社队工业发展，造成国家财政减少""社队工业挖社会主义墙脚，排挤了国营工业""无锡县国营工业比重下降，是倒退现象""不按国家计划生产，搞非法的资本主义市场经济""实现四个现代化，主要是发展用先进技术装备起来的大工业，社队工业没有发展前途"等等非议，认为"无锡县的基本经验——围绕农业办工业，办好工业促农业，走农副工综合发展道路，是有普遍意义的"。

　　随着讨论的深入，对于无锡县社队工业依靠市场调节求得原料、推销产品的经营行为，出现了相互对立的观点。《群众》杂志1979年第9期刊登了费铭铄等人的《怎样看待社队工业的自产自销》一文，对市场调节持支持态度。他们认为："社队工业自诞生以来，产销的基本形式是自产自销，这种自产自销是属于社会主义条件下市场经济的性质，它是紧紧随着社会主义的经济发展而发展的，而且在相当长的历史时期内，起着弥补和充实国家计划不足的积极作用。"对此，王耕今等人提出了不同的观点。他们在上海郊区以及苏州、无锡、常州等地对社队工业进行了调查，之后在《经济管理》杂志1979年第3期发表了的《社队工业向何处去？》一文。在文中，作者充分肯定了无锡县的经验，认为："无锡县发展社队工业的基本经验对全国还是适用的。这个基本经验首先是自力更生、艰苦奋斗的精神和坚持走农副工综合发展道路的决心。……无锡经验还好在他们的革命精神与求实态度相结合。他们培养出一大批具有经济头脑的干部，总结出一套适应社队工业发展的管理办法，特别是县委和主管部门对社队的'服务态度'比较好，'衙门作风'比较少。多干实事，不尚空谈。既不搞清规戒律，也不是揠苗助长。今天无锡县社队工业出现这样蓬勃发展的局面，是与这种尊重民主和科学的领导方法分不开的。"同时，从宏观经济的角度对无锡县的做法提出了不同的意见，指出："因此可以说，无锡县的经验还没有很好解决社队工业发展方向的问题，没有解决使社队工业纳入计划轨道而健康发展的问题。然而不解决这些问题，社队工业就没有长久的生命力，甚至会重复历史上曾经出现过的一些损失。"

　　那个时代就是这样，传统的计划经济已经不能适应时代的需要，新的经济体制尚在探索过程之中。对社队工业这一新生事物的看法不尽一致，完全正常，社队工业的发展也需要这样的辩论和讨论。

社队企业的地位和作用如何？发展方向又在哪里？这一切，都需要中央给出一个明确的答案。

终于，1979 年 7 月，国务院颁布了《关于发展社队企业若干问题的规定（试行草案）》。这是在国家层面有关发展社队企业的首个指导性文件。这个《规定》首次以法规的形式，肯定了社队企业在我国的政治和经济中的地位，认为："公社工业的大发展，既可以为社会提供大量的原材料和工业品，加速我国工业的发展进程，又可以避免工业过分集中在大中城市的弊病，是逐步缩小工农差别和城乡差别的重要途径。"《规定》并对社队企业的发展方针、经营范围、资金来源、所有制性质、加强产供销的计划性、税收政策、劳动制度、劳动报酬、劳动保护、利润分配和使用、建立和健全经营管理制度、技术革新和技术改造以及加强领导等问题，作出了明确的规定。

图 2-2 1979 年新华社印制的宣传画

关于社队企业发展的方针，《规定》说："社队企业必须坚持社会主义方向，积极生产社会所需要的产品，主要为农业生产服务，为人民生活服务，也要为大工业、为出口服务；发展社队企业必须因地制宜，根据当地资源条件和社会需要，由小到大，由低级到高级。不搞'无米之炊'，不搞生产能力过剩的加工业，不与先进的大工业企业争原料和动力，不破坏国家资源；社队企业要坚持自力更生、艰苦奋斗，民主办企业，勤俭办企业，厉行经济核算；积极试办农工商联合企业。"

《规定》特别指出，"没有纳入计划而社会需要的产品，原材料和动力供应有来源的人民公社可以自订计划生产"。这为社队企业突破单一指令性计划的限制，在国家计划指导下以市场调节为主，从事生产、经营活动提供了政策依据。

经历过这一年春天的人们，都能体味到最初的彷徨无措正在冰雪消融，这片曾经沉寂的土地正在复苏。

　　这一年 4 月，还有一个在改革开放史上占据一席地位的重要会议在无锡召开。

　　这个名为"价值规律问题讨论会"的会议，史称"无锡会议"。主持这次会议的正是当时中国顶级的两位经济学家孙冶方和薛暮桥。

　　早在 20 世纪 50 年代中期，这对同门兄弟都已经认识到了从苏联引进的计划经济体制并不适合中国的实际。有一次，孙冶方到上海造船厂考察，看到船坞里正有两条费劲修着的船。明明两条船千疮百孔，破烂不堪，几无维修价值，但船方还是坚持要修，"复制古董"，宁愿砸大钱，为厂方将给他换掉百分之八九十的钢板和百分之五十以上的角铁，砸一大笔钱，一大笔足够买一条又实用又先进的新船的钱。为什么？因为财政上有规定，规定船方只能修船，不能买船。修是合规的，买是违规的。劳民伤财天经地义，折旧更新罪该万死。这样违反经济规律的事见得多了，他不由拍案而起，坚决反对"一双鞋抵不了一双鞋穿，一块肥皂抵不了一块肥皂用，一个马达抵不了一个马达使"，坚决反对僵化体制中管理权限的畸形集中，坚决反对低估乃至否认价值规律在社会主义经济中的作用。他大声疾呼："千规律万规律，价值规律第一条。"正因为他的不合时宜，不久被打成"张（闻天）、孙（冶方）反党联盟"的头面人物，1968 年被关进了秦城监狱。这一关，就整整关了七年，直到 1975 年才释放出狱。

　　在他出狱之时，他的堂弟薛暮桥也才从"五七干校"回到北京。1967 年，薛暮桥被打成"中国经济学界的头号反动权威"，1969 年底又被"送"入湖北襄樊"五七干校"劳动改造。"五七干校"的生活单调乏味，前途看似没有一丝曙光。面对磨难和困顿，薛暮桥开始反思。正如他的助手和学生吴敬琏所说的那样："一面放羊，一面认真思考'十七年'经历的往事，这种思考的结果，是年届七旬的薛老大彻大悟"。

　　两位刚刚恢复工作的老友兼兄弟，这一次齐赴家乡无锡主持价值规律问题讨论会，是机缘巧合，更是他们肩上使命使然。

　　这次会议从 4 月 16 日开始，到 29 日结束，整整开了 13 天。来自经济理论界专家和经济管理、地方省市的负责人共 389 人参加。薛暮桥在回忆文章中曾写到与孙冶方一同讲话时的情景："开会那天，我为鼓励百家争鸣，讲了'三不主义'"（不抓辫子、不打棍子、不戴帽子），接着他讲了'五不怕'（不怕受批评、不怕撤职、不怕开除党籍、不怕杀头、不怕老婆离婚）。会议结束时，我讲了理论与实际相结合，他讲了要提高理论水平，多读几遍《资本论》。讲完以后两人相视而笑。"①

在无锡市委宣传部理论处工作的陆国钧，当时负责给大会参会人员印刷和传递大会简报。至今他还记得，每次他送简报时，都会见到薛暮桥在房间里批改材料、奋笔疾书，而长廊另一头的孙冶方房间里，人流不断，大家在热烈讨论。

一个喜静，一个喜动；正如他们的学术风格一样，都注重理论联系实际，但一个强调理论多一点，一个强调实际多一点。

这次会议，是新中国成立后第二次关于价值规律问题全国性的讨论会。第一次是二十年前在上海举行的，着重讨论两种公有制之间的商品生产和价值规律的作用问题。这次讨论会，主要是为了探讨改革经济管理体制的理论基础问题，着重讨论全民所有制内部的商品生产和价值规律的作用。与会代表热烈讨论了这样一些问题：商品经济是不是社会主义经济的基本特征？全民所有制内部交换的生产资料是不是商品？价值规律对社会主义生产起不起调节作用？价值规律的作用与企业独立性之间有何关系？国营企业能否实行自负盈亏？等等。会议所迸发的思想和观点，日后慢慢地融入到经济政策之中。

值得注意的是，在这次会议上，有些学者在讨论中采用了"社会主义市场经济"的提法。当时普遍能够接受的种提法还是计划调节与市场调节相结合。毕竟，在很多人心目中，市场经济还是和资本主义联系在一起的。其实，正如我们现在所知道的，邓小平同志在1979年11月会见美国不列颠百科全书出版公司编委会副主席吉布尼等人时，就明确地指出："说市场经济只存在于资本主义社会，只有资本主义的市场经济，这肯定是不正确的。社会主义为什么不可以搞市场经济？这个不能说是资本主义。我们是计划经济为主，也结合市场经济，但这是社会主义的市场经济。"

这一讲话虽然当时并没有公开，但无疑标志着时代已经变化，坚冰正在消融。

春风化雨非一日之功，但改革开放以来首次提出社会主义市场经济概念的无锡会议，不应该被历史遗忘。

在价值规律"无锡会议"召开的同一个月，中共中央在北京召开了有各省、市、自治区和中央党政军机关主要负责同志参加的工作会议，讨论了当时的经济

---

① 薛暮桥：《向孙冶方同志学习》，孙冶方经济科学基金会编，《孙冶方经济观点评述》，山西经济出版社，1998年，第4页。

形势和党的对策，决定从 1979 年起要用三年时间对国民经济实行"调整、改革、整顿、提高"。对于国民经济的调整，邓小平有过一系列透彻、精辟的论述："没有按比例发展就不可能有稳定的、确实可靠的高速度"，"经济比例失调的条件下，下决心进行必要的正确的调整，是我们的经济走向正常的、稳定的发展的前提"，"这次调整，在某些方面要后退，而且要退够。其他方面，主要是农业、轻工业和有关人民生活的日用品的生产，能源、交通的建设，以及科学、教育、卫生、文化事业，还要尽可能地继续发展"，"这次对经济做进一步调整，是为了站稳脚跟，稳步前进，更有把握地实现四个现代化，更有利于达到四个现代化的目标"。

的确，宏观经济依然没能逃脱忽冷忽热、大起大落规律的魔咒，刚从十年浩劫中走出来的中国经济，一下又陷入了"洋跃进"的泥淖，经济过热，物价腾涨。就社队企业而言，经过一段时间的高速发展以后，自身运行的盲目性也暴露出来了。正如陈云指出的，"现在社办工业很多，小城镇工业也很多，办这些工业是有道理的、有原因的。原因就是要就业，要提高生活。当然其中也有盲目性"[1]。国家经委、农委的调查也显示，社队企业存在着以下亟待解决的问题：第一，盲目建厂，重复建厂。由于信息闭塞，视野狭窄，"一成众效"，一个工厂赚了钱，跟来一大片。虽说"船小掉头快"，办不成另谋生路，但从全局说，仍有布局不合理的问题。第二，产品直接或间接纳入计划过少，不正之风较多。社队企业的原材料和燃料供应、产品销售、运输保障，大部分依靠自己想方设法或靠市场调节。所谓"技术靠退休，供销靠朋友"，请客送礼拉关系等等比较严重。第三，设备陈旧、技术落后，助长能源紧张，污染环境较严重，生产安全亦较差。第四，经营管理亦落后，特别是财务管理比较混乱，漏洞很多。第五，群众的民主管理不够，有的形成"官办"，甚至成为"机关生产"，社员群众不把它当作自己的企业。

就无锡县的情况而言，1979 年 4 月 26 日江苏省委政策研究室《调查与研究》第 6 期刊登了《无锡县经济情况初步分析》的调查报告。调查报告指出：无锡县 30 多年来经济构成发生重大变化，已从单一的农业经济变为"工业—农业经济"。以产值构成计算，1978 年与 1949 年相比，农副业从 84.29% 下降为 27.12%，工业由 15.71% 增长为 72.88%。1978 年全县工业产值 6.33 亿元，相当于 1949 年的 50 倍，1970 年的 6 倍。同时指出无锡县社队企业面临的问题，表

---

[1] 陈云：《坚持按比例原则调整国民经济》，中共中央文献研究室编，《坚持改革、开放、搞活》，人民出版社，1987 年，第 21 页。

现为"六个不"：一是开不动，电力缺口达四分之三；二是吃不饱，煤炭、钢材缺口都在三分之一；三是资金周转不灵；四是放不下，去年手工业联社下放，工人思想波动，公社工作难做，两头没有积极性；五是基建战线缩不短；六是容不下，知青和下放工人待安排，但服务业少，工业安排不了，急需调整。

调整，是如此的重要的必要。在国民经济调整的洪流中，刚刚走出地下窘境、步入正常轨道的社队企业又将面临怎样的未来呢？

宏观经济与微观经济之间存在着辩证统一的关系。宏观经济和微观经济相互依存。微观经济是宏观经济的基础，宏观经济是微观经济的背景。一篇文章的发表，让无锡县锅炉厂走到了存亡抉择的命运边缘。

1979年6月18日，《人民日报》刊登了劳动部干部刘福仁等两位同志撰写的题为《社办企业不能生产锅炉》的文章，列举了社办企业不能生产锅炉的种种理由，在锅炉制造行业中引起很大反响。

为此，国家劳动部派出调查组到各地对从事锅炉制造业的社队企业进行考察调查。《社办企业不能生产锅炉》一文的作者也随队参与了调查工作。

当调查组来到无锡县锅炉厂考察时，齐全的生产设备、过硬的技术力量、高质量的锅炉产品、良好的员工素质，让调查组折服。他们不敢相信眼前的无锡县锅炉厂是社队企业。经过认真考察调查后，刘福仁在与厂领导座谈时，诚恳地说："社队企业的实力不可低估，通过对无锡锅炉厂的调查，我放弃'社办企业不能生产锅炉'的观点……"调查组回北京后，将无锡县锅炉厂的发展情况向部里作了如实汇报。

是年，江苏省经委组织省劳动局、机械局对全省锅炉行业进行检查，历时20天，检查了35个厂。通过检查评比，最终认定17个厂具有制造锅炉生产能力，其中又只有七个厂的能力比较强，其中就有无锡县锅炉厂。这一好消息传来，无锡县锅炉厂一片欢腾，群情振奋。厂内处处洋溢着欢声笑语，个个流露着喜悦冲情。创业者十分清醒，没有被已取得的阶段性成果所陶醉，在全厂干部会议中指出："我们虽然进入先进行列，但是决不能满足现状，居功自傲。我们应该看到，厂里还存在着诸多方面的问题。我们与先进厂的差距还很大。"

红旗公社冷作厂通过调整也找到了新的发展方向。这家工厂1979年6月与一机部签订的10台套水泥立窑的合同，因经济调整被取消了。这是一份产值780万元的大单，消息传来，全厂人心浮动。

面对这一困境，厂长钱德明带领业务人员兵分三路，奔赴东三省、湘鄂和两广地区进行市场调查，吸取了靠计划"吃大饭"的教训，迅速掉转船头，把为基建服务的产品转化成为轻纺工业和电力技术改造服务的产品。他们克服了技术、设备、资金等种种困难，用较短的时间，试制成功了纺机配件导布辊、电厂用的净水器两只新产品，并逐步改进，使之成为当家产品。抱上了"金娃娃"，又没有放弃"零金碎玉"。调整三年，这家工厂生产的产品品种达50多个，大的有60吨浮吊，最小的煤机零件只有三两重，利润只有几分钱。至1982年这个厂全年产值、利润都超过转产前1978年的水平。

查桥公社农机厂在经济调整中倾力抓质量整顿，敲掉了用户不满意的15台柴油机叉车，报废了36万元的产品和配件，发动全体干部职工对照一机部关于整顿企业的十二条标准，道道工序找差距，个个岗位查毛病，然后针对存在的问题，层层制订和落实了质量升级规划。为了搞清叉车转弯半径等几个数据，厂里派技术组长三上北京，回来后系统整理和描绘了新图纸353张，制定了24个主要零部件的工艺流程卡167张，坚持按图生产，质量验收，并开设业余技校，举办技术短训班，全面提高职工的技术素质，从而保证了产品质量的稳步提高。1979年8月，一机部南方组去厂检查，叉车项次合格率上升到93.4%，整机性能达到100%，受到了水电部的好评。全年销售收入达到700万元，比1978年的451万元增长55.2%。

从全县来看，以机械工业为主的社队工业，1979年社队工业上半年明显回落，经过灵活应变，又恢复稳定持续增长。全县机械工业主动应对经济调整，压缩了国家限产的车床、刨床、钻床等金属切削机床，增产或转产了国家需要的纺织机械、建筑机械、运输起重机械、轻工机械、煤炭机械、电力机械和日用消费品，产品质量通过整顿也得到有效提高，加强了对市场的适应能力。经济调整三年来，每年仍以20%的速度递增。

价值规律是市场经济的基本规律，而社队企业从本质而言是市场经济的产物。《关于发展社队企业若干问题的规定》的颁布，为社队企业的发展筑实了法律上的基础，而价值规律观念的确立，则在思想上破除了人们对计划经济的僵化认识。

这一切，都要感谢作为"改革开放总设计师"的邓小平。

这一年，他已经75岁高龄。回顾他的一生，几乎贯穿了中国近代历史上疾风骤雨的100年。贫困、革命、战争、政治动乱、社会动荡、经济改革、国家转型和中国崛起，所有一切都成为他坎坷生涯的生动写照。正是来自命运的淬炼，这位雄心万丈的小个子四川男人，才能以极大的魄力和果敢"向世界打开中央之国的大门"，从而被《时代》周刊撰稿人激情澎湃地赞扬为"这是人类历史上气势恢弘、绝无仅有的一个壮举"！

3月，在接见英中文化协会执委会代表团时，邓小平第一次提出"中国式的现代化"的概念。两天后，他在中央政治局会议上说：我同外国人谈话，用了一个新名词——中国式的现代化。

12月6日，邓小平会见日本首相大平正芳。大平正芳问："中国的现代化蓝图究竟是如何构想的？中国将来会是什么样的情况？"邓小平回答："我们要实现的四个现代化，是中国式的四个现代化。我们的四个现代化的概念，不是像你们那样的现代化的概念，而是'小康之家'。"

美国的中国问题专家多克·巴尼特认为"邓小平提出了历史上最为极端迅速地发展经济的雄大计划"。但他年初与年尾的两次"现代化"概念阐述，并没有在中国立即引起轰动，而在西半球却引发了狂潮般的热议。为此，加拿大《新闻报》刊登格温·戴尔专稿，题为《中国的现代化将震撼全世界》，摘译如下：

> 当中国自己在今后二三十年里成为一个工业化国家时，世界也将变成一个截然不同的地方。在人类世界很重要的一切事情——军事和经济的力量、文化和政治的影响——中，约有一半将再次发生在东亚。这次同过去的时代不一样，它将与西方世界直接相互影响。

> 那些立志要把中国变成一个现代化国家（不论其意识形态如何）、恢复它先前在世界上的地位的人——这种人在中国上层人物中始终占绝大多数——已经牢牢地控制了权力。

> ……

> 要是十亿中国人使中国实现了工业化，那么，他们（通过廉价进口破坏进口国本国工业和就业）向西方国家的经济提出的挑战将会七八倍于日本和韩国等亚洲国家目前提出的挑战。

> ……

> 两千年前，如果有一位了解情况的客人从火星来到地球上，他会要求到罗马。一百年前，他会去伦敦。今天，他会在华盛顿着陆。

> 五十年后，这位客人很可能首先去北京了。

那么，果真需要五十年吗？从这一年开始，无锡人与全世界一起拭目以待。

1980 年 砸碎锁链

他们失去的只是锁链，获得的将是整个世界。

——《共产党宣言》

20 世纪 80 年代的第一年，在改弦更张的大氛围中到来了。一个个创业人物都已经登场，一段段沸腾岁月的激扬故事开始上演。这些人，这些事，从这一刻起汇成一股潮流，一种趋势，甚至形成一种格局，左右着区域经济发展的走向。

改革开放的春风吹醒了沉睡的大地，同时也吹醒了世世代代被困在土地上的庄稼人。昔日粗手笨脚的种田人都变得聪明伶俐起来。

1980 年初，刚到钱桥公社皮件厂担任副厂长的杨祥娣，带着几位技术骨干到南京去参加省外贸公司组织的外贸皮件制品会议。钱桥公社皮件厂靠 3000 元起家，在 40 平方米的陋室内，有 30 多位"泥腿子"和 10 多台缝纫机，生产的是猪皮票夹，靠摆地摊、赶庙会、背包裹推销产品。尽管销路也不错，利润还较高，但在杨祥娣看来，那时的她们在一些人眼里就像是"高级乞丐"。参加省里组织的外贸皮件制品会议，无论对于钱桥公社皮件厂、还是对于杨祥娣来说都是平生第一回。

参加这次外贸会议的几乎都是国营或集体大企业的代表，都是些"老外贸"，而杨祥娣她们是列席代表，连坐也坐在会场角落里。她们一边听，一边商量怎么办？总不能空了手回去。从会上了解到，省里八家皮件制品厂都是出口猪皮产品。杨祥娣思量，要是生产羊皮的品种，恐怕外商更喜欢，江苏也就她们一家，那就独领风骚了。杨祥娣鼓了鼓勇气对会议组织方提出："让我们生产羊皮票夹，面料和技术我们自己解决！"果然，单子是接到了，但生产羊皮票夹难度很大，原材料又难搞。回到厂里，杨祥娣立即召开"诸葛亮会议"，派人连夜出去找羊皮面料。幸亏厂里有几位从上海一家皮件厂退休回来的老职工，他们技术精湛，经过攻关，将这批羊皮夹按时按质赶制出来，令外贸部门感到惊讶。乡镇小厂产品开始漂洋过海了。当年，钱桥公社皮件厂30多人实现产值43万元。

就这样，第一笔外贸生意打出了钱桥公社皮件厂的名气。1983年，江苏外贸公司主动找上门来，成立了工贸联营江南皮件厂。从此，皮件厂的缝纫机转动得更欢快了，生产规模迅速扩大。然而，天有不测风云，不久省外贸根据国际市场行情，调整了出口部署，压缩皮件出口订单。为了更好地发挥国内国际市场优势，皮件厂迅速调整营销策略，争取"两条腿"走路。积极抓内销，在诸多名城名店，与国内的许多名牌票夹展开了激烈竞争，凭着质量和价格上的优势，使上海80%的大商场、许多星级宾馆都把江南皮件厂的"百特"票夹置于十分显眼的专柜上。

1980年秋，唐涌祥去南京开会。车过宜兴县的和桥镇，同车的无锡县经委副主任陆福初开始做他的动员工作。陆福初说："这几年你们西塘和前洲的印染机械发展很快，但行业过于单一是潜伏着危险的。化纤行业经过十年大发展，预测会在八十年代初出现颓势。全县至今还没有一家毛纺厂，西塘有实力，阿长你带个头吧，办一个中型全能毛纺企业。"唐涌祥动心了。

开完会回来，唐涌祥去找石干城。这位纺织行家听了很兴奋，赞成办毛纺厂。他帮唐涌祥分析了形势：中国人的服装经过30年"清一色"之后，随着人民生活的提高，正在酝酿着变革，西服化和毛料化是必然趋势。

唐涌祥在重大决策上从不莽撞。他又赶到上海。上海市毛麻公司副总工程师陈祖祺是西塘张巷人，跟唐涌祥一起长大。陈祖祺毕业于南通纺织工学院，不仅是纺织行业的专家，对国际国内的市场情况也十分熟悉。他说，70年代后期，西方发达国家都在压缩劳动密集型产业，减少纺锭，而国际市场对羊绒、毛线和毛织物的需求却有增无减。这对社队工业发展是个天赐良机。如果西塘决心办毛纺厂，从规划设计、设备安装到组织生产，不仅个人愿意效劳，还可请一批人去西塘帮忙。

此时，西塘大队已有1500万元的积累，预计两年内色织机械厂至少还能有1000万元收入。大队党支部开了三次支委会，决定投资3000万元，占地80亩，建造厂房四万平方米，最终将建成一家拥有12800枚纺锭的纺、织、染全能毛纺企业。当年扩大了的机械化养猪场，还有几十亩饲料田，到这时才真正派了用场，成了西塘毛纺厂80亩用地的主体部分。为了加快筹建步伐，从色织机械厂的160名职工中抽调了70名作为骨干。基建班子开始工作了，规划厂房、定购设备、培训工人……唐涌祥带着一帮人忙得像陀螺团团转。陈祖祺说话算数，常常是星期六夜班车来无锡，星期一早车回上海，风尘仆仆，劳碌奔波，从不拿一分钱报酬。

1982年3月，西塘大队党支部改选，唐涌祥以满票当选为支部书记。可是，不久，毛纺厂"出事"了。由于毛纺厂占用的土地因报批手续不完备不得不急刹车下马。唐涌祥差点吃处分不说，陈祖祺气得三年不愿回家乡。

祸不单行，从1982年开始，印染机械的生产和销售果然出现了颓势。大队工业产值从1980年的2000万元猛跌到1982年的500万元，毛纺厂投入的基建资金以及退货转让等直接经济损失就达数百万元。西塘面临的形势更严峻了。

图2-3　西塘村工业区一隅

唐涌祥为人刚烈，性格急躁，办事向来不讲"规矩"，很多人说他早晚会摔下来的。这次，他真的摔了，他还能重新站起来吗？

在硕放公社，黄锡伦正在为公社农机厂的出路发愁。这家工厂建办于1976年，当时生产一些简单的农机零件，厂小设备差。而且，这样的小农机厂在江浙地区几乎遍地都是，光是省内少说也有上千家。黄锡伦意识到，与那么多同行挤在一条路上，就像公路上发生了几百辆汽车堵塞，怎么能通过？在这种情况下，要发展就只有另找新路。他决定改弦更张。可是抓新产品也不那么容易，首先生产的喷浆机，一个月的产品整整销了三年，可吃了大苦头。黄锡伦没有灰心，他四处奔走，用心了解机械产品的市场情况。经过调查研究，他发现当时市场上有一种拉丝机是紧俏机械产品，而那时，全国生产拉丝机的厂家只有两三家。他回来后，立即改造设备，从技术设计到敲敲打打，把拉丝机制造了出来，然后和一批人上市场推销产品。忙了几年，厂里的产值由20万元增加到100多万元。

可是，从1980年起，农机厂的生产出现徘徊。主要原因是产品单一，国家建设上马后，单一品种的拉丝机已不能适应供货需要。聪明能干的黄锡伦想到了要生产新品种。可是，这时他偏又患上了严重的胆结石病，发起病来，疼得头昏眼花。但为了企业的生存和发展，他带病出发，南下广州、福建，北上河南、河北，奔赴全国10多个省市、30多家企

图2-4 无锡第六通用机械厂拉丝机车间

业，到处了解市场信息。在出差期间，他还跑遍了各大城市的新华书店，买回了几十公斤重的书籍和技术资料。一回家，他立即成立了攻关小组，组织开发新产品，同时成立了"六菱机械研究所"，在全国同行业中，他创下了社队企业自办研究所的先例。仅三个月，达到国际先进水平的活套式拉丝机、大象鼻式卸丝机和翻转式拉丝机等先后问世了，工厂也顺利渡过了难关。不久，工厂改名为"无锡第六通用机械厂"。

"张天放救活了工具量具厂！"1980年，这一消息在羊尖公社迅速传播开去。

那年，张天放尚不满30岁，由一名普通的工人调任生产科统计员。受当时经济政策的影响，无锡县量具厂这个当时只有200人的小厂，年产三万把游标卡尺竟有一万把压库，资金周转失灵，濒临停产，厂内人心浮动。唯一的办法是消除库存，畅通产供销，加快资金周转，而其中最重要的就是"销"。刚刚当上统计员没几天的张天放，毛遂自荐，要求担任推销员。

当时，厂里只和无锡机电公司一家有业务往来，是死是活全吊在这棵树上。这怎么能行？张天放想，中国那么大，我们这个小厂为什么不能打出无锡，打出江苏，走向全中国？干！只有干，才能改变这个面貌。于是，张天放走出了羊尖，走出了无锡。

一次，张天放乘车由洛阳回南京，火车上拥挤不堪，人几乎要被抬起来。到了开封，他焦渴难熬，不得不掏两毛钱去买一碗白开水喝。那时的两毛钱是什么价值？对于张天放这样家庭困难的农民来说，当时的两毛钱已是全家人一天的菜

金。他被"吊"在那儿，一直抵达南京。下了车他的两条腿硬得像两根木桩子，累得连话都不想说。尽管如此，他并没有停下脚步，拖着疲惫的身体赶往省机电公司。又有一次，张天放出差到河南洛阳。转遍旅社寥寥的洛阳城，张天放没了住处，只好花了五毛钱租了一床席子睡在营业大厅里。

一晃就是两年，他不管刮风下雨，不避严寒酷暑，奔走了长城内外，大江南北。他自小爱好文学，能说会道，自己又是从工人干起的，对产品十分熟悉，只要让他缠上，你就无法不要他的卡尺。就这样，一万把库存几十、几百地减少了。库存没了，资金活了，利润有了，量具厂的生机焕发了。可是张天放黑了，瘦了。

1980 年，在城市工厂打工多年的周元庆回到家乡，进入队办镀锌厂工作。镀锌厂的主要原料钢管、锌和酸，都需要从外采购。周元庆人脉广，担任了采购员。当时交通不便，靠两条腿在外跑信息，拉业务。一年有三百天在外出差，足迹踏遍中国大江南北。据他回忆："有一年冬天去东北一家矿山采购，早晨 5 点下火车，当时气温是零下 25 度，因为穿的是单皮鞋，脚被冻得麻木僵硬，仿佛不是自己的一般。从火车站到矿山没有公路，更没有公交车。我只能在冰冷刺骨的寒风里，踏着皑皑白雪，艰难地向矿山走去。后来遇到一辆毛驴车，就央求老乡用毛驴车送我到矿山，在风雪中又走了一个多小时。当到达目的地时，顿时忘记了寒冷，忘记了饥饿，立刻跳下毛驴车，兴冲冲向矿里走去。"

那个年代，绿皮火车是最主要的远程交通工具。周元庆成了绿皮火车的常客。火车票特别紧张，能买到一张火车票，哪怕是无座车票就堪称幸运。"有一次为洽谈业务出差去昆明，绿皮火车过道站满了旅客，难以立足，我一直站到云南省曲靖市才有座位坐，在火车上整整站了三天三夜，腿脚出现浮肿，那种浑身疼痛滋味难以忍受，至今记忆犹新。""还有一次我从北方出差回来，也是人员拥挤不堪。从火车停靠站台，到我挤上火车花了 10 多分钟，挤得人汗流浃背，冬天都在火车上穿着单衣。火车卫生间里就站着七个人，整整一夜，没人上卫生间。天放亮时，我听见有个女的在卫生间门前大哭，央求里面的人出来，她要用卫生间。最终仅走出来三个人，这位女同志就在卫生间内还有四个男性的情况下方便。类似情况我在出差时碰到多次。"

在计划经济条件下，锌和钢管这些重要生产资料都是计划分配的，社队企业通常是买不到的。但由于计划经济的管制，生产原材料的国有企业，也往往面临缺乏技改资金、稀有金属和商品积压等问题。为了解决原料供应的问题，周元庆探索出企业之间互助调剂共赢的经营模式。1984 年，周元庆得知湖南省株洲冶炼厂积压 120 吨镉，愿意按 1∶15 搭配平价锌 1800 吨出售，以解决企业的流动资金困难。周元庆从银行贷款 4000 万元，拉回了原材料，也帮助该厂解决了这个困难。还有，辽宁省葫芦岛锌厂等三个国营企业缺乏技改资金，周元庆利用朋友关系通过贷款方式帮助葫芦岛融资 1350 万元，株洲冶炼厂融资 650 万元，会泽铅锌矿厂融资 500 万元，以帮助这些工厂解决技改资金问题，使其完成技改，增加效益。作为回报，这三个厂答应优先向镀锌厂提供生产必需的紧缺原料——锌。这样，镀锌厂开足马力生产了，效益也大幅度提升。

这一年 7 月，《中国金融》刊登了中国农业银行无锡县支行的文章《支持社队企业在竞争中发展》。这篇文章看起来并不显眼，但这是无锡县银行系统有据可查的第一次介绍服务和支持社队企业发展的经验。

在过去的 1979 年，无锡县农业银行和信用社全年累计发放社队企业贷款 5068 万元，周转 4.76 次。在年初，无锡县农业银行对社队企业的产供销、资金运用、企业管理全面进行调查摸底，开展经济活动分析。按照是否产品对路、产销落实以及财务管理、遵守信用如何等条件，对全县社队企业进行了分类排队，排队结果是好的和较好的一、二类企业 1026 个，占总数的 59%，问题较多的三类企业 702 个，占 41%。银行系统支持前两类企业大搞挖、革、改，增加品种，提高质量，增强市场竞争能力。对三类企业，运用信贷杠杆，促其迅速转产，以销定产，加强管理，在整顿中提高。

图 2-5 信用社营业员在用算盘算账

根据全县机电行业产值占社队企业总产值 55% 的特点，无锡县银行系统重点支持机电企业及时转换产品方向，以适应市场需要。1978 年发放机电企业贷款 2073 万元，占社队企业贷款总额的 40.9%，帮助 103 个社队企业转换了 134 种产品，由原来生产通用机械改为生产建筑机械、运输机械、轻工机械和民用电器，使社队企业中的机电行业在调整中继续发展。1979 年全县机电行业产值三亿多元，比上年增长 24.8%。东亭公社东亭大队企业原生产空压机，质量低劣，产品积压，营业所、信用社发放贷款 33.7 万元，支持其转产民用水表，因产品优良，适应市场需要，一年获利 62 万元。

轻纺产业，是无锡县重点发展的行业，具有较好基础，也有相当的发展潜力。银行部门在 1979 年发放轻纺工业贷款 2266 万元，支持原有企业千方百计提高质量，增加花色品种。对新办企业只要适销对路、质量过关、有竞争能力的，也不限贷款额度大小，积极予以支持。1979 年支持新办了 251 个轻纺企业，增加了并线、玻璃布、针织内衣、花边、蚊帐、珠宝、玉雕等 62 种产品。安镇公社手帕厂，生产纳入国家计划，经营较好，但由于缺少设备，在生产过程中需两次往返上海，进行工序处理，影响质量和按期交货，银行前后两次主动发放设备贷款 7 万余元，使该厂净利润增加 2.77 倍。堰桥公社橡胶厂 1979 年试制国内急需的 760A 上海牌轿车密封条和 650-16 汽车轮胎，县农业银行主动三次贷款 52 万元，帮助其解决所需资金，产品经过鉴定，质量超过中央颁布标准，且比市场价格低 20%，取得了上海汽车厂、铁路局的信任，把原在外地订货的任务全部转移到堰桥橡胶厂。由于这个厂以优质著称，产值一跃再跃，1979 年总产值 205 万元，比上年增加一倍多。

无锡县银行系统对社队企业的积极放贷，灵活地解决了新兴产业面临的经济难题，开辟了一个新的金融市场。虽然经历了太多的质疑，但杂音最终在无可辩驳的事实面前逐步消散。一条条锁链被打开，无锡县经济改革发生着更加全面的解禁。

这一年，无锡县在农业领域的改革也有了重要突破。《无锡县志》记载："1980 年冬，洛社公社红明大队有 13 个生产队在全县率先实行联产到劳责任制。"联产到劳责任制的推行，从今天的眼光看，不仅对农业而且对助推社队企业的发展起到了不可忽视的作用。

不过，洛社公社红明大队当时推行联产到劳责任制，本是他们的无奈之举。

1978 年，"立冬"已过，而红明大队佐一生产队的小麦播种还迟迟没有结束，生产队队长沈建兴天天清早吹哨子催上工，可社员对大呼隆生产方式和吃大锅饭的分配方法早就不满："出勤点人头，干活卖日头，评工打折头"，人们心里憋了一股怨气。生产队长沈建兴十分着急，如误了农时，不但三麦减产，油菜种不了，来年国家粮油定购任务完不成。无奈之下别无选择，他想到了"分"的办法。在对上级和邻村严格保密的情况下，他把接下来要栽种的油菜苗，偷偷摸摸"分"给了农户。

也正是在这一年的冬天，在距离无锡三百多公里的安徽小岗生产队，18 户代表偷偷达成一份协议、并按下 20 个红手印，将生产队的土地、耕牛、农具，按人头分到各家，开始了"大包干"改革。当时，在场的人们谁也不会想到：这一当时偷偷摸摸进行的改革，石破天惊，竟然会影响了中国农村发展的进程。小岗村，日后被称为"农村改革第一村"。

佐一生产队的社员，像种植自留地一样起早摸黑，精心打理油菜田。1978年冬，江南发生大旱，来年夏天别的生产队油菜因灾、因延误季节和缺乏管理普遍歉收，而佐一队的油菜长势特别茂盛。纸包不住火，佐一队的秘密不胫而走。农民看到了希望，暗地里向佐一生产队看齐，几个生产队瞒上不瞒下地将稻麦土地按劳动力承包。大队书记吴惠民得知了其中的秘密，向洛社公社党委书记吕茂康作了汇报。

吕茂康曾担任过洛社师范、锡南中学等学校校长，是一位知识型的务实干部。他亲自到红明大队蹲点，作调查研究。1979年冬天，佐一生产队首创了按劳力分田并联系产量计酬的办法（简称"联产到劳"）。转过年来，春节刚过，吕茂康约请无锡县委洛社片秘书刘焕清去红明大队，悄悄总结了"联产到劳"的十大好处。

1980年冬天，红明大队实行联产到劳的生产队扩大到13个，占全大队24个生产队的一半以上。这一年秋播前，洛社公社36个生产队暗中分了口粮田，秋播后扩大到160个，占全公社360个生产队的44%。世界上没有不透风的墙，当时奉若金科玉律的"三级所有、队为基础"容不得半点松动，洛社公社联产到劳的消息传到了苏州地委和江苏省委。不少领导对"包产到户"在思想认识上存在很大分歧。有的说"看产量喜人，看路线愁人"，有的说"辛辛苦苦几十年，一夜退到解放前。"1981年6月6日，无锡县委领导迫于上面的压力，也出于对粮食歉收的担忧，点名对洛社公社分口粮田、分责任田等搞包产到户的形式提出严正警告："这是很严肃的问题。"

面对着从未有过的压力，吕茂康在苦苦思索既顺应民意，又不违反中央精神的两全之策时，他想到了老领导陈光。

陈光，1954年起任江苏省委副书记，在十年浩劫期间经受迫害，党的十一届三中全会后平反。1978年3月，他调任民政部常务副部长兼党组副书记，经常回南京居住。吕茂康怎么会认识陈光呢？原来，陈光的夫人陶咏霞原籍洛社下塘桥。陈光因病偕同夫人来洛社小憩时，吕茂康有缘结识了陈光。在老领导家里，他详细汇报了红明大队实行"联产到劳"的情况及受到的指责。陈光向他传达了三中全会的精神，传达了邓小平对联产承包责任制的正面支持的表态。吕茂康心里有了底，多少天来悬着的一颗心终于放了下来。

事隔不久，苏州地委书记罗运来、专员沈啸森先后来洛社考察，江苏省党校的四位教师也来洛社调研。他们一致肯定"联产到劳"是正确的，认为"联产到劳"是家庭联产承包责任制的一种形式，它将土地按劳动力比例，根据责权利相结合的原则分给农户经营，与安徽凤阳等地按家庭人口承包相类似，更符合苏南农村地少人多的实际。

图 2-6　"包产到户"激发了农民生产积极性

从此，"联产到劳"在无锡县、苏州地区和整个苏南地少人多地区逐步推广。1982 年元旦，中共中央第一个关于农村工作的一号文件正式出台。文件指出："目前实行的各种责任制，包括小段包工定额计酬，专业承包联产计酬，联产到劳，包产到户、到组，包干到户、到组等等，都是社会主义集体经济的生产责任制，是社会主义农业经济的组成部分。"至此，"联产到劳"的社会主义性质尘埃落定。于是，苏南大批农村剩余劳动力从土地上解放了出来，转移到社队企业，成为当时农忙务农、农闲做工的"亦工亦农"的新型农民。他们砸碎锁链，彻底打破了传统农村单一的种粮经济结构，农村经济体制改革如春风马蹄向前疾行。

这一年，无锡县还有许多事值得铭记——

3 月 28 日，县革命委员会决定建立无锡县社队工业管理局供销经理部，以适应社队工业发展需要。

4 月中旬，县委召开经营管理工作会议，对社队企业全面推行建立"五定一奖"（定任务、定资金、定人员、定利润、定消耗、超利润奖励）责任制。

4 月 28 日，由联合国开发计划署组织的农村发展考察组一行五人来无锡县考察。听了全县农村经济发展、经济政策和农村经济结构变化的介绍后，到前洲、梅村公社参观访问。这是无锡县社队企业在历史上第一次向外宾"敞开"。

6 月 12 日至 14 日，县委召开有 1200 多人参加的全县社队工业会议，曹鸿鸣对下一步的发展方向和路子，归纳为要在"大办"上下功夫，即：发动全党全民大办社队工业；面向全国、面向市场、面向外贸，要搞适销对路产品，要联合起来大办，各行各业要协同大办。

7 月 15 日至 16 日，县委召开工作会议，决定对务工社员推行分成加补贴的分配方法，即"工资转队，比例分成，企业对队，适当补贴"，兼顾企业、生产队和务工社员的利益。同时决定拿出社队企业利润的15%至20%直接用于社员分配。

8月27日，县委就调整工业管理体制向苏州地委请示。调整方案为：将机电、轻化、社队工业三局并入县经济委员会，对外保留社队工业局牌子。原属基本建设局管理的地方属五个建材厂矿企业从计委口划归经委领导，使全县工业生产由经委一个头统抓。在经委的直接领导下，按行业建立机电、钢铁（后改名冶金）、电子、轻工（服装）、化工、建材、纺织等工业公司和一个供销经营部，分管所属行业企业的产、供、销业务。苏州地委于11月8日批复同意。

10月1日，国际见闻基金会秘书长阿恩·弗乔托夫率领代表团一行五人到前洲公社社办工厂拍摄生产纪录片。

10月7日，县革命委员会下达《关于转发县计委〈关于建办联合企业若干问题的初步意见〉的通知》，通知称："希望县直属各部门和各级革命委员会要积极领导，满腔热情的爱护和支持。"通知还规定了审批权限。

图2-7 1980年前洲公社前洲大队企业金工车间

12月30日，《美国新闻与世界报道》驻北京记者詹姆斯华莱士夫妻到前洲公社访问，参观社队工业并和社队干部座谈，参观了社员家庭。

隔着历史的尘烟，可以触摸到20世纪80年代的第一个年头的勃勃生机：在中国，第一家民营科技企业成立，第一家合资企业成立，第一次发行外汇兑换券，第一次提出"社会主义生产力首位论"……在无锡县，也有许多的第一次、第一家。一切都是如此曼妙。

1981年　风雨兼程

既然选择了远方，便只顾风雨兼程！

——汪国真:《热爱生命》

1981年7月27日，烈日当空、骄阳似火，这又是普通而酷热的一天。

下午3点，风云突变，大风夹着暴雨席卷而来，大半个无锡城一时处于狂风与瓢泼大雨的肆虐之中。

这是一场毫无预示的暴雨。而与天气一样捉摸不透的还有国家对个体经济的政策。在这一年年初之前，政策的方向还是朝着鼓励个体经济的路线上推进的。在1980年6月召开的全国劳动就业工作会议上，中央仍然提出"鼓励和扶持个体经济适当发展，不同经济形式可同台竞争，一切守法个体劳动者都应受社会尊重"。在9月的省区市第一书记座谈会上，还提出允许"要求从事个体经营的农村手工业者、小商贩在与生产队签订合同后，持证外出劳动和经营"。10月，国务院发布《关于开展和保护社会主义竞争的暂行规定》，提出"允许和提倡各种经济形式之间、各个企业之间发挥所长，开展竞争"。但是到了1981年，口径出现了大转变。1月，国务院两次发出紧急文件"打击投机倒把"，规定"个人（包括私人合伙）未经工商行政管理部门批准，不准贩卖工业品"、"农村社队集体，可以贩运本社队和附近社队完成国家收购任务和履行议购合同后多余的、国家不收购的二、三类农副产品，不准贩卖一类农产品"、"不允许私人投资购买汽车、拖拉机机动船等大型运输工具从事贩运"。这两个文件口气严厉，措施细密，并都被要求在各大媒体的头版头条进行刊登报道。

"打击投机倒把"成为当年度重要的经济运动之一。7月，江苏省纪委来无锡县调查，写出了《从无锡的情况看纠正社队企业中不正之风的途径》。

中国经济的前途明明是光明的，出路也着实很多，但道路却又是错综复杂的。外国媒体似乎并不看好中国的经济状况。路透社北京 2 月 18 日电中有这样的判断：中国试行比较放宽的经济政策，这些政策的目的在于提高人民的生活水平，同时必然带来像通货膨胀和严重的预算赤字这样一些过去所不熟悉的问题。

这一年 2 月，无锡县又迎来了上级派来的调查组。这样的调查，无锡县在这几年已经历过多次，但这一次与以往的不同，调查组来自北京。

为期三年的国民经济调整仍在推进之中，对社队企业的争议又起。社队企业不断发展，已成为新生力量跻身于经济舞台，不可避免地给城市工业产生了冲击。1980 年，江苏在社队企业高速发展的同时，城市工业实现产值 358.49 亿元，仅比上年增长 15.4%，城市工业在全省工业中的比重下降。① 一些人担心城市工业的发展会受到影响，计划经济体制受到动摇，一场针对社队企业广泛而又激烈的大争论在全国展开了。争论的矛头直接指向江苏的社队企业，而无锡县作为社队企业发展先行地区更是成为这次争论的主要对象。主要的反对意见，概括而言大致有以下论调：

一是关于社队企业的发展方向。认为无锡县的社队企业脱离了与农业的有机联系，已转向为大工业和城市服务。社队工业中 70% 是为大工业服务，60% 以上是机械工业，很多农机厂变成了"工机厂"，大部分生产突破了"三就地"的发展，因而"方向上大有问题"。

二是关于"以工补农"的问题。认为无锡县实行的"以工补农"政策，用工业利润来补贴农业，会导致忽视和掩盖农业本身的矛盾，不利于农业的发展。进而认为，"以工补农"这种提法不妥就在于它判定农业不能有积累，必须靠工业来"养"；农业生产必须依靠农业本身的积累，不应当长期依靠工业的收入来补贴。

三是关于社队企业的计划外生产问题。认为无锡县一年消耗钢材五万吨，大部分是计划外来的；他们没有煤矿，但是和山西省一些煤矿"协作"，甚至还把煤炭卖给武进化肥工厂为无锡"加工"化肥。认为无锡县社队企业这种"满天飞"的活动，"以物易物"，冲击了国家计划，是不能借鉴的。

四是关于社队企业的利润转移问题。认为社队大办工业，把国营工业的市场占去了，减少了国家财政收入，现在农副产品加工抢着上，国营工业空着无活

---

① 黄一兵：《转折：改革开放启动实录》，福建人民出版社，2009 年，第 396 页。

干，把国营利润转到社队企业去了。

五是关于无锡县发展社队企业的经验是否有代表性的问题。认为无锡县的条件在江苏并不多见，因而对全国更是代表性不大，所以，无锡县的经验对全国没有普遍意义。①

社队经济的持续活跃发展以及由此引发的各种争论，引起了中央的高度重视。1981年2月，国务院副总理薄一波就机械工业反映强烈的所谓"三挤"（以小挤大、以新厂挤老厂、以落后挤先进）的问题，责成国家机械委组织一机部、农机部、四机部和农业部组成调查组，前往社队机械工业比重大、对"三挤"反映突出的江苏省进行调查。除了无锡县，调查组还调查了江阴、常熟、武进、南通等共九个县的107个社队企业和国营企业，广泛征求了各方面的意见。薄一波

图 2-8 无锡县农机修造厂生产的小型收割机

还亲临南京听取汇报。最后得出的结论是："总起来说，社队机械工厂的产品，对国家大厂有挤有补。目前补的多一些，挤的少一些"，补大于挤，要"疏其不通，导其滥流，使其健康发展"。随后，将调查组的汇报提纲，以国家机械委 [1981]26 号文件报送中共中央、国务院。同时，就此次调研的情况，1981 年第 6 期《工业经济管理丛刊》发表了署名王都的《江苏省无锡、江阴、常熟三县社队机械工业的调查报告》。报告充分肯定了社队

企业所作出的贡献，特别提到无锡县的机械工业 1980 年生产了 25 万台电风扇销往全国各地，还为城市工厂协作配套，成为大工业的补充和助手。无锡县 1980 年的税收 7560 万元，其中社队企业纳税占 52.2%，仅社队机械工业就纳税 2150 万元。针对"三挤一冲击"的责难，报告沿袭了国家机械委文件的观点，认为，"总起来说，当前社队机械工厂生产当中，有挤有补，但目前补的多挤的少"。报告还肯定了社队机械厂具有经营灵活性的特点，"在调整中比国营工厂调得快，调得好"。机械工业是无锡县的重点行业，如何评价它的功过得失是社队企业调整工作的一个焦点。

这次的讨论，涉及面之广，讨论程度之深，在乡镇企业发展中上都是唯一

---

① 黄一兵：《转折：改革开放启动实录》，福建人民出版社，2009 年，第 381—382 页。

的。此后，争议与批评仍然伴随着乡镇企业发展的全过程，但通过这次清醒、健康的争论，也通过科学、深入的调查研究，一些错误观点得到了澄清，有效摆脱了"左"的思想的影响与束缚，对社队企业的地位、作用与发展方向的认识趋于统一，无锡县社队企业也因此进一步确立了在全国的"正面形象"。

在这次争论之中，无锡籍无产阶级革命家陆定一的一封信引起了中共中央的高度重视。

1981年11月14日，身在北京的陆定一读到了新华社2677期《国内动态清样》，上面刊登了新华社记者冯东书撰写的《苏州地区社队干部谈社队企业行贿受贿的不正之风和解决办法》。在此之前，冯东书在吴江、无锡作了专题的调研。他在文中引用了吴江县一位公社副书记的话，"现在办社队工业是骑虎难下，对不正之风搞也怕，怕抓住了吃不消，不搞也怕，怕断了关系，社队工厂关门"。无锡县社队工业局一位副局长认为，应该分析不正之风的产生原因，进行综合治理，才能解决问题。文章综合苏州地区社队工业的调查情况提出了相应的建议。看到这篇文章后，深知社队企业艰苦创业和经历曲折困难处境的陆定一，当即写信给中共中央总书记胡耀邦。信中肯定了社队企业的发展及其重大作用，指出，较富地区"生产上实际上是以工业补贴农业，这种现象今后还会大发展（而不是缩小）。打击社队工业，就是打击农业"。他还说，"农民收入，在富裕地区实际上是靠社队工业，而不是靠农业。据我家乡（江苏无锡西漳公社）来说，农民收入15%是靠农业生产，85%是靠社队工业"。社队工业"对国家收入关系很大"，"例如无锡一市，其工业生产上缴利润据说等于半个北京"。11月16日，胡耀邦作出批示："将陆定一同志的信和他推荐的一期《国内动态清样》印成中央书记处讨论文件。讨论前请经委、农委对社队企业的基本情况、问题以及我们应该如何指导、管理作点调查研究，最好事先形成一个文件草案。"国家经济委员会、国家农业委员会根据批示精神制定了《调查参考要点》，并向各省、市、自治区发出《关于进行社队企业调查研究的通知》。12月下旬，农牧渔业部组织了六个调查小组分赴全国各地区进行调查研究。各省（市）自治区也迅速组织力量，进行了深入广泛的调查研究，并报送了调查报告。这是第一次全国性、大规模的社队企业大调查。1982年11月，农牧渔业部以各地调查报告为基础，起草形成了《关于开创社队企业新局面的报告（草稿）》，送国务院有关部门征求意见。

陆定一对社队企业的发展念兹在兹，给予了莫大的关心。第二年的10月，他回到无锡调研，专门于12日来到了他的家乡——无锡县西漳公社陈家桥大队。据当年参与接待的陆中明回忆，"陆老踏上故乡的土地，心情格外激动。回忆起自己童年时的家乡，看到现在的西漳景象，道路宽阔，楼房林立，绿树成荫，街上商品琳琅满目，陆老感慨万千"。在他的故居门前，三四十位乡亲围了上来。"有乡亲说，现在种双季稻，把老百姓害苦了。陆老立即说，你们是种田的行家，也是种田能手，你们可以按照你们的经验去种植，自己生产队内大家商定种什么就可种什么。我插嘴说没有那么自由……陆老听出了话音，肯定地说，三三得九不如二五得十，我看还是单季稻合算"。接着，走出陆家向陈家桥老街走去，迎面来了个手顶状纸跪地告状的，陆定一马上说你起来，有什么话好好说。由于精神过分紧张，告状者扶也扶不起来，只能由三四人把他抬到大队传达室。

那一天，陆定一还专门看了大队办的丝织厂、印花厂、螺丝配件厂，还听了陆中明的汇报。"介绍结束，陆老立即指出，你们一定要把这社队企业发展好，农村办厂的路子要推广，有些国营大厂不愿做的小厂又会做的产品，乡村企业可以填补这个空白，农民可以农忙时回队务农，农闲时回厂做工，这是一举两得的好事。像老家这个丝织厂，有这样的收入，壮大了集体经济，把这集体积累用在发展农业的投入上很好嘛。我要向中央打报告，应该大力发展社队企业，给国家增加税收"①。

那一天，参与接待的陆中明，是陆定一的宗亲，辈分要低一辈。他当时正在大队工厂跑供销。这一跑，就整整跑了20年。回忆起当年跑供销的经历，他不由感慨道："那真是走遍千山万水，想尽千方百计，吃尽千辛万苦，说尽千言万语，其中的甜酸苦辣只有自己知道。"因为出差时经常带着大麦粉充饥，陆中明被大家称为"大麦粉供销"。

1980年初，陈家桥大队办了一家丝织厂。丝织品市场火爆，但是涤纶丝原料紧张。陆中明想起了在国家纺织工业部的一位老乡。可是，当他拿了大队介绍信急匆匆跑到纺织工业部之时，被挡在传达室门外，说是要县级以上介绍信方能进此门。有什么办法呢？陆中明忽然想到陆定一的夫人严慰冰。前几年，严慰冰到无锡，陆中明曾与她见过两次面。于是，陆中明从北京长安街上一路问讯，找了整整大半天，总算在总布胡同敲开了陆定一的家门，见到严慰冰。严慰冰听了来意，愿意帮忙。正是在她一通电话之后，陆中明终于走进了纺织工业部的大

① 陆中明：《陆定一回家乡调研乡镇企业的经过》，《异军突起——无锡乡镇企业史话》（中），广陵书社，2008年，第275页。

门，见到了化纤局的领导。这位领导马上给陆中明写了一吨 75D 长丝的批条，并关照他到苏州振亚丝织厂去提货。拿了批条，陆中明连夜坐车返锡。在苏州振亚丝织厂，他拿到了 500 公斤货。当时中国对重要的生产资料和生活用品，实行价格双轨制，有批条的 75D 长丝每吨价格 1.5 万元，而当时市场售价已经达到每吨 4.5 万元。此后，陆中明又通过北京方面的关系拿到了更多的 75D 长丝。陆中明俨然成了"功臣"。转眼到 1981 底，根据市场变化，队办工厂转产涤纶华达呢，以 150D 加长涤纶丝为原料。陆中明再次通过北京方面的关系，从江苏省纺织原料公司和北京牛栏山涤纶厂批了总共五吨涤纶长丝。

陆中明出了名，大队其他工厂的供销碰到难题都请他出山。横街大队办了橡胶机械厂，为推销产品，陆中明陪他们到北京国家轻工部解决。牌楼大队的纺织器材厂产品，陆中明帮他们到青岛等地搞推销。这样的故事，还有很多。①

晚年的陆中明写下回忆文章，讲述了许多他跑供销的故事。文中，陆中明用了"挖'墙脚'"一词，这颇有不正之风的嫌疑。但当年的这些行为，是"逼"出来的，许多的企业正是通过这样的手段完成了最开始的原始积累。今天的我们，回顾那段历史，并不需要隐瞒和避讳。这才是对待历史应有的正确态度。

既然选择了前方，就不顾风雨交加兼程前行；既然树立了目标，就全力以赴向它奔去。这就是生命最美的姿态，于陆中明如此，于金永兴、张文宝、许建忠也如此。

煤、油、钢材等物资，是社队企业的"粮草"。这一年，甘露公社谢埭桥大队新办的印染厂，却因为缺煤而陷入"粮草"不济的困境。厂长找到同在村办五金塑料厂"跑外勤"的金永兴，拍着他的肩膀说："阿兴，你头脑活络办法多，出去搞点煤吧！"在计划经济时代，煤、油、电都是按国家计划供应的，一个小小的村办印染厂，一年要用 300 吨煤，到哪里去搞？金永兴回忆说："当时我三十刚出头，天不怕地不怕，有一股闯劲。我知道山西大同产煤，二话没说就赶到那里。但到了那里，心里却慌了。我们去搞物资提心吊胆，弄得不好，说你是'挖社会主义墙脚'，这个罪名可不轻啊！那时，省与省之间，层层设卡，搞地方保护主义。要点煤，真比'讨饭'还难！"金永兴在大同住了三个月，一筹莫展。后来，灵光一闪，他专攻乡镇小煤矿和部队开的煤矿，终于打开了通道，搞到了第一批煤 100 多吨。有了煤，还得有车皮运，那也得有计划，有批文。于

---

① 陆中明：《我是怎样跑供销、挖"墙脚"的》，《异军突起——无锡乡镇企业史话》（中），广陵书社，2008 年，第 271 页。

是，金永兴赶回家乡，以运"腐蚀酸"（肥料）的名义，到县政府盖了章。有了批文，要到了车皮，金永兴非常高兴，亲自去煤场监督装车皮。到那里一看，车皮里的煤装得不满，他用手一块一块把煤块往车里搬，又热又累，手上的皮磨破了，鲜血直流，还是坚持搬，直到两节车皮都装满为止。第一批煤终于运到无锡，救了印染厂的急。

在进厂之前，金永兴学过木匠，有一身好手艺。为了巩固进一步的合作关系，金永兴带着刚从昆明退休回家、同样会做木匠活的岳父来到大同，一起免费为煤矿朋友做家具。当时，木材也是计划物资、紧俏商品，做家具用的木材都是铁路上换下来的旧枕木，大多嵌有道钉和石子。锯子、推刨碰到铁钉和石子，火星直冒，工具不知弄坏了多少次。而且做木工是力气活，即使是在零下二三十度的寒冬，他们天天干得满身是汗，气喘吁吁，而且不分昼夜地连续

图2-9　1988年，金永兴在甘露燃化公司

干，一天只睡三四个小时。手上磨起水泡，长成老茧，又在老茧下面磨出血泡，还是坚持干。做一件家具，不知要费多少力气，流多少汗水。为了给社队企业筹"粮草"，他们真是拼了命地干！由于他们做的家具不但坚固耐用，而且做工精细、款式新颖、外观漂亮，煤矿朋友非常满意。精诚所至，金石为开。就这样，感动了"煤菩萨"。在三四年时间里，金永兴先后与大同市十多个煤矿建立了长期的业务关系。从此，煤炭源源不断地从大同运到无锡，开始每年几百吨，后来每年几千吨、几万吨。

1981年春天，羊尖公社廊下大队农机队办起了一家名为"羊尖车辆附件厂"的小厂。那些机耕手们忙时机耕，闲时务工，向外租借冲压设备，加工生产车把、龙头、撑脚、书包架等自行车零件。

有个叫张文宝的年轻人当上了副厂长，负责销售业务。他怀揣结婚时亲戚送的500元彩礼钱上了路，寻找自行车配件的销路。张文宝回忆："那时，心里只有一个念头，不管多苦多难，只要能接到生意，可以挣到一点钱，再苦再累也乐意。出差外地时，我会对当地的交通工具需求情况进行调研。中国是人口大国，也是自行车大国。由于人口众多，对车辆的需求也多。回到家里，我每天想的还

是车，心里琢磨着怎么样去做适合的车辆，怎么样把这个车配件做好、做精。"由于工厂的配套件在西安，市场在昆明、合肥、济南等地，他经常出差到那里，谈合作做生意。有一次，刚好是春运期间，有车票却没有座位，他只能站在厕所边，足足站了32个小时才到达。到站后，又翻山越岭赶到目的地，累得两腿酸麻。

1987年，张文宝的工厂与国防科工办合作研发生产电动自行车，这是我国继上海永久自行车厂以后第二家生产电动车的工厂。小批量进入市场后，受到用户的欢迎。但由于电子元件和供应商体系不成熟，他们紧接着又开始研发小型24cc小功率的助力车。当年的10月1日在南京人民商场一天就销售了38台，现货被用户争抢一空。那一天张文宝他们赶到南京，现场的激动心情真是无法形容，几个大男人情不自禁地击掌祝贺！开发助力车获得了成功，但摩托车项目还一直存系在他的心间。后来，市场开始转暖，工厂的开发生产能力也得到提高，又进入了摩托车这个行业。

张文宝清楚地记得第一次组装摩托车时，三五个人对着一辆样车，用最原始的丈量方法比对、拆卸，一遍不行两遍，两遍不行三遍，抱着不成功则成仁的狠劲，连夜奋战，终于组装成功第一辆50型摩托踏板车。以后，张文宝提出"小舟靠大船"的理念，主动与济南轻骑公司联营合作，派出了所有中层干部到铃木公司研修，学

图2-10 1980年，张文宝（前排左一）与廊下机耕队伙伴合影

习他们优良的技术和严格的管理模式，组建了过硬的技术团队，开发了具有自主知识产权的无机油行驶1000公里的125cc超耐磨发动机等核心技术。为了提高用户的满意度，提出了跟踪式服务和"红地毯"理念，加强售后服务，从而赢得了用户和客户，逐步成就了"麦德发"和"新世纪"两个品牌，并分别获得了国家免检产品和中国驰名商标的荣誉。

1981年10月的一天，京沪线上，一列呼啸的绿皮火车风驰电掣般地向北运行。超载的车厢拥挤不堪，人声嘈杂的五号车厢一个三人座位下，蜷卧着一个矮小又结实的老头，他正在这"钢铁大合奏"中呼呼入睡。恍惚间，他看到了一根根钢锭火树银蛇般地来回穿梭，看到了一辆辆满载成品的汽车像长龙一样离开工厂，看到了一张张订货单像雪片似的飞来，他还看到了巍峨的厂房、工人们的笑脸……啊，好疼！一只尖尖的鞋跟踏在他厚厚的脚板上。他揉了揉红肿的眼睛，原来是一场梦。

这不是别人，正是无锡县异型轧钢厂厂长许建忠。异型轧钢厂创办于1979年下半年，由雪浪公社五金铆焊厂扩建改造而成，当时投资45万元，其中15万元为五金铆焊厂的积累，30万元是向县支行贷的款。许建中时年48岁，经历很丰富，八岁失去了父亲，差点被送去当小和尚，13岁到上海学生意，后扛过枪，做过车间主任，当过村支书。早年，当美军把战火烧到鸭绿江边，他毅然报名去应征。他是独生子，按照当时的征兵制度，完全可以免服兵役。母亲把他锁在家里，他翻墙而出，满腔热情地参加了志愿军。战争结束后，他被分配到无锡市一家工厂工作，从工人到班长，最后当上了车间主任。三年困难时期，许建中并不属于精简下放对象，但他还是带了母亲和两个女儿回到农村。雪浪公社让他出任异型轧钢厂厂长，从工具设备、技术、资金到搭建班子和团队，都由他一一筹办安排。企业创办时，使用的轧钢机械是自己制造的，灶式炉也是自己修建的，连轧钢条的钢针也是自己打造的，从而大大降低了投资成本。在不到半年的时间里，完成了车间厂房的土建、轧机基础的浇铸到轧钢机械的制造、安装、调试、试产，1980年4月15日轧钢机顺利吐出了第一根"红条"后，他又把主要精力放到找业务保质量上。

许建忠此行目的地是烟台，全国金属订货洽谈会将在那里召开。这个消息对他来说，正如饥饿的行人闻到了饭香。他胡乱地在包里塞了点衣服就匆匆上路了。列车将他与家乡越拉越远，而他的思绪怎么也摆脱不了梦牵魂绕的异型轧钢厂。

这一年，全国基建项目大幅度压缩，对建厂不到两年的轧钢厂产生了严重的威胁：产品积压，工人的工资都快发不出，流动资金严重不足，贷款高达171万元。几个月来，他带着供销员四处奔波，重庆、成都、武汉、西安、兰州都留下了他的足迹，似乎到了山穷水尽的地步。他发狠地对工人们说："到年底发不出工资，厂里的东西随你们拿！"一言既出，驷马难追，300多双眼睛在看着他啊！

烟台。全国金属订货会会场门口。"对不起，我没有代表证，请行个方便。"他想先发制人"混"进去。"很抱歉，希望你下次能有机会。"彬彬有礼的语言，将他拒之门外。何不学学做小生意的，在门口摆上个摊头！很快，一张落款无锡县异型轧钢厂的广告纸出现在会场门外和代表住地。

农民办厂也能轧异型钢？一半疑问，一半好奇。走了广东的，又来山西的；湖南的走了，湖北的又来了。上门求人家都求不来，许建忠哪肯放过一个？从早晨到傍晚，肚子饿得咕咕叫，一碗开水就几个馒头解了"空城"之急。就这样，许建忠结识了冶金行业及其他行业的不少朋友，先后和重庆、青岛、广东等地签订了供货合同，为产品打开了销路，把轧钢厂从困境中解救了出来。

这一年，全厂利润不但没有下降，反而比1980年增加了近30万元。转眼又到了1985年长沙订货会。尝到甜头，也摸索出了经验的许建忠，这次不再着急了，他悠悠然地在代表经过的地方推出用塑料纸包好的广告。代表们走到那里，他的"摊子"就摆到那里。推介的效果，比烟台的收获更大。

许建忠就是凭这股钻劲，不但打开了产品的销路，而且找到降服钢厂"煤老虎"的良方。1985年，全厂吨钢煤耗为95.723公斤，被国家经委授予"全国节能先进表扬企业"。1987年，他们厂的产品已销往除台湾、西藏以外的全国各地，客户从100多个发展到400多个；产值、利润分别从1980年的276万元和55万元上升到2003万元和300余万元。

市场经济的闸门如"潘多拉魔盒"被小心翼翼地打开，自由的水流势不可挡地渗透进来，无法逆转。初始，水流很小，却相当肆意；随后，它在妥协中聚合力量，集涓为流、轰然成势；最终，水浊水清，集建设和破坏于大成，推倒旧的秩序，新的天地似乎以混沌无序的面貌呈现出来。在这天地之中，无锡农村数以千计的企业在体制外拼命呼吸，在资源、市场、人才等都毫无优势的背景下高速成长。这样的地位一开始就决定了这个企业群落的草莽和灰色，有的时候为了逐利而各显神通，然而也充分展现了他们冲破束缚的独特个性。

1982 年　效率旋风

时间就是金钱，效率就是生命。

——深圳蛇口的口号

日历又悄无声息地翻开了一个崭新的月份，时间很快到了 1982 年。

这一年，在南方的深圳蛇口，特区的建设正酣，推土机、压路机的轰鸣声彻夜不歇。3 月下旬，深圳特区的主事者袁庚提出了"时间就是金钱，效率就是生命"的口号。日后，这口号如同晨钟暮鼓，冲击着中国经济思维观念的起伏跌宕。

这一年初，在无锡县东亭公社南部一个名叫"龙舌尖"的地方，同样是一片热火朝天的景象，同样也创出了一个有关"时间"和"效率"的奇迹。

担任庄桥大队党支部副书记、副大队长的过兴南，率领一班人筹建马铁厂。公社给他们下了"死命令"：两个月内完成建设任务，90 天内出"铁水"。

那里是一片荒坟浅滩，芦苇杂草丛生，筹建组的临时办公室设在工棚里。过兴南当过兵，他引进了部队的管理模式，将全体人员兵分四路，定任务定时间，各司其职。第一路搞基础建设，第二路采购安装设备，第三路选派 30 名初高中毕业生去上海马铁厂进行技术培训，第四路外出联系产品。

1981 年 12 月 8 日，厂房正式破土动工。"厂房不结顶不回家"，过兴南吃住在工地，整整 45 天没有回过一次家。大家齐心协力，连春节都没有休息一天。结果，占地 38.9 亩、建筑面积 7200 平方米的厂房，在 45 天内就完成了土建任务。

在此同时，除电动机、鼓风机等需购买的外，其余如冲天炉、回火炉等生产设备都是借用供销社的篮球场自制。有一天，船上运来的鼓风机吊放在操场上。这圆滚滚的家伙有670斤重，如果请人运到厂里，要花好几百元。筹建组的宋其贤说："我们来扛。"他和钱兴南稳稳地扛了起来，约400多米路，歇了两歇，竟然扛到了车间里。

两个月后，生产设备全部安装调试好，外出培训的人员也回来了。由于一时还没找到好的产品，因此决定先生产建筑配件毛坯。为确保技术上万无一失，聘用无锡四纺机高级工程师、热处理专家高听泉为技术顾问，上海马铁厂分管技术的副厂长和工程师到厂坐镇指挥。农历正月半，黄道吉日，项目正式投产，一次成功，在87天就出第一炉铁水，提前实现了三个月出铁水的目标。宋其贤自豪地说："速度之快，效率之高，令人惊奇，可算得上是农民办企业的创举。"外界更是感到惊奇，称之为"马铁速度"。

马铁厂投产半个月，通过市场调研，获得信息：快速卧装锅炉中的主动炉排，发展前景好，而且有行业标准。于是，他们决定开发主动炉排。当时有人提醒过兴南："你这样做，可能风险太大，弄不好会蚀本。"而且，连张图纸都没有，怎么生产？几经努力，他们终于到南京锅炉厂拿到了图纸，接着又找模具工开好了模具。

很快，产品生产出来了，销到哪里去？他们先攻南京锅炉厂和常州锅炉厂。甫一洽谈，两个厂的供应科长一口拒绝，坚决不要。作为厂长的过兴南亲自去谈，毛坯件价格从1.05元/公斤下降到1元/公斤，这是相当低的价格，对方才答应试用。货送去后，过兴南一时心里七上八下。过了十多天，南京锅炉厂来函要货，价格上调为1.05元/公斤。常州也来电，可以送货去。这样，马铁厂算是打响了"第一炮"。

当时马铁厂生产的是炉排毛坯，价格低，利润薄，而且命运掌握在别人手中，于是他们决定向深度加工，延伸加工成品。机遇很快就来了。在一次春节茶话会上，上海马铁厂的一位无锡籍领导获知东亭马铁厂有意生产炉排成品的消息后，出于乡谊的考虑，转赠了相关的资料，并负责帮助培训职工。没过多久，东亭马铁厂生产出了炉排片，经过测试，完全合格。

接着，难题又来了：到哪里去找市场？他们仍然去找南京、常州两家锅炉厂。对方提出的条件很苛刻：成品当毛坯的价格卖，先试一批。这样的售价，东亭马铁厂毫无利润可赚，但为了工厂的生存，他们还是答应了下来。结果，向常州锅炉厂送去5吨成品，5000多只炉排中只有2只不合格。串炉排的工人都说：

"东亭马铁厂送来的炉排非常好！"常州锅炉厂把价格提高到每只1.25元，这样总算有了每只0.25元的利润。但这家锅炉厂一年二三百吨的用量，在东亭马铁厂不过是10天的产量，必须寻找更大、更多的用户。

南通锅炉厂是江苏省锅炉行业最大的企业，使用的工业炉排量比较大，要求也比较高，东亭马铁厂的销售人员几次去推销产品，都没能见到对方厂长的面。在一次锅炉成套配件业务会议上，过兴南有幸碰到这家工厂的厂长。在攀谈中，这位厂长被过兴南的诚意感动了，决定试用。第一次送去5000炉排片，检验后退货；七天后过兴南亲自送货上门，结果又被退回。过兴南并不气馁，决定完全按照南通锅炉厂的检验方法及测试标准生产。第三次又送去了5000炉排片，南通锅炉厂终于被东亭马铁厂对产品质量高度负责的精神感动，决定试用。为了能及时反馈用户信息，过兴南带着生产、技术、质检及销售等一班人"蹲点"南通锅炉厂的车间听取意见。结果，一举过关。

图2-11　1996年的江苏锡马集团公司（原东亭马铁厂）

1982年下半年，他们把主攻目标定在上海工业锅炉厂。过兴南他们先后去了20多次，总算说动了他们，答应先试用再付款。先发两台锅炉用的炉排，工人都说比上海马铁厂的好。东亭马铁厂的产品打进了大上海，从此声誉大振，业务随之而来。

从那时开始，过兴南再也没有停下脚步，东西南北，把全国各地200多家锅炉工厂跑了个遍。乘火车时，他常带上一件风衣，一来可以御寒，二来在没有座位可以用来席地而坐，或者铺在座位下躺下。三年中，他穿坏了四五件风衣。1985年，马铁厂这个"小弟弟"，销售和利润在东亭乡居于第一。

东亭马铁厂的创业故事，用很好的实例演绎"时间就是金钱，效率就是生命"的哲理。在过兴南他们看来，工厂早一天投产，就早一天收益。同样，在朱金方眼中，时间同样紧迫。

朱金方，原本在荡口公社一所学校任化学教师。荡口中心小学办了家彩印厂，加工生产瓶贴商标。站了七年讲台的朱金方被调去做了供销员。1982年1月，正值农历腊月。他不待过完春节，就出发了。这是他平生第一次独自出差推销，他把目的地选在了数千里外的内蒙古。那里气候寒冷，酒厂多，自然会有印刷酒标的业务。在空气混杂的绿皮火车里，朱金方熬了两天两夜终于到达了内蒙古。他找了一家大通铺的旅店住下，每天起早贪黑行程百余里，沿着铁路线一个地方一个地方去闯，有时一天要跑两三个县城。

那时虽是初春季节，但北方仍是冰天雪地，寒风刺骨，气温都在零下20多度。来自南方的朱金方只能成天裹着军大衣，头戴雷锋帽，脚穿大头鞋，但仍抵不住寒气的侵袭。尤其是交通不便，有些地方没有班车，只能踏着厚厚的积雪步行。即使搭上班车，也大多是老破车，车窗玻璃破碎没有遮挡，冷风夹着沙土从破窗里钻进来，冻得人浑身发抖，腿脚麻木，耳朵、鼻子里还灌了不少沙子。朱金方暗下决心："哪怕走遍内蒙古，跑100个地方，不相信连一个也不成功。"呼和浩特、包头、杭锦后旗三个城市正好在一条铁路线上，他连续往返奔波了几十个日夜。他的执着和诚恳，终于感动了呼和浩特市酒厂的领导。看了设计彩稿之后，这家工厂与他草签了合同，朱金方立即通知厂里开印，又按期把货物运到酒厂，对方非常满意。与此同时，朱金方与包头、河套市的两家酒厂也达成意向性协议，打开了局面。第一次出差到内蒙古，朱金方度过了58个昼夜，终究有了收获。朱金方回忆说："不用说，心里有多高兴！这是我为企业采到的第一桶金。"

图 2-12 朱金方在彩印厂门口

1982年年底结算，朱金方经手的销售量居全厂第一名。为此，学校和厂部决定奖励500元奖金，这是一笔不小的数字，因为他当时月工资仅36元。接着几年时间，他又先后跑过山东、湖北、河南、四川、黑龙江等省开辟业务，足迹跑遍了大半个中国，一年中出差时间都在300天左右。经过几年努力，他以"诚信"为纽带，与内蒙古近10家酒厂建立了良好的合作关系。

1982年，地处洛社的无锡县锅炉厂正在等待命运的又一次抉择。

此时的厂长名叫戈和庆。他是无锡县杨市乡人，20世纪50年代受命赴苏联深造，回国后在哈尔滨703研究所工作，后调哈尔滨锅炉厂工作。"远望号"科学考察船上的锅炉是他在 703 所任主任时设计的，第一台驱逐舰上的 4 台 76 吨锅炉是他在 60 年代设计的。他在 70 年代主持设计了我国第一艘核潜艇的汽水分离器，在哈尔滨锅炉厂时还曾参与设计研制我国第一台煤粉锅炉。1981 年，他被无锡县锅炉厂商调引进，成为该厂第一位工程师。第二年，戈和庆即被委任为厂长。

　　1982 年，国家机械工业部、劳动人事部对全国锅炉行业进行整顿，待检查验收后，颁发制造许可证。当时全国具备锅炉制造条件的厂家有 202 家，江苏省预计有 17 家取得许可证，但一个县不可能有两家。除洛社的县锅炉厂外，无锡县在南泉尚有第二家锅炉厂，为了都能取得许可证，两家工厂联合为一家，改称为无锡太湖锅炉厂，下辖洛社、南泉两个分厂。这样，两家厂就可合用一张锅炉生产许可证，合用"湖美"一个品牌，但两厂仍各自独立经营、独立核算，两厂相互竞争、共同进步。

　　检查验收是在洛社分厂进行的。检查验收总体是顺利的，但突发了"焊丝事件"。原技术图纸规定焊丝为 H08 锰 A，而现场使用的却是 10 锰 2。检查人员对此提出严厉批评，认为没按图纸要求就是违反工艺技术和设计要求。结果焊丝全部被封存，引起全厂震动，所有职工都担心工厂和自身的命运，流着泪焦急地围在厂门口不肯离去。

事实上 10 锰 2 丝比 H08 锰 A 的性能更优，但 H08 锰 A 因计划供应而难以购得，只能以 10 锰 2 替代，而且使用前已经上海锅炉研究所化验认可，只是在现场时没有按规定办理材料代用单报批手续。事件发生后，厂领导立即赶赴已到扬州检查验收的检查组汇报，分别向省、向部说明解释。最后，检查组查出真情，焊丝终于启封。

图 2-13 20 世纪 80 年代的太湖锅炉厂

　　这一事件给全厂职工的教训极深，从此全厂上下更加认识到质量的重要性、制度的严肃性。

　　接下来的 1983 年，无锡县锅炉厂自主设计开发成功 QXL250 热水锅炉，实现了自主开发新产品零的突破。1984 年 9 月，无锡太湖锅炉厂获得了两部颁发的 DH 级锅炉许可证，成为全国首批获得该级制造许可证的 154 家企业之一。

　　在港下乡，无锡县电容器厂走进了"死胡同"。1982年电子行业出现的低谷，让这家工厂陷入了困境，不但一分钱没赚到，还亏本6.4万元。在关厂的阴影下，全厂上下一时人心惶恐。当副厂长孙克诚从南开大学电子系进修结业回到厂里时，摆在他面前的就是这么一副将散未散的烂摊子。

　　三十刚出头的孙克诚，正是干事业的时候。在决定电容器厂命运的最后关头，他站了出来。他开始游说乡领导。他的游说是可信的：当今世界是电子时代，铝电解电容器生产前景广，日本的生产量已达300亿只，而我国当时仅8亿只，工厂是完全可以办下去的。孙克诚的口舌总算没白费，领导的心打动了："你有信心，就给你承包。"承包方案也很快出台："人员由你挑，厂房租金得自己掏。"多方谈判，敲了七个图章，港下乡社队企业承包的第一步迈出来了。孙克诚用4400元向五三大队租了八间房，带着34个工人回到了五三大队。功夫不负有心人。他的承包立竿见影，次年七月份，电容器厂扭亏为盈，获利五六万元。到了年底，工厂赢利16万元。这一来，港下人被震动了：一个人救活一个厂，这孙克诚还真有那么两下子！

　　孙克诚知道，电容器生产关键在管理，三分技术七分管，管理抓好了，产品质量提高了，就有市场。他在与质量条线负责人签订的承包协议中，主要承包指标就是产品一次交验合格率，必须达到88%；与生产条线负责人的承包指标有六项，主要也是质量指标。条线与车间、车间与班组、班组与个人之间的每一级承包，都体现着一个质量原则。"优质优价优工资，低质低价低工资，劣质劣价罚工资"，促使生产的每一个环节都把多产优质产品放到首要位置。

　　孙克诚还从上海、无锡等大中城市聘来有经验的科技人员，又将一批批工人送进有关院校和厂家培训，组建了一支有50多人的工程技术人员队伍。1988年成立了无锡县电容器研究所，专门从事电容器研究和新产品开发。几年间无锡县电容器厂先后研制、开发的新产品就有：CD11J彩电用电容器、CD118高频低阻括电容器、CD11J高稳定电容器、CD71双极性音频电容器、CD72极性电

图2-14 诚怡集团（无锡县电容器厂）电子科技中心

容器，CHM 型高压微波炉电容器，CD11X 超小型电解电容器、CDS 型校正电容器、宽温系列电容器。数量之多，令人不胜枚举。其中不少新产品填补了国内、省内空白。1989 年 11 月，全国微波炉行业会议召开，上海无线电十八厂组织了对微波炉电容器生产厂家的验收评比，只有无锡县电容器厂一家合格。

　　1982 年，是三年经济调整的最后一年。这一年，无锡县工业战线于 9 月份迎来特大喜讯：县属企业无锡县柴油机厂生产的行星牌 S195 柴油机，在全国质量评比中获得国家金质奖，这是国家对企业产品质量的最高褒奖。消息传来，全县振奋。厂里职工到无锡火车站迎接从北京载誉回来的该厂代表，县内几十家为之配套的社队工厂同样欢呼雀跃。接下来，县属企业无锡县拖拉机厂生产的东风 12 型手扶拖拉机在第二年获得同样的殊荣。无锡县的产品双双获得质量最高奖，对无锡市乃至苏南各地震动很大，对县内工业企业激励作用更是巨大，促进和加强了以县属企业为龙头的社队工业配套协作和质量保证体系。

　　这一年年底又传来经济总量捷报。全县社队工业产值从 1973 年突破一亿元起，到这一年突破 10 亿元，其间经历了九年的奋斗。农牧渔业部社队企业局公布全国社队企业总收入超亿元的县（区）名单，无锡县位居全国第一。从 1981 年起至 1995 年，无锡县社队工业的总产值和总收入连续 14 年位居全国县（市、区）级之冠。不过，这一年无锡县社队工业产值的增幅只有区区的六个百分点，是改革开放五年来最低的一年。

　　在这一年，家庭联产承包责任制在全县正式全面推行，并在第二年得到迅速发展，至 1983 年 4 月 20 日，全县 9459 个生产队几乎百分之百实行了家庭联产承包责任制。这一发轫于 1978 年冬天安徽小岗村的改革，终于在无锡农村的田野之上生根开花。而且，从本年起，广受农民诟病的

图 2-15　1982 年，无锡县柴油机厂代表手捧国家金质奖奖章载誉归来

"双季稻三熟制"种植面积逐年下降，至 1985 年全部恢复一年稻麦两熟。"三三得九，不如二五得十"。生产制度的改变，极大地激发了全县农民的积极性，1982 年全县粮食总产 58.16 万吨，比上年增长 33%，实实地打了一个农业翻身仗。"包产到户"，不仅对农业生产产生了积极的影响，而且将大量剩余劳动力从土地束缚中解放出来。他们迅速进入工业制造和流通领域寻找生存的机会，从而诱发社队企业的再次崛起。

客观地说，1982 年国家在宏观经济层面采取了紧缩政策，但改革依然是主流的力量，一些重大的变革在继续推进。9 月，中国共产党第十二次代表大会开幕，会上最重要的政治议题是，确定了"建设有中国特色的社会主义"的国家战略。邓小平在中共十二大的开幕式上致辞，第一次提出"把马克思主义的普遍真理同我国的具体实际结合起来，走自己的路，建设有中国特色的社会主义，这就是我们总结长期历史经验得出来的基本结论"。换句话说，中国已下决心放弃高度集中的"苏联计划经济模式"，开始以"计划经济为主、市场调节为辅"的经济体制改革。①

与这一战略相关的是，会上被选为中共中央总书记的胡耀邦明确提出了经济发展的目标，"到 20 世纪末，力争使全国工农业总产值翻两番"。这个目标，在相当长的时期里激励着这个国家的每一个人，它让全民看到了一个光明灿烂的希望。

临近年终，一首《在希望的田野上》，凭借轻快的曲调和积极的歌词，红遍全国。"我们的家乡，在希望的田野上，炊烟在新建的住房上飘荡……"在歌声中回顾 1982 年，那时的无锡县，正升腾在希望的田野上，令人激情澎湃。

---

① 我国关于经济体制的目标模式经历了五次转变：1949—1977 年为计划经济；1978—1983 年，提出了"计划经济为主、市场调节为辅"的改革思想；1984—1987 年，提出了"有计划的商品经济"理论；1987—1992 年，提出了"计划与市场相结合的社会主义商品经济"理论；1992 年以后，正式提出社会主义市场经济理论。

1983 年 "一包三改"

跟着感觉走，紧抓住梦的手，脚步越来越轻越来越快活。

——苏芮：《跟着感觉走》

中国的经济改革史，不妨分为两条脉络，一条是农业，一条是工业。前者肇始于安徽凤阳小岗村的"承包到户"，而后者以无锡县堰桥镇的"一包三改"为标志。

1984 年，是安徽小岗村实行承包到户的第五年。在无锡农村，一场同样影响了中国社队企业发展的改革正在全面展开。那就是"一包三改"。

好的制度改革，一定从对人的才智和责任心的激励开始。"包产到户"第一次解决了困扰中国人数千年"吃饭"问题，所以它太受关注。但实际上，工业领域生产关系的变革更事关农民、农村的富裕。在工业（也包括商业）领域，好的生产关系可以发掘出企业家才干和工匠精神，顺应市场变迁，优化生产要素配置，最终让农民、农村走上现代化的道路。随后几年无锡农村乃至全国社队企业进入第一个发展高潮，无疑成了"一包三改"成效最有力的事实论据。

1982 年春，堰桥公社 19 个生产大队有 18 个分田到户。秋收的时候，来了一场罕见的秋雨，分田到户的 18 个大队的农民，积极性很高，千方百计把粮食抢收了，实现了大丰收，但没分田到户的一个大队，农民懒洋洋，成片水稻泡在水中，烂在田里。

这件事，给了当时公社党委主要领导很大的启发：农业一"包"大变样，那么，工业能否搞经济承包？公社党委经过思考，决定先找个小厂做一尝试，于是选定了服装厂，从此拉开了堰桥社队企业改革的序幕。

　　脱胎于计划经济时代的社队工业，经过一段时间的发展之后，此时在管理体制和运行机制上出现了种种"不适应症"：在决策制度上，社队统得过死，企业缺乏自主权，束缚了企业的活力；在分配上，吃"大锅饭"，搞"平均主义"，一般的工人录用进企业，先定级别，同一级别多做少做一个样，收入拉不开档次；在人事管理制度上，企业干部由上级任命的，干部能上不能下，职工能进不能出，人员趋向刚性化，人浮于事，"三个人饭五个人吃"；在经营管理制度上，重产值轻效益，非生产性开支增大，铺张浪费严重，负盈不负亏，风险意识薄弱。在堰桥公社，服装厂就是这样的一个典型。这家工厂1980年3月投资四万元筹办，有职工50多人，厂长几次变换，到1982年底竟亏了5.7万元。

　　1982年11月30日，堰桥服装厂召开了全体职工代表大会。公社党委提出了承包责任制方案——"死上缴、活报酬"，即全年上缴利润5000元，超额部分由厂长自行处理，谁愿意承包谁就当厂长，不愿意承包或承包后完不成任务的就地免职。在这个方案面前，原厂长感到无能为力，放弃竞选厂长资格。三名候选人竞相上台发表"竞选演说"，全厂49名职工投票。其中一位名叫杨汉斌的裁剪师傅，竞选承诺是"工人一个不减，上缴一分不少，工资提高30%"。他以全票当选，成了堰桥历史上第一个工人票决产生的厂长。

　　12月1日，新厂长走马上任。他上任后立即实行了"定额计件制"，对工人下达生产任务，具体定额留有一定余地。一个工人一天正常能做10件衣服，下的任务为七件，这样工人若超额完成，奖金不多但调动了生产积极性。经核账，服装厂当月就实现扭亏为盈，盈利490元，职工工资每工得2.1元，比上月每工多得一元钱。人均工资50.39元，比上月增加了31%，显示了改革的成效。

　　服装厂的试点取得了成功，让堰桥公社党委推进改革有了更足的"底气"。转过年来的1983年1月，堰桥公社党委决定选个大厂再试一试，目标落在了有300多名职工的社办企业无锡县橡胶厂。这家厂前两年生产一直不景气，1981年、1982年两年产值分别比1980年下降58.7%和18%，实现利润分别比1980年下降39.3%和26%。从职工推荐的三位候选人中，选出正副两名厂长：一位是原财务科长，一位是原供销科长；承包利润60万元。

　　这一次产生了更大的冲击波。社办厂的干部大多数是大队干部出身，当初进厂是为了加强厂里的领导力量，但也有不少是照顾身体或是在大队里不称职而安排进厂的。这些"照顾干部"中的一些人，长期当外行，无所事事混日子，吃着平均主义"大锅饭"。堰桥公社党委总结服装厂的经验，作出的"坐位子，包票子，不包票子让位子"的干部选聘制，对他们触动最大。一些集体观念浓厚的群众一时也不能理解。一封封"人民来信"指责堰桥公社"破坏干部路线""走资本主义道路""培养资本家""堰桥成大庄园又出大地主"。

重压之下，堰桥公社党委主要领导很头疼，感叹"做点好事没人说好"，一度打起了"退堂鼓"。这一年，中共中央1号文件《当前农村经济政策的若干问题》明确指出：社队企业要建立多种形式的生产经营责任制，有的企业可以试行经理（厂长）承包责任制。同时，无锡县委书记温耀邦连夜赶到公社开会，明确表示"县委支持你们的改革"。这样，堰桥公社党委全体成员才放开了胆子。

图 2-16 堰桥乡经联会发出的第一张承包制厂长聘书

两个月后的1983年3月，堰桥公社18个社办工厂以及农业、副业、运输等专业公司下属工厂全部实行承包责任制，并配套制订了"干部选聘制""工人合同制""工资浮动制""招工考试制"等九方面的规定。当年全公社工业总产值、实现利润和上缴税金分别比上年增长55.30%、72.80%和74.50%，人均收入504元，增长了一倍多。其中县橡胶厂承包一年下来，产值314万元，比上年增长26%，利润85万元，超过了承包指标，比上年增长131.7%。

经济责任承包制的实行，初步实现了集体资产所有权与经营权的分离，使集体企业变成了拥有较大自主经营权的商品生产者；具体落实了按劳分配的原则，探索进行了人事制度改革，初步解决了企业吃乡镇村集体"大锅饭"、职工吃企业"大锅饭"的问题，以及用人制度上的"铁饭碗"和"终身制"，从干部到工人的积极性得到了调动。干部自觉上，争着上，完不成任务开始感到不光彩；工人自觉干，抢着干，干得生龙活虎。所有承包的企业厂厂增产、个个盈利，出现了生产持续发展的好势头。

堰桥乡① 社队工业的可喜变化，很快就引起了无锡市、县两级党委的注意。

---

① 1984年起，公社体制实行改革，无锡全县人民公社恢复乡的建制，堰桥公社改制为堰桥乡。

　　1984 年 3 月，就在堰桥全面实行承包责任制整整一年以后，无锡市委副书记郁谦带领市委政策研究室的工作人员，专门来到堰桥考察。这些"笔杆子"们深入到工厂，与工人座谈，亲身体会到了改革所带来的变化。4 月 8 日，这次调研所形成的《关于无锡县堰桥乡经济改革工作的调查报告》，被中共无锡市委批转。这份调查报告，将堰桥乡的改革经验归纳为"一包三改"。

　　"一包"，就是对所有社队工业企业实行经营承包责任制。

　　承包责任制的核心是"包"字，承包指标以利润为核心，利润和工资挂钩，工资与职、责挂钩；在分配上，根据"国家得大头、集体得中头、个人得小头"的原则，坚持按章纳税，确保国家收入，按条例、合同向公社经联委或村队上缴利润，企业按规定比例留足一定的积累。职工在完成和超额完成任务的前提条件下，适当多分。对承包者报酬从优。承包的指标：由乡工业公司根据上年或前三年平均实际水平和历史最高水平及后三年递增水平，企业现有生产能力、市场销售情况以及企业已经落实和即将落实的任务量，确定全年任务，提出利润、产值、销售收入、费用成本等指标方案，作为承包基础。企业承包形式：一是采取"定额包干、联利计酬、超利分成"的方法，就是确定企业的利润，确定工资总额，计算每万元利润得多少工资比例。这种形式是以厂长为主，正副科长参加的集体承包责任制（绝大多数企业采用这种形式）。二是"利润包干、全奖全赔"，即采取层层包、人人保的办法，人定岗、岗定责、责定利，一包到底。具体来说，先由经济联合委员会主任同乡专业公司签订承包合同，乡专业公司与下属企业的厂长签订承包合同；然后在企业内部，由厂长与车间主任、车间与班组、班组与个人逐级签订承包合同。同时明确企业的性质不变，承包者只有在合同规定的范围内保管、使用企业资财的权利，不得破坏、转卖、出租、转手承包；处理多余的固定资产需经工业公司批准，其变价收入按会计制度转入专用基金（更新发展基金），不得转为利润分配。承包者有权"组阁"，有权决定工资升降和超额利润的分配，有权决定厂内人事调动，有权决定技改措施和企业经营管理变通措施。完成和超额完成任务的，厂长的报酬可高于本人工资的 30%，有特殊贡献的可高于本人工资的一倍以上；完成和超额完成任务的科技骨干和管理骨干的报酬可高于本人工资的 20%-30%，特殊贡献者可高于厂长的报酬。

　　"三改"，就是改干部任命制为选聘制，改固定工制为合同工制，改固定工资制为浮动工资制。

　　干部选聘制：全乡范围内各专业公司正副经理、主办会计，各乡办企业正职厂长、主办会计都公开选聘。选聘干部可采取选举聘用或直接聘用两种方法，选举聘用干部的程序是：通过自下而上或自上而下荐贤举能（包括毛遂自荐），经民意测验和乡党委考察确定候选人，再召开社员代表大会或职工代表大会（或职工大会）选举产生，报乡党委审定选举有效后，由公社经联委发给聘用书。直接聘用干部，通过干部群众荐贤举能（包括外地人才），经乡党委审定后，由公社经联委发给聘用书。选聘干部的任期为一年，可连聘连任，不称职者，通过社员代表大会或职工代表大会（或职工大会）审议，报乡党委批准后就地免职。

职工合同制：每年年初厂长与本企业职工签订职工工作合同。乡镇企业所有在册职工都要签订"职工经济合同"。为确保企业职工完成厂部下达给车间的经济承包任务，职工每年须与车间签订经济承包合同，它包括出勤率、工时、质量、消耗、文明生产等五项指标。视经济承包指标完成的好坏，实行奖赔。职工在合同期内工作表现好，能完成任务，下一年可续订合同。职工在合同期内工作表现不好，教育无效，厂长有权与其缓订合同，超过三个月的缓订期，表现仍不好者，厂长有权将其改为临时工（临时工不享受企业的奖金和福利待遇，只发临时工资。临时工不计算工龄），直至开除留用，待其有明显转变后仍可续订合同。

浮动工资制：凡是能实行定额计件工资制的企业或工种，可实行计件工资制；不能实行计件工资制的企业或工种，一律实行基本工资加浮动工资，浮动工资的比例一般为30%-40%（具体比例由各厂厂长自定）。行政管理人员的报酬，在确定月工资标准后，完成利润指标的预发70%，未完成利润指标的只发生活费，年终以岗位责任制百分数考核结算。

就在中共无锡市委批转了市委政策研究室调查报告的第二天，也就是1984年4月9日，中共无锡县委也发出文件，决定在全县普遍推广堰桥乡的"一包三改"经验。指出这一经验不只是一个工作方法问题，而是坚决贯彻执行党的路线、方针、政策，和党中央在政治上保持一致的大问题，是整顿企业、发展经济的关键。还指出，堰桥乡改革的经验，其基

图2-17　"一包三改"的新闻上了《人民日报》头版

本精神也适用于县的集体所有制企业和全民所有制企业。县委在文件中特别写道，堰桥的经验"切中了时弊，适应经济发展的新形势，富有改革创新精神。他们不怕担风险，冲破思想阻力，在改革中敢作敢为，迈出了很大的步子。这是一种十分可贵的精神。……从而打破了束缚生产力的条条框框，大大提高了企业干部与职工的积极性，大大提高了企业的活力，促进了经济的起飞。"号召各地、各单位"像堰桥乡党委那样以不畏艰险的革新精神，在改革中破除阻力，勇往直前。要结合本地实际，推广并完善堰桥乡的经验，发展他们的经验，创造性地制定改革措施，大胆实施，破旧创新，开拓前进"。到了5月11日，中共江苏省委书记韩培信亲自赴堰桥乡进行考察，总结他们改革的经验。5月25日，省委批转无锡市委《关于总结和推广无锡县堰桥乡乡镇工业"一包三改"经验的报告》，并发出通知，要求各地学习推广堰桥经验。

堰桥乡的这一改革创举犹如石破天惊，在全国激起了巨大的反响。也正是在1984年1月，国务院颁发的《关于社队企业经营承包责任制若干问题的规定》，为当时遭受歧视的乡镇企业"正名"，摘除了"冲击计划经济""与国企争资源、争市场"等罪名。4月13日的《人民日报》在一版刊登《堰桥乡镇企业全面改革一年见成效》的报道，并配发题为《把"包"字引进乡镇企业》的评论员文章，对堰桥农民的首创精神给予高度肯定。同年8月10日，《人民日报》又发表《"一包三改"好——对堰桥乡乡镇工业的调查》一文。接着，《解放日报》《新华日报》《经济参考报》《中国乡镇企业报》《羊城晚报》等20余家报刊，以及中央人民广播电台和省、市、县广播电台、电视台发表和播放了100余篇文章，热情介绍并推广堰桥乡改革的经验。在不到一年时间里，除台湾省外，当时全国各省、市、自治区都派人到堰桥学习取经推广，人数多达30余万。

堰桥的"一包三改"，走出无锡，走出江苏，走向全国，为推进中国农村改革起到了率先示范作用，以极大的震撼力和吸引力影响着全国。

堰桥的"一包三改"，吹响了乡镇企业发展史上第一声改革的嘹亮号角，极大地激发了乡镇企业发展的内在动力，实现了20世纪80年代乡镇经济发展的"惊人一跃"。千百年来一直依靠"土里刨食"的农民，从此迎来一个工业化、城市化发展的崭新时代。

1984年，是无锡县乡镇企业全面推行"一包三改"的一年。这一年，堰桥乡实现工业产值达到7940万元，加上农副业产值一举进入"亿元乡"行列；实现工业利润1131万元，上缴国税841万元，比1983年分别增长24%、80%。

同样，在这一年，无锡全县乡镇工业产值达到 24.4 亿元，比上年增长 69.2%。农村人均年收入增长 58.7%，较之过去，是增幅最大的一年。还有，在这一年，江苏省有 50701 个企业实行"一包三改"，占乡镇企业总数的 71.20%，有 158 个乡镇的工业产值超过亿元，全省乡村集体工业产值达 226.24 亿元，占全省工业总产值的 33%，实现了"三分天下有其一"；到了三年后的 1987 年，全省乡镇企业总产值 797 亿元，首次超过全民工业成为"半壁江山"；1988 年，全省乡镇企业总产值达 1078.41 亿元，在全国率先突破千亿元大关。

"一包三改"的实施，以及随后对机制的不断完善，使无锡乡镇企业在 20 世纪 80 年代中后期和 90 年代初的一段时间里，保持了相对的体制优势。凭着这种优势，无锡乡镇企业先后经受了经济大发展和大调整的两种截然不同的考验，领先一步地保持着持续快速发展的势

图 2-18 无锡县毛线厂"一包三改"情况座谈会。
中为本书作者之一的沈云福

头，一直走在了全省乃至全国的前列。

"一包三改"的改革举措，把集体资产的经营权分解到企业和每个干部职工，提高了利益分配的透明度和科学性。内部实行劳动报酬与经济效益直接挂钩的分配制度，进一步增强了企业发展动力。这些不同于国有企业和城市大集体企业的灵活机制，是乡镇企业的内在动力，也是促进国有企业改革发展的重要因素，倒逼城市企业参照乡镇企业的做法，实行厂长（经理）负责制、任期目标制、成术核算制等方面综合改革，经营责任制不断完善，更加符合现代企业的特点和客观经济规律的要求，为城市企业建设现代企业制度起到了一定的借鉴作用。

更为重要的是，自"一包三改"始，无锡农村的乡镇工业开始走上了自主发展的新阶段。这种自觉性提高的标志之一，就是以深化改革来驱动乡镇工业的调整与发展。

就在 1983 年堰桥把"老包""请"入乡镇企业的那个时段，改革春潮在全县涌动。

港下乡远离市区，地处偏僻，是个"鸡鸣闻三县"的"边区"，乡风淳朴、农民勤劳，但是思想观念闭塞，商品经济发展不快，集体经济基础薄弱。当时，全乡年工农业总产值 1715 万元，其中工业产值仅 800 多万元，工业利润 89 万元，列无锡县 36 个乡镇的倒数第三，被人称为锡北的"北大荒"。

1983 年 4 月，新任党委书记孙建业走遍了乡间厂头。他觉得首要问题是"解放思想换脑子，选拔能人进班子"，于是把全乡的乡村干部和专业户能人召集起来，开了一个"问答会"，还以"四个学生"让大家对号排队：港下走走只能算"小学生"，无锡走走是"初中生"，南京、上海、省里走走是"高中生"，进得北京才是"大学生"。

第一个问题："你在无锡有多少朋友？到无锡有没有人请你吃饭？在南京、北京有没有认得的人？"结果，本乡本土从不出门的干部，你看看我，我看看你，说不上来。那些专业户和在企业跑供销的倒能说出一大串，甚至到无锡什么厂乘几路转几路公交，都说得头头是道。第二个问题："你这个厂在全国同行中排第几位？你的产品有哪些优势？又有哪些不足？"多数厂长回答不出，只知道与外面的大企业相比显得微不足道。第三个问题："现在上什么项目、做什么产品有市场？"有的说袜子，有的说香烟……经常在外跑"投机倒把"的人则说："城里凭票供应的东西、哪里排队轧破头的东西肯定有市场。"

一番提问，考得众人面面相觑。大家只能勉强算个"小学生"，"中学生"也不多，更遑论"大学生"了。这个问答会，使在场的干部受到了触动，也从中发现了周耀庭、陆岳明等一批有见识"脑子活络"的能人。

不久，乡党委将勤一村支部副书记周耀庭调任港下针织厂任厂长，三电办副主任陆岳明被调到磁性材料厂当党支部书记，裁缝出身的虞维高负责村办衬衫厂……。

港下乡党委别开生面的"问答会"，促进了企业的思想解放和能人脱颖而出。同样，在东湖塘乡东升村，一次场面差点失控的厂长选举会议，让虞培明走上了前台。

1983 年春节前，村支部大会决定，泥水匠、供销员出身、年方三十的虞培明，出任村办企业东升无线电器材厂长。这个厂生产恒压变压器，自 1973 年创办以后连年亏损，产值从未超过 50 万元，到 1982 年濒临破产，连工人的工资都开不出来。

大年初三上午，无线电器材厂召开全厂职工大会。会上，村党支部书记宣布了聘任厂长和免去原厂长、副厂长等人职务的决定，然后让虞培明上台作"上任演说"。不料，虞培明刚走上台，台下突然爆发了一阵喧嚣声："虞培明，滚下来！虞培明，滚下来！"一伙人在起哄，领头的正是原厂长。虞培明大喝了一声："不要乱吵，有话，请上台来讲！"

经过一番唇枪舌剑的争论，原厂长提出：谁当厂长让大家选，而且当场就选！虞培明当即同意。对当时情景，多年以后他仍历历在目：

"民主选举，我赞成！"我上前一步，对全体职工说，"同意原来当厂长的，请上东边站；同意我当厂长的，请往西边来！""也好，民主选举现在开始！"虞书记征求了乡党委王书记的意见后，向大家宣布。

三分钟后就揭晓了：到会的职工只有两人站到原厂长那边，其余的职工都站在我这边。掌声雷动，群情喜悦。从一百多双眼睛里，我看到了大伙儿对我的祝贺、信赖和期望。

我再次登台，宣读了我立下的军令状和以厂长身份发布的第一号公告。我宣布了三位厂长助理（分管生产、供销和财务）和录用职工的名单……

大多数工人的信任，让虞培明憋足了劲。上任伊始，他调整了班子，整治了厂容，又"找米下锅"从河北保定拉回32吨矽钢片边角料。第一季度，工厂产值达到10万元，每个职工平均收入300元。工人的愁眉苦脸变成了眉开眼笑，无线电器材厂复活了。

头一个回合取胜了，虞培明在竞争中算是站住了脚跟。但是，往前走，每跨一步都很艰难。要干，就干到底！到了第三季度，为扩大生产，虞培明决定通过文化考核的方式招收一批工人。消息传开，那些习惯于铁耙锄头的村民纷纷来找虞培明，托关系，讲交情，都想"挤"进厂，捧上稳稳当当的"铁饭碗"。虞培明下定了决心，一律把他们拒之门外。一时间，村里纷纷扰扰，"厂子是集体的，不是虞培明一个人说了算"，有人甚至发话"要给他好看"。最终，工厂招进了50名青年，村民们对此又惊又喜。因为他说出的话做到了：凡是招工进厂的，没有一个是靠批条子、托关系进来的。工厂的后门关死了，正气也就立起来了，新老职工都心情舒畅，干劲倍增。

那位在不情愿中下台的原厂长，见到工厂"起死回生"，心中对虞培明暗生敬意。借了一次机会，他为当年的鲁莽行为向虞培明表示了歉意。

东升无线电器材厂经过一年的改革和奋斗，终于走出困境，扭亏为盈，产值达到106万元，销售额达99.8万元。1984年春节，村民收入明显增加，东升村家家户户喜气洋洋。

历史向深处沉淀，岁月冲不淡记忆。"一包三改"改革的成功实践，是无锡农村人民解放思想，敢破敢立，勇立时代潮头，以大无畏精神谱写出的时代奋斗之歌。"一包三改"的改革精神体现了非凡惊人的胆气，表现了敢为人先的志气，显现了敢闯敢试的勇气，使得无锡农村在改革开放伟大实践中，实现

图 2-19 东升村工业园区

了一个又一个突破，完成了一回又一回跨越，创造了一次又一次辉煌。堰桥"一包三改"的改革经验，无论在当时和现在，都为我们提供了许多有益的经验和启示。

图 2-20 堰桥"一包三改"纪念馆

与城市相比，中国改革开放的破冰之旅始于农村希望的田野上。城市的肌体更为复杂，利益交错，改革步子始终难以迈开；而在更广袤的农村，基层的位置给予农村干部更多相对的自由和可实现抱负的空间，身上的政治属性也让这群人时刻留心揣摩最高领导层的每一句正式和非正式的言论。

正如此，安徽凤阳小岗村农民秘密签订契约，实行集体耕地承包到户；也正如此，无锡县堰桥乡的"一包三改"，实行从田头到厂头的改革。这两项改革"壮举"，都十分风光地记录进中国的改革史。

1984 年 风云激荡

我不能选择那最好的，是那最好的选择我。

——泰戈尔：《飞鸟集》

在近现代经济史上，当一个国家正处于鼎盛的上升期，便会在某一年份集束式地诞生一批伟大的人物或公司。这个现象很难用十分理性的逻辑来推导，大概就是历史内在的戏剧性吧。

1984 年，就是一个伟大的年份，万科、联想、海尔、科龙……日后驰骋一时的公司，在这一年舒展开梦想的翅膀。在无锡县，很多同样在日后驰名的公司也在这一年开始登场，或明目张胆，或掩人耳目，进行着有声的呐喊、无声的前行，汇入时代潮流，上演着壮阔的经济革命……

后来，人们将之称为中国现代公司的元年。

这一年，周耀庭执掌港下针织厂进入了第二个年头。这家由他父辈小作坊发展而来的工厂，由于产品品种单一、无法适应百姓的消费而陷入了困境，产品大量积压，1982 年当年产值只有 20 多万元。周耀庭回忆起到任后第一次见到的情景，这样描述："作为厂房的破旧祠堂里，放着已处于半停产状态的 8 台老掉牙的棉纺车，十几名工人在厂里无所事事，而另一半工人已经回家。仓库里堆满了卖不出去的尼龙衫、腈纶衫、棉毛衫、棉毛裤。厂办会计告诉我，厂里工人工资好长时间都发不出，只有到年节才能发几块钱菜金，还欠银行贷款、协作厂加工费。"

这个烂摊子还有出路吗？父辈播下的创业薪火还能重新点燃吗？第一步应该

从哪里迈出呢？"不惑之年"的周耀庭苦苦思索，进行了一场思想斗争。

对这段往事，周耀庭回忆说："我对这个厂有着非常深的感情，有着一种特殊的情缘。从 1957 年开始，14 岁上初中的我，就和父亲周林森、母亲陈菊妹住在厂里。厂里织过手套，也织过土布，放学回厂，我还帮着父辈打打下手。父亲生前常常梦绕魂牵那个厂，曾满怀信心地多次对我讲，小厂对农民有好处，要进一步发展。此情此景，我永远都不会忘记。"

图 2-21 周耀庭在向客户介绍红豆产品

经过一段时间的摸索后，他烧起了"三把火"。将工人的工资由固定制改为记件制，多劳多得，并月结月清。此举不仅稳定了人心，增强了工人的责任心，还极大地提高了他们的积极性。同时着手处理库存产品，他带头骑着自行车带着产品到张家港、常熟等地摆地摊销售，资金回笼后用于购买棉纱。时隔多年以后，周耀庭还清晰地记得当初挑着产品走街串巷卖货的情景："那时正值夏秋之交，太阳火辣辣的，汗水不断地从我的脸上滑落，好不容易卖掉一点点产品。为了节省开支，我们吃自带的干粮，渴了就向别人要点水喝。卖不完，再把剩下的产品挑回来。第二天，再到别的地方去卖。"接着，周耀庭根据市场需求，决定停止生产尼龙衫、腈纶衫，工厂全部生产棉毛内衣，工人出去学习做成衣。但是库存的处理尚需时间，购买棉纱没有现金，他就跑银行借贷款。根据厂子以前的信誉，银行不给贷。没办法，周耀庭只好用自家的房产做抵押，借了 6500 元，买回了一吨棉纱。棉纱在无锡长安染色厂染色后，已经装上了船，但由于欠着对方的染纱钱，又被染色厂硬生生地搬了下去。几经周折，染好的棉纱终于运回来了，布也织出来了。工人们掌握了缝纫加工技术，合格产品出厂了，上市后很适销。至 1983 年底，不仅基本清理了库存，全厂还完成销售 63 万元，当年实现扭亏为盈。

这一阶段，周耀庭还有一项举措真正影响了工厂日后的命运，那就是红豆品牌的创立。当时，港下针织厂的品牌叫"山花"。不过，由于厂子以前的信誉不好，产品根本不被市场看好，周耀庭决定另取名字。"当时，上海货最受欢迎，像上海双兔、飞马内衣，有的人建议用动物名，有的人建议用植物名。一个销售人员说：'当年隋炀帝不是在扬州赏过琼花吗？我们叫琼花牌。'可是马上有人反对，因为有'昙花一现'之说，寿命不长，不吉利。大家又七嘴八舌地出了好多主意，我还是觉得不够好。"

一连几天，周耀庭一直在琢磨这件事。太湖、东林书院、泰伯庙……想了很多很多。当想到港下附近香山寺的千年红豆树，他的眼前一亮，脑际涌现出了初中课文中唐代诗人王维的一首诗："红豆生南国，春来发几枝。愿君多采撷，此物最相思。"

红豆！对呀，就用红豆这个名字。红豆光洁如珠，鲜润如玉，殷红如血，颠扑不破，摔打不裂，珍存一两百年不霉不蛀，青年人作为爱情的无价信物，老年人作为吉祥避邪之物，常常几代相传。故王维的这首诗有强烈的人民性，又前溯往史，后启未来，有巨大的历史穿透力。连英语中的"红豆"一词，亦作"爱的种子"解。台湾女作家琼瑶的《一颗红豆》的电视剧，深含思念故土，期盼团圆意。而且，就在邻近港下的江阴顾山，就有相传是南朝昭明太子萧统所植的红豆树，已经近千年了……他越想越高兴，越想越觉得红豆作为产品名最合适。主意一定，马上注册了"红豆"商标，那是 1984 年的事，在国内企业中是属于非常早的。

为了确保名牌一枝独秀，周耀庭几年后在国内把与"红豆"近似的汉字及拼音相同的汉字全部注册，还在 34 个大宗产品上争先依法完成了商标注册。接着递交了在多个国家注册的申请。据周耀庭回忆，国家商标局专门召开了相关会议，讨论了红豆大规模注册的事情。到 20 世纪 90 年代初，红豆在美、日、英等 54 个国家和地区进行了商标保护性注册。

从小跟随父辈到香山寺看红豆树，少时童声吟读王维红豆诗，眼前针织厂脱困之急需……，这一切交织在一起，终使周耀庭灵光忽然闪现，从此中华大地增加了一个最美的民族品牌。

就在周耀庭为红豆而殚精竭虑之时，戴祖军同样也开启了自己的追梦之旅。

这一年，在玉祁乡高频焊管厂担任副厂长的戴祖军，心急火燎地乘上了去往北京的火车，他的目的地是中国国际信托投资公司钢铁处。中国国际信托投资公司，经邓小平亲自倡导和批准，于 1979 年 10 月 4 日创办，执掌这艘日后成为"巨轮"的正是荣毅仁。此时，戴祖军受命筹备铝合金项目。这项目投资量大，在苏南农村首创，乡镇企业能搞吗？他的心里没底，此次北京之行正是去请教解惑的。

戴祖军至今清楚记得，当时中信公司成立不久，在崇文门饭店办公。在这里，中信公司的有关领导接见了戴祖军。当听闻来意之后，他们热情介绍了当时国内引进和新上铝合金项目的情况，对乡镇企业办铝合金项目表达了支持的意思。深受感染的戴祖军，又在中信公司的介绍下马不停蹄赶赴天津，考察了一家铝合金工厂。该厂装备了太原生产的挤压机，只能制作一些很简单的产品，年产量并不高，但是利润十分可观，这更加坚定了戴祖军的信心。

这是在无锡县乃至苏南地区第一个铝合金引进项目，投资量很大，戴祖军原本只想引进一台二手挤压机，但中信公司建议从日本引进大吨位的具有国际先进水平的挤压机生产线，一步到位抢占科技制高点。项目投资 120 万美元，大大超过了原先的预算，而且在规划论证、资金筹措和资源整合等方面引发了一连串的调整。这在当时的无锡地区是"破天荒"的一件大事。

在国家有关部委的帮助下，戴祖军借到了引进先进设备外汇指标及配套的人民币；通过中国国际信托投资公司去日本、意大利，专题深入考察铝合金生产装备。那时，跑北京，去南京，成了戴祖军的"家常便饭"。跑北京，往往昼夜往返，第一天在北京办事，第二个白

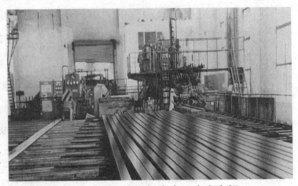

图 2-22 无锡县铝合金厂生产车间

天又回到玉祁工地。在穿梭奔走过程中，一条出差随身携带的旧浴巾，成了戴祖军挤火车或坐地打盹、或睡在座位下面的铺垫"宝"物，用了洗，洗了用，派了好几年用场；一辆雅玛哈摩托，见证了他多年栉风沐雨的奔波。

1985 年，苏南地区第一条日本引进的铝合金生产线终于落户无锡，无锡县铝合金厂随之成立。

也因为这套设备，奠定了无锡县铝合金厂与中信公司合作的初始基础。此后的数十年间，双方的合作不断拓展，无锡县铝合金厂演变为江苏锦绣铝业集团，其参股投资的无锡戴卡轮毂公司成为中信戴卡集团大家庭中的一员。

"1983 年 1 月 13 日，这是我终生难忘的日子。中央电台宣布全国化纤及化纤制品降价。降价对消费者来说是好事，但对我们这个刚学会走路的生产厂家来说，无疑是一个打击。"回忆当时的情况，堰桥镇无锡县毛线厂的厂长汪燮林仍

然有几分心惊。

当时，工厂购进的 100 吨原料尚在途中，另有 50 吨产品在库中，一夜间损失了 23 万多元！这么大一笔数目，企业实在没有承受及消化能力，与乡里所订的 78 万元利润的承包指标怎么完成？

汪燮林，1929 年出生在安徽省旌德县，成年后几经辗转来到无锡，在纺织行业里干保全技术等工种几十年。1980 年，他从国营企业无锡市绢纺厂技术员岗位提前退休。此时，我国毛纺织市场还处在初级阶段。这个外人不易察觉到的市场契机，让汪燮林敏锐地洞察到了企业发展的机会。于是，汪燮林来到堰桥，依靠镇政府下拨的两万元资金和 10 万元贷款，弄来几部旧纺机，腾出了几间简陋的棉花加工房创建起毛纺厂。办厂伊始，就遇到了化纤制品降价。面对严峻形势，汪燮林提出："若想钓真龙，就得下金钩。"不能停留在现有产品的水平上，应当努力提高产品的档次，现在的市场不是求有，而是求好。如何提高档次，关键要有高起点的设备。他们多方筹集了 45 万元，购进了纺织部定点厂生产的新型设备，将原有的旧设备全部淘汰。6 月拆下了"鸟枪"，7 月就换好了"新炮"，8 月开始投产，产品档次明显提高。当月，无锡市组织所辖三县一郊的乡镇毛纺厂进行实物考试，以同样的原料，产同样的产品，经专家们评比，无锡县毛线厂的消耗最低，物理指标、手感、外观等几项指标均最佳，8 块织片全部符合省标样的标准，获得了唯一的满分，被无锡市纺工局列为定点企业，享受计划原料。

图 2-23 无锡县毛线厂生产车间

有了好的设备，就敢碰硬的产品。上海毛麻公司接到一批外商订货单，要纺 42 支毛纱，但能纺 42 支毛纱的厂家在整个华东地区很少，生产的难度之大、工艺要求之高，令许多厂家望而生畏。他们找到汪燮林后，他毅然决定一试。他心中有数，凭自己多年的经验，改装一下机械和改革工艺，就有可能。如果成功，对企业的发展大有益处，能跨上一个新的台阶。经过一个星期的攻关，试纺的 15 公斤毛纱成功了，上海方面非常满意，试验换成了批量，第一批 10 吨，第二批 20 吨，第三批数量再增……

经过一年的技术改造，企业不仅消化了 23 万元的降价损失，还超额 3.3 万元完成了所承包的利润指标。重用了汪燮林，就办好一个毛线厂。汪燮林说："堰桥人民把一个厂交给我，我能不尽力吗？"

"在企业决定发展方向的时候，我们考虑市场上粗纺毛衫供不应求，所以就决定'先下手为强'，朝这个方向发展。"1984年，国内兴起西装热。汪燮林通过市场调查，了解到与西装配套的羊毛衫十分紧俏，果断投资260万元，建造了羊绒毛纺车间，设置了1200锭的粗纺生产线，生产14支精纺羊仔毛纱，打破了原来只生产腈纶针织绒的局面。投产后一年半时间，获利304万元，收回全部投资后还盈余44万元。1986年，又进一步向深加工生产领域延伸，购进42台针织横机及其他后道设备，利用本厂纺制的精、粗纺毛纱，建成了具有年产15—20万件羊毛衫的针织车间。

1987年，为了完善纺、织、染一条龙的工艺流程，汪燮林又创建了染色车间。拥有12台套的绞纱染色、散毛染色，年染色能力为1200吨的染色车间，于1988年7月全面竣工并投产，改变了原来染色质量掌握在外加工单位手里的被动局面，使无锡县毛线厂真正实现了名副其实的全能毛纺企业。

仅用二三年时间，"梅皇"牌羊毛衫声名鹊起，成为上海市场的紧俏商品，出现了淡季不淡、旺季热销的好势头。中国女排队员身穿"梅皇"牌羊毛衫的录像，在上海各大百货公司播放，引发轰动效应。1988年，"梅皇"牌精纺羊毛衫在无锡地区乡镇企业中第一家挂上了国际羊毛局的"国际纯羊毛"标志。当时的毛线厂产销两旺到这样的程度：工人们日夜生产羊毛衫还是供不应求，夜里12点都能接到订货电话。工厂"货款不到账，产品不出厂"，成了"无推销员，无拖欠款，无产品积压"的"三无"工厂。

1988年5月23日，由联邦德国鲁道夫·伊林博士率领的乡村工业化代表团正在无锡县毛线厂考察。客人们频频含笑点头，迟迟不肯离去，称赞："中国农民了不起，办起了这么好的企业，看到这么好的厂容厂貌、生产组织管理及产品，一定是行家里手当家。Very good。"

可是，说起成功的奥秘，汪燮林这个"外

图 2-23 中国女排到无锡县毛线厂参观时赠送的签名排球

来和尚"总是直爽地将其归结为"一包三改"所带来的活力。他说："'一包三改'对乡镇企业的发展起着不可估量的作用，是'一包三改'为企业发展带来了春天。""回顾这些年发展的成果和取得的荣誉，都离不开当初尝试的'一包三改'好政策，以及领导的重视和支持。我按照'一包三改'的精神，从严管理工厂，狠抓技术改造、扩能增效，横向联营，从而迅速发展和壮大了企业。"

赵汉新从堰桥中学高中毕业后，留在校办微电机厂当了一名工人。这家小小的校办工厂生产为电风扇、小型电器机械配套的小型电动机。由于赵汉新是这家工厂第一个高中毕业生，颇受到器重。他又很努力，求知欲强，很快就成了技术骨干。但小小的校办厂，终究不是他理想的创业基地。1983 年，赵汉新准备开家电机修理部，悄悄地办了个体工商户的执照。

听闻这一消息后，堰桥村书记主动找上门来，动员他回村办企业。赵汉新动了心，多方筹措了 12 万元启动金，就在堰桥村委不大的院子里，因陋就简造了 10 间 360 平方米的平房，再利用几间老旧房子，办起了无锡县微型电机厂。赵汉新拉上同在中学微电机厂工作的妻子，再招了十多个同村的年轻人，工厂就正式开张了。这一年，赵汉新才 30 岁刚出头。工厂从一开始就实行经营承包制，明确销售、利润、上缴税收及规费等经济指标。干部实行聘用制，工人工资收入采取计件工资加浮动奖金的办法，多劳多得、上不封顶。赵汉新定下了"每年销售翻一番"的目标，第一年就完成产值 80 万元。1985 年底，企业产值达 180 多万、利税近 20 万，成为村里第一名，销售超过村其他各厂总和，工人工资高的一年收入 1000 多元。

一个仅仅十几个人的企业，赵汉新义不容辞担当多个角色，从绘制图纸、工艺设计、采购材料、新产品试制、成品销售……几乎所有工作都做过了。无锡县微型电机厂与国家一机部、四机部和上海低压电器科研所等单位建立联系和获得技术支持，开发出了 297 电机自动化开关。江苏省电子工业厅召开产品鉴定会，专家鉴定意见："从此终结了国内电控设备手动开关的历史！"

1986 年，无锡县微型电机厂试制生产 DZ20 塑壳开关。他和妻子立下誓言："试制不成功绝不回家！"长条形的办公桌成了绘制技术图纸的工作台。这个新产品终于做成了！一机部将无锡县微型电机厂作为塑壳开关的定点生产企业，这是全国乡镇企业"第一家"，产品生产标准也被国家标准总局发布为国家标准。

赵汉新并不满足于此，誓为企业再做出点"名堂"。第二年，遵义市长征公司需要做 10 个系列的塑壳产品外壳。在缺少相关设备情况下，赵汉新辗转在天津购买了两个旧设备。这样，企业产品范围广了，电机塑壳类成为今后的主攻方向。接着，工厂开发了微型电机、高中低压断路器用储能电动机、电动操作机构及压塑外壳制品，主要为国内电器制造业配套生产。随着生产能力的扩大，逼仄的厂房也已经跟不上发展的形势。1988年，无锡县微型电机厂搬迁新址，在40多亩土地上建造了1000多平方米的新厂房。

正当事业顺风顺水，展开崭新光景的时候，难题又随之而来：塑壳材料需要去上海购买，一来成本高，二来当时的运输不方便，赵汉新决定自己开发。一次次热塑化工配方调配，一天天没日没夜测试，熬过了不知多少个夜晚，经过一万多次的试验，BMC电工新材料及其塑料外壳制品试制获得成功了！为攻克这个难题，年轻的赵汉新竟然头发掉了一半。

新品开发的成功，不仅对于无锡县微型电机厂而且对于国内电工材料来说都是划时代的。这个新品质量首屈一指，成本下降30%，拥有自主知识产权，完全可替代进口。

无锡县微型电机厂，今天已经演变为上市企业无锡新宏泰电器有限责任公司，有员工900多人，公司占地面积10万平方米，厂房面积八万平方米，总资产超过九亿元。可是，把眼光回溯到1984年，那时刚刚初创的工厂却是如此的不起眼。

站在办公室里巨大的落地窗前，抚今追昔，赵汉新不由感慨万千。

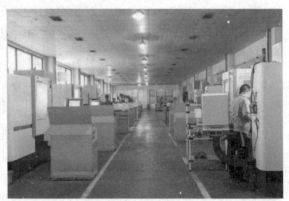

图2-24 无锡新宏泰电器有限责任公司生产车间

1984年，南泉镇安堂村还只有一家小小的轴瓦厂。5月，在厂里当供销员的顾雪鸿被任命为厂长。这家工厂生产的是多种机床上的一个轴瓦部件。为了推销产品，他一年到头跑码头，尝尽当供销的苦头。问题是厂小产值低，如果不发展，忙死了也没多大奔头。

顾雪鸿回忆说："说是厂长，其实还没有厂，不过是给我厂长的权力和责任。我有决心办成一家像样的厂，当个名副其实的厂长。我常在外面跑，知道乡镇企业成千上万，要办成一家像样的工厂很不容易。有这么多实力雄厚的国有工厂，乡镇企业要立住脚，关键是要经得起竞争。"

那么，办什么样的厂？顾雪鸿又是怎么想，怎么办的呢？当初，社会上冷作加工厂很热门，办冷作厂动手便当，设备简陋。有人说："冷作厂一敲就响，上马很容易。"但顾雪鸿想这敲敲打打该是以前年代的玩意儿，起点低，现在再搞这东西不行。他立了条原则："起点不高的不办。"有人说，无锡工人在上海退休的比较多，大多是翻砂行业的，懂行的技术人员多。这个行业因为污染问题正在由大城市逐步疏散到农村，业务好接，不如办个翻砂厂。顾雪鸿想这行业城市正在转移，现在去发展行吗？难道乡镇工业该落后！最后决策时，凭他多年跑供销的经验，认为机床生产的工厂国内很多，但机床生产厂家一般只生产整机，很少生产供应配件的，而机床的配件十分重要，一般工厂都需要两到三套备件，特别是一些流水线生产的厂家，如果哪个零部件出了问题没配件及时修复，就要影响整个生产。机床配件生产的质量要求又很高，通常的厂家不能生产。生产机床配件起点高，有市场，是一个理想的选择！于是，他们挂起了"无锡县精密机床配件厂"的牌子。他们用两台旧床子，请几个机床行业的老师傅先从简单的小配件做起，果然生意很好。1984年当年赚了15万元，第二年利润40多万元。有了资金，顾雪鸿增添设备，开发更多的配件部件产品，企业每年以25%的速度递增，产品销售到全国27个省市。

1986年，顾雪鸿出差到上海造纸机械厂，看见厂里甩着不少报废的造纸机吸移铜辊。这种铜辊大的有八吨重，粗得让人伸双手拦腰还抱不过来，需用离心浇铸的办法才能铸造。顾雪鸿铜匠出身，浇轴瓦时也采用过离心浇铸，对这工艺相当熟悉，心里有了底。他跟造纸机械厂的厂长说："这个部件你肯不肯给我们做？"厂长说："这东西要求高，几吨重，成品不能见'苍蝇脚'，很难。我不坑你。"所谓"苍蝇脚"，是指微小的裂缝。顾雪鸿说："就是难搞，所以我才要搞，好搞的东西有啥稀罕！"

顾雪鸿回到厂里，立即筹备上马，投资30万元上了新的车间、行车、离心机、熔铜炉。几个月后，第一根开始试浇，这是关系企业命运的大事，全厂的人都两眼盯着看。可铜水下去就冻了，一根损失三万元。一直浇到第六根，还是报废了。厂里厂外有人说，顾雪鸿这下子要砸锅了。可是他没有罢手，白天黑夜带着工程师、专家会诊。不知分析了多少个环节，画了多少张图纸，终于找到了原因，立即改革工艺，第七根成功了。

后天的努力能否改变未来的命运？有人说，非要改变那些无法改变的东西，到头来只是徒劳。可是本可以改变的却不努力，那就是懈怠。换句话说，既存在因后天努力而改变的命运，也确实有由命运主宰的人生。

1977年，无锡县前洲公社21个大队中，谢村经济位居"倒数第一"。当年，韩产兴就任谢村党支部书记，新一届支委是清一色的转复军人。此时，谢村与邻近的西塘一样，开发用于纺织印染行业的高温高压染色机。高温高压染色机这种机器工艺复杂，加工难度大，特别是该机所需的135℃高温，让许多国营大中型企业望而生畏。韩产兴回忆："我们这些当过兵的人，骨子里有股攻城不怕坚的胆量。"正是凭借着这股攻城不怕坚的勇气，他们在航天工业部614研究所的指导下，经过一年多时间日夜奋战，高温高压染色机和常压染色机终于在谢村这块贫瘠的土地上呱呱坠地。这一时刻是1981年2月，到年底仅高温高压染色机这一产品就创产值100万元。

韩产兴的"野心"并不仅仅止于此。他从印染机械良好的销售形势中觉察到了印染行业的光明前景，决定延伸办印染厂。正在此时，韩产兴听说苏北南通县金南乡金南大队有家印染厂，由于经营不善而濒临倒闭。于是，他们悄悄商量，是否可借他山之石，攻我之玉，利用他们的设备、厂房搞联营，走合作之路。

1981年6月20日，韩产兴一行人乘了一天的汽车，匆匆赶到南通县金南公社。洽谈结果令人满

图2-25 无锡前洲、南通金南联合印染厂

意：同意合作联营，企业利润对半分成，财务由谢村方面负责，生产由对方主管，谢村方面再提供两台高温高压染色机。这年8月，金南前洲联营印染厂正式成立。郁加尚、郁国其、臧培兴等十多个年轻人一起，携带卷染机、印染机，浩浩荡荡渡江进驻南通。从这一天开始，谢村发展史上为期三年的"渡江作战"正式拉开了序幕。

在苏北创业，工作和生活十分艰苦。工厂的设备，除了抗战时代日本小火轮上用的一台半吨锅炉外，其他都要从头添置。每天工作十多个小时，只有青菜腌菜佐餐，没有节假日，没有任何福利待遇。虽然两地相距仅100多公里，他们一

年也只回家一趟，全身心扑在厂里。由于双方精诚合作，联营当年旗开得胜，略有盈余；第三年利润超过 30 万元，过江的工人增至 20 多人。

图 2-26　无锡县丝绸印染厂鸟瞰

1984 年，韩产兴站在了人生选择的路口。他萌生了自己办印染厂的想法。上半年，昔日平静的谢村，一片热火朝天，无锡县丝绸印染厂正式破土。到了 11 月 26 日，韩产兴一声号令，在南通的 20 余人"杀回江南"，"班师回村"。由于有了这 20 多名管理技术骨干，无锡县丝绸印染厂一上马就驾轻就熟正常运转，一年内就还清了全部贷款。1986 年，又咬牙上了一条印花流水线，接着又上了一条棉布印花线，当年产值就达千万。这时，村里有了丝绸印染、印花、棉印、印染机械四家骨干企业。到 1990 年，全村工副农三业总产值达到 1.4 亿元，成为无锡县第三个亿元村。

1984 年，有了些风云际会的味道，渗透着个人英雄主义的气息，充斥着高度的亢奋与少有的气势磅礴。

然而，对 1984 年进行历史叙事之时，还必须提到那些数以万计的普通的乡镇企业职工。他们，同那些创业英雄一样，也是历史的创造者。

这一年，对于在东亭荧幕厂当工人的春雷村民邓锡峰来说，每天生活虽然单调且重复，但极有奔头。每天五六点就起床，先去照看农田，到八点，放下泥裤腿就进厂上班。下午五点半下班后，回家先拿开水泡碗冷饭大口扒光，接着又下地干农活直到天黑。每年到了稻麦收获的农忙时节，工厂统一放十天左右的农忙假。

邓锡峰，正是无锡县几十万社队企业工人的缩影。"离土不离乡，进厂不进城"，是这种生活形式的形象描述。

上一年夏天，17 岁的邓锡峰初中毕业了。在人生的最后一个暑假，他没有时间留恋或感慨。家里太穷了，不可能继续供他读高中，摆在他面前的路剩下两条：像祖祖辈辈一样务农，或者去社队企业找份工作。

邓锡峰所在的春雷村，村办工业产值超过了 5000 万元，成为江苏省家喻户晓的名村。其中春雷船厂的年产值达到 30 万元，员工增加到 200 多人，一年净利润 30 多万元。依靠春雷厂的资金积累，春雷村兴办了农机厂、皮件厂等十多个乡镇企业。但是，这些企业安置了近 500 名职工，而村里的富余劳动力则不下 1000 人，想进厂并不容易。1983 年那整个夏天，邓锡峰去生产队长家跑得特别勤。要进厂，他必须获得生产队长的推荐并通过村委的批准。

年轻的邓锡峰真的赶上了好时光。同一年，无锡县工业产值达 259 亿元，一大批乡镇企业如雨后春笋般涌现。与之相对应的是，1983 年和 1984 年两年中，在总人口不过百万的无锡县，随着农业联产承包的推行，乡镇企业共吸纳农村富余劳动力十万余人。

好在邓锡峰身家清白，家庭又确实贫困，作为三兄弟中的老大，他早成了半个"当家人"。在那个"不讲送礼讲人情"的年代，邓锡峰靠"表现好"渐渐赢得了生产队长的信任，经不住他三番五次的请求，将他推荐给了东亭荧幕厂做车间技术工。

1983 年年底，进厂十个月的邓锡峰拿到了 760 元工资，几乎是过去全家人年收入的两倍。一家人终于得以度过一个宽裕的春节。以当年的物价水平，3000 元可以盖一个新楼房，一个工人三四年的收入够了。

今天，无论是作为创业者的周耀庭们，还是作为普通工人的邓锡峰们，回忆起那段岁月，都说自己碰到了一个好的时代，是党的政策改变了他们的命运。

的确，在这一年的 10 月 20 日，党的十二届三中全会在北京举行，通过了《中共中央关于经济体制改革的决定》（以下简称《决定》）。《决定》里的很多话在今天看来属于不言而喻的道理，那时却石破天惊。《决定》肯定了商品经济（市场经济代名词），突破经济建设中的束缚，正式拉开了城市经济体制改革的序幕。其中提到，改革的基本任务是建立起具有中国特色的、充满生机和活力的社会主义经济体制，促进社会生产力的发展——正是 20 年后中国积极努力推进的社会主义市场经济体制建设的雏形。对于《决定》，邓小平做出如此评价："写出了一个政治经济学的初稿，是马克思主义基本原理和中国社会主义实践相结合的政治经济学。"

在 20 世纪 80 年代的无锡农村，人们常说，最希望看到的是中央的一号文件。从 1982 年到 1986 年，中共中央连续发出的五个"一号文件"，对于农业生产的乡镇企业的发展作出指导。不过，在 1984 年，人们还迎来了在乡镇企业发展中上占据重要地位的"四号文件"。在这个题为《关于开创社队企业新局面的报告》的文件中，正式将"社队企业"正名为"乡镇企业"，明确指出："乡镇企业即社（乡）队（村）举办的企业、部分社员联营的合作企业、其他形式的合作工业和个体企业"。

这个文件如同一支强大的空气清新剂，荡涤了乡镇企业合法身份周围的污浊之气。日后，乡镇企业终于摆脱了不断左右摇摆的政治氛围的干扰，蓬勃发展，茁壮成长，在整个经济中占据越来越重要的地位。

1985 年　百舸争流

看万山红遍，层林尽染；漫江碧透，百舸争流。

——毛泽东：《沁园春·长沙》

　　1985 年，依然是一个风云激荡、百舸争流的年份。这一年，邓小平说："一部分地区、一部分人可以先富起来，带动和帮助其他地区、其他的人，逐步达到共同富裕。"此后，他还将对"先富后富"发表一系列重要的讲话。这些振聋发聩的观点，扫除了人们心头对财富追求的最后思想禁锢。

　　无锡农村，这个陌生并熟悉的地方，正以世人瞩目的速度领跑繁荣。更多的无锡农民，或坚守本地，或出战四方，激情四射且又小心翼翼地闯荡。人们在猜测：在挥洒着大红大紫色调的宏观背景下，在激情燃烧的日子里，无锡农村又会演绎出怎样的动人故事？一个不争的事实是：四处奔走、跋涉前行的实业脚步，已然无法阻挡……"看万山红遍，层林尽染；漫江碧透，百舸争流"。

　　一开春，如同田野里的草木一般，唐涌祥的心思又活了。

　　前几年，村里上马毛纺厂，因为土地问题被紧急"叫停"，好在色织机械厂的生意一直不错。1984 年，西塘色织机械厂通过了省、市劳动人事部门的整顿验收，在乡镇企业中第一个获得了部颁压力容器生产许可证。1985 年，国务院劳动人事部在西塘村召开了乡镇企业压力容器生产试点现场会。

　　不过，毛纺厂的下马终究是他的"心病"。敏感的唐涌祥从中央四号文件中闻到了新鲜空气，按捺不住内心的激动，兴冲冲地跑到上海找到三年没回乡的陈祖祺，对他讲："国际市场毛纺行业看涨。能不能做外国人的生意？赚洋钱更有意思！"陈祖祺再次被感动，第二天一早带他来到了上海针织品进出口公司。这家公司进口羊毛绒，然后加工成羊毛衫出口，利润率不低但也不高。如能建立羊毛加工基地，直接把进口羊毛加工成羊毛绒利润就高多了。西塘有现成厂房，有资金实力；上海有货源，有出口渠道，两者合作，定能实现双赢。联营合作协议很快签订，总投资 6000 万元，西塘出资 4000 万元，联营期八年，计划形成年洗毛 1500 吨，制条 1200 吨，精纺针织绒 800 吨的生产能力。西塘负责基建和组织生产，上海公司负责进口货源和对外经销，这是一家全进全出的外向型企业。

图 2-27 无锡县西达毛纺厂开工典礼

毛纺厂再度上马，又在村里引发了一场不大不小的风波。干部和群众中间形成了两种意见。唐涌祥认为，当前乡镇企业的环境条件已大大改善，新的机遇已经出现，应该继续发展；不仅要开拓国内市场，而且要瞄准国际市场，搞外向型企业；骑在虎背上就不能下，不前进就会落后被动。另一种意见认为，以往的教训太多啦，项目上得过多太快，政策一变又得栽跟斗。他们不赞成同上海联营，反对搞毛纺厂，主张稳住阵脚，提高分配水平，让农民多得实际利益。为此，村里搞了一次民意测验，唐涌祥的得票率达到 80%。

接下来是使人目眩神迷的高速度：1986 年 4 月，筹建工作正式开始；从筹措资金、设计方案、定购设备、培训职工直到安装试车，只用了八个月时间。1987 年 1 月，具有洗毛、梳条、精纺三个车间的西达毛纺厂投产，产品完全符合出口标准，当年就完成外贸产值 4112 万元、利润 216 万元。

类似西达规模的毛纺厂，按国营企业的"章法"，至少要三年建设时间。唐涌祥绝对不走"寻常路"。西塘的有利条件是厂房现成，只需稍做改造；不利因素是没有计划内的设备供应。毛纺设备在国内是紧俏货，抢时间主要是弄设备。西塘色织机械厂与上海第三纺织机械厂是联营单位，关系很好，这是一条渠道；中国纺织机械厂厂长薛庆荣是前洲蒋巷人，人都有乡情，这是又一条渠道；通过陈祖祺与上海一纺机、四纺机接上关系，建立第三条渠道。各路人马四处奔波，"走遍万水千山"，半年之内光上海来回次数不下 50 趟；办事人员"说尽千言万语"，"吃尽千辛万苦"，"上帝"被感动，渠道被打通。西塘的纺纱机是在上海第二纺织机械厂订的货，可纺机生产是有季节性的，按厂方计划在半年之内不生产西塘所需要的型号设备。此时有八台细纱机已经交付给无锡协新毛纺厂，该厂暂时用不上，于是由上海方面出面做工作将设备先借给西塘。二纺机又提供了另一个线索，丹东毛纺厂的八台细纱机已发货，据了解他们基建尚未完成，设备也用不上。唐涌祥立即让儿子唐建荣带上订货合同和介绍信，在上海二纺机人员陪同下赶到丹东。设备确实暂时闲置着，但要丹东毛纺厂把到手的机器借给几千里外的一家乡镇企业，对方信不过，不答应。费了许多口舌，对方有了松动，但要由上海纺织工业局、上海纺织机械公司和上纺机二厂三方盖章，由二纺机保证交货时间。唐建荣火速南下上海，办妥一切手续后再赶往丹东……

西达毛纺厂的上马，对无锡县乡镇企业朝外向型发展起了带头作用。仅两年时间，上海针织品进出口公司就在无锡县办起了八家联营厂，除西塘村的西达、锡达，还有前达、新达、智达、仁达、高达、华达，人称"八达公司"。锡达毛条厂是西塘于 1987 年筹建、1988 年 2 月投产，建设周期也是八个月，到 1990 年，实现了年产八千吨毛条的目标，产品百分之百出口。

初战得胜，使唐涌祥成功地跳入了外向型经济圈。他没有满足，又获悉国际市场化纤原料有余，而国内生产的腈纶质量不过关；进口的毛条每吨价达 7500 元，而毛条原料短纤维每吨只要 5000 元。他就同外贸部门商量，要求直接进口短纤维，制成腈纶毛条并加工成针织绒，销往国际市场。他还是那么一股劲，看准了就坚决上。1987 年下半年，一个投资 1200 万元的锡达毛条厂又在西塘村崛起，计划形成年产毛条 4000 吨能力，是全国最大的毛条厂。他又亲自担任筹建组组长，立下军令状，一年内若拿不下锡达毛条厂，不拿工资。59 岁的唐涌祥和年轻人一样又在奔波，拼搏。

已经没有什么可以阻挡西塘发展的步伐了。1987 年，西塘村工业总产值 10238 万元（1980 年不变价），成为江苏省第一个亿元村。1990 年，西达毛纺厂实现产值 8367 万元，全村的产值为 2.0443 亿元，在无锡县均高居榜首。西塘村成了名闻遐迩的"明星村"，

图 2-28 无锡县前达毛纺厂从国外引进的现代化设备

参观的人络绎不绝。

　　唐涌祥没读过几年书，但自有一套自己的"生意经"："千做万做，赔本生意不做。"1980年，西塘办了一个"无锡无线电器厂"，装配黑白电视机。开工两年，生产了2000多台电视机，赚了10万多元钱。眼看国营大厂的流水线纷纷上马，市场苗头不好，立即收摊。当年毛纺厂被勒令下马后，领导牵线办了个联营的织布厂，却年年亏损。唐涌祥顾不得领导的面子，坚决关门，腾出厂房创办锡达毛条厂。

　　自1982年以来，全国化肥行业形势困难，无锡地区几十家小磷肥厂似秋风中的落叶，纷纷关停并转。在玉祁镇曙光村，无锡市磷肥厂厂长金锡生心中盘算着：当前化肥所遇到的困难是前几年一拥而上所带来的必然调整，农业是国民经济的基础，经过调整必然会迎来灿烂的明天。凭着多年跑供销的经验，他当机立断走出了三步棋：一是选择国内高品位的贵州开阳磷矿、湖北刘冲磷矿作为生产原料的基地；二是倾其所有并向亲友借钱，投资10多万元购买一台雷蒙粉碎机，增加矿粉的细度；三是以优惠价吃进国营江阴磷肥厂的全套设备，并使自己厂的化肥生产纳入省化工厅的生产计划。1983年，全国大部磷肥厂都亏损，而无锡市磷肥厂顶住了困难，仍盈利43万元。

　　机遇与成功，总是永远垂青于那些奋斗的开拓者和跋涉者。一次，金锡生在浏览《化工报》时看到一消息：徐州某单位用磷肥土法生产氮、磷、钾复合肥，增产效果显著。他心头一震：农业生产普遍重氮轻磷不施钾，复合肥在苏南地区尚属空白，何不一试！当即北上徐州取经。一看工艺并不复杂，关键在于测土配方。回厂以后，他立即与无锡县农技部门"攀亲结眷"，共同进行测土配方的试验，取得了一系列数据。然后，他带领厂里的技术人员夜以继日进行攻关，短短几个月就生产出颗粒状的氮磷钾复合肥。1985年冬天，在东亭镇开展了油菜、三麦施用外地

图2-29 1989年，无锡市磷肥厂生产的复合肥外运

复合肥与本地复合肥的对比试验，至次年夏天试验显示，无锡市磷肥厂的复合肥"完胜"外地复合肥，有明显的增产效果。无锡县为此决定在全县 80 万亩土地上普遍推广该厂的复合肥。

紧接着，金锡生又陆续开发了三麦长效复合肥、油菜含硼专用肥、水稻氮钾硅专用肥、棉花专用肥。为适应农村副业生产的发展需要，又研制出适合果树、蔬菜、瓜果类、茶叶、蚕桑生产需要的各种专用肥；还进一步研制出三麦绿麦隆肥药专用肥、水稻丁草胺肥药专用肥，开创了化肥与农药相结合的先河。几年间，无锡市磷肥厂研制生产的复合肥共有 15 个系列 200 多个品种，多种产品获部优称号。产品质量抽样检查中，次次荣获优质红榜，成为农业部南方测土配方的定点生产企业，江苏省农林厅、无锡市农业局测土配方平衡施肥系统工程定点单位，并被公认为全国乡镇复合肥行业的"四小龙"之一。

金锡生家住农村，时常漫步在田头，与农民兄弟谈家常。一次，当他问及施用效果怎么样时，有一老农跷起大拇指，高兴地说："灵，施得灵！"朴素的语言，朴实的动作，使他豁然开朗，萦绕心头的一个难题顿时迎刃而解："对，就叫施得灵，就用跷大拇指。"原来，无锡市磷肥厂当时使用的是"锡荣牌"商标，他一直想再起一个叫得响、又形象生动的商标。以"跷大拇指"为主体图案的"施得灵"商标，后受到化工部领导的赞扬。

当了厂长后，金锡生仍经常带领供销人员奔波在全国各地。一次在安徽蒙城洽谈业务，发现那里十分需要大量磷肥，但苦于缺乏资金。通过深入基层和农家调查，发现那里有大量的山芋销不出去，金锡生灵机一动：同在玉祁镇的地方国营无锡县酒厂需要大量山芋干，可把安徽的山芋干运到玉祁酒厂作生产酒精的原料，何不以物易物？这样既解决了资金、原料问题，又可解决销售问题，真是一举三得。蒙城供销社、无锡县酒厂都十分乐意。于是，无锡的磷肥源源不断运向蒙城，而蒙城的山芋干也源源不断运回玉祁。

金锡生长年累月奔波在外，常常一年中有 200 多天在外面度过。1988 年秋，他出差贵州开阳磷矿，得知 80 岁的父亲不幸病逝的消息，内心十分悲痛。在五个儿子中，他是父亲最疼爱的小儿子，加上母亲早逝，父子感情笃深。当时，业务洽谈正处在关键阶段，是留下继续商谈，还是立即乘飞机赶到家中向慈父作最后的告别，以尽儿子的孝心？在一阵犹豫之后，他痛苦地选择了前者。忠孝不能两全，他留在遥远的贵阳，在心里默默为父亲送行。

"赚外国人的钱"，同样是杨祥娣办厂的宗旨。1984 年，无锡县皮件厂面临着原料涨价的问题。这一年，羊皮面料连续三次涨价，由每平方尺 3.5 元上涨到 10.8 元，而外贸部门的成交收购价仍按每平方尺 6 元计算。这样，每生产一只出口皮件就要亏几元，生产越多，亏得越多。怎么办？杨祥娣常跑皮革厂，了解到国际市场上牛皮软面票夹属高档货，价格高；而在国内市场上正好相反，由于羊皮广泛用于制鞋和服装，供不应求，价格涨得超过了牛皮。于是，杨祥娣决定用牛皮替代羊皮，但做牛皮夹难度大大增加。无锡县皮件厂在河南新乡制革厂等单位的帮助支持下，终于试制成功高档牛皮软票夹。这种产品成本低，价格高，更受外国人青睐。1987 年，工厂年产值达到 800 多万元，创利税 100 多万元，为国家创汇 180 万美元，相当于前五年创汇总和。

为了保持国际市场，有时明明是蚀本生意也要做，这叫"拳头缩进来，为了打出去更有力"。1987 年 12 月底，皮件厂的副厂长带领几人到南京与外商就一批羊皮票夹价格进行谈判，双方各执己见，洽谈出现僵局。当时国内市场上羊皮原料已涨至每平方尺 9.3 元，工厂一再让利，已将产品报价降至八元，实在不能再让了。外商只同意比上年涨 3.3 元，提高 40%，也就是四元多，这亏本生意要不要做？杨祥娣接到电话立马赶到南京。她对外商说："我们合作三年多，我们的产品怎么样？"外商连点头："很好，合作愉快！"杨祥娣又说："那么今天如果生产老款式，我们可以配合你们。若试制新款式，请你们配合我们，我相信双方能配合好的。"外商又不由得笑着点头，气氛一下子缓和下来，但当报价 7.5 元时，外商依然不答应。杨祥娣咬咬牙下决心，报出 7.2 元的价格，外商这才点头成交。副厂长不解地问："这个价格意味着每平方尺要亏 2.1 元，这生意怎么做？"杨祥娣说："这个价格只能维持在明年 2 月份以内，限量一万打！"于是，协议正式签约。当时杨祥娣为什么要这样决策呢？因为她知道，当时我国的外贸体制改革，出口厂家增多，如果不让步外商就会"跑"去别处订货，失去这些老客户很可惜！而且羊皮价格已呈下降之势，估计会降到每平方尺八元左右。再者，国家税制体制改革，给企业让利。这样一来，综合平衡下来这笔生意不赚也不赔。至于为何限制对方在 2 月份内订一万打产品呢？因为当时是工厂 1988 年一季度的生产任务还不足，接下这笔生意可以养活 500 多个职工。后来，这家客户了解到皮件厂做这笔生意确实没赚到钱，心中有些过意不去，在第二次订货时，竟主动要求提高报价，而杨祥娣也并没有多报价格。一只真皮夹，仅获利 0.3 元。那是需要三十多道工序啊，等于每道工序才赚一分钱。外商喜笑颜开，指名要求订皮件厂的产品。

和杨祥娣谈起办厂的体会，她总是先从产品质量说起。她认为，一个企业要想在激烈的市场竞争中立于不败之地，首先应有款式新颖、质量过硬的主导产品去占领市场，拓宽市场。她从当厂长的第一天起就向全体员工说明："今天的质量就是明天的市场，产品没有质量，就会失去市场，失去客商，自己也会失去饭碗。"有一次，1000打发往香港的票夹已经全部装好箱，但最后检查时发现有两只次品混入箱内。这可不是小事，她毫不犹豫地组织力量全部翻箱检查，直干到深夜两点钟，终于从12000个票夹中找到了这两只次品。当香港客商听说这件事后，对杨祥娣连声说："佩服！佩服！"还有一次，即将要出厂的200只公文包被来厂的客户检验后发现有质量问题，原来是主持生产的副厂长出于降低成本的考虑，采用一种比较低档的纸板作了辅料。

图2-30 杨祥娣与公司技术人员在研究出口产品的设计

在外出差的杨祥娣回厂后断然决定：全部重做。尽管厂里损失几万元，买来了一次深刻的教训，全厂职工受到了一次质量教育。

一分耕耘，一分收获。从1987年开始，无锡县皮件厂的产品被有关部门批准全部实行免检，出口一路"绿灯"，并荣获了美国洛杉矶国际博览会金奖和北京第一、二届国际博览会金龙奖。产品远销美国、英国、德国、俄罗斯、澳大利亚、日本和我国香港地区等20多个国家和地区；内销市场也遍布北京、上海、广东、江苏等20多个省市。

在众多的创业故事中，女性多只是配角。当然，她们偶尔也会抢了主角的风头，甚至由配角上升为主角。她们忐忑不安地在一条前途未卜的路上向前行，不问结局。

1985年5月，第一批五台XK-400型16吋开放式炼胶机成功生产，投放市场，一炮打响。当年工业产值又比上年翻了一番，达303万元。

炼胶机的试制成功，是唐炳泉创业史上继上次开发传动机械之后的又一个新品，工厂由此又挂上了"无锡县橡塑机械厂"的牌子。

此前，唐炳泉的工厂生产的JZQ减速机，实现了系列化，不但规格齐全而且质量稳定，年产量达2000余台，成为当时苏南地区产量最高、最具实力的减速机生产企业。但在唐炳泉看来，减速机生产得再多再好，也不过是人家整机上的一个配件。当时国家正积极鼓励发展橡胶、塑料工业，于是决定生产橡塑机械。找图纸，请专家，经过几个月的努力，一战而捷。

随着企业的不断延伸发展，原有厂房、设备、场地又不适应了。1987年1月，正值农历年底，全厂进行了第二次搬迁。新址地处后宅镇西，紧靠锡宅公路，占地2万多平方米。前后两次搬迁，职工们形象地称之为"过江进城（市镇）"。

搬进了新厂房，企业如鸟飞长空，鱼归大海，发展空间更大了。1988年，无锡县橡塑机械厂获得了本行业全国首批发放的生产许可证，并正式注册了"双象"商标图案。

图2-31　双象公司大院内的双象雕塑

说起"双象"商标的由来，还有一段饶有兴趣的故事。1985年，唐炳泉到同行"老大"大连橡塑机械厂参观。看到厂内有一大象雕塑，唐炳泉触景生情，认为"大象"壮实稳健、寓意吉祥，就对同行的工程师说："有朝一日，我们厂一定要用'双象'注册一个商标。他们是一只'象'，我们用两只'象'。我们同大连橡机厂，一南一北，与之抗衡，又遥相呼应。"

新年刚过，查桥镇的无锡县自行车厂一年一度的职工大会如期召开，厂长虞荣裕在会上提出了"两级经济核算"的方案，宣布每个车间都是"小企业"，向厂部实行经济承包。

这一方案，他经过了深思熟虑。他对生产过程中的各项工价进行了严密测算，不仅考虑了上下车间的比价、厂内劳务价格和外购原辅材料的价格等因素，还考虑了国家、集体、职工三者利益的平衡问题。

一个好端端的工厂，虞荣裕为什么要改弦更张，搞什么"两级经济核算"呢？说来是无奈之举。1981年，虞荣裕担任了自行车厂厂长。这家工厂原来是一家只搞自行车装配的小厂。他到任后，开始转产自行车整车，还取了个"宇峰"的商标。可是，新的商标要打响谈何容易！上海、天津等地的名牌自行车早已红遍全国，小小乡办企业的产品能去较量吗？再说，虞荣裕他们厂"吃"进的材料都是市场价，成本高，销售价格也占不了便宜。眼看这家厂没有多少时间就得关门了结。

虞荣裕，在当厂长以前足足干了18年的会计，绰号"铁算盘"。大概因为他有一手精打细算的本领，才把他调去当那时情况很不好的自行车厂厂长。

在窘迫的境况下，他拨打着算盘开始算账。算过来，算过去，他找准了工厂的症结所在。比如，一些职工在生产中求量不求质，造成自行车零件的次品率一直降不下来；又如，有的车间原辅材料浪费现象很突出，成本当然压不低；再如，全厂实行计件工资制的定额只达到60%，等等。看来要扭转自行车厂的落后局面，只有先从整顿内部管理抓起。

结果，"两级核算"给自行车厂带来了意想不到的效益。1985年全厂产值比上年增长了43%，利润增长了68%。

接着，虞荣裕把计件工资制改为"计效工资制"。他把新工资制归纳为三种形式。一是对工人实行双重考核的全额浮动工资制，计件工资部分按完成任务的产量分四个档次结算，产品质量部分按成品率高低结算。二是对供销人员取消出差补贴和基本工资，按工作成果结算报酬。三是对科室人员实行划线归口，把他们的利益和分工条线的工作成果捆在一起，按比例上下浮动。显然，这种工资制着眼于鼓励超产、优质、节支。结果，管理改进后生产发展了，职工收入也跟着提高。1986年，厂里职工的人均收入多的拿到3100元左右，少的千元左右。大家心悦诚服。有一次，烘漆车间工人的报酬每人被扣100多元，有人以为厂里算错了，要求答复。虞荣裕带着账本到车间，一笔一笔当众报出数据，大家都服了。

虞荣裕说，一个乡镇企业，只靠厂长一个人核算是不够的，应该使各级管理人员都是"铁算盘"才行。1985年上半年，车间主任高志清，由于经常完不成任务，月工资一度扣到只剩下54元。于是虞荣裕找高志清谈心，帮助他在车间内实行小段承包，逐道工序计算把关，把产品成本降了下来。下半年，这个车间生产的26英寸车架，成品率从96%提高到98%，产量比三四月份增加了5倍，高志清的工资也上升到300多元。

无锡县有两家太湖锅炉厂，一家在洛社镇，一家在南泉乡。1985年3月，一纸调令，蔡桂兴成为无锡太湖锅炉厂（南泉）的厂长。此家工厂的前身正是公社农机修造厂，在1974年试制成功首台0.5吨手烧炉，开始正式生产锅炉。以后工厂几易其名，起初称南泉锅炉厂、无锡县第二锅炉厂，1982年更名为无锡太湖锅炉厂。

蔡桂兴到任之时，太湖锅炉厂年产值1200万元，利税238万元，是南泉乡工业经济的支柱，并且带动了一批村办企业为它配套加工零部件。虽然企业一派兴旺景象，但当时全国锅炉行业疲态显现，关、停、并、转的企业已达30%，亏损企业更是高达到25%。危机正一步步向太湖锅炉厂逼近。

危机果真终于到来。1986年，由于国家宏观调控，锅炉销售转淡，几个月时间工厂库存积压107台锅炉。一时间，人心惶惶。蔡桂兴走出去，主动与上海工业锅炉厂签订了联营协议，打他们的品牌，销自己的产品。在蔡桂兴看来，在当时名牌货俏、杂牌滞销的市场经济面前，这是唯一的出路。然而，工人却普遍想不通。个别情绪激动的甚至当面斥责："这是变相卖厂，我们不当亡厂奴！"蔡桂兴理解工人的心情，无数次地跟他们谈心，想方设法来解开工人心里的疙瘩。他给员工打比方：现在市场经济的大海风高浪急，工厂的状况就像朝不保夕的小船，要么大家抱着自己的小桅杆沉没下去，要么将旗杆易帜后把小船绑在大船上活命。通过耐心细致的思想工作，最终稳定了职工人心。

1987年一季度，太湖锅炉厂正式按上海工业锅炉厂的图纸生产，并由权威机构上海机电产品质量监督总站验收。联营半年，太湖锅炉厂销售额明显回升；联营一年，产品档次由原来的合格品上升为一等品，并首次打入上海市场；联营两年，替代上海厂家生产起两吨蒸汽出口锅炉，并出口新加坡；联营三年，工厂素质发生质的变化，产值也翻了一番，并成为中德文化交流协会厂长经理培训中心结业时的考察观摩样板。一天，蔡桂兴对当年发牢骚的工人有意调侃："感觉怎么样，亡厂奴？"对方嘿嘿一笑："蛮好蛮好。"

与无锡太湖锅炉厂一墙之隔的是无锡县第二铸造厂。在1985年，这家工厂挂上了上海锅炉厂无锡县联合燃烧器厂的厂牌。

说起无锡县第二铸造厂，那可是南泉乡最早的乡镇企业，在 1976 年由公社农机具五金修造厂更名而来。在此之前，8.5 吨钢锭模成功产出并销往马鞍山、邯郸、南昌等地各大钢厂，冷作车间已成功生产 0.5 吨锅炉，封头是用大鎯头敲出来的。

南泉人都承认，第二铸造厂确实辉煌一时，工人最多时就达到 395 人，然而产品门类单一，严重制约着企业的再发展，到了 1983 年工厂终于陷入了困境。那一年冬天，厂领导班子一个又一个会议，认真研究企业的发展；营销人员一批又一批往外跑寻找市场。看看年终分配的数字，与隔壁太湖锅炉厂对比，已存在不小的差距。

太湖上吹过的风，让副厂长杜才荣感觉到了一种彻骨的透心凉。

1983 年，工厂遇到了前所未有的困难。1984 年，工厂又品尝到了成功的喜悦。路在哪里？路在脚下。走什么路？加强与城市大企业联营和配套，依靠城市大企业带动自身企业的发展。

1984 年 8 月，上海锅炉厂第一台电站锅炉燃烧器研制。当时资料是手工抄写的，大型配件从西车间到东厂区要用木棍来滚动，不锈钢喷嘴用人工凿，压制、折弯依靠外加工，铣边机是靠几只千斤顶土制的。多少双眼睛盼望着，多少人在焦急地等待着。从盛暑酷热到冰雪寒冬，历时 12 个月，第一台 125MW 锅炉燃烧器研制成功，经验收一次性合格。多少人奔走相告，多少人欣喜若狂。

1985 年，上海锅炉厂无锡县联合燃烧器厂顺理成章地成立了。此时，从太湖上吹过的风，在杜才荣让感觉到少见的清新和惬意。

从此，工厂与上海锅炉厂的合作迈开了新的坚实的步伐。此后，双方又先后合作先后制作 50MW、125MW、300MW 煤粉、油气、混合气燃烧器，并能制作 CFB 旋风分离器。产品畅销国内，并远销日本、巴基斯坦、印度、伊朗、印度尼西亚、泰国、新加坡等国家。到了 1998 年，已经更名为锡山市电站锅炉设备有限公司的工厂，正式成为上海锅炉厂有限公司控股企业，上海锅炉厂占 51%。要知道，上海锅炉厂大小协作单位 100 多家，实行控股仅这一家。同样是 1998 年，工厂又与济南锅炉集团公司合作，成为该公司的外协单位，专业生产锅炉钢结构件。企业蜚声全国各地，实力也慢慢地壮大起来了。

太湖很多年后，当杜才荣应约写下回忆沪锡两地合作创业的文章时，他还清晰地记得当年上海锅炉厂那些默默无闻、来厂指导的工人的名字，沈龙福、朱人飞、秦瑞荣、王永钦、唐永培……

　　"楼上楼下，电灯电话"，是那个时代农民对美好生活的憧憬。20世纪80年代初，苏南大多数农民已住上了楼房，装上了电灯，但家庭电话几乎没有。随着农村经济的发展，电话进村入户渐渐具备了条件。当时农村电话线多为单根铁质，程控电话的发展，需要信号传输既快又好的铜质通讯电缆。殷锡坤看准了这一趋势，开始筹建开发生产铜质通信电缆的邮电电缆厂。

　　1984年下半年，雪浪乡的殷锡坤批得了20亩土地，并向无锡邮电局借了100万元，商定用生产出来的通讯电缆相抵。同时派人到上海电讯设备厂培训，通过大半年的学习，这些职工每人基本上学到了一门技术，已能满足通讯电缆生产的需要。除少数关键设备向外购买外，大多数设备自己动手制造、安装、调试。当时还是计划经济时代，塑料粒子和铜都是按计划分配的。于是，殷锡坤走进了国家邮电部，原原本本汇报了计划生产50对市话电缆的想法，取得了支持，原材料问题迎刃而解。

　　我国邮电业的发展，完全印证了殷锡坤决策的正确。进入20世纪80年代中期，国内电信事业呈现出飞速发展态势，城乡固定电话的装机容量迅速膨胀。殷锡坤抓住机遇超前开发大容量通讯电缆，先后开发了100对、200对市话电缆，但还是满足不了市场需求。1988年，邮电电缆厂进行了一次大的改造，开发600对通信电缆。当时江苏省邮电设备厂、上海电讯设备厂等国营企业也仅生产600对电缆，一个乡镇企业想与之抗衡，在某些人眼里简直是"天方夜谭"。殷锡坤走南闯北，寻求支持，解决了技术和设备问题，600对电缆又是一次性试产成功。经邮电部、江苏省邮电厅进行技术鉴定，其性能、技术参数均不输于国营大厂的同类产品。

　　通讯电缆是一种特殊的商品，对质量要求特别高。为此，无锡邮电电缆厂从建厂开始就狠抓产品质量，提出了"100-1=0"、"600-1=0"的质量理念，即要求电缆中每对铜芯都要合格，只要有一对不合格，产品就不能出厂。从原材料进厂、领用到生产各个环节，都建立质量控制点，最后对成品一对一对地进行测试，只要一对不通，整条电缆就等于零。由于始终严格把关，产品从没出现过不合格产品。有一次，工厂的产品运到四川万州，在运输中有一盘电缆从几百米的盘山公路上抛下去，一直滚到长江里。打捞上来再测试，竟是丝毫无损，令用户十分惊奇，他们纷纷竖起大拇指说："无锡的电缆真是了不起！"

　　1985年，李本度走上了独立创业的道路。这一年，他在堰桥工业公司已经跑了八年供销。在此期间，他越发感到，无锡地区经济比较发达，资源却十分缺乏。钢材、木材、电力、原油、煤炭……样样都缺人，但以往的"零打散敲"和"头痛医头，脚痛医脚"的传统供销办法不行。"一包三改"以后，乡镇企业迅猛发展，镇里却没有原材料供应的职能部门。如果能单独成立一个专门的供销公司，在一定程度上担起集中采购原材料的责任，就可以让生产企业从到处跑物资的困境中解放出来，集中力量抓生产。于是，他主动请命，由自己组阁，不要乡里一分钱投资，办了堰桥工业供销公司。

7月，李本度从无锡建工局借来10万元开办费，无锡第一家乡镇工业供销公司开张了。最初只有一间办公室，在堰桥镇工业公司的最西头，夏天下午经太阳暴晒，室温高得让人根本待不住，大家叫"高温车间"。

有一段时间，无锡地区矽钢片奇缺，不少厂家等米下锅。1987年7月，沈阳钢铁厂的厂长助理等三人来找李本度。来人坦率而又诚恳，原来是沈钢遇到了困难，有2500吨矽钢锭，不合规格，跑遍了中国没地方肯加工。他们说："老李你关系多，路子活，能不能……"

2500吨矽钢锭，简直是雪中送炭。李本度过去与沈钢也有关系，但几次业务交往都不顺利。李本度说："既然谁也不敢要，我也不敢说有把握。你们先回去，过些天我派人来联系。"

送走客人，李本度立即赶到上海。上钢二厂是为矽钢锭开坯的专业厂，有大轧孔开坯机，但一听说是出格产品，一口就拒绝了。李本度对厂长说："你先别说行不行，派工程师去看看如何？"厂长笑嘻嘻，不置可否。李本度说："如果可以轧，劳务费由我付，影响正常生产的损失由我负责，一旦断轴也由我包赔。"厂长说："好大口气，断根轴要几十万元。"李本度在找厂长之前，已经同车间主任、操作师傅交谈过了。矽钢有个特性，回炉就没有用，这批锭子如果不能成材，是很大的浪费。这些操作师傅说，稍大一点是可以上机的，但出格不能太多，要看了再说。

第一批去沈阳的人，对矽钢锭作了检验测定。这批钢锭是由青年劳动服务公司的临时工开的模子，应该是8寸的规格，实际弄成8寸半和10寸。他们认为明显出格了，但还可以加工。可回到厂里汇报后，质量科坚决反对。李本度再次去上海做工作，把总工程师和车间主任请到了沈阳，现场会诊，把困难全部摆出来，究竟行不行？研究下来，终于拍板了。

总工和车间主任说了话是算数的。上钢二厂对这批钢锭的开坯十分负责，一百多米长的流水线上，每个工序都有专人负责，几米一个人察看，厂长、总工、车间主任都在现场指挥，像打会战一样。2500 吨超规格钢锭全部顺利地变成了钢坯。接下来，还必须把钢坯加工成矽钢片。上海矽钢片厂每年计划任务就有 20 万吨，30 多年从未接受过外加工任务。李本度在上海无锡之间来回几十趟，前后七个月。上海冶金局帮助说话，宝钢的熟人从中沟通，上钢二厂厂长亲自上门疏通，上海矽钢片厂终于接受了这项破天荒的外加工任务。

第一批试轧出来的矽钢片经化验检测，发现有一部分矽钢成分有问题，含矽量达不到标准。国家规定最低标准是 D21，实际上一部分只达到 D20，少数甚至只有 D19。李本度压力很大，如果质量提不高，仅直接经济损失就要 300 万元！沈钢很认真，工程师三次专程来上海，反复研究。还有没有救？恰好上海矽钢片厂正在上两个高科技新项目：高温快速冷却和加氢技术。使矽钢内部分子结构均匀，产品就可以提高一级。投资 400 万元，已经基本建成，但还没有使用。厂领导决定加速新工艺的投入，并在这批钢坯上进行试运行。结果是全部产品都提高了含矽量，多数达到 D21 和 D22，一部分还达到 D23、D24。不仅合格了，一部分还成了优质产品。

一批死货变成了活货，为沈钢解决了困难，也为无锡地区缓解了对矽钢片的燃眉之急。2500 吨矽钢片，总金额 700 万元。因为是抢手货，市场价格已高达每吨 3000 元以上。李本度说："做生意要从长计议，不能乘人之危卖高价。"他以较公允的价格出售，公司获利 100 万元。

产品左手来右手去，是最简单的供销形式。李本度认为，公司要获得最佳经济效益，经理人员就必须工于心计，善于从产品的加工流程中选择最佳经营环节。做到这一点不容易，需要"上知天文地理，下知鸡毛蒜皮"，具备广博的知识。公司从鞍钢化工厂购进 200 吨纯苯。纯苯是紧缺物资，转手卖出去，每吨就可赚 400 元。李本度不以此为满足，他研究了以下几个问题：纯苯能加工哪些产品？加工的厂家在哪里？加工的周期有多长？在这一道道深加工流程中哪些产品最赚钱……算下来，加工成对硝基氯化苯最合算，周期是两个月，每吨可获利 1800 元。于是，他把纯苯发往太原，由太原化工厂加工成氯化苯；再发往江阴，由青阳化工厂加工成对硝基氯化苯。再下一步的深加工是制成染料，加工周期长，市场也没有把握，他就不做了。

产品深加工有许多文章可做。1987 年夏天，李本度从北京燕山化工厂弄到 200 吨二甲苯，他却没有在深加工上做文章，直接给了无锡市农药厂。对方在等米下锅，他也有燃眉之急——需要除草醚；堰桥乡农田里正杂草丛生，眼看要抛荒了，办公司搞经营归根到底是为了乡里工农业生产的发展嘛！

这样的例子，在李本度的供销生涯中还有许多。

李本度为堰桥工业代销公司确定的经营方针是："不斤斤计较眼前利益，要直接在产地开辟供货基地。"他还说："我们乡镇企业没有国家计划内调拨的物资供应，国营大企业也看不起我们，缺少信任感。我进行的是感情投资，信任投资。"

正是他的感情投资的感召下，不到几年时间，堰桥工业供销公司就在全国12个省、市、自治区，建立了22个原材料基地，与宝钢、鞍钢等大中型国营钢铁企业建立了长期的互助互利的关系，为原料和市场"两头在外"的乡镇企业缓解了无米之炊的矛盾。1985年9月，宝钢试生产在即。四面八方要材料的人蜂拥而至，钢材就是"硬通货"呀！但宝钢人不会忘记在困难中实实在在帮助做事的人，第一炉焦炭给堰桥500吨，第一炉生铁给堰桥500吨，第一炉钢锭也给了堰桥300吨。同样，堰桥工业供销公司与鞍钢也通过感情结成了良好的合作有关系，来自的原材料占了公司全部销售额的一半。

唐涌祥的"不走寻常路"，杨祥娣的"蚀小本赚大钱"，金锡生的新品开发，蔡桂兴的主动联营，唐炳泉的"双象对标大象"，虞荣裕的"两级核算"，殷锡坤的"600-1=0"的质量观，李本度的"感情投资"跑供销，都是那个时代的故事，精彩纷呈，色彩斑斓。在那个朴实而又激荡的岁月里，人们的命运跟随着时代的脚步，栉风沐雨，砥砺前行……

1986 年　苏南模式

敢问路在何方，路在脚下……

——歌曲《敢问路在何方》

"苏南模式""温州模式"，从诞生之日起似乎就被赋予了政治的象征意义，一个代表着集体经济，一个代表着私营经济。随着经济环境的变化，舆论它们的评价也时起时伏，此起彼伏，跌宕如同跷跷板那样。

梳理无锡农村的改革与发展，不能不提到一个名词，那就是"苏南模式"。

国人喜欢对规律性的经济行为作定性总结，以数学方式对经济问题进行过程描述，"苏南模式"就是在这样思维习惯的理论产物。它曾经是中国经济发展中起到巨大历史作用的发展方式，更是对苏南农村 30 年发展起到直接的推动作用。而与之相生相伴的，是"温州模式"。两者都是中国农民为改变生活的首创成果，相互之间有着相通、但又明显歧异的本质内涵。数十年间，无论是"苏南模式"，还是"温州模式"，都是众多经济学家、学者热烈议论的一个课题，仁者见仁，智者见智，至今未断。

叙述 1986 年，从费孝通的一次"乍暖还寒"的温州之行说起——

费孝通，1910 年出生于江苏苏州吴江。吴江，与无锡同属苏南地区，经济路径、人文传统和人民生活自古以来相近相通。1935 年秋，费孝通来到英国，师从马林诺斯基完成博士学业，写出了奠定其学术地位的开山之作《江村经济——长江流域农村生活的实地调查》。自此以后，他"行行重行行"，"踏遍青山"，将一生投入到中国农村的调查事业。

·177·

费孝通一行 1986 年的温州调查，是从 2 月 27 日到 3 月 6 日，走了浙南四个县、五个镇，历时九天，行程 1500 公里。早春二月，山里的农村集镇，竟仍然结冻挂冰。这里没有高档接待室，当然没有暖气设备，一切听其自然。在乡镇政府的接待室听介绍，四周窗子的玻璃是残缺不全的，冷风丝丝吹进，同行的朱通华虽然穿着呢大衣，可鼻涕不由自主地挂了下来。双脚也冻得难受，有点坐不住。可是，那年已经 76 岁的费孝通安之若素，把一件短皮大衣的领子竖起，双手拢管，听得津津有味，还不时抽手做着记录。

温州，是浙江南部的一个小城。温州，位于宁波的东南，有 2000 余年建城史，其南毗福建，"向东是大海"，晋人郭璞在《山海经》用"瓯居海中"描述温州的地形。"瓯"就成了温州之简称。这里，人多地少，资源匮乏，"七山二水一分田"。另外，国家对它的关注度也相对较弱。从新中国成立到 1978 年，国家对温州累计投资只有 5.95 亿元。这也导致了温州的基础设施建设一直很滞后，没有机场、没有铁路，只有一条通上海的水路和一条路况很差的 104 国道与外界相接。不过，也正因如此，内地的主流意识形态也很难侵入到这块地方，这给了温州相对自由的发展空间——因此，在集体经济为这个国家农业所秉持的最高模板时，温州的家庭经济和自发经济却在资本主义泛滥的批判声中酝酿成长。尤其是改革开放的大门打开，温州人的热情更是借此勃发。1982 年，温州出现创业高潮，当地个体工商企业超过 10 万户，约占全国总数的十分之一；30 万经销员奔波于各地，成为让国营企业头疼不已的"蝗虫大军"。1983 年，温州创办了全国第一个专业市场——永嘉桥头纽扣市场。1984 年，温州又集资兴建了中国第一座农民城——龙港农民城。到 1986 年，据费孝通在调研文章中说，据说目前温州在外流动的手艺工人已达 22 万，其中经商的 10 万。

图 2-32　1986 年的温州纽扣市场

1986 年初的这次温州调查，是费孝通第一次踏上温州大地。"汽车刚驶进金华以南地区，只见公路两旁不时出现一块块木牌，上书'货运温州''货运山东'等字样，这是我在江苏未曾见过的新鲜事。运出运进的货物都是什么呢？来往运输的数量怎么会那么多？货又到底怎么运的？哪些人在运？"① 日后，费孝通每每谈起这次"温州行"时，无不对所见所闻津津乐道。有这么一件事，虽然在他的著作中找不到记述，不过全程陪同的一名温州领导则记得相当清楚：费孝通听说一名 81 岁的老太婆自食其力，在家生产松紧带，一天可赚一元多钱。他不顾劝阻，登门拜访。这位健朗的老太婆在阁楼上，娴熟地操控着电动织带机，一天可以编出三四十米松紧带，产品全部被服装厂家订购。费孝通关切地问："有没有累着？"老太婆笑着说："这活轻松，活动活动筋骨，比闲着没事还舒服。"费孝通感叹说："这就是家庭工业的活力所在啊。"

在费孝通这次温州之行以前，温州的发展已经引起了关注和注意。1983 年，中央农村政策研究室王小强、白南生来温州调研。调研过程中，他们被温州人的勤劳和温州市场的繁荣景象所震撼。他们一边调研，一边思考，是什么力量让温州人如此勤劳，让温州的经济如此繁荣呢？最后，他们得出结论，那就是市场的力量。1983 年 12 月 28 日，《农村商品生产发展的新动向——浙江省温州农村几个专业商品产销基地的情况调查》在《人民日报》上发表。1985 年 5 月 12 日，《解放日报》发表了记者桑晋泉题为《温州三十三万人从事家庭工业》的文章，并配发评论员文章《温州的启示》。文中指出："温州农村家庭工业蓬勃兴起，短短几年，创造出令人瞩目的经济奇迹。如今'乡镇工业看苏南，家庭工业看浙南'已为人们公认。温州农村家庭工业的发展道路，被一些经济学家称之为广大农村走富裕之路的又一模式——'温州模式'。"这是第一次将温州模式这一概念见诸媒体的报道。

当"温州模式"作为一个名词首次见诸报端之时，"苏南模式"已经红遍大江南北。而这一名词的提出，正是费孝通。

在 1986 年之前的数年间，费孝通一直在苏南调查。正是一次调查结束后的座谈会上，他提出了"苏南模式"的概念。

1982 年 1 月，费孝通在《苏南农村社队工业问题》一文中提到"发展社队工业是繁荣农村的一条行之有效的道路，特别在苏南这样的地区更是如此……，发展下去很可能会逐步形成具有中国特色的社会主义工业化的一种模式"。在 1983 年 11 月 11 日至 12 月 6 日，全国政协组织了北京和南京的有关专家学者参加的小城镇调查组，在江苏的常州、无锡、南通、苏州四市参观、调查。调查结束后的总结会上，费孝通在回顾总结调研经过和体会后提出："我感觉到苏南这

① 费孝通：《行行重行行》，生活·读书·新知三联书店，2020 年，第 308 页。

个地区在农村经济发展上自成一格，可以成为一个'模式'"。后来，他在《对中国城乡关系问题的新认识——四年思路回顾》中，作了进一步阐述："那时我刚从苏南四市调查回来，感觉到苏南这个地区在农村经济发展上自成一格，可以称为一个'模式'。""我们说的'模式'，是指在一定地区一定历史条件下具有特色的经济发展过程。"

显然，此时的费孝通也关注到了有别于苏南发展的温州。他在1986年1月给朱通华的一封信中这样写道："我打算在春节后，全国政协开会前去温州看一看乡镇工业的温州模式，将以全国政协视察组名义去，人数不多，大约四五人。……温州模式就是以个体户为基础发展起来的小型企业，问题和苏南模式不同。"于是就有了二三月份的温州之行。

在回顾这次温州之行时，朱通华用了"乍暖还寒"这个词。他说："既有自然气候的感觉，也有经济气候的感觉。"

的确如此，温州的自发式的发展路径，从一开始就饱受争议和批评。对其的批评程度，超过了对苏南地区乡镇企业"三挤一冲击"的批评。

1972年，温州柳市的石锦宽为了解决支边青年就业，以居委会名义成立了一家街道企业——柳市通用电器厂。32个独立经营的门市部组成电器厂，经营各种业务，门市部每月只需向厂里缴纳30元管理费。电器厂成立后，一批除了勇气别无所有的农民，开始渗透进商贸领域，做起五金配件、原材料、机电、贸易合同、目录等生意。到1978年，通用电器厂产值已经达到一个亿。

在1979年开始的三年国民经济调整期间，温州的家庭工业首当其冲，并在1982年爆发了"八大王事件"。"八大王"其实有10人。电器厂每年都会表彰营业额最好的10个门市部，其10位负责人则按从事的行当冠以"大王"称号："五金大王"胡金林、"矿灯大王"程步青、"螺丝大王"刘大源、"合同大王"李方平、"旧货大王"王迈仟、"目录大王"叶建华、"翻砂大王"吴师濂、"线圈大王"郑祥青、"胶木大王"陈银松和"电器大王"郑元忠。凭着激进的性格和冒险的精神，这10人迅速积累起个人财富。33岁的刘大源装上柳市第一部电话，还购买了柳市第一辆摩托车。多年以后，回想起当时的风光，他情不自禁地泪流满面："骑着摩托车呼啸穿过柳市大街，警察都傻眼了，以为是大人物的子弟。"李方平造价七万多元的房子，被人斥为"将军也没有住上这样好的房子"。而胡金林的生意大到"要电器找金林"成为一时的流行语。

1982年，一场轰轰烈烈全方位打击经济领域"犯罪活动"的行动正式展开。国务院下发严厉文件，"对严重破坏经济的罪犯，不管是什么人，不论其职务高低，都要执法如山，决不允许有丝毫例外。""大王"们这样的出头鸟自然首当其冲，被列为重要打击对象，时称"八大王事件"。"八大王"或逃亡，或入狱，结局让人唏嘘。

"八大王事件"在 1982 年前后举国知名，臭不可闻，一度压得温州民营企业抬不起头。1984 年，时任温州市委书记的袁芳烈深感，"八大王案不翻，温州经济搞活无望"。他组织联合调查组，对全部案卷进行复查，得出结论是，"除了一些轻微的偷漏税外，八大王的所作所为符合中央精神"。

1986 年初，"八大王事件"的余波仍在震荡，而开明的费孝通则认为，"用割的办法是不能奏效的，割了还会长出来"。作为此行的成果，费孝通在《瞭望》上发表了一万五千字的《小商品大市场》，为温州正名。称："我觉得温州农村经济发展的基本特点是以商带工的'小商品、大市场'。从这一特点看去，'温州模式'就超出了区域范围，而在全国范围内带有普遍意义。"他还认为，"温州模式"的重要意义倒不在于发展了家庭工业，而在于激活一个民间自发的、遍及全国的大市场，直接在生产者和消费者之间建立起流通网络。费孝通的这一论断，使温州及温州人的形象在全国范围内引起极大关注。"小商品，大市场"便从此成为"温州模式"的一种颇具影响的经典性表述。

"八大王"摊上的"投机倒把罪"，已经在 1997 年 3 月从《刑法》修订案中删除，经济犯罪中不再有"投机倒把罪"这一罪名。2008 年 1 月 23 日，适用了 20 年的《投机倒把行政处罚暂行条例》也"寿终正寝"，被宣布失效。

"苏南模式"概念一经提出，迅速不胫而走，成为社会学、经济学等多学科研究的热点。关于其内涵，江苏理论界把苏南模式的特点概括为"三为主一共同"，即：农村的产业结构以工业为主，工业的所有制结构以集体经济为主，经济运行的机制以市场调节为主，走共同富裕的道路。在当时，走共同富裕的道路，主要是指利用乡镇企业创造的利润，在本乡镇村的范围内进行再分配。每年，乡镇企业通过纯利上缴乡村合作经济组织、增提计税工资、上缴管理费等形式，向乡村集体提供上缴利润，保证乡村集体用于社会分配、农副生产的补贴、村镇建设、教育事业、集体福利事业、建农基金等等多方面的需要。在乡镇企业内部，则是严格实行按劳分配，多劳多得，共同富裕而非"吃大锅饭"。在以后的研究中，苏南模式又加了"两协调"，即：地区性经济与社会的协调发展，物质文明与精神文明的协调发展。

不过，这样的叙述并没有出现在费孝通的文章中。2002 年，已经 92 岁高龄的费孝通再次深情谈起苏南模式，对苏南模式的内涵是另外一种叙述："我在1980年春节在人大会堂发过一次言，介绍了苏南社队工业的发展。当时还引起了不少不同意见……，为了进一步探索小城镇问题，我们对苏南的调查总结了几条：'无农不稳'，即没有农业，经济站不稳；'无工不富'，即没有工业富不起来；'无商不活'，即没有商业经济活不起来；'无才不兴'，即没有教育和科学文化就不能继续前进。……苏南人在上海做工，家仍在乡下，平日寄钱回家。上海的钣金工无锡人特多，有人称之为'无锡帮'，在上海机电行业中独占鳌头。解放初，他们还不断从家乡介绍人去上海，在上海这个工业城市里培训出大批无锡技工；无锡社队工业的发展就靠了这批人回来。这批人与上海各工业系统有种种关系，通得上'路'。这是他们工业发展的历史传统基础。"

不难理解，无论是"苏南模式"，还是"温州模式"，都是更多源自本性冲动的天然释放，是一种渊源的自由流向，但若从经济理论中找依据，它们的出世显然毫无争议。诺贝尔经济学奖获得者西蒙·库兹涅茨指出，经济发展引起社会经济结构的变化主要表现为"产品来源和资源的去处从农业活动转向非农业活动，即工业化过程"，以及"城市和乡村之间的人口分布发生变化，即城市化过程"。基于以上观点，这两种模式正是两地农民依据自身所处的历史文化和地理条件创造的一条具有特色的工业化促进市场化的社会经济发展道路。

一种改革模式的价值，并不是在于产生效果的迫切性上，而在于可持续性、公平性和对社会资源的最小的破坏性。费孝通对此就有非常科学的认识，他在《小商品大市场》一文中激情澎湃地写道："无论是苏南模式，还是温州模式或群众创造的其他模式，评价它们的唯一标准应当是视其是否促进了社会生产力的发展，是否提高了人民大众的生活水平。这些模式在中国历史上乃至人类发展史上都是古来所无的。唯其如此，方显出中国社会现代化的特色；唯其如此，才需要我们对伴随这些新

图 2-33 无锡县亿元乡代表与有关部门负责人合影留念

事物一同出现的新问题进行科学的认识。"

　　然而，经济理论认为行得通的事物，不一定能在政治上顺利行进。在意识形态或多或少主导社会的年代，对经济的区分，更多来自政治的视角。20世纪80年代，主流的观点认为"即使在农村发展非农产业也必须以发展集体经济为主，只能让民营经济起补充作用，这样才能坚持社会主义道路"。毫无疑问，"温州模式"被认为是私有化的样板，远不如"苏南模式"风光逼人。而且，由于走私猖獗、假冒伪劣问题的一度盛行，更是让人们对温州的产品退避三舍。亲历温州改革进程的温州大学教授马津龙回忆说，20世纪70年代末至80年代中期，是温州"最困难的时期"。这一阶段，"温州模式"究竟"姓'社'还是姓'资'"争论最多，温州也是压力最大的时期。国务院研究室在1989年前后三次组织调查组调查温州问题。1991年7月的第三次调查，经过认真慎重的研究分析后得出的结论是：不能说温州模式是资本主义模式，但其中有一些不容忽视的消极因素。到了20世纪90年代中期，由于集体经济的一些固有弊端开始集中爆发，"苏南模式"开始受到批评，温州模式"势头渐旺，苏南的乡镇企业又向"温州模式"学习。

　　每个身在其中的人，都不会忘记当年的"模式之争"。曾担任过七年多江苏省乡镇企业管理局局长的邹国忠说，"苏南模式"以集体经济为主，"温州模式"以非公经济为主，都是乡镇企业不同发展阶段的历史产物。对这两种模式不能孤立地、静止地抓住某一时期进行横向比较，而应该放到不同的历史背景下去审视。他还打了一个比喻："苏南模式"与"温州模式"一个在前，一个在后；一个基本上一直在"地上"，一个曾经处于"地下"。必须看到在冲破旧体制建立新体制的改革道路上，两者实际上是一场改革的接力赛，苏南打破坚冰率先突破，走了前一段，冲击计划经济体制的一段；而温州走了后一段，触及产权主体和所有制结构的一段。

　　"苏南模式""温州模式"的热议，既是经济学家们思想的撞击，也是理论界和政治家们意识形态的交锋。但是对于更多的普通农民来说，他们关心的或许上升不到政治和理论的高度，而只是与自己切身相关的"小事"：日子有没有过得更好？袋子里的钱是不是更多？而这两种模式都用无可辩驳的事实回答了以上的问题。

　　事实上，无论是理论还是实践，"苏南模式"和"温州模式"都不是一成不变的。

即使是费孝通，对"苏南模式"这一概念的认识也不断有新的发展和转折。据他回忆，"至于其（按：苏南模式）特点是什么，和其他地区有什么不同等等，在我的认识上还不很明确，所以也没有具体地交代明白"，"1986年当我在温州看到了和苏南不同的另一种在农村里发展工业的路子时，就警觉到我所提出的'苏南模式'的概念不够明确，而且带有成为'样板'的危险性，所以着重提出'因地制宜、不同模式'的主张"，"自从我接触到了'珠江模式'后，我对发展模式的概念又有了深化，在多少带着一种静态意味的'因地制宜、多种模式'上加了个'随势应变、不失时机'的动态观点"①。

历史表明，苏南农村现代化是由农村工业化带动的。换言之，没有当年以集体经济为主的乡镇企业的崛起，也就没有苏南地区的现代化。但是，苏南模式存在着种种时代的局限性，尤其是企业的产权制度设计与市场竞争的要求不相适应。因此，苏南地区的乡镇企业在随后的发展中不断改革，从集体办厂到民营经济、从乡镇企业到中外合资、从粗放加工到发展高新产业、从付出生态环境代价到重视绿色GDP，与时俱进、改革创新，不断地超越自我。在邹国忠看来，"苏南模式"和"温州模式"的主要差别，就是这些财产、资源和手段，苏南在当年的体制条件下，主要放在基层政府和社队集体手里，而温州从"地下"转到"地上"，都是放在老百姓手里。因此，随着产权改革和所有制结构调整的逐步到位，两种模式也必然殊途同归。

今天被苏南所津津乐道的"四千四万"精神，同样是温州地区得以不断发展壮大的精神瑰宝。"温州模式"中极为重要的"市场"，不仅包括在各镇街巷里看得见的数以万计的店面或摊子，而且还包括撒在全国各地十多万商贩大军，他们每天在火车、轮船上运转，甚至深入到偏僻边区推销那些看来微不足道的小商品。他们来自千家万户，走了千山万水，讲了千言万语，用了千方百计，历经千辛万苦，挣了千金万银，为签订生产和经营合同、推销温州货、集散全国各种商品、繁荣温州市场作贡献。各家各户的生产者就是靠他们同千千万万零售商店和摊子，甚至同无数消费者个人之间建立起了一个生动活泼而又似乎无形的流通网络。

随着时代的发展，两种模式存在的"时"与"势"都已发生巨大的变化。但无论如何，"苏南模式"的历史贡献不可抹杀：首先，它是我国第一波市场取向改革的先导力量，率先冲击并部分挣脱了旧经济体制的束缚，成为"在旧经济体

---

① 费孝通、[日]鹤见和子等著：《农村振兴和小城镇问题——中日学者共同研究》，江苏人民出版社，1991年，第4、11页。

制夹缝中产生和成长起来的市场经济"；同时，它还率先打破了城乡二元经济结构，大大加快了我国的工业化进程。

在过去十多年间，两个模式之争伴随了改革发生的整个步伐。这场争论在一定程度上促进了人们的思想解放，推动了乡镇企业的改革进程。

这一年，《西游记》在央视播出，万人空巷，创下那个时代的收视巅峰，蒋大为演唱的主题曲《敢问路在何方》红遍大江南北。"敢问路在何方，路在脚下……"苏南是然，温州亦然。

1987 年　异军突起

农村改革中，我们完全没有预料到的最大的收获，就是乡镇企业发展起来了，突然冒出搞多种行业，搞商品经济，搞各种小企业，异军突起。

——邓小平

这一年，邓小平已经 83 岁高龄了。作为改革开放事业的总设计师，他为了这个国家的改革与发展夙兴夜寐，殚精竭虑。这一年，他用一个名词概括了乡镇企业的发展态势和所作贡献，那就是"异军突起"。

1987 年 6 月 12 日，邓小平在接见南斯拉夫外宾时说："农村改革中，我们完全没有预料到的最大的收获，就是乡镇企业发展起来了，突然冒出搞多种行业，搞商品经济，搞各种小企业，异军突起。这不是我们中央的功绩。乡镇企业每年都是百分之二十几的增长率，持续了几年，一直到现在还是这样。乡镇企业的发展，主要是工业，还包括其他行业，解决了占农村剩余劳动力百分之五十的人的出路问题。农民不往城市跑，而是建设大批小型新型乡镇。如果说在这个问题上中央有点功绩的话，就是中央制定的搞活政策是对头的。这个政策取得了这样好的效果，使我们知道我们做了一件非常好的事情。这是我个人没有预料到的，许多同志也没有预料到，是突然冒出这样一个效果。"[①] 同年 8 月 29 日，他对意大利外宾说："农村实行承包责任制后，剩下的劳动力怎么办，我们原来没有想到很好的出路。长期以来，我们百分之七十至八十的农村劳动力被束缚在土地上，农村每人平均只有一两亩土地，多数人连温饱都谈不上。""剩下的人

---

① 《邓小平文选》第三卷，人民出版社，1993 年，第 238 页。

怎么办？十年的经验证明，只有调动基层和农民的积极性，发展多种经营，发展新型的乡镇企业，这个问题就能解决。乡镇企业容纳了百分之五十的农村剩余劳动力。那不是我们领导出的主意，而是基层农业单位和农民自己创造的。""乡镇企业反过来对农业又有很大帮助，促进了农业的发展。"[①]

"异军突起"，是邓小平同志对乡镇企业的高度评价，是对乡镇企业发展成就的高度概括。我国乡镇工业在"二五计划"的最后一年（1965 年），其总产值只占全国工业总产值的 2.1%。经过以后 20 年的发展，至 1984 年乡镇工业产值占全国工业总产值的 16.4%。此后至 1987 年的四年间，全国乡镇企业取得了四年四大步的空前高速度发展。到 1987 年，全国乡镇企业发展到 1750 多万个，产值达到 4764 亿元，占农村社会总产值的 50.4%，第一次超过农业总产值。这是中国农村经济发展史上的一个里程碑式的变化，它标志着中国的农村经济已经进入了一个新的历史时期。乡镇企业的发展，就地容纳了大量农村剩余劳动力，农民进厂不进城，改善了农村劳动力结构。1978 年，全国社队企业共吸收了 2800 多万农村剩余劳力，只占当年农村劳动力总数的 9.2%。到 20 世纪 80 年代初期，乡镇企业就地容纳农业剩余劳动力的人数开始大幅度增加。1987 年乡镇企业职工总数增加到 8800 多万人，占乡村劳动力总人数的比重提高到 22.6%。同时，乡镇企业的发展，改变了长期以来只是城市对农村提供工业品、农村对城市提供农副产品的这种单一城乡经济交流的格局，使城乡商品和各种生产要素得到广泛的交流，促进了城乡经济共同发展，促进了社会主义市场经济体系的形成和发展。

邓小平对新生的乡镇企业一直给予了莫大的关注。1982 年，党的十二大召开，正式提出 20 年时间里实现全国工农业年总产值翻两番、达到"小康"水平的战略目标。

翻两番，能否翻？奔小康，如何奔？成为全党和全国人民议论的热点，邓小平对此给予了极大关注，并实地调研给予验证。

1983 年 2 月 5 日，邓小平乘专列离开北京，前往江浙考察。苏州是这次考察的第一站，2 月 7 日，邓小平抵达苏州的第二天，就约见江苏省委和苏州地委、市委的负责人，听取汇报。谈话一开始，邓小平就问："到 2000 年，江苏能不能实现翻两番？"江苏的同志回答：自 1977 年至 1982 年六年时间，全省工农业总产值就翻了一番。照这样的增长速度，就全省而言，用不了 20 年时间，

---

① 《邓小平文选》第三卷，人民出版社，1993 年，第 251—252 页。

就有把握实现翻两番。邓小平又问苏州的同志："苏州有没有信心，有没有可能？"从1978年至1982年的四年间，苏州地区的工农业总产值和国民生产总值分别以12.65%和10.5%的年均速度递增，人均国民生产总值接近800美元。按照这样的速度，苏州大约用15年时间，到1995年就能实现"翻两番"的目标。因此，江苏的同志告诉邓小平：像苏州这样的地方，我们准备提前五年实现中央提出的奋斗目标！听了这些汇报后，邓小平接着问："人均800美元，达到这样的水平，社会上是一个什么面貌？发展前景是什么样子？"苏州的同志告诉他，若达到这样的水平，下面这些问题就都解决了："第一，人民的吃穿用问题解决了，基本生活有了保障；第二，住房问题解决了，人均达到20平方米，因为土地不足，向空中发展，小城镇和农村盖二三层楼房的已经不少；第三，就业问题解决了，城镇基本上没有待业劳动者了；第四，人不再外流了，农村的人总想往大城市跑的情况已经改变；第五，中小学教育普及了，教育、文化、体育和其他公共福利事业有能力自己安排了；第六，人们的精神面貌变化了，犯罪行为大大减少。"听了这些介绍，邓小平很振奋，他仿佛已透过苏州看到了实现"小康"目标的光明前景。他继续追问："苏州农村的发展采取的是什么方法？走的是什么路子？"江苏的同志告诉他，主要靠两条：一条是重视知识，重视知识分子的作用，依靠技术进步。为了发展生产，苏州各地吸收了不少上海的退休工人和科技人员，这些老工人有本事，请来工作花费不多，只是给点工资，解决点房子，就很乐意干。往往是请来一位能人，就能建起或救活一个工厂。还有一条是发展了集体所有制，也就是发展了中小企业；在农村，就是大力发展社队工业。江苏的同志汇报说，苏州的社队工业在初创阶段，曾经经历过"千方百计找门路，千言万语求原料，千山万水跑供销，千辛万苦创基业"的艰难过程，之所以能够快速发展，归根结底，凭借的是灵活的经营机制，实行的是市场经济体制，是市场哺育了社队工业。听了这番话，邓小平说："看来，市场经济很重要！"①

　　时为苏州地委书记的戴心思在大型纪录片《邓小平》中回忆道："小平同志到苏州的时候，正好是我们党的十二大开过不久那个时候，苏州和全国一样，大家都在议论'翻两番、奔小康'的问题。那个时候一谈就是这个问题，因为十二大刚刚开过，小平同志对江苏和苏州这个地方，他最关心的问题就是能不能翻两番，什么时候能够奔上小康。他很关心的就是这个问题。他问现在苏州农村的现状究竟是什么样子？你们对'翻两番'有没有信心。因为当时有种议论，好像基础差的地方翻两番比较容易，因为基数低，翻番比较容易。基础好的地方，好像

①　编写组著：《邓小平：改革是中国的第二次革命》，台海出版社，2017年，第244—247页。

块头大，翻番比较难。当时江苏省委的些领导同志和我们苏州市呀、地区呀，我们的一致看法，就觉得不一定。可能基础好的地方翻番比较快。因此当时我们就估计苏州这个地方，翻两番肯定不要到 2000 年。"

为期 12 天的苏杭之行给邓小平留下了深刻印象。苏杭农村的巨大变化，使邓小平对"翻两番"、实现"小康"目标充满了信心。在返京的列车上，有人问他感受如何，邓小平高兴地说：到处喜气洋洋。①

1983 年 3 月，邓小平结束对苏杭等地的考察回京后不久，与几位中央负责同志的谈话时说："这次，我经江苏到浙江，再从浙江到上海，一路上看到情况很好，人们喜气洋洋，新房子盖得很多，市场物资丰富，干部信心很足。看来，四个现代化希望很大。"他还提出，到 20 世纪末实现"翻两番"，"要有全盘的更具体的规划，各个省、自治区、直辖市也都要有自己的具体规划，做到心中有数。落后的地区，如宁夏、青海、甘肃如何搞法，也要做到心中有数。我们要帮助各省、自治区、直辖市解决各自突出的问题，帮他们创造条件，使他们的具体规划能够落到实处。"②

其时，无锡县归苏州地区管辖。不久江苏省实行"市管县"的新体制，无锡县划归无锡市管辖。

在邓小平"一锤定音"评价乡镇企业"异军突起"之时，在无锡农村，越来越多的企业正以"异军"之势活跃在经济舞台上。

这一年年初，农历大年夜，无锡市第三橡胶厂附近的街上，店铺已经关门，唯有路边的一个夜排档还开着，十几个满身油污的乡下人围成两桌，大快朵颐。这天，是他们在无锡市第三橡胶厂安装输送机生产线的最后一天。对于他们来说，这顿饭既是年夜饭，又是庆功宴。

他们正是以黄伟兴为首的洛社模具厂的安装人员。这家工厂生产的第一条输送机生产线正在无锡市第三橡胶厂安装。每天下午三点钟，这些安装工人骑上自行车从洛社出发，来到第三橡胶厂的安装现场，直到晚上十点收工，骑车回家。第三橡胶厂为安装人员免费提供一顿晚餐。直到今天，黄伟兴还说，那时每天的晚餐真的特别好吃，至今还记得油渣白菜、红烧肉的味道。

---

① 曹普：《"小康"构想与 1983 年邓小平苏杭之行》，《百年潮》2008 年第 8 期。中共中央党史研究室、中国国家博物馆编著：《中华人民共和国历史图志》下，上海人民出版社，2009 年，第 451 页。

② 《视察江苏等地回北京后的谈话》，《邓小平文选》第三卷，人民出版社，1993 年，第 24—25 页。

　　这条输送机生产线的成败，将决定这个小厂的命运。黄伟兴鼓励同事们说："这条生产线安装成功，明年我们厂食堂也免费，菜水也一样，天天有肉吃。"

　　正是大年三十。酒过三巡，回想起自己两三年来的创业历程，黄伟兴不由得热泪盈眶——

　　前几年，黄伟兴高中刚毕业，进了镇上的农机厂当了学徒，学得了一手娴熟的钳工手艺。但他的志向绝不在此，他并不甘心当一名技艺高超的技工，而是要舒展手脚。

　　听了黄伟兴的一席创业之谈，镇领导当即拍板，给一万元资金，到上海购置了三台旧车床。黄伟兴带着两个徒弟，在洛社镇一片荒芜的土地上，办起了一家模具厂。他招兵买马，手下总算网罗了20多名工人，日夜苦干，在简陋的工棚内，凭着一股高涨的热情，做起了企业家的梦。

　　这一年是1984年。模具厂办起来了，"找米下锅""寻柴烧饭"成了最迫切的事。"那时通讯、交通落后，在外奔波，真苦。"黄伟兴曾回忆起这样的一件事："模具厂开办不久，我与何中刚一起出差去苏州吴江。早上在洛社火车站上车，到苏州转汽车到预先联系的单位已经下午一点多了。对方很热情，问午饭吃过了没有？我们初次见面，有求于人，午饭时间又早过了，只能说吃过了。谈完事，匆匆赶回到苏州火车站，很幸运买到了回洛社的夜班火车票。两个人一早出门，到此时整整一天还没吃过东西。那时候，我是真的没有钱。我对中刚说：'我们晚饭回家吃吧，省点钱。'深秋的傍晚气温骤降，我们俩坐在车站广场的台阶上等候进站，真的是又饿又冷。我有点受不住了，说：'中刚，我们去吃碗面吧。'接着问：'你有没有带钱？'他说没有。我掏尽口袋，只有一毛多；他掏掏口袋，也只有一毛几分。两人的钱合起来买一碗面还差一分钱。我们俩沿着店铺，一户一户看，见到一位面相和善的女店家，上前跟她商量，能不能欠一分钱买一碗面？女老板柔声细语：'好，好。'就这样，我们俩共吃了今生难忘的一碗面。后来，中刚做了我的连襟。"

　　10个月流水般地过去了。虽然吃了苦，受了难，可是普通的机械业由于缺少市场竞争力，利润微薄，难以获得发展，产品问题宛如一道难关横亘在初涉实业的黄伟兴面前。炎炎夏日，黄伟兴揣上家中的两千元积蓄，出门寻找出路去了。这一出门，他沐雨栉风天南海北地跑了七个月。终于，黄伟兴碰到了平生的"贵人"。

　　那是在1986年，黄伟兴出差北京。列车上熙熙攘攘，坐在黄伟兴对面的是一个50多岁的知识分子。他在看一本书，那是一本关于输送机方面的机械专业书。黄伟兴的目光睁大了，他死死地盯着那本小册子没话找话。一交谈，原来他是常州柴油机厂的总工程师秦甫如。秦甫如博学多才、待人热情。他对黄伟兴说，悬挂输送机是现化自动化大生产的重要设备，当时，长江以南尚无一家生产，长江以北只有河北承德有家输送机厂，产量也极为有限。黄伟兴灵机一闪：何不做这个产品呢？

回想当年的这一"偶遇"，黄伟兴感叹"比做梦还离奇"。他说："第一次听到'悬挂输送机'，不知道这五个字怎么写，还是在火车上秦工当场写给我看的，写在一张香烟盒纸的反面。"

黄伟兴一路喜悦，早把那些失败的事抛于脑后。一回到家，他不声不响地组织人开始搞悬挂式输送机试制。停了近七个月的模具厂，空旷的院落又机声喧嚣。悬挂输送机集合了机制、冷作、电控等各道工序，自成系统，自动化要求高，对原先仅限于机械加工的模具厂来说，生产难度可想而知。在黄伟兴恳请下，上海机电设计院派出工程师担任现场指导。整整三个多月不分昼夜地会战，化解了一道又一道难题，驱动装置、双铰接链、张紧装置、轨道……各大部装件逐一摆列出来，最后只等总装了。这么狭小的车间，如何安装得下庞大的悬挂输送机呢？思来想去，办法总算找到了，在仓库墙上凿洞进行"立体安装"。第一台悬挂输送机终于在小小的模具厂诞生了！

黄伟兴回忆："第一台悬挂输送机的样机安装在模具厂的仓库里，外人禁入，对外保密，窗玻璃上糊上纸、门窗封闭。当时是担心技术泄密，被别人模仿，还有就是怕产品失败、被人笑话。"

那一晚，当他们正喝得开心的时候，来了一帮城里的年轻人，凑热闹地问："你俚是啥地方的？"带班的趁着酒兴，站起来，大声说道："南方厂的，南方第一家！"

回家的路上，酒话、笑话，还有除夕的鞭炮声，你追我赶，车轮飞转，像一支凯旋的队伍。

1987 年，工厂签订合同 60 个，完成产值 290 万元。原先的厂房根本无法满足生产，于是在 312 国道边征地 50 亩筹建新厂，当年开工。黄伟兴把他的厂取名为"南方悬挂输送机总厂"，并在厂前竖起一

图 2-34　1993 年南方悬挂输送机厂厂景

幅响响当当的标牌："悬挂自动化，南方第一家。"

春暖花开。当黄伟兴和他的工厂在 1987 年的春天迎来转机之时，同处洛社镇的无锡县太湖锅炉厂也"植"下了新的希望。

这一年春，无锡县太湖锅炉厂与天津塘沽开发区签订了生产三台 SZL10t/h 型组装水管锅炉的合同。此时，无锡县太湖锅炉厂的当家产品是 QXL250 热水锅炉，但这一型号的锅炉是个"大路货"产品。这种锅炉容量小、构造简单，竞争十分激烈。当时，全国 202 家锅炉厂有 180 家生产这一型号的锅炉。已经改任总工程师的戈和庆带领团队跑遍大半个中国，进行市场考察调研，把开发方向定在了 SZL 型组装水管锅炉。当时，国内已有某些锅炉厂参照国外 SZL 型组装水管锅炉的成品进行国产化的研制工作，但迟迟未能取得成功。而天津塘沽开发区的强烈求购愿望，更是让太湖锅炉厂下定了研制开发的决心。

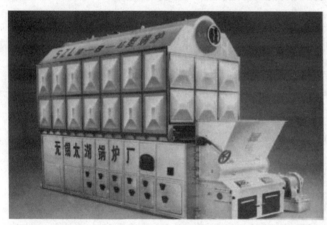

图 2-35 无锡县太湖锅炉厂生产的 SZL10t/h 型组装水管锅炉

天津塘沽开发区是国内最早成立的开发区之一，随着进驻企业纷纷建成，急需解决冬季的供气问题。但是，小型锅炉难以达到预期的供热效果，而 10 吨以上的散装水管锅炉占地面积过大又不适合组装水槽。塘沽开发区筹建锅炉项目的负责人急得团团转：最佳热能大且占地面积小的要求，必须在冬季来临之前，落实锅炉到位。为此，该项目负责人跑遍大江南北，寻觅理想中的 SZL 型组装水管锅炉。1987 年 2 月下旬一次偶然的机会，他从业内人士口中获悉，无锡县太湖锅炉厂正在研制 SZL 型组装锅炉，立即赶往洛社，找到了厂长冯永兴，提出了订购 SZL 型组装水管锅炉，半年内必须交货的要求。

当时，无锡县太湖锅炉厂 SZL 型组装锅炉的研制工作，初步完成了方案设想，仅有戈和庆总工程师画成了一张 SZL 型组装锅炉草图。这种型号的锅炉，按常规讲，从方案设计、施工设计、组织生产、检测调试到产品出厂须一二年时间，要在半年内拿出产品，其困难和风险可想而知。

厂长冯永兴、副厂长陆道君和总工程师戈和庆三人，专门为此事进行了紧急商议，最后果断地决定接受这一合同。合同签订后，全厂迅速行动起来。戈和庆带领一批年轻的技术人员夜以继日地进行施工设计；供应部门派出精兵强将四处采购原材料；生产部门抽出专人对各类机械设备进行检修维护，做好投产的充分准备；后勤部门腾出厂区房间，为离厂较远的职工住在厂里时临时休息之用，厂领导睡在厂里日夜轮流值班，作好各方面的协调工作……无锡县太湖锅炉厂沸腾了。

经过两个多月的日夜奋战，到 8 月 30 日，第一台 10 吨组装水管锅炉试制成功。9 月 13 日，锅炉出厂，发至天津试运行。这样算来，这台组装水管锅炉的制成，先后仅花了六个多月时间。这样的速度，在我国锅炉工业史上是绝无仅有的。

SZL 组装水管锅炉问世，是无锡县太湖锅炉厂科技发展史上的里程碑，它标志着工厂产品开发达到了国内领先水平。同时，这一锅炉的问世在我国工业锅炉史上有着划时代的重大意义。过去我国生产的 10 吨锅炉，全部是散装燃煤锅炉，是体积庞大的"煤老虎"，"傻、大、黑、粗"。这种庞然大物消耗钢材很多，锅炉占据的空间达二三层楼高，与其配套的锅炉房就更高大了，而且安装周期长、对煤种要求高、热效率低、环境污染严重、自动化和配套性都很差。SZL10/h 组装水管锅炉问世，开创了较大容量锅炉由散装式向组装式换代的潮流。同原散装式 10/h 锅炉相比，体积只占三分之一，每台可节省钢材 23 吨，锅炉的高度只有原来的二分之一，造价降低一半，安装周期缩短三分之二，热效率由原来的 65% 提高到 82.47% 以上，对煤种的适应性强，能吃"杂粮"，对环境的烟尘污染减轻二分之一以上。

这种新型锅炉得到社会公认，很受用户欢迎，订单纷至沓来。接着无锡县太湖锅炉厂开始实施纵向一体化发展战略，将锅炉容量向两头扩展，向上发展组装 15 吨、20 吨、25 吨，向下开发 6 吨、4 吨、2 吨，一次次填补国内空白。

1988 年，中国工业锅炉产品检测中心来文称："经查证，迄至 1988 年 4 月 27 日止，无锡太湖锅炉厂（洛社）试制生产的 SZLl0-13-A Ⅱ型锅炉，是我国目前试制鉴定成功的第一台燃煤组装水管锅炉。"

在前洲镇东的锡澄运河边，同样也是一番沸腾的景象。在这里，650 型轧机正在加紧建设中。这是全国乡镇企业首个同类型的项目，负责人正是时任前洲镇工业公司总经理的蒋伯伦。

　　蒋伯伦打铁世家出身，从小跟着父亲学会了打铁的技术，用来帮衬家里。20世纪70年代中期开始，蒋伯伦参与筹办前洲镇最早的集体企业——前洲砖瓦厂，后来又在前洲乡农具塑料厂当过车间主任，后来又担任了供销科长、副厂长、厂长之职，然后调到镇工业公司担任总经理。

　　80年代中期，前洲镇生产纺织印染、后整理设备制造行业兴起，不锈钢薄板用量激增，镇里先后与上海、太原、重庆、武汉、辽宁等全国各大钢铁厂签订合同，建立了固定的供货关系，年销量由600吨扩大到2000多吨，除满足本乡机械生产需要外，还供应本县和浙江、福建、安徽等零星客户。

　　一个偶然的机会，蒋伯伦在一次供销会议上得到了一个信息。当时，国内冶金行业技术相对落后，没有连铸坯工艺，上钢三厂利用钢锭开坯成60方坯后再轧制钢材成品。受限于装备能力限制，上钢三厂日常的开坯生产不能满足经营需求，正在国内选择合作建设650开坯生产线。蒋伯伦立即赶往上海，对上海冶金局领导说："我们想建650，不要上海投资，不需上海保货源、销路，只要你们的技术，协助我们把厂建起来。"在几家同时出台的竞争方案中，前洲镇的合作方案取得了上海冶金局的认可，不久双方签署了技术合作协议。取"三厂"和"前洲"联营之意，新工厂被命名为"三洲"。蒋伯伦被委派担任工程建设总指挥，镇党委要他立下军令状：一年内建成一个"650"轧钢厂。

　　一年内建成一条"650"开坯生产线，简直是天方夜谭式的奇想，这连实力雄厚的国有大中型企业都未能办到，何况是乡镇企业？而且整个工程的资金、能源、技术等都是一张白纸。蒋伯伦自己也从未与钢铁打过交道，连"650"为何物也不甚了解。但蒋伯伦在多年的市场历练中认识到，乡镇企业靠小打小闹、拾遗补阙，虽说"船小好掉头"，但永远是在夹缝中求生存，经不起市场经济大风大浪的冲击。乡镇企业要生存、求发展，就必须大手笔，干大工业，营造搏击惊涛骇浪的"航空母舰"。蒋伯伦虽说只念过初中，但他爱读《三国》，熟谙韬略。他接受了这项任命，立了这个军令状，全身心地投入了新的创业历程。

　　接下来，就是选址建厂。钢厂占地庞大，原辅材料、成品大进大出，厂址是关键。蒋伯伦选中了杨家圩。虽然这里是全镇最低洼的泥沼地，对建厂施工不利，防洪也成问题。但对于土地金贵的前洲镇来说，这里有得天独厚的条件，紧依锡澄运河，旁邻锡玉公路，交通便利，适于建厂。

　　县委、县政府对项目建设也倾注了全力。县主要领导牵头，召集各有关部门现场召开办公会议，提出了"总体构思，分段实施"的建设方案。相关部门想尽一切办法为三洲钢厂"护航"，特别是工厂用地，当时无锡县的土地审批权限每次只有 2.99 亩，对三洲钢厂的 200 余亩地分多批次审批，以"创新"的方法保障了项目的建设实施。

土地落实了，资金从哪里来？经过初步估算，项目总的投资量 2200 多万元，这对于当时的乡镇经济简直是天文数字。乡里能保障的资金是 870 万，其中 800 万是固定资产，70 万是流动资金，还有近 1400 万元缺口无处着落。

图 2-36 三洲钢厂 650 轧机机组

几经周折，三洲钢厂与无锡市物资局达成合作，成功融资 1400 万元，解决了工程资金缺口。1986 年 9 月，工程方案审定会召开，12 月电力审定会完成论证。1987 年初 650 开坯工程全面开工。

为了节约投资，在上海冶金局专家的指导下，决定采用备品备件拼装轧制线，这是一个从未尝试过的创举。三洲钢厂从上钢一厂、二厂、三厂、五厂、八厂、新沪钢厂和其他钢铁企业寻找合用的备品备件进行组装，由上钢三厂负责工程设计、人员培训，并派员现场手把手指导。对于普通件，利用前洲机械行业优势，购旧拆船板进行加工。

1987 年 1 月 26 日，一座年产 20 万吨的中国乡镇企业最大的 650 开坯轧钢厂在无锡县前洲镇杨家圩拔地而起，实现了"三个一"：项目一年竣工，试制一次成功，产品一举达标。三洲钢厂的建设过程，蒋伯伦形象地称之为"长衫改西装"。到当年底，三洲钢厂提前达到开坯加工 10 万吨产量，弥补了上海冶金工业开坯能力不足的缺口，工厂当年创利 300 万元，做到了当年投产，当年受益。1988 年 3 月 24 日《中国冶金报》为此专门报道称："乡镇冶金企业配备 650 型轧机的，三洲钢厂是全国第一家。"

在雪浪乡，一片荒草丛生、四处泥坑的荒地，在 1987 年春天到来之时，却成了浦惠林心中放飞梦想的金土地。

这一年 3 月，年近不惑的浦惠林东拼西凑了 20 万元资金，和一帮农民兄弟在这片荒地上，开始了建办雪浪初轧厂的艰苦创业征程。他心里十分清楚：办初轧厂就像啃硬骨头，在当时的经济气候下，尤为困难，并且工程能否按期竣工投产决定着项目的成功与否。

接下来的 100 多个日日夜夜，浦惠林的身影一直忙碌在这片土地。他如此回忆那段岁月："我与工人们一身泥、一身汗地赶工程进度，我的肩膀承受着扛、挑、掮等体力重活的折磨，支持我"啃"下去的就是那个实现创业梦想的信念。我和工人们一起，搬走一座又一座小山似的土丘，熬过了一个又一个激烈紧张的昼夜。累了，不休息；病了，要硬挺，连续地苦战让我精疲力竭。可看着厂子一天天成形，看着基础工程一天天完成，再苦心里也甜。"

浇筑 630 轧机基础工程更是一场硬仗。整个基础跨架 24 米，用钢筋混凝土浇筑在八米深的地下，形成一个 1500 立方米的坚固基石。如果请建筑队伍承包，至少要用两个月的时间，而且花费较大。"时间就是效益"。浦惠林和其他筹建组的人员果断决定：基础工程由筹建工人承担，在 20 天内完工。

整个工地成排的搅拌机日夜轰鸣，工人们肩扛、车运，搬走了小山似的积土，浇筑了成吨的黄沙、石子和水泥的混合物。大型混凝土基础工程的作业要求，容不得片刻的停歇。浦惠林累了顾不得休息，病了仍然坚持在工地上。

630 轧机的基础工程如期完成。在一个见方不到 18 米的地下，雪浪初轧厂的创业者们硬是靠双手浇筑了 3600 吨混凝土、600 多吨的钢筋骨架。尽管在地面上显露的仅仅是那些碗口大的底脚螺丝，地下却深深蕴藏着雪浪初轧厂艰苦奋斗的创业精神。

从千里之外将几千吨重的 630 轧机运回厂里安装，又是一道难题。全厂 80 多名职工硬是用蚂蚁移山之力，把轧机拆成零部件，用汽车运回来，在很短的时间内安装好，为企业节约了上百万元的装运费。

图 2-37 1989 年雪浪初轧厂生产车间

1988 年 2 月 5 日上午，紫红色滚烫的 60 方钢坯首次从 630 轧机上欢快地窜出，创业的艰辛和胜利的喜悦擦出耀眼的火花，全厂沸腾了，浦惠林抑制不住兴奋，闪着激动的泪花。

雪浪初轧厂具有年开坯 20 万吨钢坯的能力。这家乡镇冶金行业中的庞然大厂上马伊始，就显示出威力。试产头 10 个月就轧制钢材 10 万吨，取得了可观的经济效益。

上一年，我国实行夏令时，时间往回拨一小时，仿佛这天变成了 25 个小时。夏令时的实行，仿佛给当时的人们注入了一种只争朝夕的干劲。1987年整整一年，周学良就是以这样的干劲，在为四氧化三铁磁粉的研制而奔忙。

1986年2月，周学良被任命为东亭镇北街村办涂料化工厂厂长。接任伊始，周学良到北京出差。出差之余，他来到中科院化工冶金研究所，巧遇了研究员宋宝珍。宋宝珍是无锡老乡，周学良那带着家乡口音的普通话，让两人的距离更加拉近。宋宝珍说起化工冶金研究所正在研制一种用于复印机的磁性粉。这种磁性粉，是墨粉中的一种主要原材料，科技含量很高，当时市场上全部是进口的"洋货"。她还说，如周学良果感兴趣的话双方可以合作，先在中科院小试，再到厂里搞中试和产业化。周学良1966届高中毕业，自然知道其间的益处。他如获珍宝，当即答应下来。当时不少人都认为，一个庄稼人玩啥高科技，搞不好那是要倾家荡产的。可周学良坚信，只要有信心和毅力，什么事都能办好。他在全厂职工大会上说："别人生活得美好，我们要比别人生活得更美好。天上不会掉下来，地上不会冒出来，只能靠自己干出来。相信有高层次科技人才的支持，我们一定能够改变面貌。"

此后，周学良多次北上，聘请宋宝珍和她的先生甘耀坤为技术顾问。在他们的指导下，对原有酶制剂设备进行技术改造，共同研制SF（MG–WB）四氧化三铁磁粉。这个产品在实验室里已经小试成功，但要把它从实验室转到自己车间，把它的小样放大经中试、大试直至生产，真是谈何容易。周学良和甘耀坤一头扎进化学方程式和数据库、实验室，反复试验各种配方。由于受气候、水质的变化，100次、200次的试验失败了。

"泥腿子想搞高科技，就像癞蛤蟆想吃天鹅肉。"顶着外界的各种风言风语，周学良始终没有气馁，他带领技术人员白天黑夜地在实验室中摸索，宋宝珍也经常利用节假日来锡指导，协同攻关。经过3年、100多万元研发投入和273次试验，产品终于试制成功。这是我国自行生产的第一代磁粉，打破了日本产品的垄断局面。1990年，广东湛江佳能找上门来要求研制科技含量更高的HCF型高磁性粉。经过科企双方又

图2–38 佳腾磁粉产品国家科技进步二等奖证书

三年的精诚合作与艰辛探索，再次获得成功，一举奠定了国产复印机墨粉、彩粉与国外同类产品性价比抗衡的基石。

经用户使用和两次省级鉴定，佳腾磁粉各项技术指标均达到国际先进水平，完全可以替代进口，并填补了国内空白。1990 年和 1992 年，产品先后荣获中科院科技进步二等奖、国家级新品和无锡县科技进步一等奖。1994 年，NOB-Ⅱ静电复印机墨粉获得国家发明专利。1997 年，复印机用显影剂——磁粉、墨粉的成果研制与国产化，再次获得国家发明专利，并荣获国家科技进步成果奖二等奖。

回顾这段冲刺高科技的经历，周学良不无感慨地说："师傅领进门，修炼靠自身，科技结正果，不忘引路人。"村办涂料化工厂创新发展之路越走越宽，发展成为引领行业的无锡佳腾磁性粉有限公司。

这一年，在东绛乡，吴瑞林独立创业已经进入了第四个年头。四年前的 1984 年，东绛乡办轧管厂分出了一个车间，挂起了无锡县无缝钢管厂的厂牌，当家人正是吴瑞林。

当时，我国的石化行业刚刚起步，无锡县无缝钢管厂瞄准了这一趋势，主要为各大石化公司配套生产换热器用管。这个产品的市场前景十分广阔，是全国乡镇企业的"第一家"。但吴瑞林面临的最大问题恰恰又是市场。乡镇企业地位"低下"，所需的原材料无缝钢管很难从国营企业计划中分到"一杯羹"。"哪怕是几吨，都是很难采购到的。"吴瑞林这样说。恰巧这时石化公司在上海金山开会，计划"处理"几千吨压库已久的进口无缝钢管。吴瑞林得到这一消息，这批无缝钢管正好可以当作生产的原料，更为重要的是价格合理。吴瑞林跑东跑西，托人攻关，终于得到了出售的承诺。可是，工厂正处于起步阶段，根本没有那么多资金，如果不解决这一问题，他们的承诺将是一纸空文。这样，吴瑞林再次运用"攻关术"，请求他们"拉一把我们乡镇企业"。通过努力，他们终于同意只需首付 10 万元定金，"借"来了原料。有了这批材料，无锡县无缝钢管厂加工成符合要求的产品销售到各石化公司，当年就填平了企业 500 万元的亏损，起到了"转危为安"的关键作用。

当时，国内无缝钢管生产企业的产量很少，全国各大石化公司换热器用管基本都依赖进口，价格又高，供货时间又长。1987 年，国内最大炼油企业北京燕山石化公司的炼油厂，急需 200 吨规格 Φ25×2.5×6010mm 的换热器管，进口在时间上肯定是来不及了。该厂领导赶到上海钢管厂求救，最终是无功而返，突然想到了无锡县无缝钢管厂，于是通过中石化上海办事处介绍来到厂里洽谈，"求援"生产换热器管。他们对吴瑞林说："你们如果能做好这批管子，解决这个难题，'燕老大'在全国石化企业中稍加宣传，你们在全国石化企业中就有立足之地。"吴瑞林当然知道这个道理，但工厂稍有起色，资金仍然困难，原料又很紧张，于是提出预付200万元货款的条件。燕山石化当即答应了这个条件。将心比心，吴瑞林当场表态："哪怕累倒在拉车旁，也要保质保量保时间做出来。请你们放心。"接下来的一段时间，无锡县无缝钢管厂的工人们加班加点，硬是在约定的时限内交出了货。

"借"，成了吴瑞林办厂的秘诀。办厂起步阶段，从上海"借"来了原料；刚有起色，又从燕山石化"借"来了业务。不久，工厂筹资增添穿孔机、冷拔车、七辊矫直机等九台套生产设备，以及涡流探伤仪、超声波探伤仪、分钢仪等五台套检测设备，生产能力大为提升。但是，一个技术难题始终横亘在吴瑞林的面前，那就是合金高压管的正火、退火技术难题经过反复试验试产仍然无法解决，企业一时陷入了有订单无能力生产的窘境。吴瑞林萌生了走"借鸡生蛋"这条路：请上海钢铁五厂合作解决"管坯用料"，请上海钢管厂的联营厂进行管材"热处理"，无锡县无缝钢管厂只负责生产酸洗和拉拔两道工序。为了能生产出合格的合金无缝钢管，工厂的技术人员一直奔波往返于上海—无锡—上海之间，产品终于满足了用户的要求。

"借鸡生蛋"，为工厂的成长助了一臂之力。但吴瑞林并不满足于此，在借用外力组织生产的同时，继续组织技术力量进行研发。经过一年多时间的摸索实践，工厂终于可以独立生产这一技术要求很高的钢管产品了。这块硬骨头，终于被啃下，吴瑞林也终于可以长舒一口气了。

在无锡农村，乡镇企业从"草根"起家，经过几十年的蓬勃发展，到此时嬗变为一方茂密的森林。在集体企业郁郁葱葱的同时，私营企业也开始萌生。

1987年1月，在无锡县航运公司当航船司机的许林生作出了最后的决定：辞职"下海"，自主创业。一无资金，二无厂房，三无技术，四无经验，该从何创业？当时，无锡郊区有家企业借给浙江一家磁性写字板厂六万元钱，一直讨不回。许林生出面讨"债"，结果钱没要回，要回了抵债的六万元写字板零配件。这不是创业的契机吗？于是，许林生就在山北乡租用了三间房子，办起了林芝电塑厂，用那些零配件组装成用于儿童练习写字用的磁性写字板。

全部的职工就是一家八口人，妻子、儿子、女儿齐上阵。许林生和儿子推着板车，跑遍了无锡市、县所有的小学和幼儿园，每天走几十里路。后来，产品逐步打开了销路，进入了无锡地区的大小百货商场，生意越做越大。第一年销售额达 18 万元，缴了税费、工资和成本，还有一万元纯利，全家人喜出望外。

第二年 1 月，许林生把工厂搬回东亭镇，租用了三间房屋，开始对外招收工人，扩大生产，当年实

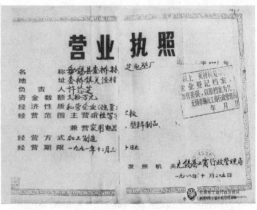

图 2-39 无锡县查桥林芝电塑厂营业执照

现产值 113 万元。许林生以"查桥林芝电塑厂"的名义向无锡县工商局申领营业执照。当他把申领材料递交到工商局时，他不知道他的这一举动竟然创造了无锡县乡镇企业史上的一个"第一"。

那时，无锡农村所办的乡镇企业基本上是清一色的乡镇集体所有制，除此以外有一些个私工商户，还没有一家私人独资的工业企业。许林生回忆："县工商局的经办同志回答说，在无锡乃至省里尚无先例，要汇报后答复。当时的局长知道后专门研究了此事，说是总要有一个第一家，就以 0001 号给我们办了一个私营企业（独资）营业执照。"

林芝电塑厂不仅是无锡县、无锡市私人独资的工业企业第一家，在全省也是第一家。

个人创业，有着何等的艰辛。对此，许林生历历在目，永生难忘："我白天当厂长、推销员，晚上当工人、做会计，每天工作 16 小时以上。由于劳累过度、睡眠不足，人又黑又瘦。"1988 年，生产内胆的原料短缺，如果原料供应不上，就会导致全厂停产。写字板的内胆供应不上，面临停产局面。于是他跨上摩托车，奔赴常州求援。由于心急如焚，车速较快，加上雨后路滑，驶近常州市郊戚墅堰镇时，不慎失控，与同方向行驶的车辆相撞，连车带人给甩出五米多远。哎！耽误时间了。他忘掉了钻心的伤痛，支撑起半卧的身子，摆动着一只胳膊拦了一辆出租车，赶到常州工厂。一下车，腿像被抽去筋似的，站不起来了。腿不行了手好使，他爬着上楼去。一级一级的梯阶上，留下了从伤口流出的斑斑血迹。厂长见状大吃一惊。说明原委后，厂长赞叹道："好一个铁打的汉子！"为此深受感动，爽快地答应了他的要求。还有一次，许林生出差青岛。一到目的地，他发起了高烧，躺在床上呻吟不止，但当想到与客户约定的时间到了，他硬

是咬着牙挺着起来了，做成了那笔生意。接着，又乘长途汽车去山东烟台。他粒米不进，腰伸不直，头抬不起，还要经受车辆的剧烈颠簸，那滋味真是难以言状。车上没有开水，药片只能干吞。一到烟台马上找到客户，谈生意，终于抢在别人前面，开辟了山东市场。当他完成预定任务回到家时，人瘦了很多，妻子女儿几乎不认识他了。

"异军突起"，语出《史记·项羽本纪》，意指一支新生力量在意料之外突然崛起。从 1987 年起，"异军突起"成了乡镇企业最响亮的代名词，也成了乡镇企业最为妥帖的评价语。日后，乡镇企业的蓬勃之势更为强劲，在农村工业化、现代化进程中发挥着日益重要的作用，更好地证明了自己不可替代的"异军"地位。

1988 年　四季之歌

　　他们将是沉默、孤独、果决、不求闻达、坚持到底的人。他们具有爽朗、忍耐、简朴、蔑视虚荣的个性。

——尼采：《快乐的知识》

　　1988 年，戊辰龙年，是中国改革开放的第一个十周年。论阴阳五行，天干之戊属阳土，地支之辰属阳土，是比例和好之意。

　　没有一项伟大的社会试验可以在暮气沉沉中完成，更没有一项改革能够在四平八稳中成功。温州民营经济的进程史上，精彩的经济改革史是一个连续的波澜壮阔的画面，这是前赴后继的连续创业的结果。无锡农村以年轻而不无鲁莽、激越而不无尖锐、感性却不乏理智的创业基因，充当着开拓者的角色。

　　在这样的年代，在无锡农村，每一天每一月都有人在追逐着自己心中的梦想。

　　春天，万物萌生，是一个富有生命力的季节，也是一个美丽、神奇，充满希望的季节，整个世界像刚从一个漫长的睡梦中苏醒过来。在这样的季节里，从来就不缺创业的故事。

　　1988 年春天，太湖针织制衣总厂的成衣二车间，来了一位年轻的车间主任。他帅气，儒雅，书卷气浓重，正是"老总"周耀庭的儿子周海江。

　　周海江生于 1966 年，这一年 22 岁。他的求学生涯比同时代的年轻人要顺畅许多，从小学、中学一路走来，进入深圳大学经济管理专业学习。在学校几年，周海江的成绩一直非常优秀，每年都能拿到奖学金。此时的深圳大学处于建设初期，充满着新鲜气息，学生法庭、学生银行、实验餐厅，还有了对其他学校或学生来说的新事物——勤工俭学等。深圳作为第一批经济特区，到处充满了竞争、机会，经济氛围很浓，学生也有强烈的竞争意识。在这样的环境与氛围里，周海江一边学习一边打工，培养了他不惧困难、敢于竞争的个性。回忆起在深圳大学的那几年岁月，周海江总是感慨万千。"幸亏考的是深圳大学。因为深圳特区是改革开放前沿的新兴城市，让我比内地早几年接触了市场经济的诸多理念，是深圳大学让我懂得并学会靠自己实力和勇气去挑战、去竞争、去变被动为主动的生存理念，也使我对人生价值观有了新的认识。"

1987 年，周海江从大学毕业，因学业优秀进入河海大学任教，捧上了"金饭碗"，有了令人羡慕的城市户口。可是，大半年后，父亲的一通电话，改变了他的命运，也改变了一家工厂的命运。在电话中，父亲跟他说："工厂要发展，缺少人才，你就回来吧！"周海江没有太多考虑，就拉上行李回到了家乡。1988 年 7 月 28 日《新华日报》二版头条位置刊发过这样一篇报道：《大学教员周海江到乡镇企业展才华》，称周海江是"改革开放后全国第一个辞去公职到乡镇企业的大学教员"。

来到太湖针织制衣总厂后，周海江先是在厂部当秘书。一般书生不愿干的诸多杂事儿，他都干得很认真。不久，周海江被调到成衣二车间去当主任。这自然引起大家的关注：刚出校园，到底有多大能耐，是骡子是马，拉出来遛遛。以前的车间主任是从农村生产队长出身。他从不召集工人开会，只是讲"几号交货"、"快点干"。周海江常常召集工人开会，用很通俗的话给工人讲一些现代企业的理念，还把生产任务的数量、质量要求、交货时间一一通报给大家。周海江还对工资制度进行了创新。那时，车间已经实行了计件工资制度，但以前到了月底结算时因为讲"人情"而讲平衡，导致干多干少一个样。久而久之，工人约莫着干到平均水平，也就不再多费劲了。周海江通过科学的测算，制订了车间每道工序每个工人一天的工作定量，在此基础上订立奖励制度，超额部分给双倍工资。月底，对每个工人的完成量和工资报酬张榜公示。不看不知道，一看吓一跳，差距很大。有的人一天挣十几元，还有的人一天竟挣三四十元！这下车间可活跃起来了，工人们的积极性一下子调动了起来。还有，车间管理也有一些漏洞，缝纫线、布料存在浪费现象，周海江完善了成本核算制度，对缝纫线使用率、布料裁成率等都做了规定，节约有奖，浪费受罚。一片衣料原本裁剪 40 件衣服，实施成本核算后提高到 50 件，大大提高了工厂效益。

一年多下来，周海江领导的二车间无论在交货数量和质量上都大大超过了一车间。厂内上上下下都服了：海江那么多年的墨水没白喝！于是，周海江被提拔为太湖针织制衣总厂副厂长兼计划科长，又担任了下属国际贸易公司的总经理一职。在此期间，周海江提议改变传统的产品推介方式，花160万元到中央电视台为红豆做广告，又引起了不小的轰动。

图 2-40 《新华日报》有关周海江到乡镇企业工作的报道

那是1990年，人们对广告、品牌等概念还十分懵懂。在一次高管会议上，周海江提议："以后的服装市场，会进入一个群雄逐鹿的品牌时代，我们不能满足于拿着自己的衣服零敲碎打，沿街叫卖。红豆已经拥有自己的品牌，我建议在中央电视台投资160万元做广告，在全国范围内创名牌。"周海江此议一出，争议很大。160万元可不是小数目，它相当于工厂当时全年的利润。好在既是厂长又是父亲的周耀庭投了关键的一票。周耀庭表态："我赞成！"一锤定音，红豆因此成为中国服装业第一个"吃螃蟹"在央视做广告的企业。广告一经播放，立刻在全国观众中产生反响，红豆成了家喻户晓的品牌，红豆服装迅速红遍大江南北，销售量急剧增加。

1990年北京的亚运会上，礼仪小姐的内衣和来自世界各地的5000多名记者的记者服，悉数为太湖针织厂的红豆产品。中央电视台新闻播音员和节目主持人亦身着"红豆"牌服装向亿万观众播音。厂长周耀庭和副厂长龚新度在回答中外记者的采访时，不谈红豆的服装，而是侃侃叙谈家乡的红豆树的故事，谈王维的《相思》诗，龚新度还把随身携带的两颗传家宝——他爱人的祖母留传下来的两颗红豆，从怀里取出来给记者们看，果然历久弥新。

诗随衫走，衫随诗传，很快唤起港、澳、台同胞和海外侨胞对《相思》诗的追忆，对故土、故人的眷恋。他们相约相托而购，互相馈赠成风。有一买几十件分别寄赠远在欧美的亲朋的，也有委托大陆上的亲人大量购买然后按名单寄赠海内外各路亲友的。在熟谙华夏文明的东南亚人和日本人中，不少人亦为倾倒，行吟《相思》诗而来，喜购红豆衫而去。特别是在以商品质量著称、代表世界先进消费水平的日本市场，红豆系列衫挤走雄踞多年的韩国衫，尽管价格高出20％，还是牢牢地站稳了脚跟，形成坚挺的卖方市场。红豆集团出口日本的制衣已占出口总量的80％。日本《经济新闻报》称："中国乡镇企业全力向日本推进，红豆遍洒日本关西。"

　　这是经济与文化的辩证交缔，协同共进；这是古典佳句与当今商品的浑然天成，比翼齐飞。这是商品的流转与交易，更是文化的远播和交流。"凡是有人群、有友情、有爱情的地方，都会有我们的红豆服装。"——"红豆"人这样讲。说得平静，讲得安详，没有某些推销商的吹嘘，也没有某些广告语的激昂，但见一种民族的自信心、责任感在他们的脸上荡漾。

　　丘吉尔曾经说，勇气是人类最重要的一种特质，倘若有了勇气，人类其他的特质自然也就具备了。"实践证明，当时的160万元比今天花一亿六千万元的效果还要好！"周海江后来笑称道。

　　红豆品牌的故事还在延续，还在深化。1995年5月，中共中央总书记江泽民在上海召开江浙沪企业家座谈会，在听取周海江企业情况汇报后，捧着他送上的一颗红豆，当场吟诵起王维的红豆诗，还连声称赞说，"红豆名字好，很罗曼蒂克。"1997年，"红豆"商标就被国家工商总局认定为中国驰名商标。2001年、2003年和

图2-41　周海江（右二）与中国纺织大学教授交流

2005年，红豆衬衫、红豆西服、红豆夹克分别被中国名牌推进委员会评为"中国名牌"产品。2005年，集团为了适应国际化发展的要求，对红豆商标进行了重新设计，添加了音译字母"Hodo"，既传承了原有红豆商标的特征内涵，又使红豆商标更具有国际性和时尚性。2006年，"红豆"荣获中国服装品牌价值大奖、商务部年度最具市场竞争力品牌称号以及"2006年中国纺织十大文化品牌"。2007年，红豆品牌荣获中国服装业界最高荣誉——中国服装品牌"成就大奖"。

　　在一次老友聚会上，有老友对周耀庭说："你把企业办得这么大，不容易。

现在社会上把企业办好的人很多。不过我们有两件事非常佩服你，一是80年代早期就把商标命名为'红豆'，一个就是你在1987年底把儿子海江叫回来，和你一起创业。"周耀庭笑而不答。

太湖针织厂新的希望种子，随着周海江的到来，在1988年的春天植下。

3月的深圳特区，春意盎然，火红的三角梅迎风怒放。三角梅的花朵大而美丽，鲜艳似火，当嫣红姹紫的苞片展现时，绚丽多彩，给人以奔放、热烈的感受，正体现了深圳无限的活力和风采。

此时的深圳特区，正是大建设大发展时期，每天都有新的企业挂牌。这不，3月18日，在一片鼓乐声中，一家名叫三怡电子的新公司在蛇口镇麻雀岭正式挂牌了。这是孙克诚的无锡县电容器厂与香港国林电子贸易公司合资成立的一家公司，投资额55万美元，无锡县电容器厂占70%的股份。

这么一家不起眼公司，是无锡县在深圳设立的第一家合资企业。孙克诚不无得意地说道："1985年前我们的市场只限在无锡，现在可以打进全国任何一家单位，产品价格保证低于全国任何一家。"

无锡县电容器厂的发展，让孙克诚多少年的致富渴望得到了满足，也让他有了一展宏图的阵地，他能不对它情深意切吗？孙克诚分析了工厂的前途：随着改革的深入，国营大中型企业这些"老虎""狮子"，松绑的松绑、下山的下山，"山中无老虎，猴子称大王"的局面不复存在，乡镇企业这些灵活的"猴子"将受到严峻的挑战。一些原有的优势也将逐步丧失，而技术设备落后、人才缺乏、信息滞后的劣势将进一步暴露，而且国内市场毕竟地盘有限。因此，必须领先一步，把乡镇企业推到国际市场上去，搞外向型经济企业。这时，孙克诚的外向开拓思想，已经从感性认识上升到了理性认识。"与其别人挤进来，不如我冲出去。"那双眼睛紧紧地看着窗外，在那里他看到了一个更为灿烂的世界。

机会，特别青睐有准备的人。1986年，机会终于来了。孙克诚随江苏省电子工业厅组织的代表团，第一次踏上了深圳这一改革开放的特区。他没有醉心于繁华的商场、耸立的摩天大楼，而是到处打听同类产品的国内国外的行情。通过朋友，孙克诚接触了一些外商，"缠"着他们问出口产品到底要哪些质量指标。几天下来，孙克诚心里有了底。一回到厂里，孙克诚马上组织人用国产材料生产了一批电容器样品，并悄悄地寄往国外。一天，两天，一个月，两个月，一封高度评价他们生产的电容器样品的信，飞到了孙克诚的手上。孙克诚按捺不住激动，在全厂干部职工大会上把这封信高声读了一遍又一遍，每一位工人的脸上露出了笑容，露出了自信。

三怡电子成立后，但由于电容器规格品种多，市场变化快，无锡与深圳又相距遥远，只能以三怡公司为销售窗口，以电容器厂为生产大本营。起初的设想并没有达到预期的效果，一批货发过去，路上走的时间比生产时间还长，影响了外销。要开拓市场，靠小敲小打不行。孙克诚铁了心要大干一场，在他的坚持下，合资公司董事会决定，增加投资，由三怡公司在深圳组织生产。

就这样，深圳三怡电子有限公司犹如一株南方的三角梅，带着对精彩的外面世界的渴望，怀着在更广阔的空间里一展自己雄姿的抱负，终于勇敢地出墙而来。

夏天的无锡农村，大地到处都是滚烫滚烫的。一阵风吹来，地上卷起一股热浪，火烧火燎的。让周元庆感觉火烧火燎的，更有他心中的那个自主创办企业的梦想。

1988 年，周元庆在和上海朋友交流过程中，偶然了解到镀锡钢带市场销路很好，产品紧缺。他心中埋藏很多的创业梦由此触动。但是，创办一家生产型的企业，并不是件容易的事情，厂房、设备、生产管理人员、技术人员等等千头万绪。周元庆想到了"借鸡生蛋"，马上与一家协作单位商量，借用 350 吨有色金属。按照当时市场价格，350 吨有色金属差价 350 万元，周元庆咬牙答应按照 20%年利率给付利息，即每年 70 万元。

资金解决以后，技术难题接踵而至。周元庆到上海市登门造访多位技术专家，说服他们利用星期天休息时间来厂帮助技术攻关，并对工人进行技术培训。就这样夜以继日地工作，1989 年镀锡钢带厂在黄泥坝村平地崛起，实现了一年完成建厂，第二年开始赢利并偿还借款本息，第三年还清全部本息的目标。

有了镀锡钢带厂这样一个平台，手里有了富余资金，周元庆的创业步伐逐渐加快。根据市场信息，帮助村里精准决策，先后创办了 10 余家企业，基本都实现了盈利。

这一年，同样火烧火燎奔忙着的还有唐永清。他正值打拼之年的 42 岁，刚刚接过了无锡县高频焊管厂这一摊子。无锡县高频焊管厂，是玉祁镇办集体企业，成立于 1980 年 8 月。在随后的几年间上了 Φ76、Φ114 高频焊管线，生产民用、建筑用、企业用水管、煤气管等小钢管。办厂三年，就收回了全部投资。1983 年的产值就达到 2100 万元，利润 385 万元，一跃成为无锡市最大，也是产值利润最高的一家乡镇企业。时任江苏省省长的顾秀莲特地来厂考察。考察后，她打破了对乡镇企业不拨给原材料计划指标的惯例，给高频焊管厂每年50吨的钢材计划指标。《解放日报》刊登的长篇通讯《乡镇企业发展的奥妙何在》一文中，多次提及高频焊管厂的事例。

可惜，在后来不到三年的时间里，由于产品单一、管理不善等种种原因，这家工厂一下子变成了亏损大户，"赤字"高达2000万元，到了山穷水尽的地步。唐永清正是在这一严峻形势下接任厂长的。

图2-42 1984年无锡县高频焊管厂等待发货的产品

唐永清是厂里的"元老"，在担任厂长之前，还先后做过发电工，担任过人保科长、办公室主任、副厂长等职。工厂危局如何扭转？产品销路如何打开？几百号人吃饭问题怎么解决？面对一个个棘手难题，尽管压力很大，但他心中有着自己的盘算。

唐永清深深感到，企业要生存发展，首先要有一个有威望、会管理、懂科学、同心同德的领导集体，可是厂里当时挂副厂长"头衔"的就有七人，"官"多，就容易"踢皮球"。唐永清上任伊始，在镇党委的支持下大刀阔斧地精简机构，削减冗员，调整领导班子。"一个萝卜只能占一个坑"，领导成员减少到三分之一，这一精简，领导的威信反而日益提升了。

针对工厂的"大锅饭"，唐永清推行了经济承包责任制，实行奖优罚劣，奖勤罚懒、酬利含量核算管理制度，厂、车间班组逐级承包。从产量、产品、成材率、吨耗等方面，厂部和各车间每月签订承包合同，奖罚当月兑现。这样一来，大大地调动了全厂职工的劳动积极性，工厂产品成材率提高1.5—2%。对供销人员，实行奖金、费用同销售、采购捆绑在一起的结算的办法，分等级，定任务，定指标，拉大了分配差距，报酬相差8至10倍，促进供销人员千方百计去超额完成任务。同时精打细算，节约支出。厂里抽调五名技术人员，将原来由外单位修理的电动机改为厂里自己修理，节约支出3.5万元；又自力更生研制出一台磨牙机，将报废的锯片重新磨光使用，又节约支出5.4万元。

"后方"稳定了，企业的发展还得依靠营销。唐永清提上了公文包，带了两名供销人员，外出跑市场"拓路"，开启艰难的兴厂之旅。他远赴贵州水城钢厂等采办生铁，转到上海冶金局搞生铁加工成卷板，再运回工厂加工焊管。唐永清回忆："为了要钢材指标、拿订单、催要回款等，常常要赔笑脸、陪酒，想方设法'套近乎'，陪客户有时要喝一斤白酒，真是使尽了浑身解数！"那几年，唐永清一年中至少一半时间出差在外，有的年份出差270天，每年外出行程十几万公里，因厂里负债，旅差费就自己掏钱。挤绿皮火车，挤不上就从车窗翻进去，没有座位就趴躺在硬座底下。有人问他为何这般拼命，职工也问他为何这般敬业，唐永清的回答很朴实："厂里要开工，大家都要吃饭啊！"

正是这种"拼命三郎"的工作作风，感动了全厂职工。上游钢厂催要原材料款，银行也不再发款，工厂资金流面临断流困境。全厂职工踊跃集资，并通过信托基金等渠道，逐步偿还应付款1000多万元，解决了资金困难。

在多年闯荡市场的实践中，唐永清清晰地认识到，开发适销对路的新产品，增加品种，是企业立于不败之地的必由之路。他以变应变，走了三步棋：一是增加品种，以快取胜；二是降低价格，以廉取胜；三是努力开拓新市场，以质取胜。1989—1990年间先后投产Φ40、Φ50高频焊管机组，产品系列扩大了，此时产品已包括Φ20—Φ114各类高频焊接钢管、薄壁管、家具管。

到了1991年，工厂终于还清全部的"欠账"，实现了"轻装"上阵。唐永清并没有停止发展的步伐，当机立断，开发了国内首创、华东首条Φ478高频螺旋缝焊管自动化生产线，并于次年顺利投产。这种系列大口径高频螺旋缝焊管，可广泛应用到热电厂、蒸汽管、输油管、大型水管等。此时，全国各地建筑、桥梁、水利等大型工程项目纷纷启动，对输送用钢管需求非常旺盛。产品一经问世，立即呈现供不应求的局面，订单像"雪片"一样飞来。

秋天是一个丰收的季节。一年的辛勤劳作，到了秋天开始收获丰收。

对于无锡县第四磁性材料厂厂长冯建湘来说，1988年的初秋是一个终生难忘的日子，多年的拼搏终于到了收获的季节了。

冯建湘作为江苏省乡镇企业考察团的一名成员，来到西德考察。西德，这个发达的资本主义工业国，向冯建湘和他的同行者展现出了一幅令人惊异的现代文明蓝图：四通八达的高速公路，大厦林立的现代都市，整洁优美的自然环境，连空气也觉着分外的清新。但使他感触最深的，还是西德人见缝插针的创业精神，是西德庞大的出口额。在对西德七个工厂十一个项目的考察中，他发现，西德的中小企业很多，人数不多，有技术就上。一个企业的人数少则十几人，多则几百人，跟我们国家的乡镇企业比较相近，但他们的产品市场主要在国际。庞大的国际市场，使他们的中小企业拥有很大的经济实力。仅巴符州一个州，年出口额就达 1500 亿马克，数量相当大，效益也很可观。

冯建湘一路看，一路想：为什么人家的中小企业能打遍国际市场，而乡镇企业就不能打入国际市场呢？技术和设备的劣势，不能不承认，但乡镇企业光从田野上崛起还不行，还得飞向天外。"企业要真正地发展起来，还是要将产品打入国际市场"。

图 2-43 1989 年无锡县第四磁性材料厂从德国引进的氮保护电气双推板隧道窑

"老乡"向"老外"学习，冯建湘早就作了准备。冲向国际市场，技术是第一位的。1983 年，冯建湘被委任为无锡县第四磁性材料厂厂长。他决定从南京引进没有户口和档案而有真本事的乔宗正，到厂任总工程师，开发彩电国产化开关电源变压器。短短三个月中，彩电开关电源变压器的多种样品很快就研制出来。

冯建湘没有满足。他又通过各种渠道将这些样品送到日本、荷兰去进行测试。不久，令人振奋的消息不断传来："东芝""三洋""飞利浦"这些国际上生产彩电开关电源变压器的权威厂家，作出测试结论：无锡县第四磁性材料厂生产的七只 KDB 系列不同型号的样品符合国际生产标准和质量指数。

正是这张通向世界电子市场的绿色通行证，飞利浦新加坡有限公司技术工程部的专家到厂进行考察，为飞利浦 20 吋电视机配套元器件确认生产定点。

这次西德考察很成功。经过多方的交涉和谈判，无锡县第四磁性材料厂与西德雷达哈姆（Riedhammer）公司达成了购买生产磁性材料的氮气窑炉和全自动压机等关键设备的意向。

这是一条世界一流水平的生产线。谈起这条生产线的引进，冯建湘算了一笔账。这条生产线的总投资是 1500 万元（含国产配套设备）。全部生产线投产后，产品合格率将提高 10—15%，生产成本将节省 100 万元以上，劳动力减少三分之二。年生产磁芯 400 吨，产值 2000 万元，创利税 500 万元。从长远的眼光看，引进这条生产线后，第四磁性材料厂将由劳动密集型企业逐步转向技术密集型企业。

飞机载着冯建湘一行在蔚蓝色的云海中穿行，连绵起伏的山岭，平展的田野，安静的城镇在舷窗下疾驰而过。九百六十万平方公里的国土就在眼前。啊，回到祖国了！冯建湘的胸中起了一阵莫名的激动。

从西德回来后，引进生产线的工作一步步地积极有序地展开。一切都是高速度的：1988 年 7 月，第四磁性材料厂与瑞德哈默公司在上海草签合同。1988 年底，共投资 1353 万元的生产磁性材料的氮气窑炉和全自动压机等关键设备和技术从西德引进到厂。1989 年 5 月，五名技术人员赴西德接受技术培训。1989 年 10 月，双方签署安装会谈纪要，生产线开始安装。1990 年 1 月，引进设备投产成功。

这时的无锡县第四磁性材料厂，生机勃勃。产品的市场覆盖率为国内需求量的 12%，居全国同行业之首。工厂完成产值从 1987 年的 1160.08 万元增加到 1990 年的 3414 万元，三年中年均递增率为 43.3%。

先进生产线的投产，大大地坚定了冯建湘大力发展外向型经济的指导思想。开拓国际市场，已是箭在弦上，不得不发。他说："国外转了二圈，我就想寻找国际市场、取得国际市场，一是可以防止国内市场出现的太多风险，二是可以从国际市场及时获取产品信息，使企业的生产牢牢围绕市场的轴心运转，有利于新产品的开发和产品结构的调整，这是企业的经济活力所在。"

把产品打进国际市场，对于冯建湘这个农民的儿子来说，是早存于心中的一个梦。他想起了小时候，每当飞机的轰鸣声从遥远的天际传来，他总是要抬头在湛蓝湛蓝的天空中寻觅，直到那手掌大小的飞机从云海中出现，又消失在望不见后头的天边。那时他和伙伴们全为飞机有多大、飞多快争论好半天，多有趣的时光啊。现在，他的心，正如那架银白的飞机一样穿梭于大地和蓝天之间。

冬天，无锡农村迎来了难得的一场瑞雪，平添了几分祥和之气。风中带着清新的泥土气息，让人觉得格外的舒畅。

无锡市小天鹅厂厂长朱德坤驱车来到安镇，给无锡县洗衣机配件厂送来一面鲜红的锦旗，上面"风雨同舟"四个金黄大字。

1982 年底，与塑料打交道十几年的安镇日用品厂，产品远销全国各地，形成了一定的规模。就在此时，作为厂长的张忠断然决定转产，为无锡小天鹅洗衣机厂配套冲压件。创业 20 多年，让张忠深深地体会到，资金运作、产品开发、品牌建设、市场拓展等方面，都已成为乡镇企业进一步发展的瓶颈，而挂靠国营大企业，利用它们的技术、学习它们的管理，是乡镇企业摆脱"夹缝"困境、求得发展的一条捷径。正巧此时张忠得到了无锡洗衣机厂在寻找合作伙伴为其配套的信息。于是，安镇日用品厂添置设备，采购材料，连续试模，仅用了四个月的时间就把第一批合格的产品样品送到了无锡小天鹅洗衣机厂。厂长朱德坤的一声"了不起"，打开了国营企业与乡镇企业亲密的合作大门，并由此诞生了无锡县洗衣机配件厂。

市场瞬息万变。1987年，无锡小天鹅洗衣机厂遇到了困境，当年生产的套缸洗衣机从上一年的27万台一下跌至四万台。无锡县洗衣机配件厂自然也是库存积压，不少同事建议放弃与小天鹅的合作。此时，企业该怎么办？张忠做出了正确的选择：随着人们对生活品质的不断追求，老百姓生活水平的提高，洗衣机必然会走进千家万户，洗衣机市场会很快复苏。小天鹅的低迷是暂时的，总有一天会重新飞起来，还会飞向国际市场的。张忠又一次力排异议，坚持继续保持与小天鹅的合作关系。

那么，工厂又该如何渡过目前的难关？张忠从报上看到了一则信息，国家支持产棉区通过对棉花进行深加工，以此提高棉花附加值，加快地方经济发展。这一则短短的信息，让张忠敏捷地觉察到纺织机械的需求将会转旺。当天，他连夜赶到上海市纺工局，就纺织工业发展形势、纺织产品结构、各类纺织机械需求趋势及生产条件等进行了详尽的咨询。回厂后迅速组织纺织机械的生产。只用了10天，无锡县第八纺织机械厂"横空出世"。无锡市纺工局人员来工厂签订纺机合同，感慨地对我说："老张呀，我过去只听说有'皮包公司'，但我今天竟看到了'皮包工厂'啦！"接着，工厂用了短短四个月的时间，从零做起，硬是拿出了符合省纺织研究所鉴定要求的454粗纱机。10个月内，共生产销售了120台，产值达到了1560万元，获利约250万元。就这样，工厂没有因小天鹅陷入低谷而翻船，反而使工厂在严峻的考验下掌握了驾驭市场、参与竞争的能力。

1988年，小天鹅公司克服重重困难，走出了低谷，开始以其矫美的身姿飞向世界。两家工厂密切合作的新纪元开始了。

在气象史上，1988年我国的气候并不正常：春季低温明显，夏季高温干旱，汛期暴雨频繁，秋冬干暖。然而与自然界的气候相比，那一年的商业气候更显狂热。狂热的海南，成千上万想发财的人陷入淘金的疯狂，他们不顾一切，抛妻弃子蜂拥而至，骤然掀起"海岛狂欢"；关于经商的大量民间流行语诞生于城乡市井之间，罕见的热浪搅得一切秩序似乎失去常态。

"妹妹你大胆地向前走"，电影《红高粱》获得第38届柏林国际电影节金熊奖。影片中嗓音沙哑的歌曲，是生命原动意识再次得到释放。在无锡农村，人们稳打稳扎地创业，释放着内在的动力。

第三编　磨砺

1989 年　商海弄潮

碧山影里小红旗，侬是江南踏浪儿。

——苏轼：《瑞鹧鸪·观潮》

改革似乎遇到了问题。元旦，《人民日报》发表社论："在改革的第十年，我们遇到了前所未有的严重问题，最突出的就是经济生活中明显的通货膨胀、物价上涨幅度过大，党政机关和社会上的某些消极腐败现象也使人触目惊心。"

社论的语调如此阴郁，在前十几年中前所未见。上一年 9 月，党的十三届三中全会在北京召开，针对越演越烈的经济过热，决定把改革和建设的重点突出地放到治理经济环境、整顿经济秩序上来。乡镇企业在经历了持续四年的全面大发展后，不可能再继续以这样高的速度和规模发展下去了，将要进入一个调整、整顿、改造、提高的新阶段。

《星岛日报》撰文将治理的重点归结为乡镇和民营企业。文章写道：经济改革开放以后，有几百万乃至上千万农民丢掉农事，纷纷开办企业，其中以浙江、江苏等沿海省份为最多。本来，大陆经济在三方面困难甚大，一是能源不足，二是原材料缺乏，三是交通运输困难（先天后天的原因都有）。加上近些年企业如雨后春笋，纷纷冒了出来，占用了大量能源、原材料和交通运输设备。治理整顿，当然包括这些企业在内。文章由此得出结论：如果认真清理，大量企业非关门不可。

无锡农村能逃出这一预言吗？人们在拭目以待。

时间最擅长打磨人性的棱角，多少激情、理想、意念在岁月的涤荡中褪色、黯淡。偏偏也有人不甘与芸芸众生如出一辙。在这个不适合下海的时节，他们执着于逆流而上，争先恐后地捕捉变化的气息。

一年前，薄铸栋还是国营企业无锡纺织机械厂的设备科长，令人羡慕；但一年后无锡人天生的商业禀赋在初涉商海的他身上得到淋漓尽致的体现。

"现在证明，依靠好的政策，当初的选择是对的。"薄铸栋讲起自己创业史的时候，声音里透露着坚定。1988年，四五个人，六万元启动资金，他凭借着在国有企业积累的管理技术和胆略，走上创业之路。薄铸栋回忆说："那一年，无锡县中学校办厂厂长蔡伯云找到我，邀我出任副厂长，此前因为纺机配件的合作而结识，彼此非常信任和认可，合作也非常愉快。1949年出生的我，此时已到了不惑之年，思考后决定闯一闯，干一番事业。"

"下海"后的薄铸栋，很快遇到了创业之路上的第一个"挑战"。当年，薄铸栋以无锡县电动推杆厂的名义，筹措资金，组织人员，获得了试制上海大众桑塔纳轿车车顶落水槽的机会。该零件原先由上海飞机制造厂生产，但由于该厂因试制大飞机零件而无暇顾及。对于一个新生的小作坊来说，为上海大众配套生产零件，既是严峻挑战，更是发展机会。

当时国内尚无同类产品，相关工艺更是无从得知。如果从德国引进生产设备，需要850多万元人民币，这对刚创业者来说可是一个天文数字。面对困难，薄铸栋带领人员硬着头皮自主研发。研制需要的资金和场地，"东家"无锡县中学无能为力，一切都要自力更生。于是，薄铸栋将目光转向无锡市内，希望"借力发力"，寻求合作伙伴来解决。后来，找到了无锡市江南实业公司，以汽配产品良好前景成功说服对方出资六万元并提供生产场地。

1990年3月6日，来自江南实业的第一笔启动资金两万元到账。在无锡市社桥头的破旧场所内，包括薄铸栋在内的四个人开始了产品试制之旅。经过殚精竭虑日夜奋战，当年8月，基本完成了铝型材轧制成型、表面喷塑和不干胶注入三大工艺的完善和工装的研发，克服了诸多任务艺上技术难关，终于迎来了"交作业"、等待"验收"的紧张时刻。

"从里到外都是冰凉的感觉，真是令人心惊胆战的一关！"至今，薄铸栋仍清晰记得那一天的情形，以及自己内心的那种紧张与忐忑。那一年的12月26日，时令已进入"头九"，阴沉沉的天空开始下的是小雨，继而又飘起雪花，寒气袭人。薄铸栋和伙伴们一早来到了上海大众。在上海大众的质保实验室内，工程师告诉他，10套样件将在总装车间安排装车，10辆车只允许一辆失败，可作带缺陷认可，如超此标准，将直接被PASS掉。上午六辆车过了五辆半，也就意味着留给他的只有半个失误的"机会"。"中午的饭实在难以下咽，统统堵在心头。饭后怀着一颗忐忑不安的心，祈祷着上苍能眷顾。下午再次走向装配线，总装车间的暖气挡住了窗外的寒气，又几乎使我窒息！"当最后一辆车载着他们研发的落水槽，顺利往下一工位流去时，薄铸栋长长地嘘了一口气，贴身的内衣已经湿透了。那一刻，他仿佛进入了一种升华的意境，"我成功了，未来有希望了"。

那一天，薄铸栋的"草台班子"研发完成的桑塔纳轿车车顶落水槽，最终顺利通过上海大众产品认证，成为桑塔纳车顶落水槽国内唯一的供应商。由此，无锡这家小小的工厂正式开始迈入国内欧系轿车配套行列。

图3-1 华光轿车附件厂生产的桑塔纳落水饰条送货到上海大众

那一次的验收，如同"背水一战"，充满着悲壮与惊喜。薄铸栋说，等到接受验收时，他们"借来"的六万元开办资金已经用完，同时还欠了近10万元的债务。而上海大众的规定是样件要供应商免费提供，只有进入批量供货的产品才会付款。"其时虽然曙光初显，但我已处于身负债务、内外交困的境地。所幸一切有惊无险。通过上海大众工装样件认可后，工厂转入小批量生产。1991年3月4日，上海大众采购部和产品工程部负责人一起，第一次到无锡，来实地考察工厂，了解了生产过程，并当即签署了750对车顶落水槽的订单。20多天后，第一批产品像嫁女儿一样发往了上海大众。两个月不到，5月10日，我们就收到了第一笔货款40950元"。此后，工厂又陆续完成了前盖撑杆、玻璃托架等零部件的开发认可。

1991年8月8日，无锡县中学领导找薄铸栋谈话，提出由他出任该校办厂厂长，全面负责上海大众桑塔纳轿车项目。当年12月，工厂迁回杨市乡，改名为无锡县中轿车附件厂，并以100万元的代价与无锡江南实业公司进行了全部产权的结算。之后，杨市乡将约1000平方的厂房以及18亩地交给了他们，还有250万元的借贷资金。

1992年2月20日，新厂房开始土建。有了土地、资金的工厂，依托为大众配套的产品，具备了起飞的基本条件。尤其令薄铸栋兴奋的是，上海大众1992年3.5万辆桑塔纳的产量计划，一下子就让工厂获接512万元的大订单。由此，国内轿车基地的轿车金属部件生产定点配套企业正式启航。

当大家一再抱怨市场行为是大企业的霸权主义，小企业根本没有话语权时，不妨考虑下薄铸栋"麻雀变凤凰"的神话。差异化、小而精成为他把企业做大的最畅销手段。

正如运动员赛跑，最容易在拐弯处比出高下，中国众多公司的此起彼伏，也每每是在周期性的宏观调控中变幻着各自的命运。开始于1989年初的治理整顿，让无数企业倍感压力，也让那些有远见和能力的企业内外兼修，获得了快速成长、超越同类的机会。

1989年，锅炉行业再次陷入低谷，货款收不回来，资金周转困难，效益不断滑坡，就连有"王者之尊"的上海工业锅炉厂也无力对太湖锅炉厂（南泉）再伸援手。昔日情深义重的合作伙伴只能各奔前程。当1990年1月联营协议终止时，太湖锅炉厂已积压123台没有牌子的锅炉。不但数量比上一次多，吨位更比上一次大。面对沉重的压力，蔡桂兴觉得自己不能慌。"如果我慌了，厂子必定会乱！"他向全厂职工阐述了自己对形势的判断：国家宏观调控不是把国民经济搞垮，调整之后肯定会带来更大的发展。接着果断地将生产停下来，组织各种技术培训班，提高全员素质。而对那123台暂无买主的锅炉，注册申请了"湖美"商标。然后作出了全厂大调动：将生产副厂长改任销售副厂长，五个车间主任一律调为销售经理。一夜间，销售队伍扩充到25人，终于，偌大沉重的"磨盘"开始一点点转动起来……

蔡桂兴带着几个人天南地北四处奔走。白天洽谈生意，夜深苦思出路。东北、华北之行，看到了成片成片的楼房拔地而起，心想北方需要供暖，成片楼房建设意味着大量供暖锅炉的需求。于是改变行程，赶回工厂，召集干部开会，提出北方集中供热必成趋势，工厂应抢上大吨位锅炉，要求工程技术人员设计由两吨锅炉跨越至6吨、10吨、15吨大型锅炉。同时面向全厂工人集资，着手兴建3600平方米的重型车间。

工人们此时还拿着打了七折的工资，听说要集资上项目，都惊呆了："国家基建都在下马，工厂产品又严重积压，现在上大工程，这不是砸锅卖铁吗？"蔡桂兴在全厂职工大会上回答大家："你们说对了，我正在砸锅！"叽叽喳喳的会场霎时静了下来。他接着说："我们不能被困难遮着眼睛，面对这一次转眼即逝的机会，我决心破釜沉舟，背水一战。成功了，我给你们分红加奖。失败了，我是企业的罪人，撤职处理。"掌声雷鸣般响起。这分明是一种信任的表达，蔡桂兴感到一股又酸又甜又辣又热的东西从胸中升起，忽地一下涌上喉头、鼻腔和眼窝。有了职工们的信任和支持，还有什么困难不能战而胜之呢！

含辛茹苦大干一年，重型车间安装调试全部就绪，适逢国家重点工程大规模启动，各地开发区大兴土木，大吨位锅炉货源奇缺，太湖锅炉厂时来运转，仓库由"肥"变"瘦"，"金库"则由"瘦"变"肥"。

自从大吨位锅炉率先抢占市场制高点以后的三年时间，太湖锅炉厂一举成为全国同行业的新锐之师。产品由两吨以内的小吨位锅炉，迅速发展到五个系列30多个品种的燃煤、燃油锅炉，吨位可达20吨，工厂的各项主要经济指标高居国内同行前列。

太湖锅炉厂毗邻浩渺的太湖。清晨六点，南泉镇还沉浸在静恬的酣梦之中。蔡桂兴沿着空荡荡的街巷朝太湖方向慢慢跑去，润润的空气凉丝丝地拂在脸上，

散发出淡淡的湖腥味儿。来到湖边，他的眼前顿觉开阔。弧形的湖岸线宛如被晨风吹散了的一条飘带，向左右两旁无限制地延伸开去。宽阔无垠的湖面上处处飘着乳白色的雾气，犹如生命的精灵，以它奇特的方式流动着、扩展着……蔡桂兴的心灵深处不由生发出几许震撼。

图 3-2 太湖锅炉厂（南泉）厂区

在治理整顿的大环境中，有人困守一隅，自闭于方寸之地；而弄潮儿们则逆势而上，在陌生的领域开拓新的天地。

6月的一天，在无锡开往南方的列车上，稀里哗啦一下子上来一二十个"乡下人"，扛着铺盖卷儿，拎着大大小小的包。年轻的姑娘们显然没出过远门，开车的铃声一响，没来得及对月台上送行的父母兄弟挥手告别，眼泪已经吧嗒吧嗒滴下。然而，列车才离站开出不久，一张张红扑扑的面孔上旋又挂上了湿漉漉的笑。毕竟，她们开心着呢，心底里翻涌着的全是甜滋滋的希望和亮闪闪的憧憬。此行的最终目的地深圳，那是一块多么让人向往的地方啊！

他们的领头人冯建昌，此时却十分平静。这一年，他28岁，身材壮实，憨厚中透出精干。他是第四磁性材料厂厂长冯建湘的堂弟。这时，我国的"彩电国

产化"正在如火如荼进行之中。厂里敏锐地查觉到了其中的商机，决定为彩电配套生产磁性材料及开关电源变压器等系列产品。工厂原本生产软磁铁氧体磁芯的厂家，变压器用的磁芯，自我配置既能保证供给，又能降低成本，增强竞争力；同时彩电国产化才刚刚起步，整机和原器件生产全国基本空白，只要抢在别人前面研发出产品，就有可能抢占新兴市场。仅花了几个月的时间，第一支彩色电视机用磁芯在1984年正式宣告研制成功，第二年第一批彩电开关电源变压器投放市场。恰恰在这个时候，深圳将电子产品为主的来料加工业作为主导产业，长城、联想、华为、富士康、创维、TCL、康佳等企业，在深圳撑起了中国彩电业的半壁江山。抢占了深圳市场，也就抢占了整个国家的市场。于是，第四磁性材料厂任命冯建昌为公司深圳办事处主任。他带着厂里的产品，一家家跑去游说，竭力以事实消除别人以为内地人时间观念不强、质量意识差的偏见，终于取得了香港港华集团、深圳康佳电子有限公司等一批大主顾的信任。谈成的订单，港下工厂来不及供应，工厂决定分出一条流水线，投资10多万元在深圳拓建开关电源变压器厂。冯建昌这次回锡"招兵买马"，意味着将在特区干一番大事业，那是一个对他真正富于诱惑力的旅程。

　　"1989年6月，经过精心培养及挑选，15个年轻人怀揣着五万元资金，来到深圳。那时的深圳，远没有现在繁荣。在记忆中，深圳老城大都是砖瓦房。高楼大厦，也只有深圳国贸大厦、南洋大酒店等几幢，但是，楼下超市货品，清一色进口货。每到夜间，灯火通明，人群熙熙攘攘；去蛇口的公路很窄，公路两旁是一个个小山包和稻田，条件十分之艰苦。但是，我看到到处都在热火朝天地移山填土大搞建设，街上

图3-3 20世纪80年代的深圳蛇口工业区

都是操着南腔北调涌到深圳来的创业者。"让冯建昌印象深刻的还有三点：一是矗立在蛇口最显眼位置上的"时间就是金钱，效率就是生命"巨型标语牌；二是深圳华强公司附近的"中国电子第一街"。这条长约一公里的街区，当时是亚洲规模最大的电子产品集散地，占据深圳九成以上的电子数码产品交易份额；三是赛格电子大楼一楼的赛格电子市场，华强、康佳等知名电子企业都进驻设摊。

　　"时间就是金钱，效率就是生命的口号，对我们影响如振聋发聩。只有学

深圳人敢闯敢试、埋头苦干，才有创出新业。"冯建昌回忆道。开关电源变压器厂，在深圳蛇口镇附近麻雀岭顺利开张。尽管条件简陋得不能再简陋，但工厂开工七个月，到年底之时一算，30多人完成产值300多万元，创利85万元。

接下来的一年，是冯建昌最忙碌也是最兴奋的一年。蛇口工厂羽翼颇丰，已经具备了与挂靠单位三怡公司脱钩的条件，可以独自与外商办合资企业了。1990年初，冯建昌作为第四磁性材料厂的代表，先与多家外资企业接触，最后选定与香港集成建筑工程事务所和蛇口华侨实业发展公司结为合作伙伴，共同投资208万元人民币，成立蛇口晶石电子有限公司，并由无锡厂家单方全风险抵押承包。冯建昌任常务副总经理。

此时，公司已接到香港港华、大华等几家大电子厂家的800余万元港币的订单。在公司筹建、搬迁的过程中，生产线一刻也没有停止，到这一年底，全公司50余名员工实现产值645.3万元港币，销售额（包括为无锡总厂代销部分）达907.08万元港币，创利税98.93万元人民币，人均创汇12.18万元港币。晶石电子，这个投资小、周期短、技术精、效益高的小型合资企业，以其特有的光彩崛起于特区大地。

图3-4 深圳蛇口晶石电子有限公司门厅接待处

蛇口晶石其实是一条联系深圳与内地总厂的红线，也是一条联系无锡县第四磁性材料厂与国际市场的红线。靠着深圳特区的良好环境，靠着合资企业的活力，他们的产品引起了越来越多外商的注意，外销额不断增大。1990年，随着我国彩电业壮大和显示器发展，与之相配套的FBT（行输出变压器）需求快速增长。近水楼台先得月。企业紧紧抓住国外FBT平绕生产技术向中国转移的机遇，利用深圳对外开放的窗口，先后建办了蛇口晶石电子有限公司和深圳晶辰电子科技有限公司。接着，为抢占中国北方的彩电市场，又先后在无锡新区、山东青岛建办了晶石电子公司。

特区，在创新中崛起；晶石电子，同样在创新中崛起。蛇口晶石电子有限公司单一生产开关电源变压器，在与客户的交流中先后开发生产了回扫变压器、开关电源变压器、滤波器、激励变压器、遥控变压器等与电视机配套的心脏部件电子元器件。在市场的取向上，他们不与国内同行业争国内市场，而是积极参与国际市场大循环。产品质量决定着企业的生死存亡，工厂率先从日本引进当代世界最先进的机器设备，包括全自动连续式真空灌注系统、平绕设备和检测设备，先后取得了美国 UL、加拿大 CSA、西德 VDE 等国家的安全质量证书，获得了走向国际市场的通行证。美国的飞利浦、日本的三菱与松下、印度尼西亚的夏普、新加坡的夏普等国外大公司纷纷前来订购产品。到 1994 年，公司产品 95% 进入国际市场，5% 与深圳康佳电器配套。

晶石电子在初创阶段，得益于家乡母体企业的支撑，晶石电子在与国际市场接轨的进程中日益羽翼丰满，对母体企业的回报不断增多。国内元器件市场日趋饱和，竞争日趋激烈，晶石电子每年向母体企业转移生产价值五六百万元产品，每年配套使用母体企业 200 万副磁芯，价值 1000 多万元，并且每年向母体企业缴纳利润，1994 年达到 1000 余万元。

夏天走了，秋天来了。秋季的天空总是么高、那么蓝，明朗的天空中一丝云也没有。冯建昌抬头仰望看着天空，往日的辛劳随风飘去，心也觉得开阔起来，脸上不禁洋溢出幸福的笑容。对这段特区开拓之旅，日后有人写下了这样的诗句："晶石投子深圳湾，蛇口饮马斩荆棘。十五创客今何在，开放前沿扬旌旗。"

市场是造就千百万企业家的场所，而真正的企业家也能凭借市场这个巨大的舞台导演出有声有色的活剧来。这个舞台越大，活剧越为壮观，越富有生气。这个舞台没有市界，没有省界，没有国界，它的范围与地球等同！

晶石电子初闯深圳特区，人生地不熟，创办之初挂在本镇无锡县电容器厂办的三怡电子公司名下。三怡电子公司在 1988 年正式创办，是无锡县乡镇企业第一个"吃螃蟹"在深圳特区设立的合资企业。公司在麻雀岭租下两千平方米标准厂房，光装修费就化了 15 万元，可 220 万元港币的总投资还没有全部到位；再加上内部管理不善，销售渠道未打开，就地招的工人素质差、不稳定，经营亏损已达 20 多万元，有时账面上只剩下千把元钱。董事会内部互相指责，闹矛盾。此时，曾经担任无锡县电子工业公司经理的戴寿南，被公司创办人孙克诚委任为深圳三怡电子公司总经理。

危难之时格外忌感情用事，戴寿南劝董事会各方平心静气坐下来好好协商。协商的结果是，公司的经营管理由无锡单方承包，港方不必插手，拿固定红利。于是，所有的压力全部落到戴寿南肩上。

苦日子是难熬的。住在又闷又热的简易工棚里，吃着粗陋的饭菜，过不上节假日，每天工作 12 小时以上，收入却比其他单位都低……工人留不住，招来了往往做不过半个月就开溜。困难再多，咬紧牙关挺一挺，或许就能过去。戴寿南和他的无锡同伴们沉住气，按着既定的规划，把生产和经营一点一点地往良性循环的轨道上拉。

1989年9月，公司又从麻雀岭迁到南头大汪山，生产空间更加大了，而且从无锡县港下镇招来的工人一批批上岗，生产有所发展，情况明显好转。到年底，公司不但拉平了亏损，还获得了20多万元利润。

人们常说："世界上最广阔的是海洋，比海洋广阔的是天空，比天空广阔的是人的胸怀。"孙克诚非常信奉这句话。挂靠在三怡公司名下的变压器、扬声器项目渐渐成熟，要分离出去独建公司，孙克诚没有说什么，和平"分手"。

留下来的电容器项目又该如何发展呢？经过了两年的摸索和努力，电容器生产已拥有可靠的市场和客户。然而，要使它有足够的力量独自支撑公司，非得引进更多设备，较大幅度地扩大生产规模不可。

可是，哪来那一笔资金呢？要求无锡再来增加投资？这在当时的大环境下绝对不可能，找当地银行贷款？贷款数额要远远超过注册资本，这也办不到。那么，还有没有其他办法可想？国外有些银行开设向企业租赁设备的业务，我们的银行不知肯不肯这么做……

终于，电容器项目的广阔前景，引来了深圳发展银行某分行的关注。作为这家银行首开的新业务，深圳发展银行向三怡公司出租250多万元港币的设备。假如按期付清本利，设备将归公司所有。

此事进行的速度是空前的。1989年底与银行谈妥，签好了租赁合同，1990年3月，从日本引进的18台设备已经运抵车间。5月起，新设备全面投入生产，电容器月产量从300万只猛增到900万只。5月至12月，实现利润108.39万元，是前四个月的四倍左右。

商品市场瞬息万变，谁看得准，转得快，就掌握胜券。在深圳特区，撑起中国彩电业半壁江山的彩色电视机行业，普遍采用的全是进口电容器。这是一片多么诱人的市场。显而易见，要在同行业的竞争中脱颖而出，要在现有规模下创造更好的效益，试制生产中高压彩电电容，可说是一条捷径。

不过，三怡这种小企业，能啃下硬骨头吗？真正想干的事情，以严格的科学态度，积极利用一切可以利用的力量，再加上锲而不舍的坚毅精神，一定能取得成功。果然，选定的几只新品，在无锡县电容器厂的全力帮助和支持下，经过一年多的反复试验和实践，终于全部如愿以偿地投入生产。

产品提高了档次，同时也把企业逼上了更高的台阶。三怡公司不得不直接参与国际市场的竞争，主要对手是日本、韩国和中国台湾地区的同行企业。强手林立，戴寿南相信的是一定要使产品的质量过硬，这是最打得响，靠得住的。三怡公司共有 210 名职工，其中直接抓质量的管理、检测人员要占 10%。

一天，戴寿南办公室的电话急促地响起。提起电话，原来是一家在深圳的台商独资企业正在试用三怡公司的产品，结果发生了质量问题。对方焦急地要求三怡公司赔偿损失，并要求三怡公司立即派人到现场去处理和解决问题。派出的技术人员随即赶到生产现场，查出的结果让人啼笑皆非，发生质量问题的电容器并非三怡公司生产，而是进口货。这家台商企业，当发现电容器出现故障时，一时慌了手脚，没顾得上认真查看，想当然地认为大陆的产品肯定比进口货差。

一场虚惊带来的是信誉大增。事后，那位台湾老板来深圳一家豪华酒家召开恳谈会，宴请各家供货单位代表。在被请的二十多位来自世界各国的公司代表中，三怡公司的代表被安排在首席位置，而且得到了大批常年订货。1990 年，三怡公司开始赢利，1991 年创利税 160 多万元。

在宏观调控所带来的剧变中，有人在悲观时更悲观，在狂热中更狂热，冷然看世界者则少之又少。但不管如何，无论是企业家还是政府，无一例外都是这场宏观剧变中的主角。

在无锡农村，政府的智慧和力量从来不能小觑。乡镇企业在起步之初，并不受到政治上的保护，无锡县委创造性提出了"围绕农业办工业，办好工业促农业"的口号，为乡镇企业营造了发展的"小气候"；这次针对治理整顿，无锡县委又把"调整、提高、发展"作为工作指导方针，引导基层把深化企业内部改革与大力调整经济结构，加快技术改造步伐有机结合起来。在无锡农村，也从来不缺少勇于创新、敢于进取的典型。"一包三改"，始于堰桥；而面对治理整顿，东亭创出了"一调二改"的经验。所谓的"一调"，就是调整经济结构，主要采取政策导向，向重点企业、重点项目、重点产品，实行倾斜投入，使生产要素产生更好的经济和社会效益；"二改"，就是加快技术改造步伐，深化企业机制改革。

"一调二改"改革措施，很快在东亭镇取得了显著成效。1989 年，全镇有 28 家亏损企业，亏损额 747 万元。到 1991 年，全镇镇村两级基本没有一家亏损企业。1991 年，尽管遭受特大洪灾，但全镇工业仍然取得好成绩：全年实现工业总产值 6.2 亿元，比上年增长 54%；销售收入 5.1 亿元，增长 63%；完成利税 6510 万元，增长 78%；企业积累 3870 万元，增长 15.8%；固定资产 16500 万元，增长 31%；外贸收购完成 2900 万元，增长 78%。1991 年，全镇自有流动资金增加到 7230 万元，工业发展基金增加到 2751 万元。

图3-5 20世纪80年代初东亭镇的两家企业，左为毛巾厂，右为荧光灯厂

　　1991年5月5日到9日，江苏省委、省政府在无锡县召开全省乡镇企业工作会议，省委书记沈达人和省委副书记、省长陈焕友作了讲话，充分肯定了东亭镇的"一调二改"改革经验，决定在全省推广。"东亭经验"的推广，把乡镇企业的改革向前推进了一步，使乡镇企业在治理整顿中增添了新的活力，有了新的发展。

1990 年　信心为本

苍茫茫的天涯路，是你的漂泊；寻寻觅觅长相守，是我的脚步。

——歌曲《恋曲 1990》

这一年，整个中国的经济态势，仍然让人无法乐观。国家仍旧忙着"治理整顿"，"滑坡""萎缩""下岗"，成了当时描述经济走势最为常见的用词，国民经济发展速度徘徊在 5% 上下。在国际上，至少二十个西方国家联合起来"经济制裁"中国，外交部长钱其琛用一句唐诗形容说是"黑云压城城欲摧"。

更为让乡镇企业担心的是重新抬头的质疑声。颇有影响的《当代思潮》杂志，在第一期发表《用四项基本原则指导和规范改革开放》，说私营经济和个体经济"任其自由发展，就会冲击社会主义经济"。《人民日报》刊发《谁说社会主义"讲不清"》的文章，矛头竟然直接对准颇为流行的邓小平语录"摸着石头过河"和"黑猫白猫"论。署名"闻迪"的《社会主义能够救中国》，洋洋洒洒也在《人民日报》连续转载。就这样，在姓"社"姓"资"的争论上，各种质疑的声音甚嚣尘上。

信心，有的时候真的比黄金更重要。1 月 1 日，《人民日报》欢欣鼓舞地发表文章《满怀信心迎接九十年代》："回顾过去十年的征程，展望未来十年的前景，我们满怀豪情，充满信心。"正如文章中所言的那样，无锡县对新的一年以及新的九十年代充满了信心。上一年，无锡县工农业总产值破百亿元大关，为 20 世纪 80 年代作了总结，而工业总产值突破百亿元大关，即将在 20 世纪 90 年代的第一年成为现实。

　　社会不是只有姓"社"姓"资"的争论，当这个国家的领导层为路线方针殚精竭虑的时候，对于普通的无锡创业者来说，他们的生活更为实际。

　　这一年，地处东亭镇的无锡县装潢机械厂，厂长吴仁山正思考着如何把吊篮产品打进大上海。

　　物以类聚，人以群分。与众多从"草根"崛起的乡镇企业家一样，吴仁山17岁就进入社队企业工作，先后干过铁匠、车工、钳工、冷作工等等。吴仁山个子高、干劲足、善言谈，在他的身上带有明显的"锡商印记"：大胆而敢于创新，心思缜密且注重实践，吃苦耐劳而又意志坚定。但与别人略有不同的是，他踏实却不低调，并不排斥与媒体接触。

　　无锡县装潢机械厂原本生产拖拉机液压泵和服装烫台，同时对外承接冷作加工业务，有了积累以后开始设计制作建筑吊篮。其时，正值治理整顿，基本建设压缩，建筑吊篮行业陷入滑坡，但熟悉市场的吴仁山并没有气馁，对建筑工程机械的前景充满了信心。他日思夜想，作出了大胆的决定，把突破口放在大上海。

　　想到了就干，是吴仁山一贯的工作作风。他拿了产品样本，来到上海建工集团某下属分公司推销建筑吊篮产品。吴仁山回想当天的情景，饶有兴趣地说："门卫问我是否与总经理有约，我撒了一个谎，说已经约好了。门卫见我衣着整齐，就放我进去了。敲开了总经理办公室，总经理见是未预约的陌生人，一脸的不高兴。我毛遂自荐地介绍了身份和来意后说：'你们大上海的企业，是我们乡镇企业的靠山。'这番话让他大感意外。接着我详细介绍起高空吊篮的产品，在使用中如何能比传统作业方式提高30%以上的效率，能保障作业人员在施工过程中的人身安全等等，并拍着胸脯说：'我用我的党性和人格担保我们生产的产品质量！'软磨硬泡，时近中午，总经理试探性回复：'我们先订购一些，一个月内交货，货到三个月后付款，并要你厂负责安装维修。'一下子订了12台，我眼前发亮，当时太高兴了！"

　　确切地讲，对方这个条件十分苛刻，所有的风险都在生产厂商这边。但对于吴仁山，对于他身后那等着领工资养家糊口的工人们来讲真是个机会。抓住了此次机会就有一线生机，错过了工厂将前途未卜。于是，他咬咬牙，硬着头皮签下了合同！签下了这张大单合同，走出建工集团大门，饥肠辘辘的吴仁山此时一摸口袋，一共才1.5元，留下1.2元买回锡的火车票，花三角钱就近吃了一碗阳春面，随后走了两个多小时，来到上海火车站回无锡。

走出无锡火车站，已是灯火通明。此时的吴仁山身无分文，他迈开大步向东亭自家走去。想着这一来之不易的订单，他的内心喜忧参半，最忧的是前期生产的资金怎么解决？后期是否可以准时保质保量交货？

苍天不负有心人！经过全厂员工上下齐心协力克服各种困难，终于圆满完成了上海七建公司的生产任务，按时交货，产品的性能和质量得到了施工方的认可和肯定。每台售价三万多元的建筑吊篮，成本才 1.5 万元，利润可观。接下来，上海建工集团的另外一个分公司很快订货 40 台，而且以 70％的比例打来了 90 万元的预付款。由此，建筑吊篮产品一炮打响。紧接着，又连续通过几次合作，工厂与上海建工集团的合作关系日益增强，双方建立了合营公司无锡申锡建筑机械有限公司。

申锡建筑机械有限公司通过联营攀上高亲，不仅带来了资金，更主要是从上海方面学到了先进的管理经验。不久，申锡建筑机械有限公司便研制出新机型——630 型高空建筑吊篮。在上海建委对多家企业相同产品安全装置进行耐冲击试验中，无锡申锡产品的核心部件安全锁承受住了一百次的冲击测试，各项指标在行业中是第一名，从而唯一获得了上海市场准入免检资格。申锡建筑机械有限公司从此真正打开了大上海的大门，迎来了一个全新发展的时期。

所有的一切，都源于 1990 年吴仁山的那次"毛遂自荐"。回忆起那一次的上海之行，吴仁山总是谦虚地说"碰了好运气"。其实，这桩开拓上海市场生意的成功，何止只有"运气"的成分，究其根源还在于吴仁山对于宏观经济走势的信心，对于建筑吊篮行业前景的信心，以及自己工厂的信心。

也正是在这种信心的支持下，申锡建筑机械有限公司在随后的发展中可谓"一马平川"，从上海走向全国，又走出了国门。从北京奥运场馆到中央电视台演播大楼，从杭州湾大桥到宁波国华电厂亚洲第一大海水冷却塔，从 610 米高的广州电视塔再到世界最高的 818 米阿联酋迪拜塔。这些高层建筑使用的高空作业吊篮，都由无锡申锡制造。工厂的生产规模、生产能力、市场占有率均在我国高空吊篮行业排名第一，被业内称之

图 3-6 申锡建筑吊篮的纪念石

为"吊篮大王"。"世界吊篮看中国，中国吊篮看江苏，江苏吊篮看无锡"，这是吊篮行业的评价。

随着治理整顿措施的到位，物价终于逐步平稳，但社会需求却又被抑制，仓库积压到了惊人的程度。那个物资紧缺，卖什么赚什么、愁买不愁卖的年代结束了，曾经井喷式释放出来的民众消费热情已经荡然无存。现在，把产品卖出去是最难的环节。

1990年3月，年仅27岁的汤国江被任命为羊尖镇漏电开关厂厂长。这家小小的镇办工厂，厂名怪，产品小，生产建筑工地所用的漏电短路器，很不景气。全厂48人，连年亏损，仓库里的产品积压严重。

把厂抓好、抓上去，必须改弦更张，上新的产品，年少气盛的汤国江下了决心。他把目标对准了正在迅猛发展的通信产品。一面翻阅资料，一面跑到河南邮电部设计院，南京、无锡邮电局等单位进行技术咨询，通讯电缆器材中的接续系列模块成了他心目中的理想产品。

可是，这种部件的技术要求很高，一向靠进口。美国一家公司听到这一消息，派人来调查。来人走的时候丢下一句话："这种厂10年也造不出这种产品！"汤国江不怕艰难，组织了技术攻关小组，从外厂聘请了两名高级工程师和几个"星期日工程师"集中全力攻关，一次次失败都不气馁，终于到1991年底把第一批新品试制成功。这一年，这家厂改名为灵通邮电器材厂。第二年，新品投入正式生产，实现利润280万元，一年就收回了投资。

很快，灵通邮电器材厂吸引了香港客商的注意。香港联成电子有限公司总经理吴文种来工厂考察后，连连夸奖这里是投资的好场所。1992年底，瑞通实业公司正式成立。一年之内，香港联成电子有限公司三次投资，与瑞通公司建办了三家合资企业。当听说资金紧张时，吴文种还特意多汇来了10万美元，表示对公司的支持。

图3-7 无锡瑞通实业公司厂景

为了适应形势发展的需要，瑞通公司采取聘请、引进、培养等途径，广纳人才，先后引进工程师、技术人员四名、大学生六人。原在南京某国有大厂工作的屠总工程师，来厂后充分发挥专长，开发的配线架填补了国内空白。青年技师陆惠民放弃出国机会，从大城市来到农村，他开发的交接模块在国内处于领先水平。还聘任了一批邮电系统、电子行业的专家、教授当公司的高级顾问，公司重大的决策、新产品开发，事先都请他们做可行性论证。

到 1993 年，公司的产品已经形成了通信电缆、安全保险带等三大系列 40 多品种，成为邮电系统全国有影响的公司。它与邮电部中国邮电器材总公司北京分公司、香港联成电子有限公司、香港通发电子有限公司等有限公司紧密合作，控股组建了集团公司，并在全国各大城市设立了办事机构和海外代理机构。1994年，公司针对进口原料利用率仅 40% 的状况，组织工艺改造，力争尽快提高。这一年，公司的经济效益比上年同期翻一番，比前年同期翻两番，三年迈出三大步。

1990 年 6 月，第一台中国式燃油蒸灶在金城厨具公司问世，通过了无锡市有关部门的检测，取得了合格证书。厂长查丽君回忆说："当时全厂员工无不欢天喜地，奔走相告。功夫不负有心人的格言得到了诠释，我的付出初见成果，喜悦之情难于言表，回想多年来从零开始的创业经历，流下了激动的眼泪。"

1989 年秋，在东垰镇居委工作岗位上的查丽君，为了改变依赖镇财政拨款而生存的窘境，左思右想，决定自立自强，创办居委会下属的工业企业——厨房设备厂。

万事开头难，此话一点不假。对于刚涉足商海的初泳者来说，产品、资金、人才，三大难题困扰着她。她仔细琢磨，唯一出路是找市场。

经过周密细致的市场调查和分析，她观察到当时餐饮业涉外饭店和宾馆所使用的燃油燃气灶具几乎都依赖国外进口，一台灶具售价竟高达 36000 元人民币，这种价格对于一般企业和酒店来讲是根本无法承受的，因此只得选用煤灶。但这种陈旧燃烧方式导致煤灰飞扬，烟气冲天，严重影响环境卫生，对人们的身体健康带来极大的伤害。我国为什么不能"洋为中用"，设计制造出价廉物美、中国人自己的灶具呢？如果将每台灶具价格控制在 8000 元左右，让大多数单位都能既用得起，又符合环保要求，达到卫生许可，还保障了人民的身体健康，这不正是一件利国利民利企的好事吗？她毅然作出决定，研制开发与人民生活息息相关的炊具设备。

敢想、敢说、敢为，这是查丽君一

图 3-8 金城厨具 90 型蒸炒灶实物在中国乡镇企业博物馆展示

贯的工作作风。方案既定，马上行动。缺钱，向银行贷款五万元，到旧货市场买来一些旧设备；缺人，向社会招贤纳才，找国营厂退休下来的工人。就这样，在镇农贸市场旁简陋的工棚里，不到 10 个人撑起了一爿小厂。困难接踵而来，技术难题不计其数，解决一个出现一批，试验一失败一再试验……从失望到希望，周而复始。她和丈夫倪石中一起，朝夕相处，共同攻关，历尽艰险。为了一台燃油灶，她俩带领着几人，通过自己的双手去反复探索、试验、实践。因为是新的产品，没有数据可查，没有标准可找，只有凭着自己以往积累的一些知识。"要使柴油通过燃烧达到全部气化，不能有一点油的飞溅。我经常与气焊枪来比较火势。方案一再调整试验，刚觉得炉膛内火焰情况好转，但随着炉温升高和时间持续，哎！工作效果又朝糟糕的方向转化了……试来试去，又到晚上了。看时间不早了，就叫工人先回家休息，我们俩还是苦思冥想，探讨如何才能成功的方案。接着试验，日以继夜，夜以继日，不知有多少夜晚在办公室和车间度过。作为一个母亲，不顾在家的孩子，把儿子的功课和生活放在脑后，一心扑在事业上，如今回想起来真是愧疚"。

当时，儿子五岁。由于工作忙，没人做饭，就买好几箱方便面。不回家，方便面就是孩子唯一的主食。天一亮，她把儿子的早餐安排好，就与丈夫一起赶去工厂。日复一日，月复一月，反复的试验。就这样，经过几百次的方案论证摸索，乃至上千次的反复试验，经过近两百个日日夜夜的辛勤耕耘，苦尽甘来，奇迹出现了，中国人自己研制的燃油蒸灶问世了。

良好的开端是成功的一半，崭新产品的诞生仿佛给她注入了一针兴奋剂，改革开放的政策和地方政府的支持更让她增强了发展信心。于是，一发不可收拾，"金城"的产品更新不断，提档升级，经过了从交直流两用→已成交流→交流泵→底油箱上油→油箱自带→模压、二次气化→风气同步、K 系列产品→熄火安全保护装置→全自动电脑系统控制等发展历程。后来，公司形成国内最先进的生产流水线，推出了第八代产品，即：风阀、气阀、水阀均采用触摸开关，电脑控制。产品美名远播，荣获江苏省第七、八、九届轻工业优秀新产品金奖，1994中国科技新产品名优产品博览会金奖，1997 中国专利新技术新产品博览会特别金奖。查丽君说起创业历程时总要提起她的三辆车：1989 年用"永久牌"自行车、1992 年用"幸福牌"摩托车，到后来乘上了"宝马牌"轿车。其实，这三辆车就是金城厨具三次腾飞的见证。

这一年，金锡生一直沉浸在一位大人物对他的鼓励之中。1 月 20 日，时任国务院总理的李鹏来到无锡县，视察了洛社南方悬挂输送机厂、太湖锅炉厂、报警设备厂，最后来到了无锡市磷肥厂。李鹏详细地询问了生产情况，参观了工厂车间，弯下腰仔细观察复合肥的颗粒形状，并向职工频频挥手致意。金锡生递上日记本，恳请李鹏题词。李鹏了解到工厂是一家村办企业后，笑着表扬说："真是不简单，村办企业挂上了市磷肥厂的牌子。"然后挥笔题写了"无锡市磷肥厂"厂名。

这一天是金锡生永远值得自豪和纪念的日子。多年之后，他回忆些当时的情景，依然露出些许激动之情。

农民出身的金锡生，始终没有离开过脚下的这片土地。他在工作之余，喜欢到附近的田头转转，嗅闻土地所特有的气息。一次在转田头时，有位老农对金锡生说，如今复合肥品种太多，一些农民识字不多，为辨清化肥的种类，防止假冒伪劣化肥，只能用原始的办法，用鼻子去嗅或用烟头去烧。要是能给各种复合肥穿上不同颜色的外衣，既方便了使用，又美观，还能防假防伪。听此建议，金锡生回忆："心中如一道闪电亮起，好像生命中一种机缘的契合，忽然想起了幼时的一个七彩梦。"他眼前顿时明亮起来：苹果绿用于三麦、金黄色用于水稻、粉红色用于果树、草绿色用于蔬菜、茶色当然用于茶树……

彩色复合肥，在国内没有先例，在国际上仅有几个发达国家生产。1992 年，在上海化工研究院等单位的大力支持下，无锡市磷肥厂毅然投资 400 多万元，新建了一条高浓度彩色复合肥生产流水线。过一个多月日夜试验，终于生产出了高

图 3-9　无锡市磷肥厂

浓度彩色复合肥，具有色泽鲜艳、外形美观、养分齐全、专用性强、增产效果好的特点。配方可根据全国各地典型的土壤和各种作物的需求、特征而定，而添入各种着色颜料，让农民了解某种颜色的复合肥能适用于某种土壤某种作物，真正起到科学施肥的作用。这种高质量、高品位的彩色系列高浓度复合肥完全可与进口产品媲美。这项技术填补了国内空白，荣获国家发明专利。由于每亩的使用量比以往复合肥的用量大为减少，所以，又降低了成本。产品一经问世，便受到广大用户的青睐。在 1993 年年底无锡市磷肥厂召开的用户订货会上出现了三个意想不到的喜剧场面：一是新用户不请自来，慕名而来的新用户超过一半；二是客

户担心订不到合同，纷纷带了货款上门求货，成交额超过预定计划的三倍多；三是全厂处于满负荷工作运转，产品还是供不应求。

"总理的嘱咐，使我浑身充满了力量，更加感到专注为农服务，用'四千四万'精神，奔走在希望的田野上大有可为。"1993年，无锡市磷肥厂与中国农贸集团公司合资兴办远东化肥有限公司，合资后生产的"撒特利"彩色高浓度复合肥，源源不断漂洋过海，产品远销印度、越南、日本和东南亚等国。

东方风来之际，金锡生一步一个脚印地行进在满目春色的大地上。

冬日和煦的阳光，透过会客室的窗户暖洋洋地照在唐永清略带兴奋的脸上。

这一年，是唐永清执掌无锡县高频焊管厂这家"笨重"企业的第三个年头。也正是在这一年，经过数年的爬坡，无锡县高频焊管厂终于冲出低谷，跃上巅峰，在玉祁镇镇办企业中独得四个第一：产值第一、销售第一、增幅第一、经济效益第一。这一年，全厂总产值高达3954余万元，是1988年的三倍多，销售额达3923万元，不仅还清了全部债务，还盈余168万元，创造了一个从"山穷水尽"到"柳暗花明"的奇迹。

难得清闲的唐永清，站起身，手捧茶杯来到窗前，看着厂里来来往往的运货车辆。他知道自己的追求绝不止这些。

一天，唐永清在辽宁锦西钢管厂洽谈业务时，看到该厂的螺旋焊管生产线，当时十分惊讶。管子的直径有一米左右，是钢板经过螺旋式转动以后焊接而成。与高频焊管相比，这种螺旋焊管用途大，经济效益也特别高，但是结构复杂，投入也特别多。唐永清心里一直牵挂那条生产线。如果自己的企业能上螺旋焊管，那该多好。于是，唐永清第二次去锦西钢管厂深入了解，再经过周密论证，决心上马螺旋焊管。当时，手头缺少资金，一张图纸就要五万元。唐永清通过中国银行南京分行发行300万元债券，解了燃眉之急。其他困难也被一一化解了。生产线上马半年以后，果然市场需求量很大，产品供不应求。这是无锡县高频焊管厂产品升级换代的第一个漂亮仗。

后来，无锡县高频焊管厂改组成立玉龙钢管有限公司，始终把螺旋焊管作为主体产品。公司拥有Φ219-Φ2850螺旋缝埋弧焊管机组九台套，年生产能力30万吨。产品广泛应用于石油、天然气输送、污水工程、热网改造等，同时在打桩、桥梁、钢结构方面也得到广泛应用。玉龙公司为东海大桥加工制作了12000多吨浮箱管和螺旋缝埋弧焊钢管桩。苏通大桥用玉龙公司的螺旋焊管3500吨，南水北调引黄工程济宁段采用一万吨。

经营与生产并重，是无锡县高频焊管厂获得新生的重要诀窍。该厂先后和鞍钢、宝钢等大型钢厂建立了紧密的关系，成为该厂优质低价原材料的供应基地，在确保生产的前提下，把多余的原材料帮助经销。1992年该厂的1200万元利润中，经营获利达800余万元。

唐永清凝视着蔚蓝的天空，思索着什么。或许，他想起了过去奋斗的日日夜夜，激情绽放，光彩焕发；又或许，他在憧憬着不远的将来，大地蓬勃，希望升腾。

宏观的力量，无论能不能看懂，永远无关喜好，不以个人的主观意志为转移。唯有主动的蜕变，才能防止被动的消亡；也唯有在困境中不倒，才能在顺境时崛起。在困境中，无锡农村暖风频吹，热气腾腾。

这一年，前洲镇谢村跨入亿元村行列。上一年，村里了解到防羽布产品在国际市场日趋畅销，尤其是64吋以上的宽幅防羽布更是供不应求，而当时印染特阔棉布的生产厂家在国内还没有，需将坯布运到国外加工后再返回国内制成羽绒产品，这样成本高、周期长。于是，该村抓住机遇，投资380万元办起了无锡县特阔棉印厂，在短短八个月中迅速形成了漂白和染色两条阔幅生产线，填补了国内64吋防羽布后整理的空白。

投产后的第一年，全厂100名职工就创利800万元，人均达八万元。然而，同行业项目一哄而起，生产厂家仅锡西地区就"冒"出了五六十家，大家"抢"饭吃，无锡县特阔棉印厂陷入滑坡，利润顿降。1991年下半年，村里决定新上2.8米特阔平网进口设备。围绕要不要上，支委产生了分歧。支部书记韩产兴定下了"军令状"：如果这次技改失败，他引咎辞职，回家种田。最后，采用"少数服从多数"的民主表决办法，形成了引进挪威产2.8米平网机、德国产轧光机的决议，这在全省村办企业还是首次。可是，资金如何解决？一边申请了世界银行400万美元的低息贷款，一边从银行贷了400万元。设备买了回来，一年之内产值翻了一番。这是他们引进洋设备进行的第一次技改。从1992年上半年起，他们又进行第二次技改，采用国内高效低耗的"练、煮、漂、冷轧堆法"短流程工艺，并引进瑞士的15套色单网印花机，形成了较为完整的94吋印花防羽布生产线，产品质量达"国标"。接着，他们继续进行第三次技术改造，投资235万美元，引进英国的烧毛机、意大利的染色机、丹麦的高温高压卷染机及德国的预缩机等九十年代先进设备，以此替代原有的国产设备。经过这三次技改，该厂在1993年下半年一举形成年产1200万米特阔漂、染、印、整织物的生产能力，生

图 3-10 谢村印染厂的特阔印染机在生产防羽布

产成本下降了 30% 以上，织物缩收率、透气度均达国际水平，品种从原来单一的纯棉布印染发展到纯棉上缴、化纤、涤棉的印花、漂白、染色及后道预缩、磨毛，产品的附加值比原来提高了 10 倍。第四次的技术改造是引进挪威生产的 3.6 米特阔染色生产线和圆网印花机，价格是 200 万美元，当时国际上这种印花流水线只有七条。有人认为技改步子这么快，是不是"头脑发昏"？他们顶着压力毅然决然引进。结果 3.6 米特阔棉印花布市场竞争能力很强，业务应接不暇。厂长臧培兴算了一笔账：过去厂里靠手工印花，每工效率仅 300 元，自从引进单网印花机后，每个工效已达 2.1 万元，效率提高 70 倍，现在再引进圆网印花机，人工效率又可比单网机提高三倍。

这一年，汪燮林担任无锡县毛线厂厂长已经 8 年多时间，工厂已经基本形成从毛条、腈纶进厂到生产各类精纺针织毛衣、羊毛衫，纺、织、染配套的一条龙的生产能力，实现利润 1027 万元，上缴税收 2000 万元，职工收入每年以 15% 的比例递增。

汪燮林认为，乡镇企业在具备一定规模后，一定要争取向合资企业方向发展，要做到国内、国际两个市场一齐抓。1990 年，机遇再次眷顾汪燮林这个不甘寂寞的人。他打破常规，走别人没有走过的路。利用毛线厂划拨的 2400 锭的车间，与香港祥业集团合作，共同投资创办了无锡燕华毛纺针织有限公司，成为无锡纺织业当时最早的中外合资企业之一。

汪燮林知道，"一个企业要走向卓越的过程，就是要不断完善自己的技术、自己的产品。"所以，企业产值增加了，可是用工却从每千锭 119 人下降到 25 人。同时，适应国际市场需要，产品结构也从全部白织发展到现在以色织为主，从针织绒发展到机织纱，引进了意大利自动络筒机、日本村田双并机及苏拉倍捻机、西德摇绞机，所生产的无疵无结纱线满足了国内外高端客户的需求。

汪燮林是个乒乓球迷，还当过无锡市代表队队员。他以直握球拍著称，曾在 1958 年春节前的友谊比赛中，以 2:0 的成绩战胜过上海名手杨瑞华。但生活并未把他造就成为乒乓健将，却在纺织行业干出了一番事业。当他担任无锡县毛线厂厂长后，一下子释放出汪燮林身上的所有能量，如打乒乓那样，稳、准、狠。

斯威夫特说过："如果某人能使只长一根草的地方长出两根草，他就有理由成为比沉思默想的哲学家或形而上学体系的缔造者更为有用的人。"

吴仁山、汤国江、金锡生、唐永清、韩产兴、臧培兴、汪燮林等等，这些创业者就是那个能"长出两根草"的人。创业，是一种踏踏实实的实践活动。而创业者要做的事情，就是从无中产生有，从有再变好，通过为客户提供价值，实现自己的利润和社会影响力。1990年的他们，真真切切地做到了。

1991年　高昂头颅

当你穿过一场风暴，请高昂你的头，不要害怕黑暗，在那风暴尽头，是片金色天空。

——哈默斯坦：《你永远不会独行》

2月15日，农历大年初一，《解放日报》发表了署名"皇甫平"的社论，题目是《做改革开放的"带头羊"》，旗帜鲜明地为改革开放鼓劲打气。此后，"皇甫平"的《做改革开放的"带头羊"》《改革开放要有新思路》《扩大开放的意识要更强些》《改革开放需要大批德才兼备的干部》等文章相继发表，引起了理论界特别是经济学界的普遍关注。

过完春节，邓小平在浦东发表讲话："闭关自守不行，开放不坚决不行"，"希望上海人民思想更解放点，胆子更大一点，步子更快一点"。话虽是讲给上海人听的，但同样也是全国人民等待已久的号令。

端倪若隐若现，事态的变化微妙而明确，一股久违的清新扑面而来。到了9月，持续三年的治理整顿，宣告取得了预期的效果。乡镇企业沉浮逆转之势，如豁然涌出而成大潮，已成定势。

精彩的经济改革史是一个连续的画面，这是前赴后继的企业传递经济接力棒的结果。

尽管，一些企业在经济调控的宏观环境中挣扎，但还是有人逆势上扬，激情燃烧。这一年，一个日后成为行业"大王"的人物真正登上舞台。他就是华若中。

　　你可能不知道华若中，不知道他的无锡兴达泡塑新材料有限公司，不知道他们的主要产品叫可发性聚苯乙烯树脂（EPS），但当你拆开电视机、电冰箱等家电，或者精密仪器、玻璃器皿等易碎品的包装时，你没准就是华若中的客户——包装箱里作为缓冲性物品的泡沫塑料就是兴达集团主要产品EPS的一种，还有另外一种则用于建筑和隔热材料行业。资料显示，兴达集团的"锡发"牌系列产品在国内市场占有率达35%以上，也就是说，每三个包装箱中，就至少有一个使用的是华若中公司生产的泡塑材料。

　　1991年的他，已经担任无锡县低压容器厂厂长多年。"无锡市的乡镇企业，大部分技术水平较低，靠与大工厂做配套加工挣钱。单单是低压容器厂，整个无锡就有36家，大家都没有规模，在低层次上竞争，大多赚不到钱，甚至还会亏损……"经过反复调研，一个念头在他心中升起：为了持续发展，眼下的这个厂，不能拘泥于目前的状态，必须强硬的蜕变，走出做低端的机械加工这个不温不饱的小圈子，进入一个自己掌握技术、也有市场前景的行当。

　　新的问题来了：企业未来的方向在哪里？机会就这样悄悄降临在有准备的人身上。这一年春，华若中去西安出差，一路上思考着行业突破点。某站过后，华若中看到有本杂志没被带走，便随手读了起来。一篇文章跳入他的眼帘：《"赤膊"家电等衣穿》。文章讲的是，1990年代初，中国的家电品质好，有能力出口到国外，但在运输过程中的损坏率非常高。究其原因，则是国外家电包装用了质轻耐冲撞的泡沫塑料（EPS），而国产货无EPS包装，只能用切碎纸衬垫，往往耐不住冲击碰撞而导致损坏。

　　EPS三个大大的字母，看得华若中双眼发亮。"这么紧俏的产品，难道中国不能生产？"直觉告诉他，这背后一定存在商机。不久后，华若中打听到上海、北京、南京都有可以生产EPS的企业，国内已经有企业投资了上千万美元引进当时世界领先的EPS"一步法"技术，但产量仍然不能满足市场的需求。最让他吃惊的是，当时EPS中国大陆人均耗用仅为0.08公斤，而德国、韩国分别是4.3公斤和2.8公斤。他敏锐地感觉到，世界最大的EPS市场就在中国！"小市场只能办小企业。大市场才能办大工厂。上EPS项目！"华若中果断决策。

　　这就是转型的方向！这个决定，改变了他的一生。

　　1991年，华若中已经42岁，不具备任何化工领域从业经验，这对他来说是"重打鼓另开张"。"之前搞机械，安安稳稳，1990年每年已经能有固定薪酬六、七千元了。"他也会叩问内心，牺牲这么大，去探索一个未知的行业，值得吗？一个声音在他心中响起："有舍才有得。既然认准，就要全力以赴搏一搏！"

就这样，他依靠银行的 20 万元贷款，带着十几个人在东亭镇的一片荒地上搭了个毛竹棚开始了新厂的筹建，从成本较低的"两步法"做起，组织试生产。

对当年的创业，华若中说："当我们创业时一切从零开始，什么都缺。但唯一不缺的就是我们要创建工厂的勇气和为中国 EPS 争光的雄心。六个月后，也就是 1992 年初，年产 3000 吨 EPS 的兴达泡塑材料厂就建成投产了。""我们兵分三路，一路人员在家搞基础设施建设和设备安装，一路人员开展技术培训、学习专业知识，还有一路人员就奔波于全国各地，寻找信息和市场。第三路人员的工作，我们谓之'生产未动，市场先行'。工厂边建设，边走市场、走用户，这一招十分奏效。企业尚未建成投产，用户订单就已纷至沓来，从而形成了产品一直畅销不衰的好态势。"

图 3-11 华若中

华若中办事扎实，但为人低调。他说："作为厂长，我把自己定位很低，我觉得自己是没有本事的人，我必须要靠有本事的人，发展我的企业。"

为同事们津津乐道的故事，是 1991 年的那次"五顾茅庐"。办厂伊始，华若中辗转寻找合适的技术骨干，打听到一位退休的孙师傅，颇有相关经验，住在南京郊区。"我和同事早晨从无锡出发，花了几个小时总算找到了那里。敲门人不在，我们想，这趟不能白来。于是两个人坐在门口，中午吃着别人卖剩下的冷油条和大饼，拿出随身带的漱口杯，去问隔壁的住户要一杯自来水喝。到下午三点多，老师傅终于回来了，我们急忙把带来的无锡排骨等土特产送给他，结果被连人带菜轰了出来。两个人只好灰溜溜回到南京火车站"。为了扒进火车车窗，华若中还丢掉了一只鞋……这只是他招贤的"序曲"。华若中又上门四次，诚意感人，终于把老师傅请进了车间。

试生产的那一天，无锡地区下了一场瑞雪，地上的积雪足足有 50 厘米厚。车间窗户还没有装上玻璃，北风裹着雪花吹在脸上如同刀割。华若中把自己穿的军大衣披在孙师傅身上，自己穿着单薄的夹克，和工人们干了一个通宵。一大早，华若中衣服上沾满了冰和雪，俨然成了一个"冰雪人"。

儿子华啸威回忆起父亲创建新厂的经历，感慨良多。他至今记得，父亲为了节约厂里的经费，把星期日工程师请到家中过夜，自己只好打地铺。厂建起来了，家里的东西却越来越少了：因为厂里用于办公的桌椅板凳，都是华若中一张一张从家里搬走的。兴达泡塑材料厂说起来是个厂，实际上几乎没有办公的空间：前面一张桌子是会计，中间一张桌子是厂长华若中，隔壁房间的一张桌子，就是门卫了。

"尽管艰苦，但是我有信念。"华若中请人在墙壁上写了八个字："奋发图强，建厂育人。"

华若中在心中暗暗发力："一定要把品质搞上去，把产品做到市场最好。"事实是，他做到了——工厂开工不久，兴达一天的产能仅仅为五六吨，可是，客户在接触到兴达的产品后，"门口的货车已经排队等着要货了。"

华若中的成功，有人归结为他的眼光敏捷，选择了一个光明前景的行业，更有人煞有其事地说他"运气好"。其实，他的拼搏和志气，同样是他成功不可忽视的奥秘。

"任何一个企业再好，要看客户多不多，产品欢迎不欢迎。"华若中说起最早积累客户的"诀窍"：到了一个工厂，先看厂长桌上有没有电话本，能抄下来的、赶紧全抄下来。回忆自己开拓市场的经历，华若中曾经讲起他的某一年的东北之行。"那是9月中旬的哈尔滨，为了节省路费，我住的招待所一晚三元、18个人睡一张大通铺。晚上睡觉之前，我就把包、袋子绑在脖子上面……尔后，我又到佳木斯出差，那时已经是十月一号。我早晨起来刷牙，一看地上已经有冰了……"，"一问才知道，佳木斯已经结冰了整整十天"。此时此刻，华若中穿的还是夏装、脚上甚至是一双凉鞋。

与东亭镇相邻的查桥镇，在这一年2月，无锡县自行车二厂实行"分离"，成立了无锡市摩托车厂。当时只有76名员工，36.6万元固定资产，并承担198万元债务。

进入20世纪80年代以来，随着人民生活水平的提高，摩托车作为从自行车到汽车的过渡产品，市场前景巨大。无锡市摩托车厂的发展适得其时，建厂第一年就生产了捷达牌摩托车3000辆。

第二年夏天，时任经营副厂长的杨仲华和供销科长，乘一辆双排座汽车，车上装了2辆摩托车样车，到杭州参加摩托车展销会。谁知送去展出的车竟然无人问津，让杨仲华感到有些郁闷。他来到当地摩托车配套市场去转转，正好看到有家商户有90型四冲程发动机在卖。当时，这一型号的摩托车发动机，是最先进的，主要靠进口，而且要拿到部里的批文才能进口，是市场的抢手货。而无锡市摩托车厂面临着的最大"短板"正是发动机供货不足。杨仲华连忙询问他们是否自销，在得到肯定的答复之后，杨仲华说："三天内我一定到你们厂里去！"

杨仲华回忆说："会议一结束，我们回到无锡后就改乘标致轿车，连夜向目的地江西南昌出发。那时正是盛夏高温季节，天气十分炎热。我们乘车日夜赶路，道路曲折坎坷，从浙江杭州到江西南昌，一路上心焦又无聊。幸亏我带了锡剧《珍珠塔》的磁带，一边赶路一边听戏。记得小车在路上整整颠簸了三天三夜，我把《珍珠塔》全剧反复听了七遍。"

在南昌，杨仲华终于找到了那家工厂。工厂的仓库里的确齐码码地摆放着300台90型四冲程发动机，但发动机机身上的铭牌都被搞掉了，看不出是哪里生产的。杨仲华再看他们的设备，知道他们没有能力生产出这个型号的发动机。后来，在参观车间时，杨仲华在他们正在装配的一辆摩托车上，发现发动机上标有生产厂名和产地。他偷偷地抄在小本子上，原来是洛阳生产的"嘉陵"发动机。

于是，杨仲华连夜赶回无锡。第二天，杨仲华又带上厂办主任改乘火车，赶往河南洛阳。由于火车票紧张，买到的是站票。无锡到洛阳，有九百里路程，火车需要开行一夜。直到凌晨一点多，两人才抢到一个座位。杨仲华实在太疲劳了，在座位下铺上报纸，凑合着睡了一觉。

到洛阳后，杨仲华找到了洛阳发动机研究所的一位熟人。这位熟人告诉他，洛阳嘉陵发动机厂自我能力也不充足，一半的发动机是由重庆某家军工企业提供的。了解到这个信息后，杨仲华又改乘飞机，从洛阳又赶到了重庆。这家军工企业隶属于华伟工业集团，确实在生产90型四冲程发动机。杨仲华暗暗下决心，一定要把这个厂的发动机"拿下"！

就这样，为了90型四冲程发动机，杨仲华从杭州追到南昌，再从南昌赶到洛阳，又从洛阳赶到重庆，连续追踪，千里奔波。

由于杨仲华开出的条件非常优厚，对这家军工企业很有吸引力。这家军工企业的厂长亲自来无锡考察，感到无锡生产基础好、制造业加工能力强、市场辐射广，决定双方全面合作。这家军工企业第一批发来一卡车500台发动机。杨仲华算一本账，这

图3-12 捷达摩托车厂发动机生产车间

500 台发动机装配后售出，一下可赚 25 万元，等于赚一辆桑塔纳轿车。有了这么好的发动机，捷达摩托车还愁没人要吗？于是，迅速加大投入、扩大规模，大批量生产四冲程摩托车。1992 年四季度，工厂一下拿到了两万台 90 型四冲程发动机。此后逐年增加，满足了工厂扩产的需要。这一年完成产销 2.3 万辆，年产值和销量双双过亿元，利税突破 1000 万元，全员劳动生产率达 11 万元。

凭借与华伟工业集团的紧密合作和自身的拼搏努力，无锡市摩托车厂开始驶入了快车道。

1991 年，流年不利。这一年初夏，百年未遇的特大洪灾袭击苏南大地。这是一场毫无征兆的全流域大洪水。南枕太湖、北依长江的无锡县，自 5 月 21 日提前入梅以后连续遭受大暴雨袭击。至 7 月 5 日，全县累计降雨量达 723.4 毫米，为长年梅雨期雨量的 3.3 倍，酿成了历史上罕见的特大洪涝灾害。

地势低洼的玉祁镇首当其冲。7 月 1 日晚七时，大水漫进了沿河的无锡县高频焊管厂、镀锌钢管厂，两厂四万余平方米厂区和大部分设备瞬间被一米多高的洪水所覆盖。7 月 2 日凌晨四点，玉祁水位猛增到 5.58 米，比 1954 年的历史最高水位高出 0.85 米，比原来 5.5 米的设防标准超出 0.08 米，在短短的一天时间内有五只小圩决口和漫顶。洪水淹没了玉祁镇的大部分土地，全镇有 114 家工厂进水，258 家企业被迫停产，其余的也处于半停产状态。

直湖港，是流经杨市镇的一条大河。它南接太湖，北连大运河，是全县境内沟通太湖与长江的主要水道之一。7 月 2 日，在短短的六个小时内，直湖港水位上升 80 厘米，远远超过市镇警戒水位。河东，紧靠河岸的镇办纺织厂首先告急。凌晨三时，全厂近百名职工经 12 小时奋战，筑起 180 米长、1.5 米高的护厂大堤。但很快骤涨的河水全面越过堤顶，冲入厂区。到五时许，全厂已一片汪洋，平均水深 50 厘米。紧接着，麦芽厂告急，蜜饯厂告急，供销社农资仓库等地纷纷告淹。河西，这里原来地势较高，设防较弱，镇政府立即组织人力抢筑防洪大堤。但到 2 日凌晨四时，六公里长的直湖港西堤全线漫顶，多处决口，落差达 3 米多的河水一泻而下，顷刻之间整个河西变成白茫茫的一片。杨市镇被淹面积达 1.2 万亩，占全镇总面积的 61%；被淹工厂 64 家，占企业总数的 48.5%。

同一天中午，东亭镇的外河水位高达 5.39 米。到下午五时左右，终因防守不及，大联圩相继破圩决堤，一夜之间到处一片汪洋。全镇受淹面积达 16.8 平方公里，占总面积的 60% 以上。全镇有 165 家镇村企业因进水被迫停产，受淹严重的有 98 家。

7月2日，洪灾迅即波及全县大部分乡镇。至7月5日，乡镇工业企业停产、半停产的分别达到1430家和475家。洪灾波及工厂的各个方面，包括生产车间、变发电系统、生活后勤系统和运输系统；不仅有房屋进水、倒塌等损失，还包括设备受浸、电器短路、原辅材料和产成品进水受潮，几乎涉及工厂生产经营活动的所有环节。不仅厂内受灾，农户同样大量进水，水利、道路、桥梁等公共设施遭到了严重破坏。受灾民众多达20多万人，占全县人口的四分之一。"一片白茫茫，两眼泪汪汪，六畜同一房，五业都失望"，成为当时受灾地区的真实写照。

作为全县经济支柱的乡镇工业，在抗洪救灾中发挥了巨大的中流砥柱的作用。本书作者之一的沈云福，当时在无锡县工业系统抗洪救灾办公室工作，曾写下题为《巍然屹立的中流砥柱》的文章，被省委《内参》采用。文中讲到以下场景：

——县领导实地踏看企业灾情，车行至玉祁镇南时，路上积水已漫过轮胎，车子不能开了。于是他们换乘机身高的中型拖拉机，前去镇高频焊管厂、县酒厂和梁溪薄板公司。不久，又因水深路况差，中型拖拉机也不能开了，一行人只得涉水前行。在建设中的中外合资梁溪冷轧薄板项目的工地，他们见到了难忘的一幕：公司抢在特大洪水袭来之前，在工地四周筑起了一道1.6米高的防洪大堤，用草包、石块建筑的大堤中每隔一米用钢管支撑加固，整个工地矗立在白茫茫的洪水之中，成了四面洪水的一片"孤岛"。

——在抗洪救灾过程中，不少乡镇和企业领导顾不得个人安危，顾不得家庭妻儿，把整个身心扑在大堤上、激流中。厚桥镇为了保卫谢埭荡圩堤，进行全体总动员，发动六千多名职工分段包干，严防死守。谢埭荡村党支书兼新亚实业公司总经理丁福根，在圩堤出现暗流的情况，冒着被卷进漩涡的危险，带头跳下去，在深水中奋战六小时，与群众一起堵住了漏洞。五牧联圩决口，急流卷着一个个漩涡往农田里猛冲。有人提议用船沉到缺口上再填草包堵住洪流。这主意虽好，但要有人下水，可这么急的水谁敢下去呢？只听"扑通"的一声，黄泥坝村锡厦铝合金门窗厂厂长濮德兴首先跳入浊流，带着两名职工拖来三条船。结果，第一条船沉下去了，第二条船沉下去了，都无济于事。当第三条船即将沉没的时候，突然缆绳折断，失去控制，船连同人随着激流冲进了缺口，并在缺口里翻身沉没。在场的人都被当时的情景急出了一身冷汗。约莫15秒钟后，濮德兴的头露出了水面，但已被激流冲出了一百多米远了。同为黄泥坝村办企业的县镀锌厂副厂长钱万林身患胆结石症多年，常受病痛纠缠。7月2日大水压境后，他三天三夜没有离开险区。此时，他身患晚期肝癌的妻子正在医院，需要亲人的照顾。三天后，医院打来电话，务必要他去一趟。钱万林这才来到妻子身边，妻子恳切地说："看来，我也没有几天可活了，你就是天天陪着我也不会有多少时间了，你就多陪我几天吧。"这时的老钱心有千言万语，却一句也说不出口。一个多小时后，黄泥坝圩岸上又出现了他的身影。

——当在凿沉三条船仍无法堵住决口的情况下，黄泥坝村的近七百名职工在不到一刻钟的时间里全部集中起来，投入了抗洪战斗，果断地抢筑第二道防线。在长达三里的战线上，摆开了与洪水搏斗的战场。水涨堤高，经过四小时苦战，用草包、编织袋、钢管、钢板、水泥板、木板筑起了一条1.5米高的抗洪大坝，将洪水拦在了村外，既保住了村里的财产，也保住了邻近的三个村和武进县两个乡免受损失。当杨市变压器厂后墙大堤决口30多米时，该厂厂长带领30多名强壮职工组成了敢死队，站在齐胸深的激流中，打下了两排铁桩，以抵御洪水。

——前洲镇西塘村10家工厂停产治水，每天减产值100万元。干部职工坚持生产自救，抓紧灾后的复产工作。五家机械厂停产三天后就复工了，加班加点，做到抗灾生产两不误；五家纺织厂在洪水排净后突击抢运原料，两天出动20辆汽车运出了2500吨腈纶丝束、600多吨羊毛、潮羊毛条分别运往东亭毛条厂、协新毛纺厂等市、县单位洗净烘干。锡达毛条厂从日本引进的价值为80万美元的两台拉断机、两台并条机、两台成绸机受淹待修，工厂立即电请外商派人前来修理，但外商称六台进口机器是专用电机，要另订计划专门制造，先付10万美元定金。这套进口设备每天可加工10吨腈纶毛料，占全厂日产量的一半以上。厂部经过反复研究，决定不坐等依靠洋人，由技术人员组成抢修班。他们攻克一个又一个难题，连续干了整整五天五夜，六台洋机器居然全部正常运转，抢修时间比预计提前了20天，节省了15万元修理费用。五家纺织工厂原估计要两个月才能复工，仅过了10多天，到7月15日，停产企业全部复工复产。

——"大水无情人有情，人民受灾党关心。"东亭镇党政领导和派出所民警，冒着滂沱大雨，驾着四只木筏，经过五小时奋战，将长流村500名老弱病残和妇女儿童全部转移到安全地带。东亭、杨市、玉祁等镇将招待所、机关部门、学校腾出来，专门用以安置解救出来的群众，还送去了食品、燃料、蜡烛、药品等生活必需品。江南皮件厂厂长杨祥娣得知威华、溪北两个协作厂相继受淹，职工家庭进水严重，当即带领职工把两厂的设备转移，同时腾出仓房安置受灾的职工家属，稳定了人心。

在全县抗洪斗争中运用的物资，仅县、乡两级有账可算的，就有草包38.7万只、麻袋35万只、编织袋82万只、桩木2万根、毛竹3.34万根、电动机1552台、柴油机928台、水泵2480台、钢材1000多吨、柴油600吨等，价值1065万元，这些资金和物资主要来自乡镇企业。前洲镇、东亭镇用于抗灾的费用分别达496万元和410

图3-13 无锡县乡镇企业职工参加抗洪救灾场景

万元，玉祁镇六家骨干企业为抢建堤圩支援了500吨钢管。如果没有乡镇企业这一坚强后盾的有力支撑，这场灾害造成的损失和后果将不堪设想。

抗洪救灾结束，一首励志歌曲重新飘荡在大街小巷——"心若在梦就在，天地之间还有真爱；看成败人生豪迈，只不过是从头再来。"

1992 年　名动华夏

天地间荡起滚滚春潮，征途上扬起浩浩风帆。

——蒋开儒：《春天的故事》

2 月，邓小平用四天时间先后视察武昌、深圳、珠海、上海等地，发表了著名的南方谈话。他指出："改革开放胆子要大一些，敢于试验，不能像小脚女人一样。看准了的，就大胆地试，大胆地闯。"[①] 邓小平的谈话拨云见日、扬清激浊，再次把中国的思想解放推向高潮，也牵出了一个"东方风来满眼春"的新局面。国际舆论对谈话的影响性与指导性，报以极高关注。英国媒体年末盘点，评选邓小平为"1992 年风云人物"，因为他们看到了"中国共产党仍生机勃勃地挺立着，中国将越来越富强"。

政治家的高瞻远瞩，是常人所难以揣测的。而对于普通的创业者来说，这一年终于摆脱了意识形态的纠缠，充满着激情、亢奋和腾跃。过去一百年中，只有 1911 年、1945 年、1949 年和 1978 年这四年里人们有过这样的感觉。胸襟怀抱，慷慨真切，做起事来自然畅快淋漓。

这一年，无锡县迎来了有史以来最为"高光"的时刻。

1992 年 7 月 6 日，"中国农村综合实力百强县（市）"在北京揭晓。对以县（市）为单位的农村区域发展水平进行综合评价，在我国是首次。根据 1991 年的统计数据综合评价打分测算，无锡县在全国 2400 多个县（市）中以总分 10000 分排名第一。

---

① 《中国共产党的一百年》，第 756 页。

副县长虞国胜受委派参加了在北京举行的新闻发布会。发布会隆重而又热烈。国务院发展研究中心、国家统计局、农业部的领导在会上讲了话。他回忆："我和百强县前10名的其他县（市）领导披上红绸带，领取了排名锦旗，并被请到主席台就座。"接着，他作为全国百强县的代表介绍了无锡县的经验。

对于无锡县来说，"百强县"首位的背后是沉甸甸的硕果——

农村经济主体由农业转为乡镇工业，实力迅速增强。到1991年底，无锡县国民生产总值47.4亿元，工农业总产值176.50亿元。35个乡镇的工业产值全部超过一亿元，其中九个乡镇超六亿元，最高的达12.19亿元。1988年至1991年，累计完成财政收入16.03亿元，其中净上缴国家财政13.1亿元。

农业操作主要方式由手工变为机械，农村工业化促进了农业现代化。无锡县每年以5000万元乡镇工业利润反哺农业，兴修水利，发展农机，建立了较完备的农业服务体系，推进了农业机械化。在粮田减少的情况下，全县粮食总产值比新中国成立初期翻了一番。

农村面貌大变，农村城市化趋势日益明显。无锡县小城镇建设已初具规模，形成了工业、文化、生活、集贸和商业等小区，既有现代化城市风貌，又有江南水乡的清丽特色。全县普及了九年制义务教育，率先在全省成为九年制义务教育达标县。有各类专业技术人员3.2万人，科技进步在经济增长中份额达到33.5%。三级医疗网络健全，每百万人口中有卫生技术人员2705人。

农民生活由温饱变为小康，走上共同富裕道路。对照国际小康水平的21个指标参数标准，无锡县已基本达到小康水平。农村的衣、食、住、行、医等方面已接近甚至超过城市水平。1991年全县人均收入1697元，90%以上的农户住上新楼房，农村人均居住面积达到34平方米，饮用自来水人数占总人数的70%，广播电视普及率达到90%。1991年储蓄余额17.2亿元。全县基本上"没有暴发户，也没有贫困户，千家万户进入小康户"。

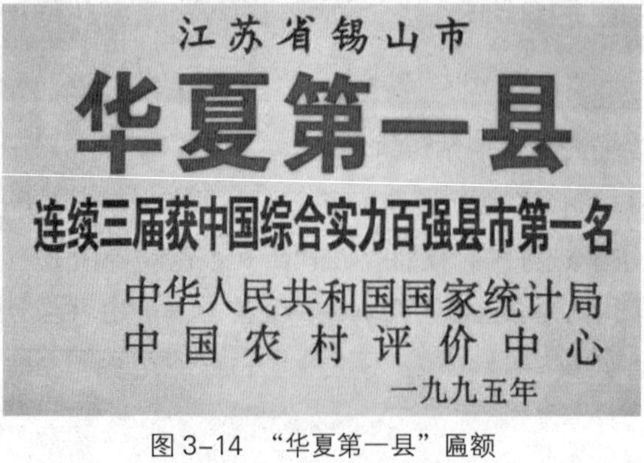

图3-14 "华夏第一县"匾额

会后，《人民日报》《经济日报》《中国乡镇企业报》以及央视等媒体都报道了百强县评比的消息，突出宣传了无锡县的改革发展情况。《人民日报》在理论版还发表了题为《大力发展经济，增强综合实力》的文章。

此后的 1993 年、1995 年，在第二届、第三届的"百强县"评比中，无锡县都排名第一，实现了综合实力"三连冠"，国家统计局为此特地授予无锡县"华夏第一县"匾额。

无锡县的喜事还不止这些，1994 年，在由国家科委、农业部、国家统计局等单位共同举办的全国首届县（市）科技实力擂台赛中，无锡县又获得冠军，成为"华夏科技第一县"。

在季治行的回忆中，1992 年的春天似乎特别悠长。

这一年 3 月 8 日，"三八"妇女节，无锡县长安棉纺针织总厂厂长季治行应邀去北京参加全国女企业家座谈会。一路上春光明媚，景色宜人，可她却视而不见，全身心沉浸在突如其来的遐想之中。刚刚与市妇联主任随意的交谈中获得信息，为拍摄大型童话片《上下五千年》以及用于其他儿童福利事业，中国宋庆龄基金会正在物色合适的合作企业，发展"金钥匙"系列集团。说者无意，听者有心，仿佛一道霹雳，划亮了一条冥冥中她已寻找多时的路——借助合作联营，推动企业向规模型大生产的方向发展。于是，她抓住了这个话题不放，汽车里，飞机上，从无锡一直谈到北京，一个完整设想已经成竹于胸中。

在北京，季治行直接跑到宋庆龄基金会"毛遂自荐"，对方答应"去无锡实地看看"。4 月 2 日，宋庆龄基金会派人来锡考察，并审阅可行性方案；4 月 13 日，季治行再去北京，拿回批文，办好了各种手续；4 月 18 日，她回到无锡，向县里领导汇报情况，半天内拍板决定，五小时后拿到了工商营业执照。5 月 12 日，无锡金钥匙童针织服装厂正式挂牌。与此同时，自行设计、生产的 208 个款式的新颖针织童装投放市场，受到广泛好评。仅 6 月一个月时间订货 100 万件，销售 36 万多件。

面对新挂上去的厂牌，季治行思绪万千，"金钥匙"终于遂人心愿地抢到了，可惜工厂的实力还不强，无法与集团匹敌，无法开启更多的商户大门。季治行再次上无锡，奔南京，找有关部门"游说"。7 月 28 日，江苏省金钥匙集团公司终于在鞭炮和欢呼声中诞生了。

速度是惊人的，办事效率之高简直令人难以置信。然而，她思路的拓展比这更快，一系列重大决策风风火火地出台了。

——投资 700 多万元，引进电脑染色机、织布大圆机、电脑绣花机等进口生产设备。

——投资 2000 万元，征地 49 亩，创办集生产经营、科技开发、信息服务和人才培训为一体的"江苏金钥匙经济科技开发区"，包括 6000 平方米车间主体大楼和道路、围墙等辅助建筑设施的第一期工程在 1992 年 6 月 19 日破土动工，年底前交付使用。

图 3-16 工贸合营长安棉纺针织总厂织造
车间（上）、棉纺车间（下）

——积极实施"引进来"战略，"走出去"抢占国外市场。与德国合资兴办了德安针纺织品有限公司，1993 年实现销售达 100 万美元；与日本合资的长宁针纺织有限公司，产品百分百返销日本；长荣服装有限公司生产的高档天鹅童装，年出口量达 180 万件。"金钥匙"的产品除占领国内市场，还销往美国、日本、英国、法国、瑞士、加拿大等 58 个国家和地区。到 1993 年，金钥匙集团创产值 1.8 亿元，销售收入 1.5 亿元，外贸收购额 8000 万元，出口创汇超过 1000 万美元。

市场经济是外向的、开放的、动态的，往往会出现"僧多粥少""朝秦暮楚"的经济现象，要想"攻"下市场这块阵地，如果眼睛不亮、耳朵不灵、身手不快，没有一股子钻劲、磨劲、拼劲，没有强烈的事业心和开拓进取的精神是不行的。冯建湘在这方面可谓"身手不凡"。

由无锡县第四磁性材料厂演变而来的江苏晶石集团，投资 2000 万元在深圳的电子分厂上了彩电的行输出变压器项目。当时全国一下上了 30 条相关流水线，晶石集团偏偏"打鱼打到热闹处"，只是"打"法与众不同。行输出变压器是彩电的"心脏"，别人采用的是槽绕技术，而他们采用的是日本刚研制出来的平绕技术。正因为如此，晶石集团打进网里的是一条"大鱼"：在大屏幕彩电配套上，该产品占据了国内外的领先地位。产品很快被松下、JVC、飞利浦等著名厂家认可，接着企业通过 ISO9002 国际标准质量体系、美国 UL、加拿大 CSA、德国 VDE、国际电工委员会的 IEC 和 IECQ 质量认证。接着又追加了一条流水线，年产量达 500 万套，一跃成为国内最大的行输出变压器企业，在世界同行企业中排名第八。海尔、海信、康佳和创维等国内大部分著名彩电企业都采用了晶石的行输出变压器，同时三分之一的产品出口，为国外飞利浦、松下、夏普和摩托罗拉20多家著名电器制造商的产品配套。年出口创汇额从1990年达到300万美元以后，连年以30%的涨幅递增。

东方风来满眼春。1992年，"晶石"之光闪亮于深圳特区。

在平静的表面下，奋进向前的潜流悄然积蕴。三洲钢厂经过几年的发展，就积蓄了奔腾向前的力量。

三洲钢厂650轧机甫一投产，就遇上了1989年的宏观调控。首先是电费涨价，原料调价，生产成本提高，其次是煤炭供应时有脱节之虞；最严峻的还是钢锭不足，钢锭的最低库存仅能维持一天的生产。是进是退？是开是停？三洲的决策者面临生死攸关的选择。蒋伯伦认为，企业应该学会在困难中求得生存和发展。他作出抉择：一是生存，坚持生产，派供销人员四面出击，广开货源；二是再发展，上热轧薄板工程，开发新品。

在工厂董事扩大会上，蒋伯伦郑重地提交了热轧薄板工程的可行性报告。这又是一个与650轧钢工程不相上下的大项目，董事会给予了支持。从1989年5月到1990年5月，土建、设备安装、调试，两幢100多米长的高大厂房又崛起了。第一块2毫米厚的薄板轧制成功了。一家乡镇冶金企业，能生产0.75毫米至2毫米的薄板，这在全国的冶金行业是罕见的。1991年，这里生产薄板1.8万吨，产品取得了上海市冶金局颁发的技术质量认证书。"三洲牌"热轧薄板成为无锡市优质名牌产品，在苏锡常地区市场占有率高达80%。

三洲钢厂的发展并没有停步。蒋伯伦敏感地嗅到建筑钢材的市场前景，改造扩建型钢车间。当时，对型钢车间建设的定位，主要生产建筑用螺纹钢，同时生产角钢等工业用钢材。但是，在试生产遇到了很大的障碍。450轧机在调试过程中，由于对炉温等设备工艺的控制不到位，发生了多次冷钢窜导位和冷条飞钢情况，本来应该在几天内就完成的调试，近半个月还没完成。蒋伯伦带领技术人员和聘用专家，一起到现场分析会诊。终于，在调试的第20天开始，生产节奏和工艺慢慢理顺，可以生产12—40mm各个品种规格的螺纹钢筋。这些产品的生产能力也成为后期三洲钢厂成功招商引资、生存发展十几年的关键。

型钢车间建设生产后的一年多，市场需求并未如想象中的爆发，螺纹钢价格从1994年开始整体下降，对型钢车间的正常生产带来了很大困难。在此情况下，蒋伯伦想来想去，觉得没有新的产品，型钢车间肯定要被迫停产。唯一的办法，就是开发新品种，抢占新市场。他专程赶到中国钢铁行业的技术智囊——北京科技大学去寻求良方。几经周折，历时数月，北京科技大学同意与三洲钢厂共同开发桥梁伸缩缝用 C 字钢新产品。桥梁伸缩缝用 C 字钢是用于道路桥梁减震的异型钢，因其内径构造形似英文字母"C"而得名。C 字钢产品工艺结构很复杂，北京科技大学的技术人员和生产车间紧密配合，利用螺纹钢产品生产的间隙，经过数轮的设计、修改、送样检测、再调整，历时半年多终于研发成功，得到了用户单位很高的评价，也为当时公路桥梁建设提供了节能、高效的全新工艺。在 C 字钢取得成功的基础上，蒋伯伦又趁热打铁，成功开发了高速公路用围栏钢、煤矿作业用锚杆钢；还结合上下工序，在 650 开坯车间开发了汽车用轮辋钢、王字钢等品种。

此时，三洲钢厂从 650 开坯到薄板、型钢，都只有轧钢工序，所有的原料需要依靠外购钢锭、板坯、钢坯。当时各大中型钢铁企业为了提高自身的经济效益，都形成了从钢坯（钢锭）到钢材成品的一条龙生产线，产出的钢坯只有少量出售，因而给只有轧钢而无炼钢能力的三洲钢厂带来了坯料供应严重不足的困难。没有自己的产钢装备和能力，在成本和生产组织上都要看别人脸色、受制于其他有钢企业。"无铁不稳，无钢不活，无材不富"，冶金行业的行话指的就是这个意思。

1992 年初，蒋伯伦与管理层商量计划筹建炼钢电炉。电炉流程短、上马快、工艺简单。后来，他们从上海冶金设计院打听到意大利 BVOLLO 公司有一台二手超高功率 50 吨电炉要转让，这在当时是国际先进炼钢装备。得知此消息后，蒋伯伦非常兴奋，马上组织了一批技术人员专门赶到意大利现场看设备。1992 年 5 月 8 日，三洲钢厂与意大利方面签订设备引进协议，引进 50 吨超高功率电炉，同时在国内购买与之配套一台 60 吨钢包精炼炉和一台四机四流小方坯连铸机，可年产普通碳素钢和低合金钢 20 万吨。

电炉建设资金总额计划为 2000 万美元，考虑资金和进口设备技术引进等原因，当时以三洲钢厂设立的江苏三洲冶金集团公司与香港合升发展有限公司、中国冶金进出口公司上海分公司合资建办的形式建设。项目的建设得到了无锡县经委、外经委的大力支持，并在 1994 年底由江苏省计经委、省外经委批复项目建设书和可行性研究报告。1994 年，全国乡镇企业第一个 220kV 用户变电所和 50 吨高功率电炉炼钢工程在这里破土动工。但后期由于相关合作方退出等因素，建设资金缺口较大，电炉炼钢工程处于缓建、停建状态，但为工厂日后重组为新三洲钢厂的发展奠定了基础。

蒋伯伦说，在创业路上，他是一个追逐"太阳"的人。的确，每天的太阳都将是新的。不是靠等待，而是靠创造。

在无锡县获得"华夏第一县"称号的背后，是由大量的行业单打冠军和领军企业发挥着支撑作用。1992年，是无锡县一次性医疗用品厂创办的第四个年头。冯忠感到，经过磨合，工厂的一次性无菌注射器即将迎来市场看好的岁月。

这家工厂的前身是无锡县东北塘手工业联社，在20世纪70年代初以木工、锯木为主要经营业务，1976年初拓展了塑料业务，生产农用塑料制品。后来，又延伸生产塑料帽檐帽舌，为制帽企业配套。冯忠从木工车间调出，开始跑业务。第一次出差，他19天跑了21个城市，深深体会到了其中的艰辛。

塑料帽舌的技术含量不高，坚持了多年之后终于走向了"黄昏"，到了必须转型的时候。逐步在城市医院临床推广使用的一次性无菌注射器，进入他们决策的考虑范围。不过，对于东北塘手工业联社来说，从塑料行业进入医疗器械领域，完全是"跨界"发展，要技术无技术，要资金无资金，而这种产品涉及医疗安全，技术要求非常高。

冯忠被委派负责项目的开发。经过辗转打听，他找到了苏州医学院的一位朱姓教授。听了情况介绍，朱教授被他们的真诚执着所打动，很是兴奋，一口承诺，车间环境、净化要求、灭菌等技术支撑由他们负责，还答应帮助培训检验人员。乡党委同意手联社成立一次性医疗用品厂，由冯忠任厂长。

接下来的问题是资金从哪里来？按当时估算，最少要10万元才能启动。冯忠通过无锡县对外贸易公司，找到了江苏省医药保健品进出口总公司国内采购部。认真听取了情况汇报，省外贸公司特事特办，立即与无锡县外贸贸易总公司签订了供货合同，并支付10万元预付货款给工厂。启动资金筹到后，由无锡县净化设备厂帮助进行车间安装调试。就这样，从无到有，工厂开始了无菌注射器的研发和生产。

图3-17　冯忠接受无锡电视台"四千四万正当时"专题采访

研发过程并非一帆风顺，难题接踵而来。当时国内还没有可用于聚丙烯印刷的油墨。冯忠找到了无锡化工研究所工程师章俊君，他正在胡埭一家企业帮助研制一种用于塑料编织袋的油墨。在章俊君的大力帮助下，通过反复试验，终于解决了印刷油墨难题。1988年年底，第一批注射器送到中国上海医疗器械测试中心做全项目测试，产品合格率在90%以上。离成功只有一步之遥了。他们根据测试要求，针对不符合的项目进行模具修改，第二次送检即全面符合标准要求。就此，一次性无菌注射器开发成功。

无锡县一次性医疗用品厂的第一批产品，由安徽省医药保健品进出口总公司出口至俄罗斯，同时通过无锡县外贸公司发往江苏省外贸出口公司。之后又承接了台商的半成品加工，一次性无菌注射器产品逐步成熟发展。

1992年，上海流感大暴发，一次性无菌注射器逐渐被医疗机构接受并广泛使用。同年，国家药品监督管理总局和卫生部出台了一次性无菌医疗用品的验收细则。经过半年多的努力，无锡县一次性医疗用品厂根据验收细则要求，编制出了一套符合生产一次性无菌注射器的规范性工序流程和追溯管理流程。在当年国家药品监督管理局对企业的验收中，虽然无锡县一次性医疗用品厂被排在第12家验收，却是第一家被当场宣布验收合格的单位，获得了编号为0006的企业生产许可证，同时取得了卫生部颁发的卫生许可证。就此，工厂走上专业生产经营之路，1994销售额达500万元，职工收入成倍增长。一次性医疗用品厂也几经演变，成为今天的宇寿医疗器械有限公司，成为全球业内产品品种最为齐全的生产厂家。

这一年，对年过半百的陈耀祥来说，是他回乡工作的三十周年，心中充满着再创业多贡献的灿烂阳光。

陈耀祥出生于无锡县东湖塘乡汤村，1960年毕业于江西共产主义劳动大学，后在江西共大红星分校任教两年，1962年下放回村务农。20世纪70年代，他先在村办塑印厂跑供销，后又在镇办建村机械厂担任技术科长。1983年，他重新回村，挑起村办塑印厂厂长担子。他通过市场调研，毅然停产食品包装袋，筹建泡花碱项目。没有资金，他把自己仅有的三万元积蓄全部拿出来，再设法向所在生产队和朋友凑借近两万元；没有技术，他前往吉林四平市泡花碱厂请来一位退休老师傅指导。年底，一爿小泡花碱厂就建立了。从1983年至1992年，陈耀祥为培育好亲手创办的企业，从未吃过一顿定心饭。他每天第一个到厂，最后一个离厂，夜里还要到厂里看望夜班员工。1990年，年产泡花碱达12000多吨，产值增至500多万元，上交国家税收40多万元。为实现一条龙生产，进一步满足市场需求，1991年又投资150多万元，上马恒亨白炭黑厂。由于操劳过度，先后患上"肺气肿"和"高血压"症，但他每次"人在病房，心在厂房"，待病情稍微好转就提前出院返厂。

白炭黑是一种化工助剂，使用领域十分广泛，主要用于橡胶制品、纺织、造纸、农药、食品添加剂领域。恒亨白炭黑厂投产以后，量质齐升，产销量逐步跃升到位居全国同行第一，产品质量经国际白炭黑生产权威德国迪高沙公司检测合格。至1998年，陈耀祥一手培育呵护的两家企业，已拥有厂房5万多平方米，固定资产2100多万元，职工228人，实现年产值销售近亿元，创利税680多万元。

企业发展了，陈耀祥想到的是回报社会，为全村老百姓多办实事。他先后出资1200多万元，用于教育和公共设施建设：建造一所汤村小学；为广大村民接通户外有线电视光缆；浇筑一条16米宽、四公里长的一级标准村主干道，并装上108盏路灯；为全村12个自然村500多户村民家家通上水泥路；改造450亩高标准农田丰产方；修造桥梁一座；从1993年开始为全村200多位60岁以上的老年人按月发放养老金，为村里建造一流的村老年活动室……

1992年是一个新阶段的起点。邓小平的南方谈话，不但在政治上造成了空前的震动，同样在经济上形成了强烈的号召力。当市场经济的概念终于得以确立之后，当代中国改革运动终于确立了未来前行的航标，改革的动力将从观念的突破转向制度的创新。在之前，我们发展经济，主要是对科技的追求，引进了一大批生产线和新技术新装备。而现在，很多人已经意识到，制度创新与技术引进一样，是中国经济前行的"轮子"，同样能够释放出巨大的生产力。

在此之后，我们即将看到，在中国，在无锡农村，都开始了从科技驱动向制度驱动的时代转型。

1993 年　南方风来

在每一片土地上，时刻都有使人分道扬镳和使人走到一起的种种力量在发挥作用。

——罗斯福

邓小平南方谈话不到一年，市场潮汐拍岸而来，卷起偌大涟漪。英雄豪杰、平头百姓，壮志凌云，竞相而上，掀起了一轮新的热潮。

改革中的精彩坐标，很多源于时间与空间的碰撞。如果说，自 1978 年以来的前 15 年，注定某些年份是具有地域属性的；那么，1993 年当之无愧地属于江苏无锡和广东南海、顺德。一南一北，两个在改革开放中走在前列的地方，在经历了许多年的平行前进之后，终于"碰撞"在了一起，闪出了熠熠的思想火花。

7 月的一天，阳光特别灿烂，无锡县政府的院子里格外热闹。县委书记何正明和县长陆荣德率领四套班子领导、乡镇党委书记、部委办局和银行主要负责人 100 多人在这里集中，去无锡硕放机场乘坐无锡至惠阳的航班，开始赴广东南海、顺德、深圳的学习考察之旅。

说起南海、顺德、深圳，无锡县人并不陌生。20 世纪 80 年代，无锡县作为全国乡镇企业的发祥地，处在如火如荼的发展期，而南海、顺德这两个广东改革开放前沿阵地的县刚刚起步，他们带着改革的意愿和开放的慧眼多次来无锡县学习交流，他们也曾被无锡县"乡镇企业王国"的美誉和实力所惊叹和折服过。在随后的数天里，当一向走在别人前面、多少有点自豪的无锡县人走进小平同志刚刚南巡过的这片神奇土地，先后学习考察了南海、顺德、深圳保安区、布吉南陵村以后，轮到惊叹和折服的是昔日的"老大哥"了。

所到之处，改革开放的气息扑面而来，规模企业、现代工厂、专业市场如雨后春笋出现在人们面前。1991 年，南海国内生产总值 70.38 亿元，顺德 63.81 亿元，无锡县 88 亿元，但南海财政收入 6.03 亿元，无锡县 4.25 亿元，几乎少了三分之一。面对一个个奇迹，面对一串串数据，大家汗颜、震惊、感叹，但更多的是思考，特别是对无锡县以往发展路子和运作体制及机制的思考。

在交流中，顺德县委书记陈用志的一番话，更是给"老大哥"带来了思想上的冲击波。他开场就说："我们两地是多年友好的兄弟，顺德乡镇企业是向无锡县学习来的，你们的办法和经验使顺德的县属工业和乡镇工业发展起来了。"接着，话锋一转："现在广东省委要我们顺德县搞改革试验，我们的做法是搞经济成分多元化，单一集体经济体制肯定行不通，必须改革。靠政府办企业，政府出面借钱办厂的发展路子难以持久。"

数日的参观，让何正明陷入了沉思。他隐约觉得：一条新的发展路子摆在了无锡人面前，一场新的改革和调整已经呼之欲出。在考察结束之时，何正明作了小结讲话。他舍弃了原先准备好的讲话稿，连夜重新整理了一份新的文稿。他说："我们无锡县要认真学习改革开放前沿阵地的新鲜经验，不能再以老大自居，不能追求数量总量，要讲运行质量和水平，要从'三个有利于'出发，大胆改革原有的体制、机制，在乡镇企业中积极推行股份制，为发展增加新的动力。"对于今后无锡县的发展，他提出了"四个转变"的观点：在工业发展路子上，必须从注重量的扩大转变为注重质的提高；在产业发展方向上，必须由主要发展第二产业转变为在更高层次上实现三业协调发展；在投资体制上，必须由单一的投资结构转变为多元化的投资结构；在企业改革上，必须从原来的以完善配套为主转变为向深层次的突破性改革推进。

一席讲话，会场里数次响起热烈的掌声。这次南方之行是震撼之行，成了无锡县发展史上的一次思想解放之旅。

南方之行之后，无锡县召开八届五次全委扩大会议，确立了"在企业改革上，必须从原来的完善配套为主转变为向深层次突破性改革推进"的工作要求。同年 12 月召开的县委八届六次全会扩大会议上，县委再次明确要求"以转换经营机制为重点，以产权制度为突破口，以建立现代企业制度为目标，进一步深化改革"，并对企业改革按照"抓一块、转一块、放一块"的要求作出了相应的部署。一场影响无锡农村发展的大规模改革正式拉开了帷幕。

"抓一块"，就是抓好骨干企业的产权制度创新。这批企业虽然个数不多，但在经济总量中所占比重很大。这批企业改革的方向，是冲破社区界限、所有制界限、行业界限，通过法人参股和个人入股，重组企业产权所有结构，形成财产混合所有的经济单位。其形式多数是改组为有限责任公司，具备条件的改组为股份有限公司。这类企业改组时，坚持以法人参股为主，以增量扩股为主，做到既吸纳大量资本，又促进机制转换加速企业上规模、上水平，形成新的优势和活力。

"转一块"，就是采取多种形式把一般企业搞活。其改革方向是积极争取法人和个人参股，组建有限责任公司或改组为股份合作制企业。它与前者的主要区别在于不强求集体控股，但同样要逐步向现代企业制度过渡。

"放一块"，就是抓紧对"小、微、亏"企业的改制。其方法是可以实行租赁经营，也可以把产权转让给私人经营，或由企业法人兼并，把回收这部分资产存量的资金用于职工分流安置和转投于急需的产业和项目。

多年以后，何正明写下这次南方之行的回忆文章，题目就叫《一次思想解放之旅》。他在文章中还不无自豪地说："后来的事实证明，当时提出的'四个转变'，形成了无锡县后几年经济和社会发展的行动纲领。"

叙述1993年的无锡县，这次南方之行是绕不过去的话题。

无锡农村，从来就不缺少改革的勇气和智慧。在无锡县开启思想解放之旅的同时，新的机制建设已经在红豆集团"试水"。

1992年6月16日，江苏红豆针纺集团成立，这是全省第一个乡镇企业集团。同年底，红豆集团又获得了自营进出口权，是无锡县第一家获得此项权利的生产型企业。从这一刻起，红豆开始步入服装产品系列化的发展轨道。衬衫、西服、夹克、羊毛衫、T恤、皮件、女装、童装等项目陆续上马，发展成为全国服装系列产品最全、市场覆盖率最大的企业。

文学巨著《红楼梦》中的女主人公王熙凤曾经说过这样一句话："大有大的难处，小有小的难处。"家大业大以后，管理上的困难便会凸现出来。如何实现大企业既有大的规模优势又有小的灵活优势的企业管理模式？拥有"集团"的荣耀，并没有让红豆当家人周耀庭增添轻松稳当的感觉。因为，乡镇集体体制下的企业规模做得再大，也没有改变"政企不分、产权不清、权责不明"的弊端，与此同时，"企业负亏、厂长负盈、银行负债、政府负责"的怪象，"大锅饭"、平均主义、能人难留的尴尬，却随着企业规模做大变得日益突出。特别是能人难留的问题，对企业发展简直就是致命的。每到奖励兑现，就会出现"能人跑路"。只要几千元的奖励给生产骨干一发，人家拿到钱就另攀高枝去了；给少了不行，给多了就跑。奖给销售有功人员 10 万元，他拿了钱第二天就不来了。为什么呢？因为他用 10 万元买了 20 台缝纫机自己办厂了。服装生产门槛低，自己有销路，买几台缝纫机就自己开厂了；科技人员拿了 10 万元奖励，明天也不来了，因为他有技术，自己也买了缝纫机当小老板了。显然，靠分配激励机制，不能从根本上留住能人。

此时，1992 年邓小平南方谈话以后，中国改革之风从南方再次鼓起。从深圳大学读过书的周海江密切关注着这一动向：国家开始在国有企业试点股份制，建立了一批股份制企业和股份公司。周海江认识到，只有靠产权制度改革，让"能人"拥有产权，成为"老板"，才不会走人，企业也才能真正留住人。但是，作为一家乡镇集体企业，产权制度改革的主动权不在企业，在于上级政府。于是，他和父亲周耀庭找到镇里和县里的领导，要求搞股份制改革。上级领导们意见不一，一时反对大于支持。主要原因：一是国家没有出台乡镇企业股份制改革的文件；二是难以处理乡镇与企业之间的资产比例。企业资产给多了，有人会说是搞资本主义；给少了，创业者和团队没有积极性。

为平息争执、避开矛盾、赢得时间，红豆提出了"增量扩股"的股份制改造方案：1993 年以前的资产全归镇政府，保证乡镇利益不受损失；而此后企业发展产生的增量资产，由红豆员工以及港下镇村民通过"增量扩股"方式成为红豆股东。这种增量扩股改制方式，不失为一种智慧。它既避开了"搞资本主义"之嫌，又稳定了乡镇资产不因改制而变现抽走企业资金，不致企业出现"缺血性休克"，还可通过改制吸纳员工和社会资金，扩充企业发展资本。为打动上级，身为董事长的周耀庭又挺身把个人利益"押"给上级。他对镇上承诺说："我们工厂搞股份制后，我的工资仍由镇上确定，不由董事会定，这样行不行？"最后，上级政府同意了红豆的改制方案。

但是，这边说通政府，那边企业内部又传来不同声音。有的高管对改制表示担忧，怕自担风险；有的提议乘机把集团公司分割，自立山头。提议分割的人认为，红豆在组织结构上本身就是"小厂大公司"，完全可以像"掰大蒜头"一样，一瓣一瓣地掰开分掉。但是，周耀庭和周海江等人力排众议，坚决不同意瓜分红豆。理由是，改革是为了明晰产权，增加责任意识；并不是要瓜分财产，走私有化道路，企业还是规模化、集团化好。一个企业就好比一个人，如果把企业分了，就好比把这个人的头、四肢、躯干都"卸"了，整体功能就全没有了。坚持不分，保留了红豆的整体性，就保留了红豆的规模优势和整体竞争力，也就维护了股东和员工的利益。红豆坚持改制不瓜分，避免了一次改革危机。

1993年底，红豆集团"增量扩股"改革首次启动，镇政府把股权比例放在30%。招股说明书在镇上各处公开张贴，广大员工和乡里乡亲争相凑钱，按"入股自愿、利益共享、风险共担、股权平等"原则投资入股。随着公司多次分红和扩股以及镇政府变现，镇政府所占比例逐年减少。到2002年，镇政府股权比例已稀释到3.0921%。2003年8月，镇政府股份全部分红变现，且在历次增资扩股中未有新投入，这部分股权最终转让给企业当家人。至此，股改后的股权结构是：集团董事长周耀庭持股27.48%，周海江持股12.37%，郭小兴等自然人持股60.15%。

图3-18 1992年6月，江苏省第一个乡镇企业集团——江苏红豆针纺集团成立

经过多次产权改革、股份转让，红豆集团最终由一家乡镇集团所有制企业成功改制为股份合作制企业。这是一次突破性的制度变革，此后对企业发展的驱动意义将日益显现出来。

完成股改后，红豆集团共有800名初始股东，50名控股大股东。与此同时，集团麾下的每个工厂都建立了明晰的产权制度，每个工厂约50%的股份都由管理层共同持有。这种多元化的产权机制，防止了股权过于集中的不良倾向。"增量扩股"为企业赢得了宝贵的改制时间和发展时间，较早突破了体制制约，获得了许多发展先机。时间就是效率，时间就是资产。

值得一提的是，红豆集团创造的"增量扩股"的改制模式，解决了苏南地区乡镇企业改制中普遍遇到的难题，后来被广泛效仿和借鉴，为"苏南模式"走出困境、再显活力提供了新路。交易成本理论认为，产权最基础的作用是可以降低成本。制度经济学理论认为，产权制度对经济活动提供了最为基本的激励作用。产权制度改革的成功，标志着红豆形成了边界清晰的多元化产权结构，具备了建立现代企业制度的基础条件。

加速时间，是对摩托车动力性评价的一个重要指标。在用原地点火启动以后，能在较短时间迅速拉到设计中的最高速度。捷达摩托的加速时间，一直优于同类产品。从办厂伊始，捷达摩托集团公司就以同样惊人的"黑马"之势，迅速进入了加速发展的轨道。

与重庆华伟工厂结成紧密合作关系之后，捷达摩托车有了稳定的发动机供应来源，生产规模扩大了，产量也成倍增长，接下来主要的问题是扩大销售了。如何把捷达摩托车迅速推向全国？这是厂长华浩兴、经营副厂长杨仲华要解决的首要问题。思来想去，他们决定到南方经济发达地区去开一个面向全国的捷达摩托车大型订货会。

1993年秋天，捷达摩托车大型订货会在广州的广东大厦召开，全国各地的摩托车经销商将近一千人纷纷应邀前来。为了扩大影响，他们把中央一级和地方包括广州的主要新闻媒体的记者都请到了会场，不惜工本用广告和新闻报道集中宣传推介捷达摩托车。

这个会议开了一个星期，花了1200万元的费用，当场签订了价值20多亿元的销售合同。一个乡镇企业的订货会，气魄之大，影响之广，业内未有先例，闻所未闻，顿时轰动了五羊城，轰动了国内同行。再加上中央和地方的电视、报刊的集中宣传，产生了轰动的市场效应，在全国范围内刮起了一股"捷达旋风"。

捷达摩托的南方之行，可谓一夜成名，一鸣惊人，产品热销市场。

转过年来的1994年，无锡市摩托车厂正式改组为江苏捷达摩托集团，由杨仲华担任总经理。此后，捷达摩托又乘势而上，分别于1994年在厦门、1995年在海口、1996年在无锡召开了大型订货会，这些订货会无一不取得了预期的效果。

随着市场的打开，捷达摩托车的产量连年跃升。1991年生产摩托车整车3600辆，完成工业总产值200万元。1992年完成新厂一期改造，当年生产摩托车整车2.3万辆，年产值和销量双双过亿元，利税突破1000万元，全员劳动生产率达11万元；当年被列入中国摩托车行业定点生产单位目录，排

图3-19　捷达摩托车厂生产线

名第131位。1993年增产市场抢手的四冲程摩托车，形成90型、100型等四个系列20多种品种，年产整车7万辆，完成工业总产值13亿元，在全国148家定点生产厂家中排列第11位；这一年花2800万元进行二期改造，完成了重大技术

改造工程。1994年摩托产销量继续飙升，生产整车23万辆，完成工业总产值13亿元，在全国摩托车行业中名列第七位。1995年生产摩托车整车52万辆，完成工业总产值32亿元，在全国摩托车行业中名列第五位，三年间跃升了126位，捷达之名不胫而走。

捷达摩托"几年几大步"，除了通过大型订货会拓展市场以外，发展横向协作配套，走社会化分工之路是成功的一个秘诀。发展横向协作，不仅有利于双方共同发展，还带动和培育了一批新的企业，促进了摩托车整个产业的发展。重庆的左宗申，原本是捷达摩托的配套客户。见摩托车行业有利可图，左宗申也悄悄搞起了发动机生产。不过，起步阶段他的工厂不过是一个小作坊，左宗申夫妻俩带了几个人，在高低不平的泥土地上装配发动机，生产条件十分简陋。左宗申目光好，讲信用，生产的摩托车质量也不错，捷达摩托正是看准了这点，决定同他联合开发生产四冲程发动机。左宗申资金不足，捷达摩托预付了500万元货款，支持项目上马。左宗申用这笔钱建厂房、购设备、搞研发，终于成功开发了发动机新产品，既满足了捷达摩托生产发展的需要，又为他自己开辟了一条快速致富的财路。他们主要生产90型、100型两种型号的四冲程发动机，发展到月产一万台。左宗申的企业一发不可收，成立了全国有名的私营企业集团——宗申集团，并上市发行股票，企业资产过百亿。左宗申谈及当年往事，对捷达摩托最初对他的支持仍是感激不尽。为确保发动机的正常供应，满足工厂规模生产的需要，捷达集团还扶持了其他几个发动机生产企业，如隆鑫、力帆、大江等五个工厂，使重庆成为捷达发动机的主要生产基地。连续两年，杨仲华重庆蹲点、协调，最多的一年将近200天左右。

捷达摩托除在重庆等地创办合资、合作企业外，还在无锡县安镇、查桥地区设立了20多个配套协作点。公司投了2000多万元资金，支持镇村企业为捷达生产轮毂、车架、灯具、电镀、橡塑等产品，从而保障了捷达的发展。同时又在本地带动发展了一大批零配件生产企业，镇里还建起了车辆（摩托车、电动车和配件）市场，形成了一个以产、销摩托车、电动车为中心的产业链。安镇、查桥地区从事摩托车、电动车和配件生产、销售的企业、商贸业及个体户有二三百个，最多时全年的产值有几十亿元。由于捷达公司在摩托车行业的领军作用，带动和促进了当地整个摩托车和日后电动车产业的大发展，正可谓"一花独放不是春，万紫千红春满园"。

1993年7月，32岁的浦益龙受厚桥镇党委之命，负责筹建一家新的镇办企业——电解铜厂。浦益龙木匠出身，年纪又轻，此前担任了镇建筑公司副经理之职，负责第八工程队的建筑业务。"我对工业是外行，既不了解市场行情，又不熟悉机械技术，尤其是材料行业，我从未接触过，一窍不通。"他暗暗激励自己："只能前进，不能后退。在一张白纸上可以画出最新最美的图画。"

在筹建过程中，难题接踵而来。经过三个月的市场调研后，他发现，办电解铜厂能耗大，利润低，并且同类企业比较多，弊多利少。浦益龙认为，冰箱、空调等家电产品已开始普及，为之配套的铜管前景必然看好。于是，他立即向镇党委提出自己的看法，建议改建铜管厂。这一建议得到了镇党委的支持。建厂房，搞基

图 3-20 无锡县隆达铜管厂生产车间

建，浦益龙是内行，可资金缺口太大，镇里拨款 40 万元，征土费就占 24 万元。浦益龙不仅把第八工程队的全部家当投了进去，还咬咬牙把家中准备盖楼房的建筑材料全部运到了工地。经过 100 多天汗水、雨水交加的连续作战，5800 平方米的主厂房落成了，无锡县隆达铜管厂正式成立了！浦益龙为家企业取了个响亮的名字——"隆达"，希望企业兴旺发达，生意兴隆。

接下来就是设备问题，浦益龙带着图纸直飞西安，恳求西安压延设备厂按图施工。由于技术要求高，批量又不大，一开口就遭到了拒绝。不达目的不罢休，浦益龙连续三天守候在总工程师的办公室，说尽了好话，再三恳求他们帮忙。"精诚所至，金石为开"。对方最终被浦益龙的诚意所感动，接下了图纸。

有了设备，没有技术人才怎么办？这又是一个难题。浦益龙不惜三顾茅庐，从太仓聘来了"星期日工程师"。有了设备，有了人才，项目投产是自然而然的事了。1995 年 1 月 5 日，隆达铜管厂投产一次成功！

"小小木匠，大国工匠"，是浦益龙对事业的追求目标。隆达从生产第一根铜管开始，就十分注重产品质量，几年间开发了国内领先的铜镍合金管、高效翅片管等科技含量高的产品。质量上去了，销路自然不用愁，工厂同春兰、海尔、美的、LG、TCL、樱花、万和等集团建立长期协作关系，进行配套生产，国内市场的占有率几年中提高到了 50%。1997 年，隆达铜管厂开发的新产品合金管，

被国资委评为"双佳"项目。1998年1月，工厂改制成为无锡市隆达铜业有限公司。

走出去，走出去，外面有更广阔的天空。

1993年，甘露燃化公司的金永兴从业务往来中发现，上海宝钢急需高质量的精洗细煤，而山西吕梁地区孝义洗煤厂因管理不善已关闭两年。敏锐的金永兴认识到了其中的商机，萌生出一个利用当地资源、当地劳力、当地旧厂办企业的大胆设想。通过实地考察和可行性研究后，金永兴决定以三产办二产，投资200万元，以年租40万元、合约五年的形式，在孝义地区占地六万平方米的旧厂址上办起了一家年产20万吨精洗细煤的洗煤厂。在当地聘用劳动力82人，从无锡派去管理人员18人，流动资金由上海宝钢、公司自筹、孝义当地贷款三方面组成，共筹1500万元。

甘露燃化公司凭借"上水道"的销售优势，开拓"下水道"的资源优势，形成生产销售一条龙的综合优势，给自己公司、甘露地方财政、孝义地方财政、上海宝钢公司四方带来了可观的综合效益。1994年开工后的头九个月就为本公司创利811万元，上缴无锡本地税金122万元，上缴孝义当地税金102万元，并为宝钢减少进口20万吨精细煤（进口每吨68美元），节支2000多万元，称得上是四方得益，皆大欢喜。

创建于1926年的西漳蚕种场，旧称"三五馆"，是华东地区近代史上最大的蚕种场。由于蚕桑业的日渐萎缩，西漳蚕种场跳出"蚕"的限制，通过联营的方式办起了日新毛纺织染厂、地毯厂等多家企业。这一年，日新毛纺织染厂计划新上绢纺丝等项目。这一项目的生命线在于原料供应充足。走出去，到原材料产地办厂。河北省蠡县有商业部投资5000万元建成的大型皮毛市场，是北方地区的毛料面料的重要集散地。而且，该地又临近山西大同，煤矿资源丰富，作为生产要素的煤价、电价及劳动力、土地等价格都大大低于无锡地区。西漳蚕种场找到当地一家毛纺厂，经过洽谈，按6∶4的比例投资700万元建厂。1993年10月，日新毛纺织染厂蠡县分厂竣工投产。由于原料和半成品就地深度加工，减少了往返费用，加上煤价便宜等节支因素，到当年年底就获利200多万元。

地处洛社镇的无锡县明达灯泡厂在60年代搞灯泡起家，形成了车用灯泡、输送机械设备、高低压电柜、自动化电控设备等四类产品体系。但产品属劳动密集型，生产成本高，附加效益低。面对这一难题，厂长杨志方决定易地转厂，"腾笼换鸟"，"更旧布新"。1994年初，该厂与经济比较薄弱的皖南郎溪县涛城镇联营，把五条生产流水线转移到该镇，折价68.4万元，每年按8.6%的比例由总厂提留折旧，厂房、土地年租金6.7万元由当地政府收益，企业其余利润由总厂收益，并按3.3%税率向当地税务所纳税。总厂派去20名技术骨干和一名管技术的副厂长，并在当地招收30名工人。1994年4月份投产以来运行良好，到年底完成产值350万元，灯泡30万只，利润42.84万元；在同样条件下，每千万元产值的效益可比原来翻一番。在转移老产品的同时，该厂积极发展填补国内空白的光缆机械设备。在短短的一年多的时间里，全厂总资产从1993年的518万元增加到1994年的810万元，销售总额和利税分别达到3160万元和668万元，比1993年增长近一倍。

1993年的无锡农村，有着发展经济的渴望，也有着企业更新换代的实践；有着高速发展的奇迹，也有着转型变轨的渴望。这一年，南风劲吹，吹响了无锡县乡镇企业改革创新转型发展的号角。尽管前路漫漫，但经济多元化的序幕已经拉开了。

1994 年　激流回旋

我愿意是激流，山里的小河，在崎岖的路上、岩石上经过……

——裴多菲·山陀尔：《我愿意是激流》

斗转星移，似乎换了人间。邓小平南方谈话之后，宏观环境的格调陡然发生变化，一系列重大的改革理论和举措相继推出——

1992 年 10 月，党的十四大在北京召开，明确提出我国经济体制改革的目标是建立社会主义市场经济体制。

1993 年 11 月，中共十四届三中全会通过的《中共中央关于建立社会主义市场经济体制若干问题的决定》明确指出："建立现代企业制度，是发展社会化大生产和市场经济的必然要求"，建立现代企业制度的基本思路是以产权制度为核心的。其基本特征是："产权清晰、权责明确、政企分开、管理科学。"

1994 年 7 月 1 日，《公司法》出世。这部酝酿五年之久的法律，对公司设立、组织结构以及权利和义务作出了明确规定，旨在建立中国现代企业制度，促进社会主义市场经济的发展。《公司法》和"现代企业制度"的提出，成为中国企业史上的一个分水岭。企业的名称组织结构、功能以及权利和义务，发生了一系列实质性的提升。在企业名称上之前我国企业多以"厂"命名，生产味十足而商业化不足。《公司法》颁布实施，新成立的企业统称"公司"，企业法人代表为"经理"。从工厂到公司，从厂长到经理，名称的改变只是宏大转机的直观化表现。伴随着种种细微变化，《公司法》的出台，打开了中国企业现代化进程的大门。

在无锡农村，有了 1993 年的南方思想解放之旅，并开展了试点，接下来的 1994 年应该是集体乡镇企业改革大规模推进的一年，但出乎意外的是，改革在年初就进入了低谷。

原因很简单，主要是认识问题，是对公有制集体经济为主体的认识问题。苏南模式在所有制形态上以集体经济为主体，而改革势必触及这一敏感的认识区域。要对这一曾经引以为豪的苏南模式进行改革，惯性思维加感情纠结让许多人想不通，引起了一些争论，甚至公开的反对。

而且，这样的反对意见，往往来自上层。曾任无锡市委农工部副部长的张寿正，就遇到了因为改革被上级领导批评的事。他回忆："随着改革的不断深化，改制面的不断扩大，尤其是江阴市花园村的存量置换、配股以及私人买断、个人控股等形式的出现，反对意见就逐步公开化、高层化。尤其是令我们没有想到的，上级主管部门的一位领导，在实地考察了花园村的改革后，竟然勃然大怒，又是找县里又是找市里，又是找书记又是找市长的，表示了坚决反对和要求迅速纠正的态度。""他们的强势反对和干预，不仅使得市县两级领导和业务部门十分难堪，还严重挫伤了镇村干部改革的积极性。""上级的一些强势部门，不仅把苏南模式的发明权占为己有，还不顾实际地把'三为主一共同'固定化，人为地为乡镇企业的产权制度改革设置障碍。特别令人不解的是，一些领导连'集体乡镇企业产权制度改革'这样词也不说，像存量置换、企业拍卖、个人控股等等的改革举措，更是讳莫如深，避之不及。"[①]

1994 年 4 月，江苏省委、省政府提出了"五个一批"的企业改革要求，在路径上因企制宜选择股份制、股份合作制、转让所有权经营权等多种形式，但因到会的个别省领导同志意见不一，口径不一致，会议效果大打折扣。直至 1996 年 5 月召开的全省乡镇企业工作会议，强调解放思想、大胆实践、不划框框、不设禁区，要求加快改革，放开搞活，搞活存量资产，提高个人尤其是经营者股金比例等，从而有力地加快了各地的改革步伐。江苏省乡镇企业局局长邹国忠曾感慨："要转好这个弯真的很不容易。"张寿正也回忆："那年的 1 月，我陪一位省级领导带领的调研组到宜兴调研。上午在张泽镇，听了党委书记的汇报后，当即对拍卖企业、由公转私、个人控股的做法提出了批评。拍卖企业是宜兴的通行做法，我生怕他们到下一站后再提出反对意见，就私下叫宜兴市委农工部的同志关照圯亭、高塍两镇的领导，按省领导的思路，汇报改制中是如何加强集体资产

---

① 张寿正：《一切为了农村的繁荣和农民的富裕》，《异军突起——无锡乡镇企业史话》（上），广陵书社，2008 年，第 152 页。

管理和坚持集体控股、职工控股的。果然下午的汇报，他们听了很高兴，还特地要我总结经验，形成书面材料，他们要向省委汇报等等。听了让人哭笑不得。"

同时，为了调控宏观经济趋势，国家从 1992 年起对银行信贷开始实施紧缩的政策，导致在农村中形成了一批半拉子工程和无资金开工的企业，许多地方为了解决资金短缺的困难和维护快速发展及镇村集体沉重的利息负担，开始把工作的重点从改革，转向筹措资金，开始大量地向群众向社会高利息集资。在无锡县，最早的改革试点企业是地处东絳镇的县采油设备厂。早在 1991 年 11 月，这家企业通过增量扩股的办法，进行了股份合作制改革。由于这是全市股份合作制改革的"第一家"，为了打消职工和农民认购股权的顾虑，市、县两级党委农工部的同志还认购了一部分个人股。到了此时，这家企业开始走"回头路"，以集资款取代个人股金，退回个人股金，使企业重新变成单一的集体所有制企业。全县普遍存在的向社会高利息集资，不仅严重干扰了集体乡镇企业的产权制度改革，也为今后的发展与稳定埋下了隐患。

正如，一股清流奔涌向前，忽然一丛乱石挡在前面。清流在巨石间激荡回旋，翻起水花，徘徊难行。不过，清流在激荡中积蓄着无穷的力量，终有一天将冲开阻挠，奔涌而出。

改革尽管缓慢，但仍然顽强地进行着，无锡农村发生着潜移默化的变化。1994 年 11 月 9 日《中国乡镇企业报》一版头条刊发了袁养和、宋超采写的《揭榜记》，就形象地记录下了其中生动的一幕。

这一年初，一个寒冷的冬日，堰桥镇实业总公司大门口赫然贴出一张由该公司落款的《关于公开拍卖染烘厂的通告》。《通告》上写道："为进一步推动企业经营机制的转换，现经镇党委、镇政府研究提出，公开拍卖原镇办企业染烘厂（冷作厂），经县、镇资产清理评估，决定拍卖最低标价为 303 万元。有意购买者，请在本通告公布之日起五天内到镇实业总公司办公室联系，逾期不再办理，特此通告。"

像平地一声雷，整个堰桥镇轰动了。人们围在《通告》下，七嘴八舌地议论起来——

"看样子，镇政府搞改革又出新招啦！"

"事情怕没有这么简单！染烘厂并不是亏损企业，这几年年年盈利，效益这么好，为啥硬要拍卖呢？"

堰桥村的党总支书记兼村工业公司总经理赵汉民也看到了《通告》。听着众人的议论，他心里无法平静。镇办染整烘燥设备厂的底细，他是清楚的。1993年，这个有120多人的工厂盈利80多万元，镇实业总公司决定把这个厂作为推行股份合作制的试点，但是厂长不同意，提出要以个人名义将这个厂买下来，镇实业总公司迫于资金紧缺，为了兴办新的项目，便顺水推舟，决定将这个厂公开拍卖。眼下的第一买主，就是这个厂的厂长。他接受了这个厂拍卖的最低标价303万元，其中房产118万元，设备65万元，流动资金120万元。而赵汉民经过实地调查，这个厂的实际价值远不止此，仅设备一项就有各种完好的机床100多台套，再加上两辆卡车、一辆半新的小面包车和一辆崭新的桑塔纳轿车，价值超过百万元。

这些情况，堰桥村的不少干部和群众也都心中有数。赵汉民清醒地看到，当前，在转换企业经营机制的改革中，有的地方任意拍卖企业，致使集体的资产大量流失，这是多么危险的倾向！从《通告》贴出那天起，他就密切关注着事情的发展。鉴于堰桥村是全镇的首富，他不愿自己村抢占这个"便宜"，却企盼着别的村由集体出面去揭榜。然而，一天、两天、三天，毫无动静。要是无人揭榜，五天以后，这个厂就要以最低价转入私人之手了。一想到这里，赵汉民吃不下，睡不着。第五天下午，眼看规定的期限将到，他再也坐不住了，大步来到镇实业总公司门口，毅然揭下了《通告》，以拍卖标价高出27万元的330万元买下了染烘厂。

赵汉民下决心经营好这个厂。他先将20多名被原厂长辞退的工人全部请回，厂里欠工人的年终奖金也全部兑现。接着，大刀阔斧搞改革，把开拓市场和开发新产品作为主攻方向。没有多久，他们就同上海建筑机械厂挂上了钩，签订了联合生产建筑机械的协议。仅仅三个月时间，这个厂便恢复了元气。从4月份开始，生产一月好于一月，销售产值三个月突破了300万元，利润率达8%。

一时间，谈到染整烘燥设备厂的新生，上自村镇干部，下至这个厂的工人，都会情不自禁地发出赞叹："多亏赵汉民，当初那张'皇榜'揭得好！"

1994年，黄伟兴的南方悬挂输送机厂正是如日中天，企业名称也已经改为无锡南方天奇物流机械有限公司。工厂的产品已发展成为输送设备、涂装设备、贮运设备和自动化生产设备四大类30个品种，销往全国和东南亚各国。

在工厂错落有致的厂区醒目处，一块牌子上写着一行大字：乡镇企业的最大弱点，就是管理不善。

字是黄伟兴写的，牌子也是黄伟兴亲自树起来的。几年来，他用他的实践努力把企业的弊端一刀刀切除。

任人唯亲。黄伟兴认为这是乡镇企业管理不善的第一块弊端，他知道让亲戚朋友把着"南方"的各要害部门，把"南方"演变成一个大家族，最终会葬送"南方"。南方40％的职工是外乡人，总会计师、总工程师、办公室主任、销售公司总经理、输送机厂厂长等一大批要害部门的执掌者也是外乡人。黄伟兴认为：任人唯亲，唯老乡，就别想有"南方"。

效率低下。黄伟兴的效率观念是："没有发挥不出来的积极性，只有调动不了职工积极性的管理者。"他认为，调动积极性的根本之举是放权。偌大的南方厂，管理人员只有25人，任何一个岗位只有一名负责者。黄认为："副职只会增大摩擦和扯皮的概率，把副职的权力一级级放下去，生产效率会大幅度高起来。"1992年，600人的南方厂创利税3000万元，而全国最大的一家悬挂输送机厂则是3000人创利税1500万元。

纪律松弛。1988年，南方悬挂输送机厂红红火火的时候，黄伟兴推出了其狠无比的管理"杀手锏"——实行职工年5％的辞退制度。道理很简单，南方厂要不断飞跃，就必须保持一池活水，职工就必须能进能出。几年来，几十位职工有的还是和黄伟兴一起滚打过的同乡同学，都被他毫不犹豫地辞了，1994年还首次辞退了三名大学生。南方厂没有"铁饭碗"，不断的进取才是你的"保险箱"。

1994年9月初，刚从日本考察回来的黄伟兴陷进了深深的思考。一衣带水的日本NKC公司，是国际上输送机王国，那真正是现代化大企业，其生产效率高出南方几倍甚至十几倍，按NKC的生产效率，南方厂再裁去一半人都绰绰有余。但NKC却不兴裁人。NKC总裁久住一郎先生告诉他，NKC极力培养一种企业精神，一种企业的凝聚力。与国外先进的现代化管理 .相比，黄伟兴心中一次次地想到他的年5％辞退职工的制度。"没有管理不好的职工，只有不善于管理的厂长。关键还是培养职工敬业精神。"黄伟兴眼光深邃：除非朽木不可雕，今后不再辞退职工。

NKC公司之行，让黄伟兴看到了中日企业之间的管理差距，更坚定了他改善管理的决心。不久，黄伟兴聘请一位日本专家来工厂当技术总监。这件事引起不小的轰动。日本总监的年薪是100万元，助理年薪是60万元，另外在衣食住行方面提供特别优待的条件。100万元，相当于公司十个中层干部年薪的总和。有人质疑："日本人工资费用怎么高，他们能够创造这么多效益？老板是炒作，还是赚眼球？"

事实证明，日本总监改变了南方天奇公司，规则、计划、流程等意识开始树立起来，公司运行的各个环节按预案有条不紊运行，6S体系被广泛接受。与日本公司合作，聘请日本人管理，有说服力的成效是后来天奇公司在日系汽车广州本田项目的招标项目中获胜。本田公司是世界最优秀的汽车制造企业之一，其生产装备因合理、经济、先进而在全球居于领先地位。广州本田从设计规模年产3万辆、6万辆、12万辆到24万辆，整整12年的建设期，前后四期总承包工程全部由天奇公司中标。这是与日本企业先进的管理理念合拍的验证。

看到每45秒就有一辆广州本田汽车在天奇公司设计制造的流水线上下线，黄伟兴心中充满了自豪之情。

在随后的数年间，天奇公司的发展之势已经是不可阻挡。在国内，日系车企丰田、日产、马自达、三菱、铃木，德系车企宝马、大众、奔驰，美系车企通用、福特，均成为天奇的合作伙伴。

日本中西输送机株式会社（NKC）社长久住一郎称："黄伟兴用八年跨过了我们40年的历程。"国际输送机巨头的这句话，正是对黄伟兴创业历史的最好注脚。

1994年，对外开放一下子加大了力度。中央在全国批准建立一大批经济技术开发区和保税区，开放沿边、沿江和省会城市。沿海、沿江、沿边和内陆地区全方位、多层次、有重点、梯度推进的对外开放格局初现雏形。

在戴祖军的创业史上，这一年是一个"转折年"。这一年，无锡县铝合金厂与韩国某企业签约成立了合资公司锦绣轮毂有限公司。回溯历史，戴祖军已经铝合金型材行业"深耕"了十数年，到了拓展新领域的时刻了。

戴祖军把眼光盯住了方兴未艾的摩托车、汽车行业，决策新上轮毂项目。此时，韩国的摩托车、汽车正值高潮时期，轮毂行业有着成熟的技术。经过多年合作伙伴中信戴卡的介绍，中韩合资公司锦绣轮毂有限公司成立，新的"锦绣"之路已经展现在戴祖军的面前。

1994年初，戴祖军派出10名员工赴韩国培训。在员工出国前夕，他撰对联一首，与公司同仁共勉，也为培训人员壮行。上联是：负重任，任重道远，始足下。下联是：创伟业，业伟路艰，奔前程。横批：锦绣万里。

当年10月，项目正式投产，引进了韩国最先进的设备与技术，并采用电脑控制和重力压铸的方法，生产的轮毂既坚固又美观，年生产能力达到18万件，其中20%的产品出口，成为江苏省最大的摩托车铝合金轮毂生产企业。1995年

9 月，该产品通过了省轻工厅鉴定验收，专家们认为该产品结构合理、强度高、耐冲击、重量轻、耐腐蚀、精度高，且外形特别美观。产品一经问世，国内外摩托车厂家纷纷上门求货，公司成为金城铃木、易初、华日、捷达等 20 多家摩托车的定点配套企业。

数年后，公司又成功开发了踏板车轮毂和汽车轮毂。有人不禁要问，为什么在取得摩托车轮毂开发成功的基础上又立即开发汽车轮毂呢？这或许与戴祖军的"好学"有着某种联系。

在许多人眼中，戴祖军是一个"另类"的创业者。

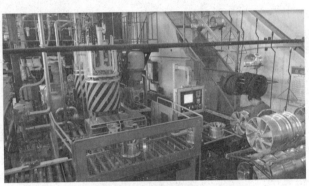

图 3-21 锦绣轮毂有限公司生产车间

即使是出差途中，在飞机上，在火车上，戴祖军一路上总是书不离手。在了解到中国生产第一个 100 万辆汽车用了 39 年时间，生产第二个 100 万辆汽车只用了八年时间，生产第三个 100 万辆汽车仅仅用了两年时间后，他马上意识到汽车行业发展迅猛，与汽车制造相关的轮毂生产必然会有很大的发展潜力，于是及时上马汽车轮毂制造项目，抓住了汽车业快速发展所带来的巨大商机。

事业数十年间保持欣欣向荣，但是在戴祖军的身上，看不到丝毫骄奢淫逸的习气。相反有人认为他近于古板，认为他在交际场上牌舞烟酒都不在行。用他自己的话说："吸烟伤身，饮酒误事，搓麻将没时间，跳舞一直学不会。"当地乡亲们是看着他长大的，对他作过这样的概括："读书时是好学生，种田时是好社员，做工时是好工人，跑供销时是好供销员，当了领导是好干部。"

3 月中旬，国内通信电缆行业精英聚首大连，中国邮电器材总公司总经理李峰特地把一位国字脸、浓眉炯眼的中年男子引荐给与会者。总经理说："我不是为他做广告，只想提醒一点他所做的一切，正在向诸位提出挑战。"

微笑着站在国有大中型企业同行面前的这位男子，是无锡邮电电缆厂厂长殷锡坤。

殷锡坤领导的企业，短短六年多时间，产值、销售利润连续翻番，一跃跻身国内"五强"，雄踞乡镇企业同行榜首。

对激烈的市场竞争，对企业生存立足的要诀，殷锡坤有句名言：用高水平压倒对手!

这家电缆厂原来只生产 50 对电话电缆，殷锡坤及时看到邮电通信建设将用程控交换机替代纵横交换机，并向大对数大容量发展，于是，依靠自我积累的120 万元，进行技术改造，开发生产填补省内空白的新一代 HYA 型 800 对电话电缆，产品在市场一炮打响，创造了惊人的效益。1991 年，全员劳动生产率达19 万元，人均利税达 4.4 万元。

刻意追求高质量、高效率、高水平，正是无锡邮电电缆厂在短短数年间，从简陋的作坊迅速成为使用国际先进设备、采用国际标准组织生产的现代化企业的关键。

随着城市化的加速，电话电缆行业处于一日数变的更新时代，2400 对电话电缆产品开始走入市场。为开发 2400 对电话电缆产品，殷锡坤提出了三套技改方案。下策采用国产设备，费用少，但只能步人后尘；中策引进二手设备，资金容易筹措，但只能昙花一现；上策引进国际最先进设备，投资大，风险也大，却有可能一举成为强有力的竞争者。

此时，国内经济尚未完全复苏。三套方案各有利弊，尤其对上策争议激烈。有人提出 200 名职工分光 3000 万元积累，即便散伙回家，光吃利息就稳笃笃是个万元户。

殷锡坤不为所动，他清楚落后就是待毙。在通盘分析形势后，他果断拍板采用上策。1992 年，这家厂投资 4000 万元，从瑞士、西班牙引进具有当时国际先进水平的 2400 对电话电缆高速生产线。生产线建成投产后，工厂的生产能力从年产 22 万对公里中档市话电缆一下提高到年产 120 万对公里高档电缆。工厂产值突破亿元大关，全厂人均劳动生产率、创利均居全国同行第一。

很快，殷锡坤又发现，传统的电话电缆不久又要被新的产品代替，取而代之的是更尖端的邮电通信器材——光纤通信。殷锡坤超前布局，在 1994 年投资 7000万元建设光缆生产线，当年竣工投产。由此，工厂的生产能力和技术水平再次出现质的飞跃，成为国内屈指可数的生产这一高新技术的厂家。

图 3-22 无锡邮电电缆厂生产车间

永远不要忘记：你手里握着的石子，可能正含有丰富的金子，你所需要的是找到提炼的方法。产品不在于大小，只要市场上需要，同样能成为畅销货，做成大生意。

世界 500 强中的吉列、麦当劳，其当家产品也不过是剃须刀、汉堡包加薯条等小产品而已。日本尼西奇公司凭借一块尿布闯天下，使不起眼的尿布成了畅销 70 多个国家和地区的大宗产品。

拉链，是实实在在的小产品，蔡正兴和他的尼龙拉链厂的产品就做出了大生意，还打进了国际市场。这不，这一年 2 月，该厂生产首批尼龙拉链发往德国。

上一年的初夏时分，德国利斯公司总裁、著名拉链权威斯宾特勒先生到东南亚寻找合作伙伴，辗转各地，最后来到中国。他在沪宁沿线等城市，考察了 30 多家生产尼龙拉链厂。这一天，斯宾特勒怀着三分高兴，七分疑惑，驱车来到无锡县杨市镇的尼龙拉链厂。

起初，走上办公楼，迎面一块写有"产品远销全球、广交五洲朋友"标语的匾额，使他不禁额首微笑。在厂长办公室里，电视监控设备转换着各车间生产实况的镜头，厂长蔡正兴正坐在办公桌前从容地指挥生产。见到这一切，斯宾特勒顿时肃然起敬。走进车间，明亮、整洁，正在操作的工人们，一个个聚精会神，连外宾的到来也目不旁视。这情景，使斯宾特勒既惊讶又佩服，他在操作台上随便抽了几条拉链，取出随身带的放大镜仔细照看。看着看着，眼里闪出兴奋的目光。

当天，双方就签订了合作的协议。前后不过半年，总投资 170 多万美元的中德合资企业——利锡拉链有限公司，便正式开业了。

小拉链赢大市场，绝非偶然。在这之前，这家小小的乡镇企业在市场的风浪中不知经受了多少次冲撞和摔打！

七年前的 1987 年，当杨市尼龙拉链厂起家之时，正碰上台湾尼龙拉链以成本低、价格廉的优势，风靡大陆。杨市厂生产的尼龙拉链则因为成本高、售价贵而无人问津、大量积压。面对困境，厂长蔡振兴召开了市场形势分析会，采取在批量、品种、交货上尽量满足客户要求的经营策略，客户纷纷上门订货。到 1987 年，这个厂的销售产值达到了 900 万元。

1989 年以后，外贸出现低潮，杨市拉链厂的生产再次陷入困境，产品销售额跌到了 500 万元。工厂当机立断，迅速改变经营方针，猛攻国内市场。在经济政策上，向管理人员、技术人员和销售人员适当倾斜，不到一年时间，这个厂的国内客户，就从 100 多家猛增到 300 多家。到 1992 年，销售收入突破了 1500 万元，成为我国尼龙拉链产量最高的企业。

"不能轻视一枚小小的拉链，它也能帮你走上辉煌的领奖台。"没错，在许多看似不起眼的细小经营中，往往蕴藏着巨大的商机。蔡正兴的最初创业似乎没有什么独到之处，但为什么他们却能轻松闯进大市场呢？

图 3-23　利锡拉链有限公司 ERP 项目签字仪式

答案其实很简单：仅仅盯着眼前的一只麻雀，老鹰就不会拥抱苍穹。只有从微不足道的事情中看出大境界、大趋势，并能从平凡的起点做起的人，才能取得很大的成功。

"天狗吃月亮"，是古人对"月食"天文现象附会引申出的一个美丽传说。关于天狗，古代典籍《山海经》有这样的描写："阴山，有兽焉，其状如狸而白首，名曰天狗，其音如榴榴，可以御凶。"就是说，在古代一座叫阴山的山上，有一种野兽，它的样子长得像狸猫，而脑袋是白色的，名字叫天狗，它吼叫的声音与"榴榴"的读音相似，畜养它可以防御凶邪。

显然，这里的天狗，与家犬相似，可以看家护院、防御凶邪，是一种吉祥动物。在无锡农村，就有一家以"天狗"为厂名和商标的企业——江苏天狗化工集团公司。

江苏天狗化工集团公司的前身是无锡市有机玻璃总厂。1985 年，在张泾镇，土生土长的郑祖兴从当地借了几间简易厂房，贷款几万元，带领村上的 20 多个农民兄弟，走上了艰苦的创业之路。九年后的 1994 年，工厂固定资产已达 3000 多万元，，职工 500 多人，总厂下面分设六个分厂，年生产 1—100 毫米各种彩色及工业用有机玻璃 1500 余吨，行销全国 27 个省市。年工业产值超亿元，利税超千万元。

天狗化工从来就不以单一的产品为满足，一直把注意力集中在抓高、精、尖和稀少产品上，抢占市场制高点。

1993 年，郑祖兴把开发的眼光盯住了国内首创的高性能水溶性光致抗蚀干膜产品。光致抗蚀干膜，厚度仅头发丝一半，原用于航天飞机、人造卫星，而今计算机、电视机、电话……几乎所有电器产品的电路板都用它印制抗蚀线路图。我国长期依赖进口。20世纪70年代末，国内两家部属大厂开始研制，但两年只能生产几千平方米。市场前景之好无需多说，然而这岂是一家乡镇企业干得了的事？郑祖兴拍板：小车先不买，办公楼先不盖，舍出300万元，干！一次次往中科院、航天总公司、部队送新品试验，失败一次，方案、工艺改进一次，接着再干，坚忍不拔，终于啃下这块硬骨头。"天狗牌"光致抗蚀干膜，共有普通和变色两种型号，为制作高精度、高密度、高分辨印制电路板明银感光提供了上等材料。

图 3-24 江苏天狗化工集团有限公司

天狗起家靠有机玻璃，1994年生产的有机玻璃浇铸板，国内产量最高，销量第一；开发的高性能水溶性光致抗蚀干膜产品的年销售量已达30万平方米，占国内生产能力的四分之一；开发的白炭黑1994年时生产2000吨，创产值3000万元，第二年年产量增加到10000吨；开发的聚酯多元醇产品广泛用于上海宝钢等大型企业，年销售额达3000多万元。有的产品还荣获江苏省科技进步奖……

雄心勃勃的郑祖兴，以"天狗"命名他的集团公司。人们问其含义，他风趣地回答："天狗嘛，想吃月亮呢！"

1>12！这是一个有趣的公式。其实是一个乡镇企业与国营大厂激烈竞争，并使大厂"俯首称臣"的有趣故事。

1994年初以来，坐落在无锡县洛社镇的太湖锅炉厂南征北战，接连在广州、青岛、郑州等地组织"三大战役"，召开订货会和用户座谈会。三战告捷，又挥戈北上，主攻东北"战场"。

4月12日，洛社太湖锅炉厂在吉林省长春市安营扎寨，在长春宾馆门口打出了旗帜。再说长春当地，共有12家锅炉企业，见无锡人前来"抢地盘"，急了。他们以长春锅炉厂为首，联合拉开架式，匆忙上阵，与洛社太湖锅炉厂同时举办订货会，扬言要把无锡人"赶出东北"。

一时间，长春市内锅炉大战，硝烟弥漫。

然而，洛社太湖锅炉厂则表现出"大将风度"，他们拉出标语："热烈欢迎长春同行们到无锡去开订货会"，"洛社太湖锅炉厂欢迎你们光临指导"。此举，使长春同行颇为感动。

"大战"结果：洛社太湖锅炉厂发出请柬80份，赴会者却达130多人，可谓宾客盈门。更令人惊奇的是：洛社太湖锅炉厂的6吨锅炉开价比长春同行的同类产品每台高15万元，还是十分抢手，最后成交额达600多万元。

而长春同行们如何？令人痛惜的是：12家"联合体"订货会门庭冷落车马稀，总共到会人数不足20人，成交额为"0"。

这一"仗"，一个乡镇企业打得长春12家同行心悦诚服。4月28日，长春锅炉厂的厂长带领一班人来到洛社太湖锅炉厂，与该厂联营：愿意与洛社太湖锅炉厂联营，打洛社太湖锅炉厂的牌子，作为洛社太湖锅炉厂集团的一个成员单位。这种做法，也反映了"关东大汉"肯放下架子，求实进取的工作作风。

这场发生在东北的一场"锅炉大战"终于有了一个圆满的句号，反映了无锡乡镇企业的实力！

曾在东北直接参与这场"大战"的太湖锅炉厂党支部副书记李鑫良感慨地说："在市场经济的情况下，一个企业，不论大小，在竞争中关键还要靠产品质量和企业信誉。我们虽然是乡镇企业，但就是凭这一点战胜了对手，占领了市场！"

这一年，李本度创办堰桥工业供销公司进入了第十个年头。十年来，李本度带领职工滚雪球般地办起了15家企业，使从零起步的工业供销公司发展成为拥有5000多万元固定资产和2500多万元流动资金的集工、贸、服务、农副业于一体的综合性公司。公司中最大的企业年产值可达3000多万元，创利税500多万元。

更使人们感动的是李本度的公而忘私的事业精神。1993年11月28日晚，李本度在单位主持党员干部大会。会议结束前，李本度话题一转，平静地告诉大家："我近来胃痛加剧，今晚要去住院，准备动手术。希望你们各负其责，做好工作，有一条请大家务必做到，千万不要来医院看我，不能影响工作。"

1993年12月2日，李本度在无锡市第四人民医院动手术，胃切除了四分之三。

可是，手术后的第四天，刚拔掉胃管，李本度做的第一件事就是叫妻子帮他拿起枕头边的"大哥大"，拨通了堰桥的电话，用那虚弱的声音询问公司催讨应收款的情况、职工的分配情况，还有他时刻放在心头正处在关键时刻的不锈钢真空伏辊进行试产的情况。

手术10天后，拆了线，他就坚持出院。四院的医生被他感动了，特意赶到堰桥关照他，一再叮嘱他不能再劳累。可是李本度一回到堰桥就再也闲不住了，开会、打电话、上无锡、下车间，根本不像一个动过大手术、刀口初愈的病人。他的同事、家人急了，强行把他送到无锡市内岳父母家中，让他离开工作环境，好好休养。不料他人在市里，心在乡下，吃饭不香，睡觉不稳。妻子心疼他，理解他，又一次违心地依了他。1994年元旦一过，李本度又回到了堰桥，全身心扑在工作上。按医生规定，李本度每天要进餐五次，吃两次中药，可他一扎进真空伏辊试产车间，就什么也顾不上，常常由别人把饼干、中药送到车间，有时开起会来或到了市里，往往就把进餐、吃药耽误了。出院后，要定期进行化疗，可是李本度经常是上午化疗，下午就工作。妻子实在不忍心，狠下决心与他长谈，强调了他病情的严重性，要他对自己的生命负责，好好静养。许多同志也都关心，要他珍重身体，他总是回答："人总是有那么一天的，越是了解病情，我越要加紧干点事。再说，精神不垮，也有利于治病。"从1月2日回堰桥后，李本度没有一天离开过工作岗位。

1994年6月20日在广州召开的全国造纸机械技术交流研讨会上，李本度一直关心生产的填补国内空白的高科技产品——不锈钢真空伏辊，几项性能都达到国际标准，得到专家们的高度评价，李本度感到莫大的欣慰。欣慰之余，他又投入另一个高科技产品的试制工作中去了。

这一年，戴三南又骑上他的那辆长征牌载重自行车，从老家东北塘镇裕巷出发，开始了新的创业征途。生于1943年的戴三南，此时已过"知天命"年龄了。尽管上一年遭受创业挫折，但他认清了兴工之路要不服输地走下去。他办厂始于1979年，在生产队当了十年农技员的戴三南，想尽办法在生产队里开了一家弹簧厂。说是弹簧厂，其实也就三四个人，生产电扇用的琴键弹簧和沙发弹簧。原辅材料紧缺，生队办的小企业更缺技术和销售途径。戴三南卖掉了家里唯一的一头猪，用卖猪钱买了一辆长征牌载重自行车。他每天骑着这辆自行车四处找门路，寻熟人采购原材料，拜师请教生产技术，推销产品，几乎走遍了无锡所有乡镇。晴天一身灰尘，雨天一身泥浆，往往骑行几十里路，不知跌摔多少次，历尽艰辛。办厂三年，戴前队分配水平从四五角钱一工提高到了八九角钱一工。

1990年，戴三南捕捉到了新的发展机遇：一次偶然的机会，他与时任上海708研究所设计二室主任的堂兄戴文华重逢，经过一番筹备，戴三南创办了东北塘船舶舾装件厂，挂靠东北塘医院，戴三南出任厂长。1992年春，船舶舾装件厂与海军某部驻上海局咨询部签约联营，承接了某军用炮艇批量舾装件业务。眼看着企业就要一步步兴旺起来，然而，1993年有个突如其来的打击降临到了戴三南头上：因挂靠单位内部意见很不统一，他斟酌再三后选择了离开。

离开这个一手拉扯创立的企业，决定自谋生路。此时的戴三南，已经五十出头。年过半百自己还能重新创业成吗？离开的那天晚上，戴三南辗转难眠，心里特别难受，接连抽掉了整整两包香烟。无锡人做事的韧劲又一次得以体现——从零开始。戴三南没有退却，他带着自己的两个儿子戴飚、戴枫一起上阵，说干就干，要干就要干得比原来更好！在老家裕巷村里租用了八间蚕室，再向上海几个朋友借了30万元，招聘六七个人，创办起无锡县东北塘沪东舰船附件厂。挂靠村办企业的牌子，戴三南个人投资经营，父子兵共闯天下，虽然工厂完全由个人出资经营，但仍然戴上了集体企业的"红帽子"，每年向村里上交管理费、房租金18万元。高利率的压力和再次创业的艰险，没有压垮老戴，反而增强了他自主创业的动力。凭戴三南的胆识和靠朋友的支持，进一步加快了工厂创新发展的步伐。

那辆长征牌自行车，又成为戴三南到上海跑业务的第一交通工具。每次，他早上四点左右起床，骑自行车从东北塘镇骑行十公里到无锡火车站，然后乘五点零四分的头班火车去上海，晚上乘六七点钟的火车回来，再骑自行车回东北塘，往往要晚上十多钟到家。如果住在上海，总是住最便宜的小旅馆，有时住不到旅馆就住浴室，花一二元钱一天吃两顿阳春面。

工厂创办后的第一批生意，正是堂兄设计选型的906船用铝合金空腹门产品，一张合同订到了9.8多万元业务，这是戴三南办企业挖到的第一桶金。他在生产过程中，自然加倍细心，成品试用完全符合设计规范和船厂的质量要求，取得了良好的信誉。第二批产品是为中华造船厂设计选型的两条F25T出口泰国军贸船用空腹门，每条船配套合同价为24万元。当产品完工交付之后，某位领导到中华造船厂视察F25T工作时，看到这些空腹门产品，外形美观质量好，就问身边陪同的中华造船厂负责人："这批空腹门是进口的吧？"得到的回答是："不，是无锡生产的产品。"从此，无锡县东北塘沪东船舶配件厂在海洋舰船舾装行业中有了良好的声誉，创办第一年的产值不过10多万元，到1996年增加到800多万元。

1996年底，工厂移地新建，并实行企业产权制度改革，更名为无锡海联舰船附件有限公司。为打响自己的品牌，戴三南精心构思了海联商标方案："海联"两字的拼音——形似风帆，表示一帆风顺。舰船形状——表示海洋舰船产品；圆形——表示旭日东升；海面波线——表示大海。总的含意是海联公司如一艘海轮，插上科技风帆，在广阔的海平面上迎着东升的旭日，乘风破浪向前进。此年以后，每年厂里产值都在稳定增长，到2006年年产值就突破了一个亿，税收突破了1000万元。

图3-25 戴三南与企业高管交流企业情况

戴三南的名字，透出一股浓重的质朴之气，因为排行老三，又是男孩，因而以"三男"的谐音取了这个名字；在家乡小学当过一段时间的代课教师，又有了"三先生"之雅称。如今，他有了"老船长"的雅号，还成立了"老船长"爱心基金会。那辆承载着农民求富希望的长征牌载重自行车，见证了戴三南以及那个时期农民创业者暑来寒往、披星戴月奔波的情景，被中国乡镇企业博物馆收藏，并陈列展示。

潮来潮去，大浪淘沙，兴衰更替绵绵不绝。在经过了接近四十年的岁月之后，有的企业抵不住激烈的市场竞争，走向衰落甚至消亡，也有的企业通过转型获得了新生，而更多的新的企业则在逆境中萌芽。这是经济发展规律的必然趋势，不以人的意志为转移。跌宕起伏的1994年就这样过去了，1995年又将迎来这样的命运呢？一场暴风雨即将到来，许多人为此措手不及。

第四编　转型

1995 年　云遮望眼

我们都在不断赶路，忘记了出路……

——歌曲《无间道》

市场潮汐拍岸而来，卷起偌大涟漪。英雄豪杰、平头百姓，壮志凌云，竞相而上，掀起了一轮新的创业热潮。在浩浩荡荡的洪流之中，难免鱼龙混杂，泥沙俱下。

前几年，由于过度重视物质文明的建设，经济持续过热，国人心态良莠不齐。经济发展的代价不应该由社会文明退步来买单。政策制定者开始意识到问题的重要性，物质与精神两个文明被反复提及，两者应相辅相成，推动中国社会的稳步向前。

正是追求"一夜暴富"不良心态的诱惑，无锡在这一年爆发了一件震动高层、轰动全国的大案。

1995 年 7 月，邓斌投机倒把、受贿、贪污、挪用公款、行贿，韩万隆投机倒把、受贿一案在无锡市中级人民法院开始审理。这桩震动全国的案件，给无锡县造成了史无前例的震动。

经审理，邓斌于 1989 年 8 月至 1991 年 8 月，在任锡山市金城湾工贸公司、杨市工业服务公司副经理及深圳中光公司无锡办事处主任期间，在他人的参与下，以联合经营为幌子，以高额分利为诱饵为本单位进行非法集资，总额达37884.15 万元。1991 年 8 月 8 日无锡新兴工贸联合公司成立，被告人邓斌被聘为该公司总经理，又在其上级主管部门北京兴隆公司及其负责人李明等人的支持帮助下，以联合经营为名，以两个月为一期，月利率 5% 左右的高利，面向社会进行非法集资至 1994 年 7 月案发，新兴公司非法集资总额达 28.36 亿元，兴隆公司从中获取非法利润 3300 万元。新兴公司等单位非法集资后，采用以新集资款归还以前集资本息、拆东墙补西墙的办法还本 15.9 亿元，付息 10.3 亿元，造成账面损失 10.8 亿元，实际亏损面达 12 亿余元，案发后，经有关部门清退、追讨，仍有 18000 余万元的经济损失无法挽回。还有，邓斌在非法集资活动中利用职务上的便利先后收受钱物贿赂，合计人民币 94 万余元，港币 10 万余元，美元 5400 元。与此同时，邓斌为取得上级领导的支持和帮助，先后向外行贿，共计人民币 6.44 万元、港币 25 万元、美元 6400 元。案发后，检察机关从被告人邓斌处追缴现金、银行存单、物品折计人民币 160 万余元、港币 12 万余元、美元 9000 元、匈牙利元 5.626 万元、各类有价证券 4.52 万元。

1995 年 11 月 13 日，无锡市中级人民法院作出一审判决：被告人邓斌犯受贿罪判处死刑，剥夺政治终身；犯贪污罪判处无期徒刑，剥夺政治权利终身；犯投机倒把罪判处有期徒刑十年，剥夺政治权利三年；犯挪用公款罪判处有期徒刑五年；犯行贿罪判处有期徒刑五年；决定执行死刑，剥夺政治权利终身。邓斌不服一审判决，提出上诉。江苏省高级人民法院于 1995 年 11 月 24 日作出终审判决：驳回上诉，维持原判。[①]

以上的文字，摘自法院的判决文书，用词规范且逻辑严谨。不过，在无锡人的记忆中，邓斌和她的新兴公司在 1992 至 1993 年间可谓炙手可热。

无锡一位私企老板还记得邓斌当年的派头。他这样描述：在饭店套房的沙发上，坐着一富贵气十足的妇女，一袭黑色的真丝套装，戴一小克拉的钻石项链，肥嫩的手指上镶一枚小翡翠戒指。她跟来人握手时只伸出两个手指，轻轻地握一下，旁边人介绍说这是邓总。她的副手身高一米八，身材魁梧，光头阔脸，腕上一块薄型名表，还随身带着军人证件——是拿枪杆子的。这位私企老板有幸与邓总见了一面，更有幸的是他得到了一箱子钱——20 万元人民币。交换条件是：他必须把手里的 300 万元存到新兴公司，与邓斌投资做生意。

邓斌精于心计，始终刻意营造一种有钱、且守信用的假象。1991 年 8 月 8 日，新兴公司开业之日，邓斌大摆宴席 150 桌，给每位来宾 288 元红包，一时轰动无锡城。在集资的早期，只要借给新兴公司 10000 元，三个月后就能连本带利还款 11500 元。折合年息，这就达到 60% 的比例，集资人难保不动心，筹集更

---

① 李玉生主编：《江苏省高级人民法院六十年经典案例 1953—2013》，中国法制出版社，2012年，第 3–9 页。

多的资金再借给新兴公司。为了苦撑自己的"信用"，寻机转机，即使是在集资日趋困难的情况下，邓斌仍坚持缴税，并拿出数亿元为前期集资款付息。

截至1994年，与新兴公司签订集资协议的一级集资者就有七个省市的368个单位、31名个人（包括债权、债务关系）。至于二、三级集资者更是数不胜数，一场浩浩荡荡的集资风暴席卷全国。1992年底至1993年上半年，集资风潮登峰造极时，邓斌平均每个月都不少于8000万元进账，到1994年东窗事发时，新兴公司集资总额已经达到28.36亿元。

要支付高达60%的利息，新兴公司不得不每日每月扩大集资。自1993年起国家不断紧缩银根，邓斌的集资变得越来越困难，集资规模不断减少，而欠息越来越大，游戏难以为继。1993年，新兴公司集资高达9060.25万元，5月就降至4345万元，7月又降至1450万元，8月更是一下跌至450万元，到10月只有30万元。终于，邓斌的集资走向了末路。

《红楼梦》中有一首曲子："昏惨惨，黄泉路近。"1994年6月21日，一封署名"江阴市深受其害的单位"的举报信，让这件集资大案终于东窗事发。7月15日，江苏省纪委的七人调查组先期奔赴无锡进行调查。邓斌知事情败露，在深圳畏罪自杀未遂，于28日被带回无锡，29日被正式逮捕。

从1989年8月至1994年7月，邓斌非法集资对象遍及全国12个省、市的368个单位和31位个人，涉案人员达200多人，其集资之巨、涉案人员之多、造成危害之重，为新中国成立以来所罕见。全案查处的182名违法违纪人员中，处级以上干部就达46人，追究刑事责任的99人，另有83人受到党纪政纪处分。邓斌非法集资案牵涉官员之众、被骗企业之多，创了当时的中国纪录，也引起了高层领导的震惊。①

随着案件的侦破和审理，邓斌的底细被揭发。邓斌，籍贯江西樟树，幼年随母亲到无锡，19岁考入无锡卫校，毕业分配到无锡市某医院当护士，后来又到变压器厂当工人，1978年5月因诈骗受留厂察看两年处分，1984年2月又因诈骗被公安机关拘留。1985年至1988年，收敛"其恶"的邓斌，在街道办的小百货店里当售货员，勉强养家糊口。眼看别人在商海中大把大把地赚钱，邓斌不甘示弱，她一边寻找靠山，一边想着既不费力又能赚大钱的路子，开始重拾旧路，走上了非法集资的道路。

今天看来匪夷所思的细节，都被切切实实地还原出来。在当年，许多人却被假象蒙蔽了双眼，趋之若鹜，不由让今天的人们感慨万千。

---

① 何谐编著：《骗术陷阱》，中国社会出版社，2005年，第249页。

而且，"拔出萝卜带出泥"。随着"泥"越带越多，人物也越牵扯越大，直至牵出北京市副市长王宝森案，并由此引发一场全国性的廉政风暴。全国侦破这场特大集资诈骗案共投入人力1000多人，形成卷宗七八百卷一亿多页。简直可以为这场特大集资诈骗案建立一个卷宗档案馆了。

真正严重的是，无锡不少企业主因此放下主业，干脆为邓斌"打工"，一时间，无锡的一些产业都因为资金和人才流向邓斌而停滞，只有娱乐业获得空前发展。时隔多年以后，民间仍有不少人认为，一个邓斌使无锡的发展倒退数年。

芸芸众生，在高额利润的诱惑下，有人迷惑，有人茫然，有人义无反顾地投身其中，渴望着"一夜暴富"。但也有更多的创业者坚守于自己的实业，红豆就是这样的一家企业，周耀庭、周海江父子就是这样的创业者。

红豆集团从纺织服装业起步，周耀庭对于这一行业有着深厚的感情。但是，如果周耀庭仅仅如此，那么也就不成其为红豆集团领路人。他说："1995年是红豆集团在服装业发展的巅峰。按其规模，红豆足以在未来的竞争中占据一席之地。但是，服装业毕竟是低技术含量的产业，尽管红豆的服装机器设备70%从先进国家引进。从发达国家的工业史看，基本上走过了一条从纺织服装到机械电子、重化工到高科技的产业升级链条。像世界著名的汽车制造企业日本丰田和韩国大宇，最初都是搞服装的。红豆作为一个大企业要进一步在未来的竞争中立于不败之地，就必须走产业升级之路。"

周海江也有一个著名的等式理论：相对多元化＝集团相对多元化＋子公司高度专业化，其要义就是：当一个企业的资源足够支撑其涉足其他行业时，才可以跨行业发展；如果资源只能支撑一个产业，那就不要跨行业发展；如果资源能支撑做两个或三个行业，却不涉足，那就是浪费。

1995年，红豆把目光盯住了欣欣向荣的摩托车行业，毅然投资1600万元建了15000平方米的标准厂房，上马摩托车项目。此时，国有企业上菱集团旗下的上海申达摩托车厂，连续多年经营性亏损，企业人员涣散，面临严重的生存危机。红豆集团抓住时机，与上菱集团签订了产权有偿转让协议，出资2700万元兼并了申达摩托车厂。这次兼并，被媒体称为"蛇吞象"——无锡民企兼并上海国企的创新大战！兼并"申达"后，为了给摩托车配套轮胎，周海江又上马了轮胎项目。除了给赤兔马配套外，凭着过硬的质量和极具竞争力的价格，不断开拓国内市场。随后，周海江又顺势而为上马了为汽车配套的全钢子午线轮胎项目。经过三年的奋斗，到1998年时年产量达到550万条，居全国同行业首位。

从服装行业，到轮胎行业，红豆完成了"惊人一跳"，拉开了企业相对多元化发展帷幕。与此同时，作为主业的服装系列也在不断发展壮大。在传统的"红豆"西服、衬衫等名品继续俏销市场的同时，从1995年起，他们又培育了T恤和纱线两个服装产业序列中的产品系列，T恤衫厂充分利用"红豆"品牌延伸的优势，超前捕捉"流行色"趋势。纱线厂纱线1995年生产能力只有五吨，为了以规模取胜市场，在薄利多销中取得效益，工厂迅速添置设备，成为当时江苏省最大的纱线染色企业，平均每天染色20多吨，客户遍布江浙沪地区。

但是，周耀庭并不满足于此，他在思考：红豆所从事的行业都是传统产业，企业怎么才能跳出传统产业获得更大的发展呢？

1997年，红豆杉进入了他的视线。红豆杉是250万年前第四季冰川时期遗留下来的"活化石"，是国家一级保护植物。由红豆杉提取出的紫杉醇是抗癌良药。自从1992年紫杉醇提取物在美国上市之后，一度在肿瘤药销售排行榜中名列第一。与此同时，红豆杉中还可以提取多西他赛，也是肿瘤治疗中使用率最高的药物之一。

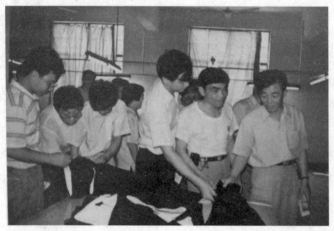

图 4-1 1996 年，全国大中型乡镇企业会议代表参观红豆集团

从植物学角度来看，红豆杉还是景天科酸性代谢植物（CAM），可以全天候释放氧气，具有优秀的增氧功能，能净化空气。经过中国环境检测中心的检测，红豆杉在72小时内对甲醛、甲苯、一氧化碳和二氧化碳的降解吸附率可达85.6%。装修过的房间，如果放上几盆红豆杉，一个星期可以让甲醛的味道明显减淡。但由于红豆杉生长速度缓慢、再生能力差以及人工砍伐等原因，野生红豆杉濒临灭绝，使得红豆杉资源非常匮乏。

周耀庭想到，如果能够人工培育出来红豆杉，不就解决资源匮乏的问题了吗？但是红豆杉种子有很长的休眠期，唯有解决这个难题，人工培育才能成为可能。周耀庭先后到云南、福建等地的深山考察。一次行程十几天，山路行车又非常危险；还到高校、科研院所了解开发的技术。经过一番努力，终于掌握了红豆杉的快繁技术，解决了红豆杉种苗严重短缺的这一国际性难题，使大量提取紫杉醇制成抗癌药物成为可能。很快，红豆杉种植面积达到 1.5 万亩，成为国内外最大的红豆杉实生苗繁育基地之一。不仅如此，红豆集团又投资 8000 万元兴建了紫杉醇提炼厂，设计年提炼紫杉醇可达 500 公斤。

"我最感苦恼的是没有人才。"这是周耀庭总结数十年创业经验时说的一句话，言简意赅，且又意蕴深远。

红豆集团对人才的这种高度重视可以追溯到 20 世纪 80 年代，当时，周耀庭刚刚接手濒临倒闭的港下针织厂，几步棋就把奄奄一息的港下针织厂盘活了，但产品质量和一些技术难题始终解决不了，工厂发展遭遇无法攻破的技术瓶颈，怎么办？周耀庭仔细分析了问题，认识到技术瓶颈必须靠人才破除。那时厂里的工人都是文化不高的"泥腿子"，到哪里找人才？周耀庭听说上海中华第一棉纺厂原厂长宋和根退休在家，"三顾茅庐"将老宋请到厂里。在他的介绍下，先后有 13 位退休的上海老师傅来到了厂里。周耀庭月工资 30 元，开给宋和根的月工资是 500 元，比普通工人一年的收入高两倍。

为了表示对人才的重视和尊重，周耀庭举行了隆重的拜师大会。他的真诚打动了那些来自大上海的工程师，并一举攻克了技术瓶颈。高质量的产品让港下针织厂迈上发展快车道，销售额在 1987 年一下子就跃升到了 1000 万元。

红豆集团的内部制度改革由表及里，呈现层次分明、有条不紊地递进。随着企业现代化程度的提高，企业用人制度也由"用亲"向"用贤"转变。红豆在引进高级人才方面可以说是不惜工本，明确提出"一方水土用八方人才"的观念。1993 年，红豆花年薪 40 万元人民币聘请了台湾衬衫专家萧文烽担任衬衫生产部经理，使红豆衬衫款式、做工、质量发生质变，迅速红遍全国。1995 年，红豆以年薪 80 万元人民币聘请日本专家加藤担任红豆西服技术部经理，使红豆西服在众多的西服品牌中迅速脱颖而出。1996 年，又聘请世界著名服装设计学校法国 ESMOD 学院任教的法籍华人熊有雯女士担任红豆集团的服装总设计师，并联办"红豆—ESMOD 国际培训中心"，培育自己的设计师群体。

1996 年，周耀庭又以百万元年薪向全球"招贤"聘请集团公司总经理。经过为期八天的面对面考察和三个月的试用考察和上岗竞争，经董事局综合评议，优中择更优，加拿大籍华人、45 岁的陈忠从 100 名应聘者中脱颖而出。这一年，周海江已经担任集团副总经理一职，很多人认为"接班"已是顺理成章的事，但周耀庭却选择了年薪百万从社会上招聘总经理。有记者坦率地向周耀庭提出这样的问题："这次招聘，你为什么把你的儿子周海江放在一边？"周耀庭胸有成竹地说："我们红豆集团，要创造世界知名企业，还要创国际名牌，不打破血缘观念和裙带关系，不跳出感情经济的小天地，这个目标就无法实现。"

其实，早在1992年，周耀庭就开始考虑接班人问题。那一年，周耀庭将红豆集团分为八块，由八个企业元老各掌一块，在资源相同的情况下展开竞赛。"10年后见分晓，哪个公司搞得最好，谁就当总经理。"周海江也是这八人中的一员。

陈忠离开公司后，周耀庭又任命其他人为总经理。不过，周海江仍然得到了父亲的精心培养。1997年，周海江被江苏省委组织部选派到美国马里兰州立大学学习国际企业管理，成为16名企业家中唯一来自乡镇企业的代表。

图4-2 周耀庭与周海江父子合影

到了2004年9月，周耀庭突然宣布在集团内部海选总裁，海选的程序是由集团50名自然人股东每人一票进行投票。经过三轮票选，周海江从20名候选人中以绝对优势脱颖而出，当选红豆集团新一任总裁。周耀庭对此非常高兴："我最开心的是红豆集团顺利地实行了民主化、制度化，按现代企业制度选出了让大家满意的新总裁。"

在红豆集团多元化经营的那个时候，同处港下镇的晶石集团跨出了同样的步伐，"进军"生物产品领域。

氨基酸是合成人体蛋白质的主要原料，有20多种类，其中有许多种类被国外大企业开发和运用于医药和保健领域。我国医用氨基酸原料，过去一直没有大规模开发生产，长期依赖进口。1995年，晶石集团成立了医用微生物氨基酸研究所，高起点投入开发氨基酸产品。这个研究所是一群平均年龄不足30岁的年轻人担纲的高技术项目研究机构，几乎吸纳了国内90%以上医用氨基酸研究开发人才。科研人员与中科院微生物研究所、无锡轻工业大学等科研院所合作，先后开发出医用氨基酸中的主要原料L—异亮氨酸等产品，先后投资了3000万元和2900万元，建成了全国最大的医用氨基酸原料生产基地。他们采用了精细化工与"微生物萃取工艺"技术进行工业化规模生产，产品经国家权威部门检测，达到国际领先水平。从而打破了我国医用氨基酸被国外产品垄断的局面，并节省了国家大量的外汇和患者可观的费用。正如国家科委领导说的那样：晶石集团医用微生物氨基酸研究所每开发出一种新品，就填补了一项国内空白，国家火炬计划中也就多了一个新的项目产品。1997年，国外三个厂家同时行动，连续三次降价和晶石集团公司进行竞争。晶石集团公司毫不示弱，通过内部技术攻关，强化管理，提高产出率，增强了竞争力。结果 L—异亮氨酸由年产 40 吨扩大到了60 吨，占据了国内此类产品市场份额的 60%。从 1999 年元月起，投资 2000 万元加快建设第三期工程，形成了 500 吨生产能力。

在 20 世纪 90 年代中期，微波炉是电器市场一个新的热门产品。晶石集团的电子产品和微波炉相关，有开发优势。1997年4月，晶石集团在深圳特区上马了年产 100 万台微波炉工程，随之建立了微波技术研究所。此时，国内市场上微波炉商战正酣。面对日趋激烈的市场竞争形势，晶石微波技术研究所的几十名专家潜心于技术开发，相继在同行业中率先推出了"不粘内胆型"、"模糊智能型"、"杀菌型"和"全不锈

图 4-3 晶石集团的异亮氨酸发酵控制系统

钢型"等获十多项国家专利的高科技精品。他们亮出了"晶石"的牌子，先后在北京、上海、广州、武汉、济南、成都等大中城市设立营销分公司和办事处，从而迅速攻克了市场壁垒。第二年，"晶石"微波炉就跻身国内品牌市场三强的行列，还远销亚欧多个国家和地区。

晶石集团不搞"人无我有"，专抓"人有我优"。同一片市场经济的海洋，"你涉浅水得鱼虾，我入深水猎蛟龙"，何以区别浅深？那就是科技创新，在普遍通用的技术领域引入高新技术，粗看似重复，实际上出手便已不凡。1998 年，晶石集团以产业高新技术化发展而跻身中国电子组件行业百强第七位。过去的"当家"产品，即彩电用磁芯和行输出变压器，1998 年产量依然为全国最高，创汇 2000 万美元。

与红豆、晶石的多元化战略不同，华若中的兴达公司却始终坚持单一化的发

展战略，在聚苯乙烯树脂（EPS）这个"小粒子"领域"修炼"不辍。

兴达泡塑新材料厂投产第一年的 1992 年，年产 EPS2700 吨，销售 3000 万元。正如华若中所料，兴达泡塑材料厂的产品与进口产品的价格优势在一开始就显现出来，客户蜂拥而至，当年兴达就实现了盈利。但是，南方省份已有一批同行企业正在上马投产。华若中保持着清醒的思路，将所有的剩余利润全部投入到新产品的研发和工艺水平的改进提高上去。1993 年，工厂与国家建材总局合作，成功地开发出阻燃型 EPS 和用于墙体建筑的隔热绝音新材料——钢丝网 EPS 夹心板材料，并通过了省级高新技术鉴定，全厂产量很快突破万吨大关，当年赢利670 万元。华若中说："从此，'兴达'这个名字在全国 EPS 业中亮了起来。"

成功让人兴奋。1994 年，工厂决定征地 50 余亩、贷款 2700 余万元，再建一个年产三万吨 EPS 的工厂。这一年，兴达泡塑年产能达到 8000 吨，产值突破亿元大关。

1995 年，随着新厂的投产，产量从 1.5 万吨猛增到 2.5 万吨，销售产值 1.6亿元，一举成为国内 EPS 生产规模最大的工厂。

又在热火朝天的奋斗中度过了一年。第二年，也就是 1996 年，兴达泡塑新材料厂还清了银行的所有贷款债务。他自豪地向厂内外宣布："今天的兴达，已经没有一分钱债务！"在他心中，一家健康企业，应该不以欠债经营。

还清了银行的所有贷款债务，兴达开始"轻装上阵"。大家向华若中建议："不要把全部鸡蛋放在一个篮子里。"有人看到许多企业搞摩托车发家了，提出上摩托车项目；也有人提出上房地产项目，说这一行业赚钱来得快……华若中低调、厚实，但他又是个长袖善舞的企业家。农民出身的他，知道自己能做什么。他给大家讲了"黑熊进苞米地，左手掰一个，挟在右手腋窝下，右手掰一个，挟在左手腋窝下，掰一个掉一个"的故事。在他看来，"三百六十行，行行出状元。"将 EPS 核心业务做到足够强大，怎么会比不上其他产业的前途？

"不分散投资，一心做专做精，才能做强。"在成为国内行业"老大"之后，华若中又把竞争的眼光盯住了国外的大公司大企业。在 1994 年底的全国用户订货会上，华若中喊出了"扬民族志气，让兴达腾飞，将进口 EPS 拒之于国门以外"的口号。他这样分析："起初兴达公司的竞争对手只是垄断进口 EPS的南方少数几家企业。而随着国内市场国际化，市场竞争立体化，竞争随之也变得越来越白热化，兴达公司不仅要应对国内群雄并起，还要面对实力强大的国外EPS 巨头的围追堵截。在市场竞争中，企业发展慢了就会落后，而等待只能被强手吃掉。过去是'大鱼吃小鱼'，现在是'快鱼吃慢鱼'。"

　　"要与强手竞争,首先要向强手学习,学习他们的先进技术、先进管理、先进机制和先进理念。科学技术是第一生产力,拥有高新技术也就拥有了核心竞争力,而企业的核心竞争力体现在企业所拥有的资源,包括人才、资金、设备和技术的整合能力以及优化支配能力。"1997年,兴达在扩大产能的同时,还引进了国际上先进的EPS生产工艺流程,改"两步法"为"一步法"。领先的"一步法"产品,为兴达找到了真正的"大市场"。1998年,又投资建造年生产能力为五万吨的阻燃型树脂生产线,使当年EPS产量突破10万吨大关。1999年,再投资2700万元,新建一条专门生产适用于建筑墙体材料的生产线,年产能力12万吨。

　　自1996年起,兴达在国内同行中连夺"产量第一、品质第一、销量第一、产值第一、贡献第一"五块金牌。1997年,年产EPS达四万吨,销售收入5.5亿元;2000年,年产EPS达18万吨,销售收入20亿元;2002年,EPS产量突破30万吨,实现销售收入35亿元。资料显示:1992年,我国EPS产量只有五六万吨。到2006年,全国增加到138万吨,占全球的22%,其中兴达年产50万吨,占全国的36.2%。兴达公司成为国内规模最大、世界排名前三的生产EPS产品的现代化大型化工企业集团。面对成绩,华若中始终保持审慎:"一个企业的规模,源自于市场。小市场,只能办小工厂,有大市场,才能办成大工厂。"正因为如此,兴达从未盲目扩大产能,追寻精细化的管理,甚至做到:"每一款产品的生产,都是供需平衡。市场有多大需求,我就把生产规模扩大到多少。"

　　华若中的成功,很好地诠释了"不变"与"变"的辩证关系。不变,指专一做EPS,不"朝三暮四",不搞多元化;变,则是在不变的EPS行业中大力创新。对主营业务的专注,使得兴达旗下的EPS产品做精、做深、做透,谋得了利润的最大化。华若中说:"不能满足于把手头产品做好,更要努力思考,怎样才能多一些优品、精品,怎样实现产品的升级换代。"1998年,印度新德里,"泥腿子"华若中走进了国际EPS学术殿堂。他获悉,EPS原料的发展趋势是粒子密度高、颗粒要小。一回国,他迅速对产品做了调整,很快在国内同行中取得了遥遥领先的地位。1999年,华若中又建起了专门的泡塑材料研究所,引进、吸收和利用国内外最新的科学技术和科技成果。

图4-5　兴达无锡工厂现貌

此时，华若中所关注的，依然是 EPS 产品能否在中国乃至世界 EFS 市场上拥有长远的影响力。兴达在全国除了西藏外，都建立了自己的销售服务分公司，帮助占中国 80% 的 4000 余家泡塑企业赢取了更多的利润。在北京首都体育馆、中国国际展览中心、北京民族文化宫的建设中，EPS 板材理想的保温隔热效果令用户所称道。此外，浦东机场跑道路基、沪宁高速公路拓宽、引黄灌溉、南水北调等重大工程都有兴达 EPS 卓越的贡献。

对于兴达公司的狂飙突进，新加坡中央包装集团的中国胜柏包装集团总工程师胡振庭赞叹不已："兴达公司的产品不仅品种齐全、质量稳定，而且服务良好、价格公道。它的规模在中国 EPS 行业内起到了举足轻重的作用，为 EPS 的发展做出了重要贡献。"中国塑料工业协会原会长廖正品说："中国 EPS 行业能够屹立于世界行业之林，兴达功不可没。正是有了兴达，中国的 EPS 行业由弱到强，实现了跨越式的发展。"

熟悉华若中的人都会有一种感觉：尽管他创造了中国 EPS 行业的传奇，但衣着朴素，不事张扬，浑身散发出一股朴素的力量。他认为，兴达创业依靠小平南巡讲话精神和改革开放政策的指引，依靠创业的志气和科技与人才的力量，离不开党和政府的关怀、社会各界的支持和帮助。给一份阳光，还十分灿烂。现在企业实力壮大了，自己富了，不能忘记回报社会。

自 2000 年起，每年"六一"节、教师节，兴达都要组织到当地的四所中小学捐钱捐物，并相继设立了"华若中爱心助学基金""兴达教书育人奖"等奖项，每年拿出几十万元。公司还先后出资 200 万元设立无锡市首个特殊教育爱心基金——"兴达特殊教育奖助基金"，用于奖励从事特殊教育的老师和成绩优秀的智障学生；再向无锡市慈善总会认捐 1000 万元，支持无锡慈善事业发展；向锡山区慈善基金会认捐 2000 万元；在常州设立 500 万元慈善基金，用于爱心救助。2007 年，他从报纸上看到，四岁的河南女孩婷婷随打工的父母租住在鞍山，被房东家的狼狗咬住面颊，面部皮肤大面积撕裂，伤势严重，却因贫困无法得到医治。华若中立即委托分公司经理，把一万元现金送到婷婷家中。此事在《鞍山日报》登载后，感动了一大批人。在中华慈善总会成立 15 周年纪念大会上，华若中荣膺"中华慈善事业突出贡献人物"。

追寻华若中投身慈善事业的思想根源，我们可以清晰地看到，其间闪烁着墨子"兼相爱、交相利"思想的光芒。墨子的这一思想，有着深刻的哲学基础。义与利，二者可以互相引申，互相补充，共同发展。把义与利统一起来的伦理观，在我国经济思想史上也是罕见的。

在建设具有中国特色的社会主义市场经济的过程中，确立什么样的社会主义义利观？这一问题，始终伴随着乡镇企业发展全过程。华若中的举动，有着自己鲜明的理念，这就是义利兼顾、德行并重。以义为指导，以利为基础，在认识上打破义利相互对立的传统思想，在操作中不断探索义利相容、义利结合的方式方法。在今日民营经济蓬勃发展的今天，华若中的实践仍然具有启示作用。

同样，龚海涛在钟爱的镁碳砖领域"深耕"。

1995年2月，企业改制成为民营企业，更名为无锡市苏嘉镁碳砖有限公司。到了年底，企业与日本黑崎窑业株式会社共同投资660万美元，成立了无锡黑崎苏嘉耐火材料有限公司。

说起与日本黑崎的谈判过程，龚海涛有一段颇为幽默的回忆："和日本人的谈判，'吃力'得不得了。他们来了七八个人，而我们只有两个人。日本人非常'刁'，你讲的任何一句话都会记下来，我们有时讲了话就忘了，他马上翻出'老底'，说你上次是怎么说的。我们最后也吸取教训，也开始记录他们讲的话。不过总的来说，和日本人合作还是蛮好的。"

日本黑崎窑业株式会社是世界著名的耐火材料制造商，苏嘉能与黑崎"携手"合资，自然是其实力不容小觑的缘故。

此时此刻，回想企业的发展，龚海涛不由得感慨万千——

五六年前的1989年，龚海涛的工厂试制镁碳砖刚刚取得成功，在无锡召开了全国性的炉衬工作会议，产品得到了冶金部的肯定。结果，很快，全国一下子冒出了1000多家大小不一的镁碳砖厂，瞬时刮起了一股"黑旋风"。而且，不充分的市场竞争造成了镁碳砖行业的"逆向"淘汰，质量越好，成本越高，销价越高，越销售不动。

龚海涛冥思苦想，冷静思索破解之道。经过深思熟虑，他推出了新的"吨钢承包"的销售模式，就是把钢厂从炼钢炉的砌筑到后期服务一起包下来，出一炉钢算多少钱，而不是一吨产品卖多少钱。这样一来，苏嘉由于质量可靠，大大提高了炼钢效率，又共担风险，钢厂自然更乐于接受。就这样，龚海涛凭此举一下淘汰了全国95%的镁碳砖厂，而且助力推动我国钢厂人均吨钢指标达到国际先进水平。

为了保持技术领先水平，公司不断研究、开发、试制新产品：自主研制的喷补料项目被列入国家火炬计划项目，填补了国内空白，被国家四部委联合评为国家级新产品；利用我国甘肃的高钙菱镁矿资源开发了全电烙高钙镁钙碳砖、镁钙砖，使用寿命提高30%以上。1995年12月，苏嘉镁砖有限公司与日本黑崎窑业株式会社合资成立无锡黑崎耐火材料有限公司，增产高级镁碳砖一万余吨，喷补料五万余吨。2000 年 8 月，苏嘉公司通过引进、吸取日本黑崎的先进技术，年产 30 吨高性能滑板砖，平均使用寿命均达四次以上，引领了国内滑板连用技术的发展；到了 2002 年，苏嘉集团与日本黑崎窑业株式会社（时名黑崎播磨株式会社）连铸"三大件"（长水口、浸入式水口、整体塞棒）的项目竣工投产。这个项目是双方的第三次合作的成果，共投资 550 万美元，使无锡黑崎自成立以来的投资总额累计已达到 2020 万美元。"三大件"项目的设计年生产能力 1800吨，生产技术均由国外引进，而设备则全部国产化，工场各部门负责人均在日本接受过专业培训。

此外，1997 年，苏嘉公司还出资组建了钢管公司，并成立了苏嘉集团。2000 年，企业又更名为江苏苏嘉集团新材料有限公司。企业的频频更名并非为了"作秀"、博人眼球，而是隐含玄机，显示了企业紧跟市场需要，不断变革发展的精神内涵。

1995 年的无锡县，有一件大事必须铭记。

这一年 6 月 8 日，经国务院批准，民政部批复同意撤销无锡县，设立锡山市。以原无锡县的行政区域为锡山市的行政区域，市级机关驻地东亭镇。8 月 18日，举行锡山市揭牌仪式和锡山市成立大会。

图 4-6 锡山市成立仪式

从无锡县到锡山市，不仅是名称的改变，更预示着发展战略、发展模式的转变。前途一片光明，又充满荆棘，新生的锡山市任重而道远。

1996 年　于无声处

与无声处听惊雷。

——鲁迅

　　1996 年岁末传来新喜讯：中国钢产量已突破一亿吨，跃居世界第一位。然而整个经济运行情况不容乐观，依靠价格补贴的国企举步维艰。人们突然发现，乡镇集体企业日积月累，竟然也患上"国营病"：产权不明，政企不分，导致竞争力下降。

　　与此对比鲜明的是，在中国的广东和温州，三资企业和私营企业在加班加点，财源广进。这一年，买方市场凸现，产品严重过剩，效率高的无疑会抢到更大的市场份额。无论是国有企业，还是乡镇企业，建立现代企业制度成了一个绕不过去的"关口"。

　　10 月 29 日，第八届全国人民代表大会常务委员会第二十二次会议通过了旨在促进、引导、保护、规范乡镇企业发展的《中华人民共和国乡镇企业法》，第一次在代表国家和人民意志的法律中明确了乡镇企业的地位，第一次把多年来党中央、国务院制定的一系列促进乡镇企业发展的方针政策上升到法律高度，第一次从法律的角度肯定乡镇企业的地位作用和成功经验，保护乡镇企业的合法权益，规范乡镇企业的生产经营行为。

　　然而，在无锡农村，乡镇企业的改革却依然难以迈开大步。改革的过程，不可能一帆风顺。理智的人清楚地意识到，障碍更具有放大效应，而这恰恰需要改革者以不容置疑的脚步，在扫除传统、制度等障碍中前行。

6月，《人民日报》副总编于宁和《经济日报》农村部副主任宋红岗等三位记者来到了锡山市，进行实地采访。于宁和宋红岗两位都是资深记者，时年近五旬，有丰富的农村报道经验。自从荣获"华夏第一县"荣誉称号后，这样的采访活动很多，但这一次显得与以往有所不同。

时任锡山市委宣传部副部长陆兴鹤回忆："（他们）到达那天是星期天，天气已经比较炎热。他们一到，顾不上休息就立即投入紧张的采访活动，中午吃过便饭便提出要找市委书记何正明谈。何正明书记当时在无锡市里开会，会议未结束就匆匆赶回来接受采访，一谈三个多小时，直至七点多钟才用餐，且边吃边聊，谈得十分投机，晚宴是什么滋味谁也未品尝出来。吃过晚饭又谈了一个多小时。何正明详细介绍了锡山市的发展历程、成功经验，从理论和实践的结合上分析了发展乡镇企业的时代意义和历史贡献，给记者们上了生动一课，大大拓宽了他们的采访思路。"

图4-7 1996年锡山市经贸洽谈会合资项目签约仪式

在以后的九天中，这些记者下基层、进车间、到农家、转田头，先后采访了10多个镇、10多个村和10多家乡镇企业，先后采访了周耀庭、浦惠林、杨祥娣等数十位企业经营者，还采访了一批乡镇的领导和农村基层干部。每到一地，没有客套，直奔主题，边参观现场，边深入采访。陆兴鹤说："采访时，他们仔细听，认真记，还不住地提问，厚厚的采访本二三天就用完一本，其执着的工作精神令人敬佩！于宁首次来锡，在锡10天未去任何风景区看一看。"

此时，正是无锡农村的麦收时节。在前洲镇的田头，他们看到联合收割机在麦海中来回奔跑，一袋袋金灿灿的麦子从机上抬下来，一群群农民守在田埂上取粮，便停下车来采访农民。当听说现在一亩田一年只要投入15个劳动日，其余全靠机器代劳时，两位老报人感慨地说："锡山农民真幸福，现在种田真轻松，相比我们那时在农村，样样活儿靠人力，多苦啊！正是有了机械化，解放了大批农村劳力，乡镇企业才有生力军，农业还能确保丰收。"在西塘村，记者们见到了一排排高大的现代化厂房，听到了一阵阵隆隆的机器轰鸣声，仿佛置身于繁华的都市之中，不由感慨万千："改革才是农民唯一的出路，改革才能真正解放生产力。"

在玉祁镇黄泥坝村，当看到全村大部分村民住进了花园式洋房，环境优美，面积偌大，青壮年骑着摩托车到乡镇企业上下班，过上了城市人比不上的生活，他们不住地赞叹，并开玩笑地说："我们也迁到这个村里来吧，欢迎不欢迎？"他们越看越感动，一切都感到新奇，久久不愿离去。在洛社镇新开河村，当看到投资1500万元建起的豪华校舍，在东湖塘镇东升村，当看到筑巢引凤的"专家楼"，直夸锡山"大手笔"。在厚桥镇谢埭荡村，他们看到昔日的渔民家家住进了楼房，告别了风雨漂泊的生活，开始上岸安居乐业，过上了一种全新的生活，感慨地说：锡山的发展真是"高台式"发展，不仅经济发达，生活富裕，文教昌盛，村民的精神面貌也特别好，从这里看到了社会主义现代化新农村的美好前景。

民间传说，当年"华太师千日造龙亭"，真相如何？谁也说不清。但今日锡山人"千日造新城"，则是有目共睹的事实。1992年5月，无锡县决定自费建立经济技术开发区，后经省政府确定为省级开发区，批准开发面积20.1平方公里，开发区同时肩负新城建设。三年前，这里还是田野、芦苇荡和乡村；三年后，已在10平方公里土地上建起高楼大厦200多座，修筑公路98公里，埋设地下管道507公里。变电所、程控电话局、自来水厂、煤气厂等基础设施均已投入运行。

无锡既无铁矿等资源又无煤炭等能源，为何乡镇企业会在这里发源、崛起？带着这样的疑问，他们走访了全国第一个民办园林吴文化公园创办者、吴文化研究专家高燮初。高燮初一语道出真谛："源之孕吴文化"。他说，无锡是吴文化发源地，吴文化称之为"水文化"，"水文化"是流动的、开放的，它具有包容性，善于吸收其他文化，吴文化养育了无锡人，在经济发展中人文资源比原料、能源更为重要，所以，中国民族工业会从这里发源、崛起，中国乡镇工业也会从这里发源、崛起，这不是偶然的，是文化因素起作用的结果，是文化创造了财富，是财富哺育了文化，这才使吴地拥有长盛不衰的发展后劲。"源之孕吴文化"，成了宋红岗笔下系列报道之二的篇名。

7月27日，《人民日报》头版头条刊登了于宁的《聚精会神加快建设社会主义现代化新农村——锡山实现高水平全面发展》，而《经济日报》则从7月中旬至8月上旬以《乡镇企业发源地溯源观流记》为题连续发表了八篇有关报道，并配发了八篇评论，点评了锡山市发展乡镇企业的重要路子和经验。这组报道题材之重大、内容之广泛、影响之深远，在无锡县的发展历史上是前所未有的。

这组深度报道发表以后，一股"锡山旋风"迅速吹遍中华大地。新闻媒体的报道随之也升温，且都不惜腾出最好的位置作报道。《新华日报》在当年8月中下旬，接连发了二个头版头条：《锡山经济发展的新抉择》《锡山市乡镇企业步入高质态发展新阶段》；《中国乡镇企业报》在一版接连发表了《锡山市探索乡镇企业发展新机制》《锡山市全面推进"两个转变"》等文章；《解放日报》派出骨干记者采写了长篇通讯《中国式的农村城市化之路——来自"华夏第一县"锡山市的报告》；《新华每日电讯》《农民日报》《人民日报海外版》等全国性报纸也纷纷撰文介绍锡山市辉煌的乡镇企业；中央电视台、江苏电视台为锡山市摄制了专题节目，在一个时期滚动播出。

在这次采访中，记者们还来到了东亭镇春雷村，采访到了当年一批办社的村干部：章凤岐、顾金根、周月泉、王荣大，最小的69岁，最大的76岁，都已是白发苍苍的老人。回忆往事，他们依然历历在目。

他们的创业事迹，深深感动了记者，后来《经济日报》发表的《溯源回望四十年》深情记录下了春雷村当年筚路蓝缕创业工厂的过程。中国乡镇企业发源地在哪里？可以说，这组报道回答了这个全国各地普遍关注的问题。从此，"乡镇企业第一家"春雷造船厂成为普遍的认识。

此时，距离春雷造船厂成立的1956年，恰好过去40年。40年前，47名拈船匠、木匠联合组建了修船工场，恰如一声"春雷"，带动和激励了更多的农民放下锄头，投身于新兴的乡镇企业。春雷造船工场，经过多年岁月更替，随着公路的开通、水运的衰落，春雷船厂在80年代以后不复往日辉煌。"四十不惑"，人到了这个年龄，不再纠结于成

图4-8 春雷船厂造船情景还原

败得失，对周边的事物有比较清醒的认识和较理性的看法；而对于企业来说，到了这个时间则面临着命运的抉择。

在无锡农村，越来越多的企业面临着抉择：改？抑或不改？要改的话，又应该如何改？

1996 年 3 月底，锡山市市长陆荣德放下繁忙的公务，轻车简从，对集体企业产权制度改革进行了典型调查。这次调研，陆荣德一行数人走访了洛社镇新开河村、东亭镇北街村和钱桥镇溪南鞋业有限公司，还对红豆集团的股份制改造情况进行了了解。

洛社镇新开河村的村办工业比较发达，多为机械行业。该村自 1994 年 6 月起进行了改制。特种风机厂净资产达 3000 万元以上，作为村级经济台柱子继续抓在集体手上。另外五家企业则进行了两种形式的改制，其中三家企业通过先售后股的途径改为股份合作制企业，原有集体资产经评估后连同债务一并转让给受让者，然后由受让者向企业内部及社会个人配股；两家资产较少的企业则通过集体资产的拍卖，直接转为私营企业。

东亭镇北街村的村办工业则相对薄弱，虽然企业个数达到 22 家，但多为小、微、亏企业，这些企业共拖欠各项上缴费用 200 万元。北街村对 22 家企业全面进行了转制，其中 21 家转为股份合作制企业，一家转为私营企业。股份合作制改制的方式是租买结合、先售后股，即土地、厂房等不动产部分由村集体租借给企业，动产和流动资金由企业一次性买断或分年度归还，企业内部出资认购股份，村集体向企业收缴水电等配套设施使用费。

图 4-9 无锡溪南鞋业有限公司生产车间

溪南鞋业有限公司原本是钱桥镇的一家村办集体企业，由于鞋业市场疲软，工厂产品库存积压，效益严重滑坡，职工留不住，经营者没有积极性。1993 年底进行核资清账，全厂共有总资产 2320 余万元，负债总额 1760 余万元，自有资产 560 万元。其转制形式也是租买结合，先售后股，厂房和土地等不动产 560 万元，企业以 65 万元年租金形式上缴村委（一定三年不变），380 余万元的设备资产由企业买断，1760 万元债务由企业偿还。企业设立 400 万元总股本，由 43 名干部和职工认购，其中厂长认购实际超过 50%，中层干部每人 5-10 万元，职工 1-5 万元。并由入股达 10 万元的 10 人组成董事会。

机制的转换，很快就收到了实效。这些企业改制后，生产经营情况发生很大的变化，各项指标都有较大幅度增长，总体上做到了"四个得益"。一是国家得益。四个单位上缴国家税金由 1993 年的 564.96 万元增加到 1995 年的 1806.42 万元，增长幅度达 220%。二是集体得益。北街村不但卸下了原承担的 673 万元债务，而且运用回收资金，两年来滚动开发新厂房 8000 平方米；溪南鞋业有限公司转制后，除每年上缴村委 65 万元租赁费外，还向镇上缴规费 30 万元。三是股东、职工得益。新开河行星齿轮厂 1994 年 9 月 1 日转制后，头一个星期董事会就作出决策，投入 800 余万元新上了两条生产线，使曲轴和齿轮的生产能力由原来的 40 万台套增加到 100 万台套。企业转制以后，股本增值较快，职工的工资奖金也得到显著提高。溪南鞋业有限公司 1993 年人均分配 2900 元，1995 年已达到 6300 元。四是社会得益。除了按规定上缴税收和规费外，溪南鞋业有限公司、新开河村行星齿轮厂都拿出 20 余万元，用于村公益事业和老年村民福利。

新开河村支部书记叶锡昌说："企业改制后，村级领导摆脱了对企业的事务管理，集中精力抓新农村的规划和建设，企业厂长可专心致志抓好生产发展，真正做到了政企分开，职责明确。"

一路看，一路听，这些村、厂的改革实践，给了陆荣德一行以深深的启迪与思考。随后形成的调研报告，以《改革出效益，早改早得益》为题。改革的成效、改革的意义，于此寥寥十字充分体现。调研报告鲜明指出："企业改制已成为新一轮发展的一个关键问题。"针对当时存在的犹豫心态，调研报告指出："两村两厂的改制效果证明：改革不但没有影响生产的发展，而且促进了发展，增加了投入，积聚了后劲，那种怕改革影响发展的顾虑是不必要的。"

细绎这篇调研文章的内涵，可以想见，锡山市推动企业转制在这一刻已然是迫在眉睫了。市场发展日益发展充分，带来市场竞争日趋激烈，相对落后的机制已经让企业步履维艰，在经过几十年向投入要发展的历程过后，到了向机制创新要活力的阶段了。这是大势所趋。为此，经济学家吴敬琏提出了"制度大于技术"的观念。还有，在苏南模式特有的运行机制惯性驱使下，政府和各级集体替代企业成为投资主体，"厂长负盈、企业负亏、政府负债"，加上"企业办社会"，经过长期积累而沉积了一系列的矛盾。而这些矛盾如果不能及时解决，势必影响到经济社会的长远发展。

这一年，锡山市政府专门出台了支持个体私营企业发展的文件，成立了锡山市私营企业管理委员会，为个体私营经济健康正常运行起到指导和促进作用。一批先行企业通过转制显露活力，一批在承包中显露头角的能人纷纷下海自己创业，全市个体私营企业 1996 至 1998 年依法交纳税金 3.63 亿元，其贡献额呈逐年扩大之势。

朱惠兴，原在鸿声镇的剪切机械厂当供销员，临近退休时当了门卫。如果没有一个意外的"冲击波"，他可能会安安稳稳地干到退休，回家含饴弄孙，享受天伦之乐。当时，河北某地一家轧钢厂的厂长，来厂洽谈轧机的业务。他与朱惠兴在以往的业务交往中相熟，到厂里一看老朱已经不跑供销了，于是撂下一句重话："老朱这样的人都不用，业务不谈了。"听了这话，朱惠兴办了提前退休，应聘到邻近荡口镇的一家乡镇纺织机械厂开发轧机业务。不久，乡镇企业纷纷转制，朱惠兴租下这家厂的一个车间，倾其所有以 15 万元买下部分设备，果断与出租方新亚村签订协议，组建了亚新通用机械厂。

孔子说，60 岁已是"闻其言而知其微旨"的耳顺之年，朱惠兴自己都没想到年逢六旬还要下海创业。要问朱惠兴的底气从何而来？这与他不安分的要强性格及乡镇企业的磨炼积累是密不可分的。

朱惠兴个高腿长，毅力特坚强，曾患小儿麻痹症的他，硬是通过自己的锻炼将萎缩的肌肉给"找了回来"。朱惠兴小时特苦也很肯干，"我 11 岁时死了父亲，靠母亲去上海帮人家做佣人养活我和妹妹。11 岁开始就下地干活，15 岁小学毕业了。念不起书，开始做买卖，中秋佳节时买了茭白和和菱角，到荡口乘轮船到上海贩卖。我来回奔忙，家里是靠我外婆来照顾，外婆双眼失明，靠一根手杖走路。现在的年轻人没法想象吃那么多苦的"。后来，村里安排他担任会计。再往后，朱惠兴成了编外的农村邮递员。他处处要求自己比别人强，扛邮包也要比别人多。这样的劲头，朱惠兴在自己办厂扛机件时发挥出来了。

1976 年初，乡里为朱惠兴安排了一份工作，到鸿声乡农机厂跑供销。20 世纪 80 年代中期，无锡县推行"一包三改"，朱惠兴承包了他所在的农机厂的车间。承包之后，他认为厂里原本生产的脱粒机销路并不好，而利用现有设备生产别人没有想到的产品，销路肯定会红火起来。于是，他风风火火大江南北一通跑，找到了一个合适的产品汽车用节能点火机。那时，瞄准汽车零部件产业的乡镇企业并不多。他所承包的车间着实红火了两年，与他共事多年的工友说："当时对于承包人而言经济上的激励不多，不过，证明了老朱的确是个办厂的能手！"

"亚新起步时的设备主要就是两台车床、一台铣床"，他办企业的原始推动力似乎来自对于机床设备的"怜惜"。老伴说，他赚了一点就拿去买设备扩大生产。对购买先进的机床设备，他大笔一挥，几百万元，没有丝毫的犹豫。他生活上却十分地节俭。有一年他在海南过冬，从住地到市区乘"小飞龙"，通常是五元钱的车资，可那天司机开口要六元钱，他就不干了，宁愿步行也不肯多花那一元钱。

创业之初，连同儿子朱俊贤，职工只有八人，各种困难和问题扑面而来。他的老领导、剪切机械厂的技术副厂长孙大南火线加盟，参与并见证了从无到有的历程："最早他什么都缺，缺人才，缺资金，缺技术，缺设备……工厂要安装设备，连行车都没有，只能靠借别人的工具和自己肩扛手拉，用土办法落位。人无我有、人有我好的理念指引他在创业创新路上一直向前"。过了几年，江阴华士的客户提示市场需要开发可逆轧机，朱惠兴立即决定全力开发，结果"一炮打响"，新一款产品让企业在行业内赢得了非常好的口碑。这一年，朱惠兴见厂房不再够用，起了"叶落归根"之心，回老家鸿声镇建厂。他联合北京钢铁研究总院自动化研究所，又研发了拥有发明专利高精度全液压精整平机，这个的产品市场很欢迎。

"南方的百姓，北方的性格。说话算话，可以算得上是我的一个爱好了。"朱惠兴平时几乎没有了业余爱好，只是一味地千方百计地想把工厂办好。对于自己"大龄创业"的历程，他曾对记者说："人生最重要的不是你站在什么地方，而是往什么地方走，年龄是个问题，但不是大问题，梦想和目标才是最重要的。""吃苦是我们农民的本色，要说办厂得益于镇办厂的二十年磨炼，凡是创业不论苏南人、温州人，都有一言难尽的辛劳，只要比常人肯吃苦，能做常人不能做的事，胸中有梦奔着追逐，终能做成一番事业。"

图4-10 亚新轧机公司

岁月无声，悄然流逝。在无锡农村，有着一批追梦求变的人，惜时如金做事，也有人徘徊犹豫，陡呼时间珍贵，而失于指缝。

艾瑞克·霍布斯鲍姆说："我们不知道自己正往何处去。我们只知道，历史已经将世界带到这个关口，以及我们所以走上这个关口的原因。"在接下来的一年，无锡农村又将走上一个新的关口。

1997 年　悲欣交集

你为什么追逐？追逐什么胜负？谁是你的俘虏？

——歌曲《面具》

这一年，香港回归，被视为一个时代的开始。中国从改革开放的大幕中走来，进入更加快速的上升通道。

中国开启了新的时期，可世界又乱了。7月2日，泰国放弃固定汇率制，泰铢大幅贬值，股市一落千丈，这引发了亚洲经融危机。亚洲金融危机严重冲击东南亚的经济。幸运的是，中国成功地应对了此次危机。

1997 年 9 月，党的十五大在北京隆重召开。会议指出："公有制为主体、多种所有制经济共同发展，是我国社会主义初级阶段的一项基本经济制度。"这是共和国历史上继"实践是检验真理的唯一标准"和突破"社"姓"资"思想桎梏之后的"第三次思想解放"。人们在姓"公"姓"私"问题上的疑惑，由此全面消除。这次，不只是书生学者，连改革派的政治家和官员都按捺不住内心的激动。这一年，全国国内生产总值的近三分之一，全国税收的五分之一，全国出口交货值的三分之一都来自乡镇企业。

现代经济学上有一个"墨菲定律"，其根本内容是："凡是可能出错的事有很大概率会出错。"通俗地讲，就是越害怕发生的事情越会发生。

果然，锡山市心心念念想要化解的矛盾，以一种突如其来、猝不及防的形式爆发了。

1997 年 7 月 18 日至 22 日，钱桥镇发生了因集资还兑引发的大规模群体性事件。其人数之多、规模之大、影响之严重，是无锡经济史上所罕见的。

钱桥镇位于无锡城西，工业以冶金行业为主，多为焊管、钢带产品，资金占用量非常大。多年来，该镇镇村两级集体为求发展，向社会集资，累计约五亿元左右，而且有的集资时间长达六七年。7月17日，钱桥镇党委政府作出决定：关闭全镇所有集资点，还本挂息，分五年偿还集资本金。这一举动，引起集资群众的强烈不满。一部分了解钱桥镇经济底子的人更是怀疑其可行性，要求在三年内还本延息。有些集资群众指责干部失职导致资金投向错误而无力偿还，把矛头集中针对镇党委、政府，遂引发大规模的群众闹事事件。最为不堪的是，部分村民涌上了312国道，引发大批车辆堵塞，阻断了交通达数小时，原因是一家村办企业因为亏损而无法退还几百万元的集资费。类似事件在苏南并非个案，以后有着相似遭遇的上千名镇江村民又堵住了京沪铁路。

"钱桥十年不会天亮"，有人这样预言。钱桥集资事件的影响十分巨大，直到2003年，镇政府还在偿还群众集资及原市属企业债务，金额高达3800多万元。

"邓斌案"余波未消，钱桥事件又起，恐慌如瘟疫般在各个乡镇飞散开来。一时间，各种或真或假的说法甚至妖魔化的段子在坊间疯狂流传，这是锡山市历史上未曾有过的，锡山市承受着巨大的舆论压力。

当过去的一切成为历史时，也许就如黑格尔所说的"回过头看，都是理性的狡诈"。站在这一时间点上，回望无锡农村乡镇企业的发展，在苏南模式惯性力量的驱使下，"厂长负盈、企业负亏、政府负债"，高投入高负债的情况随处可见。1993年，国家针对投资消费急剧膨胀而引发的全国性经济过热，实施了紧缩了宏观调控。一年之后，乡镇企业的增长率开始下降，而债务问题也日益严重。由于银行贷款受到了限制，许多企业开始向社会集资，但是这种办法无异于饮鸩止渴。而高额的回报，又诱使越来越多的人投身其中，一个"不可能的游戏"在侥幸、病态的集体驱使下开展起来。

这样困境，并非无锡农村所独有，整个苏南地区也都进入了发展的瓶颈期。人们的视线从苏南张家港转到了浙江温州、山东诸城，转到了广东顺德。人们再次公开地将苏南与温州加以比较，并掀起了一般"温州热"，温州成了"热州"。曾经作为全国典范的苏南模式，此时开始受到冷遇，甚至非议。理论界"扬温抑苏"的倾向，明眼人也一看即知。《中国农村观察》1998年第3期发表了张义、周虎城的《江苏乡镇企业与浙江对比引发的思考》一文，较系统地将苏、浙乡镇企业进行了比较，对江苏乡镇企业增长趋缓的原因归结为：所有制结构不合理；负担沉重使企业失血太多；外贸出口增势受挫。接下来的两年时间，《经济学消息报》前后登载了四篇文章：《苏南经济缘何增长乏力？》（林建生）、《夜扶苏南——从江苏南部一些地区有城无市蜕为空壳说起》（新望）、《温州力量》（赵伟）、《走温州的道路是一个基本的选择》（严士凡、林代欣），将这一争论引向深入。林建生将苏南经济增长乏力的原因归结为：政府汲取能力过强，民间经济活力被压抑，"口号动员型"经济带来了损失和浪费。政府管得太多、花得太多、汲取太多、借债太多、官员太多，从而造成了普通百姓家底不实，相对贫困；严士凡、林代欣的文章也讲到了苏南："看到一路上农村居民的房子都是同一个样子和档次，我想这一模式不会再给经济发展以动力了，苏南模式的历史任务不可避免地要结束了"；新望则从社会学角度出发，指出苏南单一的"干部主体社会结构"不利于市场化、民主化、现代化进程，并指出，苏南城市形态初级化、产业结构低级化、经济布局割据化、干部考核数字化等弊端可能与其社会结构不合理有关；赵伟对旧苏南模式的诟病，则是价值判断层面的指责："官富民穷"，言微意重，直抵要害。"温州热"给一贯喜好面子而又头脑灵活的苏南人带来了不小的刺激。

经济社会又被逼到了发展的十字路口，无可掩饰的社会现实逼迫着每个人都必须在"正视"与"逃避"间做出选择。锡山市毅然选择了前者。

1997 年，锡山市乡镇企业的产权制度改革骤然加速。当年转制企业累计5180 家，其中组建有限责任公司 381 家，股份合作制企业 279 家，租赁经营企业 594 家，转为私营企业 3155 家。到 1998 年 6 月，锡山市改制企业面已达到了 80.2%。在改革初期形成的股份合作制企业和租赁经营企业，也大多经过"二次转制"，股权向经营层集中而成为民营企业。这种改制虽然实现了经营者持大股，有利于调动经营者的积极性，但产权整体上依然是模糊的。林毅夫 1993 年在纽约就已提出过这个命题，并曾引起一场论战。制度经济学认为，传统集体经济产权"人人所有，人人没有"的非排他性使资源使用中的边际成本，总是以平均数的形式由全体成员均摊，因而可能造成对资源的滥用，"名义所有者"没有能力，也没有动机去关心公有资产的安全和增值。还有一个原因，此时很受集资问题困扰的政府，通过拍卖可以集中更多的财力偿还集资。比如，南泉镇的太湖锅炉厂在 1997 年时号召员工参股，可是参股以后的企业经营管理并没有取得多大转变。蔡桂兴说："集体资本仍然占了大头，职工股每年分红，而集体股不仅保值，增值部分又成为新股，这样所占份额年年攀升，职工觉得每年分红会越来越少而积极性受挫。"两年后，企业再次转制，退还了全部股金。接下来的2000年，蔡桂兴与镇政府签订了承包协议，个人买断流动资产，租赁固定资产和土地，成立了无锡太湖锅炉有限公司。

丘吉尔说过："我们正处于一个有因必有果的年代。"1997年的夏天，无锡农村注定无法平静。时不时有暴风雨袭来，湿漉漉的空气中掺杂着悲观的情结，除了怀念过去和希冀未来，做着种种选择，经济生活中的非健康因素与健康因素此消彼长，令人欣慰的现象不断涌现。

命运的抉择，有时身不由己，而更多的时候则掌握在自己的手中。集体企业的产权处理模式，往往似乎成为企业不同命运的分水岭。

在港下镇，除了红豆集团以外还有许多服装工厂，张缪舍村的元亨集团就是一家曾经声名在外的企业。这家企业的前身是创办于1974年的勤丰大队生活服务站，16位虞姓裁缝聚在一起以缝纫衣服为业务，后来厂名几经更改，到1987年时定名为无锡市衬衫厂。此后，企业很快进入最为辉煌的时刻。所生产的"光荣"牌衬衫，以质量优、价格平、款式新的特点广受青睐，日产1000件还不能满足客户的需求。特别是金属棉衬衣、真丝双键绉硬领衬衣以及全毛衬衣，销路极旺，商家都是开着车在厂门口等货。有一次，8000件男女精品衬衫进入石家庄，大火特火，包揽了12家商场的衬衫专柜。城内城外，大街深巷，传闻着这样的口头禅："女士穿上光荣衬衫，满身添加彩；男士穿上光荣衬衫，不是先进就是模范；老人穿上光荣衬衫，英雄更加可爱。"除上海、广东、福建、西藏外，"光荣"牌衬衫几乎覆盖了整个神州大地。1993年，无锡市衬衫厂成立江苏丰元集团，后又改名元亨集团，与红豆集团一起成为江苏乡镇企业集团的"七朵金花"。当时，元亨集团的风光并不逊色于同处一地的红豆集团。

当元亨集团达到鼎盛时，也正是它败落的开始。曾任张缪舍村村委主任的蒋志远认为，"最大的问题，它虽然是乡镇企业，但运作基本上都沿袭了国有企业的做法"。作为村办企业，所有的投资都是村里集体所有的，也就是说，是每一个村民的，这也让它与老国企一样面临产权不清晰的问题："企业是每个人的，又不是每一个人的。"在企业内部，职工们与国有企业职工一样享受各种福利，也享受退休金。而作为整个村的企业，要照顾到每个村民的利益，所以，为了安排职工，有些只要一个人的岗位，就用两个人。在内部管理方面问题则更多。当年的衬衣出厂批售价格与实际市场价格相比是相当之低，销售人员从中获益不少。还有，元亨集团承担了许多社会事务，据蒋志远介绍，无锡"村村通柏油马路"，"村村装电话"，张缪舍村是最早的。1990、1991 年建造了村级自来水厂，村里还搞了自发电，村民的水费、电费由村里补贴，所以水电费用的开支是很高的。此外，环境卫生、合作医疗，元亨都要承担经济重任。

在 1997 年前后，元亨集团终于到了难以为继的地步。转制前几年，元亨便已显颓势。企业上了几个项目，但都没能成功。如三元管件厂投了数百万元，是向银行贷的款。此外上一个跟洗发水有关的项目，征了地，围墙也打好了，因资金紧张不得不下马，围出的地又重新种了粮食。此时集团的价值已非常低，除了各衬衣厂，还有煤气站、加油站、供销公司、石棉厂、电讯器材厂、特种保温材料厂等，不得已实施转制，基本上都由村民接手。不过，在转制以后，村集体很坚定地没有将土地以及相关厂房在内的建筑出售，依靠一年 200 多万元的土地租用费以及房屋的租赁费，村里的各项建设以及村民的福利得以延续。

反观红豆集团，从 1983 年重新起步起就一直走在改革的路上。工厂起初以"带资进厂"来集资，三年后归还。但由于有比较好的分红，集资到期后职工一般都不要求归还。这一做法还不是真正意义上的股权概念，但这部分集资款作为股金是有"资本回报"的，这在当时已是一个很大的进步。到了 1993 年，红豆集团在无锡县率先实行"增量扩股"的"内部股份制"改革，以入股自愿，股权平等，利益共享、风险共担的原则，扩充的产权可以在内部流动，把所有权、经营权彻底分离。当时有人批评红豆搞"资本主义"，但周海江认为，要提高员工对企业的关切度，就要让员工参股，真正调动员工的积极性，与员工结成利益共同体。不仅红豆集团如此，其麾下的每个工厂都建立了明晰的股份产权制度，其中最大的特点就是每个工厂约 50% 的股份都由工厂管理层共同持有。"财聚人散，财散人聚。"周海江强调："现在这个厂不是我个人也不是我们家族的，而是我们企业员工大家的。"

历史经验告诉人们，产权制度并不是万能的。周耀庭就认为，即使是红豆在股份化之后同样没有彻底摆脱"人人都有，人人都没有"的弊端，要真正解决企业制度问题，最为核心的问题是股权的相对集中。红豆所采用的方法是，多年来对高层的分红，一般都用于参加增资扩股，而对一些退休的职工或离职的职工，其股份也转由高层来持有。这样一来，集团公司 80% 左右的股份集中在 163 人手中。此外另有 20% 左右的股份在集团下的子公司中，而子公司中持股人的数量近 700 人，两者相加有 850 人左右。这些人，除了是少数当年持股且没有退出的老职工，基本上都是集团和各子公司的中高层。周耀庭认为，股权的重心转移，有明显的好处：在职的高层职员通过努力，创造良好业绩后，不仅可以获得好的分红，其股权也会升值，从而业绩越佳，股权权重上升越快，反之亦然。而对一些元老级人物，业绩跟不上，其股权价值会一落千丈，还会赔偿经营损失，所以退位于能人是其最好的"股权保值法"。企业高层的行为，也印证了周耀廷的观点。子公司经理和分厂厂长的股本金不得少于20万元，不少经理、厂长倾其所有都不够，只好向亲友借贷，"我们不仅把全部的家产，而且把自己的事业和命运押上去了"。子公司经理和分厂厂长每天工作12小时以上，因为干不好不但要赔进自己的股本，而且还要连累股东。有的子公司经理感到自己能力差，影响企业资产的保值增值和股东收入，主动提出让贤，在八个子公司中调换的经理一度达到三人。

当然，红豆集团没有指望产权一明就灵，一明就活。明晰了产权，还必须有科学的组织体制和管理体制。在"内部股份制"实行前后，红豆集团还逐步探索试行了"母子公司制""内部市场制""活成本死比例效益承包制"，而"内部股份制"的建立又为这些制度的创新完善和全面推行提供了更好的内在条件，从而形成了"四制联动"的公司管理机制。

红豆集团早在1988年实行了厂方与车间、车间与车间的"内部银行结算制"。织布车间购进棉纱，将坯布卖给制衣车间，制衣车间付给漂染车间加工费……车间实行独立核算，自负盈亏。到90年代，红豆集团把市场运行机制彻底引入到企业内部，实施"内部市场制"。总公司规定，各子公司和分厂都有产、供、销自主权，子公司和分厂相互之间实行买卖关系，不存在行政命令和计划调拨。比如服装的前道是织布，关键看织布厂的质量好不好，价格便宜不便宜，如果你的质量不好，价格不公道，我就不买你的产品，而到集团外面购买，这样就迫使织布厂提高质量，降低成本。各厂形成这样的观念："走出车间就是国内市场，走出集团就是国际市场。"在"内部市场制"的驱使下，各子公司开足了马力，纷纷开辟新产品领域，不到一年从单一的针织内衣扩展到整个服装大类，先后成功地开发了衬衫、西服、羊毛衫、领带、时装、童装、皮件等服饰系列。市场意识浸润着每个人的心，使人人学会了吃"市场饭"，按市场规律办事，从前生产经营上是近亲配套，"亲兄弟、流水账"，改后则是"亲兄弟、明算账"。

与此同时，新的组织体制从辩证思维中孕育出胎。红豆集团探索"小厂大公司"体制模式，实行"母子公司制"。在集团公司下面设八个子公司，在子公司下面办64个分厂，产品统一用"红豆"牌商标。子公司和分厂办成生产和经营的实体，实行单独核算、自负盈亏；总公司作为投资母体，具有经营战略决策权，负责宏观运筹；八大公司负责本部门的战役指挥，64个分厂在市场前沿阵地带兵作战。周耀庭说，以前他一个人管几千人，现在一个人只需管八个人，提纲挈领，办事节奏快了，效率大大提高。

为了探索一条科学的承包方法，1994年红豆又推出了"活成本，死比例，效益承包制"。"死成本"包括原料、动力、利息、税金、折旧等看得明管得住的部分；"活成本"包括差旅交通费、通信费、工资、交往费等看不明的部分。红豆把企业内的成本分为"死""活"两块，下属企业因不规范难以控制的"活"成本按"死"比例计算，而创造的利润也按同比例上缴，余下的均由经营者支配，按照创造的利润计奖。由于按"死"比例上缴，承包者没有必要把效益、报酬放在暗处，从而增强了企业管理的透明度，使下属企业责权落实、行为规范，推动企业科学管理的良性循环。

"内部股份制""母子公司制""内部市场制"和"活成本死比例效益承包制""四制联动"，关键在于"联"。"四制"是一个配套工程，正如汽车的四个轮子，通过连轴连在一起，共同推动车子前进。没有"母子公司制"，"内部市场制"就搞不起来，没有"内部股份制"，"活成本死比例效益承包制"就失去基础。

说起红豆的改革与发展，周耀庭有一个"田螺""大象"的比喻。在他看来，乡镇企业是从"感情经济"起家，这样形成的利益共同体在企业发展的初期无疑起到了积极的凝聚和向心力作用。一如"田螺"，由于螺壳的保护团结着其内的软体，维系着赖以存活的内环境，新的软体能在螺壳内生活得很好，但这也因它是田螺，永远长不到"大象"那么大。如果"田螺"变"大象"，就必须勇敢地打破"感情经济"的"螺壳"，摆脱传统的"一方水土用一方人""打仗还靠父子兵""肥水不流外人田""亲兄弟、流水账"等小农意识束缚，走出狭隘地域观念的"围城"，解除宗族和血缘关系的绳索，避免"近亲繁育"带来的智力和能力的退化。

"四制联动"的企业组织管理机制，使红豆集团获得了健康稳定的内在动力，产生了"母强子壮"的效果。1997年4月，红豆集团被国务院列为全国120家深化改革试点企业。到1998年，红豆年销售收入已达到17.1亿元，利税1.5亿元。可喜的是，集团公司下属八个子公司无一亏损，64个分厂也绝大多数盈利。红豆集团从不起眼的"田螺"慢慢演变成为令人瞩目的"大象"。1994年8月底，农业部在北京人民大会堂召开全国乡镇企业管理科学座谈会，周耀庭在会上介绍了"四制联动"的做法，受到与会者的关注和肯定，时任国务委员陈俊生、农业部副部长万宝瑞等领导对此给予高度评价，认为它是现代企业进行科学管理的成功范例，对国有企业也有重要借鉴意义。

今天的红豆集团依然走上改革与创新道路之上。"企业党建＋现代企业制度＋社会责任"的新苏南模式企业样本，又在红豆实践。

"七龄童"江苏捷达摩托车集团公司，也正走上一条转型之路。以杨仲华的话来说，就是"第二次创业"。

从乡镇企业发展到一家省级集团公司，再到成为国家目录内摩托车定点生产厂家，直至跻身摩托车王国的"诸侯"之列。七年来，经营者的甘苦自不待言。20世纪90年代上半期，正是摩托车行业大爆发的一个时期，一夜之间冒出了数不可计、大小不等的摩托车厂，捷达从诞生之日起就陷入了残酷的"肉搏战"。1996年，捷达生产摩托车50万辆，实现工业总产值35.2亿元，创利税1.5亿元。成绩固然骄人，但"价格战"的后遗症也显露无遗。

这一年春节期间，镇党委书记、集团公司董事长、总经理三人聚集在一起，研究公司"九五发展规划"，他们的心情不是沉浸在胜利的喜悦之中，而是思考着新一轮行业竞争的严峻事实：由于我国从自行车时代走向摩托车时代的条件开始成熟，各地摩托车生产能力都在急剧膨胀，其产品供给能力的增幅已远远超过了市场需求的增速，1996年预测全国摩托车厂家可供量已达1500万辆，而预测需求仅为1000万辆，一些大企业如嘉陵、重庆、轻骑、金城、易初等名牌企业都进行了大规模的技改扩能和兼并扩张，一些小企业如雨后笋尖般地冒出来，仅锡山市境内就一下子冒出了数十家摩托车整车厂，这个月捷达出什么车型，下个月其他厂也定会出同样的车型。

1997年，捷达启动"二次创业"，突出了抢占人才和质量制高点这个主题。他们一手清理富余人员，一手引进各类人才，一年"送"走500余人，引进了各类科技人才和大中专毕业生220余人，公司引进的各类科技人才和大中专毕业生总数已达470人，比1996年增加88%，有效地增厚了企业拥有人才的底气。公司的厂级领导层和中层干部中，外引干部已分别占到75%和80%。华东理工大学机械系主任、博士后王庆明出任捷达研究设计院院长后，公司即拨给500万元科研经费，及时引进CAD／CAM和三台标测量机。

1998年，捷达又开展了"质量年"活动，取得了产品用户开箱合格率达到98%以上、产品质量"百天无投诉"两项成果，出现产销平衡、淡季不淡的景象，产品销售无积压，无应收款拖欠。捷达因苦练内功而尝到了竞争力提高的甜果。

走出困境的还有杨祥娣。这两年，她最犯愁的问题是如何应对东南亚金融危机。

东南亚金融危机的飓风刮过，国际市场皮件价格下跌，订单非常难接，杨祥娣面临着创业以来最大的困境。在香港举行的亚太皮革会上，杨祥娣作出价格下降3%的决策。一家客商青睐"百特"产品，交易总额达20万美元，但就是要价格再优惠一些。杨祥娣想，吃亏便宜，商家通理，产销本是一体，决定让利接单。之后，客商发来一份传真，写道："十分感谢贵公司的支持，现在国际市场皮件竞争激烈，一定要在价格和质量上都强才行，所以你们的支持难能可贵。当然，这对我们今后的合作十分有益。"

让利策略，虽然少了一部分利润，但换来了更多的市场份额。1998年，百特公司的外贸销量已占公司总销量的三分之二，有近四万打票夹打进了号称"世界皮件王国"的意大利市场。

杨祥娣很有个性。无论是在经济"超常"发展期，还是"回落期"，她始终是老老实实，循规蹈矩地跟着市场走，于是就跟出了实效。20世纪80年代，当许多企业还在国门内"绕圈"时，"百乐"生产的百特牌皮件已走出国门。90年代初，当大家都把眼光注视着国外市场时，他们根据国内消费趋旺的预测，"收回一条腿"，用出口的高品位产品去抢占国内大市场。1996年后，当许多厂家把市场定位在国内时，百乐人又伸展"两条腿"，把目光盯住法国、意大利等欧洲国家和美国，快速地抢占国际市场。

说到企业的发展时，她列举了企业的五个名字："最早是钱桥公社皮件厂，1983年改为无锡县皮件厂，1986年改为工贸联营江南皮件厂，1992年改为中外合资百乐皮件有限公司，1993年改为中外合资百乐皮件集团。"杨祥娣就是在这些名称的变动之中成长起来，从摆地摊出售产品的小厂厂长成长为做名牌皮件的集团总裁。

1997年对姓"公"姓"私"问题上的"思想解放"，触发了广大民众的创业热情，真实地发生在当时名不见经传的创业者心中。

这一年，锡山市查桥镇上，新开张了一家名叫"紫荆花"的小饭店，饭店掌柜是一对叫董经贵和钱静红的夫妻。他们为了纪念香港回归而为小饭店取此名。小饭店只能摆下五六张桌子，另外勉强隔出一间小包房。饭店做的都是家常菜，不过食材新鲜，口味地道，加上掌柜人豪爽和气，生意红火。

查桥是著名的摩托车之乡。那时"紫荆花"的顾客中有许多是做摩托车配件生意的。钱静红去小包房给客人端茶倒水，常看到他们从蛇皮袋里拿出一捆捆的钱在桌上数，她觉得做摩托生意比开饭店轻松多了。紫荆花饭店开了四个月，全家一合计，不做了。那时，夫妻俩已经挣了六七万块钱，注册成立了无锡董氏车业有限公司。他俩先是跟着妹妹、妹夫一道做起了摩配批发零售，从厂家买来摩托车配件，转手卖给到无锡进货的其他经销商。不久，他们发现做摩配不如做摩托车整车赚钱，于是开始做起了摩托车整车生意。

董经贵本来就是部队汽车兵出身，又在摩托车厂干过，算是大半个内行。1992年无锡县面向部队择优选招退役驾驶员，董经贵被分到查桥镇，后进入一家乡镇摩托车厂当司机。默默做了几年，对车辆行业谙熟。1997年，他向厂长提出，自己"下海"闯闯。厂长知道他认准了的事，劝阻无用，予以放行。这次，董经贵决定自己干整车，身为查桥人的妻子当然十分地支持。

于是，他们在查桥镇谈村找了个废弃的舞台，铺上毯子，搞起了摩托车装配，边装边销。直到2000年，夫妻俩才租起了几千平方米的厂房，正式招了七个员工，开始正规生产摩托车，然后销往五个省。2004年，电动车行业迎来了大发展机遇，夫妻俩开始转行做电动车，而品牌名用的就是他们先前早已注册的"雅迪"。

董经贵是安徽金寨人。金寨是著名革命老区和将军之乡，因地处大别山腹地，经济欠发达，而这也成了他创业的原动力。"小时候穷，别人瞧不起，受欺负啊，所以就想着日后要出人头地，光宗耀祖。后来硬着头皮创业，也不全是为了赚钱，而是为了用一件事来证明自己，不能让人瞧不起。所以，无论做什么生意，我们都很注重品质，总想把质量做得比别人好一些，这样人家才尊重你"，董经贵说。

董经贵和钱静红夫妻闷头扎扎实实做了几年电动车，一抬头，猛然发现"雅迪"长大了，而且因为产品质量过硬，在消费者中已经积攒了良好的口碑，那时来买雅迪的顾客十有八九都是听了亲朋好友的推荐。而这是董经贵最在乎的，在他心里，注重品质是对自己也是对消费者的尊重，有高尚的品质才有高尚的尊严，有高尚的尊严才有人生的幸福感。

有一年，中央电视台《新闻联播》中一则题为《中国制造迈向中高端》的专题报道，让董经贵受到了强烈的冲击。报道中说，我国经济已经由高速增长阶段转向高质量发展阶段，制造业技术升级、产业结构高端化的发展特征愈加明显，国家正在围绕着加快建设制造强国，全力向全球价值链中高端迈进。他说："这几句话让我印象深刻，因为我们雅迪的定位就是'更高端的电动车'，我们就是中国中高端制造里的一分子，也正在向全球价值链的中高端迈进。"

图 4-11　雅迪在安徽、贵州、广西等地捐资兴建希望小学

经过近 20 年的高速发展，由无锡董氏车业有限公司演变而来的雅迪公司组建了江苏、浙江、天津、广东四大制造基地，在行业内率先导入丰田 TPS 精益生产体系，成为行业内率先推行质量检测活动常态化企业，每个环节层层把关，保证产品质量。在更高端战略的指引下，雅迪从价格战中抽身，在

图 4-12　上海世博会上的雅迪车

终端的销售也是节节攀升：2017 年，雅迪年度销量率先突破 400 万辆，高端车型销量从占比三分之一递增到接近一半。雅迪成为全球电动车行业销量最大的品牌。2018 年，雅迪与 FIFA 世界杯合作，成为 2018FIFA 世界杯亚洲赞助商，系行业首家、全球唯一。

在无锡鸿祥铝业有限公司大楼大厅正中，安放着一尊邓小平同志的半身铜像，铜像标号为"97"。

2004 年邓小平诞辰一百周年时，由近两百位中国两院院士倡导发起并请名家雕塑，一共雕塑了 100 尊纪念铜像。鸿祥铝业公司总经理钱国平出席了全国科技产业界召开的纪念大会，并作为江苏省民营科技企业代表发言，会后获赠第 97 号小平同志的半身塑像。1997 年，中国恢复对香港行使主权，也是在这一年，钱国平创办了鸿祥铝业有限公司。

1997 年，对钱国平来说是人生转折之年。在此之前，他担任过七年鸿声乡前房桥村党支部书记，期间曾创办起了无锡地区最早的村级私营经济工业园。1997 年春天，他向领导提交辞呈，从零开始创业。办企业没钱，钱国平把自己的住房作抵押，向银行贷了 20 万元，又向朋友借了 12 万元，东拼西凑了 30 多万元。向村里租借了几间破屋，从旧货市场淘来几台旧设备，生产铝制散热器。在外读书的儿子元旦回家，钱国平夫妻一摸口袋仅剩下八毛钱，到镇上转一圈，买回了一斤韭菜，韭菜炒鸡蛋将就了一餐。产品做了半年，一只仅卖 200 元。产品销售到浙江黄岩，对方厂却没钱付现款，只给了 10 多万元的饮水机抵债。

钱国平没有过多责怪对方，而是从自身找原因，还是自家的产品"大路货"，市场竞争力不强，必须开发科技含量和附加值高的产品。于是，他天南海北地走访了多家科研院所和城市工厂，觅高人猎信息。在诚意聘请下，无锡小天鹅洗衣机厂的总工程师周祖荣刚退休就不辞劳苦，来厂担任了总工程师。无锡机床厂、湖光仪器厂等国有企业的一些工程技术人员也相继而来。

经过市场调研，公司决定开发高效插片式散热器。当时通讯行业和家电行业用的大多从美国、日本、德国等发达国家进口。这一产品技术要求异常苛刻，仅表面平直度只允许有半根头发丝大小的误差，光亮度要达到七级。开发高新产品千头万绪，钱国平与科技人员"如漆似胶"般粘在一起。经过几个月的艰苦攻关，第一只填补国内空白的产品终于问世。随后，装备陆续添加，高效插片式散热器拥有两项发明专利，被评为国家级新产品，并获得了科技部技术创新基金的扶持，产品为富士、三垦力达、东元、LG 等国际知名企业配套。

茨威格在《昨日的世界》中预言，"过去的一切又全完了，一切业绩化为乌有。不同的是，一个新的时代开始了，但是要达到这个新时代，还有要经过多少地狱和炼狱。"悲欣交集，是无锡农村在这一年的主题词。面对宏观和微观的冲击，有人意气风发、气概豪迈，有人心灰意冷、自甘沉默；有人销声匿迹、归于沉寂，有人以变求变，声名鹊起。那么，在接下来的一年，又将面临一个怎么样的悲欢交织的故事呢？

1998年 喷薄而出

来吧，来吧，相约九八。

——歌曲《相约一九九八》

担忧与希望，在纷繁与交织中，日子匆匆而来又匆匆而逝。无论曾经多么的不寻常，岁月总是倔强得毫不留情。

1998年，是改革开放20周年。到这一年，在无锡农村，姗姗来迟的改革终于呈现出人们所期待的喷薄而出之势。正如一股激流从上游奔涌而来，前方岩石层层叠积，犬牙交错。被阻隔的激流，回旋着，积蓄着，终于从岩石的缝隙里喷薄而出，纵身一跃，以浩荡之势滚滚东去。

悲欣交集间，改革到了攻坚的阶段。这一年，无锡农村的改革遇到了真正的"硬骨头"，那就是对"大而盈"和"大而亏"企业的改制。到上一年底，锡山市有净资产在1000万元以上的"大而盈"企业92家，总资产在1000万元以上而资不抵债的"大而亏"企业85家。"两大企业"的改革，依然遇到了重重困难。据无锡市委农工部副部长张寿正分析，"关键是各方面的认识很不一致，思想较为复杂。首先是镇村领导的认识不统一，迟迟进不了角色。有的担心改制会'捅娄子'，暴露矛盾，影响稳定，因而不敢改。有的担心改制后'失权'、'失控'，采取消极态度。其次是企业领导的思想很复杂。不少大而盈企业的领导认为，自己发展集体经济有功，参与改制成本大，代价大，改制以后风险大，制约多，感到吃亏，因而不愿改制。大而亏企业的领导，有的不积极，怕暴露问题，追究责任，就地免职；有的想借改制而'金蝉脱壳'，达到企业逃废债务，个人离开企业的目的"。

对于无锡来说，深化
乡镇企业产权制度改革，
关键是"两大"企业的
改制取得突破和成功。因
为"两大"企业在全市农
村经济发展的地位举足轻
重。"大而盈"企业是无
锡乡镇企业和整个农村经
济发展的重要支撑。积极
推进其改制，使其机制更

图4-13 1999年锡山市经济开发区10个超千万美元
投资项目开工仪式

优更活，发展更快更好，是无锡乡镇企业构筑发展新优势的重要战略举措。而
"大而亏"企业债务重、亏损大，沉淀资产多，直接制约着全市农村经济的健康
发展，影响着城乡社会的稳定。"两大"企业的改革势在必行，不搞改制，维持
老体制，今天的"大而盈"企业，明天就有可能变成"大而亏"企业，今天的
"大而亏"企业，明天可能债务越积越多，困难越来越大。到了此时，已经没有
什么能够阻挡企业改革的步伐了。到年底，"大而盈"企业有49家实行了改制，
占"大而盈"企业的53.26%，其中转为股份有限公司的3家，股份合作制企业
20家，有限责任公司22家，租赁经营2家，拍卖转为私营企业2家。"大而
亏"企业有35家进行了改制，占"大而亏"企业的41.18%，其中转为股份合作
制企业6家，有限责任14家，租赁经营企业2家，租拍结合转私营企业13家。

1998年以后，无锡农村各种力量相向而行，全力推进所有制实现形式的多
样化，朝着建设市场经济主体目标提速。至2000年，锡山全市累计完成各类改
制企业8003个（251个中外合资、合作企业和32个联营企业未统计在内），
占原镇、村集体企业总数的97%，其中股份有限公司5个，有限责任公司1524
个，股份合作制企业632个，租赁经营企业97个，转为私营企业5682个，经法
院按破产还债程序终结清算报歇63个。至此，全市镇、村集体企业产权制度改
革基本完成。

无锡农村素有改革的传统，从"一包三改"到"三制配套"再到"一调二
改"，直至这场规模宏大的产权制度改革，"改"字始终贯穿了乡镇企业发展的
全过程。这一系列改革的发生发展，与社会主义市场经济体制的建立健全相伴相
随，有着其内在逻辑的必然性。宏观影响了微观，微观反过来又促进了宏观，无

锡农村的改革必然在中国的改革史上留下浓墨重彩的一笔。

光阴如箭，往事如云。这些曾发生过的件件往事，对于当事者来说，依然历历在目；对于继往开来的年轻人来说，同样必须铭记。今天的无锡农村，活力勃发，依然保持了强劲的经济发展势头，追溯原因兴许可以从 20 世纪 90 年代的这场"除旧布新"的改革找到答案。

1998 年，无锡农村"除旧布新"的效果是明显的。无锡国达机械设备有限公司就是峰回路转的例证。该公司位于西漳镇陈家桥村，转制前销售一直徘徊在 200 万元左右。1997 年底实施转制，在短短的两年时间里，销售增长了四倍，资产增值近 10 倍。1999 年该公司上缴税费和租金就达 120 多万元，转换机制转出了新天地。

无锡国达机械设备有限公司创办于 1992 年，生产国内市场需求量较大的研磨机、抛丸机，建厂第一年销售就达 180 多万元。但是，由于村办集体企业产权关系不清，企业发展受外界的干扰较多，发展内动力不足，生产经营多年徘徊不前。

1997 年底，企业产权拍卖，标的 25 万元。原厂长缪根法以 85 万元的最高价一锤定音，与村里签订了转制协议，企业由此转制成为私营企业。

转制后，缪根法大刀阔斧地进行了内部改革，按照"能者上、平者让、庸者下"的原则，调整了经营班子和企业中层，充实技术部门的力量，健全了企业各项规章制度，并着手加强了新品开发、产品质量、市场拓展等工作。内部的激励约束机制逐步建立，各种利益关系更为直接，发展的内动力进一步增强。1998 年，经受住了严峻的市场考验，实现销售 506 万元，打了一个漂亮的"翻身仗"。

"企业发展了，有了积累和盈利，如何正确处理好经营者、中层干部和职工三者关系，保持良好的企业凝聚力？"这是缪根法在 1999 年春节期间一直思考的问题。春节后，他决定把企业竞价时的 85 万元分成 85 股原始股，实行第二次经营机制转换。根据民主评议，把 42 股的股权无偿分配给 21 名对企业有贡献的干部和职工。这 21 名职工，占到当时企业职工数的一半职工；经营者本人持有 43 股。这一举动，一时成了西漳镇村头巷尾谈论的焦点，人们莫衷一是，褒贬不一。然而，国达公司职工的凝聚力和积极性确确实实地被激发出来了，以股联心，干部职工主动加班加点的多了，钻研科研业务的多了，产品质量和内部管理有了明显提高。凭借与一汽的业务联系，国达公司更加紧密地与之开展技术咨询、成果转让、人才培训和项目开发等合作，实现了企业主导产品研磨机、抛丸机生产的系列化、多样化。在借鉴和消化国外同类技术的基础上，1999年双方又合作设计了具有国际先进水平的 PC 控制自动循环机电一体化的抛丸机，在技术含量、产品质量上优于国内同类企业，实现了进口替代，而且每台的销售价格仅为进口设备的五分之一，赢得了明显的竞争优势。转制第二年，国达公司实现销售1100万元，股东们也分得了10%的红利。

为了进一步调整生产关系和转换经营机制，2000年年初，缪根法参照股份制的模式，将原来85股原始股再作调整，缪根法自愿将原来的43股进一步减少到28股，占32.9%；经营班子（三人）每人10股，占35.3%；中层干部2—5股；优秀职工各分得一股。原始股只具有收益分配权，按个人业绩每年作适当调整，员工正常工作到退休，可继续享受股份的收益权。同时，允许职工自愿增股，随着企业的发展和职工的需要，今后职工每年可向公司购买不超过两股的股权，对当年工作有突出贡献的职工，公司考虑以配股形式给予奖励。另外，按照公司制的要求，建立公司内部的法人治理结构。由董事会领导下的总经理负责公司日常事务，总经理经民主选举，任期四年，受董事会和股东的监督，对经营中的失误要负相应的责任，赔偿20—50%的损失。股东对公司的规划、经营管理、产品开发都可以发表意见和表决。这次改革，用国达人的话说，就是"按照现代企业制度的要求进行改革，适应企业向更高层次发展的要求"。实施后的第一年的销售超过1500万元，完成技术改造投入1300万元。

企业的改革，已经到了深水区，"大而盈""大而亏"企业的改革，成了横亘在人们面前的难题。"大而盈"企业如何改革的呢？在此不妨以锡山市太湖锅炉有限责任公司（即原无锡县太湖锅炉厂）为例——

锡山市太湖锅炉有限责任公司于1995年3月由江苏太湖锅炉集团公司与锡山市洛社镇工业供销公司出资设立，注册资本278万元。1997年8月3日，锡山市太湖锅炉有限责任公司第二届股东会作出决议，同意洛社镇工业供销公司股权转让给江苏太湖锅炉集团公司。同年8月5日锡山市太湖锅炉有限责任公司第三届股东会作出决议，同意将公司注册资本由278万元增至5800万元，其中新增股东：常州市钢管厂15万元；武进市柴油机机体厂15万元；江苏腾跃不锈钢集团公司30万元；锡山市太湖高效茶炉厂70万元；锡山市太湖锅炉有限责任公司工会498万元；江苏太湖锅炉集团公司5172万元。随后，由上述六家股东达成协议：一致同意将锡山市太湖锅炉有限责任公司依法变为江苏太湖锅炉股份有限公司，六家股东即为六位发起人。

1997年下半年，洛社镇党委、政府根据锡山市委、市政府《关于进一步推进镇、村集体企业改革的意见》，确定太锅集团公司为洛社镇第一批转制的试点单位。1997年11月，锡山市太湖锅炉有限责任公司向洛社镇政府报告，请求对公司全部资产进行评估立项。经同意，由锡山会计师事务所评估，评估基准日：1997年12月31日，评估结果：净资产总额58000383.94元。

为了增强股份公司设立过程中的科学性、合法性，向投资者和社会各界负责，特制订可行性研究报告。同时，出台了《江苏太湖锅炉股份有限公司章程》（草案），共14章。

1997年12月26日，召开第一届股东代表大会，选举产生第一届董事会和监事会，选举董事九人，监事三人。董事长陆道君兼总经理，副董事长李欣良，监事会主席蒋光明。

转制报告经洛社镇人民政府、无锡市人民政府转呈江苏省人民政府。省政府于1998年7月10日以苏政复〔1998〕75号文批复：同意变更设立江苏太湖锅炉股份有限公司。内称：

1. 同意锡山市太湖锅炉有限公司变更为江苏太湖锅炉股份有限公司。

2. 江苏太湖锅炉股份有限公司股本总额为5800万元，每股面值一元，计5800万股。其中江苏太湖锅炉集团公司5172万股，常州市钢管厂15万股，武进市柴油机机体厂15万股，江苏腾跃不锈钢集团公司30万股，锡山市高效茶炉厂70万股，锡山市太湖锅炉有限公司工会498万股。

3. 原则同意江苏太湖锅炉股份有限公司章程。

4. 江苏太湖锅炉股份有限公司的组建和运行必须符合《公司法》的规定。股份有限公司合并、分立或发行新股应按《公司法》规定报省人民政府批准。

原先江苏太湖锅炉股份有限公司已与镇政府签订了资产有偿转让协议，同时开展公司内部干部、职工自然人认股交款，应认股总人数为679人，实认股585人，为应认股人数的86.2%，其中干部认股率为96.2%。

经过几年努力，集体资产得到有偿置换，常州市钢管厂、武进市柴油机机体厂、江苏腾跃不锈钢集团公司、锡山市高效茶炉厂等企业法人股业已退出。江苏太湖锅炉股份有限公司已从集体所有制企业转变为自然人和本企业法人所有的民营企业。

担任新公司董事长兼总经理的陆道君深感到企业改制后肩上的责任。他说：

"改制以前，我是一个厂长；改制以后，我是董事长、总经理，不仅是称呼变了，权力也变了，自由度更大了。从参与者变成了决策者，我深感责任重大，知道自己的每一个决定都关系着企业的命运。"

改制后的太湖锅炉有限公司的发展更快，步子更大。当时国家推行节能环保，陆道君从中嗅到商机，联合技术开发团队日夜研究，不断外出调研，借鉴国内外先进技术与经验，经过不断的实验与改进，率先推出节能减排产品——导热油炉。该产品采用先进的顶盘管技术，不仅可以增加设备的受热面，同时还能更加节省燃料，并且延长设备的使用时间，产品主要应用于丝绸行业、印染行业，广泛用于浙江、湖州一带，引起了良好的市场反响。尝到了甜头，太锅公司再接再厉，继续进行节能减排产品探索，在技术团队的全力参与下，又一项拳头产品——余热锅炉面世。余热锅炉不烧煤、不烧油，不烧任何燃料，却能够收集和利用生产流程或烟囱里的高温和废气，产生蒸汽，并带动汽轮机发电，把污染环境的废气"变废为宝"，把白白浪费的造成和加重温室效应的热量，转化成为可利用的电能。该产品的面世直接为锅炉行业的发展奠定了划时代的意义，并一直影响至今。陆道君说："对于这一项成绩，我一向引以为傲。"

"大而亏"企业的改革，也很快收到了实效，可谓立竿见影。华东生活搪瓷厂和江南帘帆布厂，是藕塘镇的两家特困企业。这两家企业产品基本对路，但背着高负债的十字架，不堪重负，每年亏损额超过2500万元。5000万元固定资产，成为一潭死水。严峻的形势下，更需要冷静分析。藕塘镇多次与佛山市有关方面洽谈，将生活搪瓷厂租赁给佛山中浩陶瓷设备窑炉技术开发中心，更名为中浩墙地砖厂；将江南帘帆布厂的巨额债务，转化为债权人的投资，由投资方、镇工业公司和有关人员共同组建了有限责任公司。搪瓷厂由佛山中浩经营后，立即进行了技术改造，扩大生产规模，除正常税收外，1995、1996两年共上缴租金665多万元。江南帘帆布厂由投资方继续投入2000多万元，增加了生产能力，1996年销售近亿元，并一举扭亏，年利润达400多万元。新安镇第一焊管厂一直不景气，1998年初挂靠本镇颇具实力的筑路机械厂后，闲置多年的近千万元资产转动起来，生产的沥青拌和机供不应求。

不同的经营机制产生了不同的结果。哲学上的因果关系，内容与形式的辩证关系，在这些企业身上上演了生动一课。

藕塘镇领导深有体会地说："特困企业并不可怕，可怕的是我们不去主动设法解救。只要因厂而宜，采取不同的办法转制，就能化消极因素为积极因素。"

　　1998 年，锡山市高频焊管厂也进入转制阶段，但转制并没有影响这家工厂加快投入的步伐。

　　此时的锡山市高频焊管厂已经改组为江苏玉龙钢管有限公司。这一年，唐永清决定上方矩形管新项目。当时的国务院大力提倡用轻钢框架结构替代钢筋混凝土结构，建筑行业将出现重大变革，方矩形管必将在市场畅销。玉龙集团借鉴武钢引进的德国进口机组经验的基础上，玉龙钢管自行设计当时国内最大的方矩形管机组。当时玉龙钢管由集体企业转制为民营企业，事情千头万绪，但是，唐永清全力以赴抓新项目的建设。他曾这样回忆："这个项目难度很大，前后搞了三年。我心急如焚，日夜不安。投入的资金越来越多，如果失败，后果不堪设想。"唐永清咬紧牙关，与科研人员全力攻关，终于获得成功，并且由原来的"圆变方"（用圆管变成方管）升级为直接生产方矩形管。产品用于北京奥运会"鸟巢""水立方"工程、国家大剧院、中央电视台新大楼、天津博物馆、天津泰达足球场、广州新白云机场等。到 2000 年，公司拥有 400×400、300×300、250×250、200×200 方矩形管机组各一台套，年生产能力达到 25 万吨。

　　方矩形管的开发成功，是玉龙公司在新产品开发上获得巨大成功的第二个漂亮仗，更是一个硬仗，为公司的腾飞奠定了坚实的基础。

　　面对国家实施西部大开发战略，以及西气东输、南水北调、热网工程改造、污水工程改造、石油天然气管道铺设，玉龙公司又先后开发了 JCOE 直缝焊管生产线和 ERW 直缝焊管生产线，都达到了国际领先水平，产品的质量和功效远远高于螺旋焊管，不但用于石油、石化、天然气、城市煤气、水和煤浆等高中压流体的远程输送，还广泛应用于建筑、桥梁、电力等工程领域，年生产能力达到 40 万吨。

　　冶金行业是宏观调控以后市场受影响最大的行业。雪浪钢铁集团和玉祁锦绣集团分别从事黑色和有色金属两个门类，走的却是技术改造、内涵拓展的同一条路子。雪浪钢铁集团浦惠林认为，"外面的行情企业不能左右，厂内的产情要仔细琢磨。功夫到家，摸出规律，才能培育和驾驭好自己的战马"。1996 年，企业实施了 110kV 输变电工程和 300 连轧车间技改工程，采用了国内独创的单机传动的六连轧工艺装备；1997 年又投资 3880 万元，进行 630 车间技术改造工程，采用具有国内外先进水平的 450 无扭高速线材精轧机组，开发 Φ6.5—8mm 高速无扭标准件线材，年产量 25 万吨。该项目的最大特点是在国内首创了采用 10.5 英寸钢锭一火轧成线材的先例，并充分利用了原有的基础设施和生产设备的存量，不但能耗低、成本降，而且一次性投资大为节省（同类产量的项目一般需1亿元以上投资），每吨钢材综合成本可降低150元左右，花这样少的投资获取这样的产量和效益，在全国同行业中目前还是绝无仅有的。从传统二火成材到一火成材，关键是要掌握各道环节钢料的温度。浦惠林在项目上马前昼夜"泡"在车间里，反复检测、比较、思量，掌握了各种需要的"火候"和可行的生产流程。原先许多行家和工程技术人员认为在老炉子老车间里要想取得成功，简直是"异想天开"，结果冶金部的领导和专家实地考察后连连称赞：老乡不比老外差，为同类企业树立了技改挖潜增效的样板。

玉祁的锦绣集团多年来一直专业生产各种铝型材，1996年开始与韩国合资生产铝合金轮毂。戴祖军认为：从生产铝型材普通原料到铝制产品，且为汽车行业配套，是产品技术上的一大进步。但是这个"新生婴儿"面临的最大问题是如何挤占市场，扩大覆盖面。技改"出手"后，需要市场"出击"。他和他的助手1997年有近200天的时间出差在外，不论是国内重要的汽车生产基地，还是不起眼的城镇汽配商店，一家一家地走访和洽谈，全年销售10万只，初步打开了销路。1998年作出了挂靠大企业广东中南轮毂厂的决策，既引进大厂成熟的专业技术和管理方法，又与中南联手共闯市场。

令人高兴的事情终究还是很多的，在集体经济通过转制赢得"第二春"的同时，私营企业开始崛起。

这一年国家统计局《调研世界》第二期发表了对锡山市880家私营企业的调研文章。此次调研历时三个月，调查范围涉及安镇、查桥、羊尖、玉祁、前洲、东绛、东北塘、钱桥等18个乡镇，锡山市政府经济研究中心会同锡山市个体私营企业协会主持了这次大规模调查。据问卷汇总，1996年至1997年，锡山私营企业呈现出增速明显加快、运行情况良好、发展活力释放的良好局面，有11.2%私营企业产品畅销，82.9%的产品平（适）销，仅5.9%的产品滞销或停产；业主对经营状况的自我评价认为好、较好、尚可的分别为7.2%、33.8%、55.8%，仅有5.2%认为较差，而且多数企业有技术改造投资发展的意向。同样的买方市场，为什么私营企业的发展好于集体企业呢？调查报告指出："除了内动力不一样的体制机制原因外，私营企业对市场定位准、对科技追求深所显示的作用不可低估。"

私营企业的蓬勃发展，成了无锡农村略显黯淡的经济发展大局中的一抹亮色。私营经济不但总量激增，体量也增大，成为区域经济新的增长点，而且涌现出林芝祥发、宝南机器、华通制衣等一批骨干企业。

私营企业宝南机器制造有限公司创办于 1991 年，主要生产电脑表格纸印刷机和商用票证印刷机。那一年 2 月 4 日，张宝南谢绝了领导的一再挽留，辞去了无锡县一家国有企业厂长的职务，凑了 30 万元资金，只身闯"海"，创办了这家私营企业。

创办伊始，张宝南就立志于研制一种全自动电脑表格印刷机，与"洋机"比高低。峰高无坦途。为研制这只能填补国内空白约"中国机"，他北上长春，南下贵阳，走遍大江南北，诚聘了 10 多家科研单位的 30 多位专家搞设计，又联系了几十家名牌厂家生产零部件。接着，他和两位师傅又租了 200 平方米的库房，开始组装机器。

经过 100 多天的苦战，同年 9 月，两台新机器诞生了，但试验运转不正常。此时，合作者退缩了，设计人员也胆怯了，预付了试制费的两家企业要求退款……但张宝南并不气馁，他打消了设计者的顾虑，邀他们来"会诊"，发现新机器 200 多只齿轮中有一对小齿轮出了毛病。他马上换了这对齿轮，新机器运转自如，张宝南的试制成功了。他坦言："我不是为钱而干，也不羡慕名气，我唯一追求的是事业的成功，为国效力。"

两台样机试制成功后，他扩大规模，1993 年造了 10 台，1994 年将生产 50 台。张宝南并不夸耀自己的成功，但他为自己对国家作出的贡献而自豪。他说："进口一台同类机器，国家要花 37 万美元，而我这种机每台只卖 40 多万元人民币。"到 1994 年，该厂销出了 40 台机器，在国内市场占有率连续保持在 60％以上，雄踞全国同行业之首。

1997 年 5 月，工厂还投资 800 万元，在泰国曼谷建立了"曼特（泰国）股份有限公司"，建办了境外票证印刷厂。由于产品畅销，工厂取得了自身和社会两个方面的可观的经济效益：电脑表格印刷机公司售价为 60 万元（进口价为 40 万美元），商用票证机 250 万元（进口价为 80 万美元），不但实现了进口替代，而且据有关部门测算，已累计为国家节约外汇开支 1500 万美元以上。同时，工厂从创业之初的 15 万元资金发展为拥有 6000 万元总资产，累计

图 4-14 1998 年宝南机器公司生产的精密票证印刷机

向国家和地方缴纳税费 925 万元，企业被列为江苏省私营企业五十强之一。

问起成功之秘诀，张宝南回答了两个字："集成"。办厂时，他凭着长期从事印刷行业获得的信息和大量的市场调研，感到计算机普及率将越来越高，而我国生产计算机用纸的设备长期依赖国外进口，开发和生产电脑表格纸印刷机正是我国印刷行业的空白点。这是一个高难度的机电仪一体化的产品，自己一无资金，二无人才，三无装备，怎么上？张宝南参考国外同类产品的构造要求，按机电仪分成八个课题，委托中国长春光研所等 10 余家科研单位分头进行研讨攻关，并予以综合，搞好图纸设计，又落实了十几家技术力量雄厚的国有和集体企业分别加工零部件，再组装集成产品。经过六个月的苦战，这种借鸡生蛋的策略终于获得成功，产品一面市，就受到了用户的青睐。在此基础上，依靠已有的资本积累，如法炮制，开发了更高档次的票证胶印机。宝南机器制造有限公司与航天工业部研究所、上海交大电控所等科研机构挂钩，投入 600 多万元，经过两年多时间的开发和研制，成功地生产出具有 20 世纪 90 年代国际同类产品水准的这一产品，获得了三项专利，产品打开了两个市场，开始出口东南亚地区。依靠科技的集成，该企业实现了从借鸡生蛋、溯流而上、替代进口到造船出海、出口创汇的重大转变。张宝南深有体会地说："中小企业适应买方市场并不可怕，关键要掌握自己产品的核心技术，依靠科技搞集成，就能站在巨人的肩膀上摘取市场之果。"

改革必然带来阵痛，而企业工人承受了更多的改革阵痛。对于企业来说，要实现"减员增效"，要调整过去不合理的产业结构和所有制结构，势必使得一部分工人"下岗""失业"。

在改革中，无锡农村的企业普通采用了"买断工龄"的办法。所谓"买断工龄"，就是按工龄长短，一次性地补偿下岗工人一笔钱。每一年工龄补多少钱，与企业的现状和支付能力有关；效益好的企业多一些，效益差的企业少一些。

"是离愁，别是一般滋味在心头。"善良的无锡农民再次理解了政府和企业的苦衷。尽管"离愁"的滋味苦涩难咽，但其中一大批勇敢者不等不靠，投身于自主创业的洪流之中。1998 年 8 月 30 日《无锡日报》就刊登了高幼元、杨文隽撰写的一篇新闻稿。在这篇新闻稿，深情叙述了三位"下岗"工人自谋新业的精彩故事。

1998 年夏天，在西漳镇塘头村出现了一家"贝斯特书屋"。书屋不仅装饰别致，还有漂亮的阅览室，屋主叫朱榴文，是一位下岗女工。1993 年，朱榴文下岗后，先是帮别人修电机，接着发展生产电瓶三轮车，1998 年，她发现村里没有一个学生看书的场所于是就办起了书屋。1997 年，朱榴文得知她儿子的一位同学因父亲病故、家庭贫寒，面临辍学，于是资助其上学。初中毕业的朱榴文说，要在他们身上圆自己年轻时的大学梦。

同样是在这年夏天，在锡山市雪浪镇文化中心大楼的底楼，悄悄地出现了个乡村少有的电脑屋。屋主李星生是老知青，老大学生。说起电脑屋，他说，60 年代末到东北去当知青，1977 年就读于吉林省电视大学电子应用技术专业，后来，来到锡山市采矿厂工作。在厂里，他当过新产品办公室负责人，又先后当过两个分厂的厂长。1996 年，采矿厂宣布破产。下岗后，他分析了自己的优势和弱处，感到雪浪镇职工学电脑已成趋势，但许多人苦于没有地方就近学习，于是他开始发挥其专长，建办了这家电脑屋。

已进入"五十知天命"的沈惠珠，怎么也想不到现在常常会和大饭店打交道。自 8 月份以来，几乎是每隔一天，把养殖的白肉蜗牛送到无锡的东林、鸿运、天灵等大酒店，收入自然比在企业强多了。"下岗"前沈惠珠曾在家里试养过蜗牛，现在更是专心致志做起"新农民"，专业养殖白肉蜗牛。开始时，利用 20 多平方米的老屋养殖。由于白肉蜗牛含有高蛋白，食用鲜嫩，营养价值高而价廉，颇受消费者欢迎，于是生意做大了。1997 年冬天，在自家两分自留地搭起一个大棚，买了 200 余只废旧木箱，在箱内养蜗牛。她说她生意好得来不及做。

奔跑，是奔跑者的生命真谛。对锡山市来说，这场轰轰烈烈的乡镇集体企业产权制度改革，就如一场马拉松式的长跑。经过最初的兴奋、接着的迟疑，终于以一种喷薄而出的姿态在世纪之交之时即将"跑"完全程。一路跑来，纷纷扰扰，但终点已然在望。或许终点之处没有鲜花，也没有掌声，但对于锡山来说，这场奔跑的价值难以用短短的文字所能表述，所留给人们的启迪必将永远记录在乡镇企业发展史的篇章之上。

这场改革，对锡山来说是一次再获生机和希望的"自我救赎"，是对前一阶段发展所累积矛盾的化解，是对以往传统发展模式弊端的纠偏。回望这段改革历史，有许多故事可以缅怀，有许多经验可以总结，当然也有许多教训可以吸取。

1999 年　月明风清

总有一种力量让我们泪流满面。

——《南方周末》1999 年新年献辞

国庆节，天安门广场，高高飘扬的五星红旗在蔚蓝天空的映衬下显得更加鲜艳。

共和国迎来了五十周年华诞喜庆的日子。阅兵方队迈着铿锵有力的步伐从长安街经过，空中编队多姿多彩地呼啸而至，亿万民众群情高涨。粉饰一新的天安门城楼上，领导人语气坚定：今后以经济建设为中心，增强国防力量，坚持共产党的领导，建设"具有中国特色的社会主义"，以谋求在 21 世纪中期实现"富强民主的社会主义国家"。

太湖锅炉股份有限公司董事长陆道君，作为江苏乡镇企业的代表受邀全程参加了观摩活动。前一天晚上，在人民大会堂举行的庆祝晚会上，歌曲《祖国颂》和《今夜无眠》让他浮想连连，激动不已。如今，站在天安门金水桥观礼台上观看蔚然壮观的阅兵式，回想起包钢院执教、北大荒劳作、村办厂拓荒、锅炉厂升档的幕幕往事，回想起从嫩江平原到江南水乡农民兄弟战天斗地的奋斗情景，不由得心潮澎湃，热泪盈眶。

"太阳跳出了东海，大地一片光彩，河流停止了咆哮……"《祖国颂》的歌词穿越大街小巷，伴随着中国前行的脚步。有人说："好日子，回来了。"这一年，全球经济慢慢摆脱了金融危机的阴霾，逐步复苏。这一年，无锡农村经济经历重大转折，重现生机和活力，步入正轨。

无锡农村的"好日子"，被一个"笔杆子"敏锐地捕捉到了，并写进了他的调研报告。

这位"笔杆子"，正是江苏省委副秘书长、研究室主任顾介康。顾介康，原籍无锡县硕放镇，1966 年毕业于南京大学政治系哲学专业（哲学系前身），参加工作后长期在江苏省委文字条线工作，一生浸淫于调查研究，是有名的"笔杆子"。他极重乡谊，多次回到家乡开展调查研究。

1998 年，顾介康带队回到家乡，进行了历时一周的实地调查。自从钱桥集资事件以后，锡山市的企业资金"失血"，发展"失速"，坊间各种各样似是而非的传言，更是加深了人们的疑虑。所到之处，与干部群众交流，顾介康明显感觉到他们的思想情绪低沉不振，表现出对发展前景的深深忧虑。心兹念兹，一年多后的 2000 年初，顾介康带队再赴锡山市调查。调研组一行听取市委主要领导同志和市直机关部门的情况介绍；先后跑了雪浪、钱桥、东北塘、东湖塘、东亭、华庄等镇，与镇主要领导、经济部门负责人进行了座谈；考察了不少改制后的乡镇企业，与厂长、经理和职工进行了交谈。与上次调研所见所闻，他明显看到了不同和变化。调研组写下了 13000 字的长篇调研报告《喜看锡山新变化》，刊登于中共江苏省委政策研究室内部刊物《调查与研究》2000 年第 6 期。

在调研文章中，他们这样写道："锡山近两年发生了可喜的变化，1999 年是锡山市发生重大转折的一年"，"今天的锡山已走出了低谷，正以新的机制、新的优势，向着再创辉煌的既定目标迈进"，"经受了曲折，认清了问题，吸取了教训，头脑更清醒了，思路更清晰了，作风更扎实了，锡山人一定能够创造新的辉煌！"

数字虽然枯燥，但最能说明问题。1999 年，锡山市各项主要经济指标全面上升，部分指标甚至超过了历史最高水平。国内生产总值增长 11.7%；财政收入增长 12.2%；工业销售收入增长 11%；用电量在连续三年负增长后，大幅反弹到 25.79 亿千瓦时，创历史新高，增长率达 9.65%。

这篇调研报告主题突出，思路清晰，逻辑严密。在此，不妨摘录其中的主要观点，结合当时的有关新闻报道，一同"喜看锡山新变化"。

——正确总结正反两方面的历史经验，妥善处理群众集资的兑付问题，重新确立"发展是硬道理"的思想，带来了全市干部群众精神状态的新变化。

——突破工业经济一枝独秀的传统格局，大力调整农业产业结构，积极发展第三产业，带来了全市产业结构的新变化。

——积极调整投资结构，扩大利用外资规模，推进企业技术创新，带来了全市经济运行质量的新变化。

——积极开拓国际市场，千方百计增加出口，不断提高招商引资的规模和质量，带来了全市外向型经济的新变化。

顾介康一行来到锡山市，已是初春季节，春寒依然料峭，但这里依然绚丽而充满生机的景象让他感慨万千。

图4-15 锡山新城航拍照片

调研之余，他喜欢一个人独自在锡山新城转转。锡山新城，原是无锡县东亭镇，因明代太师华察在此建造龙亭而得名。七年前，锡山市在这里开工建设新城区，那时还是小桥流水、嘉禾遍地的田野，如今一座现代化的新城拔地而起。登上新城区最高建筑——178米的电视塔，俯瞰新城。塔下，宽阔的水泥路，车辆如梭。两旁，风格迥异的高楼大厦令人目不暇接，像一只只开屏孔雀，相互媲美。工业区内连片的标准厂房，别墅区内具有民族风格的琉璃瓦小楼，沸腾的工地上高高的脚手架，伸展巨臂的起重机……整个开发区如同一幅展不尽的画卷，几乎使人难以相信这瞬间的跨越。

该"出手"时就"出手"。1997年，东南亚金融危机爆发后，国内众多企业静观其变，而双象集团公司总经理唐炳泉却认为，投入上"紧"手还是出手，关键要看投向，抓产出，培育富有竞争力的优势产品。1992年，唐炳泉辞去后宅乡工业副乡长一职，专心当厂长，决定利用生产橡塑机械的优势，延伸发展塑胶产品，生产市场需求量大的人造革。他们与台商合资，投资7000多万元创办无锡中进塑胶有限公司，专业生产PVC人造革，而后又投资发展高档次的PU合成革，至1997年公司销售额近两亿元，在全国同行业位居第五。

尽管工厂的发展步入快车道，唐炳泉却没有满足PVC人造革的成功，认为应当抓住投入成本较低的机遇。通过反复论证，1997年下半年，唐炳泉看准了当时国际上正热门的高档PU合成革产品，决心再发展，总投资1.5亿元分三期到位。在资金运筹比较困难、市场平缓的大环境下，唐炳泉这一举措被称之为"惊人之举"，也是他自找压力的经典之作，为企业的发展提前打下了基础。同时，唐炳泉还花百万年薪聘请台湾工程师，这一请就是八年。

1998年6月，占地80多亩的第一期扩建工程投入正常生产，"双象"开始成为国内人造皮革行业的龙头企业。2001年，转制后的企业更名为江苏双象集团有限公司，同年底又投资数千万元，建办了无锡双象化学工业有限公司，生产聚氨酯鞋用树脂。只用了短短两年时间，产销量和市场占有率就居全国第二。2002年12月，无锡双象超纤材料股份有限公

图4-16　双象集团生产车间

司挂牌成立，向代表着当今国际人工合成革最高水平的超细纤维超真皮革项目发起冲刺，以占据行业制高点。

在1976年到2003年的27年时间里，企业从传动机械厂到橡塑机械厂，到中进塑胶有限公司、双象超纤公司，再到目前的双象集团有限公司，从小到大，生产的产品不断上下延伸，从传动机械到橡塑机械，到塑胶制品到PVC人造皮革、PU系列合成革、聚氨酯树脂，直至超细纤维超真皮革。但唐炳泉创业的步伐并没有停滞，2003年又投资1.2亿元，从德国、奥地利等国引进国际一流的先进装备，完成科技成果转化和产品研制，建成了超细纤维超真皮革生产线。

几千年来，人们喜欢大象，崇拜大象。在中国传统文化里，"象"是吉祥和力量的象征。今天的双象，正以矫健的步伐行进在创业的道路上，道路越走越宽。

工业的发展，离不开快捷高效的物流。锡澄高速公路锡山段无锡通江物流园区开始规划，旨在现代物流集聚发散的"内陆港"。有一个周克明的年轻人察看了通江物流园区交通便捷的状况，眼前一亮，自己有了新的更大发展平台。

周克明，无锡县前洲镇人氏，少年时代就感受到乡镇工业对原料和市场的旺盛需求。前洲是有名的"印染机械之乡"，不锈钢的需求量非常大。1988年，年方20的周克明在前洲镇创办了前洲印桥供销经营部，做上了营销不锈钢原材料等业务。从此，他与不锈钢结上了缘。这次通江物流园区的建设，他立马筹措了5000万元，在园区办起了无锡不锈钢市场。果然，生意越做越大。不过，我国钢材深加工的比重偏低，不锈钢本身的附加值不高，钢厂与下游行业的发展结

合也不紧密。周克明敏锐地嗅到了其中的商机，创办了江苏大明金属制品有限公司，专业为制造业企业加工、配送不锈钢。凭借与各钢厂良好的合作关系和强大的加工能力，大明为客户配送加工后的半成品，让客户真正实现了"零库存"。

经济学界，流行着"新业态"的概念。所谓"新业态"，是指不同产业间包括企业内部价值链和外部产业链环节的，通过分化、融合、组合而跨界形成的组织形态。随着经济的发展，"新业态"会不断涌现。江苏大明金属制品有限公司的经营模式，正是基于传统产业经营模式上的"物流+"或"制造+"新业态，把物流与制造两大领域有机结合起来，从而形成了源源不断的发展动力。到今天，大明公司已成长为全球领先的金属材料加工及高端制造配套服务企业，在无锡、杭州、武汉、天津、太原、靖江、泰安、淄博、嘉兴建有十大区域服务中心和长江沿江制造基地，并设有物流公司、境内集采平台、专业进出口公司。公司资产总额已经超过100亿元，连续多年入围"中国制造业500强""中国上市公司500强""中国民营企业500强"。

1997年12月，华光轿车附件厂改制。薄铸栋依托原有轿车挤出件等品种生产基地的优势，着眼全球汽配产业链的拓展，扩大合资合作。经过合作伙伴日本井上株式会社的推荐，与美国礼恩派公司进行联络。这是一家专业生产座椅腰托的上市公司。薄铸栋先后邀请这家公司的全球副总裁及北美总裁到华光考察。双方多次沟通，在2001年9月合资成立了无锡礼恩派华光汽车部件有限公司，生产轿车座椅骨架、悬挂垫和座椅背部支撑系统，产品不光配套奥迪、皇冠、迈腾、速腾、帕萨特等，而且外销日本、韩国，成为亚洲最大的座椅腰托专业制造商。

图4-17 薄铸栋日记

薄铸栋是个认真而又严谨的人。1990年，他投身商海创办华光轿车附件厂。从那一刻起，在繁忙的厂务之余，他每天都要用手中的笔记下这一天所见所闻和所思所想，到 1999 年已经坚持了整整 20 年。这大大小小的 20 本日记，是一个创业者、一家企业创业历史的忠实记载；放在宏大的时代背景，这又何尝不是乡镇企业数十年风起云涌、波澜壮阔创业历程的吉光片羽？！

市场经济，犹如滚滚江水，奔涌向前。最早的那批创业者到了这个时候，有的完成了使命，选择了主动退隐，有的不敌市场竞争，被迫停下自己的脚步。但，这个世界从来不缺前赴后继的创业者。开场锣声响起，新的主角们开始登场了，这其中就有一批"新无锡人"。

1999 年春节刚过，锡山经济开发区工业园区里又有一家工厂开张了，六七个年轻人，几间厂房。这样的企业，在锡山经济开发区并不少见，但领头人一口带着西北口音的普通话，还是显示出些许不同之处。他叫朱学军，兰州人，出身于一个化工家庭。他发现，无锡的摩托车产业比较发达，配套生产车漆的厂家也很多，但生产油漆原料合成树脂的企业却很少。他注册成立了无锡阿科力化工有限公司，任董事长兼总经理。但是，产品发出了，却收不回货款，只得到一批抵债的摩托车。低价销出这批车后，他痛感合成树脂还是属于过度竞争领域，单凭价格战难以确立竞争优势，于是立下了开发高起点专用树脂产品的志向。

一年后，阿科力公司拿出了用于铝塑板涂料的专用树脂，因为价格远低于进口货，迅速横扫市场，取得了良好的回报，2000 年的销售从上年 200 万增加到 500 万元。紧接着，阿科力公司又乘势而上，推出用于彩色钢板的专用涂料。这两项替代进口的高端产品，在业界掀起了一股"阿科力旋风"，受到了国有大型钢厂的青睐。济钢、攀钢与之联系，成立了彩钢板涂料有限公司。

朱学军，是个善于学习和思考的人。在就读清华大学 MBA 的毕业论文中，他深入剖析了乱用"三十六计"、社会信用不足的"诚信之痛"。在他看来，"赚钱有三个办法：垄断、投机、创新。没法垄断，又不能投机，就只有创新了"。对于如何创新，他也有自己的策略："学宏观政策，找产业痛点，寻创新之路。"阿科力有 20 多人的研发队伍，他经常带着研发负责人拜访科研院所和产业管理部门，在各个行业内寻找瓶颈和痛点，然后对情报进行研究，运用"短板 +"思维方式，确定创新的目标，阿科力以问题为导向意识，已渗透到企业每年的创新与发展路径中。

差不多在阿科力公司成立的同时，几个来自浙江台州的年轻人在张泾镇的一家空置的村食堂里"敲打"着自己的梦想。蔡子祥，与许多台州人一样，有着外出闯生活的基因，高中毕业没几年就来到了相隔千里的无锡"打工"。见到个体私营工业兴起，想想自己有点电工基础，忍不住心痒，动了"自己干"的念头。他打电话给在家乡的同学梁林秋，梁林秋放下小生意就来了。两人向亲戚朋友借了十来万元，又招了几个工友，做起了变压器铁芯。万事开头难。"全国大大小小的变压器生产厂家都跑遍了，一家家上门推销我们制作的铁芯产品。"梁林秋说："最难的时候，我们几个穷光蛋去张泾菜市场买菜，翻遍口袋也找不到几块钱。"熬过了最初的创业困难，很快就迎来了曙光。世纪之交，国家电网改造项目带来机遇，他们添设备、招人马、制精品，与作坊式创业挥别，正式成立了无锡普天铁心股份有限公司。

锡山经济开发区的无锡市风华焊接设备有限公司，同样是由"新无锡人"创办的，主人翁是从浙江大学无线电系毕业的何晓阳。相对前几位"新无锡人"，何晓阳的创业从一开始就顺利多了，工厂的第一笔业务是生产和销售20台逆变氩弧焊机，产品一炮打响，大半年时间就获利100多万元。企业虽小，但在技术上的投资堪称大手笔。从名牌大学毕业的何晓阳深谙科技进步对于企业发展的重要性，每年将上年销售收入的5%作为技术创新的投资，每年投入培训费几十万元，用于职工的各种学习和培训。

世纪之交，这些企业还只是才露尖尖顶的"小荷"，但日后越来越显现出光芒。朱学军的阿科力公司承担了江苏省重大科技成果转化项目——开发兆瓦级风力发电机叶片专用树脂，技术达到了世界先进水平，成为国内第一家掌握聚醚胺连续化生产工艺技术的化工企业，被中国石化行业联合会认定为"科技创新示范企业"。公司的股票在2014年挂牌新三板，2017年又获准首次公开发行A股，成为无锡市首只成功从新三板转板至主板的股票。蔡子祥、梁林秋的普天铁芯股份有限公司已是国内变压器铁芯制造冠军企业，并拥有着全球唯一的变压器铁心全自动化生产系统。"智慧工厂"项目的实施，"真正实现了全流程自动化，人均产出达600万元，生产工艺水平在国内领先"。无锡市风华焊接设备有限公

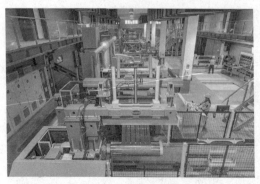

4-18 无锡普天铁芯股份有限公司生产车间

司已经演变成为无锡汉神电气有限公司，成立了焊接研究中心，建立了江苏省院士工作站，与江南大学、清华大学、上海交大、南航等七所院校合作科研院所开展长期合作，不仅成功研发出多款数字化焊接机械，还参与了电焊机EMC国家行业标准的修订。

相比于他们的前辈，这些新一代的创业者，有着高人一等的眼界见识

以及抢占科技高地的能力。"未来唯一持久的竞争优势，是具备比你的竞争对手学得更快的能力。"何晓阳就特别欣赏彼得·圣吉在《第五次修炼》中的这句名言。或许，这正是这些"新无锡人"创业成功的奥秘所在吧。

20 世纪最后一天深夜，上海再次被烟花和灯光照亮。新千年钟声敲响的时候，黄浦江畔流光溢彩，上海滩上狮舞龙腾，锣鼓喧天。"今夜月明风清，波平如镜"。

祖籍上海松江的朱学军，偕妻子来到这里观看"世纪灯光秀"。如梦如幻的灯光，火树银花的魔笔，勾画出百年沧桑的巨变。太美了！朱学军情不自禁地说："生逢盛世，要好好干。"

此时，以朱学军脚下的那片热土为中心，长江三角洲都市经济圈悄然形成。日后，此处将会成为中国经济发展的热点。

一段历史结束，另外一段历史开启。时代的夜晚，一切才刚刚开始，而我们是否站立在未来的入口处？

2000 年　长卷待续

这是一个多美丽又遗憾的世界，我们就这样抱着笑着还流着泪。

——歌曲《生如夏花》

"当当当……"中午 12 点，玉祁镇中心五层综合商业大楼上的钟楼悠然传出 12 声钟响，洪亮的钟声回荡在上空。

1990 年，玉祁镇建造了一座集商业、办公、休闲、美食于一体的商业中心，考虑到居民看时间以及美观上的需要，就在商业中心的顶上修建了钟楼。在玉祁教了一辈子书的宋子伟说："那时，手机、笔记本等数码产品还未出现，老百姓出门除了看手表，就是习惯远远抬头看一下钟楼的时间了，那时每天

图 4-19　20 世纪 90 年代中期的玉祁镇

看看钟楼那巨大的时针和分针，方便了一天的工作、生活。"大钟一天三次报时，分别是早上七点、中午十二点及晚上八点。

钟楼是玉祁镇的镇标，也见证了玉祁镇城市化的步伐。在 20 世纪 80 年代初，玉祁镇区还是一个面积仅 0.22 平方公里、人口不足 0.4 万的乡村小镇，经过 10 多年的规划和建设，到 2000 年，玉祁镇已成为方圆 2.3 平方公里、人口万余的新型小城镇。11 公里的绕镇公路如飞龙环绕，笔直宽敞的南北大道贯穿镇中心，大道两旁的香樟树挺拔矗立，影剧院、医院、学校、商城、宾馆酒店、农贸

市场、文化中心、广场公园、居民小区等依次排列，大楼鳞次栉比，各种风格的建筑交相争辉，一扫传统农村城镇建筑低矮、街巷逼仄、拥挤不堪的土气。

玉祁镇的城市化程度相当高，却不是独一无二的。1986年8月，华庄镇被国家科委批准为全国小城镇社会发展示范试点镇，尔后于1992年又被国家科委、计委、体改委命名为"国家社会发展综合实验区"。经过10多年的努力，逐步把原来破旧落后的华庄镇建设成为闻名遐迩的"江苏名镇"。在华庄镇区3.5平方公里的面积上，工业发展区、行政文卫区、商贸区、教育区、居民住宅区和旅游开发区等六大新区布局，各区功能分明，相互依托。全镇程控电话总容量已达三万门，20%的农户已装上电话；日处理能力30吨的垃圾处理厂，把镇内每天的垃圾及时进行无害化处理，转化成农家肥料；全镇大部分居民都用上了自来水、液化气。与此同时，镇里还投资兴建了配备有微机和电化教学设备的成人教育中心，设施一流的中学艺术楼、小学和幼儿园，拥有B超、万能手术台等先进医疗仪器的医院，藏书超过三万册的图书馆以及文化宫、体育场等社会公益设施；有线电视网覆盖面不断扩大，全镇居民可全部收看卫星电视节目和本镇的自办节目。正如1996年国家社会发展综合实验区专家考察组的报告所指出的那样，"经过10年的努力，华庄镇成功地实现了经济社会协调发展，圆满地完成了试点任务，为我国实施可持续发展的战略、探索一条有中国特色的经济社会协调发展新路子积累了经验，发挥了示范作用"。

再来看看乡镇工业一向发达的前洲镇。新中国建立前，前洲镇是一个乡村小镇，交通闭塞，每天只有一班手摇"班船"和一班轮船通航无锡城，坐一次船要花四个小时。新变化始于乡镇企业的发展。由于大量的原材料运进来，大批的工业品运出去，商品交换迅速发展，客商往来日益增加，原来的交通、通讯、饮食、住宿、医疗卫生等设施，已经无法适应，迫切要求将小城镇建设搞上去。到20世纪80年代中期，已建成六公里柏油马路，每天有14班公共汽车往返于镇和无锡市区之间；还建成了连接市区的自动电话，建成了有1200个座位的影剧院和有100多床位的镇医院。镇上众商云集，市面繁荣，城市居民能够享受的公共福利，大多数已经解决。

洛社镇是锡山市最大城镇。该镇横跨在大运河之上，商业繁盛，人烟辐辏。早在民国年间沪宁铁路修筑后，这里又成了水陆交通要道，镇上办起了多家农产品加工厂。自1992年以来，该镇每年在城镇建设上的投资额在7000万元以上。镇区面积从三平方公里扩大到六平方公里，第三产业从业人员达9000余人。荣获全国文化先进称号的洛社镇文化中心，拥有资产2.7万平方米的文化娱乐场所。1998 年落成的图书馆一楼是书报阅览室、电子读物和因特网阅览室，二楼是科技阅览室和少儿阅览室。图书馆藏书什么八万册，报纸杂志百余种。三楼是该镇农民摄影家和画家的作品展览。

现今的洛社，镇中一条南北大路——人民路。北端在火车站，向南走过运河上的大桥，再沿直线向南直抵 312 国道，全长 1.5 公里。过去几百年，这条直街又狭又小。随着洛社的经济发展，市镇繁荣，这条路也开阔了。北端稍狭，宽七米，越向南越开阔，从 14 米宽到 18 米。马路两边，四季常青的香樟树和小花圃，像两条绿色彩带，蜿蜒环绕。沿马路两

图 4-20 洛社镇人民路修筑时的情形

边的商场店铺，早已不是古老集镇上那些屋檐低矮、光线昏暗的铺子了，高层建筑的商场装潢精致，橱窗里商品琳琅满目。到南端，与横贯的中兴路相交处的广场周围，散落着洛社宾馆、镇中公园、溜冰场、影剧院、新华书店，鳞次栉比、错落成群。夜幕降临以后，人民路灯火通明，五彩霓虹灯闪烁半空。

"六十年代造田，七十年代造厂，八十年代造镇，九十年代造城"，生动形象地概括出了无锡农村在 20 世纪发展的趋势。2000 年，全市 33 个小城镇规划面积 120 平方公里，建成区面积 64 平方公里，比 1985 年扩大 3.64 倍。

随着城市化的发展，无锡农民改变了沿袭了数千年的生活模式，成为新型的"两栖农民"。进入 20 世纪 90 年代中后期，玉祁镇房地产开发公司年投资 2000 多万元，按城镇建设规划开发公寓式住宅卖给进镇农民，每年都供不应求。全镇人口四万，其中城镇户籍在册的一万多人，但在镇上居住而未上户口农民的人数，连户籍管理机构也统计不清，据估计至少有数千人住在镇上经商、务工或办企业，这些人就是亦城亦乡、亦农亦工的"两栖农民"。他们一年仅花 10 多天的时间到口粮地劳作，至于责任田，基本都由村办农场集约经营。

在玉祁镇商贸区一家酒楼，年轻的酒楼老板是从数里外的村庄进镇的。他开酒楼一年收入好几万，但他不需要办"城镇户口"，户口放在农村，自己还有一块承包田，租给村里农场去种，每年可以收入一笔承包租金，又白得了数百斤粮食，何乐不为？

　　做城市人、持城镇户口是农民多少年的夙愿，然而，无锡农村的农民向往城市生活，愿做城市人，而对户口"农转非"的热情在衰减，大都抱一种观望和无所谓的态度。东亭镇、华庄镇是 1998 年江苏省小城镇户籍制度改革 20 个镇之一。1998 年 6 月，江苏省下拨给东亭镇 1.5 万个"农转非"的指标，半年下来才用了 1600 多个。华庄镇情况也相似，7500 个"农转非"指标，也只才用了 400 多人。东亭镇庄桥村村民谈正元说："前几年，我的妻子获得会计师职称后，和两个孩子都已由农村户口转为城镇户口。当时转与不转待遇确实不同。现在经济和小城镇建设发展了，转不转好像差异不大。"这次参加户籍改革的"农转非"收费低，又可享受原有的村民待遇福利，竟然出现这样的情况，让人连说"想不到"。

　　城镇发展的程度如何，社会保障水平是一个重要标志。无锡农村逐步建立起补偿型保障与保险型保障相结合的较为完善的农村社会保障体系，镇村企业职工养老基金实行社会统筹，合作医疗、合作养老、灾害保险、人身保险相继开展，对病弱残疾、孤寡老人及优抚对象给予社会福利待遇。

　　1990 年，锡山市的镇区聚居人口有 22 万多人，十年后增加到 46 万多人，占全市百万人口的 46%。也就是说，锡山市的农民已经有 46% 不再是"村民"了。这一比例，比全国平均水平高出 10 个百分点。而且，这 46 万城镇人口中，有 36 万属于非城镇户口，是传统意义的农村户口。每天一大清早，在锡山市的每个城镇，就能听到路上自行车铃声和摩托车马达声响成一片，数以千计的农民从四面八方的乡村汇聚而来，浩浩荡荡奔向镇上的工厂。

　　在锡山市，十里一小城镇、三里一中心村，市带镇，镇带村，城市文明通过城乡一体化网络的传递，源源不断地流入农家。在小城镇崛起的同时，新农村建设也精彩纷呈，亮点频现。

　　玉祁镇黄泥坝村早已不是传统意义的村庄模样。美丽的田野、现代化的工厂、漂亮的住宅楼在这里交相辉映。全村 98% 的农村劳动力进厂当工人。全村村民子女上学，从小学到高中的学费全部由集体负担，人人享受合作医疗保健待遇。更加让人惊异的是，村民住上了别墅式的住宅，家家用上液化气和自来水，户户实现了"楼上楼下，电灯电话"。

　　按照规划，该村从 1990 年开始对全村所属的八个自然村进行调整撤并，分批集中建设别墅。这些别墅分两家合一和一家一楼两种类型，傍着水泥大道一溜排列。楼与楼之间有砖砌小道，有花圃和空地。几年间，村里投资 1000 万元分批建设了一百多幢。房屋造价有高有低，农民只需按规定的价格（高的10多万元，低的4—5万元）就可购进，根据各家财力自定。到1999年时，全村有三分之一的村民在住宅小区集中居住。

当时，本书作者之一的陆阳在玉祁镇工作，经常陪同上级领导、参观人员和记者探访黄泥坝村。在一户彭姓村民家，主人告诉说，他们一家五口，除了年迈的母亲及一位正在读中学的儿子外，其余三人都在工厂做工。他们每月在工厂的工资共约2000元。住宅是用九万多元买回来

图4-21 20世纪90年代黄泥坝村农民住宅区

的，这笔钱一年内分两期还清。这幢楼有两层，地上一层有三房两厅、厨房及洗手间，厨房有罐装石油气炉；洗手间有抽水坐厕。二楼的房间面积更大，而且铺了红色的地毯。还有一户村民，迎门客厅的墙壁上挂着巨幅《钱塘观潮图》，上面书写着这样一副对联："钱似钱塘潮水涌，福如东海浪齐天"。楼下两室一厅，楼上三室。房间铺设着木地板摆放着精致的红木家具，屋顶悬挂着华丽的吊灯，彩电、冰箱等家用电器应有尽有。女主人说："住上这样房子，光装修就花了八万多元。"

东湖塘镇东升村，位于无锡县东北角与江阴、常熟两市交界处，有所谓"鸡鸣闻三县"之说，曾是一个交通闭塞、信息不灵、经济比较落后的村子。经过几年的规划建设，同样旧貌换新颜。村中心是一条宽25米、长约三里的中心大道：两旁，草坪碧绿，花木扶疏；路东，可供60户居住的专家别墅楼群，红顶白墙，耀眼夺目；路西，一幢幢高规格的厂房，错落有致。还有供村民休憩的村民公园，亭台楼阁，小桥流水，假山回廊，景色动人。

东绛镇糜巷桥村是个小村，耕地358亩，160户，496人。全村劳动力245人，229人务工。村办工业有汽车铜带厂、有色异型材厂、金城电工厂等。这个村人口少，村小学校并入邻村，但入学率达到100%，村里对学生有所资助。本村幼儿园入托率达到了100%。五保老人免费进镇敬老院养老；人人享受合作医疗。有16幢居民新型住宅，村道全部浇上了水泥路面。村文化中心有图书室、文娱室；生活小区和厂区全部绿化；呈现一派新型村镇的样式。

这个时候，如果驱车沿铁路线进入锡山市境，从石塘湾镇向西到洛社镇，又

图 4-22 2000 年东湖塘镇东升村农民公园

向南到藕塘、胡埭，转到钱桥，从钱桥东向，到东亭至坊前，转到新安镇抵苏州的望亭。这一路，葱绿如茵的大地上，每隔 10 来分钟就可以碰上一个小城镇，或者擦边而过，往往不远处就是成片的厂房，和那被簇簇浓荫覆盖的村落。良辰美景，叫人心底泛起极大的激动。

在城市化的滚滚浪潮中，周海江却无心停下脚步欣赏美景。这一年，他一直为红豆股票的上市而奔忙。

1998 年，经江苏省人民政府批准，江苏红豆实业股份有限公司设立，股本为 12952.30 万元，并在江苏省工商行政管理局依法登记注册，注册号为

图 4-23 红豆集团厂区现貌

3202001116299。2000 年 12 月 15 日，经中国证券监督管理委员会核准公开发行股票，采用上网定价方式在上海证券交易所向社会公开发行人民币普通股 5000 万股，每股面值一元，股票名称"红豆股份"，股票代码 600400。2001 年 1 月 8 日，江苏红豆实业股份有限公司

5000 万 A 股在上海证券交易所成功上市。发行价为每股 7.4 元，发行后股本总额为 17952.30 万元。这一资本运作项目的成功，为红豆净募集资金 3.58 亿元。

目前，红豆集团的产业涉及纺织服装、橡胶轮胎、红豆杉大健康、园区开发四大领域，居中国民营企业 500 强前列。集团有十多家子公司，包括红豆股份（600400）、通用股份（601500）两家主板上市公司，拥有美国纽约、新加坡、缅甸、泰国等境外分支机构。在柬埔寨王国联合中柬企业共同开发了 11.13 平方公里的西哈努克港经济特区，成为"一带一路"的样板。

春雷造船厂所在的东亭镇成了锡山市的新城区。眼见一条条现代化道路先后筑成，春雷造船厂厂长王山兴在欣喜的同时，对工厂前途的担忧之情日增。

1961 年，王山兴作为学徒进入春雷造船厂，一个月就能赚到 12 元，第三

年，他的月工资涨到了 16 元。这个水平在当时很令村民们羡慕，因为种地一天计一个工，只有几毛钱。

也正是从那一年起，王山兴再也没有离开过这里，后来成了春雷造船厂的厂长。春雷造船厂在 1988 年前后再度兴盛，有工人 30 多名。为维护业务关系，王山兴经常骑着自行车奔走于苏州、宜兴、江阴等地，还经常要拉着一车的大米、西瓜或者青鱼一家一家地送，有时候从清早送到凌晨才能送完。

但是，随着道路交通日益，水运开始衰落，春雷造船厂不复往日辉煌。陪伴春雷造船厂走过 20 多年的王山兴，得知中国乡镇企业博物馆选址春雷造船厂的消息后，默默遣散了最后的十几名工人，并配合拆迁工作完成。

2010 年 7 月，中国乡镇企业博物馆在春雷造船厂旧址上建成并开馆。这家诞生之时毫不起眼的弱小工厂，"意想不到"地经历了乡镇企业从萌芽、勃兴、高潮再到转型的全过程，在完成使命后又"机缘巧合"地蜕变为当年那段激荡岁月的最好见证。

图 4-24 中国乡镇企业博物馆内景

在今日的中国乡镇企业博物馆西侧，春雷造船厂的五个老船坞依旧矗立在水边，古老的木船、水泥船和铁皮船停泊在静寂的阴凉里，人们再也听不到卷扬机的轰鸣、三转葫芦的咿呀和拈船匠人的吴侬软语，耳畔只有江南烟雨吟哦唏嘘，仿佛历史的回音。

从 1956 年创办春雷造船厂，到这一年，乡镇企业的历程走过了四十五年。四十五年像一条长河，有急流也有缓流；四十五年像一幅长卷，有冷色也有暖色；四十五年像一首乐曲，有低音也有高音；四十五年像一部史诗，有痛苦也有欢乐。长河永远奔流，画卷刚刚展开，乐曲渐趋高潮，史诗还在续写。

我们的共和国正迈着坚定的步伐，跨入新时代。

结　语

而那过去了的，就会成为亲切的怀恋。

——普希金

　　2000 年 12 月 21 日，国务院批准江苏省人民政府对无锡区划进行调整：撤销锡山市，设立无锡市锡山区和惠山区。

　　锡山市也好、无锡市也罢，都来源于两千多年前成立的无锡县，本身就是千年一体的。锡山市撤市设区，既符合历史渊源，也是无锡市和锡山市发展的必然。

　　1997 年 1 月 1 日起施行的《中华人民共和国乡镇企业法》，对乡镇企业有过明确的概念界定："乡镇企业，是指农村集体经济组织或者农民投资为主，在乡镇（包括所辖村）举办的承担支援农业义务的各类企业。"细绎条文，对照实际，由于投资主体和功能作用的变化，法律意义上的乡镇企业已经完成了自己的使命，退出了历史舞台。

　　站在新世纪初的时间点上，回望乡镇企业所走过的历程，不由感慨万千——

　　乡镇企业，发轫于 20 世纪 50 年代的个体手工业者合作化改造。1956 年，在无锡县春雷村，几十名木匠、拈船匠聚合成立的修船工场，拉开了乡镇企业发展的序幕，也开创了一条中国特色的农村工业化道路。无锡，也因此成为中国乡镇企业的发源地之一。

　　1978 年以后，我国经济体制改革率先在农村展开，联产承包责任制的全面推行使农民的生产积极性及劳动热情空前提高，农业生产迅速增长，农村劳动力大量释放。在此背景下，乡镇企业得到了迅速发展。1984 年，中央四号文件对乡镇企业及时给予了充分的肯定。至此，乡镇企业结束了初创阶段，进入了一个长达十多年的高速发展的时期。国家实施沿海开放战略，无锡农村抓住了这个千载难逢的机遇，发展外向型经济。当时已经发展起来的乡镇企业不仅瞄准国内市场，还以其灵活机制打开了广阔的国际市场，其出口水平跃居全国领先水平。

在乡镇企业迅速发展的过程中，无锡乡镇企业以敢为天下先的勇气，冲破各种思想禁锢和体制束缚，以"一包三改"为突破，纵深推进企业改革、商品流通改革、所有制结构改革及综合管理体制改革，成功走出一条具有时代特征、体现无锡特色的改革发展之路；以"踏遍千山万水、吃尽千辛万苦、说尽千言万语、历经千难万险"的"四千四万"精神催生了乡镇企业的"异军突起"，形成了闻名遐迩的"苏南模式"，确立了无锡经济在全国的领先地位。无锡县在连续三届"中国农村综合实力百强县"评比中夺魁，成为名闻天下的"华夏第一县"。

以后，由于宏观经济周期爆发、国家应对政策调整，连续遭遇通胀和紧缩的地方政府预算软约束，乡镇企业遇到了机制和体制上的困难。敢为人先的无锡农村又开展了大规模的企业改制，完成了"凤凰涅槃"的自我蜕变。

无论从哪个角度看，乡镇企业都是新中国史上浓墨重彩的一笔。这不仅是因为它继"包产到户"之后进一步解放了乡村生产力，推动经济进入高速增长的通道；更因为它在整个国民经济由计划向市场转向的过程中，充当了"马前卒"与探路者的作用。

在人头攒动的农贸市场里，从普通家庭不断宽裕的手头上，透过高速行驶的列车车窗……作为中国经济奇迹的组成部分，乡村的巨变有目共睹。作为乡村工业化起点的乡镇企业，不仅是这些成就的直接参与者、贡献者，在经历了时间与市场大潮的历练后，本身也从稚嫩一步步走向成熟。

一个城市的发展，与企业、企业家的发展息息相关。企业、企业家，永远是一个城市发展最大的活力源泉。正由于乡镇企业的发生发展，在纵轴时间线上为无锡"百年工商城"续写了又一段辉煌历史。

不妨把观察的目光放远，可以发现在无锡的发展史上还有一段民族工商业的传奇历史。1895 年，杨宗濂、杨宗瀚兄弟倡风气之先，回乡创立业勤纱厂，近代工商业自此在无锡兴起。第一次发展高潮，在 20 世纪二三十年代，无锡近代工商业蓬勃兴起，无锡形成了棉纺织业、缫丝业、粮食加工业等三大支柱产业，并相继崛起了以杨、周、薛、荣、唐蔡、唐程等六大家族集团为龙头的民族工商业群体。到 1937 年，不足 50 年的时间里，无锡一跃而成中国六大工业都市之一，工人总数仅次于上海，无锡的工厂数、产业工人数和资本额都仅次于上海，工业产值则高居全国第三。工商实业兴旺带动了城市各领域的繁荣发展，无锡由此获得了"小上海"的美誉。作为民族工商业的杰出代表，荣氏集团巅峰之时的面粉产量占全国的三分之一，纺织业棉纱产量占18.4%，棉布产量占29.3%。毛泽东说："荣家是中国民族资本家的首户。"邓小平也说："荣家在我们民族工业发展史上是有功的，对中华民族是作出过贡献的。"

探究无锡工商史上这两段辉煌的历史，可以发现两者之间具有种种必然的联系。正是历史上民族工商业的崛起，为无锡造就了比较发达的经济基础，也造成了无锡比较内地更为开放、勇于改革的社会风气，更为重要的是培养了无锡人一种敢于抓住时机，善于发展经济，率先开创事业的性格。只要时机、气候适宜，创业的基因就会破土而出，茁壮成长。

一部无锡发展史，就是一部锡商奋斗史。

今天，世界正经历百年未有之大变局、新一轮科技革命和产业变革正在深入发展。在这样的背景下，新一代的无锡企业和企业家，以敢为人先的创新精神、实业报国的历史责任、务实重工的价值观念、精明灵活的经营谋略，打造起无锡经济的第三个黄金时代。

我们可以看到，无锡目前有40.15万家企业，这个数字加上个体工商户，达到了56万的市场主体，相当于在无锡的居住的户籍人口里面，每十个人就有一个人扮了一个市场主体。民营经济在全市经济中创造了"七八九"的奇迹——占到七成的经济总量、八成的税收，贡献了九成的就业。民营经济以耀眼的"量"与"质"，重塑了这座城市的基本面。

我们可以看到，无锡的民营企业以开放的姿态和胸怀迎接经济全球化大潮，主动接受国际产业转移，打造以高新技术为主导、以园区经济为载体的现代国际制造业基地，积极推进新旧动能的转换，一批新兴产业的佼佼者锋芒毕露。

我们可以看到，无锡的民营企业不囿于一地一时，积极与外商、其他法人企业合资合作，组建企业集团，建立股份制公司，上市发行股票，极大推动了资源配置的市场化水平，开创"国有经济、民营经济、外商投资"三足鼎立的"新苏南模式"。

我们可以看到，无锡的民营企业崇"大德"、重"大行"。"大行"代表了坐言立行、敢于创新的风格，"大德"标志着无论是诚信经营还是造福桑梓，始终坚持君子爱财，取之有道，用之有度，用之有方。这样的品质成就了新一代民营企业的金色事业，也为无锡这座城市增添了"财气"（财富）和"才气"（气质），也由此塑造出一个个有血有肉、形象丰满的企业家群体。

……

"我们所向往的自由市场经济，正是那些企业家借由追求他或者他的公司的个人利益，从而促进整个社会的进步。"在《国富论》中，亚当·斯密就已经指出，这就是市场经济的美好，也是真正企业家的美好。

在无锡经济辉煌的长卷上，近代民族工商业、当代乡镇企业已经写下了浓墨重彩的一笔，期望着新一代的企业、企业家续写无愧于时代的更加辉煌的篇章。

附录:

无锡县乡镇企业发展纪略

无锡县乡镇企业的起源,可以追溯到20世纪50年代。

1956年2月,东亭区云林乡春雷高级农业生产合作社(中共无锡县委的第一批试点社)成立。建社之初,根据农村生产和生活需要,也为安排剩余劳力,合作社投资建办了木工(后为造船厂)、油漆、粮饲加工等工业项目。对农业社办工业——1956年初春雷高级农业社建办的造船厂,一时颇有非议。同年5月,农业部部长廖鲁言到无锡县视察,对春雷农业社兼办工副业项目给予充分肯定。为此,无锡县委、县政府在全县加以推广。是年末,无锡全县农业社经营工业和加工业的数量发展到210户,包括砖瓦窑、粮饲加工、开山采石、运输、竹木器、文体用品等多种行业。至1957年,无锡农业社办的工业项目年产值622万元(1980年不变价),占农业总产值的3.6%。

1958年,无锡县实现人民公社化。无锡县委、县政府为支持公社办企业,将原属集镇的手工业生产合作社和供销社划归公社。无锡市委、市政府也提出"城乡挂钩、厂社挂钩"的倡议,发动城市企业支持公社办企业。是年,无锡市先后有65个企业或单位与无锡县32个公社挂钩,并支持了一些设备和资金,帮助公社发展工业。至年末,全县公社办工业共541户,务工人员6761人,产值1444万元(1990年不变价,下同)。1959年,公社工业继续得到发展,务工人员增加到16456人,工业产值增加到3015万元,其中大队办工业实现产值1874.59万元。

1960年2月,无锡县委召开工业誓师大会,总结发展公社工业的成绩与经验,提出新的发展规划。不久,因国民经济遇到困难,贯彻中央调整方针。是年9月,县委批准转发县工业局《关于整顿、巩固、提高社办工业的意见》,要求公社工业按照"三就地"（就地取材、就地生产、就地销售）和为农业服务的方针，农闲多办，农忙少办，大忙停办，亦工亦农。调整工作至1963年4月告一段落，全县保留六个社办工业单位，有15个单位转手工业联社（手联社在调整中恢复原性质），114个单位由县代管，其余停办。

1964年初，为给农村剩余劳力找出路，县委提出要在抓好粮食生产的同时，积极发展多种经营，开辟包括加工业在内的新项目。为此，从县到公社建立副业办公室，根据县委提出的"四个有利"（有利于巩固集体经济、有利于发展农业生产、有利于增加社会商品、有利于改善人民生活）的原则，有序地发展副业、加工业。是年末，全县社队经营工业性项目的单位达321个，经营项目包括建材、竹木器、金属制品、乐器、电珠、蚊香、针灸针、自来水笔、鞭炮等。1965年，县委制定《适当发展社办企业，巩固集体经济的意见》，对经营范围再作扩大，允许包括五金制品等来料加工。1966年2月，县委作出决定，大力推广东亭公社春雷大队发展工业促进农业的经验，使全县处于潜流状态的社队工业东山再起。至1969年，全县社队办企业800多个，年产值3255万元，超过了1960年调整前的规模和水平。其中前洲公社办有社队企业50个，务工人员1277人，实现产值153万元，利润34.75万元。前洲公社社队企业用占全社10%的劳力，创造了占全社50%利润的实践，对其他社队产生了极大的示范效应，纷纷抓住城市企业"停产闹革命"，市场商品短缺，供应紧张的契机，千方百计找门路，办工业。

1970年，县委在贯彻北方地区农业会议精神时指出，无锡县农业的生产水平较高，要有新的突破，必须取得工业的支持，使农业、工业协调发展，互相促进。为此，提出"围绕农业办工业，办好工业促农业"的口号，随后冲破"三就地"禁令。在全县又一次掀起发展社队工业的热潮。广大干部群众发扬"踏遍千山万水，吃尽千辛万苦，说尽千言万语，历经千难万险"的"四千四万"精神，克服资源和市场"两头在外"的困难，使社队工业的发展走在全国各县（市）的前列。1973年，建立了社队工业专职管理机构——无锡县手工业管理局，负责规划、协调、推动社队工业有序发展。是年，全县社队两级集体工业产值在全国率先突破一亿元（1970年不变价）。1974年，县委提出在全县建立农机具修配网，达到小修不出队，中修不出社，大修不出县。为此，各社队普遍建立农机具修造厂，并逐步成为社队的骨干企业。1975年10月，《红旗》杂志发表《大有希望的新生事物——江苏无锡县发展社队工业的调查报告》，肯定无锡县发展社队工业的经验。县委因势利导，对进一步发展和办好社队工业提出了若干政策性意见，并决定帮助 160 个缺乏农机设备的大队配好"三床一机"（车床、刨床、钻床和电焊机），对 180 个队办企业薄弱的大队给予扶持，促使平衡发展。是年，全县社队工业产值 1.77 亿元，首次超过县属工业。1977 年，社队工业产值首次超过农业产值。1978 年，全县社队两级工业企业 1982 个；实现工业产值 5.16 亿元，占全县工业总产值的 64.8%；务工社员 9.53 万人，占农村总劳力的 20%。此时，无锡县社队工业的规模、经济总量均列全国各县（市）之首。

1978 年党的十一届三中全会后，农村推行家庭联产承包责任制，劳动效率明显提高，农忙时社队企业放假时间缩短；务工社员报酬也由工分制改为工资制，调动了劳动积极性；原生产队一级用于农业的资金转而投向企业。这都促进了社队工业的发展。1979—1980 年，全县社队工业产值平均年递增率 38.3%。1981 年，社队工业产值突破 10 亿元。1983 年 1 月，无锡县撤销公社建制，建立乡（镇）人民政府，生产大队改设行政村。此后，社队企业随之改名乡镇企业。

1984 年，中共中央、国务院转发农牧渔业部《关于开创社队企业新局面的报告》。无锡县从实际出发，提出"六个轮子一起转"（乡办、村办、生产队办、联户办、条线办和户办），并全面推行堰桥乡"一包三改"经验，在乡镇企业推行经营承包制，取得显著成效。是年，全县乡镇工业总产值 24.43 亿元，比 1983 年增长 59.5%；村以下工业产值 1.7 亿元，占乡镇工业总产值的 7%。1985 年，无锡县乡镇工业企业 4249 家，职工 27.19 万人，工业产值 43.57 亿元，销售收入 30.49 亿元，上缴利税 6.63 亿元。其规模、总量继续走在全国县（市）前列。1986 年，县政府发出《关于积极推进横向经济联合的实施意见》，引导和推动乡镇企业与城市大中型企业、军工单位、原材料产地的全方位、多层次、多渠道的横向联合。是年末，参加横向联合的企业 1320 家，产品 1949 种，产值 20 亿元，占全县乡镇工业总产值的 36%。1987 年，县委、县政府提出，乡镇企业要以改革为动力，提高经济效益为中心，实施技术进步和现代化管理，走"三上三创一提高"（上质量、上管理、上技术，创新、创优、创汇，提高经济效益）的发展道路，使乡镇工业再上新台阶。是年，乡（镇）村两级实现工业产值 71.98 亿元，比上年增长 36%；前洲镇西塘村工业总产值 1.02 亿元（1980 年不变价），成为江苏省第一个亿元村。

1989 年，国家实行宏观调控，无锡县从实际出发，全面推行东亭镇"一调二改三提高"（调整产业结构，加快技术改造、深化企业改革，提高工业组织程度、管理水平和经济效益）的经验。通过调整，关停了一批耗能大、污染严重、产品积压滞销的企业；通过培养、引进工程技术人员，加快企业技术改造步伐；通过推行资产增值承包制，提高了企业经济效益。1989年，全县乡镇工业产值突破100亿元，达106.02亿元。1992年，乡镇工业产值突破300亿元，达307.69亿元。是年，无锡县被评为中国农村综合实力百强县（市）第一名，乡镇工业功不可没。

随着社会主义市场经济体制的逐步建立，以镇、村两级集体办企业为特征的"苏南模式"，因其产权模糊，发展动力明显不足。1993年12月，中共无锡县委八届六次扩大会议提出，"要以转换经营机制为重点，以产权制度为突破口，以建立现代企业制度为目的，进一步深化改革"。按照"抓一块、转一块、放一块"的改革思路，对一批骨干企业，打破社区所有制界限，实行公司制改造，重组所有制结构，形成新的优势；将一般企业转为股份制或股份合作制；对"小微亏"企业，通过拍卖、租赁、兼并等形式彻底放开，同时鼓励发展民营企业。是年，完成改制企业1665个。1995年6月，经国务院批准，撤销无锡县，设立锡山市。1997年7月，锡山市委、市政府发出《关于进一步推进镇、村集体企业改革的意见》，加快了乡镇企业产权制度改革的步伐。至2000年，全市累计完成改制企业8003家，占原镇、村集体企业总数的97%。其中股份有限公司5家、有限责任公司1524家、股份合作制企业632家，租赁经营企业97家，转为私营企业5682家，经法院按破产还债程序终结清算报歇企业63家。至此，锡山市镇、村集体企业产权制度改革基本完成。从体制上为新一轮发展打下了坚实的基础。

锡山市乡镇企业的快速发展，改变了农村传统的经济结构。1978年后，农业产值虽然稳步上升，但在社会总产值中的比重却逐步下降。1998年，锡山市乡镇工业产值621.20亿元，比1978年增长119.4倍。工业产值占地区总产值的89.0%，农业产值仅占3.3%，建筑、运输、商业的产值占7.7%。锡山市乡镇工业的持续发展，大大推进了农村工业化的进程。按照农村工业化指标体系综合测评，锡山市在1998年进入农村工业化阶段。

2000年，全市乡镇工业企业12780家，职工29.32万人，工业总产值731.54亿元，工业增加值101.74亿元，销售收入435.41亿元，工业利税26.07亿元。12月，江苏红豆集团公司经证监会批准在上海证券交易所公开发行5000万股A股，成为锡山市第一个股票上市的乡镇企业集团公司。

（此文摘自《锡山市志》有关篇章，并参照有关文章作适当改动）

参考书目

1. 中共中央党史和文献研究院：《中国共产党的一百年》，中共党史出版社，2022年。

2. 谈汗人主编：《无锡县志》，上海社会科学院出版社，1994年。

3. 顾伟伦主编：《锡山市志1986—2000》，方志出版社，2008年。

4. 无锡县经济委员会、无锡县乡镇企业管理局编：《无锡县工业志》，上海人民出版社，1990年。

5. 张毅、张颂颂编著：《中国乡镇企业简史》，中国农业出版社，2001年。

6. 沈立人、吴镕主编：《江苏乡镇企业的突起和变迁》，自印本，2011年。

7. 邹国忠主编：《江苏乡镇企业发展实录》江苏人民出版社，2020年。

8.《四千四万精神中国特色社会主义在苏南的生动实践》，南京大学出版社，2020年。

9. 宗菊如：《无锡乡镇企业简史》，方志出版社，2011年。

10. 无锡市政协学习文史委员会编：《异军突起——无锡乡镇企业史话》，广陵书社，2008年。

11. 中共无锡市委政策研究室编：《无锡农村经济发展的缩影》，红旗出版社，1985年。

12. 虞国胜主编：《来自经济发达县的报告：无锡县艰苦奋斗业绩录》，上海人民出版社，1990年。

13. 薛辛农：《光明灿烂的希望》，上海人民出版社，1977年。

14.《大有希望的新生事物：无锡县发展县社队工业资料汇编》，人民出版社，1977年。

15. 黄士良、顾伟伦主编：《辉煌的十五年：无锡县改革开放成果总览》，作家出版社，1994 年。

16. 董欣宾、郑旗编著：《无锡县社队工业年谱》，国际新闻出版中心，1995 年。

17. 高斯：《大地的崛起：无锡县乡镇工业观察札记》，江苏人民出版社，1996 年。

18. 王正俊：《锡山市乡镇工业的兴起与发展：农村工业史纪实》，中国社会科学出版社，1997 年。

19. 张桂岳、毛海圻主编：《华夏第一县共同富裕之路探索》，中共中央党校出版社，1998 年。

20. 冯治：《中国农民富裕化道路：锡山市农村现代化研究》，人民出版社，1999 年。

21. 无锡市滨湖区政协学习文史和社会法制委员会编著：《无锡市滨湖区乡镇企业创业发展亲历记》（滨湖文史资料第 4 辑），中国戏剧出版社，2008 年。

22. 无锡县前洲乡接待站编：《前洲》，自印本，1984 年。

23. 中共无锡市委政策研究室、无锡县经济委员会等编：《农村改革的新突破：无锡县堰桥乡改革经验汇辑》，自印本，1984 年。

24. 卓成主编：《乡村经济的调整之路：江苏无锡县港下乡崛起历程》，南京出版社，1990 年。

25. 艾奇、陆扬烈、朱新楣等：《中国第一乡》，江苏文艺出版社，1988 年。

26. 叶勤良：《制度变迁中的政府行为分析以苏南模式为研究对象》，天津人民出版社，2007 年。

27. 朱通华：《乡镇工业与小城镇》，中国展望出版社，1985 年。

28. 宗菊如主编：《太湖弄潮儿》，中国卓越出版公司，1989 年。

29. 杨旭：《田野上的风》，昆仑出版社，1990 年。

30. 陆曙光：《探寻兴农之路：苏人回忆录》，自印本，2019 年。

31. 沈云福：《异军突起随行录：乡镇工业发源地探源观流》，苏州大学出版社，1999 年。

32. 沈云福：《异军先锋：中国乡镇企业发源地观澜记》，华夏出版社，2010 年。

33. 无锡县（锡山市）委宣传部编印：《无锡县（锡山市）新闻报道集锦》，

自印本，1993—2000年各年编印。

34.无锡市惠山区乡镇企业研究中心：《会刊》（第1期至第6期），自印本，2018年—2020年。

35.陆屏、侯伦主编：《太湖明珠：江苏太湖锅炉股份有限公司发展史》，中国财政经济出版社，2004年。

36.周海江：《中国特色现代企业制度》，中央党校出版社，2017年。

跋

数年前，《激荡岁月：锡商1895—1956》出版之时，我们就有撰写续篇的想法。

《激荡岁月：锡商1895—1956》描写的是无锡近代民族工商业60年间的发展历史。这个商人群体，以及他们所缔造的企业群落，被人们称为"锡商"。而这部《奋楫者先：无锡县乡镇企业发展纪实（1956—2000）》描写的是无锡农村乡镇企业的创业者，以及他们对无锡经济社会所作的贡献。这些从计划经济夹缝中走出来跻身市场竞争的人们，今天同样被称为"锡商"。

历史意味着什么？历史是事件的历史，事件构成历史的本身。既然要叙述一个商人群体的发展，那么把人物以及发生在他们身边的事件串联起来，会让整个篇幅更加生动，也更为直观。于是，与上一部作品一样，这部作品依然以编年体的形式，选择有代表性的年份，同时每一年又选择对乡镇企业产生重要影响的有关人物或事件，进行客观、谨慎而又可持续的叙述。人，既包括诸多的创业者，也包括各个时期的施政者；事，既包括企业创业的成功案例，也包括不成功、乃至失败的事件。

对于往事，不同的人会有不同的观点，这取决于人的立场、经历。我所选取的记忆节点，不可能让所有人赞同。但即便如此，这项工作仍然有意义。因为，我们对历史自始至终抱有尊重、敬畏的态度，并竭尽自己的能力让答案趋于饱满。至于书本外的精神和意义，则由读者自己去体味。

这本书的创作，缘起于一个名叫无锡市惠山区乡镇企业研究中心的组织。这个成立不久的组织，正是怀着对乡镇企业这段历史的尊重，收集整理当年无锡县乡镇企业的原始资料，采访相关人士并进行口述史的整理……这些工作，琐碎而又繁杂，但意义是显而易见的。我们有幸忝列其间，我参与了《无锡县乡镇企业史》的撰写，另一作者沈云福则参与了相关专题的撰写。这为我们撰写《奋楫者先：无锡县乡镇企业发展纪实（1956—2000）》增添了有利条件。

江苏省乡镇企业管理局原局长邹国忠先生曾在无锡县工作过。他从我们写作之初就给予悉心指导，对初稿作了审阅修改。无锡市人大常委会原主任周解清先生曾在中共无锡县委工作，是无锡县乡镇企业发展的亲历者。他非常关心这部专著的写作，从繁杂的社会事务中抽出时间通读了全部书稿，数次读稿至凌晨并通过微信即时进行指导。他结合亲身的实践，充分阐述了对苏南乡镇企业发轫原因、重大事件历史和现实意义的独到见解，这令人感动，让人受益匪浅。两位老领导都为本书作了序言，既反映出老领导对无锡乃至江苏乡镇企业的厚爱，也反映出对作者和这部专著的殷切期望。

江苏省作协对书稿高度重视，将其列为重大题材文字作品创作工程关注作品。中国企业管理无锡培训中心将本书列为"四千四万"精神培训教育的参考材料。

无锡市锡山区委书记周文栋先生和无锡市工商联主席、红豆集团董事局主席周海江先生对此书给予了关心和鼓励，副书记徐悦先生和宣传部副部长张晔先生对书稿的框架、纲要提出了宝贵意见。华若中、陆道君、戴祖军、唐炳泉、杨祥娣、吴仁山、浦益龙、周元庆、金锡生等企业家对书稿的写作也给予了支持。

锡山区委宣传部、惠山区委宣传部和无锡兴达泡塑新材料有限公司等单位对此书的出版提供了资金支持。无锡经开区党政办，无锡市吴文化研究会，锡山区、惠山区企业家协会和两区档案馆，锡山金投公司、双象集团和锡商杂志社等单位分别从资料提供、文稿修正和出版发行等方面给予了帮助。

江苏省书协副主席王卫军先生为本书题签，在此感谢。

本书参考了无锡市政协和惠山区乡镇企业研究中心所编撰的大量口述文字资料，无锡县（锡山市）和其各乡镇早年的大量交流汇报材料，以及当年的新闻报道，在此对所有的作者表示感谢。此外，还采用了许多照片，有些因为年代久远，拍摄者已经难详其名，我们也表示感谢。

在写下上述文字的时候，北京冬奥会正在如火如荼进行之中，向全世界展现了新时代所取得的辉煌成就。身逢新时代，我辈幸哉。感谢这个新时代。

希望听到您的意见和建议。邮箱：jsxsly@163.com。

陆 阳

2022 年 2 月 12 日于半俗斋